DER GROSSE LIEBESROMAN

MARCIA ROSE

In den Fesseln der Liebe

ROMAN

Deutsche Erstveröffentlichung

WILHELM HEYNE VERLAG
MÜNCHEN

DER GROSSE LIEBESROMAN
Band 56
im Wilhelm Heyne Verlag, München

Titel der amerikanischen Originalausgabe
SECOND CHANCES
Deutsche Übersetzung von Uschi Gnade

Printed in Germany 1982
Umschlaggestaltung: Atelier Heinrichs & Schütz, München
Gesamtherstellung: Ebner Ulm

ISBN 3-453-84056-9

I

Dan Copeland

Dan erwachte unvermittelt; kindliche Freude erfüllte ihn. Diese Gefühlsregung war seiner praktischen Wesensart so fremd, daß er sofort wieder die Augen schloß, um dem Traum nachzujagen, der ihm dieses Gefühl hinterlassen hatte. Zu spät. Nichts als verschwommenes Silber, das zerrann, etwas Undeutliches, das er nicht fassen konnte.

Dann dachte er an sie: Kitty. Seine Lider öffneten sich. Er lag vollkommen still, starrte an die Decke und versuchte, sich zu erinnern. Hatte er nach so langer Zeit von Kitty Cameron geträumt? Vor zehn Jahren war sie der Inhalt all seiner Träume gewesen, im Schlafen und im Wachen. Dann hatten diese Träume, Gott sei Dank, aufgehört. Warum ausgerechnet heute morgen? Natürlich. Heute morgen würde er zum Hampton College fliegen, wo er, nach zwei Jahren in Vietnam, seine Zukunft gefunden hatte. Wo er sich selbst gefunden hatte. Wo er Kitty Cameron gefunden – und wieder verloren hatte. Daher war es nicht erstaunlich, dachte er sich, während er gähnte und seine langen Beine bis zum Fußende des Bettes streckte, daß Kitty wieder durch seine Träume spukte. Es wäre ein Wunder gewesen, wenn sie es nicht getan hätte. Dieses intensive, schmerzliche Glücksgefühl... weitere Erinnerungen – alte Erinnerungen – nicht wert, bei ihnen zu verweilen.

Mit einem letzten kieferzerreißenden Gähnen setzte er sich auf, griff automatisch nach dem Krug mit dem Eiswasser auf dem Nachttisch und warf einen Blick auf die Uhr. Halb acht. Das Flugzeug ging um zehn. Er goß sich ein Glas Wasser ein, trank es durstig aus und bemühte sich, das Gefühl eines Verlustes abzuschütteln, das ihm plötzlich schwer auf der Brust lag.

Leichte Regungen im Bett ließen ihn vollends erwachen. Freundlich, aber entschlossen klatschte er auf den festen Hintern, der sich an ihn schmiegte. »Okay, Dinah. Auf ins Getümmel.«

Der Körper neben ihm, der sich vollkommen in das Bettuch eingerollt hatte, gab ein Stöhnen von sich.

»Ich muß ein Flugzeug erwischen, erinnerst du dich? Außerdem wird Big Jim jeden Moment anrufen. Und überhaupt bin ich am Verhungern. Dinah, hast du denn kein Herz?«

Ein sonnengebräunter Arm schlängelte sich aus dem Bettzeug, die Hand wand sich um seinen Arm und zerrte daran. »Kuß will«, sagte eine gedämpfte Stimme. »Sonst schlafe ich weiter.«

Lachend zog Dan die Zudecke weg und legte eine Unmenge verzauster dunkler Haare und eine runde Wange frei. Er beugte sich über sie und streifte sie mit seinen Lippen. »Da hast du. Wenn du mehr willst, schaffe ich es niemals zum Flugzeug. Und Jim ist auch noch da; er wird jeden Moment anrufen.«

Die Frau richtete sich auf einen Ellbogen auf und sah ihn mit verschleierten Augen an. »Ich glaube, mich an einen reichlich interessanten Abend zu erinnern, ehe wir eingeschlafen sind«, sagte sie trocken. »Heute morgen bist du nüchtern und geschäftlich.«

Ein flüchtiges Bild, eine Erinnerung an seinen Traum von Kit, schoß Dan durch den Kopf und war entschwunden. Es war nicht fair. Dinah mochte älter sein als er, aber sie war immer noch eine gutaussehende Frau mit einem festen Körper. Er war froh, sie in seinem Bett, in seinem Büro und in seinem Leben zu wissen. »Die letzte Nacht war großartig, Di, aber wie der Typ gesagt hat: ›Die Zeit und die Flugzeuge kann man nicht einholen.‹«

Dinahs Lippen spannten sich an, und auf ihr Gesicht trat ein Ausdruck, den er in letzter Zeit zu oft beobachtet hatte. Es war ein Blick, der besagte: Ich liebe dich, aber du liebst mich nicht wirklich. Wie die Dinge standen, hatte sie damit sogar vollkommen recht. Er hatte sie von Anfang an gewarnt: keine Ketten. Sie war einverstanden gewesen. Wie alle Frauen. Und früher oder später konnte man bei allen diesen verletzten Blick, diesen unausgesprochenen Vorwurf finden. Aber Dinah war etwas Besonderes. Es war ihm verhaßt, auch bei ihr diese Entwicklung zu beobachten.

»Ich werde mich eben mehr bemühen müssen.« Sie lächelte, aber nur unter Anstrengungen.

»Dinah«, sagte Dan in warnendem Tonfall, »laß uns nicht wieder davon anfangen. Du weißt, daß ich dich sehr gern habe. Du bist die beste Assistentin, die ich je gehabt habe...«

»Du redest am Thema vorbei.«

»Nein, mir geht es um dieses Thema.« Er streckte die Arme über den Kopf und gähnte gewaltig. »Es gibt niemanden, mit dem ich lieber zusammenarbeiten würde«, fuhr er fort und kniff sie leicht in den Hintern, »und niemanden, den ich lieber in meinem Bett hätte.« Es sei denn, ich bekäme Kitty wieder, fügte er schweigend hinzu. Er mußte sich eingestehen, daß Kitty der eigentliche Grund war, aus dem er dieses Treffen so gespannt erwartete. Er hatte eine Menge schmerzliche Fragen zu stellen, eine Menge Rätsel zu lösen. Er mußte sie alleine sehen. Der Traum hatte ihn wie ein Omen in diesem Entschluß bekräftigt. Er hatte sie verloren, okay, doch sie war ihm noch etwas schuldig. Zumindest eine Erklärung.

Dinah hatte ihre vollen Lippen geschürzt; sie sah nachdenklich zu ihm auf. »Manchmal frage ich mich...«

»Was fragst du dich?«

»Oh – nichts weiter – nur, ob es wirklich *ich* bin, mit der du schläfst.«

Copeland drehte sich ruckartig zu ihr um. Ihr Wahrnehmungsvermögen, selbst wenn es um sein tiefstes Inneres ging, überraschte ihn oft. Sie war eine außergewöhnlich kluge Frau. Sie verdiente es, geliebt zu werden, doch seine Liebe hatte er vor langer Zeit vergeben. Es war eine Schande. »Nicht wirklich du?« erwiderte er leichthin. »Wenn du anfängst, Unsinn zu reden, bist du offensichtlich hungrig. Komm schon, steh auf, und setz dich in Bewegung. Deine Gehirnzellen brauchen Nahrungszufuhr.«

Während sie in seinem viel zu großen Sweatshirt aus Hampton in der Küche herumwurstelte, holte sich Dan ein großes Badetuch und ging unter die Dusche. Er seifte sich ein und fing an zu singen: »An den Gestaden des Winnetaka-Sees steht ein gewaltiger Bau...« Dann lachte er laut. Das alte Schullied, und das waren die einzigen Worte, an die er sich erinnerte.

Wenige Minuten darauf trat er, immer noch mit lauter Stimme vor sich hin singend, tröpfelnd aus der Dusche. Er fühlte sich wohl. Seine Konfusion war gänzlich geschwunden. Dinah hatte sich sicher wieder gefangen; bei ihr ging das schnell. Schließlich war sie kein unschuldiges Mädchen vom Lande. Und er würde in wenigen Stunden im Flugzeug sitzen, auf dem Weg zu – er wußte nicht, was es werden würde. Doch er würde ein für allemal Klarheit mit Kitty schaffen.

Als er sich abtrocknete, konnte er den Umriß seines Körpers verschwommen im beschlagenen Spiegel erkennen. Aus einem Impuls heraus wischte er den trüben Spiegel ab und starrte sein Spiegelbild an. Er fragte sich, ob ihn in Hampton wohl jemand erkennen würde.

Dan Copeland, der Vietnam-Rückkehrer und Campus-Radikale, war als Junge so dünn wie eine Bohnenstange gewesen und hatte unbändiges, schulterlanges kastanienbraunes Haar gehabt, das er immer mit einem indischen Stirnband zurückgebunden hatte, damit es ihm nicht in die Augen fiel. Dieser Dan Copeland war in ausgebleichten Jeans und T-Shirts durch die Gegend gelatscht. Die Kongreßhoffnung Wisconsins, der »Verwegene Abgeordnete«, der ihn heute morgen aus dem Spiegel ansah, trug einen eleganten amerikanischen Maßanzug. Das helle Haar, das nachgedunkelt war und den Farbton alten Kupfers angenommen hatte, hatte Andy, der Friseur, für eine Unsumme gleichmäßig und sehr kurz geschnitten – nein, falsch, im Moment besorgte das Mr. Andrew, der Hairstylist. Dan war auch voller geworden. In diesen Sommern, in denen er im Zuni-Reservat gearbeitet, und in den Jahren, in denen er gelaufen war und Squash gespielt hatte, hatten sich die Muskeln an Brust, Armen und Beinen entwickelt.

Er warf einen letzten Blick auf das Bild im Spiegel, lächelte es verlegen an, wobei sich ein tiefes Grübchen in seiner linken Wange bildete, gleich neben dem Mund. Ihm fiel auf, daß seine Augen wachsam waren und nicht einmal blutunterlaufen. Er und Dinah hatten gestern abend eine ganze Flasche Rothschild Chateau-Irgendwas aus ihrem Vorrat prämierter Jahrgangsweine verputzt.

Er klatschte sich auf seinen flachen Bauch und sagte sich versonnen: »Zumindest bin ich nicht fett geworden. Und eine Glatze habe ich auch nicht.« Viele der Typen, die er kannte, alterten schnell. Er fuhr mit seinen Fingern durch sein dichtes Haar und schnitt dann eine Grimasse. Genug jetzt. Schlimm genug, wie diese PR-Leute gestern vor der Aufnahme an ihm herumgemacht hatten – was ihn daran erinnerte, daß ...

Er öffnete die Badtür und rief Dinah zu: »Kannst du das Programm auf Kanal sechs einschalten, bitte? Ich nehme an, die Show mit mir wird jetzt gesendet.« Ein köstlicher Duft nach Speck und Kaffee ließ ihm das Wasser im Mund zusammenlaufen. Er wickelte sich hastig ein Badetuch um die Hüften und schlenderte in die Küche.

Ein bereits gefüllter Kaffeebecher erwartete ihn. Er nippte dankbar daran. Perfekt wie immer: stark, mit einer Haube Sahne und einem Löffel Zucker.

Dinah, die ihr dunkles Haar zu einem provisorischen Pferdeschwanz gebunden hatte, briet Eier in einer Pfanne und bemerkte: »Nein, es war nicht die Morgenschau. Es wird in den Sechs-Uhr-

Nachrichten kommen. *Dann* wird es morgen früh wiederholt. Du brauchst dir keine Sorgen zu machen: Ich werde es anschauen – beide Male.«

Dan zog einen Hocker unter dem Tisch heraus, setzte sich und stützte einen Ellbogen auf. »Dinah, du bist eine Schatzgrube.«

»Bin ich auch. Und wie.« Zu seiner Erleichterung war der verletzte Tonfall aus ihrer Stimme verschwunden. Damit hätte er sich nur ungern auseinandergesetzt. Er hatte zuviel anderes im Kopf. Seit dem letzten April hatte er harte Wahlkampagnen hinter sich. Jetzt, im Oktober, stand die Wahl in nur einem Monat bevor, und die Zusammenkünfte und Ansprachen und Auftritte und Diners hatten sich tage- und nächtelang gezogen. Er war erschöpft. Zwar war noch einiges los, aber er war glücklich über eine Gelegenheit, sich zu entspannen. Entspannen? Er mußte bei dem Treffen eine Rede halten. Geschäfte, wie üblich. Wohin er auch ging, sein Mund hörte nie auf, zu arbeiten. Das war das Schicksal eines Politikers.

»Ich habe die Notizen für deine Rede in deine Aktentasche gepackt«, sagte Dinah. »Außerdem habe ich mir selbst Gedanken gemacht. Ich habe sie aufgeschrieben und dazugepackt. Den FBI-Bericht solltest du auch lesen.«

Dan stöhnte. »Das Zeug? Das sind bestimmt fünfhundert Seiten. Ich dachte, ich könnte ein paar Tage ausspannen, Dinah.«

»Den Teufel kannst du, Dan Copeland, und das weißt du selbst! Du magst dich zwar für ein Gottesgeschenk für Wisconsin halten, aber wenn du gegen einen derart zähen Gegner wie Leland antrittst – es wird ein harter Kampf werden. Das Dumme an dir ist, daß du sämtliche Wahlumfragen liest und an sie glaubst. Du weißt, daß du darauf nichts geben solltest. Allein die Idee, drei Tage wegzufahren, und wozu? Für ein blödsinniges Studententreffen im Norden von New York, wo niemand für dich stimmen kann!«

Dan schüttelte den Kopf und grinste. »Dinah, Dinah, du bist zweihundertprozentig politisch, und das liebe ich an dir.« Er spürte eine Veränderung in ihr vorgehen und fügte schnell hinzu: »Ist es nicht längst Zeit für einen Anruf von Big Jim?«

Zur Antwort schob sie ihm das weiße Telefon über den Tisch, drückte eine Reihe von Zahlen und reichte Dan den Hörer. »Warum rätseln? Ruf du ihn an.«

Dan hielt den Hörer weit von seinem Ohr weg; er war auf die krächzende, dröhnende Stimme gefaßt.

Dreimal Läuten. Dann: »Hallo!« Die vertraute Stimme war im ganzen Zimmer zu hören.

»Hallo, Jim.«

»Dan! Hast du deine Meinung über diese verrückte Reise doch noch geändert?«

»Nein, Jim. Ich fahre.«

»Zum Teufel! Ich hätte dich bei der Molkereivereinigung unterbringen können.«

»Um Gottes willen, Jim, laß mich in Ruhe. Ich habe in den vergangenen sechs Monaten dreißig Stunden täglich gearbeitet. Diese zwei Tage jetzt brauche ich. Ich bin verbraucht. Sieh mal, während ich fort bin, werde ich zweimal im Fernsehen zu sehen und sechsmal täglich im Radio zu hören sein. Die Wählerschaft Wisconsins wird mich kaum vermissen.«

»Wenn du es sagst, Dan.« Ein bösartiges Seufzen. »Aber wenn du zurückkommst, mußt du fit sein, Junge. Dann greifen wir nämlich wirklich an!«

Jim war immer voller Enthusiasmus und Optimismus, doch in seiner Stimme schwang etwas mit, was Dan skeptisch aufhorchen ließ. »Was steht uns bevor?«

Vom anderen Ende der Leitung drang ein kräftiges Kichern. »Geld, Junge. Und zwar eine ganze Menge.«

»Wer?«

»Es wird dich begeistern! Der amerikanische Gesundheitsausschuß!«

»Gesundheitsausschuß!« Dan sah sich zu Dinah um, die so spöttisch schaute, wie ihm zumute war. »Wofür sollen *die* mir Geld geben? Diesen Typen ist all das verhaßt, wofür ich mich einsetze.«

»Nur fast alles, Danny-Boy. Deine Einstellung zur Medikamenten-Prüfstelle – ah – ich möchte sagen, das gefällt ihnen sehr.«

»Huch! Wenn das so ist, sollte ich vielleicht meine Einstellung ändern. Das ist ein Klüngel, der seinen Kopf zu oft durchsetzt, um mir zu passen.«

Big Jim lachte herzlich. »Das ist ein ganz ungewöhnlicher Fall von seltsamen Bettgenossen, Dan. Zum Teufel, deren Geld ist ebenso gut wie das von allen anderen auch. Aber da sie nun mal mit Pharmazeutika zu tun haben und an hohem Profit hängen, gefällt ihnen gewissermaßen, wie du gegen die hohen Testkosten ins Feld gezogen bist.«

Dan schaute finster. »Das ist mir nicht angenehm. Glauben die etwa, ich sei dafür, den hohen Standard der Medikamente herabzusetzen? Das ist keineswegs der Fall. Was ich angreife, ist die Lächerlichkeit dieser Institution – sie hält wesentliche Entdeckungen zu lange vom Markt fern, und das führt dazu, daß die Leute viel zuviel Geld für medizinische Behandlung ausgeben.«

»Komm wieder auf den Fußboden, ja? Mir brauchst du nichts zu verkaufen, Dan. Sieh mal, der Gesundheitsausschuß mag weder dich noch die Partei allzu sehr, aber diese eine spezielle Einstellung gefällt ihnen. Und eben deren Geld macht für uns den großen Unterschied. Das bringt uns eine Show, bei der die Leute anrufen und Fragen stellen können, eine Woche vor der Wahl...«

»Die Sache gefällt mir trotzdem nicht. Aber...«

Jim kicherte in sich hinein. »Ach, übrigens, schau doch mal bei Mr. Big vom Gesundheitsausschuß vorbei, wenn du in Hampton bist. Es handelt sich um einen deiner Schulkameraden. Whitney Harris der Dritte. Kennst du ihn? Er wird auch dort sein. Die Welt ist klein, nicht wahr?« Er lachte triumphierend.

Dan fand seine Stimme wieder. »Ich bin sicher, daß ich ihn treffen werde«, sagte er mit zusammengebissenen Zähnen. »Kümmer dich in der Zwischenzeit darum, daß am Montag als erstes eine Zusammenkunft mit den PR-Leuten zustandekommt.«

»Wird gemacht. Ich rufe gleich bei Dinah an.«

»Nein«, sagte Dan schnell. »Dinah solltest du erst später anrufen. Sie ist jetzt nicht zu Hause.«

»Ein Freund, was?«

»Ja«, erwiderte Dan vorsichtig. »Gut möglich, daß sie bei einem Freund ist.« Er zwinkerte Dinah zu, aber sie wandte sich mit aufbrausendem Gesicht ab. Er beendete eilig die Unterhaltung und begann: »Also, Dinah...«

»Warum zum Teufel kannst du nicht zugeben, daß ich bei *dir* bin?« fragte sie vorwurfsvoll. »Alle wissen, daß wir miteinander schlafen. Big Jim weiß es auch. Er wußte es wahrscheinlich schon eher als alle anderen. Warum also das ewige Versteckspiel?«

Dan stand vom Stuhl auf, schälte sich aus dem Handtuch und warf es sich über die Schulter. »Sieh mal, Big Jim weiß es, aber er will nichts davon hören. Das habe ich dir alles schon hundertmal erklärt.«

»Ich weiß, ich weiß. Weil er mal ein paar Monate lang dein Schwiegervater war. Herr im Himmel, Dan, das ist doch Jahre her. Glaubst du, er erwartet von dir, daß du in Angedenken an seine Tochter lebst wie ein Mönch?«

»Das hat damit nichts zu tun. Jim war schon mein Freund, als er noch nicht mein Schwiegervater war. Ohne ihn stände ich heute nicht hier. In keiner Hinsicht. Ich wäre nicht in Wisconsin. Ich wäre nicht in der Politik. Ich würde nicht für den Kongreß kandidieren. Und außerdem, meine teure Dinah, stände ich jetzt nicht in dieser Wohnung, um mich auf eine Reise vorzubereiten, nachdem ich eine ungeheuerliche Nacht mit dir verbracht habe.« Er grinste sie an und haßte sich selbst ein wenig dafür, daß er sich so sicher war, womit er sie entzücken konnte.

Ihre braunen Augen wurden sanft. »War es nicht gut, Dan?«

Er ging zu ihr, zog sie an sich und küßte sie auf den Mund. »Es ist immer gut, Di. Aber du mußt verstehen, daß meine Beziehung zu Jim sehr vielschichtig ist. Er hat Polly geliebt, und er war fix und fertig, als sie umgebracht worden ist. Das Entsetzen jenes Tages hat er nie vergessen, und so zäh der alte Knabe auch ist – wenn es um seine Töchter geht, ist er verwundbar. Er hat nicht gerade viel Glück mit ihnen gehabt. Aber das ist jetzt auch egal.« Er küßte sie flüchtig auf die Stirn. »Ich möchte ihm einfach nicht unter die Nase reiben – daß es mir besser geht als jemals, obwohl es sie nicht mehr gibt ...« Er unterbrach sich abrupt. »Ich muß mich anziehen.« Er ging auf das Schlafzimmer zu. »Das solltest du besser auch tun«, rief er über die Schulter zurück. »Du hast heute Millionen von Dingen für mich zu erledigen.«

Um Punkt zwanzig nach neun standen beide auf dem Bürgersteig vor Dans Wohnung und warteten auf sein Taxi.

»Warum kann ich dich nicht fahren? Mir macht es keine Mühe.«

»Geh ins Büro, Dinah«, sagte Dan geduldig. »Ich brauche jetzt meine Ruhe.«

Einen Moment lang stand sie unentschlossen da, eine Hand auf der Hüfte ihrer Blue Jeans. Plötzlich spürte Dan, daß er keine Geduld mehr mit ihrer Intensität und ihrer ständigen Energie hatte. So war es bei allen Frauen. Nach einer Weile mußte er sich einfach zurückziehen. Selbst vor Dinah, die ihn so gut kannte, die manchmal in der Lage zu sein schien, seine Gedanken zu lesen. Er konnte endlos mit ihr arbeiten, aber wenn sie intim miteinander waren und er ein Flehen in ihren dunklen Augen sah, fühlte er sich hilflos und beklemmt. Wie hätte er die Art seiner Gefühle ihr gegenüber ändern können? Wenn er einfach so tat als ob – und mit diesem Gedanken spielte er zeitweise – doch nein. Er hatte einmal jemandem etwas vorgespielt, und das Ergebnis war tragisch gewesen.

Wie immer schwenkten seine Gedanken von dieser Erinnerung ab. Was geschehen war, war geschehen. Denselben Fehler würde er kein zweites Mal begehen.

»Weißt du was«, sagte Dinah mit gewinnendem Lächeln, »ich hole dich am Flughafen ab, wenn du zurückkommst.« Am Ende des Satzes stand ein unausgesprochenes Fragezeichen.

»Ja, das würde mich freuen.«

»Gut. Dann auf Wiedersehen. Ich wünsche dir, daß du in deinen Nostalgien schwelgst und gar nicht mehr an die Wahl denkst – oder jedenfalls nicht zu oft.« Auf Zehenspitzen küßte sie ihn schnell auf die Wange.

Sein Bedürfnis, ein paar Minuten allein zu sein, war so stark, daß er ihr Gehen kaum bemerkte. Das war ungewöhnlich. Er liebte Menschenmengen und Anreize; wenn er mitten im Geschehen stand, blühte er auf. Andernfalls hätte er es in der Politik nicht ausgehalten.

Doch gerade jetzt hing ein Geruch in der Luft, den er auskosten wollte: brennende Blätter, Äpfel, feuchte Erde; ein Duft der Reife, bei dem er immer sentimental wurde. Gedanken an schillernde Tage und Sternennächte, ein Erntemond, der groß und orange durch die Weite trieb – der Campus von Hampton...

Er lachte. Bei den meisten Männern seines Alters käme jetzt die natürliche Überleitung zu Erinnerungen an Fußballspiele und Flugmeisterschaften, Riegenführer und Collegemützen, an die Glocken, die nach jedem Rugby-Sieg läuteten.

Nicht so bei Dan Copeland. Nein, dachte er, auf dem Pfad *meiner* Erinnerungen folgen farbenprächtige Bilder von Demonstrationen vor dem Haus des Rektors, um neue Forderungen durchzusetzen; ein symbolisches Hängen des Dekans; die Organisation von Sit-ins; das Malen von Plakaten und die Bombardierung des »militärisch-industriellen Komplexes« von den Stufen des Verwaltungsgebäudes aus. Vielleicht, sann er nach, werden sie es alle ausgesprochen lustig finden, daß der großmäulige Campus-Radikale wie alle Trottel des Establishments zu seinem Klassentreffen kommt und obendrein noch eine Rede hält!

Das Taxi kam, und als er einstieg, war er immer noch nachdenklich. Eigentlich war es gar nicht so seltsam, daß er wieder nach Hampton fahren und eine Rede halten würde wie alle die anderen geschwätzigen alten Knaben, an die er sich aus seinen Zeiten im College erinnerte. Er hatte eine allmähliche Metamorphose vom Agitator zum Politiker durchlaufen. Aber im Wesentlichen hatte seine Persönlichkeit sich nicht verändert; er wollte immer noch die Welt verbessern und war gewillt, seine Zeit und seine Energie diesem Ziel zu weihen. Es war ganz einfach so, daß er seine Meinung darüber geändert hatte, welche Methoden die besten waren.

Früher, in der Schule, hatte er geglaubt, man müsse nur laut genug schreien und fordern, um alles zum Rechten zu wenden. Im Indianerreservat hatte er geglaubt, man müsse den Menschen zu den Dingen verhelfen, die ihnen zustanden, um alles zum Rechten zu wenden. Während seines Jurastudiums hatte er geglaubt, wenn man studiere und hart genug arbeite, könne man das System von innen heraus verändern und somit alles zum Rechten wenden. Während des Jahres mit Richter Cooper vom Obersten Gerichtshof hatte er geglaubt, daß die Hoheit des Gesetzes und die Weisheit der Justizgewalt ausreichten. Im Büro des Staatsanwaltes das Hineinkommen und der Kampf um die gute Sache. Und jetzt? Jetzt würde er Gesetze machen und an wichtigen Entscheidungen teilhaben. Und dennoch suchte er noch immer nach den Mitteln, die Dinge zum Rechten zu wenden.

Für einen Mann von vierunddreißig Jahren hatte er verdammt viel ausprobiert. Bis jetzt hatte er alles erreicht, was er sich vorgenommen hatte. Es gab Momente, in denen es ihm vorkam, als würden sich wie durch Zauber alle entscheidenden Türen vor ihm öffnen. Wie bei diesem unerwarteten Geld von der Lobby der Pharmazeuten. So wenig er sich auch aus ihnen machte – es würde die Krönung der Wahlkampagne durch eine Fernsehshow mit Direktanrufen bedeuten: ohne weiteres ein ausschlaggebender Punkt für einen Wahlsieg oder eine Niederlage.

»Ich habe Glück gehabt«, murmelte er vor sich hin.

»Wobei?« sagte der Taxifahrer.

»Was? Oh. Nichts weiter. Ich habe wohl mit mir selbst geredet.«

»Selbstgespräche bedeuten Geld auf der Bank«, verkündete der Taxifahrer. Der stämmige Mann mittleren Alters sah Dan im Rückspiegel an. »Sie sind doch Copeland der Verwegene, oder?«

Dan grinste. »Sie haben wohl meine Wahlplakate gelesen.«

»Die kann man nicht übersehen – überall hängen sie rum. Millionen von Plakaten. Ein Freund von mir hat gesagt, er hätte eins gefunden, das auf seine prämierte Kuh geklebt war.« Der Taxifahrer lachte herzlich über seinen eigenen Witz.

»Wenn das wahr ist«, sagte Dan, »gebe ich dem eine Prämie, der es angeklebt hat. Kühe können ganz schön heikel sein.«

Der Taxifahrer bog in die Zufahrt zum Flughafen ein. Er stieg selbst aus, öffnete Dan die Tür und nahm den Betrag für die Fahrt und das Trinkgeld mit einem ernst klingenden: »Viel Glück, Herr Staatsanwalt« entgegen.

Zu Dans Erstaunen war der kleine Warteraum vor Gate 2 für den Zehn-Uhr-Flug nach Hampton voll bis auf den letzten Platz. Er sah sich die Gesichter an und fragte sich, ob wohl ein früherer Klassenkamerad auf dem Weg zum zehnjährigen Klassentreffen darunter sei. Eine sehr übergewichtige, aber noch ziemlich hübsche Frau kam ihm bekannt vor. Er starrte sie nachdenklich an, bis sie rot wurde und ihm aus dem Augenwinkel einen schüchternen, zum Flirt aufgelegten Blick zuwarf. Schnell beschäftigte er sich mit seinen Flugscheinen. Das alberne Geschöpf hatte ihn mißverstanden.

Frauen waren nie ein Problem für ihn gewesen, und gewöhnlich gab es in seinem Leben immer eine Frau. Er mochte sie; ihre Sanftmut, ihre Stimmen, ihre Empfindsamkeit, ihre scharfsinnigen Wahrnehmungen. Er mochte all das an Frauen, was sie von den Männern unterschied. Und die Frauen mochten ihn. Dinah war nur seine momentane Begleiterin, aber eine der besten, das mußte er zugeben. Sie aufzugeben, würde ihm schwerfallen, doch letztlich mußte es so kommen. Sie kam ihm zu nahe, und sie forderte zuviel. Aber sie war ihm so verflucht angenehm ... In dem Moment ging ihm auf, daß es ihm nicht im entferntesten darum ging, wie er für sie empfand – er legte Maßstäbe an sie an, als beteilige sie sich an einem Wettbewerb, bei dem er der Preis war. Hier eine gute Punktzahl, doch andererseits ... Nein, das stimmte nicht. Er mochte Dinah verflucht gern, zu gern, um sie mit derart kühler Herablassung einzustufen. Forderte seine politische Karriere ihren Tribut? Fing er an, seine Freunde und Partner als Schachfiguren zu betrachten, die er benützte, solange sie ihm nützlich waren und aufgab, wenn er sich davon einen Vorteil versprach? Er schnitt eine Grimasse, und die junge Stewardeß, die gerade angefangen hatte, die Passagierliste abzuhaken, fragte bang: »Stimmt etwas nicht, Mr. Copeland?«

Bei dieser Namensnennung wandten sich mehrere Köpfe um, und er hörte ein Raunen. Gut so. Die Radiosendungen erfüllten ihre Funktion, ganz zu schweigen von Plakaten auf Kühen.

»Danke, alles bestens. Ist es bald soweit?«

»Ja, Sir, in ein bis zwei Minuten. Es wird mir ein Vergnügen sein, Sie wieder zu bedienen.«

Jetzt grinste er. »Aha. Sie kennen mich schon.«

»Ich habe Sie zweimal gesehen«, sagte sie mit funkelnden Augen. Ein nettes, sommersprossiges Gesicht mit dem strohblonden Haar, das so typisch für Wisconsin ist. »Beide Male auf dem Weg nach Washington. Als Sie sich zur Jugendkriminalität geäußert haben.« Sie sagte es mit dem Stolz eines Schulmädchens, das seine Hausaufgaben gemacht hat. Er lachte vor Vergnügen laut auf und drückte ihren Arm.

»Braves Mädchen. Gut gemacht!«

Als sich die Passagiere der ersten Klasse wenige Minuten später aufstellten, um einzusteigen, war sie immer noch rot vor Vergnügen. Sie überprüfte seine Flugunterlagen, wobei sie sich ziemlich lange Zeit ließ, und lächelte breit, als sie ihm das Päckchen in die Hand drückte. Verwirrt blätterte er die Seidenpapiere durch und fand darunter einen kleinen Zettel, auf den mit Tinte säuberlich eine Telefonnummer gemalt war.

Tut mir leid, Kleine, dachte er und setzte sich auf seinen Fensterplatz. Diesmal nicht. Er zog sein Jackett aus, krempelte bedächtig seine Ärmel hoch, verstaute die Ledertasche unter dem Sitz und stellte die Aktentasche neben sich. Es gab viel zu tun, und wenn sein Sitznachbar nicht allzu gesprächig war, hatte er drei ungestörte Stunden vor sich.

Ein großer katholischer Priester setzte sich neben ihn, ein Mann mit asketischem Gesichtsausdruck, gründlich rasiert und mit dünnen Lippen, die sich an den Mundwinkeln nach unten bogen. Er nahm Dans Gegenwart in keiner Weise zur Kenntnis, aber als das Flugzeug über die Startbahn rollte und in den endlosen blauen Himmel aufstieg, umklammerte er mit weißen Knöcheln die Armlehne. Fünf Minuten später schlief er tief und fest und schnarchte leise.

Dan sah aus dem Fenster auf das helle Nichts. Der Priester hatte sich gefürchtet. Vielleicht sollte ich mich auch fürchten, dachte er. An einem ebenso klaren, windstillen Tag war es passiert, daß ein Flugzeug heruntergesaust war und Polly in den Tod getragen hatte. Polly und... Er zitterte gegen seinen Willen, und aus langjähriger Gewohnheit schob er jeden Gedanken an Polly sogleich zur Seite.

Lieber an das denken, was vor ihm lag. Das Treffen. Vielleicht sollte er sich seine Notizen zu der Rede ansehen, die für das Essen am Samstagabend angesetzt war. War er verrückt gewesen, überhaupt zuzusagen? Sich vierhundert Meilen außerhalb des Wahlbezirks zu begeben, den er zu vertreten hoffte? Jetzt, nachdem feststand, daß Whitney Harris' Gruppe mitwirkte, erschien es natürlich nicht mehr so unsinnig. Doch seine Entscheidung war schon vor Monaten gefallen. Hier saß er jetzt, der Campus-Rebell, der Typ, der sich nur nach seinen eigenen Regeln richtete, und unternahm die traditionellste aller Pilgerfahrten – zurück zu seiner Jugend.

Er konnte es sich ruhig eingestehen. Sie war es, die ihn zurückzog, die Erinnerungen an sie, die ungeklärten Fragen an sie, das unvollendete Kapitel seines Lebens, das den Titel Kit Cameron trug. Jetzt konnte er sie plötzlich vor sich sehen, klar und deutlich, nachdem er jahrelang vergeblich versucht hatte, sich detailliert ins Gedächtnis zu rufen, wie sie ausgesehen hatte. Ihm wurde schwach vor Sehnsucht.

Sie war die Schönheitskönigin der 70er Klasse gewesen, und er hatte viel von ihr gehört – jedenfalls genug, um sich in seiner Vorstellung ein klares Bild von Betty Coed zu machen, einfältig lächelnd und verzogen, ein süßes Frätzchen mit Grübchen, das in dem efeubewachsenen Haus der Vereinigung der Studentinnen, von dessen Verandadach die blau-goldene Fahne mit den griechischen Buchstaben hing, Hof hielt. Schon in ihrem ersten Jahr am College hatten sich sämtliche Studentenvereinigungen um sie gerissen. An ihren Namen konnte sich jeder Professor erinnern, und weit und breit gab es keinen Mann, der sie nicht begehrte. Sie galt als wirkliche Schönheit, und er konnte es sich schon vorstellen: teure Kleidung, Eltern, die in sie vernarrt waren, allabendlich ein Rendezvous und keinen vernünftigen Gedanken im Kopf. Er allein, so hatte er sich gesagt, würde kein Aufhebens um sie machen. Er würde sie als einziger verschmähen.

Doch dann hatte er sie gesehen, und alles hatte sich für ihn verändert, für alle Zeiten. Er hatte sich einen Job gesucht – das Geld konnte er weiß Gott gebrauchen. Er hatte nichts Besseres bekommen als eine Kellnerstelle bei der Zeta Phi-Studentinnenvereinigung, doch Bessie, die Köchin, war für ihr gutes Essen berühmt. So war er erstmalig abends zur Arbeit angetreten. Er stand hinter der Flügeltür der Wäschekammer und sah durch das kleine, runde Fenster in den Speisesaal. Seine Füße taten weh, und der übermäßig gestärkte Kragen seines weißen Kellnerjacketts kniff ihn unangenehm in den Hals.

Unter einem enormen Kronleuchter mit funkelnden Eiszapfen aus Kristall saßen zwanzig Mädchen um den großen, ovalen Mahagonitisch. Sie hätten ebensogut alle wieder gehen können, denn nur eine war da. Sie war schlank und zart gebaut, ihre blasse Haut fast durchscheinend, ihr Haar hatte einen Schimmer von silbrigem Gold. Dicht und glatt wie ein Vorhang aus Satin hing es ihr bis mitten auf den Rücken, wellte sich an den Spitzen nach innen und wurde von einem schwarzen Band aus ihrem fein modellierten Gesicht zurückgehalten. Sie hatte kein Make-up aufgelegt, und ihre Alabasterhaut war makellos, lediglich ein schwacher rosiger Schimmer auf ihren hervorstehenden Backenknochen. Sie schien alles Licht anzuziehen, um selbst zu leuchten.

Jemand rief ihr etwas zu, und sie drehte sich um, mit dem Gesicht zu ihm. Dan versagte der Atem. Seegrüne Katzenaugen, eine kurze, gerade Nase, volle, feste Lippen, die darum baten, geküßt zu werden. Er starrte sie an und bekam nur noch mit Mühe Luft. Er hatte nicht geglaubt, daß ein solches Gesicht möglich war, außerhalb eines Gemäldes. Seine Gedanken überschlugen sich auf der Suche nach dem richtigen Wort: ätherisch – engelsgleich – kometenhaft. Er fand, sie wirke wie eine junge Göttin, die von ihrer eigenen Aura der heiteren Ruhe umgeben inmitten jener armen Sterblichen saß – kichernden, gackelnden Mädchen, die nichts anderes mit sich anzufangen wußten, als sich Essen in den Mund zu stopfen. Sie trug einen weich fallenden Pullover, der fast den Champagner-Farbton ihres Haares hatte. Ihre Finger waren lang, schmal und unverziert von Ringen oder Nagellack. Sie saß, sie lächelte, sie schwang ihren Kopf von Zeit zu Zeit auf ihrem anmutigen, schlanken Hals, um ihr Haar aus dem Gesicht zurückzuwerfen. Sie war dort, und es war unmöglich, sie zu übersehen, und dennoch wirkte sie völlig von allen anderen losgelöst.

Die anderen Mädchen waren gar nicht übel. Einige waren hübsch, andere nicht, doch alle strotzten vor Gesundheit, hatten dichte, lange Haare und trugen leuchtend bunte Blusen, die mit Ketten, Liebesperlen und Pailetten geschmückt waren und sehr elegant wirkten. Der ganze Tisch war von ihren Fransen und Federn, mit dunklem Stift scharf abgehobenen Augen und langen, baumelnden Ohrringen umgeben. Und diese Stimmen! Er konnte kaum ein einzelnes Wort in diesem Stimmengewirr verstehen. Neunzehn grelle weibliche Stimmen, die alle gleichzeitig redeten. Und dazwischen sie. So – so vollkommen.

Er stieß Willard Clement in die Rippen, den Kommilitonen, der ihn auf die Idee gebracht hatte, diesen Job anzunehmen und der jetzt neben ihm stand.

»Will«, flüsterte er und fürchtete, seine Stimme könne seine Aufregung verraten, »wer ist das Mädchen?«

Will grinste. »Die Süße von Sigma Chi.«

»Sei kein Arschloch. Ich meine, wie sie heißt.«

»Was? Volle zwei Monate läufst du auf dem Campus rum, und du weißt immer noch nicht, wie das Mädchen heißt, das die Süße von Sigma Chi des Vorjahrs fast bezwungen hat?«

»Ich habe davon gehört, aber ich habe es wieder vergessen. Verflucht noch mal, Will, jetzt sag mir endlich, wie sie heißt.«

Will warf ergeben die Hände in die Luft. »Kitty Cameron. Katherine, wenn du formell sein willst. Nicht, daß es dir weiterhilft.«

»Schwer zu kriegen, was?« Warum fühlte er sich so beraubt? Wahrscheinlich war sie blöd, dumpf und völlig ich-bezogen. Außerdem hatte er Besseres zu tun, als hinter der selbstgefälligen Süßen von Sigma Chi herzulaufen: das Sexsymbol der Studentenschaften, um Himmels willen! Dennoch konnte er seine Blicke nicht von diesem erlesenen Gesicht losreißen.

»Ich will gar nicht wissen, wie schwer oder leicht an sie ranzukommen ist«, murmelte Willard. Er wirkte amüsiert. »Sie ist in *unserer* Klasse, Mann. Da macht man zuviel mit. Vergiß es.«

»Hm«, sagte Dan. »Laß mich ihr einfach den nächsten Gang servieren, einverstanden?«

»Fünf Dollar, daß du abblitzt.«

»Abgemacht.«

Sie aßen gerade den Hauptgang – Ochsenfleisch Bourguignon – und das schien eine Ewigkeit zu dauern. Sie waren zu sehr damit beschäftigt, eine Art von dumpfer Demonstration aufzuziehen.

Ein winziges Mädchen mit Bariton-Stimme und leuchtend roten Fingernägeln war die Rädelsführerin. »Wir sind erwachsen«, dröhnte sie. »Wir sind keine kleinen Kinder mehr. Was soll das heißen, daß wir freitags um Mitternacht zu Hause sein sollen, samstags um eins – toll, was, um eins!«

Ein Stimmenchor schrie »Ja« und »Weiter so«. Die Hausmutter, eine nervöse, kleine Dame mit blauweißem Haar und Rouge auf den Wangen, versuchte, die Ordnung wiederherzustellen, indem sie mit einem Löffel an ihr Wasserglas schlug, doch im Geplapper der erhobenen Stimme ging das Geräusch unter.

»Laßt uns den Dekan symbolisch verbrennen!«

»Linda inszeniert phantastische Verbrennungen, sie wird es tun, nicht wahr, Linda?«

»Wir marschieren rüber – erst nach Stunden – und besetzen das Gebäude!«

»Nicht *nach* Stunden, du dumme Nuß. Bis dahin haben uns die Bullen längst weggezerrt, und wir haben noch gar nichts getan.«

»Meine Damen! Meine Damen! Jetzt wollen wir uns wieder beruhigen. In einer solchen Atmosphäre kann man nicht anständig essen«, sprudelte die Hausmutter hervor, doch ihre Worte gingen unter.

Ein großes junonisches Mädchen mit olivgrüner Haut und dunklem gekräuselten Haar brach in schallendes Gelächter aus. »Was habt ihr denn vor? Wollt ihr auf und ab marschieren und im Chor anstimmen: ›Der böse Dekan hat uns was getan‹?« Ihre angenehme Stimme erhob sich zu einem Falsetto. »Der böse Dekan hat uns was getan. Der böse Dekan hat uns was getan.«

Für Dan war offensichtlich, daß sie sich über alle anderen lustig machte, doch die Mädchen waren begeistert. »Weiter so, Lee! Das ist schöpferisches Denken!« Sofort fielen achtzehn der anwesenden Mädchen in den Gesang ein. Das Mädchen, das sie Lee genannt hatten, sah mit nur schwer verhohlenem Spott auf dem Gesicht zu und lehnte sich in ihrem Stuhl zurück. Die Göttin, die neben ihr saß, aß einfach weiter, behutsam und in kleinen Bissen, als sei nichts geschehen.

»Wir tun es heute noch!« Das war wieder das einzige Mädchen mit dem Bariton. »Du kommst doch, Kitty?«

»Komm schon, Kit, sag ja!«

»Wir rufen Zeta Tau und die Betas und die Tri-Deltas zusammen!«

»Jemand soll gleich anrufen!«

»Das macht Courtney, nicht wahr, Court?«

Doch statt dessen läutete das Telefon. Lee stand auf, und Dan sah, daß sie im Stehen noch größer und noch üppiger aussah. Eine echte Amazone. Einen Moment später schnitt ihre Stimme aus dem Korridor durch das Geplapper wie ein Messer durch Butter. »Whitney Harris der Dritte für Katherine Cameron!« Auf dem *Katherine* lag eine leichte Betonung, ganz so, als fände sie den Namen komisch.

Private Anrufe waren während der Mahlzeiten nicht gestattet, das wußte Dan. Dennoch lächelte die blonde Erscheinung die Hausmutter an und wartete geduldig, während Mrs. Camberson sich in ihrer zwitschernden Stimme endlos über die Hausordnung ausließ und darüber, daß Mr. Harris selbige kannte – schließlich war er selbst in einer Studentenverbindung gewesen – und über die Regeln anständigen Benehmens. Kit Cameron wartete höflich, sagte kein Wort und lächelte. Schließlich wurde ihr die Genehmigung erteilt, ihren Anruf entgegenzunehmen.

So, dachte Dan, ich habe also doch recht gehabt. Der verzogene Liebling der gesamten Vereinigung. Setzt wahrscheinlich immer ihren Kopf durch. Wird sie mich herausfordern oder nur langweilen?

Als sie zurückkam, versuchten ihre Studienkolleginnen, sie dazu zu bewegen, daß sie beim Marsch zum Haus des Dekans mitmachte. Obwohl ihr Gesicht keinen Sinneswandel verriet, sah Dan das kurze Aufflackern in dem Blick, den sie mit Lee austauschte. Beide wußten, daß diese Demonstration kindisch war. Vielleicht war Kit Cameron doch nicht so blöd.

Mit eindringlicher Süße lächelte sie die Mädchen an. »Ich kann nicht. Ich habe heute abend etwas vor.«

Sie bohrten nicht weiter, und sie gab keine weiteren Erklärungen ab. Er verstand, wie sich jemand von ihr einschüchtern ließ. Selbst durch das Türfenster von ihr getrennt, spürte er die Barriere, die sie zwischen sich und dem Rest der Menschheit errichtet hatte. Schrecklich und abweisend – aber undurchdringlich? Konnte man sie stürmen und einnehmen? Er kam gar nicht auf den Gedanken, sie könne bereits gestürmt und eingenommen sein. Nein, sie nicht. Sie hatte etwas Unberührtes, etwas Jungfräuliches. Jungfräulich! 1967! Darüber konnte man nur noch laut lachen. Dan Copeland kannte die Frauen, und er wußte alles über diese ultrakontrollierten Typen. Darunter verbargen sich brodelnde Vulkane, die noch nicht ausgebrochen waren. Sie würde auch nie Gelegenheit bekommen, auszubrechen, nicht, solange sie sich mit Trotteln verabredete, die Namen wie Whitney Wieauchimmer der Dritte hatten. Was sie brauchte, war ein echter Mann, ein Dan Copeland.

Als Bessie Kristallglasschalen mit englischem Biskuitauflauf auf sein Tablett häufte, wurde ihm klar, daß es ihm völlig gleich war, *wie* sie war. Das einzige, was er im Moment wollte, war die Chance, sie abzuschleppen und in sein Bett zu zerren, wenn es sein mußte, sogar an ihrem langen, wunderbaren Haar. Zehn Minuten mit ihr, das war alles, was er wollte.

Aus dem Mundwinkel erinnerte er Willard: »Die Süße von Sigma Chi gehört mir.« Mit der Hüfte stieß er die Flügeltür auf. Er sparte sie bis zuletzt auf, teilte die Schalen mit aller Grazie aus, die ihm zur Verfügung stand. Dann beugte er sich tief neben sie und stellte das Dessert vor sie hin.

»Ihr Biskuitauflauf, Miß Cameron. Und wenn ich hinzufügen dürfte, daß auch ich gerne bei Ihnen auflaufen würde.«

Ihr schmaler Körper versteifte sich, und einen Moment lang war er panisch nervös. War es schlecht angekommen? Dann wandte sie diese unergründlich tiefen Augen zu ihm und musterte ihn prüfend. Mit süßer, unbewegter Stimme sagte sie: »Ich kann es kaum erwarten, was Ihnen zu Bessies Apfelpudding einfällt.«

Er fühlte sich, als würde er in der Tiefe ihrer Augen ertrinken. Das, und vielleicht eine gewisse Scham. Er hatte mit Verwirrung gerechnet, vielleicht mit einem Kichern oder mit Eiseskälte. Aber nicht mit einem Gefrotzel.

Ihre Freundin, Lee, die Große, Stramme mit der vollen Stimme, lachte und murmelte zynisch: »*Mene, mene tekel,* Dan Copeland.«

Er wirbelte zu ihr herum. Sie lächelte ihn mit heruntergezogenen Mundwinkeln an, belustigt und herausfordernd zugleich.

»Woher kennen Sie meinen Namen? Und was soll dieser Unsinn bedeuten?«

»Antwort auf Nummer eins: Ich arbeite als niedere Sklavin in Ihrem Studentenverband – rangmäßig viel zu weit unten, um von dem Obersten Sklaventreiber bemerkt zu werden. Ich fand es ausgesprochen komisch, heute mein Ochsenfleisch Wieauchimmer von dem verehrten Sklaventreiber serviert zu bekommen.« Sie lachte wieder über sein Unbehagen.

»Antwort auf Nummer zwei«, stimmte Kit Cameron ein. »*Mene, mene tekel upharsin.* Die Handschrift an der Wand. Sind Sie als Kind nicht zur Sonntagsschule gegangen?« Ihr Gesichtsausdruck veränderte sich nicht, doch ihre helle, kühle Stimme nahm an Klangfülle zu, als sie anstimmte: »Du bist gewogen worden und für zu leicht befunden.«

Er stand sprachlos da wie ein Bauerntölpel. Dan Copeland hatte sich noch nie gern in Verlegenheit bringen lassen. Doch seit seiner Rückkehr aus Vietnam hatte er sich daran gewöhnt, als älterer, reifer Mann behandelt zu werden. Diese automatische Ehrerbietung, sein selbstverständlicher Status, gefiel ihm. Faktisch war er nur zwei Jahre älter als seine Klassenkameraden.

Er war hin- und hergerissen, ob er der blonden Erscheinung eine kluge Antwort geben sollte – er wollte sie unbedingt beeindrucken – oder ob er seinen Charme an Lee probieren sollte, die bei seinem Verband arbeitete. Er engagierte sich sehr für den Verband, bemühte sich, etwas auf die Beine zu stellen und ihn auf dem Campus, wenn nicht gar in der Stadt, zu einer Macht zu gestalten. Er konnte jede erreichbare Unterstützung gebrauchen. Dennoch hätte er beinah einen Satz gemacht, als Kit Cameron ihn auf den Arm tippte. Eine flüchtige, unbedachte Berührung wie jene, und der Funke war auf sein gesamtes Nervensystem übergesprungen.

»Ja?« Alles, was du sagst, du Liebling aller. Alles.

»Mrs. Camberson versucht, Ihre Aufmerksamkeit auf sich zu lenken.«

Die Hausmutter war rosig vor Erregung. »Aber, aber, Daniel. Sie kennen die Hausordnung. Keine Privatangelegenheiten im Dienst.«

»Ja, Ma'am.« Als er ging, fühlte er sich, als hätte ihm jemand einen Knüppel auf den Kopf geschlagen. Betäubt. Taumelnd. Sie war einfach nicht zu glauben. Er haßte alles, wofür Kitty stand: Reichtum, Privilegien, Snobismus, Elitedenken, Selbstzufriedenheit, Eitelkeit, Vereinsleben, alles. Doch sie war bei Gott das großartigste, das vollkommenste weibliche Wesen, das er je gesehen hatte. Sie war die Traumfrau eines jeden Teenagers, während er an der pickelgesichtigen Realität herumfummelte, die in seinem Leben und in seiner Liebe sein Los war. Doch hier stand sie, eine fleischgewordene Phantasie, mit der bleichen, vollkommenen Haut, die jede Wunschvorstellung übertraf.

»Und nicht für mich«, rief er laut aus und schmetterte in der Küche Töpfe und Pfannen vor den Geschirrspüler hin.

Die fette, schnaufende Bessie bedachte ihn mit einem scharfsinnigen, goldgesprenkelten Grinsen. »Ich sehe schon, du hast dich mit Schneewittchen eingelassen.« Sie gackerte.

Dan bekämpfte seine Verstörtheit. »Wie meinst du das, Bessie?«

»Uff! Mir kannst du nichts erzählen. Deinen Typ kenne ich. Sind dir immer scharenweise zugeflogen, was? Tja, Miß Kitty Cameron nicht, das kann ich dir versichern. Eine Kühle ist das. Außerdem ist sie nicht interessiert.«

»Was soll denn das heißen?«

»Das geht dich gar nichts an. Wenn ich meine Jungen kenne, wirst du es selbst früh genug herausfinden. Jetzt reich mir das Backblech rüber, und zwar schnell.«

Um Viertel nach acht, erschöpft von der schweren Küchenarbeit und den ungewohnten Stunden auf den Füßen, stolperte er in die Bibliothek. In Wirtschaft fiel eine Seminararbeit an, und die Bibliothek lag auf seinem Heimweg. Dort saß sie, an einem der großen Eichentische, Kit Cameron, über ein Buch gebeugt und ein halbes Dutzend Bücher zu beiden Seiten neben sich gestapelt. Das tiefhängende Licht der Bibliothek bildete einen silbrigen Heiligenschein um ihren schlanken, leuchtenden Kopf. Er starrte sie lange an und wünschte, sie hätte aufgeschaut und ihn gesehen, doch sie war in ihre Lektüre versunken. Als sie den anderen Mädchen erzählt hatte, sie habe etwas vor, war es also nicht wegen einer Verabredung mit diesem Wie-hieß-er-doch gewesen (wie er angenommen hatte), sondern weil sie arbeiten wollte.

Während er hinsah, griff sie in ihre Umhängetasche und holte ein Plätzchen heraus, brach es in der Mitte durch und nagte mit ihren Zähnen die Vanille-Füllung heraus. Dan sperrte den Mund auf. Das hatte er als Kind getan. Das taten alle Kinder mit gefüllten Plätzchen. Aber eine Göttin?

Ohne nachzudenken ging er auf sie zu, beugte sich vor und flüsterte: »Kann ich eins haben?«

Ihr Kopf fuhr hoch, und ein leichtes Erröten glitt über ihre elfenbeinernen Wangen. Dann lächelte sie. »Noch jemand, der auf die Dinger steht«, flüsterte sie zurück. »Wenn du es nicht weitersagst, kannst du eins haben.«

»Pfadfinderehrenwort.« Zwei Finger, die auf Kinderart hochgehalten werden.

Unter Zellophanknistern holte sie ein Plätzchen für ihn heraus und brach sich ein weiteres in der Mitte durch. Die Bibliotheksbeleuchtung warf einen warmen Lichtkreis über die beiden, der sie behaglich umschloß. Dan riß seinen Grips zusammen und bereitete sich darauf vor, sie zu betören. Wenn alles so verlief, wie geplant, wären sie – gemeinsam – in spätestens fünf Minuten im Freien.

»Entschuldige, bitte«, flüsterte sie. »Ich habe noch zu arbeiten.« Dieses unglaubliche Gesicht senkte sich, beugte sich über die Bücher. Ebensogut hätte man eine Tür zuknallen können. Der Augenblick war vorüber. Er war entlassen. Er konnte nichts anderes denken als: Aber Mädchen ignorieren mich doch *nie*. Er blieb stehen, starrte auf ihren Hinterkopf und kam sich doof vor. Das Gefühl behagte ihm nicht.

Zum Teufel mit ihr, entschied er. Auch nur so ein verzogenes, kleines Mädchen, das beim Studentinnenverband ist und die Prinzessin auf der Erbse spielt. Die Süße von Sigma Chi! Nun denn, Süße, Sigma Chi kann dich haben! Er stolzierte aus der Bibliothek. Die Bücher, deretwegen er gekommen war, hatte er völlig vergessen.

In den folgenden Wochen gelang es ihm, bei seiner Arbeit kühl aufzutreten. Er versuchte, so mit ihr umzugehen, wie er mit jedem anderen Mädchen umgegangen wäre. Er versuchte, nicht an sie zu denken. Er wollte sie nicht an sich heranlassen. Aber sie sah immer so bezaubernd aus und roch so exotisch, daß er ständig gegen den Drang ankämpfen mußte, sie zu berühren, sie nur einfach zu berühren – den seidigen Glanz ihres Haares zu fühlen, zu erkunden, ob diese glatte, blasse Haut so kühl wie Alabaster war, endgültig zu wissen, ob ein echter Puls in dieser schlanken Kehle schlug.

Doch er bewahrte Distanz. Sein einziges Zugeständnis an seine Besessenheit von ihr war, daß er bei jedem Abendessen einen Kommentar zum Hauptgang der Mahlzeit abgab. »Hähnchen Kiew heute. Passen Sie auf Ihr Herz auf, es führt zu sofortigem Herzarrest.« »Haben Sie Gänsehaut? Heute gibt es Ente.«

Sie hatte seine pathetischen kleinen Wortspiele immer mit einem Lächeln zur Kenntnis genommen, doch als er seinen Kommentar zum Apfelpudding abgab, sah sie mit einem Blick zu ihm auf, der sein Herz stocken ließ und sagte: »Ich wußte, daß Ihnen dazu etwas Gescheites einfallen würde.«

Sie erinnerte sich daran! Er wollte seine Fersen durch die Luft wirbeln lassen und tanzen. Nach all diesen Wochen erinnerte sie sich an diesen allerersten Satz, den sie zu ihm gesagt hatte. Er war überrascht und verstimmt, als er sich an jenem Abend nach vollendetem Abwasch bei einem Grinsen und Summen ertappte.

Auf dem Heimweg wehte ein bitterer Wind über den Campus. Morgen war Halloween, und schon heute wimmelte es auf dem Campus von kostümierten Studenten – kostümierte Idioten, dachte er – denen jeder Anlaß recht war, sich auszutoben. Geister und Kobolde, Hexen und Teufel riefen ihm im Vorübergehen, den Kragen bis über die kalten Ohren hochgeschlagen, ghulische Laute zu. Zum Teufel mit all denen und ihrem kindischen Getue, dachte er.

Die Kälte, der Wind und seine Gereiztheit nahmen ihm die Euphorie, die er am frühen Abend im Zeta Phi-Haus verspürt hatte. Ha! Von kindischem Getue reden. Was war denn mit ihm, der wie Tom Sawyer nicht lockerließ, weil Becky ihm ein Lächeln geschenkt hatte? Alles Blödsinn, schalt er sich aus. Selbst Benno, sein Zimmergenosse, hatte etwas mitbekommen und ihn gefragt, warum er im Schlaf so schwer seufzte. Als Dan alles geleugnet hatte, hatte Ben breiter gegrinst und gesagt: »Warum wirst du dann rot jetzt?« Erröten! Die verfluchte helle Haut, die mit rotem Haar einherging. Er sollte verflucht sein, wenn ihn auch nur irgendeine Frau zum Erröten brachte. Er senkte den Kopf, um sein Gesicht vor einem unvermittelten eisigen Windstoß zu schützen und entschied, er habe genug. Er würde sie wirklich aus seinen Gedanken verbannen.

Es funktionierte nicht wirklich. Er sah sie ständig auf dem Campus; dagegen konnte er nichts tun. Jetzt, nachdem er sie kannte, fiel sie ihm schon aus einer halben Meile Entfernung auf. Manchmal ging er von seinem Weg ab, um ganz »zufällig« ihren Pfad zu kreuzen, und er haßte sich dafür, daß er sich zu solchen Kindereien hinreißen ließ. Jedesmal, wenn er es tat, ging jemand neben ihr her: der beste Abwehrspieler, der Präsident der Studentenschaft oder gar dieser Whit Harris. Sie winkte Dan immer zu und grüßte ihn freundlich, doch verdammt noch mal, sie war nie allein. Nie. Nach ein paar Tagen ging er ihr vorsätzlich aus dem Weg.

Es war nur gut so. Seine große Liebe galt dem studentischen Ausschuß, der gerade seine erste große Demonstration plante: einen Friedensmarsch am Abend des zweiundzwanzigsten Novembers, dem Todestag JFKs. Wenn sie es richtig anfingen, wenn sie die Sache gut organisierten, würden sich Leute aus der Stadt denen auf dem Campus anschließen. Das konnte der Beginn einer gemeinsamen Arbeit sein, ein erster Schritt zum Aufbau politischer Zentren. Wenn die Presse darüber berichtete, würde der studentische Ausschuß plötzlich zu einer echten Macht auf dem Campus werden, mehr als ein Verein unter vielen.

Zwei Wochen lang arbeitete er tagsüber für sein Studium, servierte benommen das Abendessen bei der Studentinnenvereinigung und arbeitete die halbe Nacht im Hauptquartier der Studenten-Liga, das momentan in Bens und seiner Mansardenwohnung lag. Spruchbänder mußten gemalt werden, Umschläge eingepackt, Reden geschrieben und Ordner mußten angewiesen werden. Er dachte kaum noch an Kit Cameron; er war zu erschöpft. Kurz vor dem Einschlafen in der Nacht vor der Demonstration beglückwünschte er sich selbst. Sie ist also gar nicht so wichtig. Sobald ich etwas Wirkliches zu tun hatte, habe ich sie vollkommen vergessen. Während er in den Schlaf hinüberglitt, schlich sich ein anderer Gedanke ein: Warum denke ich dann jetzt an sie?

Am Abend der Parade regnete es. Dan fluchte, ging auf und ab und stellte einen Radiosender nach dem nächsten ein, bis Ben lachend sagte: »Du wirst es nie finden.«

»Was finden?«

»Den magischen Sender, der sagt, daß die Wolken abziehen und der Mond hell leuchten wird.«

Dan fluchte wieder und stellte erbost das Radio ab. »Keiner wird kommen, verflucht noch mal. Niemand. Wochenlange Arbeit, und jetzt...«

»Und jetzt dieser Wink des launischen Schicksals. Also ich glaube, daß *alle* kommen.«

Ben hatte recht. Die Fulton Plaza im Zentrum von Hampton war um halb sieben gesteckt voll. Die Demonstration war auf sieben Uhr angesetzt. Der Regen hatte ein wenig nachgelassen, aber ein feiner Nieselregen hatte eingesetzt und ließ den rauhen Nordostwind durch alle Knochen dringen. Der Marsch war bei Kerzenlicht geplant gewesen, und am Randstein standen kistenweise dicke Kerzen, die in der Nässe ungerührt aufweichten. Doch alle Beteiligten hatten Taschenlampen mitgebracht. Als Dan auf eine Kiste stieg, um sich einen Überblick zu verschaffen, knipsten alle ihre Taschenlampen an und schwenkten sie fröhlich durch die Luft. Eine ungeheure Woge von Wärme umfing ihn. Sie wußten es. Diese Menschen wußten, was getan werden mußte, und sie taten es.

So laut er konnte, rief er über den windigen Platz: »Ich bin froh, euch verrückte, wunderbare Menschen in einer so beschissenen Nacht wie heute alle hier zu sehen!« Seine Stimme ging in Rufen und Pfeifen unter. Er hob eine Hand, und der Lärm hörte auf. »Das beweist es«, fuhr er fort, und seine Stimme wurde von Wort zu Wort kräftiger. »Wir können alle zusammenarbeiten. Wenn wir es in einer so lausigen Nacht wie heute können, können wir *alles!*« Lautere Beifallsrufe.

»Okay?« rief er. »Bleibt, wo ihr seid, bis euer Ordner bei euch eintrifft. Ihr alle kennt euren Anführer, den phantastischen Verteidiger Joe Rugowsky! Laß uns gehen, Joe. Wir wollen uns in Bewegung setzen.« Der riesige Fußballspieler war in seinem scharlachroten Regenumhang weit zu sehen, während er seiner Gruppe die abschließenden Anweisungen gab. Weitere Pfiffe wurden ausgestoßen, die Leute stampften auf den Boden und schrien: »Los, Joe! Los, Joe!«

Dan trat zurück und beobachtete die an ein Wunder grenzende Aufspaltung einer amorphen Masse in straffe Gruppen. Ben war irgendwo in der Masse untergetaucht und schrie auf Französisch und auf Deutsch, um die ausländischen Studenten zusammenzutrommeln. In der Mitte flatterte das riesige weiße Seidenbanner der Pan-Hellenen. Dan fragte sich, wie viele der verzogenen Mädchen der Studentinnenvereinigung auftauchen würden. Sechs? Drei? Immer noch strömten Leute zusammen und schwenkten ihre Taschenlampen. In einer Gruppe befanden sich die Geistlichen der fünf Kirchen der Stadt mit Mitgliedern ihrer Gemeinde. Bei der Gruppe von Frauen mittleren Alters mußte es sich um den Verband »Mütter für den Frieden« handeln. Er ließ seine Blicke über den Platz schweifen und stellte Schätzungen an. Tausend? Konnte es sein, daß sich heute tausend Menschen hier eingefunden hatten? Ja. Vielleicht sogar mehr. Seine Brust pochte vor Aufregung. Alles würde in Ordnung gehen. Es würde funktionieren.

Dann hörte er Bens Stimme vom anderen Ende des Platzes, durch den Lautsprecher verstärkt, aber verzerrt. »Alles klar, Leute. Folgt eurem Ordner. Wir marschieren um das Rathaus herum, dann über den Hügel bis zum Verwaltungsgebäude auf dem Campus. Führen werden uns Bürgermeister Cox, Kongreßabgeordneter Pritchard und die Journalistin vom Syrakus, Marjorie Lucas.« Es gab Applaus, doch jetzt gedämpfter, da sich alle Beteiligten an das tragische Ereignis erinnerten, dessen sie gedachten. Langsam, ganz langsam, setzte sich die Masse der Menschen in Regenmänteln in Bewegung. Taschenlampen wurden angeknipst und hochgehoben, um den düsteren Himmel anzuleuchten. Jemand – eine Frau – fing mit einer kräftigen, vollen Alt-Stimme an, zu singen: »We Shall Overcome«; als die Menge loszog, schwoll der Gesang in der feuchten Abendluft an und sandte Dan Schauer über den Rücken.

Dan schloß sich am Ende des Zuges an. Er wußte, daß Benno mit Joe Rugowsky an der Spitze lief, aber er wollte Menschen, die sich erst in letzter Minute anschlossen, eingliedern können. Es gab einige, größtenteils Anlieger, Gaffer, die sich plötzlich entschlossen, mitmachen zu wollen.

Als sie langsam um das Rathaus schritten, prasselte ein heftiger Regenschauer nieder. Vorne konnte er Quietschen und Kreischen hören, und eine Unmenge von Regenschirmen wurde aufgespannt. Die nassen Oberflächen schimmerten im Licht der Straßenlaternen wie unzählige Schildkröten.

Am Universitätsplatz, kurz vor der Steigung, verlangsamten sich die Schritte. Dan ließ einen Moment lang seine Taschenlampe sinken und zog sich die Kapuze über seine Haare. Er war triefnaß, aber selig.

Als sich der Zug im früheren Schrittempo wieder in Bewegung setzte, stellte er fest, daß sich am Ende eine neue Gruppe angeschlossen hatte. Dann registrierte er die hohen Stimmen, Kinder. Kleine Kinder, vielleicht ein Dutzend, die kicherten und grinsten und von einem Mädchen angeführt wurden, das so dumm gewesen war, ohne Regenmantel ins Freie zu gehen. Sie hatte sich einen Schal um den Kopf gewickelt, doch er war völlig durchnäßt, und lose Strähnen nassen Haares klebten an ihren Wangen und ihrer Stirn. Ihre Jacke war dunkel vor Nässe. Arme Kleine. Was für ein Unsinn. Er verlangsamte seine Schritte, bis er neben ihnen ging und richtete den Strahl seiner Taschenlampe auf das Mädchen. »Miß ...«, begann er und unterbrach sich abrupt. »Du!« rief er aus. »Was – was machst du denn hier?«

Kit Cameron blinzelte in den Lichtkegel. »Bitte! Dies ist kein Verhör mit Foltermethoden!« Er ließ die Taschenlampe eilig sinken und ging dichter neben ihr. »Was glaubst du denn, was ich hier tue?« sagte sie. »Ich laufe bei deiner Demonstration mit.«

»Aber – aber – *du?*«

Selbst im Halbdunkel durchbohrten ihn diese klaren Augen. »Warum nicht ich?«

»Ich – keine Ahnung. Ich hätte mir nur nicht vorstellen können, daß du so was tust, dich abregnen läßt ...«

»Wanda, nimm Duncan bitte wieder an der Hand. Ich möchte nicht, daß jemand verlorengeht.« Sie wandte sich wieder zu Dan. »Wie hast du mich dir eigentlich vorgestellt? Schon gut, ich weiß es selbst. Ewig in die Kamera lächelnd, beim Einkauf des richtigen Kaschmirpullovers oder über ein Ständchen kichernd. Klar! So ist es nun mal.« Sie sah finster vor sich hin und schüttelte so heftig den Kopf, daß ein Schauer von Tröpfchen um sie herumflog. »Du hältst dich für so weitsichtig, so rational, so – besonders. Aber du denkst in Stereotypen, genauso wie alle anderen auch. Hübsche Mädchen sind dumm! QED.«

»Nein – ich ...«, stotterte er.

Doch sie sprach weiter, immer noch mit leiser, kontrollierter Stimme, und nur in der Art, wie sie die einzelnen Worte abhackte, zeigte sich ihr Zorn. »Wenn du es unbedingt wissen willst: Ich halte solche Demonstrationen für blödsinnig. Ich glaube nicht, daß sie die Zeit wert sind – die man meiner Meinung nach viel besser damit verbringen könnte, an echten Veränderungen zu arbeiten, dort, wo die echten Veränderungen stattfinden – innerhalb der Regierung!«

»Die Regierung! Das ist ja verrückt! Die Regierung will Krieg!«

»Das hier ...« Sie wies mit der Hand um sich. »Das hier führt zu gar nichts.«

»Da täuschst du dich gewaltig, Gnädigste! Das hier ...« Er wedelte nachahmend mit der Hand. »Das hier und Tausende von solchen Demonstrationen werden letztendlich den Krieg beenden. Du wirst es ja sehen.«

Nach einer Pause sagte Dan: »Und überhaupt, wenn du das alles für so blöd und unsinnig hältst, was machst du dann hier?«

»Wenn du es unbedingt wissen willst: Meine Kinder haben dafür gestimmt.«

»Deine Kinder?«

»Die Armenfürsorge an der Morton Street. Du wirst nichts davon gehört haben; es hat nichts mit dem Campus zu tun, auf dem sich alles abspielt. Aber ich arbeite dort zweimal wöchentlich als Freiwillige. Wir sollten heute abend Plätzchen backen, aber sie wollten das Andenken an Kennedy ehren.« Säuerlich murmelnd fügte sie noch etwas hinzu.

»Was?« Seine Gedanken waren damit in Anspruch genommen, diese neuen Eindrücke zu sortieren. Aus mit der unfehlbaren Göttin. Aus mit der losgelösten Schönheit. Hier stand sie, triefnaß, für eine Horde von Radau machenden Kindern zuständig, und stritt sich. Ein menschliches Wesen. Zum ersten Mal war sie ein echter, lebendiger Mensch. »Was hast du gesagt?«

»Ich habe gesagt, sie könnten Kennedys Andenken viel besser ehren, wenn sie ihre Eltern dazu brächten, regelmäßig zur Wahl zu gehen. Weißt du, daß bei der letzten Wahl nur achtundzwanzig Prozent der eigentlichen Stadtbevölkerung ihre Stimme abgegeben haben? Wie soll diese Demonstration sie davon überzeugen, daß ihre Stimme zählt?«

»Ich sage dir«, sagte Dan grimmig, »daß Märsche und Demonstrationen wie diese den Krieg beenden werden. Auch das ist nämlich die Stimme des Volkes.«

»Uff. Zwei oder drei hohe Tiere in der Führungsspitze, in der die Entscheidungen getroffen werden, werden diesen Krieg beenden – wenn sie gut sind und Lust dazu haben.«

»Die Leute...«

»Die Machthaber...«

Sie blieben stehen und funkelten einander an. Ihre Augen sprühten Blitze. Mit dem Handrücken wischte sie sich Haarsträhnen aus der Stirn. Sie war so hinreißend. Selbst jetzt, so verärgert, wie sie war, hatte sie immer noch etwas – etwas Stilles und Tiefes und Unberührtes. Er starrte in die endlosen Tiefen ihrer seefarbenen Augen.

»Die Menschen zählen«, murmelte er und war urplötzlich und ohne jede Vorwarnung in sie verliebt.

»Nur einzeln.« Auch ihre Stimme hatte eine gewisse Heiserkeit angenommen.

»Einzeln«, wiederholte Dan und streckte seine Arme nach ihr aus. Sie lag in seinen Armen, sah ihm immer noch tief in die Augen, und ihr kleines weißes Gesicht war nach oben gerichtet, mit Regentropfen benäßt. »Oh, mein Gott«, murmelte er und senkte seine Lippen auf ihren Mund.

Ihre Lippen zitterten leicht unter den seinen, weich und warm, und nach ein oder zwei Sekunden erwiderte sie bebend seinen Kuß. Er küßte sie sachte, forschte mit seinen Lippen, verspürte ein Delirium, das ihn versengte. Der zarte Duft ihrer Haut umhüllte ihn, und er hielt den schlanken Körper in der feuchten Wolle fester. Das war es. Daran bestand kein Zweifel. Sie im Arm zu halten, war, nach Hause zu kommen. Wie hatte er nur glauben können, sie sei das Falsche für ihn? Das war das Richtige, genau das Richtige. Er hob den Kopf, um sie anzusehen. Ihre Augen waren weit geöffnet und suchten die seinen.

»Kitty...« Er nannte sie zum ersten Mal bei ihrem Namen, und es bereitete ihm ein solches Vergnügen, daß er es noch einmal wiederholte. »Kitty.«

»Die Demonstration. Sie haben uns abgehängt.« Ihre Stimme klang rostig, als sei sie seit Wochen nicht mehr benutzt worden.

»Zum Teufel mit der Demonstration. Du hast recht gehabt. Was zählt, sind die Menschen, der Einzelne. Und für mich bist du die Eine.« Er senkte den Kopf und suchte ihren Mund.

Aber sie drehte ihren Kopf leicht zur Seite, und seine Lippen fanden ihre zarte Wange. »Die Kinder. Ich muß sie wirklich einholen.«

Dan zog sie hartnäckig an sich. »Weißt du denn nicht, was gerade mit uns passiert ist?«

Sie lachte unsicher und zog ihn sachte weiter. »Ich weiß, was mir gerade passiert ist. Ich bin geküßt worden – und das sehr angenehm.«

»Tu das nicht!« Seine Stimme war hitzig. »Angenehm geküßt. Darum geht es nicht. Was passiert ist, das ist, daß du jetzt zu mir gehörst. Du gehörst mir!«

Kits Gesicht spannte sich an. »Ich gehöre niemandem.« Ihr Körper, der gerade noch so geschmeidig und nachgiebig gewesen war, wurde stocksteif. Er konnte spüren, wie sie vor Freiheitsdrang bebte. Er ließ seine Arme abrupt sinken und wurde sich plötzlich der Kälte, der Nässe und des Windes bewußt. Er zitterte.

Das kühle Lächeln, das er vom Abendessen kannte. Das angenehme Stimmchen ebendieser Umgebung. »Du sollst doch eine Rede halten, nicht wahr? Bestimmt willst du nicht zu spät kommen.« Als hätte sich nicht das geringste zwischen ihnen beiden ereignet.

Sie zog los und lief hinter dem Ende des Zuges her. Mit großen Schritten gelang es ihm, neben ihr zu bleiben, aber sie sprachen kein Wort miteinander. Erst als sie ihren Kinderklüngel wiedergefunden hatte, packte er sie am Arm, zwang sie, ihn anzusehen und sagte zähneknirschend: »Kämpf dagegen an, soviel du willst, Kit, aber du gehörst mir.«

Wütend ließ er ihren Arm fallen und stürzte sich mitten ins Getümmel. Er würde sie bekommen. Er würde sie bekommen, und wenn er bis zum Ende des Wintersemesters dazu brauchte!

»Hier spricht Captain O-Brien. Wir werden früher als planmäßig, in zehn Minuten auf dem Flughafen von Oswego County landen. Die Stewardessen werden jetzt die Gläser einsammeln. Ich wünsche Ihnen einen angenehmen Tag.«

Dan blinzelte und schüttelte den Kopf. Diese regnerische, kühle Nacht war so wirklich gewesen, so hautnah. Diesen ersten Kuß fühlte er immer noch warm auf seinen Lippen. Aber jetzt war es so lange her, Lichtjahre entfernt, der Traum von einem Traum. Er hatte gelobt, sie zu bekommen, selbst, wenn er das gesamte nächste Semester dazu brauchen sollte. Betrübt belächelte er den selbstbewußten, ungeduldigen jungen Mann, der er gewesen war. Die restlichen Jahre am College hatte er damit verbracht, Ansprüche auf sie geltend zu machen. Von diesem ersten Kuß an hatte sich das Schema nie geändert. Sie war immer willig und sehnsüchtig auf ihn zugekommen, um sich dann doch wieder zurückzuziehen. Etwas in ihr hatte sich immer gefürchtet, sich festzulegen. Sie hatte ihn geliebt. Er wußte, daß sie ihn geliebt hatte. Warum hatte sie immer so heftig dagegen angekämpft? Selbst damals in Italien – doch die Erinnerung an Italien war ihm unerträglich. Es war großartig gewesen, einfach großartig, aber jener Nachmittag in Florenz hatte die endgültige Niederlage bedeutet, die endgültige Verneinung seiner Liebe. Seit damals war ein wesentlicher Teil seiner Person verschlossen, an einen Ort versperrt, an dem er von keiner Frau erreichbar war, selbst von der Frau nicht, die er geheiratet hatte.

Lichter gingen an. Dan schnallte sich automatisch an und schob alle betrüblichen Gedanken in seinen Hinterkopf ab. Er nahm an, es sei normal, sich in die Vergangenheit zu vertiefen, wenn man auf dem Weg zu einem Klassentreffen war. Aber man brauchte nicht dort zu *bleiben*.

Der Priester, der neben ihm saß, rührte sich unruhig und streckte sich.

»Fühlen Sie sich besser, Vater? Wir setzen gerade zur Landung an.«

Er lächelte groggy. »Ist es vorbei? Gott sei Dank.« Er bekreuzigte sich. »Ich halte Flugreisen nur aus, wenn ich fest schlafe.«

Sie schwatzten einen Moment lang über Ängste, doch Dans Gedanken eilten voraus. Er wußte, daß sie dort sein würde; er hatte die Liste schon vor Monaten gesehen. Natürlich würde auch Whit dort sein, und das konnte natürlich peinlich werden, aber unter so vielen Menschen sollte es dennoch möglich sein, sie ein paar Minuten lang alleine zu sehen, ihre Hand zu halten, ihr in die Augen zu schauen und vielleicht sogar mit ihr zu reden.

Was sie wohl sagen würde? Wie sie sich wohl verhalten würde? Würde sie ihn nichtssagend anschauen, in ihm eines unter vielen Gesichtern einer längst vergangenen Vergangenheit sehen, niemanden von besonderer Bedeutung? Sein Magen zog sich zusammen, und er schalt sich aus, nur teils belustigt. Während all dieser Jahre hatte er ständig »auf der Bühne« gestanden. Gerichtsverhandlungen, Zeitungs-Interviews, Fernsehsendungen, Ansprachen, Debatten, Streitgespräche, und dergleichen mehr. Er konnte es mit den besten unter seinen Gegnern aufnehmen. Er konnte Statistiken aus dem Ärmel schütteln oder mit einem Witz eine angespannte Atmosphäre auflockern.

Komm schon! schalt er sich. Du bist ein erfolgreicher Mann. Ein Aufsteiger. Vielleicht demnächst Kongreßmitglied. Und danach? Nach oben ist keine Grenze gesetzt.

Aber selbst als er sich diese Strafpredigt hielt, waren seine Handflächen feucht vor Nervosität. Das kommt davon, wenn man über Angst redet, dachte er. Schlimmer als ein Raum voller antagonistischer Reporter, schlimmer als ein Plädoyer vor unfreundlichen Geschworenen, schlimmer als der Versuch, eine feindliche Meute zu überzeugen, die auf einem rumhackte – schlimmer als all das zusammen war die Übelkeit in seiner Magengrube bei dem Gedanken, Kit Cameron wiederzusehen.

2

Katherine Cameron Harris

Sie spürte nichts. Einen entsetzlichen Moment lang hatte sie nicht das Gefühl, überhaupt einen Körper zu haben. Kit setzte sich kerzengerade auf, spritzte dampfendes Wasser über die Redwood-Verschalung des Badewannenbodens und zappelte mit den Beinen. Der plötzliche Zugriff der Panik löste sich, und sie versuchte, über sich selbst zu lachen.

»Das *zu* ruhige Sitzen«, murmelte sie. Das Wasser in der erst neu eingelassenen Wanne hatte vierzig Grad, äußerst entspannend. Vielleicht zu entspannend, dachte sie. Sie würde aufpassen müssen, um nicht einzuschlafen und zu ertrinken.

Whit wäre natürlich entsetzt, dachte sie trocken. Er hatte viele tausend Dollar bezahlt, um diesen neuen Flügel an die alte Villa anzubauen. Er war für sie gedacht gewesen, als persönliche Räume, aber manchmal führte er seine sämtlichen Geschäftsfreunde hierher, um ihnen die Dusche mit der geschickt im Boden verborgenen Zuleitung zu zeigen, den leicht erhöhten Redwood-Bereich, in den die Wanne eingelassen war, die schmalen, vom Boden zur Decke reichenden Fenster, die geschickte Weise, auf die der Architekt das Badezimmer mit dem Ankleidezimmer verbunden hatte. »Sie hat einen spektakulären Ausblick auf die Nordküste«, pflegte er stolz zu sagen, »und zugleich völlige

Zurückgezogenheit.« Dann drängten sie sich in dem winzigen Garten – *ihrem* Garten! – der in der Ecke zwischen dem neuen Flügel und dem eigentlichen Haus lag.

Nein, es ging nicht an, daß ihr in einer von Whits neusten Erwerbungen ein Unfall zustieß. Ganz zu schweigen von dem Schaden, der dabei einem anderen seiner Besitztümer zustoßen konnte: ihr.

Schluß jetzt, schalt sie sich und sah sich den vielgerühmten Ausblick aus ihren Fenstern an. Spektakulär war er allerdings. Wenn sie in die eine Richtung sah, sah sie über die alten Schierlings- und Rottannen, über die Blätterkronen der Eichen und des Ahorns – die jetzt rot und gold leuchteten – über die gewundenen Wege und die angelegten Gärten, die zu dieser Jahreszeit gelb und rostrot schimmerten, weiter hinunter über die sacht abfallenden Hügel bis dorthin, wo Harris' Land abrupt an den Klippen endete. Dort wälzten sich Sanddünen über einem schmalen Strand und dem Salzwasser von Long Island Sound.

Wenn sie in die andere Richtung schaute, sah sie in einen Miniaturgarten im italienischen Stil, von Steinmauern umgeben und behaglich. Ein sechzig Zentimeter großer Cherub aus Stein saß plump zwischen den altrosa Geranien, rührte seine Steintrommel bis in alle Ewigkeit und lächelte koboldhaft. Darüber wand sich ein Traubenspalier, an dem jetzt riesige, runde, fast schwarze Trauben hingen. Heute war es so warm für die Jahreszeit, daß sie eine der gläsernen Schiebetüren geöffnet hatte, und der üppige, überreife Geruch der Trauben wehte zu ihr hinein.

Whit hatte einen Henry Moore aufstellen wollen, der diesen Platz totgeschlagen hätte, doch sie hatte auf einen kleinen Garten bestanden. »Mit meinem Engel drinnen.« Ihr Mann hatte ein langes Gesicht gezogen – Dinge an sich besaßen in seinen Augen wenig Wert, es sei denn, sie waren alt oder berühmt oder teuer – aber er hatte sie nicht gedrängt. Eigentlich, das mußte sie zugeben, hatte Whit ihr nie etwas aufgezwungen, nicht einmal sich selbst. Das war etwas, wofür sie dankbar sein mußte.

»Es gibt eine ganze Menge, für die man dankbar sein muß!« sagte sie laut und war wütend auf sich selbst. Sie führte ein Leben, von dem die meisten Frauen nur träumten. »Und alles, was ich tun kann, ist . . .« Sie beendete diesen Gedanken nicht, sondern stand abrupt auf und stieg aus der Wanne, streckte ihre Hand nach dem weichen, kuscheligen Handtuch aus, das immer säuberlich gefaltet auf der beheizten Handtuchstange hing. Sie trocknete sich flüchtig ab, wobei die gegenüberliegende Spiegelwand ihr Bild zurückwarf, aber sie wollte nicht in diese Richtung sehen.

Kit Harris sah sich niemals im Spiegel an, wenn es sich irgend vermeiden ließ. Das war eine alte Gewohnheit. Vor allzu vielen Jahren, hatte man ihr allzu oft gesagt, wie schön sie war, bis es ihr so vorkam, als würden die Leute über nichts anderes mit ihr reden. Sie wußte, daß ihre Schönheit ihr manches erleichterte, aber sie war unfähig, für den genetischen Zufall dankbar zu sein, der sie zu dem gemacht hatte, was sie war. Sie kannte nichts anderes, und letztlich hatte es ihr immer nur Ärger gemacht – viel mehr Ärger, dessen war sie sich sicher, als es wert war.

Außerdem wußte sie ohnehin, was sie sehen würde, wenn sie ihr Spiegelbild anschaute: einen zarten, schlanken Körper mit der bleichen, sahnig-weißen Haut der Blonden, immer noch schmalhüftig und mit hochangesetzten Brüsten. Nur die leichte Rundung des Bauches verriet, daß diese Frau über dreißig war und ein Kind geboren hatte.

Abwesend cremte Kitty ihre Arme und Beine ein. Blasse Haut mochte ätherisch aussehen, aber sie hatte ihre Schattenseiten. Sie verbrannte in der Sonne, wurde im Wind spröde, reagierte auf rauhe Oberflächen, und man mußte sich ständig darum kümmern. Lily war diesem Schicksal glücklicherweise entgangen. So sehr sie ihrer Mutter auch ähnlich sah – und selbst Kitty konnte die erstaunliche Ähnlichkeit erkennen, seit Lily über den Babyspeck hinausgewachsen war – sie konnte dem Himmel danken, daß sie keine derart weiße Haut hatte. Lily bräunte wie ein Keks, und ihre kleine Nase war voller Sommersprossen. Kits Hand hielt inne, als sie an ihre Tochter dachte, und sie lächelte.

»Du bist immer noch eine schöne Frau, Katherine.« Der durchdringende Bariton ihres Gatten, der hinter ihr stand, ließ sie zusammenfahren, und die Flasche mit der cremigen Flüssigkeit fiel ihr aus der Hand. Nach langen Jahren hatte sie sich immer noch nicht an Whits plötzliches Auftauchen gewöhnt. Für einen so großen, muskulösen Mann mit dröhnender Stimme bewegte er sich sehr leise, wie auf Katzenpfoten.

»Du hast mich überrascht«, sagte sie, hob die Flasche auf und griff nach ihrem Bademantel, der über einer Stuhllehne hing. »Ich dachte, du seist schon ewig weg.« Sie lächelte sein Spiegelbild an.

Whit war ein imposanter Mann, der auf gewisse Weise wesentlich ausgeprägter und gesetzter aussah, als es bei Zweiunddreißigjährigen im allgemeinen der Fall war. Über ihm hing das Gespenst der mittleren Jahre, bereit, ihn zu umhüllen. Dieser Eindruck hatte nichts mit dem glatten, gut rasierten Gesicht zu tun, das nur an den Augenwinkeln leichte Falten von den Stunden aufwies, die er auf dem Tennis- oder dem Golfplatz verbrachte. Es lag eher an seiner Ausstrahlung der totalen Beherrschung. Ganz gleich, wo er war, schien er den gesamten Raum auszufüllen. Ihr geräumiges Bad war im Moment seines Auftauchens zusammengeschrumpft und bot kaum noch genügend Platz für sie.

Selbstvergessen trat sie ein oder zwei Schritte zurück und überspielte es schnell, indem sie sagte: »Du siehst ausgezeichnet aus. Ganz gleich, wovon du sie auch überzeugen willst, ich bin sicher, daß es dir gelingt.«

Seine Augen wanderten zu seinem Spiegelbild, als wolle er sich ihrer Einschätzung vergewissern. Das wäre nicht nötig gewesen, dachte sie. Er sah immer beeindruckend aus – schon früher, selbst im College, als es allen anderen darum gegangen war, möglichst schlampig auszusehen. Im Gegensatz zu vielen Männern war ihm seine Erscheinung äußerst wichtig, und er scheute keine Kosten, um sicherzugehen, daß seine Wirkung seinen Wünschen exakt entsprach. Sie wußte, daß zum Beispiel der graue Nadelstreifenanzug, den er trug, von einem englischen Schneider, der aus London eingeflogen worden war, zugeschnitten und maßgeschneidert war. Die glänzenden Schuhe waren eines aus einem Dutzend von Paaren, die ein teurer italienischer Schuhmacher nach seinen letzten angefertigt hatte. Das blaßgelbe Hemd war aus reiner Seide, für ihn gemacht und mit seinem Monogramm versehen; die Krawatte, eine Kombination aus grau, gelb und gold, hatte sein Familienwappen eingewebt. Er sagte gern, ein Mann seiner Größe brauche gute Maßarbeit. Beweglich und wohlgenährt, so erschien er ihr, und oft dachte sie – doch das sprach sie nie aus – es sei gut, daß er so aktiv war, weil er sonst fett wäre.

Nachdem er seine Erscheinung überprüft und zufrieden genickt hatte, reagierte er auf ihre Bemerkung. »Mach dir keine Sorgen, es wird gut gehen. Ich habe meine Hausaufgaben erledigt.«

»Das tust du immer«, murmelte Kit.

Er kam näher. »Ich weiß, daß ich ständig geschäftlich fort bin. Wir haben uns in den letzten Monaten kaum gesehen. Aber wenn die Treffen in Washington erst einmal vorbei sind ...«

»Was hoffentlich morgen der Fall ist.«

»Morgen?« Er runzelte die Stirn.

»Das Klassentreffen in Hampton«, sagte Kit. »Du hast es doch nicht vergessen! Unser Zehn-Jahres-Treffen. Ich gehe in einer Stunde aus dem Haus.«

»Verflucht! Ja, es war mir einen Moment lang entfallen. Ich muß hingehen, oder? Diese Schenkung. Zu blöd.« Er zog ein kleines ledernes Notizbuch und einen goldenen Stift aus der Innentasche seines Jacketts und kritzelte ein paar Zeilen. »In Burning Tree könnte ich mehr mit meiner Zeit anfangen. Ich könnte mit Senator Crawford Golf spielen. Ich bin sicher, daß er der Schlüssel zu der Sache ist, an der wir interessiert sind – nun, da kann man eben nichts machen.«

Kitty beschäftigte sich mit den Flaschen auf ihrer Frisierkommode. »Hast du keine Lust, dir das alles noch einmal anzuschauen? Schließlich haben wir uns in Hampton kennengelernt.«

Er lachte. »Frauen! So was von sentimental!« Mit gesenktem Kopf wimmerte sie in sich hinein, weil sie spürte, was als nächstes kommen würde. »Es ist schon gut so«, sagte er, »daß *ich* der Präsident von Harris Pharmazeutika bin und *du* den Rat gegen Liebeskummer erteilst.«

Sie wußte, daß er die Kolumne verachtete, die sie schrieb. Aber warum erwähnte er sie als einziges, obwohl er genau wußte, daß sie auch andere Dinge schrieb? Bessere Sachen. In ihrem Magen bildete sich ein altbekannter Kloß, als sie die Worte verschluckte, die sie nur zu gern gesagt hätte.

Er trat hinter sie, legte seine Arme um ihre Taille und senkte den Kopf, um seine Lippen feucht auf ihren Nacken zu pressen. »Mein Gott, bist zu bezaubernd«, sagte er. »Ich kenne keinen einzigen Mann, der mich nicht um meine schöne Frau beneidet.« Er kicherte und senkte seine Stimme zu einem heiseren Flüstern. »Aber *ich* habe dich, Katherine, nicht wahr?« Seine großen, weichen Hände glitten höher, unter ihren offenen Bademantel und spielten mit ihren Brüsten. Kit hielt vollkommen still. Er knetete ihr Fleisch so beiläufig, wie er über einen neuen Kaschmirpullover oder das neueste Pferd in seinen Ställen gestreichelt hätte. Sie wußte, daß es ausgereicht hätte, zurückzuzucken, und er hätte seine Hände sinken lassen. Seinem Besitzanspruch hatte er bereits Ausdruck verliehen, und dieser Besitzanspruch, seine Rechte auf sie, waren es, die ihm Vergnügen bereiteten. Trotz ihres Desinteresses stellten sich ihre Brustwarzen unter seinen Fingern auf, und er preßte augenblicklich seine Lenden gegen ihren Rücken.

»Es stimmt schon«, flüsterte er. »Es ist lange her.« Seine Hände ließen von ihren Brüsten ab und krochen tiefer auf die zarte Haut ihres Bauches. Sie hielt den Atem an, um ihre Panik zu verbergen.

Doch er seufzte tief auf und ließ sie los. »Ich wünschte, ich hätte Zeit . . .«

Kit lachte zittrig. »Bin ich in deinem Zeitplan nicht unterzubringen?« Es war als fröhlicher Scherz gedacht, aber die Worte kamen bitter und gepreßt heraus.

»Du!« Whit packte sie an den Schultern und drehte ihr Gesicht zu sich. »Du weißt, daß dieses Treffen sehr wichtig ist.«

Eigentlich kann ich ihm ruhig das Gefühl geben, daß ich enttäuscht bin, dachte Kit und setzte eine mürrische Miene auf.

»Ich habe gesagt, daß es mit dem Klassentreffen klappt, und das tut es auch«, fuhr Whit fort. »Ich treffe dich am Samstag, ehe es losgeht, im Studentenwohnheim – nein, Moment mal, sagen wir Samstagabend. Auf diese Weise kann ich in Burning Tree noch neun Löcher spielen. Und dann haben wir beide die Nacht für uns. Nur wir zwei allein. Da tun wir dann was Feines.«

Er sah auf seine Uhr. Augenblicklich wich das Begehren aus seinen Augen. Wieder ganz der Geschäftsmann, beugte er sich vor, um sie zu küssen. Kitty wandte sich geschickt ab, und seine Lippen landeten auf ihrer Wange.

Whit trat einen Schritt zurück. In seiner Stimme lag Schärfe. »Hör zu, Katherine. Du brauchst dir nicht einzubilden, mir seien deine Stimmungsschwankungen in letzter Zeit entgangen. Deine Kälte behagt mir nicht. Ich bin ein geduldiger Mann, wie du nur zu gut weißt, aber es gibt Grenzen. Ich kann nichts daran ändern, daß ich viel zu tun habe. Ich weiß nicht, was mit dir los ist, aber ganz gleich, was es sein mag . . .« Er schüttelte den Kopf und fuhr in ruhigerem Tonfall fort. »Du bist meine Frau, Katherine, und du hast – Verpflichtungen.« Er musterte sie gründlich und lächelte. »Es wird mir ein Vergnügen sein, dich daran zu erinnern. Am Samstagabend.« Er nahm seinen Diplomatenkoffer und verschwand so geräuschlos und flink, wie er aufgetaucht war.

Kit rührte sich nicht von der Stelle, nachdem er gegangen war. Das sieht Whit ähnlich, dachte sie. Er denkt nur an *sein* Vergnügen. Gerade hatte sie ihre Anweisungen erhalten: Du, Katherine, mein persönliches Besitztum, wirst mir, Whitney Harris dem Dritten, am Samstagabend gemäß meinem Zeitplan für abendliche Unternehmungen zur Verfügung stehen.

Oh, verflucht! Sie knotete den Gurt ihres Bademantels eng um ihre Taille, als könne sie sich so einschnüren, daß er nie mehr an sie herankam. Warum empfand sie plötzlich so, warum nur? Wie kam es, daß sie nach zehnjähriger Ehe, zu der sie sich aus freiem Willen entschieden hatte, nach zehn Jahren, die sie – wenn auch nie wirklich ekstatisch – äußerst befriedigend mit ihm im Bett verbracht hatte, plötzlich selbst vor seiner leisesten Berührung zurückschrak? In letzter Zeit hatte sie anläßlich der seltenen Gelegenheiten, bei denen er nachts in ihr Zimmer schlüpfte, so getan, als schliefe sie und hatte einen Seufzer der Erleichterung ausgestoßen, wenn er wieder gegangen war, statt unter die Decke zu gleiten, um sie beharrlich wachzuküssen.

Sie tappte barfuß in das große Ankleidezimmer mit den vielen Schränken, in denen ihre Garderobe säuberlich geordnet war: erst Blusen, dann Hemden, Röcke, dann Hosen, dann Kostümjacken nach Farben. Ihre sämtlichen bevorzugten Pastelltöne, dann eine Stange, an der nur schwarze Kleidungsstücke hingen. Beim Anblick dieser stattlichen Reihe von eleganten und teuren Kleidungsstücken schüttelte sie den Kopf. Ihre Garderobe stand unter der Aufsicht einer Französin mit stechenden Augen, die Anne-Marie hieß. Ihr eigenes Mädchen! Kitty hatte sich nie wirklich an die Vorstellung gewöhnen können, Dienstboten zu haben; sie entwickelte ihnen gegenüber ständige Schuldgefühle. Fast haßte sie sie. Während ihrer gesamten Kindheit hatte ihre Mutter viel Aufhebens um ihre Kleider, ihren Körper und ihr Haar gemacht, bis sie es gründlich satt gehabt hatte. Als es ihr endlich gelungen war, nach Hampton zu entkommen, war sie froh gewesen, endlich von musternden Blicken, die nicht den kleinsten Flecken durchgehen ließen, verschont zu sein.

Sie seufzte, zog Spitzenunterwäsche und eine Strumpfhose aus einer Schublade und fing an, sich anzuziehen. Natürlich machte es Spaß, schöne Dinge zu besitzen. Als sie jung verheiratet waren, war es eine von Whits größten Freuden gewesen, mit ihr zu Tiffany oder zu Henri Bendel zu gehen und sie sich alles aussuchen zu lassen, was ihr gefiel, absolut alles.

Nie hat er sich mir gegenüber anders als großzügig gezeigt, schalt sie sich. Er war so gut zu mir. Und zu Lily. Ich darf nicht vergessen, wie sehr er sich um Lily gekümmert hat, wie anders alles hätte sein können, wenn er mich nicht so sehr gewollt hätte.

Sie schwebte in das große Schlafzimmer mit den japanischen Lackmöbeln und den riesigen exotischen Pflanzen und sah auf den Wandschirm, der ihren Schreibtisch, die Schreibmaschine und den Schrank mit dem Büromaterial verbarg.

»Ich sollte mir einen Brief schreiben«, sagte sie und lächelte über diesen Gedanken. Soweit ihre Freunde wußten, schrieb Kit Harris Artikel für die Sonntagsausgabe des *Newsday*, der großen Tageszeitung von Long Island, zu den verschiedensten Themen: alte Villen, die beliebtesten Hunderassen, eine wenig bekannte Bibliothek, die mit Schätzen angefüllt war, die schönsten Strände – alles Dinge, die mit Long Island zu tun hatten.

Doch ihre Lieblingsspalte war ein Geheimnis, das niemand außer Whit kannte. Nur er wußte, daß Kit »Trudy« war, die Autorin von »Sagen Sie's Trudy«, einer täglich erscheinenden Spalte, die sich großer Beliebtheit erfreute. Trudy beantwortete Fragen aller Art und erteilte Rat bei jeder Art von Problemen, in zuckersüßem, freundschaftlichem Stil.

»Liebe Trudy«, murmelte Kit, während sie den beigen Anzug und das Seidenhemd anzog, das Anne-Marie herausgelegt hatte. »Ich war glücklich – nein, es muß heißen: gut verheiratet – nein. Ich habe zehn Jahre lang eine absolut zufriedenstellende Ehe geführt. Tatsächlich habe sogar ich meinem Mann einen Heiratsantrag gemacht. Er wußte, daß ich nicht rasend in ihn verliebt war, aber er wollte mich so sehr – nein, das lassen wir weg. Wir haben ein Geschäft gemacht: Er bekam, was er wollte, und ich bekam, was ich wollte. Und jetzt, Trudy, aus heiterem Himmel, scheine ich plötzlich etwas – etwas anderes zu wollen. Dabei weiß ich gar nicht, was dieses andere ist! Ich fühle mich . . .«

Aber sie wußte gar nicht, wie sie sich fühlte. Erstickt. Lächerlich. Überflüssig. An einem toten Punkt. In die Enge getrieben. In eine Falle gegangen. Ruhelos. Aber warum? Nichts von alledem war wahr. An der Hälfte aller Wochentage sah sie Whit gar nicht; er war ständig auf Geschäftsreisen. Über ihr Geld konnte sie frei entscheiden; es stand ihr frei, zu reisen, Joga zu lernen, in eine Goldmine zu investieren oder zu tun, was ihr sonst in den Sinn kam. Er zahlte sämtliche Rechnungen, ohne weitere Fragen zu stellen. Er forderte nur geringe Gegenleistungen. Daß sie die Gastgeberin war, daß sie ihm keine Schande machte, daß sie den Haushalt führte (aber das taten in Wirklichkeit die Dienstboten, und noch dazu sehr gut). Und daß sie mit ihm schlief. Das hatte sie bisher nie gestört. Whit Harris' Trachten war auf Geld und Macht ausgerichtet. Seine physischen Forderungen waren nie besonders ausgeprägt gewesen. Außerdem war er keinesweg abstoßend:

groß und blond und stark und athletisch. Oft sah sie im Country Club gierige Blicke auf den Gesichtern anderer Frauen, die ihn beim Tennis oder auf der Tanzfläche beobachteten. Doch aus irgendwelchen Gründen konnte sie es in letzter Zeit nicht mehr ertragen, wenn er in ihren Körper drang, seinen Kopf an ihrer Schulter begrub, sich geistlos in einem gleichmäßigen Rhythmus bewegte, bis er soweit war, ohne sie jemals anzusehen, ohne ein Wort zu sagen, bis es vorbei war. Und dann war es immer dasselbe Wort: »Gut.« In einem immer gleichen, selbstzufriedenen Tonfall.

»Liebe Trudy, er hat mich nie auch nur ein einziges Mal gefragt, ob *ich* es gut fand«, sagte Kitty und lachte trocken über sich selbst. Was würde Trudy antworten, wenn eine andere Frau diesen Brief geschrieben hätte? »Sie schreiben, Sie hätten ein Geschäft gemacht. Eine Ehe sollte kein reiner Handel sein. Mit kommt es ganz so vor, als seien beide Parteien die Betrogenen.«

Betrogen. Der Klang dieses Wortes gefiel ihr nicht. Ich bin Whit gegenüber immer ehrlich gewesen, sagte sie sich und errötete tief. Nun, vielleicht doch nicht immer. Aber ich habe mich immer an meine Seite der Abmachungen gehalten, und das werde ich auch in Zukunft tun.

So. Schluß mit dem Unsinn. Am Samstagabend würde sie ein wenig mehr trinken als sonst und gehorsam in die Arme ihres Gatten eilen. Jetzt wollte sie noch einmal die Kleider durchgehen, die sie für das Wochenende mitnahm.

Sie waren sorgsam und liebevoll bereitgelegt und warteten nur noch auf ihre Zustimmung: kostbare, edle, wunderbar geschneiderte Dinge. Sie strich geistesabwesend über einen Kaschmirpullover und schleuderte ihn dann von sich. Was tat sie mit all diesem – Zeug? Und was hatte es zu *bedeuten?* Sie ging nervös vor dem Bett auf und ab und sah finster auf ihre schönen Kleider.

Anne-Marie trat in die Tür. »Sie sind nicht mit der Auswahl zufrieden, Madame? Hätten Sie lieber etwas anderes? Das Givenchy anstelle des Norell?«

Um Gottes willen, dachte Kitty in ihrer Gereiztheit. Wen interessiert das denn? Aber sie lächelte dem Mädchen zu und entgegnete: »Nein, es ist wunderbar, Anne-Marie. Pack es so ein, wie es ist. Sorg dafür, daß es um elf Uhr im Wagen ist.«

»Elf Uhr, ich weiß«, sagte Anne-Marie in gekränktem Ton zu dem abgewandten Rücken ihrer Herrin.

Sie sah zu, wie die schmächtige Gestalt um die Ecke bog und mit anmutigen Bewegungen durch den langen, mit Teppichen ausgelegten Gang schritt, die Schuhe und die Jacke noch in der Hand. Anne-Marie schüttelte ihren Lockenkopf und kniff mißbilligend die Lippen zusammen. Wenn man sich ansah, wie Madame den schönen Kaschmirpullover hingeworfen hatte – wie den letzten Plunder! Gewöhnlich ging sie doch so sorgsam mit ihren hübschen Sachen um. Madame, das wußte Anne-Marie, liebte die Schönheit, Schönheit in jeder Form. Wenn im Garten eine Blume versehentlich zertreten wurde oder abknickte, hob sie sie liebevoll auf und runzelte die Stirn über ihren Tod.

Aber in letzter Zeit hatte sie sich sehr verändert. Ja, entschied Anne-Marie, als sie mit flinken Händen die Gegenstände, die auf dem Bett lagen, einzeln in raschelndes Seidenpapier packte, es war eine Veränderung mit ihr vorgegangen. Madame, die früher so emsig war, daß sie wirkte, als schäume sie vor Energien über, stand jetzt oft ganz still in einer Ecke, horchte versonnen in sich hinein und verlor sich in ihrer eigenen Welt. Dann seufzte sie tief und schüttelte den Kopf, als sage sie »nein« zu ihren eigenen Gedanken. Das Mädchen hatte herausgefunden, daß Madame in diesen Momenten nichts vernahm, nicht einmal ihren eigenen Namen.

Außerdem war sie reizbar geworden – wegen *nichts*, dachte Anne-Marie und legte ganz automatisch die gefalteten Kleidungsstücke säuberlich in den Lederkoffer, wobei sie oben Platz für die Seidennachthemden nach griechischer Mode und den einfacheren Morgenmantel aus schwerer Seide ließ. Anne-Marie liebte Madames Unterwäsche: alles Seide und alles im Elfenbeinton ihrer Haut gehalten, und nur eine Spur heller als das Haar. Sie liebte es, Madames Kleider auszuwählen, doch Madame, einst die gnädigste und umgänglichste aller Arbeitgeberinnen, konnte man in letzter Zeit nichts mehr recht machen. Sie probierte vier verschiedene Sachen hintereinander an, verwarf alle und hob dann das Erstbeste von dem Stapel auf dem Fußboden auf – auf dem Fußboden! – und zog es murrend an.

Auch sonst waren Anzeichen zu beobachten. Anne-Marie brüstete sich mit ihrer Wahrnehmungsgabe. Oft sagte sie zu den anderen Dienstboten: »Ich, ich bin *Française*, und den Französinnen, denen entgeht nichts.« Ihre scharfen Augen nahmen Notiz davon, wie oft Madame, und sei es noch so leicht und zart, vor Monsieur zurückzuckte. Sie waren nie das gewesen, was man als ein leidenschaftliches Paar hätte bezeichnen können. Sie waren beide kühl, korrekt und freundlich; sie führten eine wahrhaft kultivierte Ehe. Aber es tat sich etwas – nicht von Monsieur aus, *non;* er war ruhig und standhaft wie immer, ein wahrer Geschäftsmann. Aber Madame – ihre schöne, heitere, zufriedene Herrin – steckte offensichtlich in einer *crise de nerfs*, und Monsieur war, wie alle Männer, in diesen Dingen blind.

Anne-Marie ging den Inhalt des Koffers in Gedanken noch einmal durch und nickte zufrieden. Natürlich, spann sie den Faden weiter, sah man sich in einer derartigen Situation im allgemeinen nach einem anderen Mann um, besonders nach einem schönen jüngeren Mann wie zum Beispiel dem neuen Gärtnergehilfen, dem dunklen und muskulösen Raymond mit den schalkhaften braunen Augen. Aber Anne-Marie hatte sie genau beobachtet, und Madame hatte weder an Raymond noch an einem anderen Mann Interesse gezeigt. Keine Veränderungen im Tagesablauf. Keine ausgedehnten Mittagessen, keine langen abendlichen Ausgänge ohne Erklärung. Wenn überhaupt, saß Madame höchstens noch mehr Stunden hinter der Schreibmaschine und arbeitete manchmal bis spät in die Nacht, ohne einen Bissen zu sich zu nehmen. Eine Liebesaffäre war es also nicht.

Als sie die schönen alten Bürsten mit dem Elfenbeinrücken einpackte – Antiquitäten, die Monsieur auf einer Geschäftsreise in England gefunden hatte – fiel dem Mädchen plötzlich eine unbedeutende Szene ein, die sich vor einigen Wochen abgespielt hatte.

Eines Abends beim Anziehen für ein Abendessen im Country-Club hatte Madame ihr phantastisches Haar aufgerollt, es lose fallen lassen, und schimmernd wie Satin hatte es über ihren Rücken gehängt.

Lächelnd hatte sie Anne-Marie abgewinkt. »Nein, laß mich.« Dann hatte sie sich selbst das Haar gebürstet, es hinter ihre winzigen Ohren gesteckt und mit einem Band zusammengebunden – einem Band! – wie Lily, ihr Kind! – und hatte dann gesagt: »Was sagst du dazu, Anne-Marie?«

Was konnte man dazu sagen? Dann hatte sie im Nebenzimmer in ihren Bücherregalen gewühlt und war mit einem großen Buch in einem roten Ledereinband zurückgekommen – ihr Jahresbuch hatte sie es genannt – und hatte es aufgeschlagen, um Anne-Marie das kleine Bild von sich zu zeigen, das 1970 aufgenommen worden war, ein erlesenes Gesicht, doch noch nicht vom Leben gezeichnet, das halbe Lächeln einer Mona Lisa und langes, glänzendes Haar, das auf eben diese kindliche Weise zurückgebunden war.

Die dunklen Augen des Mädchens blitzten vor Vergnügen auf,

als ihr einfiel, wie sie an jenem Tag reagiert hatte. »*Non*«, hatte sie unzweideutig gesagt. »Es ist natürlich attraktiv, aber das sind nicht Sie, Madame. Sie sind eine Dame von – *importance, vous comprenez?* Ich glaube nicht, daß es Monsieur gefallen würde.«

»Wirklich?« Madame hatte sich im Spiegel beäugt – leicht betrübt, war es Anne-Marie erschienen. »Nein, nein, natürlich nicht. Nicht ich. Nicht mehr.« Sie hatte ihr Haar eilig wieder zu seinem üblichen Psyche-Knoten aufgerollt, der die schlanke Säule ihres Halses entblößte.

Nichts besonders Dramatisches; dennoch erschien es Anne-Marie, als sei durch das Hochstecken des Haares etwas anderes verborgen worden, etwas von großer *importance.* Ah! Vielleicht fürchtete Madame das Vergehen der Jahre. Heute fuhr sie zu einem Treffen mit ihren früheren Klassenkameraden. Vielleicht schaute sie tief in den Spiegel und sah das Vergehen der Jahre. Alberne Kleine! Eine Frau konnte durch Erfahrung nur schöner werden! Das wußte jede Französin. Anne-Marie, die ein klein wenig älter als neunundzwanzig war, zwinkerte ihrem Spiegelbild wissend zu.

Kitty trottete die Wendeltreppe mit dem dicken Teppich hinunter und summte leise vor sich hin, um das lastende Schweigen zu durchbrechen. Das Haus war so still, wie es sehr große Häuser an sich haben, wenn sie nicht mit Menschen bevölkert sind. Gewöhnlich schwelgte sie in dieser Ruhe, doch heute morgen konnte sie es nicht. Zu viele ungeheißene Gedanken stiegen in ihr auf. Es würde wesentlich besser werden, wenn sie in New York mit Lee zusammentraf. Und dann – das Klassentreffen. Der Bilderbuch-Campus mit seinen üppigen Rasenflächen, holprigen Wegen, efeuüberwachsene Gebäude aus altem Ziegelstein, die Säulen vor den Häusern der studentischen Vereinigungen, breite Straßen, die von alten Bäumen gesäumt waren. Sie lächelte voller Nostalgie. Sie war sehr glücklich gewesen im College, in ihren vier freien Jahren. Sie freute sich, sie alle wiederzusehen: Lee, die anderen Mädchen aus der Studentinnenvereinigung, vielleicht einige der Professoren... Vielleicht würde Benno dort sein, Benno und... Ein Gesicht, ein besonders hageres, scharf geschnittenes Gesicht drang in ihr Bewußtsein, und gewohnheitsmäßig drängte sie es geschwind zurück. Das verbotene Gesicht, das verbotene Erinnerungen mit sich brachte. Tonlos sagte sie ihre Litanei auf: Ich bin reich, ich bin gut versorgt, ich habe eine wunderbare Tochter und eine wunderbare Arbeit, ich bin gesund

und bester Dinge, ich habe alles, was man sich nur wünschen kann.

»Alles«, verkündete sie mit lauter Stimme, als sie den unteren Treppenabsatz erreichte. Vom anderen Ende des Hauses vernahm sie ein gedämpftes Summen. Köstliche Düfte wehten aus der Richtung herüber, in der die Küche lag, in der Cook zweifellos ein Meisterwerk kreierte, das Lily heute abend allein würde essen müssen. Falls sie nicht, wie es bei Neunjährigen so oft der Fall war, plötzlich beschließen sollte, daß *veau cordon bleu* ihr nicht zusagte und sie viel lieber einen schlichten Hamburger mit Pommes frites hätte. »Bitte, Cook, bitte, bitte, das kannst du so gut.«

In ihren Augenwinkeln prickelten unerwartete Tränen. Verflucht! Was zum Teufel war mit ihr los? »Ich habe alles«, wiederholte sie hartnäckig. Diese Beschwörungsformel vertrieb normalerweise jede düstere Stimmung und jede Gereiztheit. Doch seit neuestem weigerte sich der Zauber, ihren verwirrten Seelenzustand zu beschwichtigen. Es war so, als versuche man, eine zerkratzte Oberfläche zu übermalen, und die häßlichen, kaputten Stellen darunter schienen ständig durch.

Heute warf sie nicht den üblichen Blick in die wunderbaren Zimmer, die sie mit solcher Sorgfalt eingerichtet hatte, sondern ging direkt in das Frühstückszimmer am hinteren Ende des Hauses. Lily mußte noch dort sein, wenn sie nicht ausgeritten war. Wegen einer schlimmen Erkältung hatte sie diese Woche nicht zur Schule gehen können, und obwohl es ihr besser zu gehen schien, hatte Kitty sie letzte Nacht im Schlaf husten gehört. Daher hatte sie einen Zettel auf den Nachttisch des Kindes gelegt, es solle auch am Freitag noch zu Hause bleiben.

Genaugenommen war ihr diese Entschuldigung gelegen gekommen; sie hatte Gelegenheit haben wollen, Lily noch zu sehen, ehe sie losfuhr. Warum es ihr so wichtig war, ihre Tochter ausgerechnet vor dieser Reise noch einmal zu sehen, wußte sie nicht. Sie weigerte sich, an den naheliegenden Grund zu denken – und außerdem würde er wahrscheinlich gar nicht dort sein. Sie hatte im *Newsweek*-Magazin gelesen, daß er für den Kongreß kandidierte; auf der Liste seiner Prioritäten stand ein College-Wochenende sicher weit unten.

Nein, mit diesem Wochenendausflug hatte es etwas anderes auf sich, etwas Unheimlicheres und Besorgniserregenderes. Obwohl sie nicht weiter als dreihundert Meilen reiste, erschien ihr die

Entfernung größer als zum Mond; möglicherweise lag das an ihrem Gefühl, sich in eine andere, weit entlegene Zeit zu bewegen. Was ist weiter weg, fragte sie sich trocken, zehntausend Meilen oder zehn Jahre?

Lily war nicht zu den Ställen gegangen, doch sie war schon entsprechend gekleidet: Reithosen, Stiefel und ein Shetland-Pullover. Sie saß an dem grünspanigen Schmiedeeisentisch mit der dicken Glasplatte, und vor ihr standen die Überreste eines gewaltigen Frühstücks. Im Moment kaute Lily mit gesenktem Kopf auf etwas herum und war völlig in »Sagen Sie's Trudy«, vertieft, den letzten Schrei an ihrer Schule.

»Guten Morgen, Lily.«

Lilys Gesicht, eine Miniaturausgabe ihres eigenen, schoß hoch, und sie grinste. »Hallo, Ma. Du bist ja schon fertig angezogen.« Sie nahm einen großen Bissen.

»Nicht ganz. Was ißt du denn da? Nach den Würstchen und Eiern und Joghurts und ...«

»Beugel mit Streichkäse.«

»Lily!« Kit lachte und umarmte das Kind. »Du wirst mir noch dick!«

»Stimmt gar nicht, ich wachse.«

Allerdings, dachte ihre Mutter. Wie schnell die Jahre verflogen. Sie streichelte das zarte, dichte lohfarbene Haar und erinnerte sich an den zarten rosa Flaum, der es bei Lilys Geburt gewesen war, aber sie wußte, daß man solche Gedanken besser für sich behielt. Lily war mit ihren neun Jahren eine vollendete Zynikerin. Ihre häufigste Antwort auf alles war im Moment: »Na und?« Kit drückte ihre Finger auf die zarte Kopfhaut und massierte sie. Lily bewegte ihren Kopf und sagte: »Jam, jam. Tut gut.«

Einige Minuten lang verharrten sie in schweigender Nähe, zwei identische Gesichter, das eine sahnig bleich, das andere leicht gebräunt wie ein Biskuit.

»Wie geht es dir heute, Kleines? Schnupfen bald vorbei?«

»Es ist widerlich. Das geht nie mehr weg. Diese Erkältung habe ich für den Rest meines Lebens.«

»Ich verspreche es dir, Lilly Dilly, daß du diese Erkältung nicht mehr hast, wenn du deinen ersten Nobelpreis entgegennimmst. Den Friedenspreis natürlich. Aber fühlst du dich wirklich so gräßlich? Ich will nicht über das Wochenende wegfahren, wenn es dir nicht gut geht.«

Lilys Benehmen veränderte sich dramatisch, und ein koboldartiges Lächeln trat in ihre braunen Augen. »Was, ich soll dich von deinem Klassentreffen abhalten? Mit den ganzen alten Leuten?«

»Alt!« Kitty schnitt eine Grimasse.

Wieder änderte sich die Stimme. »Siehst du dort die Jungen, mit denen du früher gegangen bist, Ma?«

Zu ihrer Überraschung und Bestürzung spürte Kit Röte in ihre Wangen aufsteigen. »Sei nicht albern.«

»Alte Freunde können eine Enttäuschung sein.«

»Ha! Die Stimme der Autorität! Wer sagt das?«

Lily schwenkte die Zeitung. »Trudy. Heute steht ein Brief von einer Frau drin, deren früherer Freund gegenüber eingezogen ist, und er ist *sehr* freundlich, und sie will wissen, was sie tun soll.«

Endlich erinnerte sich Kitty an den Brief; sie schrieb die Antworten etliche Tage, ehe sie abgedruckt wurden. Eine Frau aus Roslyn, die in einem exklusiven Viertel wohnte. »Und das hat Trudy dazu gesagt? Daß alte Freunde eine Enttäuschung sein können?«

Lily überflog die Spalte und las: »Da er glücklich verheiratet zu sein scheint und Sie dasselbe von sich behaupten, ist es an der Zeit, die Phantasien beiseite zu lassen und wieder auf den Boden der Realität zu kommen. Was vorbei ist, ist vorbei, und wiederaufgewärmte alte Lieben führen häufig zu Enttäuschungen.«

»Mmmm. Sehr weise von ihr«, sagte Kitty und bemühte sich, nicht zu lächeln.

»Wirklich? Alle?«

»Was alle, Süße?« Kit goß sich eine Tasse Kaffee aus der silbernen Kanne und nippte daran.

»Alle deine früheren Freunde. Manche müssen nett gewesen sein.«

»Daddy war mein Freund«, sagte Kitty leichthin.

»Das weiß ich. Aber Daddy sagt, du hättest haufenweise Freunde gehabt. Er sagt, du warst der Liebling von irgendwas, den Namen habe ich vergessen. Er sagt, er hätte sie mit einem Knüppel abwimmeln müssen.« Lily kicherte.

»Daddy übertreibt gern.«

»Also«, sagte Lily. »Was ist jetzt?«

»Was ist womit, Kleines?« Kit trank den letzten Schluck und stellte die Tasse auf den Tisch. Es war kurz vor elf. Martin hatte den Wagen wahrscheinlich schon vorgefahren.

»Triffst du alte Freunde?«

»Ich weiß es wirklich nicht. Ich habe nicht die leiseste Ahnung, wer kommt – außer Tante Lee natürlich.« Und vielleicht – aber das spielte keine Rolle – selbst, wenn er kommen sollte. Es spielte keine Rolle. Das war alles so lange her und so weit weg, eine andere Zeit und ein vollkommen anderes Leben. Sie würde sich daran erinnern, was Trudy über aufgewärmte alte Lieben sagte. Schließlich war Trudy eine weise alte Frau. Sie mußte lächeln.

»Aber wenn du einen triffst«, fragte das Kind beharrlich, »wirst du ihm dann einen Kuß geben?«

»Lily! Was für eine Frage! Gib du mir lieber einen Kuß. Ich muß jetzt gehen.«

Das kleine Mädchen hüpfte flink von seinem Stuhl, warf sich seiner Mutter in die Arme und kuschelte sich an sie. »Ich kann dir keinen Kuß geben, Mami«, sagte sie mit gedämpfter Stimme. »Sonst bekommst du was von meinen Bazillen ab.«

Kitty beugte ihren Kopf vor und küßte das erdbeerblonde Haar. »Geht in Ordnung. Du gibst mir ein paar von deinen Bazillen ab, und ich bringe dir was ganz Irres von dem Klassentreffen mit, okay?«

Lily kicherte noch, als Kitty aus dem Haus eilte. Sie blieb kurz bei Mrs. Decker stehen, die das riesige Wohnzimmer nach Staubkörnchen absuchte, die ihren eifrigen Blicken entgangen sein könnten. Kitty mochte dieses Zimmer mit dem großen Kamin in der Mitte der einen Wand und den französischen Türen gegenüber, die auf eine große Steinterrasse führten, besonders gern. Es war vorwiegend in Honigfarben gehalten. Das Licht war warm, und in dem Raum standen bequeme, weich gepolsterte Sofas und eine Sammlung von Skulpturen aus allen vier Himmelsrichtungen.

In gewisser Weise widerstrebte es ihr, fortzufahren: nicht nur wegen dieses Zimmers, sondern wegen des ganzen Hauses, ihres Lebens, ihres Kindes, der Vertrautheit mit allem. Schluß damit! dachte sie angewidert. Sag auf Wiedersehen wie ein großes Mädchen, mach die Tür auf, und *geh!*

Die frische Luft draußen war warm, sonnig und duftete nach Blättern, trocknenden Gräsern und umgegrabener Erde. So hatte der Campus immer gerochen, jedes Jahr im September, wenn sie wieder zur Schule zurückgekommen war. Wie zu Beginn eines jeden Schuljahres bildete sich auch jetzt ein kleiner Knoten aus ungesund süßer Vorahnung unter ihren Rippen. Ein Neubeginn, und alles war möglich!

Der langgestreckte silberne Mercedes Benz stand in der Auffahrt, und sein Motor surrte leise. Martin öffnete die hintere Tür, und sie ließ sich auf den Ledersitz gleiten, sank dankbar in die weichen Polster zurück. Auf dem knirschenden Kies rollte der Wagen an und fuhr den gewundenen Weg auf die großen Eisentore zu. Kitty drehte sich um, um aus dem Rückfenster zu sehen. Vielleicht konnte sie noch einen Blick auf Lilys goldrotes Haar werfen; aber es war niemand zu sehen, nur dichte, schräg einfallende Sonnenstrahlen, die durch den Staub schienen, den die Wagenräder aufwirbelten.

Kurz darauf fuhr der Wagen auf der breiten Landstraße geschwind auf New York City zu, eine Frage von circa eineinhalb Stunden. Kit starrte aus dem Fenster, ohne die Umgebung wahrzunehmen und entspannte sich allmählich. Ihr ging auf, daß sie ausgerechnet hier, auf dem bequemen Rücksitz des Wagens, wirklich allein war, wirklich für sich. Natürlich hatte der Mercedes Telefon, doch das war vorn, und außerdem wurde nur Whit über das Autotelefon angerufen. Martin konnte man bestenfalls als Phlegmatiker bezeichnen. Nur im äußersten Notfall hätte er mit ihr gesprochen.

Jetzt konnte sie sich gestatten, es zu sagen. »Dan.« Da. Die Erinnerung, die sie abgewehrt hatte, seit – seit wann? Seit der Ankündigung des Klassentreffens letztes Weihnachten? Sie konnte sich nicht genau erinnern, und es war auch nicht wirklich wichtig. Er hatte in ihrem Kopf herumgespukt.

Vor vielen, vielen Jahren in Italien, im Sommer nach der Abschlußprüfung, hatte sie ihre Entscheidung getroffen, und diese Entscheidung lautete, daß Dan Copeland nie wieder in ihr Leben treten konnte oder durfte. Wie sehr sie an jenem Morgen auf dem Hauptplatz von Siena geweint hatte, allein an einem Cafétisch und die enorme muschelförmige Piazza vor sich. Es war ihr nie mehr möglich gewesen, Siena oder auch Florenz wieder aufzusuchen, die beiden bezauberndsten Städte ganz Italiens. Sie waren zu sehr mit bittersüßen Erinnerungen angefüllt.

Aber sie hatte erfolgreich jeden Gedanken an ihn aus ihrem Leben verbannt. Wenn er sich in ihre Träume einschlich, zwang sie sich, zu erwachen. Sie stand auf und ging auf und ab, um nicht wieder einzuschlafen und wieder zu ihm zu finden. Lily beanspruchte einen großen Teil ihrer Zeit, ebenso die Gesellschaften und die Führung eines sehr großen Hauses, die Einrichtung, ihre Artikel und die Ratgeberspalte. Ihr Leben war restlos ausgefüllt.

Sie hatte sich abgesichert, daß kein Platz mehr für Dan Copeland war.

Dennoch mußte sie sich diesen Gedanken jetzt stellen. Heute konnte ohne weiteres der Tag sein, an dem sie ihn noch einmal sah – nicht in einer getrübten Erinnerung oder im Chaos eines Traums, sondern Dan selbst, persönlich, wirklich, leibhaftig, mit den dunklen Augen, die unter den kupferfarbenen Brauen aufblitzten. Dan, groß und hager, energiegeladen und fordernd, seine Stimme ein kräftiger Bass, die Art von Stimme, die einem in den Ohren dröhnte, wenn man den Kopf auf seine Brust legte. Die intelligente Beharrlichkeit, die logische Sprünge machte, die einen frösteln ließ und einen hypnotisierte und einen – beinah – vergessen ließ, wo man war und wer man war. Ihr Atem stockte mit bohrendem Schmerz, als sein Gesicht, lebensnah und in allen Einzelheiten, vor ihren Blicken erstand. Hatte sie einen Fehler begangen, den Fehler ihres Lebens? Oh, wenn er nur nicht so gebieterisch gewesen wäre – und wenn sie nicht so stur und direkt gewesen wäre! Wie anders hätte alles kommen können!

Zu der Zeit hatte alles eher gewöhnlich gewirkt: ein klarer, warmer Samstagabend, erfüllt von dem Duft frühblühender Rosen und immergrüner Pflanzen. Es war noch hell. Sie war auf dem Heimweg von der Buchhandlung und träumte von der bevorstehenden Reise nach Italien mit dreien ihrer Studienkolleginnen. An die Abschlußprüfungen oder andere ernsthafte Dinge dachte sie gar nicht. Die großen Eichen und Ahornbäume raschelten leise im Wind, und als sie vor dem College um die Ecke bog, stieg ihr plötzlich der scharfe, köstliche Geruch frisch gemähten Grases in die Nase. Eine ruhige Tageszeit, vor allem, da die meisten Studenten der unteren Klassen schon nach Hause gefahren waren.

Über den Universitätsplatz dröhnte eine Yamaha, die in psychedelischen Farben angemalt war, brach das süße Schweigen und hielt spuckend neben ihr an. Sie brauchte nicht aufzuschauen, um zu wissen, wer es war. Dan, in Stiefeln, Rockerjacke und blauweißem Helm, der sie so unverschämt angrinste, als wüßte er verdammt genau, daß sie bei seinem Anblick immer Herzklopfen bekam.

»Hallo, Süße. Hüpf auf, und los geht's.«

Die gewohnte Erbitterung durchflutete sie. Sie konnte sagen, was sie wollte: Seit drei Jahren nahm er an, daß sie niemals etwas vorhatte, oder wenn es doch so war, daß es nichts sein konnte, was auch nur annähernd so wichtig war, wie bei ihm zu sein.

»Nichts da«, gab sie zurück. »Ich kann mich nicht erinnern, daß du für heute abend etwas mit mir ausgemacht hast.« Das tat er nie, und nichts ärgerte sie mehr. Er tauchte einfach auf, ohne anzurufen. Und jedesmal, wenn er kam, ließ sie sich doch erweichen. Jetzt zog er den Helm ab und ließ sein langes, zotteliges rotes Haar auf die Schultern fallen.

»Dann frage ich dich jetzt.« Er lächelte sie an, und neben seinem Mund bildete sich ein Grübchen. »Verabredungen sind was für Spießer, nicht für so was wie dich und mich. Steck dir dein Mittelklasse-Benehmen an den Hut, und komm schon. Laß uns Spaß haben. Der Tank ist voll.« Er streckte die Hand aus und zeichnete sanft mit einem Finger ihre Wange nach.

Kitty zitterte leicht unter seiner Berührung. Wie konnte ihm das jedesmal wieder bei ihr gelingen? »Tut mir leid«, sagte sie, »aber zufällig habe ich für heute abend schon eine Verabredung.«

Der Finger strich weiterhin zart über ihr Gesicht. »Mit Whit, nehme ich an. Dem echten Mr. Spießbürger. Bringt er dir eine Gardenie in einer kleinen weißen Schachtel mit? Ich habe dir etwas Besseres zu bieten.« Seine tiefe Stimme wurde anzüglich, und er beugte sich vor, wobei sein Motorrad gefährlich ins Schwanken geriet, um mit seinen Lippen nah an ihrem Ohr zu sagen: »Ich habe dir etwas *viel* Besseres zu bieten.«

Kits Herz hämmerte unregelmäßig. »Nicht«, murmelte sie; auf ihre Stimme konnte sie sich nicht mehr verlassen. Augenblicklich verschwand der koboldhafte Blick aus seinen Augen, und sie haßte sich dafür. »Du kannst mich nach Hause bringen«, sagte sie gedehnt, sie sagte es sowohl, um zu sehen, wie das Lächeln auf sein Gesicht zurückkehrte, als auch, um hinter ihm zu sitzen, ihre Arme eng um seine schlanke Taille geschlungen, ihre Wange an seine harten Rückenmuskeln geschmiegt.

Einen Moment später fuhren sie mit ohrenzerreißendem Dröhnen davon. Das Studentinnenwohnheim war nur ein oder zwei Minuten entfernt, aber als sie sich ihm näherten, legte Dan Geschwindigkeit zu, legte die Maschine in die Kurve, um zum Hillside Park hinaufzufahren. »Dan! Halt an!« schrie sie, aber falls er sie gehört hatte, ließ er es sich nicht anmerken; sie war sicher, sein wahnsinniges, selbstzufriedenes Gelächter über den gräßlichen Lärm der Maschine hinauszuhören. Sie konnte nichts tun; sie hätte wissen müssen, daß er zu solchen Tricks imstande war.

Wenn er das Ding endlich anhielt, würde sie ihm eins aufs Dach geben. Sie hatte eine Verabredung, schon vor Wochen getroffen, mit einem Mann, der wußte, wie man mit ihr umging. Dan glaubte, er könne ständig die Pläne, Vorstellungen oder Argumente anderer Leute umstürzen – und daß die betreffenden Menschen ihn dafür auch noch liebten. Dieser Irre!

Hillside Park war kein formal angelegter Garten, sondern eine natürliche abschüssige Waldlandschaft mit jungen Rottannenpflanzungen und felsgeschützten Winkeln, die im Gebüsch versteckt waren. Von einer der höheren Erhebungen aus, auf die Dan zufuhr, konnte man tief unten einen Streifen des glitzernden Sees erkennen. Er fuhr auf ein Birkenwäldchen zu, das jetzt von zartem, neuem Gras umsäumt war und stellte den Motor ab. Die plötzliche Ruhe war im ersten Augenblick bestürzend. Dann vernahm sie das Vogelgezwitscher, das die Luft erfüllte.

Kit ließ sich flink vom Motorrad gleiten und funkelte Dan, der die Maschine zwischen den Beinen balancierte, wütend an.

»Für einen Typ, der sich selbst für so einfühlsam hält«, sagte sie zähnefletschend, »zeigst du keinerlei Rücksicht, wenn es um mich geht.«

»Warum kannst du bloß nicht spontan sein?« konterte er, stieg ab und lehnte das Motorrad an einen Baum. »Wir stehen auf einem der schönsten Flecken Erde, es ist ein wunderbarer Frühlingsabend, und sogar ein Picknick habe ich mitgebracht. Und dir fällt nichts Besseres ein, als dich wie ein verzogenes kleines Schulmädchen zu benehmen!«

»Du weißt genau, daß ich deine Höhlenmenschen-Tour nicht ausstehen kann – mich abzuschleppen, wann es dir gerade in den Sinn kommt! Ich habe es satt! Bring mich jetzt nach Hause! Diesmal bin ich *wirklich* sauer!«

»Wirklich?« Er lächelte und breitete seine Arme aus. Als sie nicht darauf reagierte, trat er auf sie zu und sagte: »Weißt du nicht, daß wir hier zu Hause sind?« und zog sie gewaltsam in seine Arme.

Eine Minute lang blieb sie steif stehen und wehrte sich mit aller Kraft. Sie liebte die Nähe seines Körpers; es schien ihr, als sei er genau für sie gemacht. Sein frischer Geruch umströmte ihre Sinne; groß und warm lagen seine Hände auf ihrem Rücken. Sie preßte die Augen zu und wollte fest bleiben, aber sie war sich jedes

Zentimeters seines Körpers schmerzlich bewußt – seiner Wange, die sich an ihrer rieb – seines schlanken, muskulösen Körpers, der so dünn und doch so stark war.

Trotz ihrer Abwehr schlangen sich ihre Arme um seinen Hals, und ihr Kopf warf sich zurück. Sein Mund senkte sich, warm und fordernd, und zerteilte ihre Lippen mit seiner Zunge. Als er einen Moment lang den Kopf hob, hatte sie das verworrene Gefühl, daß seine Augen heiß in die ihren glühten, und dann küßte er sie wieder, erforschte fast brutal ihren Mund. Eine Hand wölbte sich über ihren Hintern, zog sie dicht an sich, während die andere Hand gegen ihren Hinterkopf drückte. Er legte sie auf den grasbewachsenen Hügel, sein Mund bewegte sich von ihrem Ohr über ihren Hals zu ihrer Kehle. Sie stieß einen Laut aus, der halb Schluchzen, halb Flehen war.

So war es immer. Wie Metall und Magnet fanden sie zueinander, hingen zusammen, als ob sie ein Naturgesetz dazu gezwungen hätte. Er rief etwas Grundlegendes und Wildes in ihr hervor, einen überwältigenden Strudel der Begierde, gegen den sich ihre wählerische Seele auflehnte. Sie kämpfte fortwährend gegen diesen Verlust ihres Selbst an, dagegen, ihn dringend zu brauchen, und gegen diese demütigende Unterwürfigkeit.

Er knöpfte ihre Bluse auf und knabberte an ihrem Schlüsselbein. Schnell gelangte sein Mund zu ihren zarten, festen Brüsten. Sie stöhnte, gab einmal mehr nach und fuhr mit ihren Händen unter sein Hemd, um seinen nackten Rücken zu streicheln. Ungeduldig riß er sich das Hemd herunter und küßte sie fieberhaft. Ihre Sinne umnebelten sich, und keuchend zog sie seinen Kopf näher zu sich. Sie spürte seine warme, starke Hand auf der zarten Haut der Innenseite ihrer Oberschenkel, und sie wußte, daß für diesmal nichts mehr aufzuhalten war. Ein heftiges, begehrliches Pochen hämmerte in ihren Ohren und erfüllte ihre Sinne.

Einen Moment lang schien der Widerhall aus ihrem eigenen Körper aufzusteigen. Die Zärtlichkeiten wurden abrupt beendet. Kit sah zu ihm auf. In seinen Augen stand Wildheit, und er fauchte durch entblößte Zähne.

Sie wand sich frei, packte seine Schultern und schüttelte ihn.

»Dan. Was ist los? Was hast du?« Sein Gesichtsausdruck, der unbezähmte Ausdruck seiner Augen, war furchterregend.

Dann zitterte er. »Ich dachte, es sei ein Geschützfeuer. Blöde Waffen!« Er wandte sich ihr wieder zu und murmelte: »Entspann dich. Es war nur das Feuerwerk.«

»Das Feuerwerk – das *Feuerwerk!* Oh, mein Gott!« Sie legte beide Hände auf seine Schultern und schüttelte ihn wieder. »Hör auf! Dan! Ich muß gehen. Ich meine es ernst!« Sein Gewicht drückte sie nieder. »Dan, hör auf!«

Er warf sich das lange Haar aus seinem geröteten Gesicht, rollte sich herum und saß auf seinen Schenkeln. »Was ist denn jetzt schon wieder los, Kit?«

Aufgelöst zog sie ihre Kleider zurecht und knöpfte mit zitternden Fingern ihre Bluse zu. »Genau jetzt sollte ich mit Whit beim Feuerwerk sein. Ich habe dir doch gesagt, daß ich verabredet bin. Er wollte mich um halb acht abholen – wie spät ist es jetzt?«

»Viertel vor acht.«

»Ich muß gehen. Er wird toben!« Was tue ich bloß? fragte sie sich voller Scham. Vor einem Moment war ich noch auf dem besten Wege, mit Dan zu schlafen, und jetzt mache ich mir Sorgen um meine Verabredung mit Whit. Was ist nur mit mir los? Warum tut er mir das an?

Dan seufzte und legte seine Hand besitzergreifend auf ihre Schultern. »Komm schon, Liebling, vergiß Whit und dieses blöde Feuerwerk. Es ist ohnehin schon zu spät. Und außerdem brauche ich dich. Viel mehr als er. Er schafft dich nicht. Er weiß dich nicht wirklich zu schätzen, dieser kalte Fisch.«

»Ach wirklich?« Sie wich langsam vor ihm zurück, stand auf und steckte ihre Bluse in ihren Rock. Ohne ihn anzusehen, fügte sie hinzu: »Er will, daß ich ihn heirate.«

Dan warf den Kopf zurück und johlte. »Heiraten? *Den?* Von ihm kann ich mir vorstellen, daß er eine Fusion zustandebringt, aber eine Ehe? Was will er dafür von dir, Kitty? Bezugsrechte?«

»Dan, wie kannst du nur so etwas Schreckliches sagen! Du kennst ihn überhaupt nicht, aber das hält dich nicht davon ab, dir eine Meinung zu bilden, oder? Mir ist völlig gleich, was du von ihm hältst. Es ist nun einmal so, daß ich mit ihm verabredet bin, und diese Verabredung werde ich einhalten!«

Dan setzte sich auf und schlang die Arme um seine Knie. Er grinste sie an; das tat er immer, wenn sie wütend war. »Ich für meinen Teil werde jetzt jedenfalls picknicken, und daher schätze ich, du wirst zu Fuß gehen müssen. Du dürftest um – na ja, so um halb neun da sein.«

Kit starrte ihn sprachlos an.

»Und überhaupt«, fuhr Dan in verändertem Tonfall fort,

»haben du und ich ernsthafte Dinge zu besprechen. Ehe wir das geregelt haben, bringe ich dich nicht zum Campus zurück.«

Ihr Herz sank. Seit Wochen hatte sie das Thema gemieden. Jetzt würde er die ganze Sache mit dem Friedenskorps noch einmal aufrollen. Es mußte eine Möglichkeit geben, die Diskussion zu beenden, ehe sie überhaupt angefangen hatte.

»Gut«, sagte sie brüsk. »Heute nachmittag habe ich meine Flugkarten nach Italien abgeholt.«

»Verdammt noch mal, Kit.« Er sprang abrupt auf die Füße. »Wir haben beide Anträge gestellt.«

Sie mied seinen Blick und sagte: »*Ich* habe nie einen Antrag gestellt. Du hast meinen Namen ohne meine Zustimmung eingetragen. Ich habe dir schon hundertmal gesagt, daß ich nicht zum Friedenskorps will!«

»Vergiß, was du gesagt hast. Du weißt selbst nicht, was du willst. Wenn wir erst einmal aus dieser bematschten Atmosphäre des College-Bla-Bla draußen sind, wirst du sehen, daß ich recht habe. Mein Gott, Kit, eine so wahnwitzige Gelegenheit, wirklich etwas zu verändern, bekommst du in den nächsten zweihundert Jahren kein zweites Mal, und alles, was dir dazu einfällt, ist: ›Ich möchte lieber einzelnen Menschen helfen.‹ Eine ich-bezogenere, unzeitgemäßere Haltung gibt es gar nicht! Wach auf, Kitty, wach auf, und stürz dich ins Geschehen!« Er packte sie an den Schultern und grub seine Nägel in ihre zarte Haut.

Ihre Stimme war kühl und ausdruckslos. »Du tust mir weh.«

Er ließ seine Hände sinken, und in seine Stimme trat eine tödliche Ruhe. »Ich tue dir weh? Du tust *mir* weh, Kit. Ist dir nach drei Jahren immer noch nicht klar, daß du mir gehörst – daß wir zusammengehören?« Er beugte seinen Kopf, um sie zu küssen, doch sie riß sich zornig los.

»Das ist deine Antwort auf alles. Du küßt mich, und ich soll alles andere vergessen. Nun, vielleicht hast du recht. Vielleicht vergesse ich wirklich alles, wenn du mich im Arm hältst. Und vielleicht gefällt mir das nicht! Ich habe den Eindruck, ich bin dir am liebsten, wenn ich dahinschmelze und den Kopf verliere. Du willst nicht einfach mit mir zusammensein; du willst mich erobern, mich besitzen!«

Er lachte barsch. »Ich bin ein Mann, Schätzchen, und so sind Männer nun mal.«

Kit spürte, wie sich ihr Entschluß verstärkte. »Nicht alle Männer«, sagte sie gepreßt. »Whit läßt mir Raum. *Er* versucht nicht ständig, mich zu formen und zu verändern und zu belehren und zu kontrollieren. Er mag mich so, wie ich bin.«

Dan schüttelte sie. »Dann bist du wirklich blöd. Siehst du denn nicht, daß du für ihn nichts weiter als ein Stein zur Vermögensbildung bist? Wo andere Leute ein Herz haben, hat er eine Rechenmaschine, und die hübsche Kitty Cameron, die Süße von Sigma Chi, ist eindeutig unter der Spalte ›Haben‹ zu verbuchen. Er weiß nicht einmal, wer du bist. Ich bin der einzige, der dich kennt. Bebst du, wenn er dich im Arm hält? Küßt du ihn so, wie du mich küßt? Natürlich nicht! Ich frage mich, ob er dich überhaupt küßt. In seinen Adern fließ kein Blut, sondern Buchführungstinte!«

Verdammter Kerl! Wie konnte er wissen, daß sie keine Leidenschaft für Whit empfand! »Vielleicht paßt es mir gar nicht, ständig in den Armen eines Mannes zu zittern! Vielleicht hasse ich es sogar! Vielleicht bin ich sogar am liebsten allein!«

»Ja, und vielleicht willst du die einzige Jungfrau auf dem ganzen Campus sein. Du willst mich. Ich weiß es, und du weißt es auch. Willst du mir einreden, daß du lieber allein bist? Soll ich es dir glauben? Ich habe mich dir nie aufgezwungen. Drei Jahre lang habe ich gespürt, wie du unter meinen Händen geschmolzen bist, und du sagst immer noch ständig nein. Warum zum Teufel glaubst du, daß ich mir das gefallen lasse?«

»Das habe ich mich oft gefragt!« brauste sie auf. Ihr Herz hämmerte. Wenn er heftig wurde und seine dunklen Augen aufflammten, hatte sie das Gefühl, innerlich zu vergehen. In Dan Copeland wohnte ein unerbittlicher Wille, von dem sie fürchtete, er werde sie restlos überwältigen, wenn sie jemals nachgeben sollte.

Sie stand unschlüssig dort, sehnte sich einerseits danach, sich in seine Umarmung zu schmiegen, doch ihre andere Hälfte schrie nach Freiheit.

Er mußte etwas in ihren Augen gelesen haben, denn er streckte seine Arme wieder nach ihr aus und zog sie an sich, bis sie Brust an Brust standen.

»Merkst du es denn nicht, Kit? Du mußt es dir selbst ausgerechnet haben. Glaubst du, er schert sich einen Dreck darum, wer unter deinem Engelsgesicht und deinem unglaublichen Körper steckt? Ich bin dein Mann, und du bist meine Frau – so einfach ist das. Bei uns stimmt alles, und deshalb bleiben wir auch zusammen.«

»Oh, Dan, immer derselbe Streit. Es hat *nie* gestimmt, nicht wirklich. Wir sind so verschieden. Ich weiß gern, was sich in meinem Leben tut. Ich habe gerne Verabredungen und gehe in nette Lokale und lasse mir Türen aufhalten und Blumen mitbringen und dieses ganze Zeug, was du für blöd hältst. Du kommst immer zu spät oder zu früh, und manchmal vergißt du mich vollkommen, weil du mit Ben über Politik diskutierst.«

Sein Gesicht war dem ihren so nah, daß sie seinen warmen Atem auf ihrer Haut spürte, als er flüsterte: »Kitty, tu uns das nicht an. Für die anderen bist du eine Barbie Doll. Nur bei mir bist du du selbst. Du *mußt* mit mir nach Indien gehen – ich habe alles schon geplant. Du kannst nicht nein sagen.«

Sie wurde zu Eis. Ohne sich aus seinem Griff zu lösen, entgegnete sie mit distanzierter Stimme: »*Du* hast geplant. *Du* hast entschieden. Also fährst *du*. Ich habe meine eigenen Pläne!«

»Liebling!«

»Laß mich in Ruhe.«

»Soll ich zulassen, daß du dein Leben mit diesem vollgefressenen, hochtrabenden Arschloch vergeudest? Mit Whit Harris? Niemals!«

»Nicht, daß es dich etwas angeht«, sagte Kitty und fühlte sich plötzlich schrecklich schwach, »aber ich habe nicht vor, mein Leben an irgendeinen Mann zu vergeuden. Ich nehme mein Leben selbst in die Hand.«

Wie leicht es doch war, dachte sie und setzte sich aufrechter auf den Rücksitz, im Alter von zweiundzwanzig solche weitgreifenden Behauptungen aufzustellen. Damals war sie sich ihrer Zukunft so sicher gewesen. Sieh mich jetzt an, dachte sie trocken. Ich sitze in Whits Wagen, lasse mich von Whits Chauffeur fahren, trage Kleider, für die Whit bezahlt hat und führe ein Leben, das Whit für mich ausgesucht hat. Sie lachte bitter. Das Leben war voller unerwarteter Tücken.

Man brauchte nur an Lee zu denken. Vor zehn Jahren hatte Lee regelmäßig den Unterricht geschwänzt, sich nicht darum geschert, was die anderen über sie dachten, nach ihren eigenen Vorstellungen gelebt und geschlafen, mit wem sie gerade Lust hatte. Wenn jemals jemand nonkonformistisch gewesen war, dann Lee Rivers. Wenn man sie sich allerdings heute ansah: ihr Bild auf dem Umschlag von Illustrierten, abgemagert, nach dem neuesten Schrei der Mode gekleidet, zwei goldene Schallplatten, eine typische amerikanische Erfolgsgeschichte.

Als Lee das letzte Mal angerufen hatte, vor zwei Wochen aus Paris, hatte sie gelacht und gesagt: »Was ziehst du zum Klassentreffen an?« Als ob sich Lee Rivers jemals etwas daraus gemacht hätte, was »proper« war! Kitty lachte bei dem bloßen Gedanken an die Aufmachung, mit der Lee in der Schule herumgelaufen war. Sie war immer ein Original gewesen. Sie war es immer noch. Sie freute sich so sehr darauf, sie wiederzusehen und stundenlang über die Männer und die Liebe und das Leben zu reden. Sie hatten sich seit mehr als einem Jahr nicht mehr gesehen.

Sie erinnerte sich daran, wie sie und Lee sich zu College-Zeiten feierlich darauf geeinigt hatten, daß es dumm sei, sich von einem Mann abhängig zu machen, um sich eine Identität und Essensmarken zu sichern. Sie hatten sich gelobt, niemals in diese Falle zu gehen. Kein Jahr nach dem Abschluß war Kit verheiratet gewesen und hatte ein Baby erwartet, und Lee hatte mit einem ausgeflippten Gitarrenspieler zusammengelebt. Wenn damals jemand ihren Geschichten einen Schluß angedichtet hätte, hätte er geschrieben, daß Kitty bis ans Ende ihrer Tage glücklich sein, und Lee halb verhungert in der Gosse enden würde. Wie sehr sich dieser Schriftsteller geirrt hätte.

Denn eben gerade kam sie an. Lee saß auf dem Rand des Springbrunnens an der Grand Army Plaza; sie hatte sich eine rote Rose hinter das Ohr gesteckt. Bei Lee konnte man sich darauf verlassen, daß sie nicht wie eine Dame im Foyer des Plaza Hotels wartete. Sie wirkte vollkommen entspannt, ihre Augen hinter einer riesigen Sonnenbrille verborgen und einen silbernen Beutel zu ihren Füßen; sie trug eine schillernde, weit fallende Tunika aus irisierender perlgrauer Seide mit einem dreifach geschnürten Silbergürtel und dazu passende Pluderhosen und Sandalen mit silbernen Schnüren. Wer außer Lee Rivers hätte eine derart ausgefallene Kostümierung gewagt – und das noch vor der Mittagessenszeit? Kitty mußte unwillkürlich grinsen.

Sie sah aus wie aus dem Ei gepellt – ganz so wie auf den Werbefotos. Ihr Haar war zu einem Heiligenschein aus winzigen, kruseligen Löckchen geschnitten. Es war kaum zu glauben, daß diese schicke Erscheinung im College vier Jahre lang mit langen, dichten, verfilzten Haaren, geflickten Bluejeans und wüsten Hemden herumgelaufen war. Sie hatte zwanzig Pfund zuviel gewogen, und jetzt war sie groß und schlank und elegant.

Ungeduldig pochte Kitty an die Scheibe, die sie von Martin

trennte. »Halten Sie gleich hier an, Martin!« Der Fahrer fuhr augenblicklich an den Bürgersteig, und sie sprang heraus und schrie: »Lee! Lee! Hier bin ich!«

Der Kopf mit dem Heiligenschein wandte sich um, und sie sah das altbekannte schiefe Grinsen. »He, Kitty! Hurra!« Sie rannte so schnell wie möglich in ihren unglaublich hohen Absätzen auf Kitty zu.

Als sie beobachtete, wie ihre alte Freundin auf sie zukam, sah Kitty eine verschwommene Doppelbelichtung vor sich: die alte Lee, ein üppig gebautes Hippiemädchen, und diese aufgedonnerte, schlanke Gestalt darüber geblendet. Sie mußte sich immer wieder daran erinnern, daß dies die wirkliche Lee war. Doch ganz gleich, wie oft sie sie auch sah – ob als Titelbild auf Illustrierten oder leibhaftig – sie war immer wieder überrascht. Ihre gute alte Freundin, die ihren eigenen Weg gefunden hatte, hatte genau das getan, was sie gern getan hätte, und sie war groß damit herausgekommen. Man brauchte sie nur anzuschauen!

Jetzt rannte auch Kitty los, und einen Moment später lagen sie sich in den Armen. Der Duft von Lees exotischem Parfüm umströmte sie.

Vor Begeisterung quietschend wie zwei Schulmädchen ließen sie einander los, lächelten breit, hielten sich bei den Händen und musterten sich gegenseitig von Kopf bis Fuß. Kitty konnte nur staunen. Lee war die perfekte Verkörperung des Erfolgs: strahlend, kultiviert, aufgeklärt, erfüllt und vollkommen unabhängig.

Lee schüttelte langsam den Kopf und sagte mit ihrer heiseren Stimme: »Oh, es ist einfach unglaublich. Kitty Cameron, du hast dich kein bißchen verändert!«

Ohne jede Vorwarnung brach Kit in Tränen aus.

3

Lee Rivers

Lee war sprachlos. Was zum Teufel habe ich gesagt? fragte sie sich. Was geht hier vor? Was soll ich tun? Sie drückte Kittys Hand und dachte in Windeseile nach. Es paßte so gar nicht zusammen, diese elegante Frau in ihrem teuren, maßgeschneiderten Hosenanzug, die mitten in Manhattan stand und schluchzte wie ein kleines Kind.

Außerdem lag ein solches Verhalten Kitty fern. Lee hatte drei Jahre lang mit ihr zusammengewohnt, war ihre Vertraute gewesen, hatte beobachtet, wie sie die verschiedensten Dinge handhabte – wie sie mit verzweifelten Freunden Schluß gemacht oder den Tod ihres Vaters bewältigt hatte – und hysterisches Weinen war einfach nicht ihre Art. Es hatte immer so geschienen, als spiegele sich in ihrem Verhalten ihr Aussehen wider: bleich und silbrig, nahezu ätherisch, glitt sie fast schwerelos durch das Leben. Kit hätte niemals einem anderen ihre Gefühle aufgebürdet. Nicht einmal mir, dachte Lee, und ich war ihre beste Freundin. Wenn ihr etwas sehr nahe ging, hatte es dafür immer Anzeichen gegeben: zwei leuchtende Farbflecken hoch oben auf ihren Backenknochen und manchmal, wenn sie wirklich außer sich war, ein nervös zuckender Muskel in der Nähe des Mundes. Wenn sie sich plötzlich rasend in sinnvolle Aktivitäten stürzte, bedeutete das immer, daß sie einen inneren Aufruhr bewältigte.

Es war seltsam und ergreifend, zu beobachten, wie sich dieses erlesen schöne Gesicht zerknitterte. Was konnte nur los sein? Lee legte Kit eine Hand auf die Schulter und streichelte sie. »Magst du darüber reden?«

Kitty lächelte sie schwach an, aber die Tränen stürzten weiterhin aus ihren Augen. »Oh, Gott, es ist mir so peinlich. Aber ich kann scheinbar nicht aufhören. Ich würde liebend gern darüber reden, aber ich weiß nicht, was mit mir los ist.« Sie schniefte.

»Ich hoffe, es hat nichts mit meiner neuen Frisur zu tun.«

Kit mußte lachen und kramte ein Taschentuch aus ihrer Tasche. »Oh, mein Gott, Lee, du siehst einfach phantastisch aus! Jetzt glaube ich wirklich, daß du ein Star bist. Und was du anhast! Ich hätte nicht den Mut dazu, aber dir steht es wirklich.«

»Versuchst du vielleicht gerade, das Thema zu wechseln – auf deine äußerst charmante Weise natürlich – aber ist es nicht so? Ich meine, Whit hat sich doch nicht etwa in letzter Zeit darauf verlegt, dich zu schlagen? Oder etwas Derartiges?«

»Sei nicht albern!« Kitty hatte eine goldene Puderdose aus der Tasche gezogen und puderte ihre ohnehin vollkommene Nase. »Ich bin wohl einfach überspannt, weil wir uns nach so langer Zeit wiedersehen, das ist alles.«

So lange ist das gar nicht her, dachte Lee. Erst letztes Jahr hatten sie sich in Madrid getroffen, als sie eine Tournee durch Spanien unternommen hatte. Irgend etwas tat sich in Kits Leben, aber sie wußte aus alten Zeiten, daß es sinnlos war, forschen zu wollen.

»Klar«, sagte sie leichthin. »Bei meinem Anblick brechen die Menschen im allgemeinen in Tränen aus. Ich bin es gewohnt.«

Kit sah sie scharf an und lächelte dann. »Der Wagen wartet. Wo ist dein Gepäck?«

Grinsend hob Lee ihren Beutel hoch. »Meine Wanderjahre haben mich gelehrt, wenig einzupacken. Das ist alles. Bist du beeindruckt?«

»Maßlos.« Kit ging voran.

»So, dann will ich mal raten«, sagte Lee. »Der rotbraune Caddy ist es nicht. Und es ist mit Sicherheit nicht der rosa Rolls – ich glaube, Whit würde lieber sterben. Also muß es der silberne Mercedes sein.«

»Stimmt hundertprozentig. Aber laß dich von Martin nicht dabei erwischen, daß du das einen Mercedes nennst. In Chauffeurkreisen ist das nämlich ein Benz.«

Der unerschütterliche Martin stieg aus, legte einen Finger an seine Kappe und nahm Lees Tasche in die Hand, als enthielte sie die Kronjuwelen.

Als sie sich neben ihrer alten Zimmergenossin auf dem Rücksitz niedergelassen hatte, bemerkte Lee: »Das ist das Leben, Mädel. Nachdem ich jahrelang auf dem Soziussitz eines Motorrads gesessen bin oder mich in einen VW-Käfer gezwängt habe, muß ich sagen, daß ich diese wunderbaren übergroßen Automobile liebe. Endlich kann man die Beine ausstrecken.«

Genau das tat sie auch. »Ein Abfallprodukt von Ruhm und Geld sind die dicken Autos. Ich habe keine fünf Minuten gebraucht, um mich vollkommen an diesen Luxus zu gewöhnen.« Sie lachte.

»Du hast es verdient«, sagte Kitty schlicht.

»Ja, das habe ich. Aber« – Lee sah ihre Freundin von der Seite an –, »du doch wohl auch.«

Kitty schien den letzten Satz nicht gehört zu haben. Stattdessen lenkte sie Lees Aufmerksamkeit auf die Pferdewagen, die am Parkeingang aufgereiht waren; die Pferde waren mit wüsten Federn oder vielfarbigen Blumen herausgeputzt. Lee sah pflichtbewußt hin. Sie liebte New York in all seiner Vielfalt. Keine andere Stadt auf Erden hatte eine solche Abwechslung zu bieten. Als der Wagen geschmeidig um den Columbus Circle glitt, erspähte sie ein Team von winzigen Fußballspielern, nicht älter als acht oder neun Jahre, die in roten Hemden mit Schulterklappen feierlich hinter ihrem entschlossen aussehenden jungen Mannschaftskapitän hertrotteten. »Okay, Männer«, schrie er. »Denkt daran, zu warten, bis es grün wird.«

Beide Frauen lachten darüber und sagten gleichzeitig: »Erinnerst du dich an Jock Standish und das Colgate-Spiel?« Daraufhin schütteten sie sich aus vor Lachen.

Kit wischte sich die Augen und sagte: »Da wir gerade von Jock sprechen – weißt du, daß Courtney im Empfangskommittee sitzt?«

»Uff. Heißt das, daß wir sie als erste sehen? Ich bin froh, daß du mich gewarnt hast. Ich werde die Zähne fletschen und mein kältestes Lächeln aufsetzen.«

»Courtney sollte dir leid tun, Lee.«

»Leid tun! Die ganzen drei Jahre über, die wir dort gewohnt haben, hat sie sich um mich bemüht.«

»Du darfst nicht vergessen, daß sie nur die Vorsitzende des Studentinnenverbandes war, weil niemand anders diesen Job haben wollte. Und das hat sie genau gewußt.«

Lee räkelte sich auf dem Sitz. »Ist das nicht komisch, Kit? Als ich dich in Spanien gesehen habe, ist kein Wort über das College gefallen. Aber jetzt reden wir über nichts anderes, weil wir auf dem Weg zu diesem Treffen sind.«

»Ja.« Kit schien noch etwas sagen zu wollen, aber sie überlegte es sich anders. Kurz darauf fragte sie: »Warum hast du die Rose im Haar? Ich hätte dich bestimmt auch ohne sie gefunden.«

»Ich als das große, magere Mädchen mit der Rose zwischen den Zähnen? Nein, so war es nicht gedacht. Da steckt etwas viel Besseres dahinter. Kannst du dir vorstellen, daß es irgendwo irgend jemanden gibt, der ständig verfolgt, wo ich gerade bin? Und daß er mir in jedes Theater, in dem ich auftrete, eine einzelne rote Rose schickt?«

»Wie romantisch. Wer ist es?«

»Romantisch! Ich finde das eigentlich eher seltsam. Ich meine, wenn ein Typ verrückt genug ist, Rosen über die ganze Welt zu verschicken, selbst nach Melbourne, dann sollte man doch meinen, daß er wenigstens einmal auftaucht, oder nicht?«

»Das ist ein geheimer Bewunderer, Lee. Das, wonach sich jede Frau sehnt.«

»Diese Frau nicht. Du kennst mich doch, Kit. Du hattest immer etwas für Gesten übrig, aber *ich* ziehe das Handfeste vor. Wie du dich sicher erinnerst.« Sie grinsten einander an. »Ja, du erinnerst dich. Wunderbar. Jahrelang hast du mir geholfen, meinen breiten

Hintern durch das Fenster zu bugsieren und mich dann bei Mrs. Camberson und den zimperlichen Studienkolleginnen gedeckt. Du warst die beste Zimmergenossin auf der ganzen Welt, Kitty.« Sie drückte ihrer Freundin liebevoll die Hand.

»Danke, aber du bist vom Thema abgekommen. Ich möchte mehr über deine Rosen wissen.«

»Eigentlich war es mir gruselig, als ich gemerkt habe, daß ein Typ jeden meiner Schritte verfolgt hat – und ich wußte nicht mal, wer es war oder was er sich dabei gedacht hat. Ich habe angefangen, mich vor den verdammten Dingern zu fürchten. Früher habe ich Rosen geliebt.«

»Aber du trägst diese Rose mit dir herum.«

»Inzwischen ist es auch ein bißchen anders. Vor einer Woche, in London, kam eine Rose mit einer Nachricht.«

»Eine Nachricht! Spann mich nicht auf die Folter!«

»Handschriftlich. Ich war ganz aufgeregt und habe versucht, mich an Handschriften zu erinnern – zum Teufel, ich meine natürlich an die Handschrift von Bill O'Hara – bis ich gemerkt habe, daß die Rose telegraphisch geschickt worden ist und daß das Gekritzel, mit dem ich mich auseinandergesetzt habe, die Handschrift des Blumenverkäufers war.«

»Und was stand in der Nachricht?«

»›Spiele, Zigeunerin. Singe, Zigeunerin. Wir sehen uns beim Klassentreffen.‹ Ist das nicht ein Hammer?«

»Jetzt verstehe ich, warum du an Bill O'Hara gedacht hast. Hat er dich nicht immer Zigeunerin genannt?«

»Unter anderem. Der Rest war interessanter. Nein, was mich wirklich auf ihn gebracht hat, ist die Tatsache, daß die Rosen erst nach meiner ersten goldenen Schallplatte eingetroffen sind. Es hätte ihm ähnlich gesehen, zu vergessen, daß es mich überhaupt gibt, bis mein Name groß in allen Zeitungen stand. Und dann versucht er, abzukassieren.«

»Ich habe nie verstanden, was du so attraktiv an ihm fandest.«

Lee lächelte breit. »Du hast es gerade gesagt. Seine große Attraktivität.«

»Oh, Lee, da muß noch etwas anderes gewesen sein.«

»An mehr kann ich mich nicht erinnern. Natürlich ist alles ein bißchen verschwommen. Zehn Jahre sind eine lange Zeit.« Ihre Stimme wurde leise. »Es ist wirklich so, daß es mir vorkommt, als sei meine Vergangenheit ewig weit weg. Nur einzelne Vorfälle habe ich noch klar und eindringlich im Gedächtnis. Wie die Nacht, in der ich dich besucht habe, betrunken und niedergeschlagen und gräßlich ...«

»Betrunken schon.« Kitty lachte. »Mann, warst du hinüber! Aber gräßlich warst du nicht, Lee. Du hast dich ziemlich zivilisiert verhalten – wenn man bedenkt.«

Lee war den ganzen Weg vom Bahnhof zu Fuß gegangen; der Wind hatte in der Dunkelheit geheult, und der eisige Regen hatte ihr grausam ins Gesicht gepeitscht. Sie war in zahllose knöcheltiefe Pfützen gestolpert. Nach zehn Minuten war sie völlig durchnäßt, und das Haar hing in nassen Strähnen über ihr Gesicht.

In gewisser Weise genoß sie ihr Unglück, während sie durch schwach beleuchtete, unbekannte Straßen lief, in Schlaglöcher taumelte und vor sich hinschluchzte, weil sie vor ein oder zwei Stunden in einer Bar an der dritten Avenue zuviel Scotch gekippt hatte. »Elend ist mein Name, und Elend ist mein Los«, sang sie laut nach einer erdachten Melodie.

Irgendwo in der Dunkelheit lag Kittys Haus. Hoppla, Whits Haus. Alles drehte sich vor ihren Augen, und sie fragte sich, ob sie am richtigen Bahnhof ausgestiegen war. Doch, natürlich, dieser reizende kleine Mann hatte ihr gesagt, das sei der Weg zu Harris. Wie viele Harris konnte es hier geben?

Ein Wagen, der sie im Vorbeifahren anspritzte, erleuchtete einen Moment lang die trostlose Landschaft: Tausende von Bäumen, die in Regenlaken gehüllt waren.

»Idiot«! plärrte sie in die Nacht. Dann fing sie an zu weinen. Weil sie die Idiotin war, die sich von diesem Saftsack, diesem Larry, hatte beschwatzen lassen, sich als ein Dale Evans für arme Leute zurechtzumachen. Country and Western Music! Seit wann war sie eine Country and Western-Sängerin? Warum hatte sie sich einen solchen Blödsinn von ihm einreden lassen? Es war ein schauriger Fehlschlag. Die Platte, mit der sie eine Million hatten machen wollen, wurde von den Disk-Jockeys gar nicht erst gespielt! »Noch nicht einmal gespielt!« rief sie in die regengepeitschte Nacht. »Weil es ein Scheißdreck war! Hörst du das, Larry? Ein Scheißdreck, alter Scheißkerl!«

Er hatte ihr Haar platinblond bleichen lassen, mit einem häßlichen aschfahlen Schimmer und es auf ihren Kopf getürmt, jedes einzelne Haar toupiert und mit klebrigem Zeug eingesprüht, bis es sich wie Plastik anfühlte. Er hatte sie in ein zu enges weißes Satinkleid einnähen lassen, das mit Flitter übersät und bis zum

Nabel ausgeschnitten war. Dann hatte er sie auf einen Schminkstuhl gesetzt und sie mit Kleister und drei Paar verschiedenen Wimpern zugegipst. Und wozu das Ganze? Für nichts! Die Disk-Jockeys hatten sie nur kurz angeschaut und sich abgelacht. Nie hatten sie »Losin' at the Rodeo of Love« gespielt, nicht ein einziges Mal. Sie konnte es ihnen nicht vorwerfen. Was für eine blödsinnige Idee!

Sie taumelte weiter, warf den Kopf zurück und ließ den Regen in ihr Gesicht peitschen. Sollte er den ganzen Mist abwaschen, sollte er sich über sie ergießen. Sie hatte noch nie ein unechtes Cowgirl sein wollen – es war alles Larrys Schuld, und sie war so verrückt gewesen, auf ihn zu hören.

»Geschieht dir ganz recht«, murmelte sie und übergab sich plötzlich auf die durchweichte Straße.

Sie fühlte sich ausgelaugt, aber doch nüchterner und legte den restlichen Weg schweigend zurück. Ganz so, wie der Bahnhofsvorsteher gesagt hatte, lag das Haus der Harris zwei Meilen geradeaus an der Landstraße, unverkennbar durch seine riesigen Eisentore. Sie klinkte sie auf, schlüpfte hinein und glitt über das glitschige Pflaster.

Ewigkeiten später pochte sie mit dem Löwenkopf gegen die große weiße Tür. Sie konnte den rötlichen Schimmer eines Kaminfeuers auf einem Kristallglasleuchter sehen. Auch Bilder und verschnörkelte Formen spiegelten sich. Ihr war vollkommen egal, was davon was war, solange es nur drinnen, warm, trocken und sicher war.

Dem erstaunten Hausmeister, der ihr die Tür öffnete, sagte sie: »Ich bin Kittys Freundin. Wirklich. Sagen Sie ihr, es sei Lee.« Schon eine Sekunde später, oder zumindest erschien es ihr so, kam Kitty, die so gepflegt wie gewöhnlich aussah, mit aufgestecktem Haar und einem bodenlangen eierschalfarbenen Hausmantel, der an der Taille säuberlich gebunden war, in den Flur gerannt.

»Lee! Mein Gott! Komm gleich mit mir rauf und sieh zu, daß du in eine warme Badewanne kommst. Mrs. Decker, bringen Sie bitte eine Kanne Kaffee in das grüne Schlafzimmer, wären Sie so freundlich?«

Lee ließ sich erleichtert von ihrer Freundin stützen und sich durch ein langes, mit Teppichen ausgelegtes Treppenhaus, dann durch lange, geräuschlose Gänge mit Teppichboden und in ein großes, luxuriöses Bad führen, dessen enorme Wanne bereits mit dampfendem, duftendem Wasser gefüllt war.

»Zauberei«, murmelte sie.

Kitty lachte. »Keine Zauberei, sondern mein Bad.«

Sie sah diese ekelhaften nachgemachten Cowgirl-Kleider nie wieder. Kitty nahm sie ihr einfach fort, und sie verschwanden. Bald lehnte sie sich entspannt in dem köstlich heißen Wasser zurück, das nach exotischen Blumen roch und ließ es ihren fröstelnden Körper einweichen. Durch halb geschlossene Augen sah sie, wie der Sturm gegen die Fenster wütete.

Später lehnte sie auf Satinkissen in einem freundlichen grünweißen Zimmer, erzählte Kitty die ganze traurige Geschichte und kam sich wie eine Närrin vor.

»Sie haben sogar meinen Namen geändert, kannst du dir das vorstellen, in – jetzt hör dir das mal an – Honey Doll Dalton!«

»Oh, Lee! Wie gräßlich!«

Lee fing an zu lachen. »Ich kann mir nicht helfen. Es ist so furchtbar, daß es schon wieder komisch ist. Wenn es bloß nicht ausgerechnet mir passiert wäre! Ich kann mein Gesicht nie wieder auf einer Bühne zeigen. Ich bin ruiniert!«

»Du bist nicht ruiniert. Du bist jung, und du bist begabt, und das ist nicht das Ende. Du hast nur einen Fehler gemacht.«

»Ja – die ganze verdammte Sache!«

»Hör mir doch mal zu, Lee. Du hast es selbst schon gesagt: Du hast auf – wie heißt er doch gehört – auf Larry. Ich kenne dich besser als jeder andere. Du hast nie etwas darauf gegeben, was andere Leute aus dir machen wollten! Mein Gott, schon in der Schule konnte niemand Lee Rivers vorschreiben, was man tut und wie man sich benimmt! Und gerade deswegen haben dich alle respektiert. Ja, ganz gleich, wie wahnsinnig du sie auch gemacht hast – letztlich haben dich alle bewundert, weil du immer du selbst warst.«

Lee stöhnte. »Erinnere mich nicht an frühere Zeiten, zu denen ich noch ich selbst war und nicht« – sie kicherte – »Honey Doll Dalton. Habe ich dir erzählt, daß heute abend eine Presseveranstaltung war und kein Mensch gekommen ist?«

»Das hast du mir erzählt. Na gut, dann ist eben niemand gekommen. Gut so. Jetzt brauchst du nie mehr Honey Doll Dalton zu sein. Damit ist es aus.«

»Aus!« echote Lee mit Grabesstimme. »Du hast es gerade gesagt. Das ist das Ende meiner Karriere. Aus damit.«

»Nein. Mit diesem Unsinn ist es aus, sonst gar nichts. Morgen, wenn du dich ausgeschlafen hast, setzen wir uns zusammen und bereden das Ganze, und dann entscheidest du, wie du von jetzt an weitermachst.«

Eine Woche später wurden sie und Kitty zum Kennedy-Flughafen gefahren und wußten nicht mehr, als daß der nächste Halt »irgendwo in Europa« lag. Sie fuhren langsam durch den Irrgarten gewundener Wege in dem riesigen Komplex, bis Lee sagte: »Kitty, sag dem Fahrer, er soll an der nächsten Kreuzung anhalten.« Als der Wagen ausrollte, sah sie zu den Wegweisern auf. »Auf geht's«, murmelte sie und schloß die Augen. »Ich gehe zur zweiten Fluggesellschaft von oben. Welche ist das?«

Kit protestierte, antwortete aber schließlich doch: »BOAC.«

Lee öffnete die Augen und sagte: »Das ist ein Omen. London.«

Das war der eigentliche Anfang gewesen. In London hatte sie sich einen Namen gemacht.

»Du warst eine recht vernünftige Betrunkene«, sagte Kitty. »Ganz und gar nicht wie so manche, die ich unterhalten habe. Wenn man Geschäftspartner zum Abendessen zu Hause hat, kommen die seltsamsten Dinge vor.«

»Die ganze Zeit schwatze ich über mich. Reden wir über wichtigere Dinge. Wie geht es Lily? Ist sie immer noch das Abbild ihrer Mutter?«

»Kannst du nicht nach dem Wochenende mit mir nach Hause kommen? Sie würde dich schrecklich gerne sehen. Du bist die wunderbare Tante von weit weg, die die tollsten Geschenke schickt und ein Star ist, mit dem man angeben kann.«

»Oh, Kitty, ich kann nicht. Es war schon nur mit Tricks möglich, das Wochenende rauszuschinden. Hast du kein Bild von ihr bei dir? Das ist nicht das Wahre, aber mehr ist im Moment nicht drin.«

Kitty zog einen farbigen Schnappschuß aus der Brieftasche. Lee musterte Lilys lächelndes Gesicht. Sie fand etwas in diesem Gesicht, das ihr bekannt vorkam und doch nicht Kitty war. »Und wie sie dir ähnlich sieht«, sagte Lee, »aber trotzdem...«

»Aber trotzdem?«

»Gleichzeitig auch nicht. Etwas in diesem Lächeln erinnert mich an jemanden, aber ich kann es nicht einordnen. Ist das nicht verrückt?« Sie sah auf und bemerkte erstaunt die roten Flecken auf Kits Backenknochen.

»Jeder sagt, sie sei eine Miniaturausgabe von mir. Ich glaube, sie kann es schon nicht mehr hören. Sie würde lieber wie sie selbst aussehen, oder wie Farrah Fawcett oder Brooke Shields. Ich glaube, am liebsten würde sie aussehen wie Carol Burnett, das ist ihr Liebling. Du kennst Kinder ihres Alters – heute wollen sie Fernsehstar werden, und morgen sind sie rasend in ihre Pferde verliebt...«

Wieviel du plauderst, dachte Lee. Ich frage mich, warum. Sie sah das Bild noch einmal an. Was irritierte sie bloß daran? Das Kind grinste breit und fröhlich, zwei Zähne fehlten, und auf einer Seite hatte sie neben dem Mund ein Grübchen.

»Oh, und ihre Haare sind nie dunkel geworden, ist das nicht schön? Es ist dasselbe großartige Erdbeerblond. Als Kind wollte ich immer rote Haare haben. Welch eine unsinnige Hoffnung! Wenn man mit richtigem Namen Leonor Margarita Luz de Rivera y Lopez heißt, hat man Null Chancen auf rotes Haar. Erinnerst du dich an Dan Copelands Haar? Darauf war ich immer scharf – auf das Haar natürlich nur. Ist er immer noch ein wunder Punkt für dich?«

»Ganz und gar nicht. Ich habe schon ewig nicht mehr an ihn gedacht.«

Lee sah ihre frühere Zimmergenossin von der Seite an. Etwas Ausweichendes stand in diesen Katzenaugen. Wenn dieses Klassentreffen bei mir dazu geführt hat, daß ich mich an O'Hara erinnere, dachte sie, dann hat Kit mit Bestimmtheit zumindest an Dan Copeland *gedacht*. Er war drei ganze Jahre ein Teil ihres Lebens, und wenn Dan Copeland in einem Leben eine Rolle gespielt hatte, war er sicher nur schrecklich schwer zu vergessen.

»Das war ein Typ«, sagte sie. »Weißt du, was er inzwischen treibt?«

Es folgte eine so lange Pause, daß sie einen Moment lang glaubte, Kitty habe ihr nicht zugehört. Dann sagte sie: »In letzter Zeit? Anscheinend steckt er in Wisconsin mitten im Getümmel. Ich habe seinen Namen vor etwa sechs Monaten in einem *Newsweek*-Artikel gelesen...«

»*Newsweek?* Was stand in dem Artikel?« fragte Lee lachend. Läßt er sich immer noch verhaften?«

»Nein, es geht um Politik. Er kandidiert für irgend etwas.«

»Huch! Schon wieder ein Radikaler, der sich etablieren will.«

»Nicht direkt. Er ist Staatsanwalt in Madison, und wird der ›Verwegene Abgeordnete‹ genannt, wahrscheinlich, weil er sich immer noch der hoffnungslosen Fälle annimmt. Ganz gleich, was das Establishment von ihm will – er tut immer das Gegenteil. Das einzige, was ihn bis heute gerettet hat, ist, daß er ständig gewinnt.

Jetzt kandidiert er für den Kongreß, und die *Newsweek* glaubt, daß er schreckliche Umstürze plant. Die Einzelheiten kenne ich nicht. Es war ein Artikel von der Sorte ›Zwölf junge Kandidaten und was sie vorhaben‹. Er hat nur einen kurzen Absatz abgekriegt.«

Von dem du jedes einzelne Wort wiedergegeben hast, wie es scheint, dachte Lee. »Kit?«

»Mmmm?«

»Ich kann einfach nicht glauben, daß du ihn ganz und gar vergessen hast. Schließlich hat es lange zwischen euch beiden gehalten. Hast du manchmal – bereust du es?«

»Reue! Er war unmöglich! Arrogant, herrisch, egozentrisch und stur! Das weißt du selbst, du hast ihn ja gekannt. Und außerdem«, fügte Kitty schnell in wesentlich ruhigerem Ton hinzu, »warum sollte ich etwas bereuen? Ich habe alles.«

»Das habe ich auch, Kitty«, sagte Lee scharf. »Aber mich hat das nicht davor bewahrt, Dinge zu bereuen. Verdammt noch mal, es tut mir leid. Es geht mich nichts an, und ich kann dir keine Vorwürfe machen. Aber ich fand es immer jammerschade, daß es mit euch beiden nicht geklappt hat. Copeland mag unmöglich gewesen sein, aber er war weit und breit der interessanteste Mann auf dem College. Vielleicht hast du vor lauter Wald die Bäume nicht mehr gesehen, aber er war etwas Besonderes. Ich will damit nichts gegen Whit sagen. Bin ich dir auf die Zehen getreten? Nein? Dieser Typ war einfach toll. Ich habe nie verstanden, wo für dich das Problem liegt. Er hat dich geliebt!«

»Ich weiß nicht, wie du darauf kommst, Lee. *Er* hat es mit Sicherheit nie getan.«

»Ach, Mist. Das konnte jeder sehen. Du hast ihm das Herz gebrochen.«

Kit lachte bitter. »Welches Herz? Aber jetzt reden wir nicht mehr von ihm, einverstanden?«

»Klar«, stimmte ihr Lee zu, doch dabei dachte sie: Klar, Kit, keine Reue. Aber wie! Ist es nicht komisch, daß alte Wunden niemals zu heilen scheinen, jedenfalls nicht wirklich, nicht vollständig. Jahre später pocht man auf die Stelle, und ein bohrender Schmerz steigt auf.

Wie mit Bill. Professor William Sean Michael O'Hara. Als sie ihn zum ersten Mal gesehen hatte, wie er lässig am Lesepult lehnte, Englisch 404: ›Die irischen Dichter‹, hatte sie gewußt, daß er etwas Besonderes war. Oh, Mann, hatte sie gedacht, ich hätte gar nichts gegen *seine* Schuhe unter meinem Bett!

Lee Rivers mochte Männer, und sie mochte Sex, und das hatte sie nie zu verhehlen versucht. Sie wußte, daß ihre offene, ehrliche Haltung viele Männer abschreckte, daß sie schockiert und verängstigt waren. Das machte ihr nichts aus. Im Alter von kaum sechzehn Jahren, nach ihrer ersten sexuellen Erfahrung, hatte sie in den Spiegel geschaut und sich gelobt, sich keine Schuldgefühle einzureden. Zum Teufel mit dem, was die Leute dachten. Zum Teufel mit dem romantischen Blödsinn. In anderen Ländern wurden Mädchen mit sechzehn Jahren verheiratet und bekamen Kinder – sie hörten auf zu leben, nachdem sie kaum erst damit angefangen hatten! Auch in diese Falle wollte sie nicht gehen. Zu ihren Freunden sagte sie immer: »Sieh mal, ich mag dich, und ich schlafe gern mit dir. Aber diesen romantischen Quatsch kann ich nicht gebrauchen. Ich denke, du wirst mich morgen früh respektieren, und deshalb brauchst du dir keine Sorgen zu machen.«

Nicht, daß sie mit jedem schlief. Nein, sie traf eine klare Auswahl. Sie wußte, was sie wollte, wenn sie es sah. Und als sie an jenem Septembermorgen in den Englisch-Hörsaal 404 trat, wollte sie das, was sie sah.

Er lehnte lässig am Schreibtisch und hatte die Füße an den Knöcheln übereinandergeschlagen. Seine Beine verstellten den Weg, und daher mußten alle Studenten stehenbleiben und seine Blicke über sich ergehen lassen. Er trug einen irischen Schafwollpullover über einer Tweedhose und roch großartig nach Zitronensaft und Pfeifentabak. Lee kam näher und blieb vorsätzlich stehen. Er sah von der Pfeife auf, die seine Aufmerksamkeit voll in Anspruch zu nehmen schien, und unter seinen leuchtend blauen Augen erblaßte sie. Als ihre Blicke sich trafen, spürte Lee, wie ihr ein Schauer über den Rücken lief. Das waren echte Schlafzimmerblicke, die Brüste, Hüften und Schenkel selbst dann in allen Einzelheiten aufnahmen, wenn es so erschien, als sähen sie in ein Gesicht. Seine Lippen öffneten sich leicht, als er lächelte, und sie sah seine weißen Zähne blitzen.

»Ihre Füße«, sagte sie, und ihr Herz hämmerte rasend.

»Ja? Was ist damit?« Seine Stimme, träge und leichthin, konnte es mit seinem sinnlichen keltischen Aussehen aufnehmen.

»Sie sind mir im Weg.« Sie wünschte, sie hätte sich an jenem Morgen mehr mit ihren Haaren befaßt. Sie kam sich vor, als rechne er sie zusammen und bringe sie auf eine Endsumme; es war plötzlich wichtig, entscheidend, daß die richtige Summe dabei herauskam. Es juckte sie, ihre Hand auszustrecken und ihm die dunkle Locke, die in seine Stirn hing, aus dem Gesicht zu streichen.

»Vielleicht möchte ich, daß Sie einen Moment hier stehen bleiben.« Seine Stimme war gedehnt. »Für acht Uhr morgens an einem Montag sind Sie ein bezaubernder Anblick.«

»Bezaubernd!« schnaubte sie. *»Das* hat mir noch nie jemand vorgeworfen – am allerwenigsten um acht Uhr morgens an einem Montag.« Sie ahmte das leicht dialektgefärbte Schwingen seiner Stimme kaum hörbar nach.

Seine Stimme senkte sich. »Ah, aber ich kann unter die formlosen Lappen schauen, die Sie tragen. Es ist eine Schande, einen solchen Körper zu verstecken, eine schreckliche Schande für eine Zigeunerprinzessin.«

Farbe stieg in ihre Wangen, und sie sah sich um. Der Raum füllte sich, und ihr erschien es, als könnten alle zuhören. »Lassen Sie mich vorbei«, sagte sie. »Man hört uns zu.«

»Ich lasse Sie vorbei.« Er bewegte seine Füße lässig zur Seite. »Für diesmal.«

Das Blut hämmerte so laut in ihren Ohren, daß sie kaum etwas von seiner Vorlesung hörte. Er war so schön. Wie eine träge Katze bewegte er sich vor der Klasse hin und her und rezitierte Lyrik. Sie bemerkte am Rande, daß der Rest der Klasse von seinen Worten hingerissen war; sie hörte nichts außer seiner einleitenden Aussage: »Mir ist zu Ohren gekommen, daß auf dem Campus das Gerücht umgeht, ich sei ein Waffenschmuggler für die IRA.« Längere Pause. »Das ist wahr. Aber nicht während des Unterrichts.« Die Klasse lachte. Lee starrte ihn bloß an. Sie konnte sich bildhaft ausmalen, wie er durch die zerklüfteten Felsen der irischen Küste sprang, ein Gewehr im Gürtel und darunter das Donnern des Ozeans.

Zwei Wochen lang schnitt er ihr an drei Wochentagen den Weg ab. Jedesmal streichelte er sie mit jenen spöttischen Augen und machte eine Bemerkung zu ihren unförmigen Fetzen. Er machte es sich zur Gewohnheit, sie Miß Gypsy zu nennen. Zum Hohn lieh sie sich an einem Freitagmorgen eine Rollkragenbluse aus schwarzer Seide von Courtney Wills aus, dem reichen Ekel des Studentinnenwohnheims, und Courtney sagte mit ihrer süßen Kleinmädchenstimme: »Aber glaubst du nicht, daß sie entsetzlich eng sitzt, Lee?«

»Das möchte ich doch hoffen«, antwortete sie und genoß das schweigende »O« aus Courtneys gespitzten Lippen.

Die Bluse war allerdings eng; sie enthüllte in allen Einzelheiten die schweren, runden Brüste und die vorspringenden Brustwarzen und betonte ihre Taille. Sie zwang sich mühsam in eine Jeans, die fast zu sehr eingegangen war und krönte ihren Anblick durch einen breiten Ledergürtel. So, dachte sie, als sie vor dem Spiegel herumwirbelte und sah, wie sehr die Hose ihren Hintern betonte und eng an ihren festen Schenkeln anlag. Diesmal bin ich nicht zu übersehen. Ihr Körper hatte wunderbare Proportionen, obwohl sie schwer war, doch im allgemeinen war er unter den weiten, bequemen Oberteilen verborgen, die sie am liebsten trug.

Er will es ja sehen, sagte sie sich. Okay, dann soll er doch gleich alles sehen, mit seinen verfluchten, irischen Augen. Wenn es sonst schon nichts bewirkte, würde es ihm wenigstens ein für allemal den Mund stopfen.

Als sie an diesem Morgen hereinspazierte, riß er die Augen auf. Zur Abwechslung sagte er gar nichts, sondern starrte sie nur noch an. Gut, dachte sie, das Maul habe ich ihm auf alle Fälle gestopft. Ganz bewußt blieb sie einen Moment lang vor ihm stehen und sah ihm in die Augen. »Einen wunderschönen Guten Morgen, Professor O'Hara«, gurrte sie.

»Guten – äh – guten Morgen, Miß – äh . . .«

Lee grinste. »Rivers, Professor. Lee Rivers, Englisch in 404, montags, mittwochs und freitags um acht, dritte Reihe, vierter Sitz von rechts, erinnern Sie sich?«

Er räusperte sich und murmelte: »Jetzt kann ich es wohl kaum noch vergessen.« Er zog seine Füße ohne das übliche Gehänsel zurück.

War es Einbildung, oder war er heute weniger zungenfertig als sonst? Holperte sein Vortrag ein wenig? Lag seine Yeats-Wiedergabe ein wenig daneben? Es konnte Einbildung sein, aber sie war sicher, ihn aus der Fassung gebracht zu haben. Er vermied es, sie anzusehen; sie saß betont mit geraden Schultern da, um ihre hohen Brüste stolz zur Schau zu stellen, kritzelte eifrig in ihren Notizen herum und lächelte in sich hinein.

Als die Unterrichtsstunde vorbei war, sagte er beiläufig: »Würde Miß Rivers bitte noch einen Moment hierbleiben?« Er hatte sie bis jetzt noch nicht direkt angesehen.

Während die übrige Klasse ihre Habe zusammenpackte und aus der Tür strömte, standen sie sich an gegenüberliegenden

Enden des Raumes gegenüber und mieden jeder die Blicke des anderen.

Endlich krümmte er einen Finger. »Hierher, bitte.«

»Klar.« Sie schwenkte die Hüften, während sie auf ihn zuging und blieb direkt vor ihm stehen. »Ja?«

»Sie übertreiben. Sie übertreiben eindeutig.«

»Das bin alles ich, Professor. Keine künstlichen Zutaten.«

»Ich meine . . .«

»Hören Sie, Sie haben immer wieder gesagt, daß Sie es sehen wollen. Jetzt sehen Sie es.«

Er leckte sich die Lippen und fuchtelte mit gesenktem Blick mit seiner Pfeife herum. »Und was ist, wenn– was ist, wenn ich jetzt, nachdem ich es gesehen habe, sage, daß ich es anfassen will?«

»Ich würde sagen: wann und wo?«

Jetzt sah er sie verblüfft an.

»Ich finde Sie äußerst attraktiv. Zum Teufel, alle Mädchen in dieser Klasse zerreißen sich das Maul über Sie. Das wissen Sie genau.«

»Sehr schmeichelhafte Worte, Miß Rivers, ich bin sicher . . .«

Lee spürte Gereiztheit in sich aufsteigen. Schüchterne Männer machten sie krank. Warum mußte man immer wieder diese ermüdenden kleinen Spiele spielen? Es war so überflüssig. In Wirklichkeit war alles ganz einfach. Ich will dich, du willst mich, so ist es, also machen wir mal.

»Ich komme zu spät zur nächsten Stunde«, sagte sie abrupt und wandte sich ab. Zu schade. Er war ein Brocken von einem Mann, und er tat stark, aber schließlich war es alles nur Gerede.

Sie war noch keine drei Schritte gegangen, als seine Hand ihren Arm packte. »Zigeunermädchen. Wart einen Moment.«

Zwanzig Minuten lag sie in seinem Bett, unter ihm, die Beine eng um seinen muskulösen Hintern geschlungen, während er in sie eindrang und ein breites, begeistertes Grinsen sein Gesicht erhellte. Er war ein geschickter, unermüdlicher Liebhaber, enthusiastisch und von dem Wunsch besessen, Freude zu bereiten. Er hörte keinen Moment lang auf zu reden: zärtliche Worte, lustige Worte, süße Worte, erotische Worte. Als sie fertig waren, fast eine Stunde später, rückte er nicht von ihr ab, sondern hielt sie in den Armen und sagte immer wieder: »Meine wilde, kleine Zigeunerin, du machst es wirklich gern, du machst es wirklich gern.«

»Ich mache es wirklich gern«, stimmte sie zu. Er bestand also doch nicht nur aus leerem Gerede. Er war sogar recht großartig.

Genaugenommen mußte sie ihm sogar eine Eins plus geben. Sie fuhr mit einer Fingerspitze über sein Profil, über die glatte Stirn und die Stupsnase, an den schmalen, sinnlichen Lippen vorbei und zu dem Grübchen in seinem spitzen Kinn. Er war wirklich etwas Besonderes, etwas ganz Besonderes.

Nach einer Weile rührte sie sich. »Ich muß jetzt wirklich gehen. Ich habe Gesangsunterricht.«

O'Hara stöhnte. »Nein, nein, meine Zigeunerin. Du bleibst. Ich habe erst wieder um eins Unterricht, und ich bin noch nicht mit dir fertig.«

Sie wand sich aus seinen Armen los. »Tut mir leid. Ich habe ein Stipendium. Dazu brauche ich gute Noten. Wer spricht überhaupt von fertig sein? Wir haben doch gerade erst angefangen, oder etwa nicht?«

Er stützte sich auf einen Ellbogen und sah ihr beim Anziehen zu. »Was bist du eigentlich für ein Mädchen?«

»Ein ehrliches. Wieso? Hast du die endlose Verführungsszene vermißt? Fühlst du dich um das Jagdfieber betrogen?«

Er schnitt eine Grimasse. »Verflucht. Mußt du denn so direkt sein?«

»Ja«, sagte Lee. »So bin ich nun mal. Es hat mir gefallen. Es hat mir sogar sehr gut gefallen. Ich würde es gern wieder tun.«

»Das Aussehen einer Zigeunerin«, kommentierte er. »Und die Lebensgier einer Zigeunerin. Nun gut, ich bin weiß Gott gewillt. Aber wann? Ich bin kein Mann für einmal in der Woche, Miß Rivers.« Er machte eine Pause und lachte dann kräftig. »Jetzt haben wir gerade miteinander geschlafen, und ich sage immer noch Miß zu dir.«

Lee bürstete sich eilig das Haar. »Ich schätze, das beweist, daß du noch Respekt vor mir hast«, scherzte sie. »Mach dir keine Sorgen wegen des Zeitpunkts. Ich bin Expertin, mich nachts aus dem Wohnheim zu schleichen. Ruf mich einfach an. Ich bin bei Zeta Phi.«

Er setzte sich eilig auf, voller Aufmerksamkeit. »Keinesfalls! Ich kann dich nicht anrufen wie ein Schuljunge. Niemand darf etwas davon erfahren, absolut niemand, hast du verstanden?«

»Ich verstehe«, sagte sie trocken. »Ich verstehe vollkommen.«

»Nein, das verstehst du nicht. Ich bin – ein bißchen in der Klemme in diesem Semester. Dieser scheußliche Studentenverband oder wie zum Teufel sie sich nennen, hat mich in seiner blöden Tabelle zur Lehrerbewertung schlecht gemacht! Alles Lügen! Aber wenn sich so was rumspricht, bin ich in Teufels Küche. Du weißt ja nicht, wie es in der Abteilung für Englisch zugeht – zimperliche, hinterhältige alte Damen, alle miteinander! Wenn je herauskommen sollte, daß ich etwas mit dir gehabt habe, kann mich das ruinieren. Um Gottes willen, meine Kündigung wäre fällig!«

Lee sah ihn verächtlich an. In seinen Augen stand Panik, obwohl seine Stimme ihre Leichtigkeit behalten hatte. In seiner Angst um den eigenen Kragen kam er gar nicht auf die Idee, daß sie ebenfalls aus der Schule fliegen würde, wenn ihre Affäre bekannt wurde. Selbstsüchtiger Kerl. Aber was sollte es?

»Laß dir deshalb keine grauen Haare wachsen«, sagte sie. »Dann rufst du mich eben nicht an. Wir arrangieren es auf andere Weise. Ich bin sehr diskret.« Sie suchte ihre Bücher zusammen. »Es sei denn, es ist die Mühe nicht wert.« Sie grinste ihn an und verrollte die Augen.

Als Reaktion sprang er aus dem Bett und zog sie dicht an sich. Statt ihn wegzustoßen und in den Unterricht zu gehen, in dem sie jetzt hätte sein müssen, warf sie sich ihm in die Arme und vergaß alles andere. In dem Moment, in dem er sie berührte, war sie bereit, alles andere aufzugeben.

Vom ersten Mal an hing sie an Bill O'Hara. Nach all ihrem leidenschaftslosen Gerede darüber, unbeteiligt zu bleiben und einfach ihren Spaß zu haben, mußte sie feststellen, daß sie von ihm besessen war. Es lag nicht nur am Sex, obwohl er einen großen Teil davon ausmachte. Er war witzig und gescheit. Er besaß einen scharfen Blick für menschliche Schwächen und konnte zu jeder der Bekanntheiten des Campus etwas Geistreiches äußern. Er brachte sie zum Lachen. Mit Lyrik kannte er sich wirklich aus, liebte sie und konnte Gedichte rezitieren, daß einem die Tränen in die Augen traten. Sie trafen sich nur in seiner Wohnung, und diese drei kleinen Zimmer wurden zum Mittelpunkt von Lees Dasein. Er war ihr großes Geheimnis, und falls sich jemand im Wohnheim fragte, warum sie so oft »Bill« spielte und sang, fragte sie niemand danach.

Komisch, daß es ausgerechnet Kit war, die kühle, jungfräuliche, verschlossene Kitty, die sie eines Abends daraufhin ansprach, als sie gerade aus dem Fenster klettern und auf ihrem gewohnten Pfad über das kräftige Spalier zum Rasen hinuntersteigen wollte.

»Weißt du, du stellst die Sache nicht allzu geschickt an«, sagte

Kit leise und sah von ihrem Psychologiebuch auf. »Merkst du nicht, daß man sich im ganzen Haus darüber wundert, daß du keine Verabredungen mehr triffst? Warum du nicht mit Männern ausgehst. Warum dich niemand mehr anruft.«

»Laß diese albernen Ziegen doch schwatzen.«

Kit seufzte ungeduldig. »Sei du lieber keine Ziege. Offensichtlich geht es um einen der Professoren. Alle reden darüber, stellen Vermutungen an und schließen Wetten ab. Du machst dir alles kaputt.« Nach einer Pause fügte sie vorsichtig hinzu: »Er muß umwerfend sein.«

Lee blieb auf der Stelle stehen, zögerte und platzte dann mit der ganzen Geschichte heraus. Kit, das wußte sie, würde ihr niemals Moral predigen. Sie hatte beschlossen, nicht mit ihren Freunden zu schlafen – aber sie wäre nie auf die Idee gekommen, jemandem vorzuwerfen, daß er es tat.

Mit ihrer üblichen Ruhe hörte sie zu und nickte von Zeit zu Zeit. Ihr konnte man sich bedenkenlos anvertrauen. Als sie die Geschichte zu Ende erzählt hatte, war es Kit, die den Vorschlag machte, Lee solle wieder Verabredungen mit anderen Männern treffen. »Keine echten Rendezvous«, sagte sie. »Mit Typen, mit denen du locker befreundet bist, damit die anderen Mädchen sehen, wie sie dich abholen. Dann hören sie zumindest auf zu klatschen.«

Sie hatte recht. Lee fing an, ganz betont Männer ins Haus mitzunehmen, sich mit ihnen zu zeigen, wenn sie mit dem einen oder anderen loszog. Wen ging es etwas an, daß sie nur zu einem politischen Treffen oder zu einem Vortrag ging, oder sich schon vor der Bibliothek wieder von den jungen Männern trennte? Selbst Ben Akkardijian hatte sie gebeten, sie zu einem Treffen des Studentenverbandes abzuholen und dabei die Ausrede benutzt, sie brächte eine Kaffeekanne und Kaffee mit und brauchte Hilfe. Ben hatte sie völlig überrumpelt vor Erstaunen angestarrt. Sie und Benno waren schon seit langem Antagonisten, und normalerweise hätte sie ihn niemals um etwas gebeten. Er erzählte ihr ständig, ihr Verhalten Männern gegenüber sei zu aggressiv und machte sich einen Spaß daraus, Witze darüber zu reißen, wie unweiblich sie war. Ben mit der großen Nase und der schlechten Haut maßte sich an, ihr zu erzählen, wie man mit Männern umging! »Wenn du erst einmal deine erste Frau gehabt hast, Akkardijian«, hatte sie einmal zu ihm gesagt, »dann kannst du wieder zu mir kommen und mir Ratschläge erteilen.« Dieses eine

Mal hatte sie das Vergnügen gehabt, ihn sprachlos zu sehen. Wenn sie mit Ben gesehen würde, würde das zu etlichen Mutmaßungen führen, aber es war immerhin besser, wenn ihre Kommilitoninnen über Benno flüsterten, als wenn sie etwas von Bill ahnten.

Nicht etwa, daß ihre Beziehung zu Bill perfekt war – weit gefehlt. Vor Beginn der Weihnachtsferien verbrachten sie eine lange, zauberhafte, leidenschaftliche Nacht zusammen. »Bist du ganz sicher, daß du nach Hause fahren mußt, meine Zigeunerin?« fragte er. »Warum kannst du nicht mit mir hierbleiben?« Er wollte sie nicht gehenlassen; als sie früh am nächsten Morgen ins Haus schlich, war Bessie schon mit dem Frühstück beschäftigt.

Dann war sie einen Tag früher aus den Ferien zurückgekehrt. Er ging nicht ans Telefon oder an die Tür, und daher schob sie einen Zettel unter seiner Tür durch und erwartete ungeduldig den nächsten Tag, an dem sie ihn im Unterricht sehen würde.

Er ignorierte sie restlos. Sie konnte es nicht glauben. Er weigerte sich, auch nur in ihre Richtung zu schauen und am Ende der Stunde eilte er mit abgewandtem Kopf aus dem Hörsaal. Sie rannte zur Tür, aber er war schon verschwunden. Den ganzen Tag über rief sie ihn an, aber niemand ging ans Telefon. Die ganze Nacht über warf sie sich im Bett herum und empfand ein brennendes Bedürfnis nach ihm; sie weinte leise vor sich hin, um Kit nicht zu wecken.

Am Dienstag bekam sie einen Brief. Er war in seiner Schmierschrift aufs Papier geworfen, Seiten über Seiten voller Selbstzerfleischung, lyrische Brocken und Päonen auf ihr Liebemachen, alles völlig zusammenhanglos, und die Summe des Ganzen war ein Auf Wiedersehen. Sie las das Durcheinander einmal, zweimal und noch ein drittes Mal und versuchte, den Sinn zu verstehen. Worauf wollte er hinaus? »Ich weiß, daß du leidest, süße Zigeunerin«, schloß der Brief, »aber mein Leiden ist tiefer. Weil du so wenig verlierst (nur mich), wogegen ich das Beste verliere, was mir in meinem ganzen Leben zugestoßen ist. Ich verliere dich.«

In einem Wutanfall knüllte sie die letzte Seite zusammen und warf sie quer durchs Zimmer, doch nur, um einen Moment später aufzuspringen, den Zettel wieder aufzuheben und ihn eilig zu glätten.

Sie rief augenblicklich bei ihm an, und als er ihre Stimme hörte, hängte er ein. Sie rief wieder an, ließ es klingeln und klingeln und klingeln, zählte mit, und ihr Herz hämmerte rasend. Nach dem siebenunddreißigsten Läuten hob er ab und sagte mit erstickter Stimme: »Laß es sein, Zigeunerin. Laß es sein.« Sie knallte den Hörer auf die Gabel und weinte schrecklich.

Sie hielt es nicht aus. Was war passiert? Wie konnte er sich von einem Tag zum andern derart verändern? Es war demütigend. Ihn nie wieder sehen, nie mehr in seinen Armen liegen, seine Lippen auf ihrem Mund spüren. »Nein, nein, nein!« schrie sie und hämmerte mit der Faust gegen die Wand der Telefonzelle.

Für den Rest der Woche schwänzte sie die Stunden bei ihm und versuchte, ihn zu vergessen, indem sie hart an ihren schon seit längerem vernachlässigten Studien arbeitete. Doch am Sonntag war es unerträglich geworden. Sie verließ das Haus. Sie konnte einfach nicht aufhören, an ihn zu denken, und sie wußte, daß sie ihn sehen mußte, um herauszufinden, warum er sie so plötzlich hatte fallen lassen. Sie hatte fallen lassen, während er ihr feierlich seine unsterbliche Hingabe bekundete! Es war verrückt! Sie riskierte einen Verweis damit, daß sie sich aus dem Haus stahl und klopfte an seine Wohnungstür.

Er öffnete unrasiert, mit bloßem Oberkörper, trug eine zerknitterte Hose und roch nach Whiskey. Im Hintergrund konnte sie seine Lieblingsplatte mit melancholischen irischen Liedern hören. Als sie ihm persönlich gegenüberstand, zitterten ihre Knie, und sie spürte eine entsetzliche Schwäche in der Magengrube. Sie brachte kein Wort heraus.

»Die Zigeunerprinzessin«, sagte er betrübt. »Mach es mir nicht noch schwerer, Lee, bitte.«

Sie fand ihre Stimme wieder. »Ich habe kein Wort von diesem Brief verstanden. Ich will, daß du mir erklärst, was du damit sagen wolltest, das ist alles.«

»Was ich sagen wollte!« Er fuhr sich mit einer Hand über sein stoppeliges Kinn. »Ich wollte sagen, daß ich dich aufgeben muß.« Er unterbrach sich. »Oh, Gott, gerade habe ich angefangen, mich daran zu gewöhnen, daß du nicht mehr da bist...«

»Warum mußt du mich aufgeben? Das verstehe ich nicht!« Ihre Stimme zitterte, geriet außer Kontrolle, und zu ihrem Entsetzen liefen ihr Tränen über die Wangen und erstickten sie. Sie drückte die Augen zu.

»Der arme Liebling«, murmelte er. Er zog sie an sich, bis ihre nasse Wange an seiner Brust ruhte, und sie konnte hören, wie heftig sein Herz schlug. »Du hast schon genug Qualen erlitten, kleine Zigeunerin. Ich kann nicht so weitermachen. Ich will dich zu sehr.«

Dann lag sein Mund auf ihrem, gierig und verlangend, und noch einmal war alles wunderbar. »Bleib bei mir, Lee«, sagte er heiser, »ganz gleich, was für verrückte Dinge ich auch tue. Halt zu mir, mein Zigeunermädchen.«

Sie versprach es voller Inbrunst, und ihr Herz überschlug sich bei dem Gedanken, daß die entsetzliche Trennung vorüber war. Aneinandergeklammert bahnten sie sich ungeduldig einen Weg zu seinem zerknitterten Bett und hinterließen eine Fährte von Kleidern.

Doch dies war nur das erste Mal, daß er sie seinen Schuldgefühlen opferte. Im selben Jahr erreichten sie noch zwei vergleichbare Briefe mit der Post. Zwei weitere Male trieb er sie in die Verzweiflung, sie, die jedesmal sicher war, jetzt sei es wirklich aus; und zwei weitere Male ging sie in Tränen aufgelöst zu ihm, um ihre Gelübde der Hingabe in einer wahnsinnigen Raserei auf seinem Lager zu erneuern.

Jahre später sollte sie sich fragen, warum sie wieder und wieder solche Qualen und Demütigungen über sich hatte ergehen lassen. Sie dachte an diese Phase ihres Lebens wie an ein Fieber zurück, zu seiner Zeit verschwommen und frenetisch, und erst als die Temperatur gesunken war, wurde die Erinnerung klar.

Die Wahrheit war ganz einfach; daß sie alles von ihm hinnahm, weil sie süchtig auf ihn war. Er war gefährlicher für sie als jede Droge. Sie lebte nur noch in der Gegenwart und dachte nie weiter voraus als an den Zeitpunkt, zu dem sie ihn das nächste Mal sehen würde.

Eines Abends im Mai, als sie im Bett lagen und sich eine Aufnahme russischer Zigeunermusik anhörten, die er gerade gefunden hatte – »nur für dich« – und Wein tranken, fragte er beiläufig: »Was hast du nach dem Examen vor?«

»Bis dahin sind es nur noch drei Wochen, oder? Ich weiß es nicht – ich habe noch nicht darüber nachgedacht.« Sie zog an den Haaren auf seiner Brust und lachte. »Ich habe nicht besonders oft an die Schule und solche Sachen gedacht, O'Hara. Wie du recht gut weißt.«

Er kicherte in sich hinein. »Es ist mir gelungen, dich vollauf zu beschäftigen, nicht wahr? Die Vorstellung, damit aufzuhören, ist mir zuwider. Warum machen wir nicht so weiter, aber auf einer Ganztagsbasis?«

Ihr Herz blieb stehen. Er konnte doch nicht meinen . . . »Ganztags? Wie – wie meinst du das?«

»Ich unterrichte dieses Jahr im Sommer nicht. Warum ziehst du nicht einfach zu mir? Wir können den ganzen Tag und die ganze Nacht zusammen verbringen, jeden Tag, jede Nacht.« Seine Stimme wurde heiser, und mit träger, erfahrener Lässigkeit streichelte er sie.

»Du meinst – ich soll mit dir zusammenleben?«

»Ich nehme schon an, daß es so gemeint ist. Wie sonst? Natürlich glaubst du, das könnte einem Zigeunermädchen langweilig werden.«

»Langweilig! Oh, Bill! Es wäre einfach paradiesisch!«

»Aber sowie du dich langweilst, kannst du gehen.«

»Aber, Bill, die Leute werden es erfahren.«

»Das macht nichts mehr, verstehst du nicht? Nach dem Examen bist du keine Studentin mehr.« Er grinste.

Ihr Mund wurde trocken vor Aufregung. Plötzlich gab es eine Zukunft, und sie hieß Bill O'Hara. Sie warf sich ihm an den Hals, kitzelte ihn und küßte sein ganzes Gesicht ab.

Die letzten Schulwochen waren nur undeutlich und verschwommen in ihrer Erinnerung. Sie war vollkommen auf den zweiten Sonntag im Juni fixiert, den Tag, an dem ihre Klasse das Examen hinter sich hatte, und von dem an sie für alle Zeiten mit ihrer Liebe zusammensein konnte. Sie lief wie im Traum herum, gab Arbeiten ab und ging in die Abschlußprüfungen, aber bei all dem war sie in Gedanken bei etwas ganz anderem. Etliche Male ertappte sie Kitty dabei, sie besorgt zu mustern, und einmal fauchte Lee: »Hör um Himmels willen auf! Ich weiß genau, was ich tue!«

Die Nacht vor dem Examen war lau und schön, und am Himmel funkelten die Sterne. Das Wohnheim hatte sich schon früh geleert, da alle zu dem jährlichen Feuerwerk der Harris gingen. Genau der richtige Zeitpunkt, um schon zwei leichte Taschen in Bills Wohnung zu bringen.

Er hatte sich fast zwei Wochen lang zurückgezogen, um Abschlußarbeiten zu korrigieren und mündliche Prüfungen vorzubereiten. In dieser Zeit hatten sie kein einziges Mal zusammen geschlafen. Eine ausgemachte Folter. Doch er hatte ihr sehr ernsthaft mitgeteilt, daß er diese beiden letzten Wochen brauchte, um seine Arbeit zu beenden. »Du darfst mich nicht in Versuchung führen, kleine Zigeunerin. Denk daran, daß ich dieses Jahr auf der

Abschußliste stehe. Alles muß rechtzeitig abgegeben werden. Es wird schwer werden, ich weiß, aber wir dürfen solange keinen Kontakt miteinander haben, verstanden?«

Sie hatte nichts anderes gewollt, als ein paar Minuten seine Stimme zu hören. Fünf Tage vor dem Abschluß hatte sie ihn nicht einmal flüchtig im Gang gesehen. Daher hatte sie angerufen, und seine Stimme war eisig gewesen. »Ich dachte, wir hätten eine Vereinbarung getroffen. Wenn du dir wirklich etwas aus mir machst, hältst du dein Wort. Ich habe dir doch gesagt – nach dem Examen.« Sie hatte sich übermäßig entschuldigt, aber diese seltsame Unterhaltung hatte sie genervt. Immer wenn sie an das Gespräch dachte, bildete sich ein Kloß in ihrem Magen.

Aber, so rief sie sich an jenem Abend ins Gedächtnis, er hatte gesagt: nach dem Examen. Morgen war alles ausgestanden; inzwischen hatte er bestimmt alle Arbeiten abgeschlossen. Sie würde aus der Nacht zu ihm kommen, und nach so langer Zeit ohne sie würde er leidenschaftlich und begierig sein.

Sie duschte genüßlich und wusch sich die Haare. Sie hatte sich einen Rock mit Volant und eine schulterfreie Bluse gekauft – eine Art Zigeunertracht, speziell für ihn, und als sie sich angezogen hatte, lächelte sie ihr Spiegelbild an.

Sie schwebte durch das breite Treppenhaus hinunter, summte eine irische Ballade vor sich hin und genoß das Gefühl, allein im ganzen Haus zu sein. Am Treppenabsatz sah sie sich noch einmal an dem schäbigen, behaglichen Ort um, den sie während der letzten drei Jahre bewohnt hatte. Plötzlich ging ihr auf, daß sie dabei war, diesen Ort zu verlassen, daß sie nie mehr zurückkehren würde. Ihr fiel auf, daß sie an all dem wirklich hing, an den blöden Traditionen und den blöden Vorschriften und den blöden Mädchen – an allem. Einen Moment lang blieb sie vollkommen still stehen, eingerahmt in die Tür des Aufenthaltsraumes, und sie war zwischen Traurigkeit, weil all das nun zu Ende war, und unbändiger Freude, weil sie zu ihrer Liebe ziehen würde, hin- und hergerissen.

»Lee.« Die Stimme, die sie keineswegs erwartet hatte, ließ sie zusammenzucken. In der hintersten Ecke des Raumes thronte auf dem bequemsten Sessel, makellos in weißen Flanellhosen und einem marineblauen Polohemd, sein dichtes, glattes Haar ordentlich aus der Stirn gebürstet, Whit Harris – und sie fand, er sähe aus wie jemand aus einem alten College-Film der Dreißigerjahre.

»Mein Gott, Whit, hast du mich erschreckt! Was zum Teufel tust du hier?«

»Ich koche«, sagte er. Auf seinen Lippen stand ein Lächeln, aber die kalten Augen blieben davon unberührt. Er war wirklich wütend; aber Whit Harris zeigte niemals Gefühle in der Öffentlichkeit. »Katherine wollte bereits vor einer halben Stunde hier sein, und ich habe nicht die leiseste Ahnung, wo sie sein könnte. Das hat sie bei mir noch nie getan, nie.« Er sah auf seine Armbanduhr. »Langsam mache ich mir Sorgen. Weißt *du* vielleicht, wo sie ist?«

Als Lee den Mund aufmachen wollte, setzten draußen die Donnerschläge ein. Whits Mund wurde schmaler. »Das Feuerwerk hat vor fünfzehn Minuten begonnen, und, verdammt noch mal, Vater wird toben. Nicht, daß ich es ihm vorwerfe«, fügte er kriegerisch hinzu. »Schließlich wird das Feuerwerk zum Examen seit Jahren von meiner Familie gespendet. Das ist eine alte Familientradition, bei der ich anwesend sein sollte.«

Lee warf einen verstohlenen Blick auf ihr Gepäck. Sie würde bei ihm bleiben müssen, bis Kit auftauchte. Verflucht. Bill war nur einen halben Campus weit von ihr entfernt, fast greifbar, und sie hing fest. Ihr fiel nie etwas ein, worüber sie mit Whit hätte reden können; er war so höflich und konventionell.

»Du brauchst nicht zu warten«, sagte Whit. »Ich sehe, daß du gerade fortgehen willst.«

Wenn du nur wüßtest, wohin! dachte sie mit dem Vergnügen, das ihr ihr Geheimnis immer wieder bereitete. Nun, warum sollte er es nicht wissen? Bald würden es ohnehin alle wissen. Außerdem war es die Sache wert, den Schock auf seinem glatten Gesicht zu sehen.

»Ich bin gerade dabei, zu Bill O'Hara zu ziehen.«

»*Professor* O'Hara?« sprudelte er heraus, und auf seine Backen traten Flecken.

»Genau der.« Sie grinste und genoß sein Unbehagen. »Wir haben schon seit einem Jahr etwas miteinander, aber jetzt können wir es endlich offen treiben.«

»Lee, ich bin nicht sicher, daß die Behörde eine solche außergesetzliche Verbindung zulassen wird.«

»Ach was! Die Behörde hat dazu gar nichts zu sagen. Ab morgen bin ich keine Studentin mehr.«

»Ich glaube, man sollte dir zur Warnung sagen, daß O'Hara ...«

Er unterbrach sich, wandte den Kopf und lauschte auf das

stotternde Geräusch eines Motorrades, das vor dem Haus vorfuhr. Lee rannte zur Tür und stieß fast mit einer erröteten, zerzausten Kitty mit verwehten Haaren zusammen.

»Wo . . .«

»Das ist jetzt gleich. Ich bin viel zu spät. Oh, Whit, es tut mir so leid. Kannst du mir fünf Minuten Zeit lassen?« Kitty schoß die Treppe hinauf, ohne eine Antwort abzuwarten.

»Damit hat sich die Sache ja erledigt«, sagte Lee. »Ich überlasse sie deinen fähigen Händen.« Sie beugte sich zu ihren Taschen herunter, weil sie keine Zeit mehr damit vergeuden wollte, sich Whits Warnungen und öde Meinungen anzuhören.

Copeland stand noch vor dem Haus, über den Lenker des Motorrads geneigt, personifizierte Niedergeschlagenheit. Sobald Whit gesagt hatte, Kitty käme zu spät, hatte sie gewußt, daß es Copeland sein mußte. Wenn Kit Cameron etwas tat, was sich nicht mit ihrem Zeitplan vereinigen ließ, lag es immer daran, daß Dan Copeland aufgetaucht war.

»Noch da?« verspottete sie ihn. Dan stand nicht in ihrer Gunst, nicht mehr, seit er und seine Kohorten O'Hara auf die Abschußliste gesetzt hatten. »Du kannst ruhig wegfahren. Sie hat andere Pläne für heute abend.«

Er legte den Kopf schief und sah sie an. »Das brauchst du mir nicht zu erzählen. Ich weiß es selbst.« Sein sonst so freches Mundwerk war verstummt, und die scharfen Worte, die schon auf ihrer Zungenspitze lagen, blieben unausgesprochen. Der Typ fühlte sich elend. Ihr eigenes Glück bot ihr Raum für Mitgefühl, selbst mit ihm.

»Ich habe eine Aufgabe für dich, Copeland. Du kannst mich zu Bill O'Hara rüberfahren.«

Jetzt riß er den Kopf in die Höhe. »O'Hara! Gerade du willst genau jetzt zu einem Professor gehen? Und dann auch noch zu einem beschissenen?«

»Vergiß deine ungerechten Vorurteile, Dan. Sag mir gegenüber nichts mehr gegen ihn. Ich ziehe zu ihm.«

Das hagere Gesicht, das im schwachen Schein der Straßenlaterne kaum zu erkennen war, schien zu lächeln. »Herr, steh uns bei! Das tust du nicht!«

»Ganz im Gegenteil. Ich tue es.«

»Mein gesunder Menschenverstand sagt mir, daß ich dich nicht zu einem derart ungeheiligten Stelldichein fahren sollte.«

»Alles klar. Dann gehe ich eben zu Fuß.« Sie hob die Taschen wieder auf und lief los. Sofort gab er Gas und fuhr neben ihr her.

»Na gut. Zum Teufel, ich habe sowieso nichts Besseres vor. Also kann ich dich auch in dein Verhängnis fahren.«

»Kümmer dich um deine eigenen Angelegenheiten!« Sie packte ihre Taschen auf den kleinen Gepäckträger und stieg auf.

Sie brauchten nur ein oder zwei Minuten, bis sie das kleine Wohnhaus erreicht hatten. Bills Wohnung lag im Erdgeschoß, und das erste, was sie bemerkte, waren die dunklen Fenster. Ein leichter Schauer lief ihr über den Rücken, aber sie dachte: Er ist sicher einfach eingeschlafen, der arme Kerl. Diese zahllosen Schlußprüfungen.

Trotzdem sprang sie eilig ab und rannte mit ungleichmäßigem Herzschlag auf die Wohnungstür zu. Selbst im Dunkeln fand ihr Finger mühelos die richtige Klingel, und sie läutete ungeduldig. Nichts. Sie drückte wieder auf die Klingel, wieder und wieder. Gewöhnlich dauerte es nur einen Moment, bis Bill auf den Knopf drückte und sie einließ. Was war hier los? Sie pochte ans Fenster und läutete dann wieder.

Erst, als er sprach, merkte sie, daß Dan hinter ihr stand. »Du hast deine Taschen vergessen, junge Frau. Stimmt was nicht?«

»Er muß aus dem Haus gegangen sein – obwohl er gesagt hat, er würde Arbeiten korrigieren. Na ja, vielleicht ist er ins Wirtshaus gegangen. Er hat nicht mit mir gerechnet – oh, verflucht.«

»Und du hast geduscht und all das?«

»Was soll denn *das* heißen, Copeland?«

»Nichts weiter. Nur, daß du so gut riechst. Soll ich dich zurückfahren?« Er stellte die Taschen ab.

»Einen Moment noch.« Sie drückte mit aller Kraft auf die Klingel und ließ sie lange läuten. Sie konnte den seltsamen Widerhall in der Wohnung hören.

Plötzlich öffnete sich die Wohnungstür, und aus dem Flur fiel Licht. Sie zwinkerte und brauchte einen Moment, bis sie erkannte, daß es sich bei der Silhouette um eine Frau handelte, Bills Nachbarin.

»Hören Sie endlich mit dem Blödsinn auf. Diese Klingel macht mich wahnsinnig. Außerdem ist es überflüssig, weiterzuklingeln.«

»Wissen Sie, wo er ist?«

»Ja, in Irland.«

Lees Herz stand einen entsetzlichen Moment lang still.

»Irland«, wiederholte sie mit dumpfer, ungläubiger Stimme. »Irland.«

»Heute morgen ist er ganz früh losgefahren. Er hat gesagt, daß er im September zurückkommt.«

Wie betäubt wich sie vor der Stimme zurück. »Hat er – hat er irgendwelche Nachrichten hinterlassen?«

»Noch nicht mal eine Anschrift. Er hat natürlich gesagt, daß er wie ein fahrender Zigeuner leben will, aber solches Zeug redet er ja immer.«

Lee fühlte sich wie vom Schlag getroffen. Sie drehte sich um, weil sie Angst hatte, zusammenzubrechen, und stieß direkt mit Dan Copelands langgliedrigem Körper zusammen. Er legte sofort einen Arm um sie und klopfte ihr auf den Rücken, als sie sich an seinem Hemd ausstöhnte. »Oh, mein Gott, was soll ich bloß tun? Er hat gesagt, er bräuchte mich. Er hat gesagt, wir würden Tag und Nacht zusammensein.«

»Dieser Schuft!«

»Warum hat er das getan? Wie konnte er das nur tun?«

»Er ist ein schlechter Kerl.«

»Er ist ein wunderbarer Mensch. Er liebt mich.«

»Er liebt nur einen Menschen – sich selbst.«

Rasend schlug sie mit ihren Fäusten auf Dan ein. »Sei still! Sei still! Er liebt mich! Er liebt mich! Er liebt mich ...« Sie brach in Tränen aus und drückte ihre Fäuste auf ihre Augen. »Ich will sterben!«

Das nächste, woran sie sich erinnerte, war, daß sie über den Bürgersteig geschleift und auf den Motorradsitz gehievt wurde.

»Rivers«, sagte Dan mit fester Stimme, »wir sind beide geschafft. Was wir brauchen, ist ein Drink.« Er ließ den Motor an, riß das Gas auf, und sie flogen durch die Nacht.

Er brachte sie in seine Wohnung, eine trüb beleuchtete, absolut chaotische Mansarde in einem alten Geschäftsgebäude. Sie war schon oft dort gewesen, aber immer nur bei politischen Zusammenkünften, bei denen das Zimmer gestopft voll gewesen war. Es war seltsam, diesen Raum leer zu sehen. Er führte sie sachte zu einer der großen Matratzen auf dem Fußboden, die als Couch, Bett oder Arbeitstisch dienten. Es war die schönste, deren indischer Überwurf ordentlich und straff auf dem Polster saß. Auf der anderen türmten sich Stapel von Büchern, Papieren, zerknitterten Bettlaken und schmutziger Wäsche.

»Wo ist dein schrecklicher Zimmergenosse?« Benno Akkardijian hätte sie heute nicht verkraftet. Genaugenommen konnte sie ihn zu keinem Zeitpunkt um sich haben. Er war ein Quälgeist, der entweder versuchte, sie kleinzukriegen oder auf feindliche Weise den starken Mann markierte. Wenn Ben noch kommen würde, würde sie keinesfalls hierbleiben.

»Er verbringt die Nacht mit seinen Verwandten in einem schicken Hotel in Syracuse.«

Sie nahm das Whiskyglas, das Dan ihr anbot und nippte dankbar. Der Whisky war stark und aromatisch, und er erfüllte den Hohlraum in ihrem Innern augenblicklich mit Wärme.

Dan trank einen großen Schluck aus seinem Glas und setzte sich neben sie, griff hinter sich, um einen Stapel Kissen an der Wand zurechtzurücken. Von draußen konnte man schwach das Geräusch der explodierenden Raketen vernehmen.

»Blödes Feuerwerk!« murrte er.

»Was hast du gegen das Feuerwerk? Es ist doch lustig.«

»Feuerwerk«, sagte er gepreßt, »erinnert mich an Vietnam.«

»Entschuldige«, murmelte sie. »Das hatte ich vergessen.«

»*Und* an den heutigen Abend. Und wegen der Sache, die sie mir heute abend angetan haben, ertränke ich mich jetzt in diesem wunderbaren einjährigen Scotch.«

Später, als sie darüber nachdachte, wurde ihr klar, daß Dan Copeland in jener Nacht ebenso verletzbar und verwundet gewesen war wie sie. Sie war es einfach zu sehr gewohnt gewesen, ihn als zäh und unangreifbar anzusehen. Doch sie tranken stetig, und die Gläser füllten sich wie durch Zauber wieder auf, sobald der letzte Tropfen verschwunden war. Sie erzählten einander alles.

»Auf dein Elend«, sagte er und trank.

»Auf deins auch, Dan.«

»Und auf deine Qualen.«

»Auf deine auch.«

»Und auf Whit Harris, den Typen mit dem weißen Hut.«

»Und auf das verfluchte Irland, möge es im Meer versinken.«

»Und auf Kit, meine verlorene Liebe – aber nicht für immer verloren.«

»Und auf Bill O'Hara, möge er in der Hölle schmoren.«

»Du machst wirklich Schluß mit ihm?«

»Mein Gott, Dan, ich muß es tun! Ich werde mich so schnell aus dem Staub machen und in einen anderen Teil des Landes ziehen, daß man nur noch Rauchwölkchen hinter mir sieht.«

»Kluges Mädchen. Trink noch einen.«

»Danke, nichts lieber.«

Er legte eine Jazzplatte auf und zündete neue Kerzen an, als die alten heruntergebrannt waren, und sie erinnerte sich daran, vom wunderbaren Frieden des Vergessens eingehüllt zu werden. Bill O'Hara wurde immer kleiner, bis er kaum noch sichtbar war, es kaum noch wert war, daß man an ihn dachte. Doch selbst in ihrer zunehmenden Betäubung wußte sie, daß der Schmerz morgen wiederkehren würde. Zu dem Zeitpunkt lagen Dan und sie nebeneinander und balancierten die Gläser auf dem Magen.

»Wie fühlst du dich?« fragte er mit einem minimalen Lallen.

»Einsam, das ist es.«

»Ja. Ich mich auch.«

Sie sahen einander an, und sie merkte, daß er sie plötzlich starr fixierte. »Lee«, murmelte er, und sie hörte das Klirren der Gläser, als er sie vorsichtig auf den Boden stellte. Verschwommen sah sie sein Gesicht, und ihr Herz schlug schneller, als er sie an sich zog. »Lee«, sagte er wieder, und diesmal war es eine Frage.

Kein weiteres Wort fiel. Sie kuschelte sich an ihn, froh um die angenehme Wärme eines menschlichen Körpers, froh über seine sanften Hände, froh, ihren Schmerz noch eine Weile länger vergessen zu können. Der Whisky schwirrte durch ihren Kopf, und ihr Liebemachen war ein verzweifelter Versuch, das Denken abzustellen.

Als es vorbei war, legte er eine seiner großen Hände auf ihre Wange und sagte: »Lee, es tut mir leid. Es war unfair von mir. Du hast entsetzlich viel getrunken, und ich auch.«

»Erzähl keinen Unsinn. Schließlich bin ich nicht gerade eine Jungfrau gewesen.« Sie lachte bitter. »Wir haben eben beide – etwas gebraucht.«

»Es war ein nettes Etwas.«

»Für mich auch, Copeland. Aber wir wissen beide, daß es nichts zu sagen hat.«

Am nächsten Morgen nahm sie, ohne die Abschlußfeierlichkeiten abzuwarten, einen Bus nach Chicago und ließ Hampton und die Erinnerungen an Bill O'Hara so weit hinter sich, wie es nur irgend ging.

Bills Brief, der mit seinen üblichen Phrasen des Selbstmitleids angefüllt war – »Du bist zu gut für mich. Eine Frau wie dich habe ich nicht verdient« – sie kannte sie auswendig – erreichte sie erst im August. Doch zu diesem Zeitpunkt riß sie ihn vorsichtshalber in tausend Stücke und ...

»Lee! Du hast kein Wort von dem gehört, was ich gesagt habe. Wo warst du?« Das war Kit, die fast lachen mußte.

Lee unternahm eine Anstrengung, um in die Gegenwart zurückzukehren. »Nicht wo, Kit – wann. Je näher wir der Schule kommen, desto weiter wandern meine Gedanken zeitlich zurück.«

Kitty lächelte. »Ja, ich weiß. Kein Auto, sondern eine magische Zeitmaschine. Ich bin selbst im Jahr 1970 herumspaziert. Und ich frage mich...«

»Ja?«

»Nichts.«

Lee wußte, daß dieses Nichts gelogen war. Wessen Arme schlangen sich in der Erinnerung um Kitty? Sie war sicher, es zu wissen. Und sie fragte sich, was ihre alte Freundin sagen würde, wenn sie gewußt hätte, daß sich Lee in diesem Augenblick an dieselben starken Arme erinnert hatte.

Natürlich zählte es nicht. Die Nacht mit Dan Copeland war Medizin für ihre Verletzungen gewesen, sonst nichts. Wenn sie vollkommen ehrlich zu sich selbst war, spukte O'Hara in ihrem Kopf herum. Gestern, in ihrer behaglichen Wohnung in London, war Bill O'Hara nicht mehr als eine alte Flamme gewesen, und sie hatte geglaubt, es würde sie unberührt lassen, ihn bei dem Treffen wiederzusehen. Jetzt saß sie hier, zitterte bei dem Gedanken an ihn und war vor Vorfreude ganz aufgeregt.

Sie durfte nicht vergessen, wer sie war. Wer sie *heute* war, nicht, wer sie vor so vielen Jahren gewesen war. Die männermordende kleine Studentin, die bei der Berührung dieses professionellen Iren geschmolzen war, dieses geile Wesen, gab es nicht mehr. Die Lee Rivers, die nach Hampton zurückkehrte, war eine erfolgreiche Frau von Welt.

Sie war sich nicht sicher, ob sie selbst daran glaubte. Wenn sie nur an diese langen, liebenden Zusammenkünfte mit ihm dachte, sich an seine Stimme erinnerte, die heiser vor Erschöpfung und Begehren sagte: »Es ist erstaunlich, aber ich will dich schon wieder«, ließ es sie zitternd zusammenzucken.

Habe ich mich denn überhaupt verändert? fragte sie sich. Zählten diese zehn Jahre überhaupt? Oder würde sie in der alten Umgebung feststellen müssen, daß alle Arbeit und alle Mühen und Qualen umsonst gewesen waren? Solange diese Fragen noch offen waren, war sie innerlich unsicher und verwundbar.

»Und ängstlich«, sagte sie laut. »Weißt du was, Kitty? Mir ist gerade eben klargeworden, daß ich mich vor diesem Treffen fürchte.«

Die beiden Frauen starrten sich einen Moment lang an und lächelten dann zögernd.

»Ich mich auch«, sagte Kit. »Wahrscheinlich sogar aus denselben Gründen.«

4

Benno Akkardijian

Es gibt keinen Ort auf der ganzen Welt, wie exotisch oder dramatisch oder heroisch er auch sein mag, der so bezaubernd ist wie das Cherry Valley im Hinterland von New York. Die Straße windet sich gemächlich zwischen den Hügelketten, die mit Feldern und Weiden gesprenkelt sind. Herden schwarz und weiß gefleckter Kühe grasen friedlich, und manchmal sieht man in weiter Ferne einen leuchtend gelben Mähdrescher, der sich majestätisch durch die dichten Ährenreihen bewegt. Zu beiden Seiten der Straße liegen Bauernhöfe, die ihr Erbauungsjahr – 1856, 1794 – stolz von den Schindeln der Scheunendächer prangen lassen, oft auch mit Initialen versehen.

Um halb vier nachmittags hatte der leuchtend rote Sportwagen die Straße fast für sich. Eine Meile vor ihm raste ein silberner Mercedes Benz; im übrigen wirkte die Straße verlassen.

Überall diese entsetzlichen Schilder »Antiquitäten-Verkauf«, dachte Ben Akkardijian voller Abscheu, während er aus dem Fenster seines BMW sah. Auf den letzten fünfzehn Meilen hatte jeder einzelne Bauernhof eine kommerzielle Einladung zum Schmausen und Kaufen ausgehängt. Das war ein Zeichen der Zeit, und zwar eins, das er ekelhaft fand. All diese Bauern konnten nicht mehr von ihrem Land leben und waren gezwungen, die Stickereien ihrer Großmütter und ihr eigenes altes Tongeschirr zu verkaufen! Er konnte sich noch so gut daran erinnern, wie sie vor zehn Jahren noch gewesen waren: aktiv und wie das blühende Leben hatten sie sich zur Erntezeit auf dem Campus gedrängt, um zusätzliche Arbeitskräfte anzuheuern.

Vor zehn Jahren! Kaum zu glauben, daß er schon so lange nicht mehr im College war. Noch schwerer fiel es ihm, zu glauben, daß er wirklich auf dem Weg nach Hampton war. Er lachte laut heraus und fragte niemand Bestimmten: »Was glaubst du wohl, was ich mache, mit Kindern meines Alters spielen?« Er gab sich selbst die Antwort: »Ich tue nur, wonach mir ist. Und heute bin ich zu einem Klassentreffen aufgelegt.« Er fragte sich, ob Copeland kommen würde. Dans Karriere hatte ihn in mehr als einer Hinsicht in weite Ferne von Hampton gerückt. Kandidierte er nicht für irgendwas? Wahrscheinlich war er viel zu beschäftigt, als daß er eine so weite Reise antreten konnte, die nur dazu diente, Nostalgie zu spielen.

Während er unbekümmert eine unerwartet scharfe Kurve fuhr, kurbelte Ben das Fenster ganz herunter und sog die beißende Luft ein, in der der spröde Duft nach reifenden Äpfeln hing, und hielt seinen Ellbogen aus dem Fenster. Er fühlte sich wohl. Anders konnte man es nicht sagen. Er fühlte sich verdammt wohl. »Endlich frei, endlich frei!« sang er und lachte wieder. Als er gestern um Mitternacht von der Arbeit nach Hause gekommen war und endlich die Post gelesen hatte, waren sie dabei gewesen: die endgültigen Scheidungspapiere. Seine Freiheit! Beim Lesen der geschraubten, juristischen Formulierungen war ihm klar geworden, daß es wirklich aus war, das Ende einer langen, miesen, fruchtlosen, unnützen Phase von fünf Jahren, und er fühlte sich, als habe man ihm eine Tonne Steine von der Seele genommen.

Er hatte sich bemüht; er hatte sich weiß Gott bemüht, etwas dafür zu tun. Aber Helena de Blaine Reed Akkardijian, die in Yale Jura studiert hatte, war ständig ausgebucht gewesen und nicht für die Ehe geschaffen.

Einmal hatte er ihr zu Weihnachten ein goldenes Rebhuhn in einem lebendigen Birnbaum geschenkt, und sie hatte gesagt: »Oh, Benno, wann wirst du endlich erwachsen?« Ihr Geschenk für ihn war ein schicker Diplomatenkoffer von Gucci gewesen, mit goldenen Initialen, ein äußerst angebrachtes Geschenk. Wenn er an einem vertrödelten Sonntagnachmittag seine Arme um sie legte und seine Lippen an ihren Hals schmiegte, schüttelte sie ihn ausnahmslos ab. »Kannst du nicht warten, bis wir im Bett sind?« Wenn er bei einem dieser endlosen Sitzungen bei Thorpe, Whitehead and Franklin einen Witz machte – keine Bosheit, nur zur allgemeinen Entspannung – funkelte sie ihn böse an. Wenn er am Ende einer arbeitsreichen Woche mit ihr in den Wagen stieg und sagte: »Laß uns jetzt gleich ans Meer fahren und dort ein wunderbares Wochenende verbringen«, war sie entsetzt. »Ohne Reservierungen? Ohne Kleider? Ohne feste Pläne?«

Er hatte länger gebraucht, als er hätte brauchen dürfen, um zu merken, daß seine zierliche, hübsche Gattin ihn schlicht nicht zu würdigen wußte. Sie schätzte ihn nicht und hatte vor, ihn zu ändern. Warum hatte sie ihn geheiratet? Am Rande der Verzweiflung hatte er sie einmal gefragt, und Helena hatte einen Moment lang nachgedacht – sie sprach nie, ohne vorher nachzudenken – und dann entgegnet und dabei die einzelnen Punkte an den Fingern abgezählt: »Du warst gescheit. Du warst exotisch. Du warst charmant. Du warst reich.«

»*Warst?*« schrie er. »Es ist erst drei Jahre her, Helena. Ich bin mit Sicherheit noch genauso gescheit und exotisch und reich und was du willst – vielleicht sogar mehr! Sieh mich an: Ich bin umwerfend!« Er legte eine kleine Steppnummer hin. Er hätte sich vorher denken können, daß das zu nichts führte.

Sie schüttelte betrübt den Kopf. »Ich dachte, dein mangelnder Takt und deine Vorliebe für alberne Witze sei nur eine Frage der – Jugend. Ich dachte, wenn wir erst einmal verheiratet wären, würdest du erwachsen werden. Im Grunde bist du ja beständig.«

»Ich bin keine Kommunalobligation, Helena, ich bin ein Mensch.«

»Ein Mensch, der nicht weiß, wie man sich Klienten gegenüber benimmt.« Sie spitzte den Mund.

»Vielleicht hasse ich die Arbeit bei Thorpe, Whitehead and Franklin. Vielleicht finde ich sie fad und leblos und dumm.«

»Unsinn! Es ist eine der besten Firmen in Philadelphia. Du warst Gesetzesprüfer. Natürlich nur von Wisconsin, aber schließlich ist ...«

An diesem Punkt verließ er das Zimmer. Es war hoffnungslos. Helena sah die Dinge schwarz und weiß. In ihrer Erfahrung existierten keine Grautöne. Und mein gesamtes Leben, dachte er und war nur teils belustigt, ist ein großer grauer Klumpen. Warum bin ich in Philadelphia? Weil ich nicht mehr mit Dan Copeland konkurrieren wollte, und Philadelphia ist weit weg von Madison in Wisconsin. Warum bin ich Rechtsanwalt? Weil Dan Rechtsanwalt werden wollte und ich nicht wußte, was ich wollte.

Das einzig Anständige und Aufregende an seinem Dasein als Rechtsanwalt waren die beiden Abende pro Woche, an denen er kostenlose Rechtsberatung erteilte. Dabei hatte er zumindest das Gefühl, Menschen wirklich zu helfen. Während er dort saß, schaute er aus dem Fenster auf überfüllte Mietshäuser und miese, von Ratten heimgesuchte Wohnungen. Einst war es eine Zeile ordentlicher Stadthäuser gewesen, vielleicht nicht direkt luxuriös, aber solide. Unter der verrußten, abblätternden Farbe und den schmutzigen Fenstern verbarg sich schlichte, schöne Architektur. In müßigen Momenten ertappte er sich bei dem Tagtraum, eines jener Häuser zu besitzen und es wieder zum Leben zu erwecken.

Als er merkte, daß er mehr Zeit damit verbrachte, über Gebäude zu phantasieren, als sich mit Gesellschaften und Verträgen zu befassen, entschied er sich, drei dieser Häuser, die seiner Beratungsstelle direkt gegenüber lagen, zu kaufen. Die ersten drei hielt er vor Helena geheim, aber schon bald war er so sehr mit Bauunternehmern, Vermietern, Mietern, Architekten, dem Stadtbauamt und den tausendundeins Einzelheiten der Renovierung befaßt, daß er keine Zeit mehr für seine Rechtsanwaltstätigkeit mehr fand. Daher teilte er Helena mit, was er getan hatte. Sie wurde weiß vor Zorn und sprach tagelang kein Wort mit ihm. Als er bei Thorpe und Franklin aufhörte, zog sie aus dem gemeinsamen Schlafzimmer aus.

Selbst, als er Erfolge zu verzeichnen hatte, als er einen ganzen Straßenzug von zerfallener Immobilien in angenehme Wohnungen verwandelt hatte, war sie noch nicht zufrieden.

»Deine Arbeitszeiten sind ungeregelt, du bringst diese dreckigen Arbeiter mit nach Hause, wann es dir gerade beliebt, und überall liegen deine Blaupausen rum. So kann ich nicht leben – und zudem«, fügte sie hinzu, »verstehe ich beim besten Willen nicht, daß du so leben kannst. Es ist – einfach schmuddelig.«

Er lachte trocken. »Wahrscheinlich bin ich der einzige Ehemann in den gesamten Vereinigten Staaten, dessen Gattin ihn *wirklich* nicht versteht. Und dabei habe ich noch nicht einmal eine Sekretärin, die sich auf meinen Schoß setzt und sich das alles anhört.«

»Ich meine es ernst. Ist das deine Antwort? Wieder einer deiner infantilen Witze?«

»Ich mache einen Haufen Kohle, Helena, und außerdem mache ich das, was ich tue, mit Begeisterung. Für Immobilien bin ich bestimmt. Sag mir, was du von mir willst.«

»Ich will, daß du aufhörst, dein Leben zu verplempern und daß du auf anständige Weise das tust, was du gelernt hast.«

Ben sah sie einen Moment lang nachdenklich an. Was war sie doch für eine hübsche, kleine Frau mit zarter Haut, sauber und ordentlich. Aber er bildete sich ein, den Metallschimmer unter ihrer makellosen, sahnigen Haut zu sehen. »Ich werde niemals dazu fähig sein, so zu sein oder das zu tun, was du von mir willst, Helena. Kannst du mich nicht so akzeptieren, wie ich bin?«

Nach einer Pause sah sie auf die Uhr. »Na gut. Ich habe morgen um – äh – siebzehn Uhr dreißig gepackt.«

Er wußte, daß sie gehen würde, nicht um fünf Uhr neunundzwanzig oder um fünf Uhr zweiunddreißig, sondern um Punkt siebzehn Uhr dreißig; und dieses Wissen verursachte ihm eine große, große Müdigkeit. Sie verließ ihn, die Frau, die er zu lieben geglaubt hatte, die Frau, deren Körper er Nacht für Nacht begehrt hatte, und alles, was er empfand, war Erschöpfung.

An dem Tag, an dem sie ordentlich gepackt und ordentlich aus seinem Leben verschwunden war, waren sie etwas mehr als vier Jahre verheiratet gewesen. Erst, als sie fort war, bemerkte Benno, daß er während seiner ganzen Ehe angespannt gewesen war. Außerdem hatte er Untergewicht, und seine Nase ragte wie der Bug eines großen Schiffes aus einem hageren, hohlwangigen Gesicht. Daher fing er an, täglich zu laufen, ließ sich einen Schnurrbart wachsen und aß riesige Mengen. Dann hatte er sich umgesehen und überrascht festgestellt, daß es in Philadelphia Frauen gab, die ihn süß fanden. *Süß!* Zum Beispiel Martha Hillyard, eine seiner Architektinnen, eine großgewachsene, langgliedrige, zurückhaltende Frau. Oder Susan Lucarelli von der Vertragsfirma. Und Penny, die Tänzerin, Penny Fortune, die ihn zum Friseur geschleift und ihm einen Vierunddreißig-Dollar-Haarschnitt hatte verpassen lassen. »Jetzt bist du einfach phantastisch!« hatte sie gekichert. »Und du gehörst mir, ganz allein mir!«

Benno seufzte stürmisch bei diesen Reminiszenzen und legte den vierten Gang ein. Nein, Penny, Liebling, dachte er, nicht dir allein. Niemandem. Es war gut, sehr gut, Frauen in seinem Leben und in seinen Armen zu haben, aber er hatte etwas dazugelernt. Denk nur an dich! sagte er sich, drückte das Gaspedal und legte ein Band von *Grease* auf, das er laut und nicht ganz in der richtigen Tonart mitsang.

Die Sirene, die direkt hinter ihm aufheulte, verblüffte Benno. Das Polizeimotorrad fuhr neben ihn, und der stämmige Bulle bedeutete ihm, an den Rand zu fahren. Er lenkte rüber, ein wenig schuldbewußt, aber in erster Linie verwirrt.

Er lehnte sich aus dem Fenster und sagte grinsend: »Ich bin unschuldig, Wachtmeister.« Das quadratische Gesicht, das von der Sonne gerötet und hinter einer riesigen dunklen Sonnenbrille verborgen war, lächelte nicht zur Antwort.

»Sind Sie in Eile, Sir?« Die Stimme war spröde und täuschend ruhig.

»Ich? Nicht direkt. Wieso? Bin ich zu schnell gefahren?«

Ein finsteres Lächeln. »Sie haben mich vor etwa drei Meilen mit achtzig überholt. Ich glaube, ich sollte mir Ihren Führerschein mal ansehen.«

»Gewiß, gewiß.« Achtzig! Er hatte es gar nicht gemerkt. Er sah sich um und versuchte, sich von seiner Studentenzeit her daran zu erinnern, wo die Radarfallen sich befanden. Wenn er in eine Kontrolle geraten war, würde man ihn stundenlang festhalten und ihn einem Kleinstadtrichter vorführen (nachdem man ihn aus reiner Schikane ein oder zwei Stunden hatte warten lassen), der ihm eine Strafpredigt halten und ihm eine gehörige Geldstrafe aufbrummen würde. Eine ganz gehörige Geldstrafe.

»Herr Wachtmeister«, setzte er an, »ich bin auf dem Weg nach Hamp...«

»Akkardijian!« rief der Bulle aus und hielt den Führerschein auf Armeslänge von sich, als könne er gebissen werden. »Herr im Himmel, ausgerechnet...«

»Wie?«

Eine fleischige Hand wurde durch das Fenster gestreckt. »Erinnerst du dich nicht mehr an mich? Joe Rugowsky. Ich habe in Marktwirtschaft hinter dir gesessen – und viele deiner Antworten auf den Fragebögen abgeschrieben. Außerdem habe ich beim Studentenverband ausgeholfen!«

Ben schüttelte die enorme Hand voller Vergnügen. »Killer Joe! Natürlich. Mein Gott, was für ein Zufall. Daß mich ausgerechnet der schärfste Verteidiger, den die Hampton Gladiators je hatten, bei einer Geschwindigkeitsübertretung erwischt!«

»Na, also wirklich scharf war ich nie. Ich mochte diesen Sport, den Körperkontakt und diese ganzen Sachen. Aber diesen Namen – Killer Joe – den habe ich nie gemocht, verstehst du? Meine Mutter hat sich deswegen gesorgt.«

»Dann bist du also Motorradbulle geworden, Joe. Wer hätte das gedacht? Ich dachte immer, du würdest Profispieler.«

»War ich auch, aber in der ersten Spielzeit bin ich verletzt worden.« Rugowsky warf noch einen Blick auf den Führerschein. »Als ich diesen Namen gesehen habe, hättest du mich mit einer Feder umwerfen können. Akkardijian. Wie viele Leute heißen schon Akkardijian? habe ich mich gefragt. Ich erinnere mich an dich, aber ich konnte meinen Augen nicht trauen. Mein Gott, hast du dich verändert!«

Ben beäugte den stämmigen Körper, ganz Muskeln und einen Meter breit, und lächelte. »Du dich nicht.«

»Nee. Ich bleibe in Form. Aber du – du warst eine dürre Latte mit einem Wuschelkopf. Und jetzt – ich wette, du bist ein hohes Tier, stimmt's?«

»Danke. Ich werde es meinem Friseur erzählen.«

Joe Rugowsky grinste und zog seinen Helm ab. Ben mußte lachen. Der Mann war fast glatzköpfig und hatte nur noch blonde Haarsträhnen über den Ohren, wie ein Nikolaus. Der Bulle lachte mit. »Erinnerst du dich daran, was für einen Schopf ich hatte? Das richtet eine zehnjährige Ehe mit einem an.« Er kicherte herzlich über seinen eigenen Witz.

»Dieser Strafzettel ...«

Joe kratzte sich am Kopf. »Vergessen wir das. Du hast Glück gehabt, daß ich noch nicht angefangen hatte, ihn auszuschreiben. Aber fahr um Himmels willen langsamer, ja? Wir stehen an der ganzen Straße – speziell für das Treffen.« Er lächelte. »'ne Menge Mäuse, du verstehst?«

»Danke, Joe. Ich werde mich danach richten. Sehe ich dich bei dem Treffen?«

»Darauf kannst du wetten! Vielleicht nicht heute, aber morgen bestimmt, beim Fußballspiel. Mich und meine Frau.« Er sah auf den leeren Sitz neben Ben. »Du bist unverheiratet?«

»Geschieden.«

»Tut mir leid für dich.«

Als er den Motor anließ, dachte Ben: Damit stehst du allein. »Bis später, Joe.« Er winkte und fuhr wieder auf die Straße.

Joe Rugowsky. Wie oft hatte er ihm beim Spielen zugeschaut? Jeden Samstag war er auf den Fußballplatz von Hampton gegangen, aber nicht, um das Spiel zu sehen, sondern mit Flugblättern im Arm, politischen Eingaben für oder gegen das eine und andere. Er erinnerte sich an den Chor von den Zuschauertribünen: »Los, Joe! Los, Joe!« Fast konnte er den Senf an den Hot Dog-Ständen riechen, vermischt mit Bier und einem fernen Duft verbrannter Blätter, dem Geruch nach Seife und Parfum von der Gruppe kichernder Mädchen im ersten Semester, der einem zu Kopf stieg. Ah, die Mädchen von 1970 mit ihrem langen, geraden, glänzenden Haar und ihren saloppen Jeans, ihrem klimpernden Schmuck und ihren geschrubbten Gesichtern – würde es solche Mädchen jemals wieder geben? Einen Moment lang flackerte Helenas kühles, perfekt geschminktes Gesicht vor ihm auf. War sie je eine Freidenkerin gewesen, die in Demonstrationszügen mitmarschierte, mit schweren Schuhen durch ein Schneetreiben stapfte, bei nächtelangen Sit-Ins für die Sache der Ökologie mitmachte, in einer fremden Wohnung auf Kissen am Fußboden kauerte, billigen Wein trank und lustige Geschichten erzählte? Er konnte sie sich in keiner dieser Situationen vorstellen.

Er war immer hinter den Mädchen hergewesen, die nicht für ihn zu haben waren. Zum Beispiel Kitty Cameron. Mit welchen Phantasien er sie ausgeschmückt hatte; heute mußte er lachen, wenn er daran dachte. Sie hatte im zweiten Jahr in Englisch neben ihm gesessen – das schönste Mädchen, das er in seinem ganzen Leben gesehen hatte: bezaubernd, kühl und extrem blond schwebte sie auf Wolken. Klug war sie auch. In diesem Semester hatte er sich jedes Wortspiel und jede geistreiche Bemerkung nur um ihretwillen ausgedacht. Es hatte ganz so ausgesehen, als ob sie ihn auch gemocht hätte. Wenn er angegeben hatte, hatte sie gelacht. Sie hatte sogar zweimal nach dem Unterricht mit ihm Kaffee getrunken. Dann hatte Copeland sie gesehen, und weg war sie.

Wer konnte dem Mädchen vorwerfen, daß es Dan Copeland dem kleinen, mageren, dunkelhäutigen Jungen mit zu vielen Haaren und zuviel Nase und zuviel Mund vorzog? Wie er sich aufgespielt hatte! Er hatte sich in etwa für den Teufel gehalten, mit seinem buschigen Lockenkopf, den kragenlosen ägyptischen Hemden und seinen beschlagenen Cowboy-Stiefeln. Wo sonst, hatte er sich gedacht, konnte man einen Halbitaliener finden, der zur anderen Hälfte Armenier war, den Sohn einer verarmten *Principessa* und eines stinkreichen armenischen Händlers, der in Kairo, London, Paris, St. Moritz und an der Riviera gelebt hatte – und mit dem man zu allem Überfluß auch noch damit angeben konnte, daß er 1964 der ägyptische Tischtennis-Champion gewesen war?

Oh, die Verblendungen der Jugend. Als er auf den Campus gekommen war, hatte er feststellen müssen, daß alle anderen auch buschige Haare, Stiefel und ausländische Hemden trugen. Sein Alter hatte ihn mit einem Koffer voller Maßanzüge und einem brandneuen Ferrari nach Harvard oder Yale schicken wollen, aber er hatte sich wiedersetzt, weil er seinem Vater beweisen wollte, daß er es auch ohne das Geld der Akkardijians schaffte. Er hatte die seltsamsten Jobs aufgetan und die monatlichen Schecks nicht eingelöst, sondern zwischen seine Socken gestopft. Die anderen hatten ihn für einen dieser ausländischen Studenten, die es schwer hatten, gehalten.

In seinem ersten Jahr in Hampton hatte er sich ziellos treiben lassen. Er wußte nicht, was er wollte, er wußte nur, daß er nicht so werden wollte wie sein Alter.

Im zweiten Jahr hatte er dann Copeland getroffen, als sie in der endlosen Schlange standen, die sich für Kurse in Leibeserziehung anmelden wollte.

In der Turnhalle war es heiß und muffig, und es roch nach Staub und dem Schweiß von tausend Körpern, denn die Studenten von Hampton unterwarfen sich der zweimal jährlich anstehenden Qual, sich für Kurse einzuschreiben.

Es war halb fünf, Ben hatte noch nicht zu Mittag gegessen, und er war gezwungen gewesen, sich für zwei Veranstaltungen einzutragen, die morgens um acht begannen. Er hatte drei Samstagskurse belegt, und es war ihm nicht gelungen, bei dem Politprofessor zu belegen, dessen Kurse ihn interessierten, und wenn ihm jetzt nach etwas gar nicht zumute war, dann war es, zwei Stunden lang in einer meilenlangen Schlange zu stehen, um sich für zwei blöde Sportkurse einzutragen.

Er drehte sich zu dem Typen um, der hinter ihm stand und brummte: »Mann, jetzt wäre ein Bier recht!«

»Könnte ich auch gebrauchen.« Benno merkte, daß der Typ hinter ihm etwas älter wirkte als alle übrigen Studenten. Es war schwer zu sagen, warum er diesen Eindruck machte; er war gekleidet wie alle anderen auch, Jeans und ein T-Shirt, aber in seinen Augen war etwas, etwas Wachsames und Erfahrenes. »Halt mir den Platz frei, und ich laufe schnell rüber und hole ein paar Dosen.«

»He! Toll! Aber du bleibst hier, und ich laufe rüber.«

»Warum? Ich kann genausogut gehen.«

»Nein, nein, das mache ich schon«, beharrte Ben. Sie sahen einander einen Moment lang an und brachen dann in Gelächter aus.

»Nach Ihnen, mein lieber Alphonse«, sagte Ben.

»Nein, nach Ihnen, mein lieber Gaston.« Dann streckte er die Hand aus und sagte: »Dan Copeland.«

»Ben Akkardijian.«

Sie gaben sich die Hand.

»Sag mal, Ben, ich bin neu hier. Geht das immer so zu?« Dan beschrieb mit einer Handbewegung die chaotische Szene, die Schlangen von müden Gesichtern, die schäbigen Fußböden und die kahlen Steinwände.

»Ja, immer.«

Dan Copelands tiefliegende, dunkle Augen bohrten sich in seine. »Eine halbe Meile vom Campus, in dem deprimierendsten Gebäude auf Erden, mit Schlangen, in denen man einen ganzen Tag lang warten muß. Außerdem stinkt es hier. Warum wird nicht die neue Turnhalle benutzt?«

»Die neue? Mach keine Witze. Da haben sie gerade für eine halbe Million irgendeinen Superboden reingelegt. Der verträgt keine Straßenschuhe. Nein, die neue Turnhalle können wir unmöglich benutzen.«

Die dunklen Augen blitzten. »Oh? Eine halbe Million? Für einen *Fußboden?* Auf dem man nicht *gehen* darf? Mann, das ist ja nicht zu glauben! Trainieren die Sportasse der Nation bei euch? Zum Teufel mit den Menschen – stimmt's? – was zählt, ist der Besitz. Da wollen wir doch mal sehen. Trommel fünfzig oder sechzig Leute zusammen, damit wir die Turnhalle umstellen können und keiner mehr rein oder raus kann!«

»Mann!« schrie Ben. »Du warst noch nicht mal einen Tag im Unterricht und planst schon Revolutionen!«

Copeland grinste. »Tja. Der Dan Copeland-Roboter. Zieh ihn auf, und er organisiert die Massen.«

»Alles klar. Was hast du vor?« Ben rieb sich voller Vorfreude die Hände. »Eine kleine Demonstration hier in diesem alten Schuppen? Eine Ansprache? Einen Marsch? Ein Knie-in? Was wird es werden?«

Copeland warf einen Blick über die Menge. »Ich würde sagen, wir sollten tun, was die Armee in 'Nam immer getan hat: uns zurückziehen und weitere Verluste vermeiden.«

Benno grinste. »Meinst du das, was ich hoffe?«

»Dieses Schlangestehen, um sich für Volleyball 242 A oder für Bogenschießen 317 einzuschreiben, ist totaler Quatsch. Gehen wir. Ich geb dir ein Bier aus.«

Ben sagte bestürzt: »Aber ohne vier Jahre Sport kann man kein Examen machen.«

Copeland lachte. »Ach wirklich? Man kann nicht? Wetten wir? Der Dan Copeland-Roboter. Zieh ihn auf und ...«

». . . er protestiert gegen die sportlichen Anforderungen für das Examen«, beendete Benno den Satz und ließ einen Trompetenstoß folgen.

»Na los! Hauen wir ab.«

Gemeinsam schlenderten sie an den matten, abgekämpften Reihen vorbei und aus der Tür. Ein Regenschauer kam vom Himmel. Sie kauerten sich in die Türöffnung.

»Dieses verfluchte Klima«, murrte Ben. »Ich werde mich nie daran gewöhnen. Kannst du etwas gegen den ständigen Regen in dieser Gegend organisieren?«

»Tut mir leid, das liegt nicht auf unserer Linie.«

»Unserer ? Meinst du damit, daß es hier noch mehr von deiner Sorte gibt?«

Der schlacksige Rotschopf lachte wieder. »Ja. Ich war den ganzen Sommer über in Hampton und habe gearbeitet und einen Philosophiekurs für Anfänger nachgeholt. Eine Gruppe von denen, die es satt haben, sich von überholten Vorschriften schikanieren zu lassen, hat sich zweimal wöchentlich getroffen. Wir haben beschlossen, uns als Studentenverband zu bezeichnen, und wir werden hier so einiges ändern.«

»Meinst du eine Art Club?«

»Club!« schnaubte Dan. »Nein, Clubs sind was für Kinder. Der Verband ist als politisches Zentrum gedacht und wird in absehbarer Zeit eine politische Macht auf dem Campus darstellen. Willst du mitmachen? Du scheinst von der Sorte zu sein, die wir gebrauchen können.«

»Soll das ein Witz sein? Ich bin sofort dabei! Gib mir was zu tun!«

»Prima! Jetzt trinken wir erst mal ein Bier, und ich erzähl dir alles. Gehen wir!«

Drei Stunden und viele Biere später hatten sie auf sieben Papierservietten eine Eingabe an den Rektor verfaßt. Zwei ältere Mädchen – Reporterinnen für die Campus-Zeitung – saßen bei ihnen und kicherten über ihre Witze, während sie alle »Forderungen« mitschrieben. Als sie gingen, war es schon fast dunkel. Außerdem war es beschlossene Sache, daß Ben die Hälfte der Miete und die Hälfte der Räumlichkeiten von Dan Copelands Mansardenwohnung übernahm.

Mit einem Blick auf den Tacho, um sich zu vergewissern, daß er nicht schneller als sechzig Meilen fuhr, lachte Ben kurz auf. Das war der Anfang einer Beziehung zwischen ihm und Dan Copeland gewesen, ein Zufallstreffen, das alles verändert hatte. Hätte er sein Versteckspiel als armer, ausländischer Student weiterhin betrieben, wenn er Dan Copeland nicht an diesem Morgen in der Warteschlange kennengelernt hätte? Er zweifelte daran. Noch sechs Wochen lang auf sich gestellt, und er hätte die Schecks eingelöst, den Wagen angenommen und das süße Leben geführt, das er gewohnt war. Ein Jahr der »Armut« reichte aus.

Gewiß hätte der Junge, der im Sieg in den ägyptischen Tischtennismeisterschaften den Gipfel der Vollendung sah, niemals politische Initiativen entwickelt, wenn man ihn sich selbst überlassen hätte. Er wäre einer Studentenvereinigung beigetreten, hätte sich elegant gekleidet und wäre nur mit den blondesten, reichsten, hübschesten Mädchen auf dem ganzen Campus ausgegangen.

Es war wirklich ein Witz. Genau das hatte er sich ausgesucht, als er geheiratet hatte – die blondeste, reichste, hübscheste Frau von Philadelphia. Manches änderte sich einfach nie – für wie gescheit man sich auch halten mochte.

Es ging nicht darum, was hätte sein können. Es ging darum, was wirklich geschehen war: Dan hatte gesagt: »Gehen wir«, und er war ihm gefolgt; und genau das hatte er in den sechs darauffolgenden Jahren getan, verdammt noch mal. Vorne Dan Copeland, und gleich hinter ihm Ben Akkardijian. Sie hatten alle Demonstrationen und politischen Aktivitäten gemeinsam geplant und ausgeklügelt, aber Dan war immer derjenige gewesen, auf den die Öffentlichkeit ihr Augenmerk richtete. Dan war es, der die Reden gehalten und die Studenten zusammengetrommelt hatte. Dan war zum Präsidenten des Verbandes gewählt worden, und Ben war der Vize gewesen. Beide hatten sich zu juristischen Vorbereitungskursen entschlossen, und beide hatten Einser bekommen, aber Dan hatte den Kurs abgesteckt, und Ben war der zweite Mann gewesen. Bei der Preisverleihung besiegte Dan Benno mit einer Stimme.

Und dann die Mädchen. Es hatte immer viele Mädchen gegeben. Ben stand in dem Ruf, ein geistreicher Komödiant ohne den geringsten Ernst zu sein. Nach einer Weile hatte er begriffen, daß ihm die Mädchen nicht zu Füßen fielen und ihn darum anflehten, mit ihnen auszugehen, wie es bei Copeland ständig der Fall zu sein schien. Aber er hatte auch herausgefunden, daß alles recht gut lief, wenn er ein Mädchen von den anderen fortlocken und seinen Charme entfalten und sie zum Lachen bringen konnte. Er fragte sich, warum er trotzdem ständig das Gefühl hatte, die

Frauen zu bekommen, die bei Copeland keine Chancen hatten.

Als er sich an Kitty Cameron rangemacht hatte, hatte er natürlich weniger Chancen als ein Schneeball in der Hölle gehabt. Das hatte er von Anfang an gewußt. Sobald Dan ein Auge auf sie geworfen hatte, war Ben für sie nur noch ein Kumpel gewesen. Eine interessante Frau, diese Kit. Normalerweise hatten sich die Mädchen um Copeland bemüht, versucht, seine Aufmerksamkeit auf sich zu lenken. Kit nicht, sie war kühl. Sie hatte ihn leiden lassen. Ben erinnerte sich vage daran, daß sie im Sommer nach dem Examen geheiratet hatte – einen dieser reichen, steifen Geschäftsmänner. Zu Beginn des Jurastudiums war Dan wochenlang verschlossen und unkommunikativ gewesen. Selbst später, als er langsam wieder er selbst war, hatte er nie mehr ihren Namen erwähnt. Er hatte sich glühend in die Arbeit gestürzt. Natürlich hatte er das beste Examen gemacht und Akkardijian wie üblich als Zweitbesten auf der Strecke gelassen.

Schließlich war er selbst an allem schuld. Dan war sein Leitbild. Als er in jenem August angerufen hatte, um ihm mitzuteilen, daß der Plan mit dem Friedens-Korps gescheitert war, war Benno begeistert gewesen. Er war sicher gewesen, daß ihm drei aktive und interessante Jahre bevorstanden. Es würde sein wie in alten Zeiten.

So waren sie also nach Madison gekommen, wieder einmal Zimmergenossen. Madison, Wisconsin: es war einfach zum Lachen! Was hatte Benno Akkardijian via Rom, London, Paris und Kairo in den mittleren Westen verschlagen? Es war so *kalt*. Drei Winter lang sagte er kläglich, während er unter Kälteeinbrüchen von minus dreißig Grad litt, die wochenlang andauern konnten: »Laß uns an die Universität von Kairo überwechseln. Da kann man jetzt schwimmen, Dan. Dort sitzen sie jetzt unter Sonnenschirmen am Strand und schwitzen. Himmel noch mal!«

Aber natürlich waren sie geblieben, alle beide. Das alte Schema wiederholte sich. Daniel Copeland, Nummer eins und Herausgeber des *Law Review*. Mitherausgeber und Nummer zwei: Dreimal darf man raten, und die beiden ersten Antworten zählen nicht. Er hätte nach dem ersten Jahr aussteigen sollen, oder wenigstens nach dem zweiten. Er haßte es, der Zweitbeste zu sein, und was noch schlimmer war: Er war zu dem Schluß gekommen, daß Jura eigentlich nichts für ihn war. Dennoch war es ihm undenkbar, nicht mit Dan zu studieren und mit Dan über Politik zu diskutieren und gemeinsam mit Dan die Zukunft der gesamten Welt zu planen.

Erst, als er die Stellung bei Richter Cooper nicht bekam – natürlich hatte ihn Dan geschlagen –, wurde er wirklich wütend. Zu diesem Zeitpunkt war Dan bereits mit Polly verlobt. Als Dan mit einem triumphierenden Grinsen sagte: »Raus mit dir, Kumpel, wir armen, aber grundehrlichen Typen bekommen die besten Jobs«, hatte Ben die Nase voll.

Bei dieser Bemerkung zuckte er zusammen. »He, Mann«, protestierte er, »ich dachte, das hätten wir in Hampton alles hinter uns gebracht. Schau mich an – habe ich mich in irgendeiner Hinsicht verändert, seit du die Schecks gefunden hast? Glaubst du, daß die Kohle meines Alten mich zu etwas anderem macht? Blute ich nicht, wenn man mich schneidet? Macht es mich nicht an, wenn mich ein Mädchen ansieht? Findest du nicht, es sei an der Zeit, daß du damit aufhörst?« Er knallte die Wohnungstür zu und war schon auf halbem Weg ins Freie, als Dan ihn einholte.

»Mein Gott, ich bin ein verdammtes Arschloch, Ben. Wie konnte ich nur etwas so Gemeines sagen! Können wir es vergessen?«

»Ja, ich denke schon, daß wir es vergessen können. Aber du hast ganz schöne Nerven. Du heiratest in viel Kohle ein, und ich habe nicht den Eindruck, daß es dich stört.«

Dan sagte sehr leise: »Es stört mich. Es ist – vergiß es. Das entschuldigt nicht, daß ich dir auf den Geist gehe. Schau, es tut mir leid.«

»Dir tut es leid, und ich gehe. Ich nehme diesen Job in Philly an; dort bekommen die reichen, aber grundehrlichen Typen wie ich die guten Jobs.«

Vor ihm lag die altbekannte Kreuzung mit der Molkerei auf der einen Seite und gegenüber das kleine aluminiumglänzende Speiselokal. Genau wie vor zehn Jahren stand auf dem verbogenen Wegweiser: HAMPTON, 7MI. Er bog auf die holprige Landstraße ab.

Fast geschafft. Bei dieser Überlegung merkte er, daß er sich darauf freute, auf alles. Vielleicht im Wirtshaus ein Bier heben; sehen, was aus den anderen geworden war; und zugegebenermaßen auch, ihnen allen zeigen, zu was es der komische kleine Benno Akkardijian gebracht hatte.

Er grinste vor sich hin. Es war einfach der Hammer: ihre

Gesichter zu beobachten, wenn sie ihn endlich erkannt hatten. Es war gut möglich, daß niemand wissen würde, wer er war. Rugowsky war derb genug gewesen, es herauszusprudeln: »Hast du dich verändert!« Das stimmte mit Sicherheit. Eine Ähnlichkeit zwischen dem dürren Jungen mit dem buschigen Haar und dem dunklen schnurrbärtigen Mann war bloße Einbildung.

Damals, als er zum ersten Mal nach Amerika gekommen war, hatte er natürlich geglaubt, er sähe recht aufregend und wunderbar aus. Das Aussehen seines Alten war ihm peinlich gewesen. So fremdartig und anders, mit einem Bug von einer Nase und seiner blauschwarzen Haut mit dem starken Bartwuchs, ganz gleich, wie oft und gründlich er sich auch rasierte. Papas dichtes blauschwarzes Haar war ihm schmierig vorgekommen und der üppige Schnurrbart mit den gezwirbelten Enden wie ein schlechter Witz.

Als Papa am Ende seines ersten Jahres am College darauf bestanden hatte, von ihm zu erfahren, warum er sich absichtlich so verlottern ließ, hätte er fast zurückgefaucht: »Das mußt du mir sagen! Du siehst aus wie Omar, der Lumpenhändler!« Aber er hatte den Satz rechtzeitig verschluckt. Sein Vater, so klein er auch sein mochte, war kräftig gebaut, und seine Antwort auf eine freche Bemerkung hätte höchstwahrscheinlich aus einem Schlag ins Gesicht bestanden.

Daher hatte er seine Überlegungen für sich behalten. Wenn sein Alter nicht selbst merkte, wie komisch er aussah, konnte er von Glück reden. Wie ich, dachte Benno. Das *Bulletin* hatte kürzlich eine Geschichte über sein letztes Projekt veröffentlicht, und als er die Zeitung aufgeschlagen hatte, hatte ihn ein wildes Arabergesicht angestarrt. Zuerst hatte er überrascht reagiert: Was hat mein Alter in der Zeitung zu suchen?

Natürlich handelte es sich keineswegs um Papa, sondern um den Sohn mit dem frechen Mundwerk, der seine Worte jetzt widerrufen mußte – oder jedenfalls seine unausgesprochenen Gedanken. Komisch, daß er zweimal täglich in den Rasierspiegel geschaut und es nie gesehen hatte. Er war das Abbild seines Alten. Daran war nicht zu rütteln! Er mußte laut darüber lachen. Die Nase, die er im Gesicht hatte, seine, keineswegs nur die seines Vaters, der stolze Zinken, war auf Meilen deutlich zu erkennen! Früher hatte er seine Nase selbstbewußt zur Schau getragen, aber damit war es vorbei. Zumindest schienen Frauen sein Äußeres extrem attraktiv zu finden.

Ja, es würde interessant werden, die Reaktionen zu beobachten, wenn sich herausstellte, wer er war. Vor allem, da ihn niemand erwartete; er stand auf keiner der Listen. Er war einer momentanen Eingebung gefolgt, hatte eine Entscheidung von der Sorte getroffen, für die Copeland so berühmt war, dachte er kläglich. Es wäre einfach toll, wenn Copeland käme. Oder nicht? Was, wenn gar niemand kam? Kürzlich hatte jemand bei einer Abendgesellschaft Ben von seinem Klassentreffen nach zehn Jahren erzählt. »Aus meiner Klasse sind nur fünf andere gekommen«, hatte er gesagt. »Und darunter kein einziger, mit dem ich früher Kontakt hatte. Von der Generation, die das Fünfzigjährige gefeiert hat, hat es nur so gewimmelt; die Greise sind rumgetapst und haben mich Kleiner genannt. Mein Gott, es war ein Alptraum!«

Ob Alptraum oder schöner Traum – er war da: Hampton, New York, räkelte sich an den Ufern des Winnetaka-Sees, und das prächtige College reckte seine Dächer und Turmspitzen über die verschlafene Stadt.

Es war kurz nach vier, und die untergehende Sonne warf einen rotgoldenen Schimmer über die ruhige Straße und tauchte die alten Fachwerkhäuser unter ihren ehrwürdigen Ahornbäumen in ein goldenes Licht. Ben lächelte. Es war immer noch ein reizendes kleines Städtchen. Selbst die Hauptstraße sah noch so aus wie früher, eine Reihe winziger Läden, fleckenlos und frisch gestrichen, und auf dem Mittelstreifen waren scharlachrote und goldene Chrysanthemen angepflanzt. Er fuhr den Hügel der Iroquois Street hinauf, vorbei an der Buchhandlung und der Kirche, an der Reihe viktorianischer Herrschaftshäuser und an den zahlreichen Studentenwohnheimen, bis zum Hauptgebäude der ursprünglichen Akademie von Hampton, an der sich Studenten 1854 im Griechischen, Lateinischen, Hebräischen und in der Heiligen Schrift für zwei Schilling pro Semester unterrichten lassen konnten.

Benno bog nach rechts in die University Avenue ab, und augenblicklich überschwemmten ihn die Erinnerungen. Direkt zu seiner Rechten lag in all seiner pseudo-georgianischen Pracht das Verwaltungsgebäude mit seinem großen, baumbepflanzten Platz. Die Studenten bummelten herum wie immer, schwatzten und versuchten, die letzten warmen Strahlen der Nachmittagssonne zu erhaschen. Eine rote Frisbee-Scheibe segelte geräuschlos durch die Luft. Auf dem Gehweg, auf dem sie nichts zu suchen hatten, fuhren Unmengen von Radfahrern. Er fuhr langsamer, folgte einem Impuls und fuhr an den Randstein, stieg aus und schlenderte auf den Platz zu. Dort drehte er sich um und sah über die Straße zum Hauptgebäude und auf den dahinterliegenden Hof, der von Gebäuden gesäumt war.

Hier, genau hier, hatte er mit dem Kopf neben Dans Schulter gestanden, als sie gegen die starre Kontrolle protestiert hatten. Genau an dieser Stelle hatte er während des ersten Sit-ins gegen den Krieg zwei Stunden lang ein schweres Plakat in die Luft gehalten, bis ihm die Arme taub geworden waren. Dort hatte der Verband sämtliche Sit-ins abgehalten. Einmal sogar ein Love-in, bei dem alle Beteiligten herumgesessen und einander festgehalten hatten. Bei diesem Anlaß, so erinnerte er sich lächelnd, hatte die Verwaltung sich an die städtische Polizei gewandt, und er und Dan hatten die Nacht mit dreißig anderen in einer gerammelt vollen Gefängniszelle verbracht.

Er lachte vor sich hin. Wie haben wir überhaupt noch Zeit gefunden, zu studieren und diese großartigen Abschlüsse zu machen? Jede Woche hatte es einen neuen Anlaß gegeben, eine neue Demonstration, ein neuerliches Zusammentrommeln, ein neuerliches Massentreffen. Die armen Dekane! Aber es hatte weiß Gott Spaß gemacht! Und alles – absolut alles – war möglich erschienen.

Es war ein seltsames Gefühl, hier zu stehen, auf die Gebäude zu schauen, in denen er einen großen Teil seiner Jugend verbracht hatte und dabei zu spüren, wie weit das alles weg war. Es waren dieselben Gebäude, auf die er vor zehn Jahren geblickt hatte. Sie bestanden aus Ziegel, Backstein und Mörtel, und sie würden sich nie verändern. Das Leben hatte sich verändert. Damals haben wir in einer anderen Welt gelebt, dachte er, in einer Welt der Herausforderung und der Konfrontation, in der die Stimme der Studenten laut und fordernd im ganzen Land zu vernehmen war. Wir wußten, daß wir alles verändern würden, und alles, was wir geändert haben, sind wir selbst. Die Studenten sehen heute so anders aus, geschniegelt und mit kurzen Haaren. Sie wirken so seriös, so gelassen. Nichts ist von der Leidenschaft der Sechziger- und der Siebzigerjahre geblieben, rein gar nichts.

Er hielt einen jungen Mann mit einer Fliegerbrille an und fragte ihn nach dem Weg zur Enders Hall. Er erhielt sorgsame, vollständige Anweisungen und wurde mit »Sir« angeredet.

Plötzlich erfüllte ihn ein gewisser Widerwille, und er eilte zu seinem Wagen zurück. Vielleicht haben wir selbst uns nicht geändert, dachte er. Vielleicht hat auch nur die Zeit die Veränderungen bewirkt.

Einen Moment lang spielte er mit dem Gedanken, den Wagen zu wenden und wieder umzukehren. Warum sollte er sich die Mühe machen, etwas aufzusuchen, das vorbei und gestorben war, unwiederbringlich vorüber? Nein, zum Teufel, jetzt war er schon hier. Außerdem würde es Spaß machen, Copeland zu sehen, falls Dan überhaupt kam. Er trat die Kupplung und ließ den Motor an.

Wer weiß, dachte er, während er langsam fortfuhr, vielleicht fand er sogar jemanden, der seiner Aufmerksamkeit damals entgangen war.

5

William Sean Michael O'Hara

Der außerordentliche Professor William O'Hara stand vor dem Spiegelglasfenster des Sportgeschäfts und sah durch die Scheibe. Er hätte auf die kunstvolle Auslage an Jagdmessern, die auf einem großen braunen Bärenfell ausgebreitet lagen, starren können, aber in Wirklichkeit galt sein Blick nur seinem eigenen dunkel getönten Spiegelbild. Hatte er Falten unter den Augen, oder waren es nur die Verheerungen, die die letzte, lange Nacht angerichtet hatte? Er sah genauer hin, aber Einzelheiten waren in der Scheibe nicht zu erkennen. Alles in allem, entschied er, während er sein ziemlich langes, welliges dunkelbraunes Haar über den Ohren glättete, nicht schlecht. Ich könnte problemlos als Fünfunddreißigjähriger durchgehen. Er mochte die langen, dichten Koteletten; sie füllten die Aushöhlungen unter den Backenknochen und zogen die Aufmerksamkeit auf das Grübchen in seinem Kinn. Er hatte den Eindruck, daß Frauen solche Grübchen gefielen.

Hinter ihm gingen drei Studentinnen vorbei und plapperten dummes Zeug, wie immer. »He, Professor«, rief eine von ihnen. O'Hara winkte forsch mit der Hand, ohne sich umzudrehen und zog automatisch die Bauchmuskeln ein. Reizend. Einfach reizend in ihren Shetland-Pullovern, ihren Blazern und ihren Röckchen. Es machte Spaß, all diese Röckchen auf dem Campus zu sehen, wieder feste junge Beine und Schenkel zu sehen. Er wandte den

Kopf leicht zur Seite, um die Brünette in diesem Trio zu beäugen. War sie in einem seiner Kurse? Irgendwo hatte er sie schon mal gesehen. Vielleicht war sie es wert, beachtet zu werden. Sie schwenkte ihre Hüften und wußte genau, daß er sie beobachtete. Sie waren alle gleich, alle. Aber in letzter Zeit so jung. Zu jung? fragte er sich.

Seine neueste Errungenschaft, Jennifer, mit der Prinz Eisenherz-Frisur und dem Rubenskörper, hatte ihm heute morgen die Wange getätschelt und lachend gesagt: »Ich liebe nun mal ältere Männer. Vermutlich ein unbewältigter Ödipus.« Was hatte sie mit älter gemeint? Hatte sie älter als zwanzig gemeint? Oder hatte sie gemeint – es widerstrebte ihm, sich mit diesem Ausdruck zu konfrontieren – »in mittleren Jahren«? Zum Teufel mit ihr. Mit vierundvierzig standen Männer in der Blüte ihres Lebens. Ich möchte wetten – er lächelte sich in der Spiegelglasscheibe an –, daß sie noch nie mit jemandem im Bett war, der auch nur annähernd so gut ist. Was wissen diese Jungen schon von Sex? Frauen zogen einen Mann vor, der wußte, was er zu tun hatte.

Ein leuchtend roter Sportwagen fuhr vorbei. O'Hara drehte sich um, um den Wagen anzuschauen. Der Fahrer war etwas jünger als er, dunkel, und trug einen Zapata-Schnurrbart. Er wirkte wohlhabend und selbstsicher, lenkte mit einer Hand und ließ den anderen Arm nonchalant aus dem Fenster hängen. Vielleicht sollte ich mir einen Schnurrbart wachsen lassen, grübelte O'Hara. Sieht gut aus. Sexy. An der Iroquois Street wurde der Wagen langsamer, blinkte, bog ab und fuhr den Hügel zum Campus hinauf.

Während er dem Wagen nachsah, wogte wie schon so oft der Zorn in ihm auf. Er wußte, daß dieser Kerl zwölftausend Dollar für den Wagen lockergemacht hatte, wenn nicht gar mehr. Woher hatte er dieses Geld? Wie kam es überhaupt, daß sie es alle auf irgendeine Weise schafften, während er mit seinen geistigen Fähigkeiten und seinem Aussehen und seinem Charisma immer noch in diesem Kaff festhing? Dieser kleine BMW war ein Typ Wagen für O'Hara. Er würde sich gut in diesem Wagen machen – er würde genau zu ihm passen. Das Leben war ungerecht. Seine Kurse waren immer sehr gefragt; die Mädchen mußten größtenteils von ihnen ausgeschlossen werden. Seine Kurse mußten nie aus Mangel an Interessenten ausfallen, kein einziges Mal.

Dennoch war er erst spät in ein festes Arbeitsverhältnis übernommen worden, und auch dann nur mit knapper Not. Selbst nach so vielen Jahren war er noch außerordentlicher Professor. Jemand mußte es auf ihn abgesehen haben.

Er wußte warum. Daran war nur dieser Copeland schuld, dieser Schweinehund. Nie würde er das Jahr 1970 vergessen, in seinem ganzen Leben nicht. Dieser arrogante junge Spund mit dem zotteligen, roten Haar und dem großen Mund! Copeland war nur in einem seiner Kurse gewesen, aber er hatte sich ihm eingeprägt. Alle Vietnam-Rückkehrer waren ein Ärgernis, aber Copeland hatte geglaubt, durch seine Zeit in Vietnam ein wahres Gottesgeschenk für den Campus zu sein. Er, Bill O'Hara, hätte mit Freuden für sein Land gekämpft, aber er war zu jung für Korea und zu alt für 'Nam gewesen.

Das Ärgerliche an Copeland war, daß er sich einbildete, eine Mission zu haben. Er wollte die Welt säubern – angefangen mit Hampton. Bei dem Gedanken daran ballten sich O'Haras Fäuste. *Professoren-Profile.* Sie hatten die Verwegenheit besessen, Dan Copeland und seine Hippies, ein Urteil über sämtliche Lehrer zu fällen. Nicht nur, ein Urteil zu fällen, sondern es schriftlich niederzulegen, es zu drucken und es 69 vor der Einschreibung an alle Studenten zu verteilen. Jedes Dekanat und jeder Fachbereichsvorsitzende bekamen eine Kopie.

Das hatte er ihm nie vergessen. Harry Cohn hatte ihn zu sich beordert, um ihm mitzuteilen: »Natürlich wird die Verwaltung trotz der Härte der studentischen Beschwerden keine Schritte unternehmen, aber es macht sich nicht gut. Hier steht, daß Sie mit Ihren Studentinnen flirten und häufig unangekündigt dem Unterricht fernbleiben, nicht für Besprechungen und Rückfragen zur Verfügung stehen und mehr Wert darauf legen, ihre Vortragskünste zur Schau zu stellen, als den Dichtern im Curriculum gerecht zu werden und sachliche Informationen zu geben.«

Insgeheim schwitzend hatte er die Sache hinter sich gebracht. »Ich möchte doch hoffen«, hatte er vollkommen ruhig gesagt, »daß Sie nichts auf das Gefasel derjenigen geben, die bei meinem Kurs beinah durchgefallen sind. Die Rache des kleinen Mannes, so sieht es doch aus. Zum Teufel, Harry«, hatte er hinzugefügt und an seiner Pfeife gepafft, »dieses verdammte Ding sollte nicht *Professoren-Profile* heißen, sondern *Die Ausqual der Professoren.*« Er hatte gelacht – es war kein schlechtes Wortspiel – aber Harry Cohn hatte nicht mitgelacht. Wahrscheinlich war Harry derjenige, der ihn kleinhalten wollte – Harry, der eine Glatze hatte, unglücklich verheiratet war und zu fett wurde.

Die eigentliche Schuld lag dennoch bei Copeland. Seit dieser Bericht erschienen war, war alles nicht mehr so wie früher gewesen. Die veränderte Haltung des Kollegiums hatte er fast augenblicklich zu spüren bekommen. Viele seiner Kollegen, die ihn vorher zum Abendessen oder zum Kaffee eingeladen hatten, hörten damit auf. Gewisse Leute schienen ihn zu meiden. Und dergleichen mehr. Und das alles nur wegen eines verfluchten Arschlochs, das sich eingebildet hatte, zu wissen, wie man die Welt erlöst. Dieser verfluchte Dan Copeland. Wahrscheinlich glaubte er, O'Hara habe die Sache längst vergessen. Nein, dachte er wutentbrannt, Bill O'Hara vergißt nie. Nie.

Der große blau-silberne Bus fuhr mit quietschenden Bremsen an den Randstein, und er stieg ein. Es war ein Verbrechen, dachte er, daß er gezwungen war, mit dem öffentlichen Bus zu fahren, während andere, weniger intelligente Männer, in Sportwagen durch die Gegend rasten. Er sah müßig aus dem Fenster. Auf dem Omega Alpha Phi-Haus hing ein großes, handgemaltes Schild, auf dem stand: WILLKOMMEN NACH ZEHN WUNDERBAREN JAHREN: 1970–1980. Er schnaubte leise. 1970 war für ihn ein teuflisches Jahr gewesen. Er war froh gewesen, als er es endlich überstanden hatte.

Aber nicht alles war schlecht gewesen. Es war das Jahr mit Lee Rivers. Das war ein Mädchen, diese Lee! Sein dunkeläugiges Zigeunermädchen, das immer bereit war. *Sie* war nicht schüchtern gewesen! Welch eine Erleichterung für ihn, nicht über unsterbliche Liebe reden zu müssen oder Versprechungen zu machen, die er niemals einhalten würde. Noch nicht einmal die alte Frage: »Wohin soll das führen?« Sexuell war er grandios gewesen – so gut, daß er sie blödsinnigerweise gebeten hatte, zu ihm zu ziehen. Zu ihm! Zu ihm, der schon längst eine Reise nach Irland geplant hatte, die ihn nichts kostete. Doch die Worte waren ihm einfach herausgerutscht. Was ein für allemal bewies, daß ein Mann in der Lage ist, *alles* zu sagen, wenn er mit einer Frau im Bett liegt.

Hatte er sich nicht glücklich geschätzt, als er entkommen war? Wenn sie nicht bei ihm war, erkannte er deutlich, daß sie ein Mädchen wie alle anderen war, nicht allzu hübsch, zu schwer und ohne Schliff und Raffinesse – genaugenommen hatte sie sogar etwas Verhurtes. Wenn man nur bedachte, wie einfach sie zu haben war. Gerade, daß sie sich nicht im Hörsaal auf den Boden geworfen hatte. Mit einem solchen Wesen sollte er *leben?* Unmöglich. War sie überhaupt als Gastgeberin bei Tee-Einladungen der Fakultät denkbar, wenn er an der Reihe war, das Kollegium an Weihnachten zu sich einzuladen?

Mist. Wie hätte er auch wissen können, daß sie ein Superstar werden würde? Er hatte sie singen gehört, und sie war verdammt gut. Aber wie sie herumgelaufen war! Wer hätte sich in seinen kühnsten Vorstellungen träumen lassen, daß dieses kraushaarige Dickerchen sich zu einer schlanken, schicken Dame entpuppen würde, deren Bild regelmäßig in allen einschlägigen Illustrierten veröffentlicht wurde? Von den Fotos her mußte sie heute umwerfend aussehen.

Er hatte angefangen, sich zu fragen, ob er nicht vielleicht doch einen Fehler begangen hatte. Ihr Name stand auf der Teilnehmerliste des Klassentreffens. Im letzten Monat hatte er die Frau im Sekretariat bezirzt, bis sie ihm die Liste des Examensjahrgangs 70 gezeigt hatte.

Wer sagte, daß er nicht doch noch eine Chance hatte? Ob Star oder nicht, sie war immer noch dieselbe. Flittchen bleibt Flittchen. Damals war sie wirklich wild auf ihn gewesen, konnte nicht genug kriegen. Zu jeder Tages- und Nachtzeit war sie aus dem Fenster des Studentinnenwohnheims geklettert. Er brauchte nur mit den Fingern zu schnalzen. Daran konnte sich nichts geändert haben, wetten?

Es war bei Gott einen Versuch wert. Auf seinem Schoß hielt er einen Karton mit einem neuen Tweedjackett mit Wildlederflecken auf den Ellbogen und einen irischen Pollover. Die Kleider hatten es ihnen immer angetan. Er kleidete sich bewußt als romantisch-rauhbeiniger irischer Dichter. Er sah alles genau vor sich: das Gedränge bei der Cocktail-Party, das gedämpfte Licht, das Stimmengewirr, das in der Luft hing. Sie würde inmitten einer Gruppe von Bewunderern stehen, und er würde ganz zufällig vorbeikommen, stehenbleiben und sie mit Blicken fixieren. Er hätte eine Pfeife zwischen den Zähnen – angezündet? lieber nicht; der Rauch könnte ihm in die Augen kommen, und dann würde ihm die Stirnlocke ins Gesicht fallen wie immer. Sie würde seine Augen auf ihrem Körper spüren, und schon bald würde sie einen Blick in seine Richtung werfen, und dort würde er stehen und genauso aussehen, wie sie ihn in Erinnerung hatte. Sie mußte sich einfach an ihn erinnern, zum Teufel! Niemand konnte so wie sie auf ihn reagiert und dann alles vergessen haben. Bestimmt hatte sie an ihn gedacht. Es sollte ihn nicht wundern, wenn sie Tränen über ihn vergossen hatte.

Nichts sprach dagegen, dort wieder anzufangen, wo sie vor so vielen Jahren aufgehört hatten. Was machte es für einen Unterschied, daß sie heute reich und berühmt und gefragt war? In dieser Hinsicht würde er sich klug verhalten; er würde ganz so tun, als sei sie noch die alte Lee Rivers von damals.

Der Bus holperte um die Ecke zum College Place, und dort stand bei Gott der rote BMW, der ihm in der Ortschaft aufgefallen war; er parkte vor dem Verwaltungsgebäude. O'Hara verrenkte sich den Hals, als der Bus daran vorbeifuhr; der dunkle Kerl hatte sich auf der Plaza in Positur gestellt, als merke er nicht, daß er die Blicke aller romantischen kleinen Studentinnen auf sich versammelte.

Ein Leben führte dieser Typ! Teurer Wagen, teure Kleidung. Sogar dem Haarschnitt sah man an, daß er viel dafür bezahlt hatte. O'Hara wollte endlich auch an diesen Dingen teilhaben. Lee Rivers würde ihn leicht aushalten können. Sie konnte ihn sich leisten. Dann dieser neue Kurs, den er in diesem Jahr abhalten mußte – Elisabethanische und Petrarkische Sonnette ... verdammt viel vorzubereiten. Das mußte sein, damit er es mit den Studenten aufnehmen konnte. In seinem Alter war es an der Zeit, die Dinge leicht zu nehmen und sich ein angenehmes Leben zu machen. Wie nett wäre es, sich mit einem reichen Flittchen häuslich niederzulassen und sie sämtliche Ausgaben übernehmen zu lassen. Sie würde einen Gegenwert für ihr Geld bekommen, das konnte er guten Gewissens versprechen. Mit Freuden würde er es ihr besorgen. Was immer sie auch wollte. Zum Teufel, für einen verdammten Deckhengst wurden bei derselben Art von Diensten Tausende von Dollars bezahlt. Warum also nicht?

Der Bus hielt an der Endstation an. Quietschend öffneten sich die Türen, und wie eine Schafherde drängten sich die anderen Mitfahrenden vor der hinteren Tür. Er richtete sich nie nach Schildern, die anordneten: »Hinten aussteigen« – oder nach ähnlich unsinnigen Anweisungen. Befehle waren für die anderen da, für die dumpfen, geistlosen Menschenmassen, aber nicht für Mrs. O'Haras Jungen.

Er bahnte sich einen Weg zur vorderen Tür, sprang die Stufen hinunter und stieß mit einer einsteigenden Frau zusammen, die zu beschränkt war, um ihn kommen zu sehen. Eine Frau, die so dünn war wie eine Bohnenstange und ein billiges geblümtes Kleid von der Sorte trug, die er seit den Fünfzigerjahren nicht mehr gesehen hatte, fast knöchellang und bis zum Hals geknöpft, und das Schlimmste von allem war, daß sie fleckenlose weiße Handschuhe trug. Eine Leinentasche flog ihr aus der Hand, fiel auf den Bürgersteig und ging auf. Der Inhalt verteilte sich in alle Richtungen: Fotografien, ein Roman in Taschenbuchform, ein weiteres Paar weiße Handschuhe, zwei College-Zeitungen und eine dicke schwarze Bibel mit goldgeprägtem Einband. Er blieb stehen und starrte auf den Boden. Jeder einzelne Gegenstand steckte in einer eigenen durchsichtigen Plastiktüte, und die Tüten waren jeweils mit grünem Draht verschnürt. Selbst ein benutztes Brotpapier war säuberlich und sorgfältig zusammengefaltet und in durchsichtiges Plastik gewickelt.

»Sie Flegel!« zischte die Frau. »Sehen Sie nur, was Sie angerichtet haben!« Ihr Gesicht war schmal, blaß und angespannt, ihre Züge verkniffen. Rote Flecken stiegen in ihr Gesicht, und sie funkelte ihn aus ihren vergrämten, unergründlichen, blaßgrauen Augen an.

Das hielt O'Hara nicht davon ab, sie mit seinem berühmten Lächeln zu bedenken. »Ich bitte tausendmal um Entschuldigung, Madam. Bitte. Es tut mir leid. Lassen Sie mich die Sachen aufheben.«

»Das werden Sie nicht tun, O'Hara. Das mache ich. Das sind meine Sachen!« Sie wandte sich voller Abscheu von ihm ab und stopfte ihren plastikumhüllten Plunder schnell in ihre Tasche zurück, hob die Tasche hoch und rückte sie an ihre flache altjüngferliche Brust, als sei es ihr Baby. Dann schob sie sich an ihm vorbei, und jeder einzelne Muskel ihres Körpers war verkrampft.

»Verklemmte Ziege«, dachte er. Sein Herz pochte qualvoll. Wer war sie? Woher kannte sie ihn? Sie kannte seinen Namen. Konnte sie früher eine seiner Studentinnen gewesen sein, konnte sie, Gott verhüte es, eines seiner *Mädchen* gewesen sein? »Jesus, Maria und Joseph!« rief er laut aus. Sie doch nicht! *Sie* doch nicht!

Voller Unbehagen machte er sich auf den Weg zu seiner Wohnung. Jetzt kam es ihm. Diese verrückte, alte Nudel. Sie war vielleicht einmal eine eifrige kleine Studentin gewesen – wenn nicht gar hübsch. Sie hatte sanft erröten und verführerisch schauen können, und der gutaussehende junge Professor hatte es ihr angetan. Vielleicht war er mit ihr ins Bett gegangen. Und jetzt das! Sollte der Rest seines Lebens nach diesem Schema verlaufen?

Daß all die süßen, jungen Dinger sich in groteske alte Frauen verwandelten und ihn heimsuchten? Er schauderte.

Er sah es als Omen an. Es war an der Zeit, von hier fortzugehen, ein neues Leben zu beginnen.

Und dazu brauchte er sie und mußte sie haben und würde sie bekommen: Lee Rivers. Ganz gleich, was nötig war, um sie zu bekommen.

6

Serena Malverne De Luca

Serena suchte sich einen Sitzplatz in der letzten Reihe des Busses. Ihre Füße taten wahnsinnig weh; sie mußte sich zusammenreißen, um nicht bei jedem Schritt zu wimmern. Aber sie brauchte ihre Ruhe. Wieviel hatte O'Hara gesehen? Schweiß sammelte sich in ihrem Genick und lief ihr Rückgrat herunter. Igitt. Einfach ekelhaft. Sie brauchte ein Bad, und sie brauchte einen Drink – sie konnte bei Gott einen Drink gebrauchen. Aber nicht jetzt. Sie zog den Bauch ein und setzte sich aufrecht hin. Verstohlen wühlte sie in ihrer Tasche, beugte den Kopf dicht über die Öffnung. Dank O'Hara war alles in Unordnung geraten. Jetzt mußte sie alles sortieren, bis es wieder dort war, wo es hingehörte. Sie ertrug den Anblick des Durcheinanders in ihrer Tasche kaum. Sie haßte Durcheinander, haßte Chaos. Eine Falte in einem Kissen konnte sie wahnsinnig machen. Hurtig fuhren ihre Finger in der Tasche herum, hoben Dinge hoch und sortierten den Inhalt, bis jeder einzelne Gegenstand genau dort lag, wo er liegen sollte. Sie lächelte über den Ledereinband ihres Gebetbuches. Schon wenn sie es berührte, fand sie Frieden. Dann verschloß sie die Tasche sorgfältig und spannte dabei ihre Lippen an. Sie hatte nach unten geschaut, und selbst unter dem weiten Rock konnte sie deutlich erkennen, daß ihre Schenkel sich nach außen wölbten. Wenn sie aufstand, schien alles in Ordnung zu sein; ihre Beine waren schmal, ohne Ausbuchtungen, ohne Fett, von oben bis unten. Sie *sahen aus,* als seien sie in Ordnung, aber sie waren es nicht. Sie waren *fett.* Sobald sie sich setzte, konnte sie sehen, wie das Fleisch zerfloß. Fett! Sie würde ihre Kalorienzufuhr noch mehr kürzen müssen. Achthundert täglich war zuviel.

Sie sah aus dem Busfenster, um in Gedanken nicht länger bei

ihrem derben Fleisch zu verweilen. Dann lächelte sie. Ha! O'Hara hatte vielleicht geschaut – fast erschrocken, als sie ihn bei seinem Namen genannt hatte. Ja, erschrocken. Gut so! Gib ihm Anlaß, sich Sorgen zu machen, dem Hurenbock, der stets zu sehr auf Weiber aus ist und darüber seine Arbeit vernachlässigt.

Sie hatte seinen Kurs in keltischer Literatur belegt, und sie hatte den Atem angehalten, als seine Katzenaugen in der ersten Unterrichtsstunde den Raum überflogen. Sie hatte davon gehört, daß er sich alljährlich ein oder zwei Mädchen aus seinen Kursen herauspickte und ... Aber all das war vergessen, und sie sah nur noch, daß er schön war, so groß und schlank und so selbstsicher; ein leichtes Lächeln kräuselte die Winkel seiner üppigen Lippen, und seine Augen lagen unter dichten rußigschwarzen Wimpern. Oft drang er in ihre Träume ein, und sie erwachte schwitzend und verängstigt und mit hämmerndem Herzen. Es war immer derselbe Traum, derselbe, den sie auch von Dan Copeland träumte. Aber das war gewesen, ehe er ihre hübsche Polly geheiratet hatte. Wahrscheinlich hatte sie diesen Traum von Copeland nie geträumt; ihre Erinnerung war schlecht. William O'Hara, an den erinnerte sie sich allerdings. Wie sehr sie ihn angebetet hatte, obwohl er sich nie auch nur an ihren Namen zu erinnern schien. Sie lernte seinen Zeitplan auswendig und folgte ihm, um ihn wenigstens aus der Ferne zu sehen. Einmal hatte sie ihn gegrüßt, und er hatte gelächelt. Dann war es ihr eines Tages gelungen, bei einer Versammlung direkt hinter ihm zu stehen, seinen Körper fast zu berühren. Jemand hatte ihn bei seinem Namen gerufen, und er hatte sich umgedreht, war fast über sie gestolpert und bei seinen Bemühungen, nicht umzufallen, herumgehopst. »Fette Sau!« hatte er gefaucht. Sie wollte in den Erdboden versinken, unsichtbar werden.

Das war das große Erwachen gewesen. Kein Wunder, daß Dan Copeland ihre Schwester geheiratet hatte. Polly war schlank. Sie, Serena, war fett. Mit Fett kannte sie sich aus. Sie wußte, daß fette Menschen verrückt und schwach waren und sich nicht unter Kontrolle hatten. Wenn sie heute in den Spiegel sah, kam es ihr vor, als könne sie das Fett immer noch sehen, wie es über den reinen, anständigen Knochen schwabbelte, mollig, feist, weich, schmutzig.

Erst letzten Monat war Bill O'Hara in das Sekretariat gekommen, hatte sich lächelnd dort herumgetrieben und die Liste für das Treffen einsehen wollen. Sie war für sämtliche Listen zuständig; sie sorgte gewissenhaft dafür, daß sie korrekt und auf dem neuesten Stand waren. Sie hätte ihm genau sagen können, wer kommen würde. Er hätte sie nur fragen müssen. Aber er tat lieber so als ob, schüttelte seine Löckchen und nannte sie Schätzchen. Sie hätte es nicht zu tun brauchen, aber sie zeigte ihm die Liste, weil sie sehen wollte, um wen es ihm ging. Es gab nur einen Menschen, dessen Name *sie* auf dieser Liste interessierte, und das war Dan Copeland. Dan Copeland, der ihre Schwester ermordet hatte.

Tränen setzten sich in ihren Augenwinkeln fest, und sie zwinkerte, um sie zurückzuhalten. Es war fast sieben Jahre her, doch der Kummer erstickte sie noch, als sei es gerade erst passiert. Die süße Polly, die nie jemandem ein Leid angetan hatte, war inmitten eines Heustoppelfeldes zerschmettert worden.

Polly hätte niemals an jenem Tag fliegen dürfen. Serena hatte versucht, sie zurückzuhalten. »Eine schwangere Frau«, hatte sie gesagt, »treibt sich nicht in kleinen Flugzeugen über Wisconsin rum.«

Polly hatte gelacht. Aber schließlich hatte Polly fast alles mit einem Lachen abgetan. »Ich mache mir keine Sorgen, Rena. Du kommst mit mir, und dann kann mir nichts mehr passieren.«

Sie träumte immer noch in regelmäßigen Abständen davon. Sie sah alle Einzelheiten so deutlich vor sich, daß es sie krank machte: das plötzliche Sinken des Flugzeugs – schwer wie ein Stein, ein toter Gegenstand – und Pollys Schreie: »Oh, nein, nein, nein, nein!« Das entsetzliche Geräusch, als sie die Baumwipfel streiften und die Äste abknickten. Das entsetzliche, plötzlich eintretende Schweigen, als die Motoren versagten, und dann der erschrekkende Aufprall, als das Flugzeug am Boden zerschellte.

Die Schmerzen in ihrem Kopf ließen sie jedesmal erwachen, und aus ihren Augen strömten Tränen. In ihrem Traum sah sie Polly nie, aber sobald sie erwachte, sah sie sie vor sich, wie sie damals ausgesehen hatte: ein zierlicher, fast kindlicher Körper mit leicht gewölbtem Bauch, der friedlich ausgestreckt dalag wie im Schlaf. Nur an dem verzerrten Winkel des Genicks war das Entsetzliche zu erkennen.

Nie würde sie das vergessen, nie! Als endlich Hilfe eintraf – wer weiß, wie lange es gedauert hatte? –, fand man Serena neben dem zerschmetterten Flugzeug in dem sonnenüberfluteten Feld; sie lag dort, hielt die erschlaffte Hand ihrer toten Schwester und schrie in die leeren Wälder, ohne sich des Blutes bewußt zu sein, das aus einer Wunde an ihrem eigenen Schädel tröpfelte. Sie war die einzige Überlebende.

Serena stöhnte laut auf, und ein Fahrgast, der in ihrer Nähe saß, sah sie verblüfft an und hätte etwas gesagt, aber sie wandte ihren Kopf ab. Sobald sie nach Hause kam, würde sie sich einen Drink genehmigen. Nur einen kleinen. Ohne wenigstens einen Schluck schien ihr Kopf nicht klar zu werden. Sie trank einen Schluck morgens und den nächsten zum Mittagessen, und das tat ihr im allgemeinen gut. Nicht, daß sie *trank*. Ein kleiner Schluck, um einen klaren Kopf zu bekommen, war alles. Außerdem gab es niemanden, der zu ihr hätte sagen können: »Findest du nicht, daß es genug ist?« Jedenfalls nicht Carmine De Luca. Ihr Ehemann, ha, ein schöner Ehemann, der letztes Jahr aus dem Haus gerannt war und gesagt hatte, er hielte es nicht mehr aus. »Du bist völlig verrückt!« hatte er geplärrt. »Du bist eine Säuferin!« Dann hatte er herablassend versucht, ihr einzureden, sie habe ein Problem, und dabei war er doch derjenige gewesen, der ihr Trinken verursacht hatte.

»Ich habe ein Problem. Das stimmt«, hatte sie zu ihm gesagt. »Dich.« Gut, daß sie ihn los war.

Sie rollte sich in ihrem Lieblingsstuhl zusammen, trank ein paar Schlückchen, und bald darauf verschwamm die krasse, materielle Welt in der Ferne. Dann konnte sie auf eine andere Astralebene aufsteigen, in der sie sich mit den Geistern unterhalten konnte. Aber dazu mußte sie erst dieses Dasein auslöschen. Sie warf das I Ging und legte manchmal ein Taro. Das Taro sprach wesentlich deutlicher zu ihr. Sie war ein gutes Medium. Die Karten übermittelten ihr jedesmal eine Nachricht.

Hatten sie ihr nicht eine Botschaft überbracht, als sie seinen Namen gesehen hatte? Dan Copeland würde zum Klassentreffen nach Hampton kommen. Sobald sie seinen Namen auf der Liste gesehen hatte, hatte ihr Herz rasend geklopft. Sie hatte eine Vorahnung; sie hatte geglaubt, sie würde ohnmächtig. Eine wichtige Nachricht hatte sie erwartet. An jenem Abend hatte sie mit zitternden Händen die Karten gelegt. Der Erhängte, mit dessen Auftauchen sie beinah gerechnet hatte, war unter den Karten erschienen und hatte ihr gesagt: »Dan Copeland ist das Böse, das vernichtet werden muß.«

Sie hatte Polly ein feierliches Gelübde abgelegt, vor dem Büffet kniend, auf dem die Votivkerzen immer brannten und die gerahmte Fotografie ihrer Schwester beleuchteten, ihrer Schwester mit dem bezaubernden Lächeln und der Ruhe des Todes in den Augen. »Ich kriege ihn, Polly«, hatte sie geflüstert. Zur Bekräftigung hatte sie ihr Album hervorgeholt, das mit den vielen Bildern und Schnappschüssen und Zeitungsmeldungen aus all den Jahren, seit sie ihn kannte. Sie besaß kein Bild von ihm bei ihrer ersten Begegnung, nein, nur das, das sie in ihrem Kopf hatte und das sie nie vergessen würde.

Sie war noch im ersten Studienjahr; Polly war noch zu Hause. Pa hatte sich entschieden, sie probeweise in ein schickes Internat zu schicken, das nicht zu weit von zu Hause lag. Dan Copeland war wohl der bekannteste Mann auf dem ganzen Campus; er machte von sich reden, und man hörte seinen Namen überall. Als sie ihn zum ersten Mal sah, war er mit vorgestrecktem Kiefer und zusammengekniffenen Augen über den Campus gelaufen. Er war groß und schlank, sein Brustkasten hob sich deutlich unter den T-Shirts ab, die er immer trug, und sein dichtes kupferrotes Haar war zu einem Pferdeschwanz gebunden. Dann hatte sie ihn gehört, als er sich bei einer Massenveranstaltung für die Legalisierung von Pot eingesetzt hatte. Sie war nicht zu der Versammlung gegangen; sie war gerade auf dem Heimweg von der Bibliothek, und auf den Stufen vor dem Verwaltungsgebäude hatte sich eine Menschenmenge um ihn geschart. Seine Stimme war magisch, tief und aufwühlend. Sie hörte kein einziges Wort, aber sie blieb stocksteif stehen und starrte ihn an. Seine Augen funkelten; sie beobachtete sein Muskelspiel; die Muskeln um seinen Mund lachten mit, wenn er etwas Witziges sagte. Serena starrte die Muskelstränge in seinen Armen an, die sich bewegten, wenn er sich bewegte; sie starrte auf seine langen Beine und auf die Ausbuchtung seiner Jeans. Sie starrte ihn an, und ihr Herz begann, qualvoll zu pochen. Sie würde herausfinden, wo er wohnte, sie würde sich dort einschleichen und sich völlig entkleiden; und wenn er nach Hause kam, würde sie im Mondschein dort stehen, und er würde erstarrt stehenbleiben und sie mit offenem Mund angaffen, es nicht wagen, an sein Glück zu glauben, und dann würde sie die Hand ausstrecken und würde . . .

Aber nein, sie hatte es natürlich nicht getan. Er war unerreichbar für sie, und als sie anfing, im Sekretariat zu arbeiten, Sachen in Umschläge zu stopfen, lauschte sie dem Klatsch. Er war brillant, er war intelligent, und er war in eine kalte blonde Schönheit verliebt, die ihm das Leben schwermachte. Ein- oder zweimal sah sie Dan Copeland aus der Nähe, wenn er ins Sekretariat kam, aber sie hatte nicht den Mut, ihn anzusprechen, und er bemerkte sie natürlich nie.

Dann hatte er das Examen bestanden und war fort, mit dem Friedens-Korps in Indien, wenn man den Gerüchten glaubte, und sie hatte ihren Job im Studentensekretariat aufgegeben, denn wen interessierte das noch, wenn Dan Copeland nicht mehr da war? 72 hatte Papa dann auch Polly nach Hampton geschickt. Serena hatte sich oft gefragt, wie er das angestellt hatte, aber sie war gewohnt, daß Big Jim ziemlich alles, was er sich in den Kopf gesetzt hatte, in die Tat umsetzte.

Sie und Polly waren in den Herbstferien zu Hause gewesen und an einem bitter kalten Novembertag durch Madison gelaufen. Es war unglaublich! Dort war er ihnen entgegengekommen. »Polly«, sagte sie und versuchte, ihre Stimme unter Kontrolle zu behalten, »da kommt jemand aus Hampton.« Jemand! Lächerlich. Nur der vollkommenste Mann auf Erden. »Als ich im ersten Semester war, war er der Präsident des Studentenverbandes, Polly, und dann hat er sein Examen gemacht. Ich frage mich, was er hier tut.«

Er war immer noch eine auffallende Erscheinung, wenn er über die Straße ging; Jeans, die in Reitstiefeln steckten, ein zwei Meter langes Halstuch um den Hals geschlungen, das hinter ihm herflatterte. Das lange kupferfarbene Haar war auf Schulterlänge gestutzt, das Gesicht war nicht mehr ganz so hager, und er hatte sich einen dichten Schnurrbart und einen gepflegten, kleinen Spitzbart wachsen lassen.

»Oooh, ist der süß«, sagte Polly. »Nehmen wir ihn mit nach Hause.«

»*So* gut habe ich ihn nicht gekannt, Poll. Ich war gerade erst neu im College und habe Briefmarken abgeleckt und Briefe in Umschläge gesteckt. *Er* war wirklich von Bedeutung!«

»Aber, Rena, du kannst doch nicht einfach an jemandem aus Hampton vorbeigehen, ohne auch nur irgend etwas zu sagen! Juhu, hallo!«

Serena spürte, wie ihr die Röte in die Wangen stieg, aber Polly war es schon immer gleichgültig gewesen, was man in der Öffentlichkeit sagte oder tat. Sie war es gewohnt, daß man sie klein und bezaubernd fand und ihr Bewunderung entgegenbrachte. Selbstverständlich spielte, als er herumwirbelte, auch in seinen Augen sofort ein kleines vergnügtes Lächeln.

»Hallo«, sagte er. »Kenne ich Sie? Ich hoffe schon.« Er lachte.

Polly kicherte. »Nicht wirklich. Aber meine Schwester Serena hat beim Studentenverband in Hampton für Sie gearbeitet.«

Er wandte ihr seinen Blick zu. Sie war verlegen und fühlte sich unwohl, wie immer, wenn ein Junge sie ansah. Sie war groß und breit gebaut wie ihr Vater. Aber bei Dan Copeland war es noch schlimmer. Dan Copeland, von dem sie in ihrem ersten Jahr in Hampton so oft geträumt hatte, und der – in ihren Träumen – immer noch auf sie herablächelte, ihr in die Augen sah und von Liebe sprach.

Jetzt lächelte er im wirklichen Leben auf sie herab, sah ihr in die Augen – sie glaubte, ihr Herzschlag würde aussetzen – und sagte: »Ich fürchte, ich erinnere mich nicht an Sie. Sie müssen in einem der ersten Semester gewesen sein . . .« Er grinste gewinnend. »Es war natürlich unter unserer Würde, als große Jungen Erstsemester zur Kenntnis zu nehmen.«

Seine Stimme war angenehm, tief und freundlich. Sein Lächeln war warm und offen und keineswegs herablassend. Sie entspannte sich und fand sogar die Sprache wieder. »Das stimmt. Ich war eine der Arbeitsameisen.«

Er lachte. »Es ist jedenfalls schön, wieder mal jemanden aus dem guten alten Hampton zu sehen. Wie geht es dort heute zu? Irgendwelche Sit-ins – oder sind meine Vorstellungen hoffnungslos veraltet?«

Sie wußte nicht, was danach noch geredet worden war. Sie konnte sich an kein einziges Wort erinnern, das sie gesagt hatte, aber es mußte in Ordnung gewesen sein, denn sie waren alle drei noch fünf oder zehn Minuten auf dem windigen Bürgersteig stehengeblieben und hatten geplaudert. Natürlich wanderten seine Blicke immer wieder zu Polly, der süßen kleinen Polly mit ihrem Rosenmündchen und ihren runden blauen Augen und den goldblonden Löckchen, die unter ihrer flauschigen Angoramütze hervorlugten. Aber er war nicht so gemein wie manche andere Jungen. Er gab ihr nicht das Gefühl, allein und ausgeschlossen zu sein.

Dann fragte Polly: »Warum sind Sie in der Schule, obwohl Ferien sind?«

Er lachte und sagte: »Jurastudenten haben keine Ferien.«

Polly kicherte und zeigte ihre Grübchen. »Sie können doch nicht am Erntedankfest allein zu Abend essen.«

Ihr Herz klopfte so heftig, daß Serena kaum ihre eigenen Worte verstand, als sie tief Atem holte und, so schnell sie die Worte herausbekam, sagte: »Warumkommensienichtzuunszumabendessen?«

Ja, es war alles ihre Schuld gewesen. Sie hatte ihn wirklich *gemocht*. Sie hatte sich zum Narren halten lassen, wie sie sich alle zum Narren hatten halten lassen. Es war ihm nämlich – wie sie heute wußte, nachdem es zu spät war – nicht um die Esseneinladung gegangen. Es war ihm noch nicht einmal um Pollys Lächeln und ihre Reize gegangen. Nein, ihn hatte die Anziehungskraft und die Macht des Namens Malverne gefangengenommen, der politische Einfluß ihres Vaters. Er war schon immer ehrgeizig gewesen, dieser Dan Copeland, und wer Big Jim Malverne war, wußte jeder einzelne Student am juristischen Seminar. Dan Copeland nutzte ihren Vater immer noch aus, um seinen maßlosen Ehrgeiz zu befriedigen, bis zum heutigen Tage.

Ihr saudummer Vater, der sich für so gescheit hielt! Wie begeistert er gewesen war, daß sich sein liebstes, kleinstes Problem namens Polly von Dan Copeland betören hatte lassen. Nie hatte er die Augen aufgemacht, nie bemerkt, wie Serena zumute war, nein, natürlich nicht. Er hatte ihn von Anfang an Polly zugedacht. Hatte er sich nicht am Tag nach dem Erntedankfest ans Telefon gehängt und den Dekan der juristischen Fakultät angerufen und strahlend eingehängt? »Da habt ihr Mädchen einen famosen Kerl mit nach Hause gebracht«, hatte er gesagt und so selbstzufrieden die Hände gerieben, als habe er persönlich Dan Copeland entdeckt. »Polly mag ihn. Jetzt wollen wir mal sehen, ob er sie auch mag.« Sie hätte ihm sagen können, daß Polly, die so reizend und hilflos tat und stets nur kicherte und flirtete, von allen gemocht wurde. Sie war zwar keineswegs Dan Copelands Typ, aber das wäre doch auch gar nicht nötig gewesen, oder? Mit Big Jim als Schwiegervater konnte er es in Wisconsin so weit bringen, wie er irgend Lust hatte. Nach den Herbstferien kehrten beide Schwestern nach Hampton zurück, aber Polly blieb nur lange genug, um ihre Sachen zu packen. Ende Januar ging Dan schon regelmäßig mit Polly aus, und sowie er sein Jurastudium beendet hatte, wurden die beiden getraut.

Man hätte meinen können, Jim hätte etwas dazugelernt, als Polly ums Leben kam. Doch er hatte kaum eine Stunde nach der Beerdigung die meisten Trauergäste ignoriert und mit Dan und zwei Bezirksrichtern in einer Ecke gesessen und politische Angelegenheiten erörtert. Es war einfach abscheulich!

An jenem Abend hatte sie gewartet, bis alle Gäste gegangen waren. Dann hatte sie sich auf ihn gestürzt und geschrien: »Dieser Mann hat Polly umgebracht, und du weißt es genau!«

Er hatte ihr geistesabwesend über den Rücken gestreichelt und gesagt: »Faß dich, Serena. Es war ein Unfall. Dan ist genauso fertig wie wir.«

»Warum mußte er sie unbedingt bei sich haben? Es ging doch nur um eine Rede, um eine blöde Rede!«

»Paß auf, Serena, ich will es dir erklären. Dan wird in absehbarer Zeit ein bedeutender Mann werden. Von Ehefrauen von Politikern wird erwartet, daß sie ihre Männer begleiten. Allmächtiger Gott, *du* weißt doch, wie es ist. Polly wußte es auch. Sie wollte zu ihm. Jetzt hör auf, dir unsinnige Dinge zusammenzureimen.«

An diesem Punkt wurde Serena so kalt und steif, als sei ihr Blut in den Adern geronnen.

»Polly wollte zu ihm«, ahmte sie ihn mit eisiger Stimme nach. »Du weißt, daß Polly nie fähig war, eine Entscheidung zu treffen, wie auch nur über die Straße zu gehen.«

Big Jim machte einen riesigen Schritt auf sie zu und schlug ihr mit seiner großen Hand ins Gesicht. Durch zusammengebissene Zähne stieß er die Worte aus: »Wir haben uns vor Jahren geeinigt, niemals darüber zu reden.«

Tränen flossen über ihre Wangen. »Geheimnisse! Geheimnisse! In Hampton war es kein Geheimnis! Sie ist durchgefallen – in jeder Hinsicht durchgefallen – so sehr ich mich auch bemüht habe, ihr zu helfen...« Serena brach restlos zusammen und stieß ein Schluchzen aus.

»Auch darüber gibt es keine Diskussionen!«

Sie wischte sich ihr nasses Gesicht und schluckte die Tränen herunter. Bei *ihr* war er durch Schwäche nur reizbar. Um eine gleichmäßige Tonlage bemüht, fragte sie halb flüsternd: »Was mußtest du Copeland versprechen, ehe er bereit war, sie zu heiraten?«

Diesmal schoß sein Arm ohne jede Überlegung nach vorn, und er holte aus. Sie flog gegen das Büfett. Bisher hatte er im Zorn noch keinen Finger gegen sie erhoben. Atemlos und schockiert starrte sie zu ihm auf. Ihre Augen, die sich fast gleich waren, blaßgrau unter dichten schwarzen Brauen, trafen sich. Seine Gestalt ragte riesig vor ihr auf, unheilvoll und unversöhnlich. Sie haßte ihn.

Als Mama gestorben war, war sie dreizehn gewesen, und Polly

war gerade auf zehn zugegangen. Damals hatte er ihr gesagt, sie müsse sich von jetzt an um ihre kleine Schwester kümmern. Sie haßte es, und sie fürchtete sich, aber sie tat, was er von ihr forderte. Sie hatte sich immer um Polly gekümmert, immer versucht, sie zu behüten. Aber Polly war schon immer ein Quälgeist gewesen, ein schlüpfriger kleiner Teufel. In der Schule wurde sie mit Mühe und Not versetzt, obwohl sie nie richtig lesen gelernt hatte. In der Schule hatte sie sich nie für etwas interessiert, außer für die Jungen.

Serena tat ihr Bestes, aber sie konnte Polly nicht ständig überwachen. Jedenfalls nicht, als sie versuchte, sich für die Abschlußrede ihrer Klasse zu qualifizieren und ihre Hausaufgaben machen mußte, und das auch noch gut. Sie versuchte, Jim klarzumachen, daß Polly ihr über den Kopf wuchs, aber ihr Vater hatte nur gesagt, sie solle aufhören, zu klagen. Ihre Gefühle hatten nie gezählt.

Dann, nach all den Jahren, die sie geopfert hatte, um sich um ihre kleine Schwester zu kümmern, sie zu beschützen, sie in Sicherheit zu bringen, wenn es hart auf hart ging, zählte sie überhaupt nicht. Big Jim hatte Polly mit Freuden einem Mann übergeben, und dieser Schurke hatte sie sterben lassen. Und jetzt machte ihr Vater *sie* herunter, sein einzig verbleibendes Kind, und nicht den Mann, der es verdiente.

Einen Moment später war Big Jim zusammengezuckt und hatte seine Hand ausgestreckt. »Es tut mir leid. Ich bin am Ende. Komm jetzt. Steh auf. Wir sind beide am Ende. Glaubst du, ich vermisse sie nicht? Christus! Aber wir müssen weitermachen. Wir müssen weitermachen.«

Ohne sie! Sie würde es nicht vergessen! Was sein Leiden betraf, so war es zum Lachen. Selbst als Mama gestorben war, hatte er sein Leben weitergeführt, als sei nichts geschehen. Seine Reden und seine Massenveranstaltungen. Er hatte eher noch mehr Termine gehabt. *Seine* Hand nahm sie nicht an. Sie wandte ihren ganzen Körper ab, verweigerte alles: seine Worte, seine Hand, ihn selbst. In dem Raum herrschte eine tosende Stille. Dann hörte sie ihn mit seinen schweren Schritten aus dem Zimmer trampeln, anschließend aus dem Haus.

Seit diesem Tag hatte sie ihren Vater nie mehr gesehen. Sie war wieder in die Schule gefahren, aber sie konnte sich nicht konzentrieren, und noch vor Ende des Semesters verließ sie das College ohne Examen. Statt dessen nahm sie sich ein Zimmer in der Stadt und vertrödelte ihre Zeit. In einer Bar lernte sie De Luca kennen. Er fand es ganz famos, daß sie regelmäßig Schecks von einem Vater bezog, mit dem sie kein Wort sprach. Darin sah er seine große Chance; er wollte eine Tankstelle kaufen. Also kaufte sie ihm seine Tankstelle; die Tankstelle gab es immer noch, an der Auburn Road, und von ihr aus konnte er mitsamt seiner Tankstelle zum Teufel gehen.

Zum Teufel mit allen Männern – so lautete ihre Philosophie. Sie konnte sich klar daran erinnern, schließlich doch zu Dan gegangen zu sein, um ihn davon abzubringen, daß Polly das Flugzeug nahm. Er hatte lachend gesagt: »Polly sieht mir liebend gern bei meiner Zirkusnummer zu, nicht wahr, Poll?« Polly hatte sich mit einem koketten Lächeln an ihn geschmiegt und Serena mit einem Blick bedacht, der besagte: *Halt dich raus.* Polly brauchte sie nicht mehr; sie hatte sie durch ihren gutaussehenden Ehemann ersetzt. Deshalb war sie gestorben. Zwanzig Jahre alt, tot, und mit ihr das Baby.

Der Bus schlingerte um die große Kurve und über ein Schlagloch. Serenas Finger schlossen sich krampfhaft um die Henkel ihrer Tasche.

Dan Copeland hatte ihre kleine Schwester umgebracht, ihre hilflose kleine Schwester; ebensogut hätte er mit einem Gewehr auf ihren Kopf zielen und den Abzug drücken können. Jetzt würde sie es ihm heimzahlen. Sie lächelte mit zusammengepreßten Lippen. Dan Copeland würde zu dem Treffen erscheinen, aber noch vor Abschluß der Festlichkeiten würde ihm seine Strafe zuteil werden.

7
Florenz

Enders Hall, das älteste Studentenwohnheim Hamptons, lag am Rande des Campus. Jetzt war das gedrungene Backsteingebäude in ein sanftes Rosa getaucht und von Efeu bewachsen. Als einziges Wohnheim war es auf allen Seiten von großen Rasenflächen umgeben und von hohem Buchsbaum umstanden. Ein Steinpfad im Fischgrätmuster führte zu der mächtigen Tür hinauf, die im Schutz eines Säulendaches auf der Vorderseite des Hauses lag, das eine beidseitig mit riesigen Fenstern verglaste Veranda bildete, deren Fensterbretter bis dicht über den Boden reichten. Das Gebäude wirkte wie das Haupthaus eines prächtigen Landsitzes, ein Eindruck, der durch die Tennisplätze, die geschäftige Bibliothek auf der anderen Straßenseite und einen Parkplatz, der um halb sechs am ersten Abend des Klassentreffens schon ziemlich voll war, schnell wieder aufgehoben wurde.

Das Erdgeschoß war hell erleuchtet. In der Eingangshalle waren drei lange Tische aufgestellt, hinter denen lächelnde Empfangsdamen standen; auf den Tischen lagen Faksimile-Ausgaben des *Daily Hamptonian* vom Tag des Examens vor zehn Jahren, Zimmerreservierungen und für vergeßliche Studenten Planskizzen des Campus und Namensschildchen.

Am ersten Tisch saß Courtney (Wills) Standish, strich sich von Zeit zu Zeit die Haare aus dem Gesicht und begrüßte alle Eintreffenden. Sie hatte ihren Stuhl so hingestellt, daß sie jeden Neuankömmling schon vor der Tür sehen konnte. Auf ihrer linken Schulter prangte ein silbernes Abzeichen, das sie als VORSITZENDE DES EMPFANGSKOMITEES auswies; vor ihr auf dem Tisch standen ordentlich aufgereiht die ungeheuer wichtigen Namensschildchen mit den alten Examensfotos aller Klassenkameraden, die sich zu dem Treffen angemeldet hatten.

»He, du da«, begrüßte Courtney alle früheren Studenten. »Willkommen.« Ihre Stimme klang nicht nur enthusiastisch, sondern sie war es auch. Zu Hause in Skaneateles war sie Vorsitzende aller möglichen Ausschüsse. Manche Menschen waren eben natürliche Organisationstalente. Hier am ersten Tisch sah sie alle zuerst. Sie konnte mit Stolz behaupten, daß es im Examensjahrgang 70 einige Berühmtheiten gab, und sie würde sich noch *vor* allen anderen mit jedem einzelnen unterhalten können. In ihrer Tasche steckte eine Kopie der Speisekarte für den kommenden Samstagabend, auf der sie Autogramme sammeln würde. Sie würde wohl einfach sagen, sie seien für ihre Kinder; wer konnte ihr dann noch sein Autogramm abschlagen?

»He, du da«, sagte Courtney strahlend und ließ ihr berühmtes Lächeln aufblitzen. Als sie im letzten Semester für die Ansage der Sportveranstaltungen zuständig gewesen war, hatten alle gesagt, ihr Lächeln könne man bis zur hintersten Tribünenreihe sehen. »Jen Gladstone, nicht wahr? Wie nett, dich wiederzusehen, und wie gut du aussiehst!« Die Hälfte hängt ihr raus, dachte Courtney, und warum ausgerechnet ein *rotes* Kleid? Heute trug man doch kein Rot mehr. Mit dieser pickligen Haut sah sie geradezu krank darin aus. Außerdem war es zu eng. Und viel zu geschniegelt. Ihr eigenes seidenes Wickelkleid war wesentlich angemessener.

»Wohnst du noch bei deinen Eltern? Wie günstig für dich.« Natürlich wohnte sie noch zu Hause. Welcher Mann hätte sie denn gewollt? Man konnte sie kaum anschauen, und sie kicherte ständig.

»He, du da! Murray Fenton, nicht wahr? Willkommen. Wie nett dich zu sehen, und wie blendend du aussiehst.« Sie suchte sein Namensschild heraus. Er war immer noch niemand, und soweit sie gehört hatte, lebte er als Autoverkäufer in Hampton. Nun, so erging es eben untalentierten Englisch-Spezialisten. Seine Haare schienen schon dünner zu werden. Aber erst seine Kleidung!

Murray Fenton begrüßte Jen überschwenglich, die augenblicklich scharlachrot anlief und nervös kicherte. »Ich muß meine Mutter anrufen. Sie macht sich Sorgen. Das sollte sie nicht tun, aber – schon gut – ich kann – gibt es hier ein Telefon?«

Reichte das etwa nicht aus, um jeden Mann zu vergraulen? Nicht Murray Fenton. Er hielt ihr das abgezählte Geld für den Münzfernsprecher hin und trottete hinter ihr her. Vielleicht war er nicht verheiratet; vielleicht suchte er verzweifelt eine Frau.

Wo blieben bloß die *interessanten* Leute? Courtney ruckelte auf dem harten, kleinen Klappstuhl herum und sah auf ihre brandneue Bulova-Uhr. Echt Gold natürlich. Man konnte über ihren Jock sagen, was man wollte (und sie konnte jedem, der es hören wollte, viel über ihn erzählen), aber geizig war er nicht.

Sie hatte geglaubt, ihre Aufgabe würde aufregend werden. Es hatte sie ziemlich viel Anstrengung gekostet, Susie Hazlitt von diesem Tisch zu verdrängen und sie auf die Bierkrüge und die Pläne des Campus anzusetzen. Aber wozu war das bis jetzt gut gewesen? Eine Parade von Nieten! Leute wie Murray und Jen und Hal Bradford – sie hätte sich ja denken können, daß er als erster kommen würde – mit seinem zweitklassigen Job in einer zweitklassigen Werbeagentur in Albany! Vor zehn Jahren hatte er sich für einen Superreporter gehalten und alle Welt rumkommandiert!

»Wie geht's, Suze?« rief sie zum Nebentisch herüber.

»Gut. Was schätzt du, wie viele schon da sind?«

»Zwanzig bis fünfundzwanzig. Aber hundert werden erwartet, und dabei sind keine Ehemänner und Ehefrauen mitgezählt.«

Susie Hazlitt war seit dem Examen in die Breite gegangen.

Courtney zog ihren flachen Bauch ein und musterte sich genüßlich. Das Kleid war ein echtes Original-Design; die Schuhe hatten hundertfünfzig Dollar gekostet und paßten farblich exakt zu dem Kleid. Sie seufzte und strich sich sorgsam über den langen Pagenschopf. Das Bewußtsein, gut auszusehen, war den Tag wert, den sie bei Elizabeth Arden in Syracuse verbracht hatte. Sie würde sich ihrer heute abend in keiner Hinsicht schämen müssen. Ja, es war jeden Penny wert gewesen. Jock hatte eine Szene gemacht und Zeter und Mordio geschrien. Dabei dachte er sich nicht das geringste dabei, jeden Sonntag hundert Dollar für ein Fußballspiel aus dem Fenster zu werfen.

Die Tür ging auf, und eine Menschenschar strömte herein. Wie die Pfingstochsen, dachte sie. Die Clique aus New York City, so theatralisch wie eh und je. Ist es denn zu fassen? Besteht dieses Grüppchen immer noch? Sehen wir mal: Chris ist mit David ausgegangen, aber sie hat Bud geheiratet – Lyla ist früher mit Bud gegangen, aber sie hat George geheiratet – und jetzt ist sie mit David verheiratet... Mit wem ist Norma verheiratet? Und Fran? Das weiß kein Mensch. Wie soll man sich so was merken, wenn sie alle gleich sind und ständig Bäumchenwechsle-dich spielen? Mein Gott, was für ein gräßliches Make-up, diese häßlichen dunklen Farben, braun und lila. David mit Krusellöckchen? David? Oh, mein Gott, er muß – das darf doch nicht wahr sein! – eine Dauerwelle gehabt haben!

Sie sah schleunigst in die andere Richtung und hoffte, er würde sie nicht in eine Unterhaltung verwickeln. Was um Himmels willen sagte man zu einem Mann mit Dauerwelle?

»Hallo, ihr da! Willkommen. Wie nett, euch wiederzusehen.«

Sie drängten sich um den Tisch und brachten die alphabetische Ordnung der Namensschildchen durcheinander, um ihre Namen zu finden. Wenn sie weitergingen, würde sie einiges zu tun haben. David mit Dauerwelle! Wo war Jock? Das hätte ihr Jock sehen sollen! Sie wußte genau, was er sagen würde: »Der Typ ist andersrum.« Aber – er war verheiratet.

Sie steckten einander die Schildchen an und gingen wie in alten Tagen laut lachend weiter, ohne sich um ihre Umgebung zu kümmern. Courtney konnte ihr strahlendes Lächeln nur mit Mühe beibehalten. Also wirklich, das war nicht nett von ihnen – bei einem Klassentreffen!

Norma strahlte über das ganze Gesicht. »Nett, dich wiederzusehen, Courtney. Ein süßes Kleid hast du an.«

Süß! Raffiniert wäre das richtige Wort gewesen. »Es ist von Diane von Fürstenberg«, sagte sie beiläufig.

»Ach wirklich? Ich liebe Kleider von Diane von Fürstenberg.« Aber den Namen konnte Norma nicht aussprechen.

Lyla fiel ein: »Jock muß gut verdienen. Meine gesamte Garderobe stammt aus einem Trödlerladen im Village.« Sie wirbelte auf dem Absatz herum. Courtney glaubte ihr jedes Wort: Lyla trug nichts anderes als einen Smoking mit einem rosa Rüschenhemd. Eigentlich hätte es lächerlich wirken müssen, aber irgendwie hatte Courtney das Gefühl, etwas Ähnliches im letzten Heft von *Vogue* gesehen zu haben. Sie fragte sich, von welchem »Village« Lyla redete. Es klang sehr »in«.

»Das ist aber raffiniert«, sagte sie, als sie sich abwandten.

»Danke!«

Aber Chris sagte so, daß es nicht zu überhören war: »Erstaunlich, nicht wahr? Zehn Jahre später ist sie immer noch die dünkelhafte Kleinstädterin.«

Courtney errötete. So gemein waren sie früher auch schon gewesen.

Aber sie hatte keine Zeit mehr, darüber nachzudenken, denn direkt nach ihnen kam Jay Shulman. Sie hatte gehört, er sei ein Starproduzent in Hollywood geworden. Der sah auch ganz danach aus. Braungebrannt, und dieser Anzug! Der mußte mindestens fünfhundert gekostet haben – und die Schuhe von Gucci! Oh, Gott! Er roch geradezu nach G-E-L-D. Sie durfte gar nicht daran denken, wie sie ihn 68 hatte abblitzen lassen, als er mit ihr ausgehen wollte.

»He, du da. Jay Shulman. Willkommen. Wie nett, dich wiederzusehen. Du siehst einfach phantastisch aus.«

Wie bezaubernd er lächeln konnte; komisch, daß ihr sein phantastisches Lächeln nie aufgefallen war, als sie zusammen studiert hatten.

»Um Gottes willen, die kleine Courtney Wills. Dich würde ich überall wiedererkennen. Wie laufen die Sportfeste?«

»Oh, Jay, sei doch nicht albern. Damit habe ich nichts mehr zu tun!«

»Ich weiß, Schätzchen. Aber du solltest es tun. Es war eine großartige Nummer, und du warst der Star!«

»Oh, Jay!« Sie kramte wild in ihrer Handtasche, um die Speisekarte zu finden. Wo zum Teufel war sie? »Es ist nett, zu wissen, daß du dich noch an mich erinnerst.«

»Stimmt schon, ich erinnere mich an dich.« Sie sah ihn scharf an, aber er lächelte so freundlich wie möglich. »Tun das nicht alle?«

»Nun ja – aber wegen der Veranstaltungen – ich meine, man hat mich ja die ganze Zeit gesehen. Also erinnert sich natürlich jeder an mich.«

»Du kannst von Glück reden. An der Westküste ist man nur so denkwürdig wie das letzte Multimillionen-Epos, das einem gelungen ist.« Er lachte.

Sie wußte nicht, was sie darauf sagen sollte, aber zum Glück tauchten die zwei nächsten auf, und sie mußte sie begrüßen. Jess Barrone, inzwischen Chirurg, der mit ihrer Studienkollegin Linda Goodman verheiratet war. Linda Goodman Barrone natürlich. Wie blaß Linda war – ob sie wohl krank war? »He, ihr da«, sagte Courtney lächelnd.

Jess klopfte gerade Jay auf die Schulter. »He, Mann«, dröhnte er. »Was macht das Show Biz?«

»Jess! Nett dich zu sehen. Es läuft so.«

»Ich habe gehört, daß du an zwei interessanten Projekten sitzt. Wenn du jemals ein paar Punkte abschieben willst – natürlich nur, wenn es eine sichere Sache ist, ha, ha! – hätte ich ein paar Mäuse übrig.«

»Ich sitze gerade an einem Remake von *My Fair Lady* mit schwarzer Besetzung. Harry Belafonte wird wahrscheinlich den Professor Higgins spielen.«

»*My Fair Lady* mit Niggern? Glaubst du wirklich, daß das zieht?«

Jay steckte sich sein Namensschildchen an und verzog das Gesicht zu einer Grimasse. »Zwei Millionen sprechen dafür.«

»Gib mir einfach Bescheid, ehe du pleite machst – ha, ha! Natürlich werde ich es noch mit meiner kleinen Frau besprechen müssen. Stimmt's, Liebling?«

Linda Barrone stieß einen leisen Klagelaut aus, als ihr Mann sie an der Schulter packte; dann lächelte sie schwach und echote: »Stimmt.«

Jay legte seine Hand auf ihren Arm. »Kommt mit rein, ich gebe euch beiden einen Drink aus.«

Courtney sog gierig jede Einzelheit auf. Wollte sich Jay an Linda ranmachen, an eine verheiratete Frau? Vor den Augen ihres Ehemanns?

Strahlend sagte sie: »Bleibt noch einen Moment hier, ihr beiden. Linda, du willst doch sicher Buffy sehen. Sie sollte mir eigentlich helfen. Natürlich kommt sie wieder eine halbe Stunde zu spät! Du erinnerst dich doch an die alte Buffy, nicht wahr? *Immer* zu spät. Aber immer mit – oh, was sage ich, sieh doch nur hin!«

Laut trällernd traten die Mortons durch die Tür, Buffy und Sparky, so verrückt wie eh und je! Courtney mußte laut loslachen; wenn das nicht der Gipfel war! Sie mußte noch mehr lachen, als sie die verdutzten Gesichter der beiden Abrrones sah. Wer konnte ihnen das vorwerfen? *Sie* sah Sparky und Buffy jeden Mittwoch beim Bridge, und sie wußte, wie die beiden waren. Aber für alle anderen würde es eine fröhliche Überraschung werden. Sparky trug einen gigantischen roten Faltenrock (er mußte riesengroß sein, um um seinen Bauch zu reichen) und einen alten gelben Pullover, den er vorne ausgestopft hatte, damit es aussah, als habe er zwei gewaltige Brüste, und unter dem Rock schauten seine stämmigen, haarigen Beine heraus. Er hatte eine billige, blonde Perücke mit Krusellöckchen auf und wedelte mit Buffys alten Quasten. Buffy, deren Gesicht vor Lachen puterrot war, steckte in seiner alten Fußballkluft. War es nicht göttlich – sie hatte die Ärmel ausgestopft und trug an jedem Oberarm einen dicken, runden Bizeps zur Schau.

Als sich alle umgedreht hatten, um sie anzustarren, fingen sie an, mit hohen Stimmen das Alma Mater zu singen. Courtney sah sich um. Selbst Jay Shulman stand da wie festgewurzelt und gaffte sie an. Was für ein Tumult!

Sie sangen noch, als sie auf ihren Tisch zukamen, und sie applaudierte rasend. »Oh, ihr zwei, ihr seid einfach unglaublich! Hier sind eure Namensschilder. Geht gleich rein, und macht dasselbe noch mal. Alle, die bis jetzt da sind, sind schon drinnen. Schaut mal nach, ob ihr Jock entdeckt. Das muß er gesehen haben! Findest du nicht, Linda?«

»Sag mal, wo ist denn der alte Jock?« Es war komisch, Sparkys Stimme unter der Perücke zu hören. »Schon gut, sag es mir nicht. Er ist sicher da, wo der alte Jock immer ist: an der Bar.«

Als sie singend weiterzogen, dachte Courtney, daß sie beim zweiten Mal vielleicht doch nicht mehr so göttlich waren. Außerdem stand jetzt fest, daß ihr Buffy heute keine Hilfe sein würde – so, wie sie angezogen war. Mußte sie jetzt ewig hier sitzen, bis selbst der letzte Nachzügler eingetroffen war? Wie schrecklich – aber wer war *das?*

Der Mann war dunkelhäutig wie ein Pirat, hatte welliges pechschwarzes Haar und einen gezwirbelten Schnurrbart, dichte

Augenbrauen und tiefliegende, funkelnde dunkle Augen, war elegant und kostspielig gekleidet und stand mit einer schweinsledernen Tasche zu Füßen an der Eingangstür. Er nahm sich Zeit, sah sich um, lächelte ein wenig und zog sich gemächlich lederne Autohandschuhe von den Händen. Ganz wie eine Szene aus einem Film.

Wer war das, der sich so benahm, als sei er der Herr des Hauses? Aus unserer Klasse? Warum konnte sie sich dann nicht an ihn erinnern? Sie erinnerte sich an *alle*. Sie mühte sich ab, um auf seinen Namen zu kommen, aber er stolzierte schon direkt auf ihren Tisch zu. Wer war das? »Hallo. Willkommen. Wie nett, dich wiederzusehen. Jetzt sag mir nicht, wie du heißt, ich habe deinen Namen schon auf der Zunge liegen, gleich weiß ich ...«

Der dunkle Mann lächelte sie an. »Robert Redford?« schlug er vor. »Burt Reynolds? King Kong?«

»Ach, Unsinn! Neck mich nicht, wenn ich versuche, nachzudenken. Ich *weiß*, daß ich dich kenne.« Das Problem war, daß sie ihn nicht kannte.

»Ich gebe dir einen Tip«, sagte er. »Du hast mich oft im Studentinnenwohnheim gesehen, Courtney.«

»Um Gottes willen!« Sie zermarterte sich den Kopf; etwas in seinem Tonfall kam ihr bekannt vor.

Er streckte die Hand aus und klopfte ihr auf die Schulter. »Schau nicht so betroffen, Courtney. Ich bin Akkardijian.«

»Benno!?! Ach du meine Güte! Aber du siehst so gut aus!«

»Aber? Was willst du damit sagen, Courtney?« Ja, natürlich war er es. Jetzt erinnerte sie sich an seinen Sarkasmus.

Sie konnte von Glück sagen, daß in diesem peinlichen Moment Lee Rivers und Kitty Cameron zur Tür hereinkamen. Sie packte Bennos Arm und rief: »Schau mal, wer da kommt! Ich wußte, daß sie kommen würde. Ich wußte es. Lee Rivers – sie hat in dem Zimmer direkt neben mir gewohnt – Juhu! Lee! Kit! Hierher, hierher! Willkommen, willkommen!«

Lee sah genauso aus wie auf den Bildern in den Zeitschriften: groß und schlank und *chic*. Wer hätte gedacht, daß aus ihr ein so großer Star werden würde? Sie sah umwerfend aus. Und Kitty Cameron: Natürlich, sie war schon immer eine Schönheit gewesen. Sie sah wahrhaftig immer noch so aus, als sei sie zwanzig – keine Falte, kein Makel, kein einziges Anzeichen dafür, daß zehn Jahre vergangen waren.

Einen Augenblick später standen ihr beide gegenüber und

rochen einfach köstlich, und sie schnatterten alle gleichzeitig wie die Teenager. Lee war überhaupt nicht dünkelhaft und hochnäsig. Man glaubte kaum, daß sie die berühmte Sängerin war, mit deren Plakaten das gesamte Schlafzimmer ihrer eigenen Tochter tapeziert war. Kitty war ziemlich schweigsam, aber sie war schon immer verschlossen und tiefgründig gewesen. Benno rührte sich nicht von der Stelle und sagte kein Wort, aber er blieb mit vor der Brust verschränkten Armen stehen, und auf seinen Lippen spielte ein Lächeln, als er verzückt die beiden Frauen betrachtete. In seinem Lächeln lag Belustigung, denn die beiden hatten ihn ebensowenig erkannt wie sie. Was für eine schöne Geschichte für die kleine Courtney!

Als endlich eine Pause eintrat, sagte er mit gespielt kläglicher Stimme: »Hat denn niemand Erbarmen mit einem armen, vernachlässigten Klassenkameraden? Es ist nämlich auch *mein* Klassentreffen. Ich weiß, daß viel Wasser den Fluß heruntergeflossen ist, aber ihr könntet zumindest die Nase erkennen.« Er wandte ihnen sein Profil zu.

Beim Klang seiner Stimme wirbelten Lee und Kit herum und kreischten einstimmig: »Benno!« Einen Moment später hielt er Kit Cameron – Kit *Harris* – in den Armen, während Lee vielsagend lächelte. Dann ließ er Kit los, wandte sich Lee zu und breitete seine Arme für eine weitere Umarmung aus. Beide gingen aufeinander zu, blieben stehen und schüttelten sich nur die Hand.

»Du magst zwar ein Star geworden sein«, sagte Benno, »aber meine Nase ist immer noch größer als deine.«

»So? Na ja, aber ich kann dir immer noch auf den Kopf spucken.«

Er grinste. »Ich fordere dich heraus, diese grotesken, hohen Absätze auszuziehen und dasselbe noch einmal zu sagen.«

»Ich ziehe mich nie vor Fremden aus.«

»Du scheinst zu vergessen, daß ich kein Fremder bin.«

»Nein.« Lachen. »Aber du wirst mir von Minute zu Minute fremder.«

Die drei stöhnten auf und lachten und gingen gemeinsam weiter. Sie gingen! Oh, wie sehr Courtney wünschte, Buffy hätte sich nicht zu ihrer Verkleidung entschlossen! Dann hätte sie sie jetzt ablösen können, wie es geplant war. Wenn wenigstens Jock sich von der Bar trennen, vorbeikommen und ein paar Minuten bei ihr stehenbleiben würde. Das war zwar nicht das Wahre, aber immer noch besser als nichts.

»Wer ist das? Ich komme nicht auf den Namen«, sagte Courtney schnell, weil sie hoffte, die drei noch ein paar Minuten halten zu können. Sie zeigte auf einen ordentlich gekleideten Mann, der schweigend im Eingang stand.

Kitty sah sich um und lachte. »Oh, das ist Martin. Er wartet, um unser Gepäck in die Zimmer zu bringen.«

Courtney starrte ihn wieder an. Der Chauffeur! Er war mindestens so gut gekleidet wie die meisten der heute anwesenden Männer. Tja, Whit Harris hatte schon immer viel Geld gehabt. Altes Geld, Geld von der Sorte, von der man sich Martins kauft, die ständig in der Nähe sind und schweigend Anweisungen erwarten. Manchen Menschen ging es einfach zu gut! Sie kämpfte gegen die Verstimmung an, die in ihr aufwogte, und wandte sich ihren früheren Studienkolleginnen zu; ihr strahlendes Lächeln war wieder zurechtgerückt. Aber sie waren schon weitergegangen und sie hatte nicht einmal daran gedacht, sich von Lee ein Autogramm geben zu lassen!

»Erinnerst du dich an dieses Zimmer?« fragte Lee Kitty. »Im ersten Semester hat es mich verdammt beeindruckt. Unsere ganze Wohnung in der Bronx hätte in einer der Anbeternischen Platz gehabt.«

Sie lachten beide. Die »Anbeternischen« waren eine Reihe von sechs Erkern, von denen jeder einzelne liebevoll ausgestattet war wie ein Miniaturwohnzimmer, das auf einer Bühne aufgebaut ist. Dorthin verzog man sich zu einem Rendezvous, bei dem man vom Aufenthaltsraum aus deutlich zu sehen war – um »allein« zu sein. Sie hatten sich oft gefragt, wessen Vorstellung von Intimität sich im Jahre 1902, als das Wohnheim erbaut worden war, in diesen kleinen Alkoven verwirklicht hatte.

»Ich habe mir meine Freunde immer zwei Meter vom Leib gehalten«, erinnerte sich Kitty lächelnd. »Alles, was näher war, hat mit Sicherheit die Hausmutter auf den Plan gerufen.«

»Erinnerst du dich an sie? An diesen alten Drachen? Mrs. Argonette!«

Ben, der seine Arme um die Schultern der beiden Frauen gelegt hatte, schnaubte. »Ich kann mich allerdings an Mrs. Dragonette erinnern, und ich kann euch sagen, daß dabei nicht gerade viel Zuneigung im Spiel ist. ›Es ist an der Zeit, die jungen Herren! Es ist an der Zeit!‹« zitierte er, wobei er ihre Fistelstimme nachahmte. »Mein Gott, ab neun Uhr abends Ausgehverbot!«

»Es war eine solche Erleichterung, als wir im zweiten Jahr in das Wohnheim der Studentinnenvereinigung umgezogen sind«, sagte Lee. »Da konnte man wenigstens nachts aus dem Fenster klettern.«

»Ist das für die Veröffentlichung gedacht?« wollte Ben wissen. »Denk daran, daß du jetzt eine Persönlichkeit bist. Wenn jemand mithört, daß du Vergehen deiner Jugend eingestehst, kann es dir blühen, daß du morgen in den Revolverblättchen zitiert wirst.«

Lee sah ihn schief an. »Du hast recht. Vielleicht zum ersten Mal in deinem Leben.«

»Jetzt hört schon auf«, rief Kitty. »Es ist zehn Jahre her. Laßt uns heute nicht streiten. Ich erinnere mich nur an Schönes. Es war doch toll, hierherzukommen, endlich ins College zu gehen. Mir hat es Spaß gemacht. Erinnerst du dich an die Rasierschaumschlacht an unserem ersten Halloween, Lee?«

»Mein Gott, ja. Wie zerzaust du ausgesehen hast! Vielleicht zum ersten Mal in deinem ganzen Leben.« Sie lachte. »War das nicht auch das Jahr mit dem Schlüpferraubzug?«

Benno kicherte in sich hinein. »Nein, das war 68. Damals hat der Chauvinismus zum letzten Schlag ausgeholt. Unser Schlüpferraubzug war der letzte in der Geschichte des College. Ich habe sieben erwischt. Aber Dan ...«

»Oh, hast du noch Kontakt mit Dan?« Lee hatte die Frage gestellt. Kitty ging plötzlich ganz in dem Kunstwerk an der Wand auf, einer Arbeit der Examenskandidaten von 1916.

»Nicht wirklich. Seit er die Stelle als Buchhalter in Madison bekommen hat, haben wir keinen Kontakt mehr. Das war, noch ehe er Staatsanwalt geworden ist. Damals habe ich mich entschlossen, eine echte Distanz zwischen uns zu legen, um nicht für den Rest meines Lebens der Zweitbeste zu sein. Selbst Heldenverehrung hat ihre Grenzen.«

»Benno! Was für eine verrückte Idee!« Lee trat einen Schritt zurück, um ihm ins Gesicht zu sehen. »Hast du dich *wirklich* als den Zweitbesten und Dan als den Helden angesehen?«

»Na ja – war es denn nicht so?«

»Komisch, ich habe dich immer für einen naseweisen, selbstbewußten Flegel gehalten.«

Er lächelte kläglich. »Dabei war ich die ganze Zeit nur ein unsicherer Flegel, der von Selbstzweifeln geplagt war.«

»Zum Teufel, du warst doch der Kopf in diesem Gespann. Der Premierminister, der hinter König Dans Thron stand, die ...«

»Die Eleanor eines Dan Franklin D.«, sprang Benno hilfreich ein. »Das Woodstock für seinen Snoopy.«

Wieder lachten sie. »Seht mal«, sagte Kitty, »sie haben immer noch dieselben Schonbezüge. Hier hat sich absolut nichts verändert.«

»Sei nicht albern«, widersprach Lee. »Wahrscheinlich haben sie die zehn Jahre alten Schonbezüge im Keller wieder ausgegraben und nach oben geschafft, damit uns ganz nostalgisch zumute wird. Warte nur ab, gleich kommt jemand und bittet uns um eine nette, dicke Spende für neue Schonbezüge.«

»Als letzter Chauvinist, der noch frei herumläuft, gestatte ich mir, euch einen Drink zu holen. Was wollt ihr?«

Sie entschieden sich für einen ausgefallenen Cocktail, »nur um dem Barkeeper das Leben nicht zu leicht zu machen«, und Benno ging zu einem der Tische, auf denen auf weißem Damast Flaschen und Gläser funkelten, und um die sich plaudernde, lachende, trinkende Ex-Studenten drängten.

Lee und Kitty blieben einen Moment stehen und sahen sich um. Der Raum, der sich über die gesamte Breite des Wohnheims erstreckte, war beeindruckend. Vor den Fenstern hingen schwere Draperien aus blauer Seide. Die alten Parkettfußböden waren frisch gewachst. Auf drei alten, fadenscheinigen Orientteppichen standen Sofas, Stühle und Mahagonitische mit Lampen, Aschenbechern und Nußschalen. An beiden Enden des Raumes war ein Kamin mit riesigem, hölzernem Kaminsims, über dem ein enormer Spiegel in vergoldetem Rahmen hing. Die beiden wollten sich setzen, aber sie waren zu unruhig. Niemand im ganzen Raum hatte sich gesetzt. Die Leute standen in Gruppen zusammen, oder sie liefen auf und ab. Alle sahen immer wieder zum Eingang, und eine allgemeine Erwartungshaltung lag in der Luft.

Ich warte auch, dachte Lee. Ich sterbe vor Neugierde, bis ich Gewißheit habe, wer mir die roten Rosen schickt, obwohl ich glaube, es schon zu wissen. Sie war sicher, daß sie die personifizierte Ruhe darstellte, und doch klopfte ihr Herz vor Nervosität. Kittys Finger spielten mit einem Seidenschal, und ihre Augen streiften von einer Ecke zur anderen. Was konnte sie mit solcher Nervosität erwarten, sie, die alles hatte, was sich eine Frau nur wünschen konnte? Dennoch hatte sie ohne jeden Anlaß geweint. Sie hatte gesagt, sie fürchte sich. Kit und sich fürchten? Lee würde heute nacht alles herausfinden, wenn sie für kurze Zeit wieder Zimmergenossinnen waren.

Kein ernstes Wort fiel, bis Ben zurückkam und drei Gläser in einer Hand balancierte. Er reichte sie herum, und Lee nippte dankbar an dem eisgekühlten, brennenden Getränk. Wenn man angespannt war, half ein Schluck Alkohol wirklich. Die eigentliche Frage war natürlich, warum sie angespannt war. Was in aller Welt erwartete sie? Benno beantwortete es dir nicht, sagte sie belustigt zu sich selbst.

»Die Frage des Abends«, verkündete Benno. »Wen würdet ihr am liebsten heute treffen? Und wen gleich gar nicht? Du fängst an, Lee. Du warst noch nie auf den Mund gefallen.«

»Du magst zwar ein reicher, großartig aussehender Mann geworden sein, mein lieber Benno, aber ein Quälgeist bist du immer noch.«

Er wandte sich an Kitty, die schweigsam geworden war. »Okay, Kit. Du bist dran.«

Sie dachte einen Moment lang nach. »Wen ich am liebsten sehen möchte, und wen am liebsten nicht? Es ist eine und dieselbe Person.«

»Wirklich, Kit? Wer?« fragte Lee.

»Das sage ich nicht.«

»Männlich oder weiblich?« bohrte Ben.

»Das sage ich nicht.«

»Pflanzlich oder mineralisch?«

»Oh, Benno! Ich werde es dir nicht sagen. Außerdem ist die Frage unfair.«

Benno grinste. »Okay, dann fange ich eben an. Der Mensch, den ich heute am liebsten hier sehen würde, ist mein alter Zimmergenosse Dan Copeland. Und den Namen des Menschen, den ich am wenigsten sehen möchte, werde ich nicht nennen, aber sie steht neben mir.« Lee versetzte ihm einen Rippenstoß. »Sei nicht so voreilig, Rivers. Vielleicht habe ich Kitty gemeint.«

»Natürlich hast du Kitty gemeint!« Lee sah ihn von oben herab an. »Ich wäre dir dankbar, wenn du etwas mehr Respekt vor einem Star hättest. Wozu hat man es geschafft, wenn nicht, um Neunmalkluge wie dich rumzukommandieren?«

»Das zählt alles nicht, Rivers. Ich bringe dir erst dann Respekt entgegen, wenn du ihn verdient hast.«

Kitty lachte hilflos. »Zehn Jahre!« sagte sie. »Zehn Jahre, und man merkt nichts davon. Ihr zwei Kinder! Wenn ihr beide neun Jahre alt wärt, wüßte ich genau, was los ist. Lily wüßte es bestimmt.«

»Lily?«

»Meine Tochter. Wenn ein Junge sie verhaut und ihr ein Bein stellt und sie beleidigt und auf ihr herumhakt, weiß sie, daß er sich etwas aus ihr macht.«

Einen Moment lang herrschte ein seltsames Schweigen, das von Lee gebrochen wurde, die strahlend verkündete: »Der Mensch, den ich heute am liebsten sehen will, hüllt sich in den Schleier des Geheimnisses. Ich weiß nicht, wer er ist, aber ich will ihn wirklich sehen.« Sie nahm eine Pose ein. »Ich nenne ihn – Mr. Single Red Rose.«

»Oh, das ist eine großartige Geschichte«, sagte Kitty. »Erzähl sie ihm. Wer weiß, vielleicht ist es Benno.« Sie lachte. Lee fand, daß sie viel besser aussah, seit sie nicht mehr so bleich und zerstreut war. Sie erzählte ihre Geschichte so dramatisch wie möglich und mit komischen Einlagen, um Kitty zum Lachen zu bringen, und beendete sie mit den Worten: »Die letzte kam gestern abend ins Plaza – wieder an einen Ort, von dem öffentlich bekannt war, daß ich mich dort aufhalte. Wieder war eine Nachricht dabei. ›Eine Rose ist eine Lee ist eine Rivers. Bis zum Treffen.‹ Ist das nicht wunderbar geheimnisvoll und romantisch?«

Benno schlug die Hände zusammen. »Schau *mich* nicht an! Ich bin kein Geizkragen, der nur eine Blume schickt, und das einzige, was ich an Lyrik kenne, ist: ›Der Knabe stand auf dem brennenden Deck . . .‹ Nicht allzu romantisch. Nein, nein. Ich bin der, der dir die Diamanten geschickt hat. Hast du sie nicht bekommen?« Er riß die Augen zu einem gespielten Unschuldsblick auf.

Lee lachte. »Klar habe ich die bekommen, aber als ich gesehen habe, daß sie von dir sind, habe ich angenommen, daß es keine echten sind und habe sie meiner Ankleidefrau gegeben. Nebenbei bemerkt, ist mein Glas leer, und Kittys auch. Sollte nur ein kleiner Hinweis sein.«

Kitty sah ihr Glas an, als sei sie überrascht, daß es leer war. »Diesmal gehe ich«, sagte sie.

Doch eine dröhnende Stimme ließ sie alle zusammenfahren. »Lee Rivers! Unsere Berühmtheit!« Es war Dr. Jess Barrone, hinter dem sich seine bleiche Frau herschleppte. Lee sah sie scharf an. Sie hatte Linda Goodman als ein ausgesprochen fähiges, aufgewecktes, fröhliches Mädchen in Erinnerung. Hatte sie nicht Ärztin werden wollen? Was war passiert?

Doch schon hatte Jess sie mit einer Hand fest um die Schultern gepackt und streckte die andere aus, um ihr die Hand zu schütteln. »He, Schätzchen! Wie fühlt man sich, wenn man reich und berühmt ist? Ich sage dir eins, Kindchen: Niemand hätte geglaubt, daß du so groß rauskommst. Uiih, wie du rumgelaufen bist, weißt du noch?«

Lee spürte, wie jeder einzelne Wirbel ihres Rückgrats steif wurde und das Lächeln auf ihren Lippen gefror. Sie wand sich aus seinem Griff los und ignorierte ihn betont. »Wir haben uns schon lange nicht mehr gesehen, Linda! Hast du eigentlich Medizin studiert?«

Barrone schien ihre Abscheu nicht wahrzunehmen. Er quetschte ihre Schulter und lachte laut. »Nein, zum Teufel, sie hat nicht Medizin studiert. Wozu Arzt werden, wenn man einen Arzt heiraten kann?« Lee warf einen schnellen Seitenblick auf Linda, aber ihr Gesicht war völlig ausdruckslos. »Habt ihr die New Yorker Clique gesehen?« fuhr Jess unbeirrt fort. »Mein Gott, ist es denn zu glauben, was aus denen geworden ist?« Er senkte ostentativ die Stimme. »David ist Modezeichner – ihr wißt schon, was *das* heißt... Und hättet ihr etwa für möglich gehalten, daß eines dieser Mädchen Rechtsanwältin ist und eine Ärztin?« Er stieß ein feindseliges, meckerndes Lachen aus. »Ich sage euch eins: Ich würde zu keinem Rechtsanwaltsweibchen gehen, und ich würde zu keinem Arztweibchen gehen, und ich würde meine Buchhaltung auch keinem Weiberrock anvertrauen.« Er legte eine Pause ein, um nach Beifall zu heischen und suchte Zustimmung in der Runde. Es herrschte Schweigen. Lee schossen die verschiedensten Reaktionen gleichzeitig durch den Kopf, aber sie entschied sich, nichts von alledem zu sagen. Arme Linda. Wie konnte sie mit ihm zusammenleben? Was redete man mit einem solchen Mann? Was konnte man mit ihm tun – außer draufhauen?

Benno legte seine Arme um die beiden und sagte mit hoher Stimme: »Entschuldigung, aber wir halten jetzt einen Weiberklatsch ab.« Lee und Kit starrten einander an und sagten gleichzeitig: »Arme Linda!«

Als man Lee erst einmal entdeckt hatte, entwickelte sich ein reges Treiben um sie herum. Lee mußte zahllose Autogramme verteilen, und sie war erleichtert, als ein Beifallstosen am einen Ende des Raumes die allgemeine Aufmerksamkeit von ihr ablenkte. Sparky und Buffy traten wieder auf.

»Hast du nicht Lust, deine gute Tat für heute zu tun, Akkardijian? Holst du mir noch mal das gleiche?«

Er verbeugte sich und ging mit der Bemerkung, es könne eine

Weile dauern. Er wollte nachsehen, ob Copeland inzwischen eingetroffen war, und da er sich erst in letzter Minute entschlossen hatte, zu kommen, mußte er sich um eine Schlafgelegenheit kümmern. »Es sei denn«, sagte er hämisch, »Sie zögen es vor, mir die Annehmlichkeiten Ihres Bettes anzubieten, Miß Rivers.«

»Du altes Arschloch! Was ich von dir will, ist nichts weiter, als einen Drink.« Während sie ihm nachsah, sagte sie zu Kitty: »Ich möchte den Auftritt der Mortons nicht verpassen.«

Aber Kitty war jetzt wieder ziemlich blaß. Seit sie kein Glas mehr in der Hand hatte, spielte sie wieder mit ihrem Seidenschal.

»Fehlt dir was, Kitty?«

»Ich habe Hunger. Wir haben gar nicht zu Mittag gegessen. Du gehst jetzt und schaust dir an, wie Sparky und Buffy ihre Jugend zurückerobern, und ich stopfe mich mit Schnittchen voll. Ich treffe dich in zehn Minuten drüben.«

Lee nahm sich eine Handvoll Erdnüsse aus einer Schale – sie merkte, daß auch sie am Verhungern war – und gesellte sich zu den rund fünfzig Menschen, die sich vor dem Kamin versammelt hatten und vor Vergnügen quietschten und klatschten. Trotz der Größe des Raumes wurde es zunehmend lauter, während immer mehr Studenten eintrafen und der Alkohol ihre Zungen löste. Vielleicht auch mehr als die Zungen, dachte sie, als sie die arme altjüngferliche Jen sah, die, in rotem Taft gehüllt, wuchtig und provokativ an einem kurzgewachsenen, kahlköpfigen Typ hing, an dessen Namen sie sich nicht erinnern konnte, aber der mit Gewißheit einen Ehering an der linken Hand trug. Na bitte, warum nicht? Vielleicht würde Jen Gladstone mit wahrhaft wunderbaren Erinnerungen von diesem Treffen nach Hause zurückkehren.

Sie fand einen leeren Stuhl in der Nähe des entzückten Publikums. Sparky und Buffy standen auf einem Tisch und frischten gerade die Fußballsaison 69/70 auf. Lee sah fasziniert zu und fragte sich, wann die zierlichen Tischbeine nachgeben würden.

Sie war nur halb bei der Sache. Würde er auftauchen oder nicht? Wer sonst hätte Mr. Single Red Rose sein können? Sie wußte, daß der größte Teil des Lehrkörpers sich diesen Treffen fernhielt. Würde er sich trauen, öffentlich aufzutauchen, ihr wagemutiger Junge, der nach Irland ausgerissen war, um ihr zu entkommen?

Als sie den irischen Pfeifentabak roch, brauchte sie sich nicht umzudrehen, um zu wissen, daß Bill O'Hara gekommen war. Er war nicht nur hier, sondern er stand direkt hinter ihr, die Pfeife zwischen den Zähnen, wie immer. Sie stand so lässig wie möglich da und wartete; jeder einzelne Muskel in ihrem ganzen Körper war angespannt. Jetzt würde er sie jeden Moment mit seiner Hand berühren. Seine Gegenwart, die ihr gewiß war, war ihr schmerzlich bewußt. Ihre Haut prickelte bei dem Gedanken an die bevorstehende Berührung. Eine Ewigkeit verging, und nichts geschah. Aufgewühlt und gepeinigt drehte sie sich um.

Dort stand er, nachlässig an den Stuhl neben ihr gelehnt, seine langen Beine weit ausgestreckt, die Pfeife zwischen den Zähnen und sah ins Weite, mit dem Profil zu ihr. Er wiegte die Pfeife in einer Hand und sog den Rauch ein. Im Bruchteil einer Sekunde zerlegte sie ihn vollständig: Fair Isle-Pullover, Tweedjackett von Harries mit Wildlederflecken auf den Ellbogen, Bill Blas-Jeans, sehr eng. Sein dichtes, welliges Haar war etwas kürzer und an den Schläfen etwas grauer, aber sonst war er der alte. Ganz der alte, an dem die Zeit spurlos vorübergegangen war. Sie hatte das sichere Gefühl, daß, wenn sie jetzt in den Spiegel sähe, die schlanke Frau von Welt sich zurückverwandeln würde in das fette Kind, dem die Knie gezittert hatten, wenn er es angelächelt hatte.

Sie fand ihre Stimme wieder. »O'Hara!« Ihr Tonfall war so leise, daß nur er sie hören konnte.

Langsam drehte er sich um, legte die Stirn in Falten und sah sie mit fragendem Blick an. »Bill!« sagte sie hartnäckig, und jetzt hellte sich sein Gesicht auf, und er sah sie mit seinem Schlafzimmerlächeln an.

»*La Belle Dame Sans Merci*«, sagte er gedehnt. »Komm näher, Zigeunermädchen.«

Ohne lange nachzudenken, gehorchte sie, angezogen von seinen Augen und dem intimen Ton seiner Stimme. Als sie nah genug war, murmelte er: »› . . . schön und ungestüm, wild und lachend . . .‹«

»*Maud Gonne*«, sagte Lee schnell.

»Braves Mädchen. Du hast also nicht vergessen, was ich dir beigebracht habe.« Seine verhangenen blauen Augen schweiften träge über ihren Körper. »Ich auch nicht.«

Unglaublich, ihre Knie zitterten. Wie stellte er das bloß an? Sie war nicht mehr das dumme dicke Mädchen, das sich etwas darauf eingebildet hatte, mit seinem Professor zu schlafen. Doch es schien, als fühle sie sich immer noch magnetisch zu ihren alten Leidenschaften hingezogen. Ich bin Lee Rivers, sagte sie grimmig entschlossen zu sich selbst. Doch ihr Körper bebte weiterhin, und ihr Herzschlag raste erschreckend.

»Du hast dich nicht verändert!« gelang es ihr schließlich zu sagen.

Er nahm die Pfeife aus dem Mund, steckte sie in die Tasche und lächelte sie verzerrt an. »Ich habe gesagt, du sollst näher kommen, Mädchen.« Er streckte den Arm aus, legte seine Hand auf ihre Hüfte und zog sie an sich, bis sie Schenkel an Schenkel standen. Plötzlich wurde sie sich atemlos seiner wachsenden Erregung bewußt.

»Laß mich los, Junge!« Sie lachte schwach. »Ich kenne dich kaum.« Sie versuchte, sich loszumachen, ohne Aufmerksamkeit zu erregen. »O'Hara! Um Gottes willen! Wir sind in der Öffentlichkeit!«

»Bleib hier«, sagte er. »Wenn du nicht stillhältst, hast du für die nächsten zehn Jahre Klatsch am Hals.«

Es war wie früher, es war genauso wie früher. Die verlorenen Jahre schmolzen dahin. »Warum bist du nach Irland gefahren, ohne mir ein Wort davon zu sagen?« fragte sie.

»Oh, wie ich dafür gelitten habe! Wie viele Nächte habe ich wachgelegen und dich dafür verflucht, daß du durch mein Leben spukst. Und doch ... ›Wie kann ich ihr verübeln, daß Unheil mich ereilt?‹« zitierte er. »Wenn du nur wüßtest, wie oft ich diese Flucht bereut habe.« Jetzt lagen beide Hände um ihre Taille und zogen sie zu ihm hin. »Vergiß nicht: Du hast nur mich verloren. Dagegen habe ich viel mehr verloren – dich.« Er beugte sich zu ihren Lippen herunter und küßte sie so zart, daß sie nicht sicher war, ob diese Berührung wirklich stattgefunden hatte, und er flüsterte an ihrem Mund: »Du weißt, was du mir antust – selbst nach so langer Zeit. Es wäre eine Schande, noch mehr Zeit zu verschwenden. Wir gehen jetzt zu mir.«

Lee wich zurück und schüttelte den Kopf, um wieder klar denken zu können. »Einen Moment, O'Hara. Ich bleibe heute nacht bei Kit; das haben wir schon vor Monaten geplant.«

Er warf den Kopf zurück und lachte. »Hast du vergessen, wie man aus einem Fenster steigt? Komm schon, Zigeunermädchen, ich rühre mich nicht vom Fleck, ehe du ja sagst.«

Es hatte einfach keinen Sinn mehr, dagegen anzukämpfen. »Verflucht noch mal, O'Hara, ja. Ja, ja, ja.«

Wie konnte sie nur? dachte Kit entgeistert und ein wenig von ihrer alten Freundin enttäuscht. Sie hatte die beiden schon seit einer Weile beobachtet und das Gespräch unterbrechen wollen, aber sie hatte sich nicht getraut. Es war komisch – nein, *pathetisch*, zu beobachten, wie dieser alte Heuchler in seiner brandneuen, peinlich sauberen Kostümierung als Irischprofessor die alte Masche hinlegte. Sah Lee denn nicht selbst, daß das alles Schau war? Genau das Richtige für ein unerfahrenes junges Mädchen, das sich einbildete, alles zu wissen – aber *Lee?* Hatte sie selbst das vergessen, was sie vor zehn Jahren gewußt hatte? »Ich bin trickreicher als die meisten anderen«, hatte sie damals gesagt, »und deshalb dauert die Sache etwas länger als gewöhnlich.«

Dagegen jetzt: wie ein einfältig lächelndes, errötendes Schulmädchen, das gerade zum ersten Mal verführt wird. Von Rechts wegen sollte sie sich jetzt weder vor Verlegenheit winden, noch ihm lauthals ins Gesicht lachen. Als Kitty die beiden anstarrte, sah sie, wie Lee zärtlich mit der Hand durch sein sorgsam frisiertes, welliges Haar strich. Ich kann das nicht mitansehen, dachte Kit. Ich kann es nicht glauben, und ich halte diesen Anblick keine Minute mehr aus.

Sie kam sich vor, als würde sie lauschen, und daher wandte sie sich hastig ab und nahm sich einen Drink – sie wußte nicht, was es war, und es war ihr auch gleich – vom Büfett. Nach dem ersten Schluck stellte sie das Glas ab. Sie war nicht durstig. Sie war auch nicht hungrig, aber sie hatte das Gefühl, daß ihr etwas fehlte. Ruhelos streifte sie durch den Raum und hielt sich dabei den Grüppchen fern, die Neuankömmlingen auf den Rücken klopften und sie an sich drückten. Es kam ihr vor, als habe sie nonstop geredet, seit sie Lee getroffen hatte, und sie fühlte sich plötzlich ausgelaugt. Ich hätte nicht herkommen sollen, dachte sie. Es war ein Fehler, daß ich gekommen bin.

Wie konnte Lee auf ihn hereinfallen? Wie konnte sie nur? Vielleicht war es bedeutungslos, sich selbst treu zu bleiben, ein eigenständiger Mensch zu werden, der die Welt nach seinen eigenen Kriterien betrachtete, wenn das alles durch die Berührung der Hand eines Mannes augenblicklich ausgelöscht werden konnte!

Sie hatte keine Lust, darüber nachzudenken. Fieberhaft sah sie sich nach allen Seiten um und versuchte, Nostalgie in sich wachzurufen, aber das Mädchen, das 1966 aus einer Kleinstadt in Virginia hierhergekommen war, war ihr eine Fremde.

Dieses Mädchen war eine Ausreißerin gewesen. Ja, eine Ausreißerin, die vor der Rolle davonlief, die ihre liebende Mutter ihr aufzuzwingen suchte. Mama hatte es nie gemerkt. Mama war von dem Vorlesungsverzeichnis von Hampton begeistert gewesen, von seinem Ruf als Universität mit Tradition und von der Quote der männlichen und weiblichen Studierenden.

»Also hör mal, Liebling«, hatte sie begeistert ausgerufen, »da kommen drei Männer auf jedes Mädchen.« Natürlich hatte sie es nicht lassen können, hinzuzufügen: »Du wirst keine Probleme haben, Schätzchen, bei deinem Aussehen. Denk immer daran, daß es genauso einfach ist, einen reichen Mann zu lieben wie einen armen.«

Mama hatte nicht gewußt, wie sehr sie dabei innerlich zusammengezuckt war. Seit sie drei Monate alt war, machte Mama Reklame für sie. Durch einen genetischen Zufall hatte sie ein Gesicht, das als exquisit angesehen wurde und fast auf Anhieb zum Epizentrum des Lebens ihrer Mutter geworden war.

Die hübsche kleine Kitty Cameron hatte sich im Kaufhaus der Kleinstadt an Modeschauen beteiligen müssen. Ihr Gesicht war regelmäßig in allen Kinderschönheitswettbewerben aufgetaucht – und hatte gewonnen. Sie war das kleine Mädchen gewesen, das dazu erwählt wurde, die Kerzen auf dem Weihnachtsbaum im Stadtzentrum anzuzünden und als süßer Anblick auf dem Schoß des Weihnachtsmannes zu sitzen, als Solistin des Kirchenchors neben dem strahlenden Geistlichen zu stehen. Dreimal war sie zur Miß Davisville gewählt worden und hatte in Meter von Tüll gehüllt und mit einem goldenen Glitzerkrönchen neben dem Bürgermeister auf dem ersten Wagen des Festzugs gesessen. Immer im Hintergrund und dennoch unglaublich präsent, war Jasmine Cameron gewesen, Mama.

Kit hatte es gehaßt. Jede einzelne Minute. Sie hatte den ständigen Wirbel und die ständigen Lockenwickler und die ständigen Konstümproben gehaßt. Sie hatte es gehaßt, aus der Menge herausgelöst und angestarrt zu werden wie ein Krüppel oder eine Verrückte. Hatte ihre stolze Mama je gewußt, hatte sie auch nur eine Ahnung davon gehabt, daß alle Männer sie betatscht und in den Hintern gezwickt und an sich gedrückt hatten – alles unter dem Deckmantel der »Freundlichkeit«? Wenn sie daran dachte, wie oft sie gezwungen gewesen war, höflich zu lächeln, obwohl sie sich in Wirklichkeit danach gesehnt hatte, jemanden ans Schienbein zu treten, hätte sie am liebsten geweint. Wie hätte ein Mädchen in einer Kleinstadt in Virginia den Geistlichen oder den

Bürgermeister treten können und darauf hoffen, daß man ihm Glauben schenkte? Sie hatte Jahre gebraucht, bis sie endlich begriffen hatte, daß sie wütend auf diese Männer hätte sein sollen und dürfen. Über weite Strecken ihrer Kindheit hatte sie Scham empfunden, als ob ihr Aussehen gewissermaßen an allem schuld gewesen sei. Sie hatte sich danach gesehnt, mit Mama darüber zu reden, und einmal hatte sie es sogar versucht. »Ach was«, hatte Mama gesagt und ihre Haare gebürstet und sie wieder mit einem hübschen rosa Band zusammengebunden, »das hat nichts zu bedeuten. Bürgermeister Perkins ist ein Freund deines Vaters, Süße. Er ist nur freundlich zu dir.«

Oh, Mama. Konnte sie wirklich so naiv gewesen sein? Nein, sie hatte sich einfach entschlossen, nichts zu sehen. Denn wenn sie nicht die Augen verschlossen hätte, hätte sie das Prestige opfern müssen, die Mutter des hübschesten Mädchens in der ganzen Stadt zu sein. Wie Mama sich darin gesonnt hatte! Sie hatte die allgemeine Aufmerksamkeit genossen und ausgekostet, und die kleine Kitty hatte die Zähne zusammengebissen und im Lauf der Jahre gelernt, wie man unerwünschte Intimitäten verhinderte und die Tage gezählt, bis sie ihr Leben selbst in die Hand nehmen konnte. So war ihre Ausstrahlung der Unantastbarkeit entstanden, die schweigende Warnung: »Nicht berühren.« Die Jungen in ihrer Heimatstadt hatten schließlich angefangen, sich vor Annäherungsversuchen zu fürchten, und die Mädchen hatten sie gehaßt.

Hampton – so fern von zu Hause – war ihr Zufluchtsort gewesen. Dort hatte niemand Kitty Cameron gekannt. Dort war ein neuer Anfang möglich. Sie würde nie mehr die hübsche Kitty Cameron sein.

Zu ihrer Bestürzung mußte sie feststellen, daß gleich zu Beginn des Semesters der Sigma Chi-Schönheitswettbewerb stattfand. Eines der Mädchen aus dem Wohnheim hatte einen Schnappschuß von ihr eingeschickt, und plötzlich war ein Ausschuß von grinsenden Studenten im Aufenthaltsraum des Wohnheims erschienen, um zu singen: »Sie ist die Süße von Sigma Chi«, denn sie hatte gewonnen.

Sie wäre an jenem Abend in Tränen der Verzweiflung ausgebrochen, wenn nicht einer der Jungen gewesen wäre, ein Erstsemester wie sie, der zu ihr gekommen war, um mit ihr zu reden.

»Vielleicht ist dir die Situation nicht bewußt, Katherine«, hatte er sehr ernsthaft gesagt. »Du bist die erste Studentin eines

Erstsemesters, die jemals gewählt worden ist. Du kannst nicht nein sagen. Es ist eine besondere Ehre für deinen Examensjahrgang.« Er war groß und blond und breit gebaut und sehr, sehr ernsthaft gewesen.

Sie hatte geseufzt. »Was muß ich tun?«

»Du mußt nur zu unserem Fest kommen und schön aussehen. Das sollte nicht allzu schwierig sein. Es wäre mir eine Ehre, dein Begleiter zu sein, aber ich fürchte, das steht dem Präsidenten zu. Er ist ein sehr netter Kerl, will später Jura studieren und ist Vorsitzender des Streitkomitees – und außerdem ist er mit einem Mädchen von Theta Beta verlobt. Du siehst also ...«

»Ich mag nicht«, flüsterte sie.

Er hatte zurückgeflüstert: »Du hast aber doch gewonnen. Alle anderen Studentinnen werden dich beneiden, und außerdem, wenn du ablehnst – das Mädchen, das wir dann auffordern, wird immer wissen, daß sie zweite Wahl ist.«

Was für ein rücksichtsvoller Junge, hatte sie gedacht. So gute Manieren. Sie hatte sich im Raum umgeschaut und die vielen abwartenden Blicke bemerkt. Eine Szene zu machen, wäre schlimmer gewesen, als sich ein Ständchen bringen zu lassen. Daher lächelte sie und sagte: »Ich – ich bin überwältigt.« Erleichterung hatte sich auf seinem Gesicht abgezeichnet.

Auf diese Weise hatte sie Whit Harris kennengelernt. In der darauffolgenden Woche hatte er sie angerufen und zum Kaffee eingeladen. Er hatte äußerst vorsichtig um sie geworben, äußerst vorsichtig und äußerst methodisch. Sie hätte seine jeweils nächsten Schritte nahezu vorhersagen können. Über viele Wochen waren »zufällige« Verabredungen zustande gekommen: Kaffee, ein paar Gläser Bier, eine Bridgepartie einer Studentenvereinigung. Dann war er einen Schritt weitergegangen: ein spätes Sonntagsfrühstück, ein Film, ein Konzert. Erst nur an Wochentagen tagsüber, dann an den Abenden der Woche, dann am Sonntag. Er hatte Monate gebraucht, bis er sich zu einer samstagabendlichen Verabredung gesteigert hatte: Abendessen, tanzen in der einzigen Diskothek des Ortes und ein zögernder Kuß als Abschluß des Abends.

Sie lächelte bei dieser Erinnerung vor sich hin. Das war Whit: Er wirkte eher gleichmütig und vorausberechenbar, während er eigentlich planvoll, geschickt und gerissen vorging. Am Ende ihres ersten Studienjahres hatte er ihr gesagt, er habe die Absicht, sie zu heiraten, und sie hatte ihm gesagt, sie würde niemals heiraten. Während der ganzen Schulzeit war er hartnäckig dabei geblieben, und sie war beharrlich dabei geblieben – obwohl sie ständig mit anderen Männern ausging. Schließlich hatte er bekommen, was er gewollt hatte. Natürlich nicht in der Form, in der er es geplant hatte. Sie fragte sich oft, ob er diesen Handel je bereut hatte. Ob *er* sich jemals als der – Betrogene gefühlt hatte.

Gedankenverloren war sie an eines der Fenster getreten, und jetzt sah sie hinaus auf das purpurgesprenkelte Halbdunkel und lehnte ihre Stirn an den kühlen Pfosten. Ein schwerer Kloß lag ihr im Magen, als wachse ein Aufschrei in ihr an. Hatte sie *sich* betrogen? War alles nur ein einziger, zehn Jahre langer Betrug gewesen? War das der Grund, aus dem sie sich in letzter Zeit so unausgeglichen und ruhelos fühlte? Mit aller Willenskraft schob sie die unangenehmen Empfindungen beiseite, indem sie sie mit einem Wirrwarr von Belanglosigkeiten überdeckte, an das Auspacken und ähnliche Nichtigkeiten dachte. Sie schloß die Augen. Oh, bitte, ich will nicht denken!

»Kitty.« Die Stimme ließ sie erbeben. Seit mehr als zehn Jahren hatte sie sie nicht mehr gehört, aber sie kannte sie besser als jede andere. *Das* war es, worauf sie gewartet hatte. Sie öffnete die Augen und sah augenblicklich seinen dunklen Umriß in der matten Scheibe, und ihr verging der Atem.

Mit letzter Kraft streckte sie ihre Hand nach der Fensterbank aus, als ob es um ihr Leben ginge und zwang sich, ruhig zu bleiben. Als sie das Gefühl hatte, ihre Stimme unter Kontrolle zu haben, sagte sie zu seinem Schatten: »Hallo, Dan.«

Er hatte das silbrig-goldene Haar durch den ganzen Raum gesehen, obwohl es zurückgebunden und hochgesteckt war. Es zog ihn an, wie ein Leuchtfeuer in der Nacht. Er hatte Augen für niemanden außer ihr, während er sich einen Weg durch die Klüngel von trinkenden, lachenden, scherzenden Klassenkameraden bahnte. In einem Dutzend verschiedener politischer Funktionen hatte er die Kunst erlernt, »in Eile«, »sehr beschäftigt«, »darf nicht gestört werden« zu wirken – und all das ganz natürlich, ohne die Gefühle anderer zu verletzen. Daher winkte und grinste er, wenn er hörte, wie sein Name gerufen wurde und ging weiter, während er seinen Kopf der jeweiligen Stimme zuwandte, ohne zur Kenntnis zu nehmen, wem sie gehörte.

Kit. Er eilte auf sie zu. Hier stand er jetzt, hier stand sie jetzt – endlich. Nahe genug, um einander zu berühren. Derselbe unfaßbar würzige Duft schien ihrer Haut innezuwohnen. Wenn er sich nur ein wenig vorbeugte, konnte er mit seinen Lippen ihren sanft geschwungenen Nacken berühren, direkt unter dem Ohr.

Sie drehte sich um, und es kostete ihn Mühe, nicht laut zu keuchen. Er hatte nicht mehr gewußt, *wie* schön sie war, nicht mehr gewußt, *wie* sehr das Zusammensein mit ihr all seine Sinne entflammen konnte. Dennoch behielt seine Stimme die kühle Klarheit, die er durch Jahre des Daseins als Politiker zur Perfektion gebracht hatte.

»Wie geht es dir, Kitty? Du siehst wunderbar aus.« Ihre Augen hatten immer noch das reine Grün eines sonnenbeschienenen Sees.

»Du auch. Ich glaube, du hast zugenommen. Deine Haare sind kürzer.« Dieselbe kühle Stimme wie früher, dasselbe enigmatische Lächeln, dieselbe Ruhe, die sie umgab wie ein unsichtbarer Umhang. Er wußte verdammt genau, welche Leidenschaft hinter diesem Anschein der Ruhe verborgen lag. Er wollte sie packen, sie schütteln, auf irgendeine Weise diese Gemütsruhe durchdringen.

»Ja, stimmt, Pferdeschwänze sind aus der Mode gekommen. Du weißt ja, wie modebewußt ich schon immer war.« Er lachte.

»Es steht dir – das kurze Haar, meine ich. Du siehst – erfolgreich aus.« Sie lächelte ihn an, und ein Funken glitzerte durch das tiefe Wasser. »Aber das ist nicht fair. Schließlich weiß ich, daß du erfolgreich bist.«

»Dieser Artikel!« Er schnitt eine Grimasse. »Aber was ist mit dir, Kitty? Erzähl mir von dir. Wie geht es dir, seit wir uns das letzte Mal gesehen haben?«

Augenblicklich bereute er seine Wortwahl, als sich ihre Blicke für einen langen, atemlosen Moment trafen. Er erinnerte sich nur zu gut an das letzte Mal, als sie sich gesehen hatten. Er sah sie noch vor sich: nackte, schimmernde Haut und wirr zerzaustes helles Haar, und die groben italienischen Laken legten schweigend Zeugnis des emotionellen Sturms ab, der gerade vorübergegangen war.

Kittys Gesichtsausdruck veränderte sich. Ihr ganzes Gesicht schien sich anzuspannen, als ein schwacher rosiger Schimmer zu ihren Backenknochen aufstieg. Er sehnte sich danach, sie an sich zu ziehen, zu murmeln, alles sei jetzt in Ordnung, alles gut. Selbst jetzt noch war er bereit, ihr zu sagen, daß dieser Nachmittag bis heute der vollkommenste Augenblick seines ganzen Lebens gewesen war.

Doch sie senkte ihre Augen einen Moment lang, und als sie ihn wieder ansah, waren sie leer. »Mir ist es gut gegangen. Ich – aber erzähl mir lieber von deiner Karriere. Es klingt *faszinierend.*« Ihre Stimme war klar, ausdruckslos und unverbindlich. Wie seine, wenn er bei einem politischen Schwof die Runde machte.

Dan holte erbittert Atem. »Verdammt noch mal, Kitty«, explodierte er. »Ich will keine Konversation mit dir treiben. Alles, was ich wirklich will …«

»Dan. Bitte nicht.«

»Bitte nicht. Bitte nicht. Die überstrapazierteste Redewendung in deinem gesamten Vokabular, selbst nach soviel Zeit.«

»Dan. Bitte. Tu mir das nicht an.«

»Was soll ich nicht tun? Um Himmels willen, ich versuche doch nur, mit dir zu reden. Ich kann dir versichern« – seine Stimme nahm einen sarkastischen Unterton an – »daß ein Gespräch mit dir schon lange überfällig ist.«

»Bitte.« Ihr Gesicht zeigte keine Regung, aber sie rang unbewußt die Hände. Es rührte ihn, und zugleich machte es ihn wütend. So hatte sie es immer geschafft, immer war sie zurückgewichen und hatte so verletzlich gewirkt, daß er nicht das Herz hatte, sie zu drängen – jedenfalls nicht allzu sehr. Er packte ihre Arme und schüttelte sie leicht.

»*Ich* sage bitte. Diesmal bin *ich* an der Reihe, bitte zu sagen. Du bist es mir schuldig, Kitty.«

»Dir etwas schuldig? Wovon sprichst du?«

»Das weißt du verflucht genau.« Sein Herz schlug übermäßig schnell; er spürte, wie es Blut in sein Gesicht pumpte. »Du bist diejenige, die verschwunden ist – weggelaufen. Ich bin als glücklichster Mensch auf Erden in die *Pensione* zurückgekommen, und was habe ich vorgefunden? Ein leeres Zimmer. Du schuldest mir eine Erklärung!«

»Dan, du tust mir weh.«

Er riß sich zusammen und ließ sie so abrupt los, daß sie einige Schritte zurücktaumelte. Er erwartete, daß sie sich umdrehen und fliehen würde, aber sie blieb still stehen, rieb sich mit den Händen die Arme und sah ihn mit diesen großen grünen Augen an. Schaute ihn nur an.

Etwas sanfter sagte er: »Sag es mir. Was habe ich getan? Was ist passiert? Mein Gott, nach zehn Jahren! Es ist zehn Jahre her. Inzwischen kannst du bestimmt darüber reden, Kitty.«

Sie sah ihn immer noch an, in ihren Blicken stand Verwirrung, aber sie sagte nichts. Ihre Lippen, diese Lippen, die er nie wirklich aus seinem Gedächtnis hatte löschen können, zitterten leicht. Plötzlich trat er einen Schritt vor, schwang seine Arme um sie, beugte schnell den Kopf herunter und preßte seinen Mund auf den ihren.

Als er sie zum letzten Mal geküßt hatte, war die Nachmittagssonne schräg durch die schweren Jalousien der *Pensione* eingefallen. Schläfrige Geräusche waren von dem trägen Fluß heraufgetrieben. Italien. Florenz am Nachmittag, nach einem denkwürdigen Anlaß.

Sie hatte im Traum nicht daran geglaubt, ihn jemals wiederzusehen, nicht nach ihrem großen Krach im Hillside Park am Vorabend der Abschlußfeier. Mit einem bitteren Zug um den Mund hatte er sie vor dem Wohnheim abgesetzt, und mit den bitteren Worten: »Ich hoffe, du wirst es nicht erleben, daß du das eines Tages bereust. Ich schon.« Ja, es hatte wehgetan, zu glauben, sie habe ihn für immer verloren. Kein anderer Mann hatte jemals diese Wirkung auf sie ausgeübt. Wenn er sie berührte, selbst zufällig, war sie von Kopf bis Fuß entflammt. Es war umwerfend. So sehr sie ihn auch wollte, wußte sie doch, daß es zu ihrem Untergang führen würde, wenn sie ihren Gefühlen freien Lauf ließ. Sie würde sich versklaven lassen. Doch Kitty Cameron wollte keines Mannes Sklavin sein! Niemals! Lieber wollte sie ihn aufgeben, als den Rest ihres Lebens in der Sklaverei zu verbringen.

Doch wie hatte ihr Herz an jenem stickigen Julimorgen geklopft, als schon morgens um elf Uhr die Luft vor Schwüle stand und sie langsam über die San-Trinita-Brücke geschlendert war und die große, schlanke Gestalt, die sie so gut kannte, an der riesigen Eingangstür der Pensione Marcolini stehen sah. Sie wäre gerannt, aber sie konnte nicht sicher sein, daß er es wirklich war. Sein Gesicht, das zur Hälfte hinter einer großen Sonnenbrille verborgen war, wurde deutlicher und deutlicher, bis sie erkennen konnte, daß er ihr entgegensah und erwartete, daß sie über die Brücke kommen würde. Sonst war er so aggressiv; es sah Dan Copeland gar nicht ähnlich, stillzustehen und zu warten. Und doch war es so – er stand einfach da und wartete auf sie. Sie war so glücklich, ihn zu sehen.

Ganz allein hatte sie sich ein wenig einsam gefühlt, selbst in dieser großartigsten aller Städte. Sie war ursprünglich mit drei anderen Studienkolleginnen zusammen gereist, aber in Rom hatte

Courtney Willis sie ganz krank gemacht mit ihrem ständigen Gejammer nach einem »guten, alten amerikanischen Hamburger« und ihren ständigen Klagen darüber, wie unzulänglich alles in Italien war. Außerdem schliefen die drei anderen gern bis Mittag, gingen dann aus (und klagten, weil nicht alles wie in den Staaten am Nachmittag geöffnet hatte) und tanzten dann die Nacht durch. Sie wollte alles sehen und machte sich nicht das geringste daraus, mit Jungen zu tanzen, die einen in den Hintern zwickten, bis man blaue Flecken bekam – vor allem, wenn man blond war. Das schien Courtney besonders zu reizen: »Kitty hat schon wieder eine Eroberung gemacht«, höhnte sie ständig.

Sie hatte sich taktvoll – das hoffte sie zumindest – aus der Affäre gezogen, indem sie gesagt hatte, sie wolle in Florenz fotografieren. Die anderen Mädchen hatten gestöhnt. »In dem blöden Florenz? Um Gottes willen, Kitty, da ist doch nichts los!«

Daher war sie allein in der löwenfarbenen Stadt, dem Renaissance-Juwel, bis plötzlich Dan dastand, schlank und langgliedrig, seine rote Mähne zu einem Pferdeschwanz zusammengebunden. Sie war auf ihn zugegangen, die letzten Meter sogar gelaufen, und hatte ihre sämtlichen Pakete fallen gelassen, um sich an seinen Hals zu werfen. Natürlich war innerhalb von Sekunden aus der fröhlichen, freundschaftlichen Begrüßung ein sengender, herzzerreißender Kuß geworden. Sie konnte nicht genug von ihm bekommen. Sie hing an seinem Hals, preßte sich an ihn, rieb ihre Stirn an seinem stoppeligen Kinn.

»Was tust du denn hier?«

Er kicherte in sich hinein. »Dich küssen.«

»Nein, im Ernst. Ich dachte, du bist in Indien.«

»Ohne dich kein Friedens-Korps.« Er begrub sein Gesicht an ihrem Hals und murmelte: »Du riechst wunderbar.«

»Was hast du jetzt vor?« Sie versuchte sich loszumachen, um ihn anzusehen, aber er hielt sie nur um so fester. »Dan!« sagte sie lachend.

Ohne seinen Griff zu lockern, warf er den Kopf zurück und sah auf sie herunter. »Ein Jurastudium. In Wisconsin. Aber vorher mußte ich dich sehen. Ich habe im Studentinnenwohnheim angerufen und mit Bessie gesprochen, da sie normalerweise *alles* weiß, und sie war so freundlich, mir zu sagen, daß eure letzte Postkarte aus Rom gekommen ist. Also bin ich nach Rom geflogen.«

»Oh, Dan! Du hast soviel Geld ausgegeben!«

Er küßte ihr rechtes Ohrläppchen und knabberte dann zart daran. »Ich habe deine Freundinnen bei American Express gefunden. Courtney hat ja eine Stimme, die man über drei Kilometer Entfernung hört. Und jetzt bin ich da.«

Kit lehnte sich an seinen sehnigen Körper und seufzte tief. »Ja«, sagte sie voller Zufriedenheit, »du bist da.« Innerlich schäumte sie über vor Freude, wenn sie sich vorstellte, daß er, nur um sie zu sehen, über den Atlantik geflogen war. Das war etwas ganz anderes, als auf dem Campus zu stehen, wo er gern aufgetaucht war und verkündet hatte, sie würden jetzt gemeinsam etwas unternehmen. Unerwartet in Florenz hereinzuschneien, war etwas vollkommen anderes. Es war – aufregend. Außerdem schmeichelte ihr das Bewußtsein, daß er das für niemand anderen getan hätte. Andere Mädchen waren zu leicht zu haben, Nur sie, Kit Cameron, war stark genug, seinem Charme und seinen Schmeicheleien zu widerstehen. Ihr war er um die halbe Welt gefolgt.

»Jetzt bin ich also hier, Kit. Wie geht es dir?«

Sie lachte wieder. »Wenn du es wirklich wissen willst – ich habe Hunger.«

Dan ließ sie los, lächelte und bückte sich, um einen riesigen, verbeulten Rucksack vom Bürgersteig aufzuheben. Er schwenkte ihn durch die Luft und verkündete: »*Ècco, Signorina!* Das Mittagessen!«

»Oh, Dan, wie schön!«

»Salami, zwei Sorten Käse, ein frischer Leib Brot und der billigste Wein, den ich finden konnte.«

Sie klatschte in die Hände. »Ein Picknick! Aber so! Auf der Piazza della Signoria? Auf dem Ponte Veccio? Nein, da drängen sich die Touristenmassen, um Schmuck zu kaufen. Oder vielleicht ...«

»Ich dachte mir«, sagte Dan, »wir könnten in die Berge fahren und auf die Stadt hinunterschauen.«

»Ich habe eine bessere Idee. Es ist so heiß, und ich bin heute morgen schon durch ganz Florenz gelaufen. Gehen wir rauf und essen auf meiner Terrasse.«

Beide lachten über ihren *Chiave:* Der mittelalterliche Haustürschlüssel aus schwerem Eisen mit den wüsten Verzierungen war fast zehn Zentimeter lang und sah aus wie aus einem Märchen. Er paßte wirklich in das riesige Schlüsselloch der Eingangstür, ließ sich leicht umdrehen, und die große hölzerne Tür öffnete sich, und sie traten in das dämmrige, kühle Treppenhaus mit dem Marmorfußboden.

Dan warf sich den Rucksack über die Schulter, klemmte sich ihre Pakete unter den Arm und folgte ihr über die abgetretenen Marmorstufen in den dritten Stock.

Die Eigentümerin der Pension steckte den Kopf aus dem Eßzimmer und lächelte durch ihre Goldzähne. »Signorina Katerina, *buon giorno. È una lettera per lei.*«

»*Ah, sì? Chi è?*«

»*In càmera.*« Sie grinste breiter und sah Dan an. »*Ah! Un amico Americano! Bene, bene!*«

»Ich habe das Gefühl, meine Anwesenheit ist erwünscht«, sagte Dan und folgte Kitty durch den langen Steinkorridor.

»Ja, Signora Marcolini macht sich große Sorgen wegen meiner Kontaktarmut. Ich verstehe nicht genug Italienisch, aber ich bin ziemlich sicher, daß sie kürzlich beim Abendessen versucht hat, mich mit ihrem Neffen zu verkuppeln.« Sie lachten.

Sie hatte ein Eckzimmer mit großen Fenstern, die auf den Arno und die Innenstadt gingen. Sie konnte sogar die goldene Spitze der Kuppel des *Duomo* zwischen einem Meer von roten Ziegeldächern aufragen sehen. Die massiven Möbel aus dem achtzehnten Jahrhundert waren ganz in Mahagoni gehalten, altmodisch und frisch poliert: ein riesengroßes Bett, ein überdimensionaler Schrank, ein Tisch mit Marmorplatte und mehrere Stühle. Auf dem Nachttisch standen ein Porzellankrug und eine Schüssel. Tina, das Stubenmädchen, klopfte jeden Morgen um halb acht an die Tür und brachte eine Schüssel und einen Krug mit dampfend heißem Wasser, über den zwei Handtücher gebreitet waren.

Das Zimmer hatte eine hohe Decke, war geräumig und selbst bei der schlimmsten Hitze immer kühl. Die drei Fenster hatten keine Vorhänge, aber zwei verschiedene Jalousien: außen ein dichter, schwerer Rolladen und innen leichtere Lamellen. Als sie eintraten, flutete die Mittagssonne durch die Fenster, und Kitty schloß sofort die leichteren Jalousien vor den geöffneten Fensterflügeln. Auf dem glatten, gefliesten Boden zeichnete sich ein Streifenmuster aus Licht und Schatten ab, und das Zimmer war in einen goldenen Schimmer getaucht.

»Die Tür dort drüben führt auf den Balkon«, sagte Kitty und hob den Rucksack auf. »Ich habe nur ein Glas.«

Dan grinste. »Für uns beide.« Ohne Vorwarnung zog er sein T-Shirt über den Kopf und warf es auf einen Stuhl. Kitty starrte ihn an. »Ich bin verschwitzt«, erklärte er. »Ist noch Wasser in dem Krug?«

»Es ist sicher kalt.«

»Großartig.«

Sie beobachtete ihn, als er sich Brust und Arme wusch, und sie konnte ihre Blicke nicht von ihm losreißen. Dan war schlank, fast *zu* schlank, aber er hatte kräftige Arme und Schultern. Er war muskulös, und seine helle Haut war auf der Brust mit rostroten Haaren bedeckt. Dort, wo die Ärmel und der Halsausschnitt des T-Shirts endeten, hatte die Haut eine dunkle Kupferfärbung angenommen und war voller Sommersprossen. Die Blue Jeans, die auf seine Hüften gerutscht waren, ließen eine schmale Taille und den Ansatz seiner Hüften frei. Er seifte sich mit einem nassen Handtuch und ihrem Seifenstück ein, spülte die Seife sorgfältig ab und pfiff dabei die ganze Zeit; er schien nicht zu bemerken, daß ihre Blicke auf ihm ruhten. Sein schlanker, muskulöser, starker Körper gefiel ihr unglaublich.

Als er fertig war, drehte er sich grinsend zu ihr um. »Zu dürr, findest du nicht?« Kitty errötete, und er lachte laut. »He! Ich mag es, wenn du mich anschaust. Es tut mir gut.« Als ihre Wangen glühten, trat er auf sie zu und nahm sie in den Arm. »He, Baby, dazu sind doch unsere Augen da. Damit wir einander anschauen.«

Kit brachte mühsam ein Lächeln zustande. »Ich bin am Verhungern, du nicht?«

»Allerdings. Essen wir.«

Sie nahmen in einer schattigen Ecke der winzigen Terrasse Platz, nagten abwechselnd an der Salami und schnitten mit seinem Schweizer Armeemesser – »das habe ich noch aus meinen Pfadfinderzeiten« – Käsescheiben herunter und tranken aus ihrem einzigen Glas den kräftigen Rotwein.

»Pfadfinder!« sagte Kitty verwundert. »Du warst Pfadfinder? Das kann ich mir gar nicht vorstellen.«

Dan lehnte sich zurück und verschränkte seine Arme über der schmiedeeisernen Brüstung. Ein Sonnenstrahl schien auf die goldenen Haare auf seinen Armen. »Mein Gott, ich war ein typisch amerikanischer Junge. Habe ich dir nie aus diesem Kapitel meines Lebens erzählt?« Er schnaubte spöttisch. »Pfadfinderführer. Basketballstar. Und so weiter. Ja, ich war auserwählt – bis ich nach Vietnam gegangen bin und beinahe ...«

In seinen Augen stand ein gequälter Ausdruck. »Beinah was,

Dan?« Sie streckte eine Hand aus, um sie auf seinen Arm zu legen, und er deckte sie sofort mit seiner Hand zu.

»Beinahe? Beinah – beinah erschossen worden bin. Angefangen habe, nachzudenken ...«

»Dan? Natürlich weiß ich, daß du im Krieg warst. Aber es ist mir nie wirklich *bewußt* geworden. Du hast nie darüber geredet.«

Er lächelte sie an, streckte seine Hand nach dem Weinglas aus und trank einen Schluck. »Nein. Ich halte nur Reden darüber. Es war für nichts anderes gut.«

»Ich – das war sehr dumm von mir. Ich bin fürchterlich naiv, nicht wahr?«

»Das macht doch nichts«, sagte er. Der leere Blick in seinen Augen war einer liebevollen Wärme gewichen. »Wir sind zusammen, und es ist Sommer in Italien, und du kommst jetzt zu mir.« Mit einer trägen Armbewegung zog er sie auf seinen Schoß und zog sie an sich.

Kitty fühlte sich benommen. Die Sonne blendete sie und schien warm auf ihre eine Gesichtshälfte. Der Wein war ihr in den Kopf gestiegen. Er hielt sie fest und sicher in den Armen. Einen Moment lang dachte sie, wenn er sie nicht hielte, würde sie von der Terrasse schweben. Ihre Gedanken waren köstlich wirr und trieben wie so viele Wolken am Himmel. Sie schloß die Augen und lehnte sich entspannt an Dan. Lieber Dan, wie schön es war, so in den Armen gehalten zu werden, ohne Forderungen und in den frischen, sauberen Duft von Seife, Sonne und Haut gehüllt.

Als er anfing, sanft ihren Hals und ihre Schulter zu küssen, rieb sie ihre Wange an seinem dichten Haar. Einen Augenblick später erschien es ihr ganz natürlich und richtig, ihren Kopf umzudrehen und sanft seine Wange zu küssen, seinen Backenknochen, und schließlich ließ sie ihre Lippen über sein Gesicht gleiten, um seine gierigen, heißen Lippen zu finden.

Sie war verloren, und ihre Sinne verschwammen. Sie konnte gar nicht glauben, wie sehr sie seine Berührung begehrte, seine Lippen, seine Zunge, seine Hände. Ohne zu wissen, wie es gekommen war, stand sie an ihn gepreßt, hing an seinem Hals, zog ihn in dem Bemühen, mit ihm zu verschmelzen, ein Teil von ihm zu werden, noch näher an sich.

Ohne seine Lippen von ihrem Mund zu lösen, hob er sie auf seine Arme und trug sie in das Dämmerlicht hinter den Jalousien. Er legte sie sanft auf das Bett. »Kitty«, murmelte er mit seinem

Mund auf ihren geteilten Lippen. »Kitty, ich brauche dich so sehr.«

Sie stöhnte leise. Eine bohrende Süße durchzuckte sie. Sie fühlte sich weich, geschmeidig, nachgiebig. Als er die leichte Bluse über ihren Kopf zog, wehrte sie sich nicht; als sich sein Mund auf ihre Brüste senkte, zitterte sie und hielt seinen Kopf mit ihren Händen an sich gedrückt. Irgendwo in ihrem Hinterkopf versuchte ein leiser Protest, sich Gehör zu verschaffen. Doch in ihrem Begehren ertrank jeder Gedanke. Sie wollte nicht denken. Sie wollte sich diesen eindringlichen Empfindungen ganz und gar hingeben.

Sein nackter Körper drückte sich heiß an ihre Haut, und sie keuchte. »Sieh mich an, Kit.« Bebend gehorchte sie. Sein Gesicht war ganz nah vor ihrem, und seine dunklen Augen schauten zärtlich. »Es wird wunderschön sein. Ich werde dir nicht wehtun. Hab keine Angst. Es mußte eines Tages so kommen...« Sie nickte, sah ihm tief in die Augen und verlor sich in ihnen. Seine Hand strich über die seidige Haut ihrer Schenkel.

Begierig suchte sie seine Lippen und klammerte sich an ihn, halb Begehren, halb Angst. »Dan! Dan! Bitte!« Sie wußte nicht, worum sie flehte, aber es spielte keine Rolle. Er hatte eine Hand unter sie geschoben und führte sie zu sich, und dann war er tief in ihr. Ein Aufschrei entrang sich den tiefsten Tiefen ihrer Seele.

Endlose Zeit verging, eine Zeit ohne Ende, und nichts auf der Welt existierte als Hitze und lang geleugnetes Begehren. Einmal verließ er sie, um die Jalousien einem flammend roten Sonnenuntergang zu öffnen. Doch er kam wieder zu ihr. Und wieder. Und sie streckte ihm jedesmal die Arme entgegen, erwartete ungeduldig seine Berührung, seine Nähe, seinen Duft und seine unermüdliche Leidenschaft.

Der Himmel war dunkelviolett, und eine blasse Mondsichel schwebte hoch über den dunklen Dächern, als sie erschöpft nebeneinander lagen und sich in die Augen sahen. Dan strich ihr das Haar hinter die Ohren. »In vielen Jahren«, sagte er, »wenn du eine wunderschöne, bezaubernde alte Dame bist, wirst du zu deinen Enkeln sagen können: ›Als ich zum ersten Mal mit einem Mann zusammen war, war es ein unglaubliches Erlebnis.‹«

Ein unglaubliches Erlebnis. Sie schloß die Augen. Sie konnte ihn nicht ansehen. Ein unglaubliches Erlebnis? Er hatte sie gesehen, als sie sich um sich krallend und schreiend wie ein Tier unter ihm gewunden hatte; er hatte ihr wildes Begehren ausgekostet, und es hatte ihn mit Stolz erfüllt; er hatte in ihrer unkontrollierbaren Lust geschwelgt. Es war obszön! Sie erinnerte sich an seine Augen, verhangen vor Begierde. Sie erinnerte sich an – sie konnte die Erinnerung nicht ertragen. Sie löste ihre Hand aus seiner und wandte sich ab, verbarg ihr Gesicht in ihrem Arm. Sie hatte sich ihm hingegeben. Nein, viel schlimmer, sie hatte ihn um mehr gebeten.

Er packte ihren Arm. »Kit? Kit? Was ist los mit dir?«

»Nichts!« Kann er denn nicht sehen, daß ich mich erst wieder fassen muß? dachte sie. Daß ich jetzt meine Ruhe brauche?

»Baby, Baby! Mach dir keine Sorgen. Ich werde dich nicht verlassen. Jetzt gehörst du wirklich zu mir. Das ist es, was ich schon immer gewollt habe. Genau das. Du und ich.« Er sprang aus dem Bett und streckte sich. »Oh, Gott, mir geht es einfach großartig. Als erstes hole ich meine Sachen und bringe sie hierher.«

Kitty drehte sich zu ihm um. »Hierher?« Sie starrte ihn an.

Er sah sie grinsend an. »Du bildest dir doch nicht ein, ich könnte nicht wiederkommen?«

Ihr fiel beim besten Willen keine Antwort ein. Er war schon immer schonungslos mit ihr umgegangen.

Dan legte ihr Schweigen als unterwürfige Einwilligung aus. »Es war einfach phantastisch, Kit. Du kommst mit mir nach Madison – dort kannst du weiterstudieren. Und jede Nacht, meine liebste Kit ...« Er beugte sich geschwind herunter, um sie zu küssen und wiederholte flüsternd: »Jede Nacht ...«

Sie mußte sich zusammenreißen, um nicht zu schreien. Seine süßen Worte und sein Flüstern und seine sinnlichen Hände: nur, um Besitz von ihr zu ergreifen. Sie hatte es zugelassen. Gott mochte ihr beistehen: Sie hatte ihn *gewollt*. Jetzt versuchte er, ihr Leben in die Hand zu nehmen. Er liebt mich nicht, dachte sie.

Sie würde es geschickt anstellen müssen. Sie brachte notdürftig ein Lächeln zustande und stieß ihn spielerisch von sich. »Geh schon. Ich kann ein langes, ruhiges Bad gebrauchen. Wir haben später noch jede Menge Zeit«, log sie.

Er sah sie nachdenklich an. Einen Moment lang hatte sie das entsetzliche Gefühl, er könne ihre Gedanken lesen. »Kitty, ich ...«, setzte er an und schüttelte dann den Kopf. »Ich finde die Worte nicht«, sagte er. »Ist das nicht seltsam? Ich, der Redner. Aber wenn es um dich geht ...« Er setzte sich auf die Bettkante, nahm sie in die Arme und küßte zärtlich ihr Haar, während sie den Atem anhielt und versuchte, nicht steif zu wirken. »Ich habe lange auf dich gewartet«, sagte er leise, »aber du warst das Warten wert.«

Sobald er die Tür hinter sich geschlossen hatte – »Ich komme in spätestens einer Stunde zurück«, hatte er versprochen –, erledigte sie mit rasender Eile, was noch zu tun blieb. Schubladen auf, Koffer raus, Kleider rein, mit einer Handbewegung die Kommode abräumen. In ihrer Kehle stieg ein atemloses Schluchzen auf. Panik lastete auf ihrer Brust. Sie hatte kaum Zeit. Wenn er zurückkam, ehe sie fort war ... Sie mußte fort, rennen, so schnell sie konnte.

Signora Marcolini musterte sie besorgt und wollte sie in eine Diskussion verwickeln, doch schließlich willigte sie ein, einen Packen zerknitterter Lire anzunehmen; Kitty hatte sich nicht die Mühe gemacht, sie zu zählen. Sie konnte gehen.

Sie nahm den Zug nach Venedig und fuhr nach zwei Tagen weiter, als sie auf dem *Vaporetto* einen früheren Studienkollegen aus Hampton entdeckte. Dann nach Mailand. Sie vermißte Dan und fragte sich, ob ihr Davonlaufen nicht dumm, kindisch und vielleicht sogar etwas verrückt gewesen war. Jede Nacht träumte sie von ihrer Kindheit – seltsame, düstere Träume, in denen Fremde sie anfaßten und Mama danebenstand, ohne es zu bemerken, ohne ihre Schreie zu hören.

Wie im Fieberwahn hatte sie die drei folgenden Wochen in Italien verbracht, nachdem sie aus Florenz geflohen war. Sie sprach mit fast niemandem, verbrachte ihre Tage in Museen und Kirchen, starrte Kunstwerke an, ohne sie wahrzunehmen, während sie tastend versuchte, sich selbst zu verstehen.

Als sie nach Siena kam, die bezaubernde Stadt mit ihren Stadtmauern auf Hügeln gelegen, war die schlimmste Zeit des August angebrochen: heiß, feucht und atemlos. Jeden Morgen erbrach sie ihr Frühstück. Jede Nacht, in der sie um Schlaf rang, schrieb sie in Gedanken einen Brief an Dan. Dann wurde ihr plötzlich klar, daß weder die Hitze noch das Essen an ihrem merkwürdigen Befinden schuld war. Sie wußte auch, daß sie diesen Brief an Dan niemals schreiben würde – sie konnte es nicht, jetzt nicht mehr – und daß sie ihn für immer aus ihrem Leben verbannen mußte. Erst dann konnte sie weinen.

Dans Lippen lösten sich von den ihren. Sie war benommen und

mußte sich an seinen Schultern festhalten. Als sie zu ihm aufsah, lächelte er.

»Erinnerst du dich auch?«

»Du hast mich *nie* geliebt!« Die Worte brachen aus ihr heraus.

Er starrte sie ungläubig an. »Wie kannst du das sagen? Ich habe dich so sehr geliebt, und so lange Zeit!«

Sie beharrte stur darauf: »Du hast es mir nie gesagt.«

»Das kann doch nicht dein Ernst sein! Bist du deshalb weggelaufen? Verschwunden – und – hast geheiratet?« Das letzte Wort bereitete ihm Mühe. »Wenn ich an die qualvollen Wochen denke, die ich damit verbracht habe, dich zu suchen...«

»Ich kann es dir nicht erklären. Ich war jung – unerfahren. Ich dachte – ich hatte das Gefühl... Hinter mir waren schon immer Männer her, und ich wußte nicht, ich war nicht sicher – es war – aber das ist jetzt gleich. Heute ist es zu spät.«

Er packte sie an den Schultern. »Nein!« sagte er zähneknirschend. »Es ist nicht zu spät. Es ist nie zu spät!«

»Oh, Dan, du verstehst mich nicht. Es geht nicht nur um dich und mich. Es ist...«

»Was?«

Kit bemühte sich, schwach zu lächeln. »Ich weiß, daß heute der rechte Zeitpunkt für nostalgische Gefühle ist, Dan, aber was zwischen uns war – ist aus und vorbei. Es gehört der Vergangenheit an.«

Seine Hände schlossen sich fester um ihre Schultern. »Ich habe dich gerade geküßt. Versuch nicht, *mir* zu erzählen, es sei aus und vorbei. Für mich ist es nicht vorbei. Und für dich auch nicht«, sagte er ungestüm. »Ich habe dich nie vergessen. Ich habe dich immer gewollt. Bis heute. Und ich will dich jetzt, in diesem Moment. Oh, nein, Kitty, diesmal lasse ich dich nicht fort!«

8

Polly Malverne

»Ich fürchte mich immer noch vor dir, Dan«, sagte Kit. Sie sah nicht besonders erschrocken aus; die klaren Augen waren so rätselhaft und unergründlich wie immer. Sie versuchte nicht, sie von ihm zu lösen, aber ihr gesamter Körper war reglos.

Dan ließ die Hände sinken. »Du ziehst dich immer noch vor mir zurück«, sagte er bitter. »Du versuchst, mir das Gefühl zu geben, ich sei ein Ungeheuer.«

»Oh, nein! Nicht doch! Du weißt, daß ich dich nie dafür gehalten habe! Ein Ungeheuer? Alles andere, nur das nicht.« Sie murmelte die letzten Worte und senkte sowohl ihre Stimme als auch ihre Augen, sah ihm dann direkt in die Augen und holte tief Atem. »Du hast immer geglaubt, du könntest dich über alles und jeden hinwegsetzen, und ich habe immer versucht, dir klarzumachen, daß das nicht geht. Nicht bei mir.«

»Ich habe mich dir nie aufgezwungen. Wenn du jemals das Gefühl gehabt hast, von mir untergebuttert zu werden, dann nur mit deiner Beihilfe, Kit. Immer«, fügte er vielsagend hinzu.

Sie errötete tief. »Davon habe ich nicht geredet, und das weißt du genau.« Sie ließ ihre Augen wieder sinken und wandte ihren Kopf leicht zur Seite, und ihre dichten Wimpern warfen dunkle Schatten über ihre zart geformten, ausgeprägten Backenknochen. Ihr Erröten ließ nach und hinterließ einen schwachen Rosaschimmer auf ihrer porzellanenen Haut.

Dan holte tief Luft. »Du bist einfach bezaubernd«, stieß er hervor.

Kit wich vor ihm zurück, mit gerunzelter Stirn. »Das ist nicht das, was ich hören will. Dadurch wird nicht alles gut. Dadurch wird überhaupt nichts besser. Hast du je begriffen, wer ich *bin*, ich, der Mensch, der hinter diesem verfluchten Gesicht lebt?«

»Kit! Wie kannst du das sagen? Ich habe es immer gewußt, ich ...«

Er streckte flehentlich die Hand aus, aber sie entzog ihm ihre Schulter. »Nichts hat sich geändert, gar nichts!«

»Du hast verdammt recht, Kitty. Jedenfalls nichts von Bedeutung. Ich will dich immer noch, und was mir viel mehr bedeutet: Du willst mich.«

Sie zwang sich zu einem Lächeln, doch ihm entging nicht, daß ihre Hände zu Fäusten geballt waren. In einem leisen, eindringlichen Tonfall sagte sie durch ihre zusammengebissenen Zähne: »Du willst doch hoffentlich nicht, daß dich der ganze Saal hört.«

»Mir ist scheißegal, wer hier was hört!«

Eine aufgeregte Stimme rief: »Der gute, alte Dan Copeland! Genau wie früher! Ich suche das ganze Haus nach dir ab, und dabei hätte ich wissen müssen, daß ich mich nur auf meine Ohren verlassen und eine öffentliche Ansprache abwarten muß.«

Dan und Kitty wandten sich ruckartig um. Es war Benno, der eiligen Schrittes auf sie zukam.

Dan ließ es zu, daß er an den Schultern gepackt wurde, während er seinem alten Freund auf den Rücken klopfte. Sein Zorn und seine Verzweiflung wurden zurückgedrängt. »Du hast noch nie besser ausgesehen«, sagte er mit einem Blick auf die elegante Kleidung und das selbstsichere Auftreten frei heraus. Er lachte. »Genauer gesagt: Du hast dich in einen Mann von Rang und Würden verwandelt.«

»Zum allgemeinen Erstaunen, was? Wenn du eine echte Überraschung erleben willst, solltest du dir Lee Rivers anschauen. Das ›Vorher und Nachher‹ ist bei ihr geradezu unglaublich, stimmt's, Kit? Wo steckt sie überhaupt?«

»Ich – sie hat sich mit jemandem unterhalten«, sagte Kitty unbeholfen, aber es interessierte die beiden Männer ohnehin nicht wirklich. Sie standen da und grinsten einander an.

»Benno, alter Kumpel, was hat diese monumentale Veränderung in deiner physischen Erscheinung ausgelöst?«

»Eine lange, traurige Geschichte – und ich verspreche dir, daß du sie hören wirst, ehe das Wochenende vergangen ist. Im Moment schwelge ich gerade in der Vergangenheit. Ist dir aufgefallen, daß sich immer noch dieselben Gruppen bilden? Die meisten haben ihre alten Freunde seit dem Examen nicht mehr gesehen, aber sowie du sie wieder auf den Campus stellst, verhalten sie sich automatisch wieder so wie vor zehn Jahren. Ihr zwei zum Beispiel«, sagte er mit verschmitztem Lächeln. »Ich möchte schwören, als ich euch zum allerletzten Mal zusammen gesehen habe, habt ihr mit denselben Worten und mit genau demselben Gesichtsausdruck aufeinander rumgehackt.«

Dan lachte bitter. »Es ist der alte Streit.«

»Ach, wirklich?« Er sah sie spöttisch an. »Dabei dachte ich, wir seien jetzt alle großgeworden.«

Zwischen Belustigung und Verstimmung hin- und hergerissen, versetzte ihm Kitty im Scherz einen Klaps auf den Arm. »Manche Sachen ändern sich eben nie – wie ich schon Mr. Copeland gerade klarzumachen versuchte«, sagte sie trocken. »Einschließlich neunmalkluge Armenier.« Sie lächelte den beiden zu, wobei sie sorgsam Dans Blicke mied. »Jetzt überlasse ich euch zwei alte Zimmergenossen einem Schwatz unter Männern.«

»Wir sehen uns später noch, Kit.« Dans Tonfall war energisch. »Lauf nicht davon.«

Ein weiteres strahlendes unechtes Lächeln. »Davonlaufen? Ich bin doch gerade erst hier angekommen. Ich will mich nur mit Trudy unterhalten.« Sie wandte sich graziös ab und mischte sich unter die Menge.

Dan und Benno sahen einander fragend an. »Trudy?« sagte Ben schließlich. »Ich kann mich nicht erinnern, daß jemand so hieß.«

»Zum Teufel damit!«

Ben stieß einen gespielten Seufzer aus. »So. Sie bringt es also nach so langer Zeit immer noch fertig, dich aufzuwühlen.«

Dan schnitt eine Grimasse. »Ich hoffe, ich habe *sie* aufgewühlt. Sie kann es gebrauchen. Sie sondert sich allerdings so sehr ab, daß ich fürchte, ein Erdbeben wäre nötig, um sie wachzurütteln.«

»Ich weiß, daß ich gerade dem größten Erdbeber persönlich gegenüberstehe«, sagte Benno lachend. »Komisch, man bildet sich ein, die Vergangenheit hinter sich zurückzulassen, aber offensichtlich lebt sie unbeschadet weiter – in unserem Innern.«

Dan schüttelte den Kopf. »Nicht alles, Ben. Nur – gewisse unabgeschlossene Geschichten – und ich werde sie abschließen. Oh, zum Teufel!«

Sie traten durch die offene Flügeltür auf die große Terrasse hinter dem Haus, von der aus man die Tennisplätze überblickte. In dieser klaren, warmen Nacht waren sie hell von dem bläulichen Flutlicht erleuchtet, und zwei blonde junge Mädchen mit Pferdeschwänzen und der knappen weißen Tenniskluft spielten schweigend.

Einige Minuten lang lehnten sie an der niedrigen Steinbalustrade und schauten den Mädchen zu, die ausholten, sich zusammenkauerten, rannten und sich streckten. Auf diese Entfernung ähnelte ihre Bewegung fast einem Tanzen.

»Meine Traummädchen«, sagte Benno. »Hast du das gewußt? Ich war immer hinter den Blondinen der höheren Semester her. Keine Brünetten. Blond oder gar nichts.«

Dan lachte. »Das war im Lauf der Geschichte die Schwäche vieler Levantiner.«

»Hm! Aber ich habe den größtmöglichen Fehler gemacht. Ich habe mich nicht mit meinen Phantasien zufriedengegeben; ich mußte erst hergehen und dieses Bild heiraten.«

»Heiraten! Ich bin gar nicht auf die Idee gekommen, du könntest verheiratet sein. Du wirkst nicht verheiratet – was zum Teufel das auch heißen mag.«

»Du bist nicht so dumm, wie du aussiehst, alter Knabe. Ich bin nicht verheiratet, nicht *mehr*. Seit gestern bin ich frei, um es genau zu sagen.«

»Tut mir leid.«

»In dem Fall bist du der einzige. So gut ist es mir seit unserer Verlobung nicht mehr gegangen. Ich bin sicher, daß Helena das ganze Chaos aus ihrem Gedächtnisspeicher gelöscht hat. Ich kann sie direkt hören: ›Ben? Welcher Ben?‹« Einen Moment lang trat Schweigen ein, das von Bens leisem Räuspern unterbrochen wurde. »Andererseits nehme ich an, daß nicht alle Ehen schlecht sind – bin ich dir jetzt zu nahe getreten? Tut mir leid, ich sollte die Ehe nicht schlechtmachen, am allerwenigsten dir gegenüber. Ich habe dich seit Pollys Beerdigung nicht mehr gesehen, und an dem Tag warst du nicht gerade zum Reden aufgelegt.«

»Warst du dort? Mein Gott, natürlich. Wie dumm von mir – ich hatte es glatt vergessen. Vielleicht habe ich auch sehr wirkungsvoll das ganze Chaos aus *meinem* Gedächtnis gelöscht. Nach Pollys Unfall war ich nicht ich selbst. Ich war vor Schock wie betäubt – oder vor Schuldbewußtsein.«

»Schuld! Jetzt hör aber auf, Dan. Was glaubst du, warum man so was als Unfall bezeichnet? Weil es Unfälle sind. Kapiert? An so was trägt niemand Schuld. Du hast dich doch nicht etwa all diese Jahre damit herumgequält?«

Dan winkte ungeduldig mit der Hand ab. »Nein, nein, den Flugzeugabsturz werfe ich mir nicht vor. Ich hätte sie einfach niemals heiraten sollen. Das werfe ich mir vor. Du weißt, wovon ich rede, Ben; du hast das meiste mitbekommen – jedenfalls den Anfang. Es wäre gelogen, wenn ich behaupten würde, daß ich noch an sie denke. Aber sie verfolgt mich. Wenn ich nur aufrichtiger gewesen wäre, oder weniger ehrgeizig, oder *irgend etwas* – ahh, es macht mich ganz krank.«

»Du bist zu hart dir gegenüber, alter Kumpel. Sie war ein anbetungswürdiges kleines Ding, und du hast sie verehrt. Außerdem hast du versucht, Kitty loszuwerden, die noch in deinem Leben herumgespukt hat – o ja, das wußte ich. Sieh mal, du hast Polly glücklich gemacht. Die Mühe hätten sich viele Männer nicht gemacht. Man kann auch behaupten, daß viele Männer aus wesentlich übleren Gründen geheiratet haben. Ich zum Beispiel.«

»Zumindest hattest du Anlaß, zu glauben, du seist in sie verliebt.«

Benno seufzte. »Wir haben beide denselben grundlegenden

Fehler begangen. Wir haben beide geglaubt, es reicht aus für eine Ehe, wenn *einer* liebt.«

»Vielleicht. Ich beschwichtige meine Schuldgefühle, indem ich mir einrede, daß sie glücklich war, daß sie mich geliebt hat. Hat sie das überhaupt getan? War sie überhaupt dazu fähig – in ihrem Alter und in ihrer – Situation? Warum habe ich es nicht gemerkt, ehe wir geheiratet haben? Das ist es, was ich mich immer wieder frage. Was hat mich so blind gemacht?«

»Du wolltest es nicht sehen.«

»Stimmt. Ich wollte es nicht sehen.« Dan schwieg einen Moment lang. »Du kannst dir überhaupt nicht vorstellen, Ben«, sagte er, »wie sehr ich das Erntedankfest hasse ...«

Er hatte sein unglaubliches Glück gar nicht fassen können. Aus reiner Rastlosigkeit war er in die Stadt gefahren, um sich im Kino eine Nachmittagsvorstellung anzusehen – etwas, was er normalerweise nie tat – und war durch einen puren Zufall gleichzeitig mit den Schwestern Malverne durch die State Street gelaufen. Wenn es im Staat Wisconsin einen Mann gab, der es wert war, seine Bekanntschaft zu machen, dann Big Jim Malverne. Politisch war er der einzig Maßgebende. Er alleine schmiß die gesamte Politik. Für einen politisch engagierten Jurastudenten, der seiner Zukunft entschlossen entgegensah, war eine Einladung zum Abendessen in Jim Malvernes Haus am Erntedankfest mehr wert als jede Eins plus.

»Hättest du nicht sagen können, daß du einen Freund mitbringst?« klagte Benno nur halb im Scherz. »Komm schon, Kumpel, schließlich gibt es zwei Schwestern.«

»Nur eine davon ist eine Überlegung wert – und überhaupt, um diese Mädchen geht es doch gar nicht. Es geht um ...«

»Schon gut, schon gut. Ich weiß, worum es geht. Ich bin sicher, daß du das Beste daraus machst.«

»Bist du sauer?« fragte Dan lachend, aber es war ihm gleich. Sollte Benno doch überkochen. Benno brauchte kein Glück. Benno hatte *Geld!* Jetzt hatte Copeland seine lang verdiente Chance.

Als die Dämmerung grau und trüb hereinbrach und es nach Schnee aussah, ging ihm auf, daß er nicht wußte, was ihn erwartete. Ein Haufen Familie – plärrende Babys, lärmende kleine Kinder, frostige altjüngferliche Tanten und rülpsende Onkel – wie bei allen Erntedankfesten seiner eigenen Kindheit? Vielleicht wurden regelmäßig Unmengen von Jurastudenten eingeladen. Dann zuckte er die Achseln, zog sein einziges Jackett an und wartete zitternd an der Bushaltestelle, während die ersten dicken, nassen Schneeflocken vom Himmel fielen. Er war bereit, das Beste daraus zu machen – was immer der Tag auch bringen mochte.

Serena, errötet und ein wenig schwitzend, öffnete ihm auf sein Läuten hin persönlich die Tür; augenblicklich schlugen ihm Wärme und gute Gerüche und herzliches männliches Gelächter entgegen. Serena wirkte massig und ungelenk in einem bedruckten Blümchenkleid, und ihr dichtes schwarzes Haar löste sich schon jetzt aus einem kunstvollen Knoten. Sie stammelte: »Oh – oh, Sie sind's. Gut. Ich meine – kommen Sie herein, es ist schon spät, nein, nein, natürlich nicht zu spät. Kommen Sie herein, damit ich Sie meinem Vater vorstellen kann.«

Big Jim Malverne thronte auf einem riesigen Lehnstuhl aus braunem Leder, der zwischen dem Möbelkattun und den zierlich geblümten Tapeten völlig deplaziert wirkte. Alle Lampen waren eingeschaltet, und der Raum stand in flammendem Lichtschein, in dem ein Dunst niedrig hängenden Tabakrauchs hing. Dan blinzelte; er war überwältigt; der Lärm und das Licht und die Unmengen von Menschen, die sich auf allen Sitzgelegenheiten drängten. Es waren ausschließlich Männer anwesend. Nein, nicht ausschließlich. Auf der Armlehne von Big Jims Stuhl thronte wie ein leuchtend buntes, exotisches Vögelchen inmitten all der dunklen Anzüge die jüngere Schwester, Polly, die ganz in rotem Samt gekleidet war, über dem ihr duftiges blondes Haar wogte.

»Das ist Dan Copeland«, sagte Serena laut und ließ ihn abrupt stehen. Er stand in der Eingangstür, und alle Köpfe wandten sich ihm zu. Dan schluckte und warf schnell einen Blick in die Runde. Um Himmels willen, da saß Richmond, der Dekan der juristischen Fakultät. Auch der Typ neben ihm kam ihm entsetzlich bekannt vor, sein Bild war gerade durch alle Zeitungen gegangen. Da drüben saß Senator Fairchild und am anderen Ende des Raumes ein Richter, und dort... Er sah sich nicht länger um. Ihm wurde ganz schwummerig. Die gesamte Machtstruktur des Staates war hier versammelt, in diesem gemütlichen, altmodischen Wohnzimmer mit seinen Obstschalen und den Näschereien auf Kristallglastellern und den Karaffen aus geschliffenem Glas, die überall herumstanden.

Jim grinste ihn an. »Kommen Sie her, und setzen Sie sich zu uns«, forderte er ihn auf und streckte eine große, fleischige Hand aus. »Machen Sie sich mit den anderen bekannt.« Dan marschierte auf ihn zu, und seine Hand wurde verschlungen, geschüttelt und mit Wärme wieder entlassen. »Dan Copeland«, verkündete Big Jim. »Der Herausgeber von *Law Review.*« Dan hörte kaum, wer ihm alles vorgestellt wurde; wie jeder Bürger Wisconsins kannte er die meisten Namen bereits. Ein Drink wurde ihm in die Hand gedrückt, man erzählte ihm drei abgedroschene Witze, und ehe er es wußte, war die Ehrfurcht von ihm gewichen, und er fühlte sich ganz wie zu Hause.

Eine Bar war aufgebaut worden, und überall standen Tabletts mit kleinen Snacks und Schalen mit Nüssen. In allen Ecken fanden interessante Unterhaltungen statt. Ständig kamen und gingen Leute, und quietschende, kreischende Kinder rannten vorbei. Dan beobachtete das bunte Treiben.

Dann stand Big Jim plötzlich auf, und wie auf ein verabredetes Signal hin folgten sechs der bedeutendsten Männer im Raum seinem Beispiel. Grinsend sagte Jim: »Ich bin gleich wieder da, Leute. Eine kleine geschäftliche Angelegenheit. Trinkt weiter!« Sie zogen sich ins Nebenzimmer zurück und schlossen die doppelten Türen hinter sich.

An seinem Jack Daniels nippend, streifte Dan durch den ersten Stock. In einem Fernsehzimmer fand er die Ehefrauen und Töchter der Männer, die im Wohnzimmer saßen, mit Handarbeiten beschäftigt. Sie kicherten und schenkten ihm wenig Beachtung. Plötzlich fand er sich in einer Vorratskammer Serena gegenüber. Sie errötete heftig und ließ eine Schale Gurken fallen, und er half ihr, sie wieder aufzulesen. Atemlos murmelte sie immer wieder, für wie tolpatschig er sie halten müsse. Sie hatte die Augen gesenkt und sah ihn kein einziges Mal an, und plötzlich ging ihm ein Licht auf: Sie hatte eine Schwäche für ihn. Er musterte sie. Sie sah genauso aus wie ihr Vater. Big Jim sah gut aus, aber einem Mädchen stand sein Körperbau nicht. Armes Ding.

»Ich bin es gewohnt«, sagte er lächelnd zu ihr, »daß Babys anfangen zu schreien und Mädchen Gurkengläser fallenlassen, wenn sie mich sehen. Ich hätte nicht hereinkommen sollen.«

»Oh, nein ...«, setzte sie an. »Oh, wirklich! Nein! Ich bin froh, daß Sie hier sind – ich meine ...«

»Oh, Rena, wer hat denn die Gurken fallen lassen?« Die Stimme war so dicht hinter ihm, daß Dan zusammenfuhr. Dann legte sich eine winzige Hand auf seinen Arm. Polly. »Kommen Sie, Dan

Copeland«, sagte sie und zerrte ihn mit sich. »Hier ist es nicht lustig. Rena soll die Gurken alleine aufsammeln. Ich brauche jemanden, der mir hilft, die Karten für die Sitzordnung auf den Tisch zu stellen. Ich kann ihre Druckbuchstaben nicht lesen, und Sie wissen sicher, wer wer ist.«

»Ausgerechnet ich!« rief Dan aus.

Aber Serena wollte sie beide loswerden. »Ich erledige das schon, laßt mich allein. Ich bin so tolpatschig«, sagte sie immer wieder. Daher ging er mit der zerbrechlich wirkenden kleinen Blondine, die vor sich hinschnatterte, was es zum Abendessen geben würde.

Sie führte ihn in ein Spielzimmer, und sie spielten Pool-Billard. Sie spielte sehr schlecht, und es langweilte ihn schon nach kurzer Zeit. Er hoffte, jemand möge zu seiner Rettung hereinschneien, aber ihr schien es Vergnügen zu bereiten, und er fand keinen Ausweg, ohne ihre Gefühle zu verletzen. Sie spielten, bis der Gong alle zum großen Festschmaus rief.

Polly setzte sich neben ihn, obwohl die Karte besagte, daß dieser Platz Serena zugedacht war. Da die ältere Schwester nichts dagegen einwandte, entschloß sich Dan, die Sache zu ignorieren. Während alle mit dem Essen beschäftigt waren, musterte er insgeheim Serena Malverne. Ihre Haut schimmerte feucht von der Küchenarbeit, und ihre Augen strahlten. Das Indianerhaar hatte sich völlig aus dem altjüngferlichen Knoten gelöst und fiel in einer dichten, blauschwarz glänzenden Kaskade über ihre Schultern. Wenn sie dreißig Pfund abnehmen würde, dachte er, wäre sie nicht schlecht. Sogar gar nicht schlecht.

Das Mahl war köstlich und üppig und ließ es an nichts fehlen. Zwischen den einzelnen Gängen fand rege Konversation statt. Dan riß die Ohren auf und versuchte, nach allen Seiten gleichzeitig zu lauschen. Gesetzesentwürfe wurden diskutiert, aufstrebende Politiker wurden aus unsachlichen, persönlichen Gründen abgesägt. Hier gehöre ich hin, sagte sich Dan. Hier spielt es sich wirklich ab. Der Studentenverband für Erwachsene.

Heute war er hier, und das Entscheidenste war jetzt, wieder eingeladen zu werden. Er mußte Big Jim zeigen, wer Dan Copeland war, wofür er stand, und wofür er sich einsetzen würde. Um das zu erreichen, war er bereit, fast alles zu tun. Er sah wieder zu Serena herüber, die lustlos mit einer Gabel auf ihrem Teller herumstocherte. Sie sah zu ihm auf, wurde rot und sah sofort verwirrt in eine andere Richtung, als ihre Blicke sich trafen. Ja, sie hatte eindeutig eine Schwäche für ihn. Bei dieser Feststellung war ihm unwohl zumute; er wünschte, sie wäre ihm attraktiv erschienen. Aber wenn der Eintrittspreis in Big Jim Malvernes inneren Kreis damit gleichzusetzen war, daß er mit ihr ausging, dann würde es eben so kommen.

Die Männer blieben bis zwei Uhr morgens am Tisch sitzen, rauchten, tranken Kaffee mit einem Schuß Weinbrand, später nur noch Weinbrand, und als Dan sich verabschieden wollte – der Dekan hatte ihm angeboten, ihn mitzunehmen –, kam Polly in einem flauschigen blauen Bademantel und Pantoffeln die Treppe heruntergerannt.

»Oh, Dan, ich wollte noch auf Wiedersehn sagen. Ich sollte eigentlich schon schlafen, aber Serena kann nicht petzen. Sie schläft schon.« Sie lachte, als habe sie gerade den besten Witz aller Zeiten gemacht. »Sie besuchen uns doch wieder? Sagen Sie, daß Sie wiederkommen.« Sie drehte sich um, als Jim in den Flur trat. »Sag Dan, daß er uns öfter besuchen soll, Daddy. Er ist so nett. Nicht so, wie diese Politiker.« Sie rümpfte die Nase, und ihr Vater lachte vergnügt.

»Soweit ich weiß, Schätzchen, ist dein ›netter‹ Dan selbst so etwas wie ein Politiker. Ist es nicht so, Dan? Bei Tisch haben Sie zumindest wie einer geredet.«

Dan grinste. »Ich – äh – mische mich gern in Dinge ein. Nichts lieber als das, Sir.«

Der große Mann sah ihn einen Moment lang an. Dann streckte er seine fleischige Pranke aus. »Wenn Sie nichts vorhaben, könnten Sie doch am Sonntag zum Abendessen zu uns kommen, und dann unterhalten wir uns. Vielleicht finden wir eine Aufgabe für Sie, was? *Außer* nett zu meinen Töchtern zu sein.« Er lachte wieder.

Dan erschien am Sonntagabend. Bald suchte er das große Haus mehrfach wöchentlich auf, um über Gesetze oder über Politik zu reden oder um einfach nur zuzuhören, wie Big Jim mit den Staatsgewalten umsprang. Auf Bennos Fragen, was ihn so oft dort hinziehe, antwortete er, es ginge ihm nicht um die Töchter, sondern um die politische Erfahrung.

Komischerweise bestand Benno darauf, daß eine Frau im Spiel sei. Er persönlich hatte den Eindruck, daß Big Jim die Politik vorschob, um seine häßliche Tochter unter die Haube zu bringen. Als eine Art Köder. Doch es kam anders.

Die beiden Schwestern wurden wieder nach Hampton

geschickt. Dan fuhr über Weihnachten nach Hause, und als er zurückkehrte, fand er zu seinem Erstaunen nicht Serena, sondern Polly vor. Sie hatte das Studium an den Nagel gehängt und war endgültig nach Hause zurückgekommen. Das veränderte den Ablauf der Abende, die er im Haus der Malvernes verbrachte, vollständig.

Bisher war er dort unter Männern gewesen; jetzt war Polly ständig dabei und kuschelte sich an ihren Vater oder saß zu Dans Füßen, den Kopf fast zwischen seinen Beinen. Sie erinnerte Dan an ein kleines Kätzchen, weich und warm und verspielt. Sie flirtete mit ihm, und er reagierte darauf, wie er bei der kleinen Schwester eines Freundes reagiert hätte. Mit ihrem zartknochigen Körper und ihrem herzförmigen Gesicht mit den runden, leuchtend blauen Augen sah sie einfach aus wie ein Kind. Sie kicherte und sprach alles aus, was ihr in den Kopf kam. Es mußte ein glücklicher kleiner Kopf sein: Für Polly war die Welt voller Wunder und Wonnen. Bald umarmte er sie ganz selbstverständlich zur Begrüßung und hatte sich daran gewöhnt, daß sie sich an ihn schmiegte, wenn er auf seinem angestammten Platz auf dem enormen Sofa saß.

Eines Sonntagnachmittags, als sie nach einer mehrstündigen Diskussion mit zwei Abgeordneten allein im Wohnzimmer saßen, kippte Jim mit seinem Lehnstuhl zurück und sagte zur Decke gewandt: »Sie ist verrückt auf dich, Dan. Ist dir das klar?«

Bestürzt sprudelte Dan heraus: »Aber – aber von wem reden Sie?«

Der Stuhl traf mit einem lauten Knall auf den Fußboden auf. »Von Polly! Von wem denn sonst! Von meiner alten Tante Minnie?« Er lachte schallend.

Dan rückte eilig seine Vorstellungen zurecht. »Sie ist ein süßes Mädchen. Aber ich hätte nie auch nur . . .«

»Sie ist wohl behütet aufgewachsen«, sagte Jim. »Sie ist geradezu naiv. Aber ich weiß, daß ich dir vertrauen kann, Dan. Sie hat in letzter Zeit Verabredungen abgesagt, um hierzubleiben und in deiner Nähe zu sein. Vielleicht – Polly! Komm rein, Schätzchen!«

Als sie einen Moment später ins Zimmer trat, fragte Jim: »Hast du Lust, heute ins Kino zu gehen?«

Sie klatschte in die Hände. »Prima! Dan muß mitgehen. Komm schon, Dan, du kannst nicht immer nur arbeiten und studieren.«

Jim lächelte sie an. »Warum, Schätzchen? Das war doch Dans Idee. Er geht mit dir ins Kino. Was hältst du davon?«

Einen Moment lang hatte Dan das Gefühl, eine Zukunft vor sich zu sehen, die drohte, ihn gegen seinen Willen handeln zu lassen. So ein Unsinn, sagte er sich. Ein Film, sonst nichts, um Himmels willen. Und das mit einem ansprechenden kleinen Mädchen, das, wenn man es genau nahm, zu jung für ihn war. Es mochte ihm manchmal lästig sein, von ihr angehimmelt zu werden, aber andererseits fühlte er sich auch wie ein Pascha. Warum sollte er nicht mit ihr ins Kino gehen und eine Zeitlang ihre zarte, kleine Hand halten? Um die Wahrheit zu sagen, tat er es gar nicht, um Jim einen Gefallen zu tun.

»Wollen Sie nicht mitkommen, Jim?« fragte er.

Die tiefliegenden Augen unter den geraden, schwarzen Augenbrauen blitzten ihn belustigt an. »Diesmal nicht, Danny, mein Junge. Natürlich komme ich nächstes Mal mit, wenn du willst... Warum warten wir es nicht einfach ab?«

Dan war überrascht, wieviel Spaß es machte, Händchen zu halten wie ein Teenager, Popcorn zu knabbern und *Frankenstein Junior* anzuschauen. Als sie in der Eingangstür ihres Elternhauses sagte: »Willst du mir denn keinen Gute-Nacht-Kuß geben?« lachte er und beugte seinen Kopf flüchtig zu den rosigen Lippen herunter.

Doch er bekam nicht den Kleinmädchenkuß, den er erwartet hatte, ganz und gar nicht. Ihre Lippen teilten sich, und der schmächtige, kleine Körper preßte sich gierig an ihn, als sie die Arme um seinen Hals schlang. Ihre kleine Zunge erforschte geübt seinen Mund, und als er sich atemlos loßriß, wußte er nicht, ob er lachen, ihr einen Klaps auf den Popo geben oder sie noch einmal küssen sollte.

»He da«, sagte er grinsend und sah auf sie herunter. »Du bist zu schnell für mich. Normalerweise küsse ich niemanden, mit dem ich zum ersten Mal ausgehe.«

Ihr Gesichtsausdruck war todernst. »Aber ich wollte dich schon immer küssen. Schon seit dem Erntedankfest, und jetzt ist bereits Februar. Das ist nicht zu schnell.« Sie stellte sich auf die Zehenspitzen und bot ihm ihren Mund ein weiteres Mal. Ihre köstliche Weichheit ließ sich nicht leugnen, die starke Sinnlichkeit, die hinter diesem Kindergesicht verborgen lag. Dennoch zögerte er, und sie ließ ihre kleine Hand schnell zu der Wölbung gleiten, die sie hervorgerufen hatte und verkündete: »Du willst es. Das weiß ich.« Daraufhin gab er belustigt auf, nahm sie in seine Arme und küßte sie wieder.

Diesmal rückte er nicht von ihr ab. Sie roch nach Blumen, und sie wußte instinktiv, was sie mit ihren Händen, ihren Lippen und ihrer Zunge tun mußte. Er hatte seit Monaten keine Frau mehr gehabt, und diese Frau schmolz vor Sinnlichkeit, erweckte alles in ihm wieder. Sie war diejenige, die ihn die Treppe hinauf und in ihr rosa-weißes Zimmer mit Regalen voller Teddybären und Puppen zog. Sie war diejenige, die ungeduldig erst sich selbst und dann ihn auszog. Und sie war diejenige, die seine sachten, behutsamen Zärtlichkeiten nicht wollte, sondern flehte: »Tu es jetzt. Jetzt gleich.«

Als es vorbei war und er mit ihrem kleinen Körper an den seinen geschmiegt auf dem Rücken lag, konnte er nicht so recht glauben, daß es wirklich passiert war. Wenn Jim das jemals herausfand ...!

Polly kuschelte sich noch näher an ihn. »Oh, Dan«, seufzte sie. »Ich liebe dich so sehr.«

»Hör mal zu, Polly. Nur weil zwei Menschen – äh ...«

»Oh, ich weiß alles über Sex. Es macht Spaß. Ich habe es oft getan, aber erzähl es niemandem. Es ist ein Geheimnis.«

»Mach dir keine Sorgen, Schätzchen, von mir erfährt niemand ein Wort«, stimmte er bedeutungsvoll zu.

»Du brauchst mich nicht zu lieben. Das geht schon in Ordnung. Geh nur nicht weg, Dan. Weil ich dich so liebe. Wirklich, ganz wirklich. Diesmal ist es anders. Ich will nicht, daß es ein Geheimnis bleibt.«

Er lag auf dem Laken, das von oben bis unten mit Aschenbrödel und dem Prinzen bedruckt war und spürte einen kalten Schauer durch seinen Körper laufen. »Wie – wie meinst du das, Polly?«

»Heirate mich, Dan. Sag ja. Es wäre so schön, und wir könnten das jede Nacht machen, sooft wir Lust dazu haben.« Ihre Hände strichen zärtlich über seinen Körper. »Da«, – triumphierend – »siehst du es? Oh, laß uns heiraten, sag, daß du willst!«

»Hör mal zu, Polly. Nur weil ich ...« Er gab auf, versuchte verzweifelt, einen Schritt im voraus zu denken. Er mußte sich so schnell wie möglich aus seiner momentanen Situation befreien, denn sonst wäre alles zu spät. Aus mit seinem Verhältnis zu Jim, mit der versprochenen Anstellung bei einem Richter, mit jeder politischen Karriere im Umkreis. Jim betete seine Tochter an ...

»Ich habe doch gesagt, daß du mich nicht lieben mußt«, schnatterte Polly auf die gewohnte Weise. »Laß dich einfach von mir lieben. Ich verspreche dir auch, daß ich aufhöre, es mit den

Becker-Zwillingen zu tun. Und mit Mike Stapleton und allen anderen. Es ist nur noch für dich da.«

Herrimhimmel! Für mehr war sein Gehirn nicht mehr zu gebrauchen. Er wagte es nicht, sich vorzustellen, welche Spiele sie mit den Becker-Zwillingen gespielt haben mochte, die er öfter hier im Haus gesehen hatte, zwei magere Sechzehnjährige. Sie gingen oft mit Polly zum Reiten und zum Schlittschuhlaufen. Und dann? *Herrimhimmel!* Jim wußte nichts davon, nichts! Es wäre sein Tod gewesen. Was noch schlimmer war – er konnte auf die Idee verfallen, kein Wort zu glauben und seinen gesamten Zorn gegen Dan zu richten. Dan Copeland, der jungfräuliche, achtzehnjährige kleine Mädchen verdarb? Oh, Gott! Hier lag seine Zukunft. Sollte er sie wegen eines Mädchens über Bord werfen, das aussah wie Shirley Temple und sich benahm wie Mae West?

»Polly, Schätzchen. Sieh mal, ich bin – ich bin sehr froh, daß du mich liebst ... Nein, fang jetzt nicht wieder davon an. Ich will, daß du mir zuhörst. Eine Ehe ist etwas sehr Ernstes, verstehst du das nicht?« Sie nickte, und ihre großen, runden Augen glitzerten im Dunkeln. »Wir müssen genau darüber nachdenken. Und in der Zwischenzeit dürfen wir das nicht mehr tun!«

»Nicht mehr tun?« Ihre Stimme war ein einziges Schmollen.

»Nein. Das war falsch. Deshalb ist es ein Geheimnis, verstehst du? Wenn du mich liebst, tust du, was ich dir sage, Polly.«

»Okay, Dan. Ich liebe dich. Ich werde tun, was du sagst. Nicht mehr. Ab heute.« Kichernd warf sie ihren Körper auf seinen, wand sich auf ihm und biß ihn in den Hals. »Jetzt ist noch jetzt.«

»Nein, Polly.«

Sie flüsterte ihm ins Ohr: »Dann schreie ich eben, wirklich.« Als er abrupt aufhörte, sie von sich zu stoßen, spürte er ihre weichen, üppigen Lippen auf seinem Ohrläppchen, die sich zu einem Lächeln verzogen. »Gut. Jetzt bleibst du still liegen, und ich tue viele schöne Sachen, die Spaß machen.«

In den darauffolgenden Wochen gelang es ihm trotz aller Bemühungen nicht, die Erinnerung an diese Nacht aus seinem Gedächtnis zu streichen. Abwechselnd erschien es ihm unwirklich und alptraumhaft. Er hatte vor Angst fast den Verstand verloren – daß sie zu laut sein könnte, daß man sie entdecken würde, daß Jim außer sich geraten würde vor Wut – aber nichts von alledem hatte auch nur im mindesten die Erregung beeinträchtigt, die die laszive Nymphe in ihrem Bett bei ihm hervorgerufen hatte.

Sie für ihren Teil hielt sich an die Abmachungen. Wenn er sich im Haus ihres Vaters aufhielt, war sie ganz die alte Polly – ein lustiges kleines Mädchen, das ihn anbetete und anbetungswürdig war, und das sich an alle Anwesenden schmiegte und kuschelte und sie bezirzte. Wäre es denn überhaupt schlimm, mit ihr verheiratet zu sein? Erstens würde Jim sich freuen. Zweitens würde sie sich in der Öffentlichkeit gut machen. Drittens würde sie sich nirgends einmischen, weil es sie nicht interessierte, was vorging. Viertens würde sie nicht über die Art von Leben klagen, die er führte, denn sie war in einem Haushalt aufgewachsen, in dem Politik bei jedem Atemzug in der Luft hing. Es würde keine Auseinandersetzungen und keine Konflikte geben, wie sie – oh Gott, und wie es sie gegeben hatte! – mit Kit an der Tagesordnung gewesen waren. Schaden konnte es mit Gewißheit nicht, in die Familie Malverne einzuheiraten. Außerdem hatte er Kit unwiderruflich verloren, und so, wie er sie geliebt hatte, würde er ohnehin keinen Menschen mehr lieben. An Ermangelung – er grinste unwillkürlich bei dem Gedanken – eines reichen, erfüllten Sexuallebens würde er jedenfalls nie leiden. Warum also nicht?

Er fing an, Diskotheken und Wohltätigkeitsveranstaltungen mit ihr gemeinsam aufzusuchen, und schon bald galten sie als Paar. Eines Abends beim Tanzen flüsterte Polly ihm ins Ohr: »Ich habe meine Sache sehr gut gemacht, Dan, wie du es gesagt hast. Wann können wir es endlich wieder tun?«

Überrascht stellte er fest, daß schon diese Worte ihn erregten. Ohne sich etwas dabei zu denken, entgegnete er: »Erst, wenn wir verheiratet sind.« Sie quietschte vor Vergnügen, umarmte und küßte ihn, und es war geschehen. Das war es also. Das war die Zukunft.

Als er sich auf das Examen vorbereitete und seine gesamte Zeit in seiner Wohnung verbrachte, verwirrte es ihn natürlich ein wenig, daß er sie keineswegs vermißte. Nicht einmal körperlich. Zum Teufel damit! Jim hätte nicht glücklicher sein können. Polly hätte nicht glücklicher sein können. Er selbst war mit Gewißheit nicht *unglücklich.*

Benno hielt nichts davon, nicht das geringste. »Findest du nicht, daß sie etwas zu jung und zu naiv für dich ist?« sagte er, als er die Neuigkeiten vernahm. »Etwas zu – einfältig?« Dan sagte ihm, er solle sich um seine eigenen Angelegenheiten kümmern.

Aber Benno frotzelte weiter. »Hab mich heute abend mit deiner Verlobten unterhalten«, sagte er zum Beispiel. »Sie hatte viele interessante Bemerkungen über den monentanen Zustand ihrer Frisur zu machen.«

»Würdest du bitte den Mund halten? Polly ist keine Intellektuelle. So was kann ich nicht gebrauchen. Sie ist genau richtig.«

»Sie ist genau richtig? Ist nicht vielleicht ihr Alter genau richtig?«

»Verpiß dich, Benno.« Er schlug die Tür zu und rannte aus der Wohnung, um sich abzuregen. Als er zurückkam, redeten sie nicht mehr darüber.

Doch die Spannung zwischen den beiden wuchs, und als er – wie Big Jim versprochen hatte – den Posten bei Richter Cooper bekam, um den Benno sich ebenfalls beworben hatte, hatten sie eine gewaltige Auseinandersetzung, bei der Benno ihn verspottete, er heirate Polly um des Geldes und des Einflusses der Malvernes willen, und nicht wegen »ihrer beträchtlichen Reize, die ich an einer Hand mit einem Finger aufzählen könnte«. Danach sprachen sie kaum noch miteinander, und Benno war auch nicht bei der Hochzeit erschienen, obwohl er eingeladen worden war.

Als Serena Ende Mai aus Hampton zurückkam, nahm sie Dan zur Seite und fragte ihn: »Weswegen heiratest du Polly?«

»Ich weiß nicht, wovon du redest.« Ihm war unbehaglich zumute. Etwas Unversöhnliches ging von ihr aus, etwas Stahlhartes, und vielleicht sogar etwas Stahlscharfes. Mehr denn je war sie das getreue Abbild ihres Vaters, massig und kurzbeinig wie er, und ihr vorgerecktes Kinn zeugte von derselben Hartnäckigkeit.

»Du weißt, wovon ich spreche«, sagte sie. »Du weißt es sogar ganz genau. Ich hoffe nur, dir ist bewußt, auf was du dich einläßt.«

»Serena, ich glaube, darüber brauche ich mich mit dir nicht auseinanderzusetzen. Du bist, Gott sei Dank, nicht Pollys Mutter.«

Rote Flecken traten in ihr Gesicht. »Das glaubst du! Ich habe mich um sie gekümmert, auf sie aufgepaßt, praktisch ihr ganzes Leben lang. Ich habe bei ihr noch am ehesten eine Art Mutterrolle erfüllt. Ich kenne sie besser als jeder andere. Hör zu, Dan, sie ist hilflos, sie ist wie ein kleines Baby, sie ...«

Mit einer Handbewegung schnitt er ihre Worte ab. »Ich weiß gar nicht, warum du dich so aufregst. Ich werde mich um Polly kümmern, und es wird ihr gut gehen bei mir. So hilflos ist sie nun auch wieder nicht. Vielleicht etwas zu sorgsam behütet.«

Die durchsichtigen Augen sprühten Funken. »Du hast dich von Jim kaufen lassen und alles geschluckt. Dan, hör zu, du mußt mir zuhören . . .«

»Polly geht es gut. Es ist alles so schnell gegangen, daß du jetzt im ersten Moment schockiert bist. Aber du mußt wirklich aufhören, dir Sorgen zu machen. Der Termin steht fest.« Er lächelte und bemühte sich, die Situation zu entspannen. »Bald sind wir miteinander verwandt. Wir sollten uns nicht streiten.«

Bestürzt sah er, daß Tränen in ihre Augen stiegen. »Jim hat noch immer seinen Kopf durchgesetzt. Aber es wird dir noch leid tun. Das werdet ihr *alle* noch bedauern!«

Dan richtete sich auf und streckte sich. »Du und Serena, ihr habt beide versucht, es mir zu sagen, aber ich war zu verrannt, um euch zuzuhören.«

»Dann ist es dir so gegangen wie mir.« Benno lachte bitter.

Dan sah auf den Tennisplatz. »Sie war wahrhaft hilflos, Ben. Es war nicht die übliche weibliche Tour, die dazu dient, daß ein Mann sich groß und stark und überlegen fühlt. Etwas hat nicht – gestimmt. Ich glaube, Jim hat es wirklich nicht gewußt. Ich muß einfach glauben, daß er in ihr wirklich nur das etwas unreife, zu behütet aufgewachsene kleine Mädchen gesehen hat; daß er es nicht wußte. Er war Vater, Mentor und Verbündeter; er hätte mich nicht derart reingelegt.«

Er holte tief Atem. »Sie konnte nichts allein tun. Sich entscheiden, was sie anziehen sollte. Eine Mahlzeit auf den Tisch stellen. Die simpelsten Dinge haben sie ganz kribbelig gemacht. Aber – sie war schwanger, als sie gestorben ist. Hast du das gewußt?«

»Oh, Gott. Nein.«

»Eine Woche nach der Heirat wußte ich, daß ich einen entsetzlichen Fehler begangen hatte. Ich hatte nicht die Zeit, mich wirklich um sie zu kümmern. Man konnte sie nicht allein lassen! Wir hatten eine kleine Wohnung in der Stadt gemietet . . . Noch im selben Monat bin ich in Jims Haus gezogen. Es war die einzige Möglichkeit; dort gab es zumindest die Dienstboten.«

»Wenn du das alles gewußt hast«, sagte Benno, »warum hast du dann eine Schwangerschaft zugelassen?«

Dan lachte verbittert. »Sie hat vergessen, die Pille zu nehmen – natürlich hat sie es vergessen. Sie war gleich am Anfang schwanger.«

»So ein Schlamassel!«

»Ja, ein großer Schlamassel, und ich hatte ihn angerichtet. Ich hatte nur meine eigene Karriere im Auge. Ich schätze, ich *wollte* sie gar nicht so genau sehen, ich weiß es nicht. Jetzt stehe ich da, zehn Jahre nach dem Examen, und nach außen hin erwecke ich den Anschein, gut dazustehen. Aber wenn du alles zusammenrechnest, kommt dabei heraus, daß es die Frau, die ich geheiratet habe, nicht mehr gibt, die Frau, die ich will, nichts von mir wissen will und das Kind, das ich hätte haben können, noch vor seiner Geburt gestorben ist . . .«

Er unterbrach sich abrupt, als plötzlich eine laute Explosion die Luft erfüllte. Mit einem zusammenhangslosen Schrei warf sich Dan auf den Ziegelboden der Terrasse, schlang die Arme um den Kopf, und sein Herz hämmerte rasend. Dort lag er, erstarrt und ohne zu denken, während eine Hitzewelle nach der anderen ihn durchflutete.

Nach dem ersten Schock beugte sich Benno über ihn. »Ein Arzt!« schrie er. »Holt einen Arzt. Schnell!« In seiner Panik wußte er nicht, was er tun sollte und hob Dans Handgelenk, um den Puls zu fühlen. Als die letzte Silbe durch seine Lippen gedrungen war, stand ein halbes Dutzend Menschen um ihn herum, die auf der Terrasse umhergeschlendert waren. »Dan! Dan!« kreischte Ben. Er stieß Dan an die Schulter und war entgeistert, als der große, muskulöse Körper sich so leicht auf den Rücken rollen ließ. Wo war der Puls? Auf dem grauen blutleeren Gesicht seines Freundes glänzten Schweißperlen.

Dann zwinkerten die ausdruckslosen Augen, die ins Leere starrten, in Windeseile. Dan schüttelte den Kopf und versuchte aufzustehen. »He!« protestierte er. »Alles in Ordnung, alles in bester Ordnung. Was . . .? Keine Sorge. Ich bin gestolpert, das ist alles.« Seine Stimme war belegt, und über sein Gesicht rann Schweiß. Er mußte ohnmächtig gewesen sein.

Dan wünschte die vielen Gesichter, die sich besorgt über ihn beugten und ihn zu Boden drückten, weit fort. Was war passiert? Es war alles schneller gegangen, als er denken konnte. Zuerst war diese Explosion gewesen. *Gefahr!* Daher hatte er sich auf den Boden geworfen. Als er dort lag, hatte er die klebrige Nässe auf seinem Gesicht, seiner Brust und seinem Rücken gespürt, oh, Gott; in Gedanken ohnehin schon in der Vergangenheit, hatte er sie für Blut gehalten. Er war getroffen worden und verblutete. So belämmert er auch war, merkte er jetzt, daß es nur Schweiß war. Schweiß, sonst nichts. Die Waffe war nichts anderes als der

Anlasser eines PKWs oder eines Lastwagens gewesen, der die Ruhe des Abends in Hampton zerschnitten hatte.

»Ich bin Arzt.« Es war Jess Barrone, frei von seinem herzlichen Umgangston. »Alles zurücktreten. Hier gibt es nichts zu sehen.« Seine Augen waren die ganze Zeit über angespannt auf Dans Gesicht gerichtet, und ohne seinen Blick abzuwenden, rief er: »Linda! Meine Tasche!« und schnippte ungeduldig mit den Fingern. Im Hintergrund gab es einen gewissen Trubel, und dann tauchte aus dem Nichts eine bleiche, nervöse Linda Barrone mit einem kleinen schwarzen Lederkoffer auf. Barrone riß ihn ihr knurrend aus der Hand, ohne weiter auf sie zu achten, obwohl sie unschlüssig stehenblieb und jede seiner Bewegungen beobachtete. »Du hast dir das Kinn aufgeschlagen«, sagte er kurz angebunden und wischte mit einem antiseptischen Mittel Dans Gesicht ab. Seine Hände waren überraschend zart und gewandt. Erst das Beißen des Alkohols machte Dan bewußt, daß er wirklich verletzt war. Er mußte sich wirklich hart auf den Steinboden geworfen haben – komisch, daß ein Adrenalinstoß jedes Gefühl von Schmerz abblockte.

Barrone war fertig. Er ließ die Tasche zuschnappen und drückte sie seiner Frau in die ausgestreckte Hand, ohne sie anzusehen. Wieder schien sie sich wie ein Geist in der Luft aufzulösen und lautlos zu verschwinden. Während er sich die Hände an einem überdimensionalen Taschentuch abwischte, lachte der Arzt herzlich auf. »Nun, Copeland, ich muß feststellen, daß du immer noch den Dreh draufhast, Unannehmlichkeiten anzuziehen.«

Benno ballte seine Fäuste. »Hau ab, Barrone.«

»Nimm's leicht«, warf Dan ein. »Er wollte nichts Böses damit aussagen. Ich bin froh, daß du hier warst, Barrone. Danke, daß du so schnell gekommen bist.«

»Warte, bis du meine Rechnung kriegst, ha, ha!« Er reagierte auf Bennos Wink, zog sich zurück und fragte lautstark, ob ihm jemand einen Martini holen könnte.

Sobald der Arzt außer Hörweite war, klatschte Dan seinem Freund lachend auf den Arm. »Akkardijian kommt zu meiner Rettung! Ganz wie in alten Zeiten, Ben. Ich hatte vergessen, wie angenehm es war, dich immer direkt hinter mir zu wissen . . .«

»Was zum Teufel ist passiert? Wer ist denn hinter dir her? Jesus, es war nur eine Fehlzündung.«

»Na, komm schon. Erinnerst du dich nicht mehr an unsere Zeiten als Zimmergenossen?«

»Klar. Die Alpträume, die nächtlichen Schweißausbrüche, das Schreien und Kreischen. Wer zum Teufel könnte so was vergessen? Aber – in den letzten drei Jahren, während des Jurastudiums, ist es nicht mehr vorgekommen. Ich habe wohl gedacht, es sei aus mit diesen Träumen.«

»So war es auch«, sagte Dan. »Verdammt noch mal, es war so. Es ist das erste Mal seit – mein Gott, ich weiß nicht, seit wie vielen Jahren, daß ich diese Nummer hinlege. Frag *mich* nicht, was passiert ist. Es kommt einfach über mich. Vielleicht kommt es von diesem Schwelgen in der Vergangenheit ...« Seine Stimme versagte.

Schnell verkündete Ben: »Kumpel, was wir jetzt beide brauchen, ist ein gepfefferter Drink. Du wartest hier, und ich hole uns was von drinnen.«

Dan lehnte sich wieder an die Balustrade. Innerlich zitterte er noch, aber das hätte er niemandem gegenüber zugegeben. Auf die Weise konnte man sein Image nicht lange aufrechterhalten. »Dan, die Dampfwalze«, hatten sie ihn in den unteren Semestern genannt, und sie hatten recht gehabt. Er war auf viele Zehen getreten, ob politisch oder emotionell, hatte vieles plattgewalzt, ob Mann oder Frau. Herr im Himmel, die Mädchen ... Er hatte Kitty geliebt, aber deshalb hatte er noch lange nicht wie ein Mönch gelebt. Häufig hatte es Nächte gegeben, in denen er ein Handtuch über die Klinke gehängt hatte, damit Ben wußte, daß eine Frau bei ihm war. Viele Mädchen hatten nur darauf gewartet, sich von dem Star des Campus flachlegen zu lassen. In der Nacht nach der ersten großen Demonstration 1967, in der Nacht, in der er Kitty für sich beansprucht hatte, war er nach Hause gekommen und hatte ein nacktes Mädchen in seinem Bett vorgefunden. Er hatte sie nicht vor die Tür gesetzt, nein, zum Teufel. Es war sogar wunderbar gewesen. Doch seine wahren Gefühle hatte er sich immer für Kitty bewahrt, die nichts von ihm wissen wollte ...

Ben erschien mit zwei Gläsern in der Tür, und Dan streckte begierig die Hand nach dem Whiskey aus. Erst wollte er ihn austrinken, damit seine Knie nicht mehr zitterten, und dann würde er nach oben gehen und sich umziehen.

Die Korridore im oberen Stockwerk waren nur schwach beleuchtet und völlig menschenleer – fast gespenstisch, dachte Dan, ohne den Lärm und den Trubel der Studenten, die normalerweise hier wohnten. Der Boden knarrte unter seinen Schuhen; sein langer

Schatten floh stumm vor ihm her. Ihm war wesentlich unbehaglicher, als er sich eingestehen wollte. Der Kratzer an seinem Kinn pochte, und er spürte immer noch die Panik, die ihn während der einen schrecklichen Sekunde ergriffen hatte, als er sicher geglaubt hatte, auf ihn würde geschossen. Er versuchte, über sich selbst zu lachen. Vietnam ist schon gar nicht mehr wahr, redete er sich ein, aber das Unbehagen wich nicht von ihm. Die tiefe Stille gefiel ihm nicht, und er mußte sich zwingen, nicht über die Schulter zurückzusehen. Komm schon, Typ, sagte er zu sich selbst. Du bist nur hier, um ein frisches Hemd anzuziehen. Mach keine Kriegsgeschichte daraus.

Dann stockte sein Atem, als er einen anderen Schatten entdeckte, die Verzerrung einer menschlichen Gestalt. Wurde er verfolgt? Warum? Jemand stieg leise auf dem Teppich hinter ihm die Stufen hinauf. Eilig drückte sich Dan in eine Nische am oberen Treppenabsatz und wartete kaum atmend, bis der Schatten um die Ecke gebogen war.

Die leisen Tritte kamen immer näher, und der Schatten an der gegenüberliegenden Wand wurde immer länger und seltsamer. Er hörte den leichten Atem der Gestalt, die direkt an ihm vorbeiging. Mit einem leisen Knurren sprang er aus der Nische, schloß die Arme fest um ihren Oberkörper und drückte zu. Er hörte einen kurzen Aufschrei, der gleich erstickt wurde.

Der Körper, den er so fest umschlungen hielt, war klein, warm, weich und angenehm . . . »Kitty!« keuchte er und ließ sie los.

Bebend flüsterte sie: »D-Dan?«

Sanft legte er die Hände auf ihre Schultern und drehte ihr Gesicht zu sich um. »Oh, Kit! Hab keine Angst. Ich hatte keine Ahnung, daß du es bist – ich dachte . . .« Er zog sie näher an sich.

Kitty schlang die Arme um ihn und begrub ihren Kopf an seiner Schulter.

»Ich habe mir solche Sorgen gemacht, Dan.« Die Stimme war erstickt. »Ich habe nicht gewagt, es zu zeigen oder etwas zu sagen. Du hast dort gelegen – so still. Und du warst so weiß, als du die Treppe hinaufgegangen bist, daß mir ganz gleich war, was die anderen denken – ich mußte dich sehen!«

Er legte sanft einen Finger unter ihr Kinn, zog ihr Gesicht nach oben und sah ihr angespannt in die Augen. Sie glänzten vor Tränen, die sie nicht vergossen hatte, und während er hinsah, lief eine Träne die blasse Wange hinunter und hinterließ eine schwache glitzernde Spur.

»Nicht weinen, Kitty. Es war nichts weiter. Es tut mir leid, daß ich dich erschreckt habe. Ich bin wohl ein wenig nervös. Aber es ist alles in Ordnung.«

»Es ist nicht alles in Ordnung. Es ist ein einziges Chaos. Siehst du es denn nicht? Mein Leben war säuberlich geordnet, alles geplant, alles geregelt. Und dann trittst du wieder in mein Leben und . . .« Sie unterbrach sich mit zitternden Lippen.

Plötzlich verschlug es ihm den Atem, und sein Herz pochte qualvoll. »Ja, Kitty? *Und?*« Er packte sie fester. Sie wimmerte, aber sie zuckte nicht zurück, und selbst im Halbdunkel sah er den Smaragdschimmer, der ihren Blick veränderte. Unter seinem ungeduldigen Zugriff bebte ihr Körper wie von einem inneren Sturm geschüttelt. »Und?« fragte er beharrlich, und seine Stimme war leicht heiser.

Zögernd rang sie nach Luft. Dann platzte sie heraus: »Oh, Gott, Dan, die vergeudeten Jahre, all diese vergeudeten Jahre!« Sie klammerte sich an ihm fest, stellte sich auf die Zehen und zog seinen Kopf auf ihren Mund herunter.

Er spürte keinen Schmerz mehr. Jede Logik verließ ihn. Sie liebte ihn! Sie war zu ihm gekommen! Die lange Schlacht war vorüber, und dies sollte sein süßer Triumph sein! Er preßte sie an sich, nahm nichts wahr außer ihr. Gierig erforschte sein Mund ihre warmen Lippen, die sanfte Biegung ihres Nackens, die zarte Haut ihrer Lider und kostete ihren süßen Geschmack aus, das Versprechen in ihrem bebenden Seufzer. Der Sog seines eigenen heißen, wogenden Blutes schwirrte in seinen Ohren, als seine Hand die weichen, nachgiebigen Geheimnisse ihres Körpers suchte und sie sich aufgab und an ihn sinken ließ. Er verging vor Verlangen, und all seine Sinne strudelten nur noch um sie, Kitty, Kitty, Kitty.

Aus weiter Ferne spürte er ihr Flüstern an ihrem Hals. »Mein Geliebter, mein Geliebter.« Er schlang einen Arm um ihre schlanke Taille und trug sie den Gang entlang.

»Kitty! Oh, juhu! Kit Harris!« Der schrille Sopran hallte durch das Treppenhaus und kam mit jedem Wort näher. »Oh, Mrs. Whitney Harris. Kitty!«

Vom Blitz getroffen, lösten sich die beiden voneinander und starrten mit glasigen, leeren Blicken in den Gang. Dann brach Kitty in ein unkontrolliertes Kichern aus. »Oh, nein!« stöhnte sie. »Das nicht!« Sie kicherte noch mehr.

Dan schüttelte sie. »Psst. Wer zum Teufel ist das?«

»Wer wohl, Dan, Liebling? Courtney.«

»Verflucht!«

»Ja, verflucht. Oh, mein Liebster, sieh mich nicht so untröstlich an. Später – später.« Sie formte einen Kuß mit ihren Lippen.

Im nächsten Moment erschien Courtney auf dem oberen Treppenabsatz, legte die Hand über die Augen, als schaue sie in grelles Licht und spähte in den Korridor. »Oh, *da* bist du«, sprudelte sie hervor und eilte auf Kitty zu. »Ist alles in Ordnung? Buffy hat gesagt, sie hätte gesehen, wie du die Treppe hinaufgegangen bist – weiß wie ein Leintuch, hat Buffy gesagt – und ich dachte, du müßtest dich vielleicht übergeben. Ich meine, unten sind alle schon betrunken, aber« – sie kam auf die beiden zu und kniff die Augen zusammen, um Kitty einer genauen Musterung zu unterziehen – »du siehst gar nicht so aus, als seist du betrunken.«

»Bin ich auch nicht«, sagte Kitty. »Mir war nur zu warm. Ich wollte mir etwas Leichteres anziehen.«

»So siehst du auch aus. Dir ist wirklich zu warm«, sagte Courtney strahlend. »Ich gehe mit, und dann können wir einen Schwatz abhalten – über die Kinder und solche Sachen. Aber du mußt anschließend wieder nach unten kommen, Kitty. Es fragen schon alle nach dir. Eil dich, unten wird es gleich lustig.«

»Dan«, sagte Kitty, und auf ihren Lippen spielte ein Lächeln, »ich will nicht den ganzen Spaß verpassen. Was ist mit dir?«

»Ich auch nicht«, stimmte er feierlich zu. »Ich werde mich auch umziehen.«

Courtney stieß einen spitzen Schrei aus. »Oh, wie peinlich. Ich habe ganz vergessen, dich zu fragen, wie es dir geht, Dan.«

»Keine Sorge, ich hoffe die anderen haben es auch vergessen, wenn wir wieder nach unten kommen.«

Als Dan herunterkam, saß Kitty mit verzerrtem Lächeln auf dem Gesicht oben auf dem Klavier. Jay Schulman spielte, und zehn Männer standen betrunken grölend um sie herum. Sie wurde als »Die Süße von Sigma Chi« gefeiert. Er wußte, wie sehr sie es haßte, im Mittelpunkt zu stehen. Für den Bruchteil einer Sekunde fragte er sich, wie sie sich als Gattin eines Politikers machen würde. Sie sehnte sich nach Zurückgezogenheit und wäre absolut dazu in der Lage gewesen, sich zu weigern, neben ihm auf dem Rednerpodium zu erscheinen. Doch gerade ihre Verschlossenheit war es, die sie so schrecklich begehrenswert machte, so außergewöhnlich aufregend. Wenn eine Frau, die sich so sehr absonderte wie Kitty, sich öffnete – in allen Bedeutungen dieses Wortes – dann war dies ein ganz besonderes Geschenk. All diese verborgene Leidenschaft, für einen allein! Jetzt zählte nur, daß sie seine wahre Liebe war, daß sie ihm gehörte, und daß endlich der Zeitpunkt gekommen war, sie für sich zu beanspruchen. Zum Teufel mit idiotischen Details. Sie war jede Schwierigkeit wert.

Dan war erst wenige Schritte auf sie zugegangen, als er auf übelste Weise von einem betrunkenen Bill O'Hara angepöbelt wurde, der ihn als rothaarigen Teufel beschimpfte, ihn am Arm packte und ihm vorwarf, ihn nahezu ruiniert zu haben.

Eine große, gertenschlanke Gestalt, die in etwas Silbriges gehüllt war, kam mit großen Augen herbeigerannt.

»Bill O'Hara! Was geht hier vor? Kann man dich denn keine Minute allein lassen?«

»Lee Rivers! Das darf doch nicht wahr sein!«

»Himmel noch mal – Dan Copeland!« Lee lachte. »Steck einen Iren mit jemandem in einen Raum – ganz gleich, mit wem – und er fängt die irische Rebellion noch einmal von vorne an.«

»Du weißt verdammt genau...«, setzte O'Hara grob an.

Sie legte ihm einen Finger auf die Lippen und sagte im Scherz: »Lieber kämpfen als Spaß haben, Junge?« Chamäleonartig schlug sein Gesichtsausdruck vom Kriegerischen in die reine Wollust um. Dan erschien er unglaublich roh; doch ein Blick auf Lee sagte ihm, daß sie es zu mögen schien.

Als die beiden gingen, warf Lee Dan über die Schulter einen scharfen Blick zu, den er nicht deuten konnte, und ihre Lippen formten tonlos: »Bis später.«

Dan sah ihnen noch lange nach. Lee hatte sich großartig herausgemacht, aber er verstand beim besten Willen nicht, was sie mit diesem ausgelaugten Schurken mit seiner abgedroschenen Masche im Sinne hatte. Hatte sie denn in all diesen Jahren nichts dazugelernt? Er mußte lachen: Das mußt ausgerechnet du sagen, Dan Copeland?

Benno hatte den Vorfall aus dem Hintergrund beobachtet. Als Lee Rivers aufgetaucht war, hatte sein Herz begonnen, heftig zu schlagen. Er hatte sie nie gemocht und sie früher auch nie attraktiv gefunden, und dennoch hatte er sich ausgemalt, ihr zu gefallen, mit ihr zu schlafen, ohne daß sie je erfahren hätte, daß es für ihn das erste Mal war. Heute wäre es sicher lustig, ihr zu erzählen, wie recht sie mit ihren Sticheleien gegen seine Unerfahrenheit gehabt hatte. Aber als er sah, wie O'Hara seine Hand auf ihren Hintern legte, war er – enttäuscht gewesen, verärgert. Er hatte das Gefühl, Lee heute abend als erster entdeckt zu haben, und er hatte geglaubt, seine Anwesenheit habe ihr zugesagt. Und jetzt verschwand sie mit diesem schmierigen alten Ekel in die dunkle Nacht.

Als Copeland näher kam, ging Ben ihm entgegen und fragte: »Was macht sie denn mit *dem?*«

Dan lachte. »Was interessiert dich das? Aber wenn du es unbedingt wissen willst: Sie war im Jahr vor dem Examen seine kleine Gespielin – also hör mal, Ben, das hast du doch gewußt! Moment mal, ich glaube, ich habe es auch erst erfahren, als es schon aus war.« Einen Moment lang sah er ihren kräftigen, weichen Körper vor sich, nachdem er sie in jener Nacht zu O'Haras Wohnung gefahren hatte und der Ire ausgeflogen war. Ah, diese angenehme Wärme, die keine Fragen stellte und nichts forderte! Sie hatten beide viel getrunken, und seine Erinnerung war umnebelt, aber daß es Spaß gemacht hatte, wußte er noch. Es war nicht ihr Fehler, daß sie nicht Kitty war; aber er hatte sich im Nachhinein nicht so schäbig und niedergeschlagen gefühlt wie bei den anderen, nur einfach ruhiger und besser.

Fast hätte er es Benno gegenüber erwähnt, doch dann dachte er: Nein, lieber nicht. Stattdessen sagte er: »Alle versuchen, das Jahr 70 wieder aufleben zu lassen. Mach mit, Ben.«

Dan beschloß, Kitty aus ihrer Lage zu erlösen. Sie sah ihn maßlos dankbar an, als er seine Arme nach ihr ausstreckte. Sie lächelte kühl. Es erstaunte ihn immer wieder, wie vollkommen sie ihre wirklichen Gefühle hinter einer Maske verbergen konnte. Jeder, der sie sah, hätte sie für eine hübsche junge Frau gehalten, die nett zu einem alten Freund war, der sie nicht näher interessierte. Er war sicher, daß niemand außer ihm bemerkte, wie unkontrollierbar ihr Puls in ihrer Kehle flatterte.

Sie glauben, daß niemand sie sehen kann, aber ich sehe alles. Sie halten sich für so gescheit, aber ich bin gescheiter. Man muß sie nur ansehen, wie sie sich aneinander reiben wie brünstige Tiere. Wie ekelhaft!

Serena stand allein im Hintergrund, halb hinter einem Vorhang verborgen. Von ihrem günstigen Standpunkt aus konnte sie alles beobachten, was sich in der Nähe des Klaviers abspielte. Dagegen würde sie hier hinten von niemandem bemerkt werden. Bisher hatte sie den ganzen Abend über noch niemand bemerkt. Ich bin ihnen allen überlegen, dachte sie. Sie hatte ein Abendkleid angezogen und war mit einer großen Gruppe hereinspaziert, direkt an den Empfangstischen vorbei, und niemand hatte ein Wort gesagt. Alle waren zu sehr damit beschäftigt, zu kreischen, zu schwatzen und zu trinken. Sie würde als einzige einen klaren Kopf behalten. Sie hatte viel zu tun. Ein Schluck Gin, ehe sie die Wohnung verlassen hatte, aber das war auch schon alles, ganz gleich, wie sehr sie sich nach mehr sehnte.

Bis auf zehn Minuten hatte sie Dan Copeland ununterbrochen im Auge gehabt. Sie hatte ihn aus den Augen verloren, als er nach oben gegangen war. Sie hatte ihm nachgehen wollen, aber diese blonde Schlampe war ihr zuvorgekommen.

Sie starrte die große, breitschultrige Gestalt mit dem gut geschnittenen kupfernen Haar an. Oh, warum konnte er mich nicht heiraten? Dann wäre alles gut ausgegangen. Dieser dumme Mann! Warum hatte er es nicht selbst gesehen? Warum hatte er nicht zugehört?

Sie gab sich selbst die Antwort. Weil er schlecht ist. Er hat meinen Vater gegen mich aufgebracht und meine Schwester und ihr Baby ermordet. Wenn das kein Beweis dafür war, daß er schlecht war, wußte sie nicht, was sonst.

Serena stieß einen schweren Seufzer aus. Er war wirklich ein unglaublich gut aussehender Mann . . . Es war eine Schande, daß er Strafe verdiente.

9

Treffen: Lee und O'Hara

Lee und O'Hara schritten langsam durch die letzten rotgoldenen Strahlen der untergehenden Sonne. Der Abendfrieden hatte seine kriegerischen Stimmen besänftigt. Er zitierte Lyrik, und sie lauschte zufrieden, den Kopf an seiner Schulter. Als er sie an sich ziehen wollte, lief ein Schauder durch ihr Rückgrat. »Warum bleiben wir stehen und vergeuden *hier* unsere Zeit, O'Hara?« Er kicherte deftig. »Hab ich es doch gewußt!« gurrte er. »Noch so heißblütig wie eh und je.«

»Falsch, O'Hara.« Sie mußte über sein konsterniertes Gesicht lachen. »Mehr denn je.«

»Jesus, Maria und Joseph, es wird alles wahr.« In seiner Stimme schwang Triumph mit.

Eine Sekunde lang wurde ihr kalt. »Was wird alles wahr? Ist das alles ein abgekartetes Spiel?«

Er legte einen Arm um ihre Schulter und drängte sie vorwärts. »Selbstverständlich, Mädchen. Seit ich dich heute wiedergesehen habe, konnte ich an nichts anderes mehr denken, als mit dir zu schlafen.« Er senkte die Stimme. »Hast du etwa geglaubt, ich hätte meine süße Zigeunerin vergessen können?«

»Ich habe dich mit Sicherheit nie vergessen.«

»Du bist eine wunderbare Frau.« Er drückte ihren Arm, und sie schmiegte sich dichter an ihn, während sie dahinschlenderten. Es ist alles klar, dachte Lee, sogar noch besser, einfach perfekt. Die Sonne versank hinter den Hügeln, und vereinzelte Sterne blinkten durch die Silhouetten der Bäume. »Oh, Bill«, rief sie aus, »es ist ...«

»Psst«, zischte er, nahm seine Hand von ihrer Schulter und entfernte sich einen Schritt von ihr.

»Was ...?«

»Gütiger Himmel, sei bitte still, und geh einfach weiter.« Er schritt weit aus, wirkte plötzlich sehr geschäftig, und sie hatte keine andere Wahl, als hinter ihm herzutrotten oder wie eine Idiotin mitten auf dem Weg stehenzubleiben. Sie ging weiter. Dann erkannte sie die Ursache seines seltsamen Verhaltens.

Drei Mädchen kamen kichernd und plappernd auf sie zu. Schon im ersten Moment erkannte Lee, daß die beiden Mädchen, die außen gingen, das große, schwerfällige Mädchen in der Mitte neckten. Sie stießen sie in die Rippen, aber ihre Blicke waren auf O'Hara gerichtet.

Dem Mädchen in der Mitte war äußerst unwohl zumute; ihre Blicke wanderten zu O'Hara und lösten sich nervös wieder von ihm. Als sie an ihr vorbeigingen – mit O'Hara hatten sie kein Wort gewechselt – schnappte Lee deutlich ein gequältes Flüstern auf: »... könnte sterben! Er denkt, ihr wißt es nicht.«

O'Hara ging weiter, als sei nichts geschehen. Lee spürte einen Eiseshauch an ihrem Herzen. Sie sagte O'Hara in lockerem Ton auf den Kopf zu, sie habe gerade sein momentanes Verhältnis gesehen. Er versuchte es zu leugnen, versprach sich und sagte schließlich: »Ich war gut für sie, habe ihr Selbstbewußtsein gegeben. Ich – jetzt hör mal, meine Liebe, du hast doch nicht erwartet, daß ich die letzten zehn Jahre gelebt habe wie ein Mönch?«

»Du schreist, O'Hara.« Sie war über ihre Selbstkontrolle verblüfft. »Ich habe gar nichts erwartet. Ich habe lediglich am Rande bemerkt, das sei wohl das Mädchen, mit dem du zur Zeit schläfst.«

Er blieb stehen und hielt sich wie ein ungezogener kleiner Junge die Hände vors Gesicht. »Es war so schön«, sagte er mit gedämpfter Stimme, »so perfekt – du, der Abend, der Sonnenuntergang, die Glocken. Ich wollte nicht, daß irgendein Firlefanz unseren Zauber zerbricht. Sag, daß du deinem O'Hara seine Verirrungen vergibst.«

Lee betrachtete ihn lächelnd. Dieser verlogene Schauspieler! Das Anziehende an seinen Lügen, das Liebenswerte an ihm war, daß er wirklich an jedes Wort glaubte, das er äußerte, wie unwahr es auch sein mochte. Es war wirklich alles gewesen, was er gesagt hatte: wundervoll und zauberhaft, voller Magie. Vielleicht ließ sich der Zauber noch einmal einfangen.

»Wir sind ohnehin gleich da«, sagte sie mehr zu sich selbst als zu ihm.

Es war ein seltsames Gefühl, nach so langer Zeit wieder durch diese Tür zu treten. Alles war ihr so vertraut, obwohl die Zimmer wesentlich kleiner waren, als sie sie in Erinnerung hatte. Derselbe alte Orientteppich und der Sprung in der Wand an der richtigen Stelle ... Eine kleine Lampe brannte auf dem Schreibtisch, ganz wie früher.

Er hatte kaum die Tür hinter ihnen geschlossen, als er schon grob seine Arme um sie legte. Sein Mund senkte sich gierig auf ihre Lippen, die Zunge suchte und forschte, während er seine Lenden unbarmherzig an ihr rieb. Sie hatte das Gefühl, innerlich dahinzuschmelzen wie Eiscreme in der Sonne, und sie war dankbar für den eisernen Druck seiner Arme, die sie stützten.

Ohne seine Zärtlichkeiten zu unterbrechen, führte er sie zum Kamin, ließ sie zärtlich auf dem Fell nieder und zog ihre Tunika von ihren Schultern, um die zarte Haut auf ihrem Schlüsselbein und ihren Brüsten zu küssen. Sie hatte die Augen halb geschlossen und kostete die Empfindungen aus, die er so fachmännisch hervorrief. Ziemlich genau jetzt, dachte sie träge, würde er erst sich und dann sie ausziehen.

O'Hara lehnte sich zurück und hockte sich auf seine Fersen, schüttelte beiläufig sein Jackett ab, zog geschwind den Pullover über den Kopf und warf ihn achtlos hinter sich. Dann beugte er sich wieder zu ihr herunter. Sie hob erwartungsvoll die

Arme in die Luft und wartete darauf, von ihm ausgezogen zu werden.

Aber er tat es nicht. Sie öffnete ein Auge. Was war los mit ihm? Schnaubend zog er sich auf die Füße und lief durchs Zimmer.

»Wohin gehst du, O'Hara?«

»Ich habe den Wein vergessen. Er ist schon kaltgestellt.«

»Wein!« Wozu brauchen wir Wein? fragte sie sich. Wieso hörte er unvermittelt auf, um ein blödes Glas Wein zu holen? Es war, als habe er Regieanweisungen für diesen Abend, an die er sich exakt zu halten hatte. Sie fragte sich, wieweit seine Zärtlichkeiten ihr galten und wieweit sie zu seiner Rolle gehörten. Ein Schauer durchzuckte sie. Sie setzte sich auf, als er zurückkam, in jeder Hand ein gefülltes Glas.

»Ah, Lee«, sagte er mit sanfter Stimme, »liebreizendes Weib mit weißerer Brust als ein schneebedeckter Zweig.«

»Du bist in der Zeile verrutscht, O'Hara. Im allgemeinen hebst du dir diesen Satz auf, bis das Mädchen von der Taille aufwärts entkleidet ist.«

»Lee! Geliebtes Mädchen! Was um Himmels willen willst du damit sagen?« Er hielt ihr ein Glas hin. Sie nahm es nicht.

»Ich will damit sagen«, sagte sie und zog sich auf die Füße, »daß deine Rolle zu einstudiert wirkt. Ich komme mir vor, als sei ich in den ersten Akt eines Bühnenstücks geraten, das ich schon von vor zehn Jahren kenne.« Sie ging zum Plattenspieler hinüber, einem neueren, kostspieligeren Modell als dem, auf dem er vor all diesen Jahren Zigeunermusik gespielt hatte.

Auf dem Plattenteller lag eine Platte, jederzeit spielbereit. Sie beugte sich hinunter, um nachzusehen, was es war, und es war das, womit sie schon fast gerechnet hatte: die alte Platte von Theo Bikel, auf der er die Lieder russischer Zigeuner sang, und über das erste Stück zog sich der vertraute Kratzer.

»Für wen ist diese Zigeunermusik gedacht?« fragte Lee mit zusammengekniffenen Lippen. »Für dein Zigeunerliebchen aus früheren Zeiten – oder für das, was du inzwischen aufgegabelt hast?«

Er hielt die Weingläser immer noch in der Hand, als könne er sich an ihnen festhalten. »Natürlich für dich. Niemand sonst war jemals meine dunkle Zigeunerin. Ich habe die Platte nur für dich aufgelegt. Komm, nimm dein Glas – es ist der Chablis, den du immer so gern mochtest – und setz dich mit mir auf den Kaminvorleger. Ich stelle den Plattenspieler an, und wir werden uns zu dieser Musik lieben wie früher.«

»Ach wirklich? Du hast mich also erwartet?«

»Tja, ich – ich hatte gehofft, daß du zu mir kommst, als ich deinen Namen auf der Liste gelesen habe...«

Sie stützte sich die Hände auf die Hüften und sah ihn kampflustig an. »Ach wirklich. Wie interessant. Du hast dich doch *so* überrascht gestellt, als du mich drüben gesehen hast. Ich hatte sogar den Eindruck, daß du im ersten Moment gar nicht wußtest, wo du mich hinstecken sollst, oder willst du das leugnen? Gib das Spiel auf, O'Hara. Mein Bild hängt im Schaufenster des Plattenladens von Hampton und beim Studentenverband und in der Buchhandlung aus. Zwei Wochen lang war der gesamte Campus mit meinem Gesicht tapeziert.«

Seine Lippen bewegten sich, aber kein Wort kam heraus. Er starrte sie an, sein Gesicht lief rot an, und dann schaute er in panischem Entsetzen von einem Weinglas zum anderen, als könne er sich dort Rat holen. Es war einfach lachhaft.

»Hast du Probleme, O'Hara? Habe ich dich aus dem Konzept gebracht?« Er kam ihr plötzlich vor wie ein Fisch auf dem Trockenen, der nach Luft schnappte. In ihrer Vorstellung sah sie so deutlich eine bestimmte irische Fischsorte vor sich, daß sie völlig unbeherrscht loslachen mußte.

Etwas spritzte in ihr Gesicht und tröpfelte über ihren Hals und ihre Schultern. Es war Wein. Sie konnte es riechen. Dieser blöde Hammel hatte ein volles Weinglas nach ihr geworfen!

»Von allen kindischen...«, setzte sie an, doch er unterbrach sie, und seine Stimme bebte vor Zorn.

»Du wagst es, mich auszulachen! Wenn sich hier jemand lächerlich macht, dann du. Du spielst dich als Star auf und bist doch in Wirklichkeit nur eine südländische Hure aus den New Yorker Slums!«

Einen Moment lang starrte sie ihn sprachlos an. Dann stieg der Zorn wie Galle aus ihrem Magen auf. »Eine südländische Hure bin ich also? Zumindest bin ich das, was ich wirklich bin – und nicht die Verkörperung einer Klischeevorstellung, die man sich von den Iren macht. Du mit deinem irischen Akzent! Zufällig weiß ich, daß du deine allererste Reise nach Irland unternommen hast, als du damals im Frühling vor mir weggelaufen bist.«

»Das ist eine Lüge!«

Sie lächelte gelassen. »Nein, es ist keine Lüge. Ich weiß es. Du hast doch nicht etwa geglaubt, ich hätte einfach vergessen, daß man mich sitzenläßt? Ich habe mir die Mühe gemacht, einiges über dich herauszufinden. Wie zum Beispiel die Ehefrau in Missouri, von der du bis heute nicht geschieden bist.«

»Du verkommene Hure! Du rachsüchtige, gehässige Nutte!« Er war purpurrot angelaufen und bebte vor Wut.

»Oh. Und dabei dachte ich, ich sei weitaus bezaubernder als jede Rose, die je im alten Tralee geblüht hat«, sagte sie zynisch. Sie wäre gern gegangen, aber sie fürchtete sich. Um zur Tür zu kommen, mußte sie direkt an ihm vorbeigehen, und in seinen Augen stand Mordlust.

»Dir kann völlig gleich sein, wer oder was ich bin. Ich weiß nur zu genau, warum du deine erste goldene Schallplatte für ›Bill‹ bekommen hast. Ich weiß, warum du dieses Lied mit so viel Gefühl gesungen hast. Damals warst du vor Liebe völlig verrückt auf mich. Tatsache ist außerdem, daß du auch heute abend bereit warst, auf der Stelle mit mir ins Bett zu springen.« Seine Lippen kräuselten sich. »Eine weitere Tatsache, Miß Superstar, ist, daß ich einen Moment lang befürchtet habe, du wolltest dich gleich drüben im Aufenthaltsraum auf mich stürzen.«

»Du bist so sehr in dich selbst verliebt, daß du dir einbildest, jede Frau sei jederzeit für dich zu haben.«

Seine Stimme ging in einen schmeichlerischen Singsang über. »Das sind sie auch, Mädchen, das sind sie. Soll ich dir von meiner neuesten Errungenschaft erzählen? Du hast recht gehabt, es ist das rubeneske Kind, das uns vorhin entgegengekommen ist... Sie erinnert mich an dich, breite Hüften, große Brüste und immer scharf... Weißt du, ich kann mich gut an das hausbackene, übergewichtige Mädchen erinnern, das so dankbar war, wenn man es ihm regelmäßig besorgt hat. Du hast nur sechs Minuten von dem Wohnheim bis hierher gebraucht, und das ist ein Rekord. *Dich* mußte ich nie ausziehen, du warst schon halb ausgezogen, wenn ich die Tür geöffnet habe.«

Lee war zu einem Eisblock erstarrt; sie war unfähig, sich von der Stelle zu rühren oder auch nur ihre Blicke von seinem weichen schwammigen Mund zu lösen. Ihr Schädel brummte. War das die Realität? War sie für ihre große Liebe nur ein hausbackenes, übergewichtiges Mädchen gewesen, das dankbar war für ein regelmäßiges Sexualleben?

Er redete immer weiter. Lee hielt die Tränen der Enttäuschung zurück und zwang sich, sich abzuwenden. Sie hörte dem Wortschwall, der sich aus ihm ergoß, nicht mehr zu. Sie hatte genug häßliche Dinge gehört. Sie wollte nur noch fort, weit fort, um den Klang seiner Stimme nicht mehr hören zu müssen. Rasend schnell drückte sie sich an ihm vorbei zur Wohnungstür. O'Hara stand direkt hinter ihr und redete immer noch wie ein Wasserfall. Als sie die Tür öffnen wollte, lehnte er sich mit einer Hand dagegen und ließ sie nicht vorbei.

»Warte, so warte doch. Geh nicht, Lee. Du darfst nicht weggehen.«

Sie schluckte schwer. »Weg da!« krächzte sie.

»Lee, du weißt doch, daß ich das alles nicht so gemeint habe. Du kennst mich doch – je mehr ich mir aus jemandem mache, desto grausamer werde ich, wenn man mich zurückweist. Du kannst dich bestimmt daran erinnern. In Wirklichkeit willst du gar nicht gehen. Ah, wir haben doch solche Nähe verspürt, unsere Gefühle waren so stark.«

Lee holte tief Atem. Als sie sprach, war ihre Stimme heiser. »Wenn du mich nicht sofort durchläßt«, sagte sie und maß ihre Worte sorgsam, »schreie ich um Hilfe. Vergewaltigung! Unter Einsatz meiner ausgezeichnet ausgebildeten Stimme. Das ist mein Ernst!«

»Lee – meine geliebte Zigeunerin – komm wieder zum Feuer und laß mich die Falten von deiner bezaubernden Stirn küssen...«

»Du machst mich krank. Hau ab!«

Sie konnte seinen abgehackten Atem an ihrem Genick spüren. »Ich gehe schon, ich gehe schon. Ganz, wie die Prinzessin auf der Erbse wünscht. Aber du brauchst nicht mit dem Gefühl zu gehen, du seist jemals gut im Bett gewesen. Du warst unkompliziert und leicht zu haben. Das war meine Rechnung. Ich habe nie etwas für dich empfunden, überhaupt nichts. Du warst meine persönliche kleine Hure, genau das warst du – und diese Rolle spielst du immer noch bis zur Perfektion. Ich brauchte heute abend nicht mehr zu tun, als zu sagen: ›Komm her‹, und schon warst du da, mit alter Geilheit bereit, da wieder anzufangen, wo wir aufgehört haben. Darum geht es dir doch nur, um deine eigene, niedere Lust, du Schlampe!«

Blind vor Zorn drehte sie sich um und stieß ihn mit aller Kraft von sich. Er taumelte rückwärts, suchte an einer Lampe Halt, und die Lampe zerschmetterte am Boden.

»Geh zum Teufel!« schrie sie und riß die Tür auf.

Während sie hinausrannte, rief er ihr nach: »Verhurtes Luder! Verhurtestes Luder aller Zeiten!«

Lee rannte auf die Straße zu, ohne zu wissen oder auch nur wissen zu wollen, wohin sie führte. Solange er sie sehen konnte, hatte sie erfolgreich gegen die Tränen angekämpft; jetzt flossen sie unkontrolliert über ihre Wangen. Nach ein paar Minuten verlangsamte sie ihre Schritte und ging in normalem Tempo weiter. Sie wischte sich mit einem Ärmel über ihr nasses Gesicht. Ihr Herz hämmerte schmerzhaft. Was für entsetzliche Dinge er gesagt hatte!

Es hatte angefangen, als würde ein Traum wahr: das weiche Dämmerlicht auf dem Campus, ihr Arm in den seinen eingehängt, die Glocken, sein vertrauter Geruch und seine Berührung, der kosende Klang seiner Stimme. Was hatte ich mit ihm vor? fragte sie sich gepeinigt. Welchen Traum habe ich mir zu erfüllen geglaubt? Doch sie wußte es. Sie wollte ihre persönliche Vergangenheit umschreiben. O'Hara war der Mann gewesen, bei dem sie das Gefühl gehabt hatte, für ihn sterben zu können, und es war übel ausgegangen, hatte brutal geendet. Dabei hatte sie diesmal alles zu einem guten Abschluß führen wollen.

Sie lachte grimmig. Sie konnte nur froh sein über den Ausgang der Dinge. Für sie war es ein Happy End. Das Ende einer miesen, kaputten Affäre zwischen einer naiven kleinen Studentin und einem narzistischen, infantilen Egomanen. Sie war auf seine Masche hereingefallen, ja, das war sie wirklich. Er hatte recht, er hatte verflucht recht, sie war wirklich bereit gewesen, augenblicklich mit ihm ins Bett zu fallen. Wenn er seine Rolle weniger übertrieben, sich nicht so ungeschickt verhalten hätte, wäre sie jetzt dort. Sie zuckte zusammen bei dem Gedanken an ihn, der sie kalt und berechnend erregte, sie streichelte und küßte, seine Lyrik zitierte und Leidenschaft vortäuschte – und all das nur, damit sie sich noch einmal in ihn vernarrte. »Beinahe wäre es auch so gekommen!« stöhnte sie laut vor sich hin. »Gott steh mir bei, es wäre beinahe so gekommen! Ich hätte ihn nach London mitgenommen!« Sie ächzte.

Ohne nachzudenken ging sie wieder zum Campus zurück. Das Studentenheim zeichnete sich gegen die Dunkelheit ab, und aus allen Fenstern im Erdgeschoß drang ein warmes, freundliches Licht.

Oh, Gott! All diese Menschen! Jeder hatte gesehen, wie sie glücklich und strahlend mit ihm fortgegangen war, und jetzt war sie wieder da, zur Hälfte mit Wein durchweicht, und ihre Wimperntusche lief ihr wahrscheinlich übers Gesicht, ihr Lippenstift von Küssen verschmiert. »Uff!« Sie rieb sich mit dem Handrücken über den Mund; sie wollte jede Spur von ihm tilgen, selbst aus ihrem Gedächtnis.

Etliche Minuten stand sie reglos da und starrte das alte Wohnheim an. Sollte sie sich hineinschleichen, die Treppe hinaufeilen und in ihrem Zimmer Zuflucht suchen? Nein, entschied sie, das war nicht Lee Rivers' Art. Sie würde sich im Schein der Straßenlaterne herrichten und ihnen allen mit einem Lächeln im Gesicht entgegentreten.

Als sie in das Haus trat, waren die Eingangshalle und der Aufenthaltsraum menschenleer. Einen Moment lang war sie überrascht und verwirrt, doch dann hörte sie das Stimmengewirr und das Klappern aus dem Speisesaal. Ein Blick auf die Uhr sagte ihr, daß es acht Uhr war. Sie konnte es kaum glauben; sie hatte das Gefühl, diese Szene mit O'Hara müsse eine Ewigkeit gedauert haben; es hätte sie nicht überrascht, wenn es drei Uhr morgens gewesen wäre. Sie setzte ein neuerliches Lächeln auf, ging durch den Korridor zum Speisesaal, warf die Schultern zurück und reckte ihr Kinn in die Luft.

Als sie die Tür öffnete, fühlte sie sich völlig überfordert. Ihr Kleid war in verheerendem Zustand, die Lichter strahlten hell, und der Raum war gesteckt voll. An einem der runden Tische direkt gegenüber der Tür sah sie Kitty, die von Benno und Dan flankiert war, Courtney und Jock und noch andere – zu viele andere. Ein Stuhl war frei – er mußte für sie gedacht sein – aber allein der Gedanke, dort hinzugehen, sich diesem Lärm und diesem Geschwätz auszusetzen, stillsitzen zu müssen und fröhliche Konversation zu betreiben – und gar zu *essen!* Dabei wollte sie nichts lieber, als sich in eine winzige Kugel zu verwandeln und zu verschwinden. Sie drehte sich leise um, schloß die Tür und ging. Es spielte keine Rolle. Niemand hatte sie gesehen.

»He!« rief Kitty und stand halb auf.

»Was ist los?« fragte Dan. »Was hast du gesehen?«

»Nichts weiter. Es tut mir leid. Ich wollte euch nicht unterbrechen. Aber Lee war da.«

»Wo?«

»Draußen im Gang, an der Tür. Nur einen Moment lang. Dann ist sie wieder gegangen.«

»Ihr ist der Fraß eingefallen, den es hier früher gegeben hat«, frotzelte Benno.

Kitty lächelte. »Vielleicht. Aber ich glaube, ich sollte lieber nachschauen, ob alles in Ordnung ist. Ich bin gleich wieder zurück.« Sie suchte Dans Blicke. »Halt mir meinen Platz solange frei«, sagte sie leichthin.

»Aber gewiß.« Er grinste und zwinkerte ihr kurz zu.

Nur ein kleines Zwinkern, und schon überschlug sich ihr Herz vor Freude. Leicht erhitzt bahnte sie sich einen Weg zur Tür. O'Hara, dieser Schurke! Das konnte ja zu nichts Gutem führen. Wenn man nur daran dachte, wie Lee vor zehn Jahren davongelaufen war, ohne ihre eigene Examensfeier abzuwarten. Sie hätte es Lee sagen können, lange vor dieser schrecklichen Nacht, daß er nie offen zu ihr sein würde. Das hatte ihm ähnlich gesehen, sich einfach bei Nacht und Nebel davonzuschleichen und Lee verloren und verletzt zurückzulassen. Er war unfähig, wahrzunehmen, daß andere Menschen Gefühle hatten – oder daß es überhaupt Menschen außer ihm gab.

Mit wachsender Empörung rannte sie die Treppe hinauf. Er hatte heute wieder etwas angerichtet, sie wußte es. Irgendeine Schweinerei.

Die Tür war verschlossen. Sie klopfte und rief: »Lee! Ich bin's! Mach auf!«

Ein Blick in das bedrückte Gesicht ihrer Freundin reichte aus, um zu wissen, daß ihre Vermutungen richtig gewesen waren. »Dieser Schuft!« rief sie und schloß die Tür hinter sich. »Was hat er dir diesmal getan?«

»Oh, Kitty, es war so furchtbar!« Lee sackte zusammen, als hätte sie keinen Knochen mehr im Leib. »Es war wie eine Stelle aus einem schlechten Melodram – mit mir in der Hauptrolle.« Sie ließ sich auf eines der Betten fallen und lachte hysterisch. »Du hättest ihn sehen sollen, Kitty – ganz Grübchen und elfenhaftes Lächeln und jede Menge irischer Schmus und bis hin zur Musik alles gestellt...« Das Gelächter ging abrupt in ein wildes Schluchzen über, und sie drehte sich um und grub ihr Gesicht in das Kissen.

Kitty setzte sich auf die Bettkante neben die bebende Gestalt und strich ihrer Freundin über den Rücken. »Aber jetzt bist du hier. Es ist noch früh, es kann also nicht allzuviel...«

Ein gedämpfter Laut, halb Lachen, halb Schluchzen.

»Wenn du meinst, ob wir gebumst haben, lautet die Antwort nein.« Plötzlich setzte sich Lee auf, mit tränenverschmiertem

Gesicht, und strich mit hastigen, nervösen Gesten ihr Haar zurück. »Nicht, daß ich es nicht getan hätte, Kit. *Au contraire.*« Ihr Mund verkrampfte sich. »Ich dachte, wir würden vielleicht entdecken, daß wir uns immer noch lieben – kommst du noch mit? Lieben, so habe ich darüber gedacht. Es ist zum Kotzen!«

»Das sagst du, Lee? Erinnerst du dich nicht an die Vorträge, die du über Vergnügen ohne Schuldgefühle gehalten hast? Ich habe dich immer um deine Offenheit und deine Freizügigkeit beneidet. Allerdings muß ich sagen«, fügte sie nach einem Moment trocken hinzu, »daß ich nie verstanden habe, was du von O'Hara wolltest.«

»Er war ein teuflisch guter Liebhaber. Zumindest fand ich ihn damals gut im Bett.«

»Du hast doch gewußt, in welchem Ruf er stand, Lee?«

»Ja, natürlich. Aber ich habe mich für eine Ausnahme gehalten, verstehst du? Die Ausnahme, die die Regel bestätigt, und ich fürchte, ich muß mir außerdem eingestehen, daß ich immer versucht habe, meinen Hintergrund zu leugnen; er war so unromanisch. Als ob man seine Abstammung leugnen könnte. Mein erster richtiger Freund war vom Typ her einer dieser knochigen, hellhäutigen Engländer. Ich habe O'Hara für eine ältere Version von Val Cooper gehalten. Valentine Cooper – mein Gott, an was mich das alles erinnert! Er war so anders als die Männer im Barrio. Barrio bedeutet – so was wie Nachbarschaft, nehme ich an. Aber in Wirklichkeit ist es gleichbedeutend mit Ghetto. Ich bin in die Falle gegangen...«

Leonor Rivera war mit vierzehn groß für ihr Alter und hatte üppige Rundungen. Sie haßte ihren Körper, weil er Mama und Papa ständig in Verlegenheit zu bringen schien. Sie haßte das lebendige, überbevölkerte Viertel, in dem man rund um die Uhr, vierundzwanzig Stunden am Tag, spanische Musik hörte. Sie haßte ihr Leben. Es war so ungerecht. Als ihr Bruder und sie auf die Welt gekommen waren, war Papa Rechtsanwalt in Kuba gewesen; sie hatten viel Geld gehabt, ein großes Haus, Abendgesellschaften, Dienstmädchen und Privatschulen. Castro war schuld, daß sie jetzt in den stinkenden Slums der Bronx hausten, zu fünft in vier schäbige Zimmer gequetscht, vier Treppen hoch. Papa hatte Schwierigkeiten mit der englischen Sprache – Mama hatte bereits jeden Versuch aufgegeben– und die einzige Arbeit, die er, ein gebildeter Mann, finden konnte, war ein Job als Fahrstuhlführer in einem Kaufhaus.

Von Leonor wurde erwartet, daß sie sich wie eine anständige, junge kubanische Dame benahm. Kein Rendezvous ohne Anstandsdame, kein Besuch von Tanzveranstaltungen, Heimkommen von der Schule auf dem direktesten Wege und kein Herumtreiben auf der Straße. Sie verbrachte viele lange Stunden in ihrem winzigen Zimmer und spielte Gitarre, übte singen und beobachtete sich dabei in dem blinden Spiegel.

Sie mochte Jungen, und insgeheim lächelte sie, wenn sie Kußlaute nachahmten und ihr nachriefen: *»Mamacita!«* oder *»Bella! Bella!«* Doch sie waren ihr strikt verboten, *prohibidos, peligrosos*. Sie waren Tunichtgute und Taugenichtse und würden ihr zudem nur Ärger machen. Sie brauchte sich nur umzusehen, um die Wahrheit dieser Worte zu erkennen: fünfzehn- oder sechzehnjährige Mädchen, die schwanger waren oder schon winzige Babys hatten und ausgebrannt wirkten, ehe ihr Leben auch nur begonnen hatte.

Ich nicht! beschloß Leonor. Nicht mit mir. Sie mußte vor allem aus diesem schäbigen Viertel fort, mußte entkommen, ehe es zu spät war. Denn schon ging Carlos Rodriguez jeden Nachmittag auf dem Heimweg von der Schule neben ihr her, und Carlos war schön: dunkelhäutig und muskulös, schon mit einem kleinen Schnurrbart auf der Oberlippe, und sein glänzendes schwarzes Haar fiel bis auf die Schultern herab. Wenn er neben ihr herging, konnte sie kaum noch atmen. Wenn er seine Hand unter ihren Arm legte und sein Handrücken an der Rundung ihres Busens ruhte, wie es schon mehrfach vorgekommen war, glaubte sie, ohnmächtig zu werden. Sie betrachtete ihr Bild im Spiegel und sagte finster zu sich selbst: »Halte dich von Carlos fern. Du wirst *embarazada* enden, wie die anderen auch. Geh fort von hier.« Sie war in der neunten Klasse, und schon jetzt waren zwei Mädchen aus ihrer Klasse mit dicken Bäuchen aus der Schule gegangen.

Die Lösung lag in der Hochschule für Musik und Bildende Künste. Sie ging zum Probesingen, ohne ihre Familie davon zu unterrichten, und erst nachdem sie angenommen worden war, focht sie Kämpfe mit Papa aus, der sie nicht gleich gehen lassen wollte.

»Willst du wirklich, daß ich hierbleibe, im Barrio, und mit einer *Cualquiera* ende? Du hast mir immer gesagt, ich sei etwas Besseres, du wolltest nicht, daß ich mich mit den anderen einlasse, du hältst mich als Gefangene in dieser Wohnung. Und jetzt willst du mich nicht in eine anständige Schule gehen lassen, in der ich eine Ausbildung bekomme und etwas lernen kann, und von der aus ich vielleicht sogar ins College gehen könnte? Du kannst nicht beides gleichzeitig haben, Papa.«

Er lächelte schwach und sagte: »Ich werde mit deiner Mutter darüber reden.«

In der Musikhochschule hatte sie Valentine Cooper kennengelernt, einen großen, schlaksigen Jungen mit strähnigem, blondem Haar, das ihm immer in die Augen fiel, und mit Tausenden von Sommersprossen auf seinem angenehmen, offenen Gesicht. Er fiel ihr auf, weil man Val Cooper selten ohne das Cello sah, das er wie eine riesige Puppe in einem Leinentuch unter dem Arm trug. Natürlich war er nicht der einzige Cellist der Schule, aber er war bei weitem der größte und dürrste. Leonor kannte keinen Jungen außer ihm, der größer war als sie. Sie war bereits rund einen Meter siebzig groß und fiel in einer Umgebung von kleingewachsenen, stämmigen Spaniern peinlich aus dem Rahmen. Sie hatte sich angewöhnt, eine schlechte Haltung einzunehmen, die Schultern nach vorn sacken zu lassen und den Kopf zu senken, um kleiner zu wirken.

Im Solfeggio-Unterricht saßen sie nebeneinander, sie und Val Cooper. Am ersten Tag grinste er sie breit und freundlich an und sagte hallo; sie lächelte, wußte aber nicht, was sie antworten sollte.

Dann flüsterte er: »Du solltest dich wirklich gerade halten. Du siehst doch gut aus. Weshalb läufst du immer so vorgebeugt durch die Gegend?«

In ihrer Verblüffung gab Lee zurück: »Ich habe halt kein Cello, auf das ich mich stützen kann.« Sie war überrascht, wie herzlich er darüber lachte – *so* komisch war es nun auch nicht gewesen –, aber auf diese Weise freundeten sie sich vom ersten Moment an, ehe sie auch nur ihre Namen kannten.

Jemanden wie Val hatte sie noch nie kennengelernt. Es fing schon damit an, daß er weder Spanier, noch Kubaner, noch Puertorikaner, noch Kolumbianer noch sonst etwas war, was ihr vertraut war. »Ich bin Hybride«, sagte er. »Jüdischer, polnischer und schottischer Abstammung.« Er war so gelöst im Umgang mit ihr. Er spielte sich nicht auf, wie sie es von anderen Jungen gewöhnt war; er war einfach nur nett und lustig und man konnte sich wunderbar mit ihm unterhalten. Eines Tages äußerte sie diese

Feststellung ihm gegenüber, und er lachte. »Ich mache es eben nicht auf die Tour Ich-Tarzan-du-Jane«, sagte er, lachte diabolisch und fügte hinzu: »Meine Methoden sind wesentlich subtiler.« Sie schämte sich, weil sie nicht wußte, was das Wort »subtil« bedeutete, aber das Nette an Val war, daß man ihm sagen konnte, wenn man etwas nicht verstand und daß er einem ohne Überheblichkeit alles erklärte.

»Subtil«, sagte er und wickelte sich eine ihrer Locken um den Finger, »bedeutet schlau und verschlagen und leise. Das heißt, daß ich scharf auf deinen Körper bin, aber deswegen lege ich es nicht direkt darauf an. Ich werde warten, bis du reif bist.«

Leonor starrte ihn an und wußte nicht, ob sie sich verhört hatte. Als ihr klar wurde, daß es stimmte, ja, daß sie sich nicht verhört hatte, wurde sie knallrot und mußte dann gegen ihren Willen lachen.

Ihre Beziehung wuchs und gedieh durch Lachen, durch Scherze und Gespräche, und nach einer Weile kamen auch Umarmungen und Küsse in jedem dunklen Eingang hinzu, den sie auf dem Weg zur U-Bahn finden konnten. Ins Barrio konnte sie ihn nicht mitnehmen – lieber wäre sie gestorben – und in die neunundsiebzigste Straße West konnte sie nicht mit ihm gehen. »Das verstehst du nicht, Val«, sagte sie heftig. »Ich darf nirgends hingehen. Wenn Papi von uns wüßte, würde er mich umbringen. Er würde niemals zulassen, daß ich mit einem Jungen allein bin.«

»Wer weiß, ob du mir nicht einen Bären aufbindest«, neckte er sie, aber er drängte sie nicht. Er drängte sie nie zu etwas. Er war der wunderbarste, gelassenste Mensch, den sie je kennengelernt hatte. Was Valentine Cooper auszeichnete, das wußte sie, war dieses unbeschreibliche Etwas, was man nur als »Stil« bezeichnen konnte.

Sie konnte nicht verstehen, was er an ihr fand, an einem pummeligen kubanischen Kind mit großer Nase und Kruselhaar. »Ich mag Frauen, an denen was dran ist«, sagte er lachend. »Du bist so weich und warm und – zum Fressen.« Er fuhr durch ihr dichtes Haar und schmiegte sich an ihren Hals. »Und du riechst gut.« Er küßte ihre Nasenspitze. »Außerdem muß ich mich nicht bücken, um dich zu küssen.« Dann legte er seine Lippen auf ihre und küßte sie, bis ihr die Knie schwach wurden. Auch er war etwas außer Atem und sagte grinsend: »Der Sex hebt sein zerzaustes Lockenköpfchen. Bist du sicher, daß du nicht mit mir nach Hause kommen willst? Bis halb acht sind wir allein.«

Es war Mai, und es war sehr warm. Seit vielen Monaten standen sie schon schmusend in dunklen Hauseingängen. Sie hatte ihn sehr ins Herz geschlossen, seine Stubsnase, sein Lachen und die sanfte Stärke seines schmalen Körpers. Sie dachte an das Schicksal, das ihr in dem Viertel, aus dem sie stammte, bestimmt war: eines Tages eine Hochzeit mit einem Jungen wie Carlos, der eine *Querida* wollte, die fünf Schritte hinter ihm herging und jede seiner Anweisungen befolgte, ohne Fragen zu stellen; Babys, eins nach dem anderen, keine Scherze, keine guten, ernsthaften Unterhaltungen, keine Musik, keine Liebe, kein Leben.

»Ja«, sagte sie. »Ja, Valentine, o ja.«

»Wir hatten ein Verhältnis«, sagte Lee und seufzte wieder, »bis er am Ende meines zweiten Jahres Examen machte. Es war so schön mit ihm, so offen und ehrlich – und wir hatten soviel Spaß. Er hat mir beigebracht, daß Sex nichts Schmutziges ist, dessen man sich schämen muß und das man im Dunkeln tut, um sich anschließend davonzuschleichen. Von ihm habe ich gelernt, daß Mädchen Gelüste empfinden dürfen wie ein Mann, und daß das nichts Böses ist. Vor ihm hatte ich nie jemanden kennengelernt, der nicht in unserem Viertel wohnte, und daher wußte ich nicht, daß er ungewöhnlich war. Ich dachte, alle hellhäutigen Nordamerikaner seien so wie er. Er hat übrigens damit angefangen, mich Lee zu nennen. Diesen Namen hat er mir gegeben, und ich trage ihn seit da an.« Sie machte eine Pause und lächelte vor sich hin.

»Bitte, hör nicht auf«, drängte Kitty flehentlich. »Was ist aus ihm geworden? Wo ist er jetzt?«

»Beim Symphonieorchester von Pittsburgh. Ich habe keinen Kontakt mehr mit ihm. Er hat in Rochester weiterstudiert, und er hat mir geschrieben und mich in den Herbstferien sogar einmal angerufen. Er hat zu mir gesagt: ›Ich vermisse dich.‹ Du glaubst gar nicht, wie sehr ich mich an diese Worte geklammert habe, wieder und wieder habe ich sie vor mich hingesagt, wenn ich nicht einschlafen konnte – wie einen Rosenkranz. Dann, kurz vor Weihnachten, habe ich einen Brief von ihm bekommen. Darin stand, er empfände wirklich viel für mich, und es sei ihm zuwider, mir es sagen zu müssen, aber da sei eine Geigerin, die Joan heiße und ... Später hat er sie geheiratet, und daher glaube ich, es war die Richtige für ihn. Vor ein paar Jahren habe ich in der *Times* gelesen, daß sie gemeinsam in der Stadthalle aufgetreten sind. Dann haben sie ein Konzert in London gegeben, und ich bin hingegangen. Er war noch genauso wie früher, groß und dürr, das Haar fiel ihm immer in die Augen, und dieser Sinn für Humor ...«

Sie rang die Hände. »Und ich habe ernsthaft geglaubt, O'Hara sei ihm ähnlich. Komisch, dabei sind sie das genaue Gegenteil.« Sie stellte sich ans Fenster. »O'Hara hat mich heute abend als Nutte bezeichnet, als verhurtes Luder.«

»Wie entsetzlich! Er schreckt vor nichts zurück. Du nimmst dir das doch nicht etwa zu Herzen?«

»Es ist die Wahrheit.«

»Lee! Um Gottes willen! Was für ein Unsinn!«

»Es ist die Wahrheit, Kitty. Das ist das Verletzende daran. Sieh mich an. Ich bin zweiunddreißig und habe dieses Jahr schon drei Liebhaber hinter mich gebracht. Soll ich dir von dem letzten erzählen? Er ist neunzehn und anbetungswürdig, studiert in Oxford, ein junger Lord. Er will mich *heiraten*, Kit. Er will mich seinen Eltern vorstellen. Ich habe mir schon genau ausgemalt, wie ich mit ihm Schluß mache, wenn ich wieder nach Hause komme ... Natürlich hatte ich dabei im Hinterkopf, daß ich vielleicht mit O'Hara ...« Sie winkte ab.

»Und nach Cheltenham – so heißt er, Andrew Cheltenham – kommt der nächste«, sagte sie. »Natürlich laufe ich nicht durch London und schaue mir die Busschaffner an oder gabele Fremde in Kneipen auf, so kraß ist es nicht. Aber gelegentlich fällt mein Blick auf einen Mann, und sein Blick fällt auf mich – ich brauche mir noch nicht einmal einzureden, daß ich wahnsinnig verliebt bin, denn Sex ist etwas ganz Natürliches.«

Sie griff nach Kittys Hand und drückte sie fest. »Und als was bezeichnet man das, Kit? Eine Frau, die kreuz und quer durch die Gegend pennt? Eine Frau, die niemanden liebt? Als was bezeichnest du das? So wie alle anderen auch. Als Schlampe! Als Hure!« Ihr Gesicht glühte vor innerem Aufruhr, und sie zog ihre Hand zurück, ging zum Frisiertisch und zündete sich eine Zigarette an. »Das sollte ich nicht tun«, sagte sie tonlos. »Es schadet der Stimme. Verdammt noch mal, ich dachte, ich wüßte die Antwort auf alles. Ich war so selbstsicher. Und ausgerechnet diese miese, kleine Parodie auf einen Iren steckt mir die Wahrheit! Jetzt sehe ich mich als das, was ich wirklich bin, Kit, und es ist abscheulich! Ich stehe da, bin reich und berühmt – oder zumindest wird mir das von allen Seiten eingeredet – und was habe ich denn, Kitty? Ich habe nichts. Ich habe Val geliebt, und er hat eine andere Frau geheiratet. Ich habe O'Hara geliebt, und er hält mich für den letzten Dreck. Wann werde ich jemals einen Mann lieben, der mich auch liebt? Natürlich bin ich eine Hure!« Sie blieb abrupt stehen, nahm einen tiefen Zug von ihrer Zigarette, drückte sie aus und warf sich aufs Bett.

Kit setzte sich wieder neben sie und strich ihr geistesabwesend über den Rücken. »Ich bin eine üblere Hure als du, Lee«, sagte sie mit ruhiger Stimme.

Lee wandte ruckartig ihren Kopf um. »Wovon redest du?«

»Ich rede davon, daß ich mich verkauft habe. Ich habe aus allen Gründen geheiratet, aus denen man es nicht tun sollte: weil es einen guten Eindruck machen und meiner Mutter Freude bereiten und sehr wenig Anforderungen an mich stellen würde. Ich habe mich verkauft, weil ich feige war.«

»Urteilst du nicht etwas zu hart über dich selbst, Kit? Die Gründe klingen so, wie sie für eine Ehe meistens ausschlaggebend sind. Trotzdem hat mich dein Telegramm damals überrascht. Ich dachte, du würdest dich ganz in ein Studium stürzen, dich darauf vorbereiten, die Welt zu erobern. Natürlich auch – weil es Whit war. Ich war – tja, überrascht war schon das richtige Wort.«

Kit lachte kläglich. »Ich war selbst überrascht.«

Lee grinste matt mit heruntergezogenen Mundwinkeln. »Ich möchte wetten, Whit auch.«

Kit stand auf und ging unruhig in dem kleinen Zimmer auf und ab. »Man kann sich kaum vorstellen, daß hier nach unserer Abreise zwei Studentinnen einziehen. Es ist so leblos. Eher wie ein Motelzimmer. Ich frage mich, ob sie gute Freundinnen sind...« Sie unterbrach sich und biß sich auf die Unterlippe.

»Nein«, fuhr sie einen Moment später fort. »Ich zweifle daran, daß Whit überrascht war. Schließlich hatte er mich schon immer in sein Leben eingeplant. Wenn er überhaupt etwas gedacht hat, dann wahrscheinlich noch am ehesten, wie etwas, das er in seine Planung einbezogen hatte, es hätte *wagen* können, etwas anderes zu tun. Wie sich im Nachhinein herausgestellt hat«, sagte sie gepreßt, »hat er hundertprozentig recht gehabt, oder etwa nicht?«

Sie holte tief Luft und sagte: »Ich habe den Traum meiner Mutter ausgelebt. Jedesmal, wenn sie mich besucht hat, war sie überglücklich, und das hat mich davon abgelenkt, wie weit ich von meinem eigenen Traum abgekommen bin...« Sie stand am Fenster. Zu zweit oder in Grüppchen traten die anderen aus dem Haus. Sie ertappte sich dabei, wie sie einen Moment lang nach

Dans kupferrotem Schopf Ausschau hielt. Dan war natürlich nicht dabei. Er würde sie in seinem Zimmer erwarten. Bei diesem Gedanken hüpfte ihr Herz vor Freude.

»Ich habe zehn Jahre lang eine Lüge gelebt, Lee!« platzte sie heraus. »Ich habe das Leben einer Hure geführt – oh, es wäre eine zutreffendere Beschreibung, wenn man von einer hochbezahlten Kurtisane spricht, aber wenn man alles zusammenrechnet, kommt auch dabei heraus, daß – Lee, ich brauchte Dan heute nur zu sehen, um zu wissen, daß ich alles falsch gemacht habe, zehn Jahre lang, es war alles unehrlich, und für vier Menschen habe ich alles kaputtgemacht! Ich liebe ihn! Ich glaube nicht, daß ich jemals aufgehört habe, ihn zu lieben. Aber selbst jetzt gehen wir noch aufeinander los. Wir kämpfen gegeneinander. Ist *das* Liebe? Ich bin sicher, daß ich ihn liebe. Aber muß ich mich deshalb in Stücke gerissen fühlen, überwältigt und erobert? Zumindest hatte ich bei Whit immer meinen Frieden.«

Als sie sich vom Fenster abwandte, standen Tränen in ihren Augen. »Hör zu, Lee. Du darfst dir keine Vorwürfe machen. Das ist unberechtigt. Du hast zumindest immer das getan, wonach dir war! Du hast dich nicht hinter einer Barrikade der Sicherheit verschanzt wie ich. Sieh mich an. Glaubst du wirklich, ich sei besser als du? Glaubst du ...«

Sie unterbrach sich. Es bestand kein Zweifel: Lee schnarchte leise und ausgesprochen damenhaft, aber sie schnarchte eindeutig. Sie war fest eingeschlafen.

Kitty lachte. »Du bist mir eine schöne Freundin. Ich vertraue dir meine größten Geheimnisse an, und du schläfst. Ich wollte dir gerade erzählen – aber das darf wirklich niemand wissen, liebe Lee. Nicht einmal du.«

Sie ging auf Zehenspitzen durch das Zimmer, zog sich aus, hängte ihre Kleider sorgsam in den Schrank und lächelte kläglich, als ihr klarwurde, daß sie auch dabei an ihre Mutter dachte, die sie immer dazu angehalten hatte.

Sie zog einen Morgenmantel an und betrachtete sich im Spiegel. »Bin ich ein liebenswerter Mensch, Trudy?« fragte sie leise. »Habe ich den Mann, den ich liebe, nach allem, was ich ihm angetan habe, verdient? Soll ich ihm sagen, was ich ihm *wirklich* angetan habe?« Sie sah sich in die Augen, ohne dort eine Antwort zu finden, aber ihr Spiegelbild schüttelte den Kopf. »Nein«, murmelte sie. »Nein, sag es ihm nicht. Ich sage es ihm nur, wenn du den Kopf über meine ewige Feigheit schüttelst, Trudy. Zum

Teufel mit dir, Trudy, ich will keine Kritik, sondern einen Rat.« Mit flinken Fingern zog sie die Haarnadeln aus ihrem Knoten, löste ihr langes, dichtes Haar mit den Händen, bis es über ihre Schultern glitt und ihr Gesicht sanft umspielte. »Viel besser«, kommentierte sie zufrieden und stellte sich wieder vor den Kleiderschrank. Sie holte das neue Naturseidenkleid heraus, das eng geschnitten war und ihre Brüste und Hüften betonte. Zum ersten Mal seit Jahren wollte sie schön sein. Schön für die Liebe, schön für Dan. Eilig ließ sie ihre Wäsche fallen, ließ sie auf dem Boden liegen und zog sich das Kleid über den Kopf. Köstlich leicht und kühl glitt es über ihre nackte Haut. Sie brauchte keinen Spiegel, um zu wissen, daß es hübsch aussah. Hastig schlüpfte sie in die Ärmel und suchte ein paar Kleinigkeiten zusammen.

Sie hörte ein leises, zischendes Geräusch und drehte sich um. Ein gefaltetes Stück Papier glitt unter der Tür durch. Ihr erster Gedanke galt Dan. Dan wollte nicht, daß sie zu ihm kam! Oh, nein! Nicht nach so langem Warten, nicht nach . . . Sie faltete den Zettel auseinander, und ihr Herz klopfte heftig. Ihr Atem stockte.

Die Nachricht war in säuberlichen, kindlichen Druckbuchstaben abgefaßt. Trotz ihrer Verblüffung bemerkte sie, daß dünne, gerade Linien vorgezogen waren, um die Schrift zu führen.

ICH SEHE ALLES. EURE HÄNDE, IHR BERÜHRT EUCH. HURE BABYLONS, SIEH DICH VOR. DU WIRST DAN COPELAND NICHT BEKOMMEN, ER GEHÖRT MIR. BALD, BALD. HALTE DICH VON IHM FERN, SONST IST ES AUCH UM DICH GESCHEHEN.

10

Treffen: Kit und Dan

Kit starrte den Zettel an, bis ihr die Buchstaben vor den Augen verschwammen. Ihre Arme prickelten, und sie stellte fest, daß sie eine Gänsehaut hatte. In einem Anflug von Abscheu zerknüllte sie das Papier und wollte es wegwerfen; aber sie überlegte es sich anders, glättete das Papier und faltete es sorgsam.

Dan, dachte sie. Ich muß es Dan zeigen. Sie lief zum Kleiderschrank, zog ihren Regenmantel heraus und schloß schnell den Gürtel um die Taille. Ein Paar flauschige Pantoffeln rundeten ihren seltsamen Aufzug ab. Sie war zu nervös, um etwas Passenderes zu suchen. Wenn sie jemand sah – dagegen war nichts zu machen.

Der Korridor war menschenleer. Die Absätze ihrer flauschigen Pantoffeln klapperten laut in der Stille. Die meisten Türen waren geschlossen, und kein Lichtschein schimmerte durch den Ritz. Eine Tür öffnete sich, als sie gerade vorbeikam, und ihr Blick fiel auf sechs oder sieben ihrer Klassenkameradinnen, die in Nachthemden und Bademänteln im Schneidersitz auf dem Fußboden saßen und alle gleichzeitig zu reden schienen. Alle Lichter brannten, alle Kissen lagen auf dem Boden, und in der Luft hing ein blauer Dunst aus Zigarettenrauch. Aus einem kleinen Transistorradio schallte »Saturday Night Fever«, und eine Frau sprang auf, um eine tänzerische Improvisation darzubieten. Kit eilte weiter, aber das Bild, das sie nur so kurz gesehen hatte, ging ihr nicht mehr aus dem Kopf: so gemütlich und behaglich und *normal*. Eine Gruppe von Frauen bei einem Klassentreffen, die taten, was Frauen bei einem Klassentreffen taten: Sie ließen die speziellen Freuden des Daseins im Wohnheim wieder aufleben.

Sämtliche Männer waren im östlichen Flügel untergebracht. Ehe sie um die Ecke bog, warf sie einen Blick in den östlichen Korridor, aber niemand war zu sehen. Daher bog sie um die Ecke. Sie rannte und hoffte, niemand würde aus einer Tür treten und sie damit aufziehen, daß sie sich im Männerflügel herumtrieb. Sie kam sich albern vor und fürchtete sich, als täte sie etwas Verbotenes – der gräßliche Zettel hatte sie entnervt – und sie hielt den Kopf gesenkt. Am liebsten hätte sie über sich selbst gelacht. Schließlich rannte sie wirklich durch den Männerflügel, um zu einem Stelldichein bei ihrem Liebhaber zu erscheinen. Ihr Geliebter – genüßlich kostete sie dieses Wort aus, drehte und wendete es und kostete von seiner Süße. Geliebter. Mein Geliebter, Dan Copeland. So viele lange Jahre hatte sie gegen die Erinnerung angekämpft. So viele vergeudete, leere Jahre ...

Unerwartet stieß sie mit jemandem zusammen und stieß einen spitzen, kleinen Schreckensschrei aus. Schon ehe sie aufsah, hörte sie leise das vertraute Lachen.

»Oh, Dan! Ich muß mit dir reden. Sofort!«

»Erst wirfst du dich mir in die Arme, und dann willst du *reden?*«

»Hör zu. Es ist etwas passiert. Etwas ganz Ekliges und Gemeines. Können wir nicht in dein Zimmer gehen?«

Er lächelte. »Das ist ja wohl das mindeste, mein Liebling. Ich wollte dich eben gerade holen.« Er legte einen seiner starken Arme um ihren Rücken und führte sie den Gang entlang. »Du hast also auch einen bekommen.«

Kit keuchte. »Du weißt es also!«

Er öffnete eine Tür, machte eine einladende Handbewegung und nahm ein Handtuch von der Kommode, das er außen über die Türklinke hängte, ehe er die Tür zumachte und sie verschloß.

»Was soll das?« fragte Kitty.

»Eine Losung aus früheren Zeiten, Kit. Damit sage ich Ben, daß ich ein Mädchen bei mir habe.« Er ging lachend auf sie zu und nahm sie in die Arme. »Endlich, endlich habe ich das Mädchen in meinem Zimmer«, murmelte er und senkte seine Lippen zu ihr herunter. Es war ein langer, sanfter, zärtlicher Kuß, und sie spürte kleine Schauer durch ihr Rückgrat laufen.

Doch sobald sich seine Lippen von ihr lösten, sagte sie inständig: »Dan! Wir *müssen* über diese Nachrichten reden.«

Er küßte ihren Backenknochen. »Nein, das müssen wir nicht. Dumme, nichtssagende Drohbriefe. So was bin ich gewohnt. Vergiß es. Was ich jetzt tun möchte ...« Er wand ihr gelöstes Haar um seine Finger. »Ich möchte mich in deine Haare hüllen.« Er küßte sie erst auf die Nase, dann aufs Kinn. »Ich möchte so dicht umhüllt sein, daß ich nicht mehr entkommen kann.«

»Dan! Ich fürchte mich wirklich.«

»Du darfst es nicht ernst nehmen«, murmelte er und legte seine Lippen auf die Stelle ihres Halses, an der ihr Puls flatterte.

»Ich bin so was nicht gewohnt, Dan. Ich habe Angst. Bitte!«

Er preßte seine Lippen kurz auf ihre Kehle und richtete sich dann seufzend auf. Sie sah ihn ängstlich an, aber er lächelte. »Gut, dann reden wir also darüber. Aber ich verspreche dir vorher, daß nichts dabei herauskommt.«

»Nein, Dan. Ich bin fest davon überzeugt, daß dieser Brief etwas zu bedeuten hat. Du kommst darin vor. In dem Brief steht, daß du beobachtet wirst und daß er dich zu fassen kriegt. Lies selbst.« Sie drückte ihm den Zettel in die Hand und beobachtete ihn beim Lesen.

»Stilistisch recht gut«, bemerkte er. »Sieh mich nicht so an. Ich habe schon tonnenweise Drohbriefe bekommen, und der hier ist eher harmlos. Äußerst vage gehalten. Manchmal sind die Drohungen sehr viel deutlicher.«

»Dan!« Kitty rang die Hände vor Bestürzung. »Wir werden von

jemandem beobachtet. Verursacht dir diese Vorstellung keine Gänsehaut?«

»Es gefällt mir nicht direkt. Aber ich halte es für nichts weiter als einen üblen Scherz. Wahrscheinlich kommt der Brief von jemandem, der in den Sechzigerjahren eifersüchtig war, von jemandem, der es damals nie geschafft hat. Denk daran, daß du die größte Schönheit auf dem Campus warst und ich – ich war Mr. Großmaul. Die Universität ist nicht groß, jeder kennt jeden.« Er zerknitterte den Zettel und warf ihn in den Papierkorb.

»Dan, es ist so – so widerlich. Die Widerlichkeit kannst du nicht wegwerfen.«

»Widerlich, ja, aber nicht gefährlich. Ich weiß, was Gefahr bedeutet. Ich habe gelernt, mich vorzusehen.«

»Vietnam?« fragte Kit leise.

»Ja. Komisch, aber irgend etwas war mit dem Geräusch los, als der Lastwagen die Fehlzündung hatte. Obwohl ich wußte, daß ich in Hampton bin, auf einem ruhigen Campus stehe, zwei Mädchen beim Tennisspielen zuschaue und mich mit meinem alten Zimmergenossen unterhalte – trotzdem *wußte* ich, als ich dieses Geräusch gehört habe, daß auf mich geschossen wurde. Es war mir vollkommen klar. Ganz instinktiv und ohne nachzudenken habe ich mich auf den Boden geworfen und mich zusammengerollt.« Er lachte kurz auf. »Eine wunderbare Sache, dieser Instinkt.«

»Darüber macht man keine Witze, Dan. Ich dachte, mein Herz bliebe stehen, als du still und weiß auf dem Boden gelegen hast.«

Er sah sie mit schmelzenden Blicken an, die ihr Herz höher schlagen ließen und breitete seine Arme aus.

Statt sich in seine Arme zu werfen, trat Kitty einige Schritte zurück. »Warte«, sagte sie zärtlich, lächelte ihn an und knöpfte langsam den Regenmantel auf, ohne ihn dabei aus den Augen zu lassen. Als der Mantel zu Boden fiel und ihren Körper enthüllte, der sich deutlich durch die schimmernde Seide abzeichnete, stockte sein Atem, und er ging einen Schritt auf sie zu.

»Dan«, wandte sie mit schwacher Stimme ein. »Laß mich.« Sie sah ihm immer noch in die Augen, ging auf ihn zu, knöpfte mit zitternden Fingern sein Hemd auf und zog es ihm aus. Er blieb still stehen und bebte leicht vor Anstrengung, die Kontrolle über sich selbst nicht zu verlieren, und in seinen Augen stand flammende Leidenschaft. Als Kittys Hände über seinen Nacken strichen und dann über seine Brust, feuchtete er sich seine trockenen Lippen an, aber er rührte sich nicht. Doch als die kleinen, schmalen Hände mit den langen Fingern zu seinem Bauch hinunterglitten und langsam sein festes Fleisch massierten, während sie den Kopf zurückwarf, um in seinem Gesicht die Reaktionen zu beobachten, die sie hervorrief, fand er nicht mehr die Kraft zur Selbstkontrolle.

Mit einem Knurren in der Kehle packte er sie, streifte das Kleid von ihren Schultern und ließ es ungeduldig zu Boden fallen. Mit brennenden Lippen begann er, ihren Körper zu schmecken. In Kittys Augen funkelte ein ungezähmtes Licht, und mit haltlosem Genuß bot sie sich ihm dar. Als er vor ihr niederkniete und seine Lippen auf die sachte Wölbung preßte, an der Taille und Hüfte miteinander verschmolzen, fuhr sie mit ihren Fingern durch sein dichtes Haar und zwang ihn, zu ihr aufzublicken.

»Nimm mich jetzt, Dan. Jetzt.« In ihrer Stimme lag ein brennendes Verlangen; er holte tief Luft, kam schnell auf die Füße und nahm sie auf seine Arme. Das lange helle Haar floß wie Satin über seine Schulter und seinen nackten Rücken.

»Kit...«

»Mein Liebster – bitte – ich brauche dich – nimm mich, nimm mich...«

Ausgehungert, wild, ekstatisch und fast brutal fielen sie übereinander her. Kitty verlor jedes Gefühl für Zeit und Raum; es gab nichts auf der Welt außer seinem Körper, der sie streichelte, sie umgab, in sie eindrang und ihr schließlich nach langer, langer Zeit, nach zeitloser Zeit, ein Gefühl von Frieden und Erfüllung gab, das sie nie zuvor gekannt hatte. Sie lagen auf dem schmalen Bett, immer noch verflochten und schwer atmend, und ihr Kopf war an seine Schulter geschmiegt, seine Lippen ruhten auf ihrer Stirn.

Nach einigen Minuten flüsterte er: »Woran denkst du?«

Sie hob ihre Lippen zu ihm, strich mit ihrer Hand sanft über seine schlanken Hüften und flüsterte: »Mehr«, und seine Arme schlossen sich fester um sie.

»Ja«, antwortete er, und einmal mehr verlor sie sich im Sog der Sinnlichkeit.

Als sie die Umwelt um sie beide herum zum ersten Mal wieder wahrnahm, hörte sie gedämpft aus der Ferne das Glockenspiel der Kapelle mit seinem Potpourri aus Wiegenliedern. Kitty ließ ihre Augen geschlossen, kuschelte sich an Dans Körper und mußte über die Musik lächeln, die sie einst jeden Abend um halb zwölf gehört hatte.

Kitty rollte sich zur Seite, ließ ihre Hand aber in seiner liegen und streckte sich matt. »Oh, Gott«, sagte sie, »ich fühle mich phantastisch.«

Dan richtete sich auf einen Ellbogen auf, um ihr ins Gesicht zu sehen. »Vor zehn Jahren habe ich gehofft, das von dir zu hören.«

»Was willst du damit sagen? Ich war nie – kühl.«

»Erinnerst du dich nicht? Es hat immer damit aufgehört, daß du gesagt hast: ›Bitte nicht‹, oder: ›Hör auf‹. Diesmal habe ich zum ersten Mal das Gefühl gehabt, daß du mich ebensosehr willst wie ich dich. Heute warst du ganz dabei, Kitty – mit Körper, Geist und Seele. Für mich war es auch phantastisch. Es war vollkommen. Wenn man bedenkt, daß das heute erst der Anfang ist und daß wir noch ein ganzes Leben vor uns haben – *Du tust es wieder!*«

»Was tue ich?«

»Du ziehst dich zurück. Glaubst du, ich spüre es nicht?«

Kitty atmete seufzend aus. »*Du* tust es wieder. Du beanspruchst mich für dich. Man kann mich nicht in die Enge treiben, Dan. Ich gerate in Panik.«

Er nahm ihr Kinn in seine große Hand. »Kitty, ich liebe dich. Natürlich beanspruche ich dich für mich. Du gehörst mir, und ich – gehöre dir. Ich meine, es ist doch gegenseitig. Ich weiß nicht, was dich daran erschrecken sollte. So, wie wir uns heute geliebt haben, ist doch offensichtlich, daß wir zusammengehören. Ich verstehe dich nicht.«

Kitty schwieg einen Moment lang und sah ihm ins Gesicht, das teilweise vom Mondlicht angestrahlt war, das durch das Fenster hereinschien. Sie konnte keinen Ausdruck in seinen Augen lesen, die sich im tiefen Schatten verloren. Eine Woge der Sehnsucht durchzog sie bohrend und süß. Wie sehr sie ihn liebte: selbst seine Sehnsucht, die Welt neu zu erschaffen. Er hatte recht: Sie gehörte zu ihm. Er brauchte keinen Anspruch auf sie zu erheben. Sie gehörte zu ihm. Für sie gab es keinen anderen.

»Wenn ich es dir nur erklären könnte«, setzte sie an. Sie erzählte ihm von den Qualen ihrer Kindheit, den Schönheitswettbewerben, den kleinen Zudringlichkeiten der Männer, alles. »Am schlimmsten war Mr. McIntosh.« Sie setzte sich auf und zog die Knie an, als sie an diesen vorzüglichen Lehrer dachte, der einem geduldig alles noch einmal erklärte, wenn man einen bestimmten Punkt seines Unterrichts nicht verstanden hatte. »Es war wohl nicht der Rede wert. Er hat mich nicht vergewaltigt, aber für mich kam es auf dasselbe raus. Eines Tages – ich erinnere mich noch genau, daß es ein Donnerstagnachmittag war – sind wir schwatzend durchs Treppenhaus gegangen. Auf dem Treppenabsatz hat er mich plötzlich gepackt, mich in die Ecke gedrängt und geküßt. Er hat mich geküßt, wie ein Mann eine Frau küßt, mit offenem Mund und mit seiner Zunge. Ich war erst dreizehn, und ich habe einen entsetzlichen Schock bekommen. Ich wußte nicht, was ich tun sollte, wie ich mich verhalten sollte. Ich wollte weglaufen, aber ich war wie gelähmt. Es war so erschreckend. Er hat gekeucht und geschnauft und mich überall angefaßt. Es war, als sei er ein anderer Mensch. Als er mich endlich losließ, war sein Gesicht verzerrt und gerötet, und in seinen Augen stand Wahnsinn. Ich habe ihn angefleht, mich gehenzulassen, aber er hat mich nicht gehört; er schien mich gar nicht wahrzunehmen. Er hat geredet und geredet und Dinge gesagt wie: ›Kathy, Kathy, du bist so schön, ich kann nichts dafür, es tut mir leid, es tut mir so leid, aber wenn du mich so ansiehst, kann ich einfach nicht widerstehen. Kein Mann könnte das. Es tut mir leid, aber du bist so schön ...‹ und solches Zeug.«

»Mein armer Liebling!«

»Ich habe ihn weggestoßen und geschrien: ›Ich sehe Sie gar nicht *so* an, ich weiß nicht, was Sie meinen! Hören Sie auf! Ich mag das nicht! Ich sehe Sie nie wieder an!‹ Er hat mich losgelassen und etwas vor sich hingemurmelt, eine Art Entschuldigung. Ich weiß nicht, was; ich wollte nichts mehr hören. Ich bin ganz schnell die Treppe hinuntergerannt und an die frische Luft gegangen. Mein ganzer Körper brannte. Etwas Derartiges hatte ich noch nie erlebt; es war, als gähne vor mir die Tiefe eines schmutzigen, geheimen Spaltes der Erwachsenenwelt. Das war es also, worauf die Männer mit ihrem Betatschen und ihrem Kneifen hinauswollten! Das dachte ich, während ich nach Hause rannte, und gleichzeitig wußte ich jetzt, daß ich selbst an allem schuld war. Er hat alles darauf geschoben, daß ich ihn angesehen habe und daß ich schön bin. Es gab also etwas an mir, auf das ich gut aufpassen mußte, damit mir so was nicht noch einmal passieren konnte.«

Kitty lachte kläglich. »Das war alles. Als ich nach Hause kam, habe ich meinen Mund gescheuert und sofort ein Bad genommen. Ich habe mich so im Spiegel angeschaut, wie man es Mädchen nachsagt, wenn sie ihre Jungfräulichkeit verlieren – ich habe versucht, in meinen Augen zu finden, was so mächtig war, daß es selbst den reizenden Mr. Mack in ein – ein Vieh verwandeln konnte.«

Dan griff im Dunkeln nach ihrer Hand. »Das hätte ich dir sagen können, mein geliebtes Mädchen. Deine Augen schaffen mich jedesmal wieder. Du verhext die Männer.«

»Nie nimmst du mich ernst.«

»Doch, und wie. Ich erinnere mich daran, wie ich zum ersten Mal in deine Augen geschaut habe. Sie sind so tief, so klar und so kühl an der Oberfläche. Aber in ihren Tiefen findet jeder, der genauer hinschaut, eine lodernde Sinnlichkeit, die kontrolliert ist, aber nur auf die richtige Berührung wartet, um aufzuflammen.«

Kit lächelte. »All das in zwei Augen?«

»All das«, stimmte er zu und beugte sich vor, um sie leicht auf die Schläfen zu küssen, »und noch viel mehr. Intelligenz, Mitgefühl, Zärtlichkeit, Humor – und Angst.«

Einen Moment lang schwiegen beide. »Das Schlimme war«, sagte Kit schließlich, »daß ich nach dem Vorfall auf der Treppe tagelang daran denken mußte. Und diese Erinnerung war mit einem eigentümlichen, genüßlichen Schaudern verbunden.« Sie schüttelte sich. »Bei dieser Erinnerung befällt mich noch heute dieselbe perverse Erregung. Obwohl ich es haßte, hat es mir gefallen, und dadurch wurde alles nur um so schlimmer. Das hieß, daß ich nicht nur die Signale, die von mir ausgehen, unter Kontrolle bringen mußte, sondern ich mußte auch meine eigenen Reaktionen unterdrücken. Schließlich ist es mir wohl als die einfachste Lösung erschienen, meine eigenen Gelüste zu leugnen.«

Mit veränderter Stimme fügte sie hinzu: »Dumm von mir, nicht wahr? Ich bin zweiunddreißig und selbst Mutter, und immer noch soll ein kleiner Vorfall, eine Sache von fünf Minuten, eine Rolle spielen, obwohl ich damals dreizehn war. Man sollte doch meinen, ich hätte es längst vergessen, findest du nicht?«

»Im Ernst? Es muß ein traumatisches Erlebnis für dich gewesen sein. Sieh mal, ich habe mich *freiwillig* zum Militär gemeldet, als achtzehnjähriger Fanatiker, der die Welt für die Demokratie ...«

»Dan! Du?«

»Ja, ich. Ein echter Patriot. Mein Vater war stolz darauf, im Zweiten Weltkrieg Soldat gewesen zu sein – stolz auf alle Nazis, die er umgebracht hatte und verdammt stolz auf mich, weil ich mich freiwillig gemeldet habe, statt wie ein Feigling abzuwarten, bis ich einberufen werde. Ich war ein waschechter Ami, der es kaum erwarten konnte, den Anteil an Vietkongs umzulegen, der ihm zustand.«

»Ich glaube kein Wort!«

Er seufzte. »Ich heule auch nicht mehr. Aber ich erinnere mich daran. Ich war sicher, daß wir im Recht waren und den Sieg davontragen würden; in meinen Augen war alles ganz einfach: da waren wir, und dort war der Feind. Gut und Böse. Bis ich an einem sonnigen Oktobertag eine Patrouille anführen mußte: eine Säuberungsaktion. Wir hatten den Vietkong aus einem kleinen Dorf im Dschungel vertrieben, und jetzt sollte das Dorf angezündet werden, damit die Einwohner nicht zurückkehren konnten. Es war kein besonders angenehmer Auftrag, weil man mit versteckten Minen rechnen mußte, aber ich fürchtete weder das noch einen Hinterhalt. Das Dorf war vollkommen still. Fast zu still. Ich traute dem Frieden nicht. Als ich mich gerade bückte, um in eine leere Hütte zu treten, surrte eine Kugel durch die Luft. Ich habe mich zu Boden geworfen, und der Heckenschütze hat zwei oder drei weitere Schüsse abgefeuert. Ich wußte, daß er von hoch oben schoß; wahrscheinlich hielt er sich in einem Baum versteckt. Im nächsten Moment hatte ich ihn auch schon entdeckt. Etwas Metallisches reflektierte glitzernd die Sonne. Ich erinnere mich genau, daß ich in mich hineingekichert habe, und ich habe gedacht: so ein blöder Arsch, der ist schon hin, und das hat er seiner eigenen Blödheit zu verdanken. In gewisser Weise war alles ein Spiel, Kit. Erwachsene, die Räuber und Gendarm spielen, so unwirklich kam es mir vor.«

Dan sah sie ernst an. »Während ich auf dem Bauch im Dreck lag, habe ich meinen Karabiner angelegt, bis ich das metallische Glitzern mitten im Visier hatte. Als sich gerade die nächste Kugel neben mir in den Boden gebohrt hat, habe ich abgedrückt, und er ist durch die Äste auf den Boden gefallen. Daraufhin sind die anderen zusammengelaufen. Wir sind ganz langsam auf ihn zugekrochen, weil er noch am Leben sein konnte, und möglicherweise würde er versuchen, noch einmal zu schießen. Ich bin erst gekrochen und dann gebückt auf ihn zugelaufen. Der Körper lag still dort und rührte sich nicht. Aber man kann nie wissen, und deshalb war mein Gewehr auf ihn gerichtet, als ich vor ihm stand. Aber als ich auf den Schurken niedersah, der mich zu töten versucht hatte, auf meinen Feind, den Bösen, den dreckigen Kommunisten, stand ich vor einem dürren, unterernährten zehnjährigen Jungen. In dem Moment brach alles, an das ich bisher geglaubt hatte, in sich zusammen. Ich habe dieses Kind gesehen, es wirklich gesehen. Der Junge hatte einen Kratzer am Knie, die

Sorte verschorfte Knie, wie kleine Jungen sie ständig haben. Das war also der grimmige Feind, auf den ich so freudig geschossen, den ich nur zu gern abgeknallt hatte. Mir wurde speiübel, und ich dachte, ich müßte für den Rest meines Lebens kotzen. Das hat für mich alles geändert. Ich war nie mehr derselbe, nicht mehr der Mensch, der ich vorher gewesen war. Ich träume heute noch davon – ich sehe, wie dieses tote Kind sein Gewehr mit beiden Händen umklammert hält.«

»Oh, Dan. Wie fürchterlich für dich.« Kitty küßte ihn liebevoll.

»Nein, es ist nicht fürchterlich, sondern es ist der entscheidendste Augenblick in meinem damaligen Leben gewesen. Dieses Ereignis hat mich zu dem Dan Copeland gemacht, den du in Hampton kennengelernt hast.«

»Es scheint, als wußten wir furchtbar vieles nicht voneinander«, sagte Kit nachdenklich.

Er riß sie an sich. »Ich muß nicht alles über dich wissen, um zu wissen, daß ich dich liebe. Ich *weiß*, daß ich dich liebe.«

»Ich liebe *dich* mehr denn je«, sagte Kitty, »seit ich weiß, daß du Zweifel hattest, daß du nicht dein ganzes Leben lang alles ganz genau gewußt hast.«

»Sag es mir noch mal«, forderte Dan. »Sag mir noch einmal, daß du mich mehr denn je liebst. Das gehört zu den Dingen, in denen ich *nie* absolut sicher war.«

Zur Antwort nahm Kitty sein Gesicht zart zwischen ihre Hände und zog zärtlich seinen Mund auf ihren. In diesem Kuß lag die Sehnsucht der vergeudeten Jahre, und als sich ihre Lippen von ihm lösten, ging sein Atem ungleichmäßig.

Leise fragte sie: »Bist du jetzt sicher?«

Er blickte tief in ihre Augen, und in seinem Blick lag Anbetung und feierlicher Ernst. Dann nahm sie tief in den dunklen Tiefen seiner Augen einen Funken Humor wahr.

»Nicht ganz. Du solltest es lieber noch einmal tun.«

»Oh, Dan!« Doch sie kam seinem Wunsch mit Vergnügen nach.

Dieser Kuß ließ sie atemlos zurück. Als sie dicht nebeneinanderlagen, schlang sie ihre Arme um ihn und hielt ihm erwartungsvoll ihre Lippen für einen weiteren Kuß hin.

Doch Dan beugte sich nicht zu ihr herüber. Er starrte sie an und packte sie fester. Dann sagte er abrupt: »Du wirst ihn verlassen.« Es war eine Feststellung gewesen, keine Frage, und sie fiel aus allen Wolken. Nichts lag ihr ferner als der Gedanke an ihren Ehemann. Sie hatte sich ganz dem Jetzt hingegeben, war in einer simplen, kristallenen Welt ohne Geschichte und ohne Zukunft getrieben.

»Wovon sprichst du?«

»Du kannst nicht bei ihm bleiben, jetzt nicht mehr«, beharrte Dan. »Das wäre ein glatter Betrug.«

Kittys Gelächter lag hart an der Grenze zur Hysterie. »Betrug!« Sie schnappte Luft. »Betrug! Das ist ja zum Lachen! Ich habe Whit nie auch nur einen einzigen Moment lang etwas vorgemacht, in all den Jahren nicht!«

»Dann komm mit mir. Es gibt nichts auf Erden, was dagegen spricht.«

Kitty setzte sich wieder auf. »Was sagst du da! Natürlich gibt es einen Grund, aus dem ich nicht mit dir kommen kann. Den besten Grund auf Erden. Ich habe ein Kind. Ich würde es nie, nie, nie zurücklassen.«

»Ich habe nie gesagt, daß du dich von deinem Kind trennen sollst. Du bringst es natürlich mit – wir werden eine Familie sein! Sie ist doch deine Tochter! Ich weiß, daß ich sie lieben werde!«

Kit lächelte. »Du würdest sie wirklich lieben, Dan, sie ist ein wunderbares Mädchen, wirklich. Sie ist einfallsreich, ein kleiner Kobold. Ihr beide würdet bestimmt großartig miteinander auskommen. Sie ist dir schrecklich ähnlich.« Sie hörte abrupt auf zu reden und verbarg ihr Gesicht in ihren Händen. Sie hatte sich dabei ertappt, daß sie endlich das laut ausgesprochen hatte, was sie sich über Jahre verboten hatte, auch nur zu denken.

»Aber darum geht es nicht«, setzte sie eilig hinzu. »Ich kann nicht meine Zahnbürste und meine Tochter unter den Arm klemmen und einfach gehen. Dan, ich habe zehn Jahre lang eine Ehe geführt, und es war durchaus nicht die schlechteste Ehe. Ich bin ihm einen gewissen Anstand schuldig... Ich schulde ihm mehr, als ich dir sagen kann. Er war da, als ich ihn brauchte, er hat mich genommen, ohne Fragen zu stellen, und – ich kann dir das alles nicht erklären. Es ist so kompliziert. Es ist einfach – ich kann ihn nicht aus heiterem Himmel verlassen. Es braucht Zeit.«

Dan packte sie grob an den Schultern und grub seine Hände in ihre zarte Haut. »Warum hast du das getan, Kit?« ächzte er. »Warum hast du ihn geheiratet? Als wir in Florenz miteinander geschlafen haben, stand doch fest, daß wir füreinander bestimmt sind! Wie konntest du das nur tun? Mir davonlaufen – und zu *ihm* gehen! *Uns* hätten die zehn vergangenen Jahre gehören sollen! Dir und mir, gemeinsam, zusammen!«

»Ich habe es dir doch gesagt. Er hat mir Sicherheit geboten, und genau das habe ich damals gebraucht. Du warst ein furchterregender junger Mann, der mich mit Haut und Haaren verschlingen wollte. Ich brauchte Raum zum Atmen ...«

»Jetzt haben wir uns wiedergefunden. Um Himmels willen, Kit, du kannst mir einfach nicht noch einmal davonlaufen!«

Sie biß die Zähne zusammen, um nicht den Tränen freien Lauf zu lassen, die schon in ihren Augen standen. »Du tust es schon wieder. Du preßt mich an die Wand.«

Sie spürte die Spannung aus seinem Körper weichen, als er seine Hände sinken ließ. »Mein Gott, es tut mir leid, es tut mir wirklich leid. Ich kenne dich gut genug, um zu wissen, daß ich so nichts erreiche. Aber du mußt mich auch verstehen; mich macht einfach wahnsinnig, wieviel wir vergeudet haben: die vergangenen zehn Jahre, unwiederbringlich vorbei.«

»Nicht unwiederbringlich, Liebster«, sagte Kit schmelzend. »Nicht ganz.« Sie ließ sich auf die Laken gleiten, schmiegte sich an ihn und begann zärtlich, seinen Körper erneut zu entflammen.

11

Washington D. C.

Als der schwarze Lincoln Mark IV vor dem Luxushotel anhielt, war es halb zwei morgens. Whitney Harris lächelte vor sich hin. Der Tag war zu seiner Zufriedenheit verlaufen, und er hatte viel erreicht. Keinen Augenblick ungenutzt verstreichen lassen. Selbst beim Golf hatte er ununterbrochen geredet. Gleichgewicht, innere Ausgeglichenheit, darum ging es. Man durfte nicht zulassen, daß ein Bereich des Lebens einen anderen überschattete. Er hatte viel zu tun, aber er nahm sich immer die Zeit für Abendgesellschaften in seinem Hause, für einen Schwatz mit Lily und um Katherine das Gefühl zu geben, daß er sie nicht vernachlässigte. Heute morgen zum Beispiel: Er hätte sich nicht länger als eine Minute bei ihr aufhalten müssen, um sich zu verabschieden, aber diese kleinen zusätzlichen Aufmerksamkeiten waren doch gerade das, was eine Frau brauchte, um sich begehrt zu fühlen.

Bruce Crawford hatte diese Ausgeglichenheit nicht gefunden. Ein gescheiter Mann, dieser Crawford, aber zu leicht abzulenken. Er hatte eine Freundin. Das war verständlich. Crawford war ein starker, energiegeladener Mann, voller Leben. Natürlich brauchte er von Zeit zu Zeit eine Ablenkung; schließlich blieb ein Mann ein Mann. Aber daß er um ein Uhr nachts noch seine Wohnung verließ, weil sie angerufen und ihre Süßigkeiten geflüstert hatte – das war schiere Dummheit.

Whit schnitt eine Grimasse. Crawford war auch noch *stolz* auf seine Schwäche gewesen. Damit wäre bei *mir* keine Frau durchgekommen, dachte Whit selbstgefällig. Nicht vor einem entscheidenden Treffen am nächsten Morgen, nein, zum Teufel. Wenn man Erfolg haben wollte, mußte man ständig Prioritäten setzen, in jeder einzelnen Minute. Senator Crawford würde morgen früh triefäugig und erschöpft erscheinen, kein vollwertiger Gegner. Schon jetzt stand fest, daß sie ihn noch vor dem Mittagessen in die Tasche stecken würden.

Dagegen hatte es mit seinem Sexualleben seine Richtigkeit. Die Sexualität laugte einen Mann aus, beraubte ihn seiner Vitalität. Sie durfte ihre Grenzen nicht überschreiten. Natürlich spielte dabei auch Katherine eine Rolle. Sie war die perfekte Ehefrau, ausgeglichen und ohne Launen, und ihre Bedürfnisse standen vollkommen mit den seinen im Einklang. Niemals spontane Wünsche, und von einer bezaubernden Fügsamkeit, wenn er ihr Bett einoder zweimal wöchentlich aufsuchte. Er brauchte sie nie zu bitten oder ihr gut zuzureden, und wenn er neben sie ins Bett stieg, wandte sie sich ihm augenblicklich zu und brachte ihren Körper in die Lage, die er vorzog. Wenn er fertig war und ihr einen Gute-Nacht-Kuß gab, klammerte sie sich nie an ihn wie so manche andere Frauen. Es gab solche gierigen Weiber, wie Schweine forderten sie ständig mehr, versuchten, einen Mann zu manipulieren und ihm den letzten Tropfen Lebenskraft aus dem Körper zu saugen. Katherine war nicht so. Zwar war sie in letzter Zeit nicht immer ganz so fügsam gewesen, und er argwöhnte, daß sie nicht jedesmal schlief, wenn sie sich schlafend stellte, aber dem würde er bald ein Ende setzen. Ein wenig Autorität, und sie würde wieder spuren.

An der Rezeption brauchte er seinen Namen nicht zu nennen. »Ein Telegramm, Mr. Harris. Es ist gegen zehn angekommen.«

Vor den Aufzügen riß Whit den Umschlag auf und überflog die Nachricht flüchtig. Seine hellen Augen verengten sich, und seine Lippen formten stumm das Wort »nein«.

Doch die Blockbuchstaben änderten sich nicht.

DAN COPELAND WIRD IHNEN IHRE FRAU FORTNEHMEN, WENN SIE SICH NICHT EILEN. EIN FREUND.

Er hätte es sich im voraus denken können. Die Opposition: Man durfte sie nie unterschätzen, das war eine der Spielregeln des Lebens. Er hatte sich geirrt, die Macht der Nostalgie unterschätzt – und Dan Copeland, der sich schon früher immer um Katherine bemüht hatte. Copeland hatte *verloren,* verflucht noch mal! Man machte sich nicht an die Frau eines anderen Mannes ran, das gehörte sich nicht. Er hätte es sich wirklich ausrechnen können ... Copeland hatte sich schon immer über alle Regeln des Anstands hinweggesetzt, sich nie etwas daraus gemacht, was sich gehörte, und was nicht.

Er zwang sich zur Ruhe. Was war jetzt wirklich vorgefallen? Jemand – er hatte keine Ahnung, wer, und das war ihm eigentlich auch gleich – jemand hatte die beiden zusammen gesehen. Sie waren also in aller Öffentlichkeit gemeinsam beobachtet worden. Copeland war hinter ihr her, so war es, und natürlich hatte er seine verdammten Finger nicht von ihr lassen können. Bei diesem Gedanken fletschte Whit die Zähne. Ein Dieb in seinem Haus, der seinen Wein trank und sein Geld raubte.

Aber Katherine würde Copeland widerstehen. Natürlich würde sie das. Seit ihrer Eheschließung hatte sie nie auch nur mit einem anderen Mann geflirtet – und er beobachtete sie sorgsamer, als sie ahnte. Sie war viel zu wählerisch, um mehr als eine flüchtige Berührung zu gestatten. Es war also noch nicht zu spät, um einen Riegel vorzuschieben, ehe es zu einer Szene kam, die Peinlichkeiten mit sich bringen konnte.

Er würde die Dinge morgen ein wenig beschleunigen müssen, Crawford schnell eine Art Zugeständnis abringen müssen. Mit schmalen, blassen Lippen drehte er sich auf dem Absatz um und begab sich noch einmal zur Rezeption.

»Ich will«, verkündete er, »eine Platzreservierung für den Flug nach Syracuse um zehn Uhr dreißig morgen früh.«

Ohne die zweifellos unterwürfige Antwort des Managers abzuwarten, ging er wieder zum Aufzug zurück und drückte ungeduldig auf den Knopf. Es würde nichts passieren. Das sah Katherine nicht ähnlich. Sie war keine Frau von der ichbezogenen Sorte, die zu Gefühlsüberschwängen neigte. Außerdem mußte man das Kind in Betracht ziehen. Lily. Natürlich. Bei dem Gedanken an

Lily verzog sich sein Gesicht zu einem breiten Grinsen. *Er* hatte vergessen, Lily in Betracht zu ziehen.

Nur keine Sorge. An einem Abend konnte nicht allzuviel passieren. Morgen war noch Zeit genug. Er zweifelte keinen Moment daran, daß seine Platzreservierung ihn schon in aller Frühe erwarten würde. Wer mit Whitney Harris zu tun hatte, lernte früh, was man von ihm erwartete. Und wenn es jemand nicht lernen wollte? Der bekam eine Lektion erteilt, die er nie vergessen würde!

12

Larry, der tätowierte Mann

Der Abschied dauerte ewig. Nach einem langen Abend in der Kneipe fühlte sich Benno keineswegs betrunken, sondern nur wieder wie ein kleiner Junge. Er konnte sich beim besten Willen nicht an Dans und seine Zimmernummer erinnern. Er hatte sich köstlich mit Jay Shulman unterhalten, und nachdem sich die beiden zu Schulzeiten kaum gekannt hatten, machte es ihm Spaß, eine verwandte Seele zu entdecken. Schade war nur, daß Dan nicht dort gewesen war; er hatte gesagt, er sei erschöpft und gehe gleich ins Bett. Auch Lee hatte er vermißt; sie fing an, ihn zu interessieren. Sicher war sie bei einer anderen Gruppe; hier mußten Dutzende von Festivitäten gleichzeitig stattfinden.

Plötzlich sah er das Handtuch über der Türklinke hängen. Er hielt sich die Hand vor den Mund, um nicht zu laut zu lachen. Jetzt wußte er wenigstens, wo Kitty den Abend verbracht hatte.

Er stieß einen leisen Pfiff aus und schüttelte dann den Kopf. »Ärger«, murmelte er, »nichts als Ärger.« Wo sollte er um diese Tageszeit im Halbdunkel eines Mädchenwohnheims ein leeres Bett finden?

Er machte kehrt und ging an einer Reihe verschlossener Türen vorbei. Er hätte eine Klinke nach der anderen drücken und ein freies Bett suchen können, aber das schien ihm nicht ratsam zu sein. Er hatte sich gerade damit abgefunden, auf einem der Sofas im Aufenthaltsraum zu schlafen, als er deutlich Stimmen, Gelächter und Musik vernahm. Er eilte in die Richtung, aus der Lärm und Leben drang.

Die Tür von Zimmer 27 war angelehnt worden, und er erkannte

auf den ersten Blick den Grund. In dem Lichtspalt hing schwerer Zigarettenrauch wie ein dichter, blauer Schleier. Er öffnete die Tür sperrangelweit und rief hinein: »Raucht hier zufällig jemand?«

Ein halbes Dutzend oder mehr Frauen saßen in Decken oder Bademäntel gewickelt zwischen Salzstengelbröseln, Bierdosen, überquellenden Aschenbechern und schmierigen Pizzakartons auf dem Boden.

»He, schöner Jüngling«, rief eine Stimme. »Setz dich zu uns.«

»Ich würde mich im Nebel verlaufen«, sagte Ben.

Dieselbe Stimme antwortete: »Ich würde sogar aufstehen und dich holen.«

Benno grinste. »Meine Damen, oft habe ich von einem Moment wie diesem geträumt, ich mit einem Harem allein in der Nacht. Aber jetzt habe ich gerade etliche Stunden im Wirtshaus verbracht, und ich brauche nichts weiter als ein leeres Bett.«

»Ist das noch zu fassen«, warf eine andere Stimme ein. »Der einzige Mann, der um zwei Uhr nachts noch aufzutreiben ist, interessiert sich nur für seinen Schlaf.«

Dröhnendes Gelächter, in das eine andere Frau rief: »Das erinnert mich an meinen Mann.«

Benno streckte die Hände aus. »Meine Damen, vor Ihnen steht ein müder Mann. Ich mache Ihnen einen Vorschlag: Wenn Sie ein freies Bett finden, können Sie mich alle gemeinsam ins Bett packen.«

»Sie können mein Zimmer benutzen«, sagte die Stimme, die am Anfang gesprochen hatte. »Ich bin mir höllisch sicher, daß ich heute nicht mehr dort lande.«

»Der Herr segne Sie.«

»Dritte Tür rechts. Aber machen Sie morgen früh das Bett.«

Während er durch den Korridor ging, dachte Ben: Verrückte Weiber! Wer kann in unserem Alter noch die ganze Nacht aufbleiben und reden? Wer, fiel ihm dazu ein, und er mußte lachen, würde so was *wollen?*

Er hatte vergessen, die Türen zu zählen, und jetzt fehlte ihm die Übersicht. Sie hatte ihm keine Zimmernummer genannt. Er stand vor Zimmer einunddreißig. Einunddreißig. Woran erinnerte ihn das bloß? Er drückte die Klinke und öffnete die Tür.

Der Raum lag im Halbdunkel; schon als er über die Schwelle trat, spürte er, daß er nicht allein war.

»Was immer Sie auch hier tun«, sagte eine vertraute Stimme aus dem Schatten, »machen Sie bloß nicht das Licht an.«

»Lee!«

»Benno? Was zum Teufel tust du hier?«

»Wie von Zauberhand zog es mich über den Campus, diesen Gang entlang und ...«

»Laß den Blödsinn!«

Ihre Stimme kam ihm erbittert und traurig vor, und ohne jede Vorwarnung tastete er nach dem Lichtschalter und schaltete die Deckenbeleuchtung an.

»Verdammter Kerl!« fauchte Lee, aber sie rührte sich nicht, sondern verharrte in ihrer kauernden Haltung auf einer Ecke des Bettes; sie war bis zum Hals in eine grobe graue Decke gewickelt. Ohne Schminke war ihm ihr Anblick vertrauter, sie sah jünger aus, verwundbarer – sie hatte mehr Ähnlichkeit mit dem Mädchen, das damals seine große Widersacherin gewesen war. Aber aus den dunklen Augen, die tief in ihren Höhlen saßen, blickte das nackte Elend, und Benno war plötzlich furchtbar verlegen. Augenblicklich schaltete er das Licht wieder aus.

»Tut mir leid, Lee.« Sie antwortete nicht. »Ich gehe schon.«

»Nein! Bitte. Bleib. Es tut mir leid, daß ich dich angefaucht habe. Es scheint, als könnte ich nicht einschlafen.« Ihr Tonfall änderte sich, und sie sagte spitzbübisch: »Vielleicht kannst du reinkommen und mir etwas erzählen, bis ich vor Langeweile einschlafe.«

»Na bitte, wenn dir *danach* ist. Prima. Ich liebe aufmerksames Publikum.« Es erleichterte ihn, daß sie eine Spitze gegen ihn gerichtet hatte. Ihre Augen hatten ausgesehen – schlimmer als der Tod. Ganz im Gegenteil zu ihrem frechen Mundwerk. In dem Glauben, diesen Schritt sicher noch zu bereuen, zog Ben seine Schuhe aus, nahm sie in die Hand und tappte vorsichtig durch das Zimmer, bis er gegen das freie Bett stieß. Klar, Kittys Bett, und Kitty befand sich hinter einer Tür, auf der ein weißes Handtuch hing und würde so schnell nicht zurückkommen. Er fragte sich, ob Lee wußte, wo sie war, fragte sich auch, ob er es ihr erzählen solle und entschied sich dagegen.

Er streckte sich auf Kittys Bett aus und verschränkte die Hände hinter dem Kopf. Lee hatte seit ihrer letzten Beleidigung kein Wort mehr von sich gegeben.

»Lee? Bist du noch da?«

»Nein. Ich bin auf dem Ball und tanze mit dem Prinzen.«

»Soviel Stille ist man von dir nicht gewöhnt.«

»Besorgtheit von deiner Seite auch nicht. Entschuldige. Ich – ich bin nicht gerade bester Laune. Ich habe dich doch gebeten, zu bleiben, oder?«

»Paß auf, was ich vorhabe«, sagte er leichthin. »Ich erzähle dir jetzt von meinen Geschäften. Das lockt das Sandmännchen sicher schleunigst an. Meine Frau hat dieses Thema jedenfalls grundsätzlich gelangweilt.«

»Du – und *verheiratet?*«

»Hm. Dan war auch erstaunt. Ich frage mich, was das über mich aussagt.«

»Was wohl? Uns überrascht, daß es jemand mit dir aufnehmen konnte. Ich leiste Abbitte. Glückwünsche und den üblichen Kram zu deiner Hochzeit.«

»Eigentlich bin ich nicht verheiratet, jedenfalls seit gestern nicht mehr.«

»Ich habe ein vorlautes Mundwerk. Ich kann dein Gesicht nicht sehen. Froh oder traurig, daß es aus ist?«

»Eindeutig glücklich.«

Stille. Dann: »Wie war sie? Was für eine Sorte Mädchen hast du dir ausgesucht?«

»Anständig, klein, blond, hübsch.«

»Klingt nach Kitty.«

»Man sagt, daß Gegensätze sich anziehen, und Helena – meine Frau – hatte nichts mit mir gemeinsam, aber sie wollte mich ändern. Nie mehr Blondinen. Dieser Stil! Ich will nur noch warmherzige, offene Frauen aus südlichen Ländern. Da weiß man wenigstens, woran man ist.«

»Ich weiß, ich weiß, mit diesem Problem bin ich selbst aufgewachsen.«

Sie schütteten sich gegenseitig ihr Herz aus, wie sehr sie die Nordamerikaner um ihre bleiche, kühle, kontrollierte Art beneidet hatten.

»Alle Welt erzählt uns, wie laut und kindisch wir sind, Lee, aber die anderen brauchen die Gruppentherapie, um zu lernen, wie man einander berührt und einander in die Augen sieht und Kontakte herstellt. Wir, Lee – du und ich – wissen es bereits.« Er schüttelte in der Dunkelheit seine geballte Faust und fühlte sich erleichtert und aufgeregt.

Sie lagen Seite an Seite auf ihren getrennten Betten und schwiegen gemeinsam. Ihr Schweigen hatte etwas Vertrauliches, sie waren Verbündete. Benno drehte seinen Kopf zu ihr um, und er stellte fest, daß auch sie ihm das Gesicht zugewandt hatte.

»Ben?«
»Ja?«
»Ich schätze, wir sind uns ziemlich ähnlich.«
Nervöse, freudige Erregung verstopfte seine Kehle. Er räusperte sich. »Ja, ich denke schon.«
Ein langes Schweigen folgte. Benno strengte seine Augen an, um Lees Gesicht zu erkennen, aber er sah nicht mehr als einen weißen Klecks vor einer schwarzen Wand. Nachdenklich sagte sie: »Wahrscheinlich ist das der Grund, aus dem wir uns früher ständig in den Haaren hatten.«
»Aber...«, setzte Benno an und fügte schnell hinzu: »Ach, Blödsinn, was hat es für einen Sinn, über die Vergangenheit zu reden? Wir sind hier und heute, und ich bin im Moment hellwach. Was ist mit dir?«
»Es ist dir offensichtlich nicht gelungen, mich zu langweilen. Wozu bist du eigentlich gut?«
»Ich bin der Typ mit den tollen Ideen. Was hältst du davon, wenn wir uns beide aufraffen und einen Spaziergang um den Campus machen?«
»Einen Spaziergang? Zu der Tageszeit?«
Ben sah auf die grünen Leuchtziffern seiner Armbanduhr. »Wovon sprichst du? Der Tag ist noch jung: drei Uhr sieben, um genau zu sein. Feiern berühmte Sängerinnen um diese Tageszeit nicht im allgemeinen mit Scharen von Bewunderern? Es scheint, als hätte ich in der Zeitschrift *People* gelesen, daß Lee Rivers nie vor fünf ins Bett kommt.«
»Hör mit dieser schrecklichen Nummer dieser schrecklichen Zeitschrift auf! Ich gehe mit.« Ihre nackten Füße tappten auf den Boden.
Als sie ins Freie traten, gingen beide auf Zehenspitzen und unterhielten sich nur noch flüsternd, als könnten sie die Welt aus ihrem Schlaf wecken. Erst hinter der Bibliothek brachen beide in schallendes Gelächter aus. Ihm wurde bewußt, daß er im Lauf des Abends schon mehrfach das Bedürfnis unterdrückt hatte, sie in den Arm zu nehmen. Sicher hätte sie ihn ausgelacht. Außerdem existierte mit Sicherheit ein Mann in ihrem Leben; das war schon früher so gewesen.
Betont mieden sie die Richtung, in der O'Haras Wohnung lag. Ben wünschte, er hätte gewußt, was sich am früheren Abend abgespielt hatte. Es war kurz vor vier, als sie in Archies Bar traten. Archie war schon vor zehn Jahren auf spätnächtliche Frühstücke

und rechtzeitige Ausnüchterung seiner Kunden spezialisiert gewesen. Er stand hinter der Theke, war mit dem Grill beschäftigt und sagte, ohne den Kopf zu wenden: »Kleinen Moment, ich komm gleich rüber.«

Eine halbe Minute später wandte er sich grinsend und mit spitzbübischem Gesicht von seiner Kocherei ab und blancierte auf jeder Hand einen Teller.

»Morgen, Leute. Das Essen ist fertig.«

Im ersten Moment blieb Ben und Lee der Sinn seiner Worte verschlossen. Er hatte sich geirrt, sie hatten noch nicht bestellt. Dann sah Lee, was auf den Tellern lag.

»Archie!« rief sie. »Du erinnerst dich noch! Nach so vielen Jahren!«

»Gewiß, Mädchen. Getoastetes Schwarzbrot, viel Butter, einen Berg Marmelade und eine gegrillte Wurst. Für dich das Übliche, Junge: einen Haufen Speck und Punkt aus.«

Ben schüttelte den Kopf. »Bemerkenswert. Nach zehn Jahren. Wie machst du das, Archie?«

»Mit den Augen. Ich halte mich immer an meine Augen, denn die Augen ändern sich nie. Bei einer Größe wie diesem Mädchen brauche ich natürlich nur auf die Registrierkasse zu schauen.«

Lee runzelte die Stirn. »Die Registrierkasse?« Sie schaute hin und lachte herzlich. Über der Kasse hing säuberlich gerahmt ein Zeitungsfoto von ihr. »Archie, wie süß von dir! Soll ich dir was draufschreiben?«

»Hoppla! Tätest du das? Millionen Dank.« Er setzte die beiden Teller auf der Theke ab, nahm das Bild aus seinem Rahmen, und Lee kritzelte *Für meinen alten Freund Archie in Liebe mit einem Kuß von Lee Rivers.*

»Du bist die größte Berühmtheit, die Hampton hervorgebracht hat. Ich verfolge deine Karriere schon seit Jahren.«

Lee sah mit einem koboldartigen Glitzern in den Augen auf. »Du verfolgst meine Karriere? Sag mal, Archie, du hast mir nicht ganz zufällig auf der ganzen Welt Rosen nachgeschickt?«

Er sah sie verblüfft an. »Nein, Mädchen, mit Rosen hab' ich's nicht direkt.«

»Schon gut. Ich frage nur, weil mir jemand Rosen schickt, und einen Moment lang habe ich gehofft, es sei ein so netter Mensch wie du.«

Archie wurde rot und schob ihnen eilig die Teller hin. »He, laßt euer Frühstück nicht kalt werden. Hier ist der Kaffee.« Zwei große

Tassen, aus denen Dampf aufstieg, wurden über die Theke geschoben. »Ich muß jetzt wieder arbeiten.«

»Mein Gott, das habe ich jetzt gebraucht«, sagte Ben, nachdem sie schweigend ihr Frühstück verzehrt hatten.

Lee lächelte und schleckte sich Butter von den Fingern. »Ich auch.« Sie verrenkte sich den Hals. »Nachts treibt sich hier immer noch das gleiche Volk wie früher rum.«

Außer einigen Studenten, die die Nacht durchgemacht hatten und denen fast die Augen zufielen, einem Professor, der an Schlaflosigkeit litt, den beiden Bullen der Stadt, die an der Theke lehnten und in eine Diskussion über Ackerbau vertieft waren, lenkte eine Frau ihre Aufmerksamkeit auf sich. Sie saß in der hintersten Ecke und zerbröselte ein Hefestückchen zu Staub. Die Frau war erschreckend dünn. Lee sah sie an und konnte nicht mehr wegschauen. Sie wirkte jung und hatte keine Falten – etwa mein Alter, dachte Lee – und doch war sie die Karikatur einer alten Dame. Ihre Haare waren so straff zusammengebunden, daß die Augen zu Schlitzen wurden, und ihre Nägel waren abgekaut. Die farblosen Augen lagen tief. Lee starrte sie an, und der Déjà-vu-Effekt stellte sich ein. Es kam ihr vor, als habe sie diese Frau schon einmal gesehen. Plötzlich schlug die Frau zornig mit der Faust auf den Tisch, faltete mit zwanghafter Genauigkeit einen Geldschein, bis keine Ecke mehr überstand und verließ mit festen Schritten den Raum. Dabei murmelte sie etwas vor sich hin und drückte eine Tasche mit Reißverschluß an die Brust ihres geblümten Kleides aus den Fünfzigerjahren.

»Pathetisch«, sagte Benno.

Lee schnitt eine Grimasse. »Völlig verrückt – aber, bei Gott, ich ...«

»Hör bloß auf. So was kennst du gar nicht.«

»Ach, glaubst du wirklich? Es gab Zeiten, in denen mir die ganze Welt wie ein Irrenhaus vorkam. Zum Beispiel Larry, der tätowierte Mann. Soll ich dir von Larry, dem tätowierten Mann erzählen?«

»Soll das ein Witz sein? Natürlich will ich etwas über Larry, den tätowierten Mann, hören.«

»Also gut. Angefangen hat es in Chicago ...«

In Chicago hatte glühende Hitze geherrscht, als Lee nach zweitägiger Busfahrt zerknittert und schmutzig dort eintraf. Sie hatte gehofft, sie könne Schmerz und Enttäuschung in Hampton zurücklassen, aber O'Hara verfolgte sie noch. Er hatte sie im Stich gelassen, und sie würde ihn nie wiedersehen.

Sie mußte ihn vergessen. Noch wichtiger war allerdings, daß sie Arbeit fand. Sie war im Besitz von 13,42 Dollar, einer Tasche mit Kleidern und ihrer Gitarre. Das war alles. Und natürlich ihre Stimme. Da sie ohnehin bei Null anfangen mußte, konnte sie sich auch gleich eine Stellung als Sängerin suchen.

Sie zog in die Jugendherberge, duschte sich, zog eine frische Jeans an, fragte nach Nachtclubs, wurde komisch angeschaut, setzte sich darüber hinweg und machte sich auf den Weg.

Nach drei Tagen war sie soweit, die Suche aufzugeben und sich einen Job als Kellnerin zu suchen. Einen letzten Versuch wollte sie noch machen. Der Zufall wollte, daß sie gerade vor der »Grotte« stand. Sie trat ein und ließ sich auf einen Barhocker fallen. Das Lokal wirkte menschenleer, und die Stühle standen auf den Tischen. Sie ließ den Kopf auf ihre Hände sinken, und plötzlich sagte eine brummige Stimme hinter ihr: »Was hast du hier zu suchen, Schwester? Schlaf deinen Rausch woanders aus.«

Sie wirbelte herum und sah in ein breites, schwammiges Gesicht mit einer plattgedrückten Nase, tiefliegenden Augen unter buschigen Augenbrauen. Der Mann war das genaue Abbild jedes Mörders in einem drittklassigen Kinofilm.

»Tut mir leid. Ich habe nicht geschlafen, und ich bin auch nicht betrunken. Mir ist nur zu heiß. Ich bin den ganzen Morgen herumgelaufen, und hier ist es so angenehm kühl...« Ihre Stimme versagte, denn er starrte sie immer noch an, ohne zu zwinkern, und sein Gesichtsausdruck veränderte sich nicht im geringsten. Lee räusperte sich nervös und fügte hinzu: »Ich suche Arbeit.«

Zu ihrem Erstaunen sagte der Mann, ohne zu zögern: »Ach ja? Als was?«

»Eigentlich – als Sängerin?« Sie erwartete, daß er wie alle anderen grölend lachen würde.

Aber er sagte nur: »Dann sing mir was vor.« Er deutete auf die Gitarre, die über ihren Rücken hing und sagte: »Und wenn du Lust hast, spiel dazu auf diesem Ding.«

Das tat sie auch. Sie bemühte sich, ihre Stimme so leise wie möglich zu halten. Die Räumlichkeit war klein, und wenn sie richtig losgelegt hätte, hätten die Flaschen hinter der Bar gebebt. Sie sang zwei Schnulzen, ließ die Gitarre auf ihren Schoß sinken und wartete auf eine Reaktion.

»Gut, Schätzchen«, sagte er. »Ich sehe, daß du zart und leise singen kannst. Aber warum singst du nicht so wie sonst? Leg mal los.«

Sie grinste ihn unwillkürlich an. Woher um Himmels willen wußte er, daß sie normalerweise laut und kräftig loslegte? »Ich war lange im Show Biz, Schwester«, sagte er. »Stimmen erkenne ich auf den ersten Blick. Sing mal was Heißes, wie es die Kunden mögen.«

»Klar. Ich kann alles singen.« Diesmal setzte sie ihre Stimme voll ein, und die Flaschen hinter der Bar klimperten gegeneinander. Er kaute grüblerisch auf seinem kalten Stumpen herum und grinste dann plötzlich. »So? Nett. Besitzt du ein Kleid?«

»Ich – äh . . .«, stammelte sie. Dann grinste sie ebenfalls. »Die Wahrheit?«

Er nickte. »Du hast kein Kleid. Habe ich auch nicht erwartet.« Er griff in seine Tasche und zog einen dicken Stapel gebündelter Scheine heraus, zog mehrere aus dem Bündel und drückte sie ihr in die Hand. »Kauf dir eins. Du trittst heute abend auf. Sei um sieben hier.« Er sah sie amüsiert an. »Und? Du bist engagiert, verstanden? Aber du brauchst ein Kleid – das erwarten die Kunden – und zwar ein richtiges, verstehst du . . .« Mit einer Geste deutete er einen tiefen Ausschnitt an.

Sie brauchte mehrere Minuten, um es zu begreifen. Sie hatte einen Job. Sie brauchte nicht als Kellnerin zu arbeiten. Dieser Mann bezahlte sie dafür, daß sie sang. Sie bedankte sich stammelnd, warf sich die Gitarre über die Schulter und wollte wieder in die Mittagshitze treten, als er ihr nachrief: »He! Moment mal!«

Verdammt noch mal! Er hatte es sich anders überlegt. Sie drehte sich um. »Ja?«

»Wie heißt du, Schwester?«

»Oh. Lee Rivers.«

»Lee Rivers – nicht schlecht. Ich bin Babe Skyriatos.«

»Vielen Dank, Mr. Skyriatos.«

Er lachte dröhnend. »Nenn mich Babe. Alle sagen so zu mir.«

Sie nannte ihn Babe. Trotz seiner schrecklichen Erscheinung paßte der Name zu ihm. Er war ein Teddybär. Er ließ ihr in den Pausen regelmäßig warme Mahlzeiten aus der Küche bringen und hatte immer ein Auge auf sie, wenn männliche Kunden ihr zu nahe kamen. Zu schade, daß er hinter der Bar zu tun hatte, als Larry Peterson hereingeschneit war und sich an den vordersten Tisch gesetzt hatte.

Larry hätte man auch dann nicht übersehen können, wenn er nicht einsfünfundneunzig gewesen wäre. Larry trug immer Jeans, Cowboy-Stiefel mit hohen Absätzen und einen fleckenlosen weißen Stetson. Er hatte eine helle Haut, blaßblaue, tiefliegende Augen und ziemlich langes, glattes hellbraunes Haar. Er gefiel ihr auf den ersten Blick.

Dann fielen ihr seine Hände auf, und sie hätte sich beinah beim Singen verschluckt. Er hatte große, schöne, gepflegte Hände mit kurzgeschnittenen Nägeln, aber auf den Handrücken waren lebensgroße Tätowierungen in grellen Farben. Auf einer Hand der Kopf einer Königskobra, auf der anderen ihr Schwanz.

Sie konnte ihre Blicke nicht mehr von diesen bizarren Tätowierungen losreißen. Nach der letzten Nummer deutete er mit einer Kopfbewegung an, sie solle sich zu ihm setzen. In seinen Augen stand klarer als jeder gesprochene Satz: »Ich will dich«, und sie war keineswegs abgeneigt. Sie war seit Wochen allein, und er war ein bemerkenswerter Mann.

Sie setzte sich ihm gegenüber und sagte: »Was verschlägt einen Cowboy nach Chicago?«

»Ich suche Arbeit.«

»Hier?«

»Warum nicht? Ich tue fast alles.« Er blinzelte sie an. »Solange ich es nachts tun kann. Ich bin ein Nachtmensch.«

»Und was tun Sie eigentlich?«

Er ließ seine Blicke träge über die Bar schweifen. »Oh, ich singe auch. Sie sind gut, wissen Sie das? Außerdem kann ich – äh – Drinks mixen, Betrunkene vor die Tür setzen – was Sie wollen.«

Sie lächelte ihn an. »Sie könnten Glück haben. Unser Barkeeper mußte die Stadt übereilt verlassen. Der Boß springt selbst für ihn ein. Soll ich Sie ihm vorstellen?«

»Das wäre nett.« Wieder dieser bedeutungsvolle Blick. »Ich wäre Ihnen gewaltig dankbar.«

Fünf Minuten später stand er hinter der Bar, hatte sein Jackett ausgezogen, schenkte ein, mixte Drinks und bediente. Durch sein Hemd zeichneten sich die Tätowierungen ab, Tierkreiszeichen, Slogans, Haremsdamen, ein sechsmastiger Schoner mit Segeln und natürlich die Schlange.

Babe war bei diesem Anblick hingerissen. »Bei Gott«, verkündete er, »an dir werde ich Geld sparen. Ich stelle den Fernseher über der Bar ab. »Du bist besser als jedes Fernsehprogramm.«

Larry wohnte in der Nähe, und als die Grotte schloß, gingen sie zu ihm. Bei ihm verblaßte ihre Erinnerung an O'Hara. Er setzte als selbstverständlich voraus, daß sie allabendlich mit ihm ging, wenn die Bar schloß. Nach sechs Wochen kannte sie ihn ebensowenig wie am ersten Abend. Sie tranken und tanzten zusammen, aber sie redeten nicht. Sowie sie sein Zimmer betraten, zog er sie zielstrebig ins Bett. Sie fühlte sich wohl dabei, aber während sie miteinander schliefen, flüsterte er häufig: »Würde es dir gefallen, wenn jetzt ein anderer Mann zur Tür hereinkäme?« Oder: »Wäre es nicht lustig, wenn jetzt noch zwei Mädchen hier wären?« Sie schüttelte ihr Unbehagen ab und sagte: »Mein Gott, deine Phantasie muß unglaublich sein.« Schließlich hatte er ihr nie derartige Dinge vorgeschlagen.

Eines Abends sagte er zu ihr: »Pack deine Sachen. Wir ziehen weiter.« Sie wollte nicht fort, aber er erzählte von Beziehungen und Karriere, und schließlich gab sie nach. In jener Nacht schlief er mit ihr bis zum Morgengrauen. Mehrere Male murmelte er, sie solle sich vorstellen, ein Publikum beobachte sie beide jetzt. Als sie sagte: »Du bist ja krank!« lachte er. »Du mußt noch viel lernen, meine Süße.«

»Babe hat mir gesagt, das ginge keinen Monat gut.«

»Und?«

»Oh, Gott, zwei Jahre bin ich bei Larry geblieben. Ich habe getrunken und nicht viel mitgekriegt. Gott sei Dank.« Sie schüttelte sich. »Ich habe seltsame Tanznummern hingelegt, und er hat seine Tätowierungen vorgezeigt. Zeitweilig haben wir in einer Wohngemeinschaft gelebt, die an die Gute Mutter Erde und an Gruppensex geglaubt hat. Ich tat alles, was er von mir wollte, aber als es plötzlich um einen Sexclub ging, habe ich nicht mehr mitgemacht, obwohl ich ständig so betrunken war, daß ich keine eigenen Entscheidungen mehr fällen konnte. Ich habe mich geweigert, mich tätowieren zu lassen. Er hat ein mageres, kleines Ding gefunden, Velda hieß sie, und Velda hat sich tätowieren lassen. Beide von Kopf bis Fuß tätowiert, haben sie nackt getanzt, und die Trommeln wurden schneller und schneller geschlagen, und am Schluß haben sie – ich habe nur einmal zugesehen. Anschließend bin ich in unser Zimmer gegangen und habe getrunken, bis ich eingeschlafen bin. Als er mit der kleinen Velda nach Hause kam und gemeinsam etwas aufziehen wollte, war die Tür verschlossen.«

Sie seufzte. »Damit war es dann aus. Wir sind nach Nashville gegangen, und selbst als ich ihn mit zwei kleinen Mädchen in unserem Bett gefunden habe, hat er die beiden rausgeschmissen und nicht mich eingeladen, mitzumachen. Vor diesen Ansinnen war ich verschont.«

Lee schaute schweigend aus dem Fenster. »*Irgendwann* hast du ihn offensichtlich doch verlassen«, sagte Ben. »Was hat den Ausschlag gegeben?«

Sie erzählte ihm, wie er sie zu Honey Doll Dalton gemacht hatte. »Dem einzigen Mann, der zu der Pressekonferenz erschienen ist, hat er mich verkaufen wollen. Ich war so verlegen, weil niemand sonst gekommen war, daß ich zuerst gar nichts gehört habe. Dann habe ich es plötzlich gehört. Er hat dem Diskjockey meine Dienste angeboten. In Alpträumen kann ich heute noch seine Stimme hören. ›Sehen Sie sich diese Titten an, Mann. Und diesen Arsch. Kann Sie das gar nicht reizen? Sie ist phantastisch. Das kann ich Ihnen versichern; sie weiß wirklich, wie man's macht. Sie kennt jeden Trick und macht alles, was Sie wünschen. Wenn Sie diese verdammte Platte auch nur einmal spielen – einmal, Mann – gehört sie Ihnen für eine Woche.‹ Daraufhin ist bei mir eine Sicherung durchgebrannt. Ich war fertig. Ich habe Larry angesehen, der zwei Jahre lang mein Liebhaber war, und ich mußte feststellen, daß ich ihn umbringen wollte. Ich hatte vor dieser verdammten Pressekonferenz schon einiges gekippt, aber mein Kopf war klar genug, um zu wissen, daß ich mich keinen Augenblick mehr versklaven lassen würde. Während Larry lächerliche Einzelheiten besprach, dem Mann detailliert auseinandersetzte, was ich täte und wie ich es täte, habe ich mich stillschweigend davongeschlichen. In einer Bar habe ich mich unglaublich vollaufen lassen – seit da an war ich nie mehr betrunken – und dann bin ich zu Kitty gerannt.«

»Zu Kitty?«

»Ja, ich hatte ihr in regelmäßigen Abständen nichtssagende Postkarten geschrieben, aber ich hatte ihre Adresse. Ich wußte, daß ich ganz schnell etwas unternehmen mußte, um nicht in Spelunken zu enden, nur noch betrunken zu sein und Selbstgespräche zu führen. Daher ...«

Lee holte tief Atem und schauderte zusammen. »Jetzt weißt du es also. Nicht gerade die schönste Geschichte. Ich habe sie nie jemandem erzählt. Schlimm, daß ich sie dir erzählt habe?«

Ben sah aufmerksam in ihre großen, dunklen, trotzigen Augen. »Nein, ganz im Gegenteil. Dein Vertrauen ehrt mich.«

Lees Augen glitzerten, sie zwinkerte, und ihr Blick schweifte über den Raum. Abrupt ließ sie sich vom Stuhl gleiten. »Hör mal, können wir jetzt gehen? Ich brauche frische Luft.«

Sie traten in eine Dämmerung, die so still war, daß die Straße wie eine gemalte Kulisse wirkte. Einen Moment lang war kein Laut zu hören, und nichts rührte sich. Im Osten drang ein schwacher rötlicher Lichtschimmer über den bleichen Morgenhimmel.

»Mein Gott, es ist einfach toll«, sagte Benno. »Man sollte wirklich um« – er sah auf seine Armbanduhr – »fünf Uhr morgens aufstehen. Jeden Tag. Das ist die beste Tageszeit.«

»Die Zeit, zu der ich normalerweise schlafen gehe«, bemerkte Lee.

»Ich stehe früh auf«, sagte Benno.

»Was tust du, wenn ich um neun Uhr abends anfange, zu arbeiten?«

Er lachte. »Da bin ich schon ziemlich fertig und spanne ab. Ich schätze, es ist uns nicht bestimmt, daß unsere Wege sich kreuzen.«

Warum sank ihr das Herz bei diesen Worten? Sie kämpfte gegen eine gewisse Traurigkeit an. Der Mann an ihrer Seite war doch Benno Akkardijian, der gute alte Benno aus den guten alten Zeiten. Dieses Wochenende fand ein Klassentreffen statt, und in zwei Tagen war alles vorbei und vergessen. Benno? Lächerlich.

Sie machten sich auf den Rückweg. Lee spürte, daß ihre Füße ständig langsamer wurden, je näher die vertrauten Gebäude rückten. Bei aller Müdigkeit wollte sie dieses Zwischenspiel nicht enden lassen. Sie hatte ihm soviel erzählt, soviel Widerwärtiges, aber es war ihr nicht unangenehm. Sie fühlte sich leicht und befreit. Als sie unter einer Straßenlaterne vorbeigingen, warf sie einen verstohlenen Blick auf Benno. Wie sehr er sich verändert hatte, und dieses Selbstbewußtsein!

Während sie ihn von der Seite ansah, trafen sich ihre Blicke, und er blinzelte. Wärme durchflutete Lee. Wie unglaublich nett dieser Typ war! Er hatte ihr mit Interesse und Mitgefühl zugehört, ohne schockiert zu wirken oder dumme Fragen zu stellen. Er hatte eine Art, den Dingen das komische Moment abzugewinnen. Wie sie wohl auch. Wer hatte eher festgestellt, wie ähnlich sie sich waren, er oder sie?

Sie gingen über die Straße, als es passierte. Er nahm beiläufig ihre Hand, und es war, als sei eine elektrische Stromleitung eingeschaltet worden. Ihre Handflächen prickelten, ihre Wangen wurden heiß, und ihr Herz fing an, unberechenbar zu schlagen.

Oh, nein, du nicht! dachte sie. Nein, nein. Ohne mich. Doch innerlich bebte sie. Sie warf ihm einen schnellen Seitenblick zu. Er sah nicht einen Moment in ihre Richtung, seine Schritte strauchelten nicht im geringsten.

Der Weg über die breite Allee erschien ihr endlos, und als sie auf der anderen Straßenseite standen, entzog sie ihm eilig ihre Hand, doch ebenso eilig packte er sie wieder. Seine Hand war warm, leicht schwielig und stark.

»Lee«, sagte er zart. Sie sah ihm widerstrebend in die Augen und war nicht gewillt, ihren inneren Aufruhr zu zeigen. Sie mußte ihren Blick wieder abwenden. Seine tiefliegenden dunklen Augen unter den dichten Augenbrauen loderten vor unausgesprochenen Empfindungen. Dann spürte er es auch. Sie konnte nichts damit anfangen. Sie wollte es nicht. Es war nichts als eine dumme, alberne Illusion. Sie waren beide übermüdet, das war alles, aufgeputscht durch starken Kaffee, Erinnerungen und Erschöpfung.

»Lee«, wiederholte er.

Furchtsam sah sie wieder zu ihm auf. Nervös feuchtete sie ihre Lippen an und flüsterte: »Du ...«

»Ja«, sagte Benno und drückte ihre Hand fester. »Mir geht es auch so.«

13

Linda Goodman Barrone

Es dämmerte schon, als Kit leise und behutsam die Tür öffnete. Sie lächelte, als sie das Handtuch sah und warf es auf das freie Bett. Sie warf noch einen Blick auf Dan. Wie schön er war, wie stark und aufregend und zärtlich und liebend. Er schlief wie ein kleiner Junge. Sie kämpfte gegen den Impuls an, sich wieder zu ihm zu legen und sich an ihn zu schmiegen.

Sie mußte in ihr eigentliches Zimmer, in ihr eigentliches Bett und in ihr eigentliches Leben zurückkehren. Ihr ganzer Körper bebte vor freudiger Erregung. Ich bin verliebt, dachte sie, ich bin verliebt.

Whit würde bald hier sein. Ein paar Stunden, mehr blieb nicht für Dan und sie. Bei Dan hatte sie sich sicher und geborgen gefühlt, aber jetzt, allein auf dem leeren Korridor, war sie mit der Realität konfrontiert, und alles sah gar nicht mehr einfach aus. Sie konnte nicht einfach fortgehen, ihre Ehe hinter sich zurücklassen. Dan stellte es sich zu einfach vor. Sie liebte ihn, aber was nun?

Noch zehn Jahre Selbstbetrug, und vielleicht noch zehn und nochmals zehn weitere Jahre, und sie würde ihr Leben nicht gelebt haben. Dennoch mußte sie Whit Zeit lassen, es ihm langsam und schonend beibringen. Auf keinen Fall durfte er an diesem Wochenende etwas davon erfahren. Ob Lee wohl recht hatte? Lee behauptete, Verliebte würden etwas ausstrahlen, was jeder sofort erkennt.

Als sie um die Ecke bog, wäre sie fast mit einer Gestalt zusammengestoßen, die dort dicht an die Wand gepreßt lehnte.

»Linda ...« Sie fühlte sich geradezu auf frischer Tat ertappt. Verwirrt stammelte sie: »Was – was tust du hier um diese Zeit?« Erst als sie wieder ruhiger war, nahm sie wahr, welches Elend diese gebeugten Schultern und die vor Angst aufgerissenen Augen ausdrückten. »Linda! Was ist passiert?«

»Ich halte es nicht mehr aus! Im Ernst, ich kann ihn nicht mehr sehen.«

»Jess? Was hat er dir getan? Oder nein, erzähl es mir besser nicht hier, sonst wecken wir alle anderen auf.«

Sie zog die Frau durch den Gang, und plötzlich standen sie vor einer offenen Abstellkammer mit ausrangierten Möbeln.

»Komm, Linda.« Kit setzte sich Linda gegenüber. Linda hatte geweint. Ihre Augen waren rot und geschwollen. Im übrigen schien sie in Ordnung zu sein, aber sie war blaß und erschöpft.

»Willst du mit mir reden?« sagte Kit.

»Was für ein gräßlicher Fehler! Und wir sind blöd genug, es Liebe zu nennen!« platzte Linda heraus. Mit flatternden Fingern zündete sie sich eine Zigarette an und erzählte Kitty die Geschichte ihrer Ehe.

»Heute ist es mir alles bewußt geworden«, sagte sie abschließend. Was ist denn aus mir geworden, und was hätte aus mir werden sollen? Ich bin doch nur noch ein Geist. Früher habt ihr mich dafür gehaßt, daß ich morgens gesungen habe; ich bin früh aufgewacht und habe mich über den neuen Tag gefreut.« Jess war die ganze Nacht nicht im Bett gewesen, oder zumindest nicht in Lindas Bett. Er war der Arzt, sie die Krankenschwester. Sie hatten haufenweise gesellschaftliche Verpflichtungen, doch alles war nur Schein.

Linda gestand Kit, daß Jess sie schlug. Sie wußte sich nicht mehr zu helfen.

»Du darfst nicht bleiben, wenn es so schlimm ist«, sagte Kit. »Du mußt gehen, Linda. Du weißt selbst, daß du etwas Besseres verdient hast.«

Nach einer langen Pause sagte Linda: »Ich weiß. Ich will auch fort, aber...« Flüsternd setzte sie hinzu: »Ich – ich schäme mich so. Ich habe kein Geld. Keinen Cent. Jess gibt mir kein Geld. Ich kann in allen Geschäften anschreiben lassen, aber ich habe nicht einmal genügend Bargeld, um zu gehen.«

Kit stellte keine der zahllosen Fragen, die ihr gleichzeitig in den Kopf schossen. Sie fragte nur: »Wohin würdest du gehen, wenn du das Geld hättest, Linda?«

»Nach Hause. Ich meine: zu meiner Mutter. Dort ist mein einziges Zuhause. Die Kinder sind über das Wochenende bei ihr. Sie lieben meine Mutter, und es geht ihnen bei ihr besser als bei Jess und mir. Manchmal glaube ich, wir machen unsere Kinder kaputt. Aber Jess wird mich für geistig nicht zurechnungsfähig erklären lassen. Er hat mir damit gedroht!«

»Nein, Linda«, sagte Kit mit leiser und dennoch fester Stimme. »Das wird er nicht tun. Einen Skandal wird er nicht riskieren.«

»N...ein. Das stimmt. Oh, Kit, glaubst du wirklich, ich könnte einfach wieder nach Hause gehen und ein neues Leben anfangen?«

»Du mußt es tun, Linda.«

Linda Barrone stand auf, strich sich unbewußt durchs Haar und holte tief Atem. »Ich werde es tun«, verkündete sie. »Irgendwie wird es schon gehen. Ich warte den nächsten Barscheck ab. Ich werde ihm einfach das Geld unterschlagen und gehen.«

»Wann wäre das?«

»Der Scheck über sein Gehalt kommt in zwei Wochen.«

»Hör zu, Linda«, sagte Kit nach zwei Sekunden. »Vielleicht solltest du gleich gehen, jetzt, in einem Moment, in dem du dich stark fühlst. Du solltest keine zwei Wochen mehr warten. Es muß ja nicht endgültig sein. Die Kinder sind schon bei deiner Mutter. Denk dir eine Geschichte aus, wenn du ihr die Wahrheit nicht erzählen willst.«

Linda biß sich auf die Lippen. »Ich kann es nicht, Kit. Ich sollte –

ich muß.« Sie sah Kit in die Augen. »Wenn ich nicht gehe, werde ich wahrscheinlich wirklich verrückt. Mein ganzes Leben ist wie ein Alptraum. Ich habe nie mit jemandem darüber geredet, Kit. Es tut mir leid, daß ich dir das alles erzählt habe. Wir kennen uns kaum noch.«

»Es ist immer leichter, mit Fremden zu reden«, sagte Kitty lächelnd. »Das geht jedem so. Außerdem brauchst du dich bei mir nicht zu entschuldigen.«

»Seit ich es in Worte gefaßt habe, ist es viel wahrer. Ich muß gehen, du hast recht – aber wie soll ich es anstellen? Ich kann nicht gehen.«

Die Antwort ließ nicht auf sich warten. »Ich gebe dir das Geld. Ich habe genug. Mach dir keine Sorgen, du kannst es mir irgendwann zurückgeben. Es kommt mir nicht darauf an. Du ziehst dich jetzt an und packst, und ich hole inzwischen das Bargeld.«

Linda blieb unschlüssig stehen. Dann lächelte sie verzerrt. »Ist es zu fassen«, fragte sie, ohne Kitty damit anzusprechen, »daß ich ihn immer noch liebe?« Ohne eine Antwort abzuwarten, lief sie in ihr Zimmer.

Machten sich denn alle, die hier versammelt waren, etwas vor? War alles nur aufgesetzt, alles Fassade? Verbargen sie denn alle etwas? Und was verbarg Dan Copeland? Kit schauderte zusammen und verwarf diesen letzten Gedanken. Dan war – Dan. Er hatte sich in diesen zehn Jahren nicht wirklich verändert. Sie liebte ihn. Aber Linda hatte gesagt, daß sie Barrone immer noch liebte. Nein, nur jetzt nicht denken.

Dan war in Ordnung, aber was war mit ihr? Was würde Dan denken, wenn er die Wahrheit über ihre Eheschließung mit Whit Harris erfuhr? »Lügen«, flüsterte sie und nahm das dicke Bündel Geldscheine, das für Linda Barrone bestimmt war. »Viel zu viele Lügen.« Vielleicht – bei diesem Gedanken fröstelte sie – vielleicht war es zu spät, um noch etwas zu ändern.

Auf alle Fälle war es nicht zu spät, um Linda zu helfen. Linda wartete sicher schon. Hier konnte wenigstens etwas getan werden, etwas Wirkliches, eine Veränderung, die keiner weiteren Überlegung bedurfte. Schnell verließ sie das Zimmer.

Wenige Minuten später war sie wieder in ihrem Zimmer. Sie sah aus dem Fenster, sah ein Taxi vorfahren und Linda hineinspringen, hineineilen, sich hineinstürzen. Wenn es nicht so traurig gewesen wäre, hätte sie es schon wieder komisch finden können.

Sobald das Taxi abfuhr, befiel Kitty eine unglaubliche Müdigkeit. Kein Wunder, daß ich so erschöpft bin, dachte sie. Sie fühlte sich zwischen der Vergangenheit und der Gegenwart hin- und hergerissen und wollte nur noch gähnen und die Augen schließen.

Im nächsten Moment klappte sie ihren Kiefer verwundert zu. Dort unten schlenderten Hand in Hand Lee und Benno. Lee und Benno? Also, wie...? fragte sie sich und schüttelte dann den Kopf. Sie war schlicht zu müde, um auch nur noch einen Gedanken daran zu verschwenden, wie sich die beiden im Lauf der Nacht gefunden haben mochten.

Schläfrig öffnete sie das Fenster einen Spalt und hörte Lees durchdringende Stimme von der Straße herauftönen: »War das nicht Linda, wie heißt sie schnell noch mal – Barrone? Ich frage mich, welcher Teufel hinter *ihr* her ist, wenn sie so früh am Morgen davonrast.«

Kitty verstand Bens Antwort nicht, nur ein Murmeln, aber sie hatte selbst eine Antwort für Lee bereit: derselbe Teufel, der hinter uns allen her ist, meine Liebe: die Liebe, die wahre Liebe.

14

Aus der Sicht des Läufers

Das Handtuch hing nicht mehr dort.

Benno schüttelte den schlafenden Dan. »Komm schon, Mann, laß uns die Dämmerung begrüßen. Es ist ein wunderbarer Tag.« Er wühlte in seinem Koffer, verteilte den Inhalt achtlos nach allen Seiten und zog sich Shorts und Turnschuhe an. »Komm mit. Dann wirst du das Leben mit anderen Augen betrachten.«

Dan ließ sich grinsend wieder auf die Kissen fallen. »Ich sehe das Leben bereits mit anderen Augen. Lauf du, ich schlafe.«

»Was hast du mit Kitty vor?«

Dan riß die Augen auf. »Ich werde sie natürlich heiraten.«

»Es mag Ihnen vielleicht entgangen sein, gnädiger Herr, aber die Dame ist nicht frei.«

»Sie kann nicht mehr bei ihm bleiben.«

»Ein Kind ist auch da.«

»Ich weiß. Das heirate ich mit.«

»Du wirkst entschlossen, Daniel.«

»Das bin ich allerdings, Benno. Diesmal läuft sie mir nicht davon.« Die honigsüße Stimme war stahlhart. Komisch, daß die Liebe Dan grimmig und schwermütig machte. Ben empfand das genaue Gegenteil.

Zehn Minuten später lief Benno federleicht und genüßlich durch den süßen Duft frischgemähten Grases. Er spürte seine Beine nicht, aber dafür seinen gleichmäßigen Atem, und er wußte, daß er endlos weiterlaufen könnte, wenn er wollte.

Weit draußen auf der Landstraße schien ihm die Sonne, die hoch hinauf geklettert war, direkt in die Augen, und er machte kehrt.

Benno lachte über die Autofahrer, denn er hätte es mit jedem von ihnen aufnehmen können; er war unbesiegbar. Er lachte über kläffende Hunde, denn auch sie konnten ihm nichts anhaben. Es war ein goldener Morgen, ein goldener Tag voller Verheißungen, die Welt floh hinter ihm, und schon lag der Campus vor ihm. Wie schön es hier war! Etwa jetzt erwachten andere Menschen, für sie begann ein neuer Tag, und ihr Leben lag vor ihnen wie ein grauer Nebel. Das Unbekannte. Wie gut, daß er all das hinter sich hatte. Freudig schimmernd zeichnete sich eine Zukunft vor ihm ab. Die Antwort lag im Heute, im vollkommenen Hier und Jetzt.

Vor dem Wohnheim stand ein alter Ahornbaum mit einem dicken Stamm. Der unterste Ast war zwei Meter zwanzig über dem Boden. Benno lief langsamer und lächelte. Wenn ich bis zu diesem Ast springen kann, sagte er sich, wird sie mich lieben.

Mit ausgestreckten Armen sprang er in die Luft und erwischte mit pochendem Herzen den Ast. Lachend schaukelte er daran.

Er ließ sich fallen, landete sicher auf beiden Füßen und wurde im Eingang zum Wohnheim von einem halben Dutzend früherer Studienkolleginnen mit Beifall begrüßt. Am liebsten hätte er sie alle geküßt.

15

Gladiatoren und Krieger

Gegen Mittag fand das traditionelle Fußballspiel statt. Hampton spielte gegen Seneca. Der Examensjahrgang 70 hatte sich auf einer der Tribünen eingefunden.

Lee und Ben wurden gleich bei ihrem Erscheinen von Lees Fans umringt, und sie mußte Autogramme verteilen. Sie schwebte auf Wolken. Mit ihr geschah etwas, etwas Wunderbares, etwas so Unerwartetes und Köstliches, daß es ihr widerstrebte, dem Gefühl einen Namen zu geben. Sie wollte auch nicht darüber nachdenken. Für den Moment reichte es aus, daß sie Bens Gegenwart deutlich spürte; er stand nur hinter ihr und spielte mit ihrem linken Handgelenk. Es reichte, daß sie sein Rasierwasser roch, zu wissen, daß er bei ihr war. Sie hatten sich noch nicht einmal geküßt, und davor hätte sie sich auch gefürchtet, aber sie brauchte das Bewußtsein, daß er in ihrer Nähe war.

Lees Blick fiel auf Courtney. Courtney hatte ihrem Mann eingeschärft, Plätze für Lee und Kit freizuhalten, aber Jock hing schon wieder an der Flasche. Er war am frühen Morgen so verkatert gewesen, daß man kaum sagen konnte, ob er die Bedeutung seines Auftrags verstanden hatte. Er hatte ihr *versprochen,* sich um die Plätze zu kümmern. Courtney musterte ihren Mann, der betrunken vor sich hinlallte, und es kam ihr vor, als sei dies nicht ihr Ehemann, sondern ein beliebiger, widerlicher Suffkopf. Zum ersten Mal fragte sich Courtney, warum um Himmels willen sie Jock geheiratet hatte; im Moment konnte sie sich nicht daran erinnern.

Kit und Dan kamen gemeinsam die Stufen herunter, die zur Tribüne führten. Sie achteten bewußt darauf, einander nicht zu berühren, aber Kit spürte Dans Gegenwart. Wenn sie in seiner Nähe war, schien alles andere um sie herum zu verschwinden. Ihr physisches Bedürfnis nach ihm war so stark, daß es sie fast krank machte. Auch darin sah sie einen Anspruch, der sie in die Enge trieb. Je länger sie mit ihm zusammen war, desto unbehaglicher war ihr heute zumute.

Die New Yorker Clique rannte die beiden fast um. »Wohin sie wohl so eilig wollen?« fragte Dan. »Vielleicht wieder nach New York?«

»Nein, das ist ausgeschlossen. Das Wochenende hat doch gerade erst begonnen!« In dem Moment, in dem sie diesen Satz aussprach, bildete sich ein kalter Klumpen in Kittys Hals. Nicht für sie beide. Für sie nahte das Wochenende einem baldigen Ausgang. Bei diesem Gedanken schlug ihr Herz heftig. Warum hatte Dan darauf bestanden, sich das Spiel anzusehen? Er hatte sich noch nie für Fußball interessiert. Ihnen blieb nicht mehr viel Zeit; diese letzten Stunden hätten sie gemeinsam verbringen sollen, alleine. Es gab viel zu bereden. Bald würde Whit eintreffen, wahrscheinlich gleich nach dem Spiel, und dann ...

Kitty fühlte sich unwohl. Hier wollte sie nicht sein, und hier gehörte sie nicht hin. Sie gab sich einen Ruck. Eben hatte sie noch Jen Gladstone bedauert, die sich als mächtige Silhouette gegen den leuchtend blauen Himmel abzeichnete und von einem Fuß auf den anderen trat, die arme Jen, die auf etwas wartete, darauf, daß sich *irgend* etwas in ihrem Leben ereignen würde.

Konnte sie denn eine wartende Frau bedauern? Kitty Cameron Harris, die ganz genauso war: eine Frau, die darauf wartete, daß sich etwas ereignen würde, die anderen gestattete, ihr Leben in die Hand zu nehmen. Ein einziges Mal hatte sie versucht, ihr Schicksal selbst zu bestimmen – sie hatte Whit Harris einen Heiratsantrag gemacht. Sie hatte sich eine neue Mama gesucht und sich vorschreiben lassen, wann sie lächeln und was sie anziehen sollte und wie sie sich zu benehmen hatte.

Und was war jetzt? Im Taumel der Leidenschaft war sie auf dem besten Wege, sich in Dans Leben einzupassen. Diese plötzliche Erkenntnis traf sie wie ein Schlag. Sie blieb abrupt stehen und verursachte eine Karambolage auf der Treppe.

Du bist Politiker, Daniel, mein Liebling, nicht ich. Du hättest allein zu dem langweiligen Frühstück im Dekanat gehen sollen, und ich hätte mich ausschlafen können. Du empfindest es als deine Pflicht, zu repräsentieren, nicht ich.

Wie konnte er nur zu diesem Frühstück gehen! Wie konnte er nur zu diesem Fußballspiel gehen! War es ihm *so* wichtig gewesen, daß er dafür die letzten Stunden mit ihr opferte? Ich hätte alles dafür gegeben, absolut alles, mit ihm allein zu sein. Na ja, bis auf Lily natürlich ...

»Was?« sagte sie verdutzt.

»Wo bist du?« Dan lachte und schnalzte mit den Fingern. »Komm in die Wirklichkeit zurück, ganz gleich, wo du warst. Wir sollten uns Plätze suchen, ehe alles belegt ist.«

»Nein.«

»Nein? Was nein?«

»Ich muß mit dir reden, Dan. Nein, sieh mich nicht so an; ich meine wirklich reden.«

»Mach dir keine Sorgen, wir werden schon noch miteinander reden.«

»Nein, wir haben keine Zeit mehr. Ich muß dir etwas – etwas sehr Wichtiges erzählen.«

Er grinste sie an. »Kit, mein Liebling, alles, was du sagst, ist mir wichtig.«

»Hör endlich auf, mich so herablassend zu behandeln!«

»Kit! Was ist los mit dir?«

»Bitte, Dan, laß uns gehen und an einem ruhigen Ort miteinander reden.«

»Willst du ein traditionelles Ereignis verpassen?«

Kit sah ihn finster an. »Seit wann hast du es mit Traditionen, Dan Copeland?«

Wieder lachte er. »Das gehört zum Leben eines Politikers. Du wirst dich bestimmt daran gewöhnen.« Er sah sie nicht an, denn er hielt nach freien Plätzen Ausschau, und seine Hand ruhte besitzergreifend auf ihrem Arm.

Ich kann jetzt nicht gehen, dachte Kit. Das würde gegen seine Spielregeln verstoßen. Sie machte sich von ihm los.

»Kitty, bitte. Mach jetzt keine Szene. Hier nicht. Alle sind zum Spiel erschienen. Wenn wir uns nicht zeigen, wird es zwangsläufig Gerede geben. Ein unbesonnener Entschluß, jetzt gemeinsam zu verschwinden.«

»Spricht hier derselbe Mann«, sagte Kitty gepreßt, »der mir vorgeschlagen hat, zu Hause nur das Nötigste zusammenzupakken und meinen Ehemann zu verlassen? Das wäre auch nicht allzu – besonnen.«

»Jesus Christus! Kitty, ich möchte nur vermeiden, daß geklatscht wird, ehe wir mit Whit gesprochen haben. Das können wir heute abend tun.«

»Nein, nein«, sagte sie eilig. »Ich werde mit Whit reden. Das ist in allererster Linie eine Angelegenheit zwischen Whit und mir. Du sagst kein Wort. Versprich es mir.«

Er ergab sich. »Schon gut, ich verspreche es dir, aber ich wünschte, die Schmutzarbeit würdest du mir überlassen. Ich weiß, was ich tue.«

Das stimmt allerdings, dachte sie mit wachsender Bitterkeit. Du weißt immer, was du tust, du nimmst immer alles in die Hand.

Sie mußte ihm die ganze Geschichte erzählen, ehe etwas weiteres passieren konnte. Sobald sie darüber nachdachte, wußte sie, daß diese Entscheidung richtig war.

Mit gesenkter Stimme, die vor Anspannung bebte, sagte sie: »Ich habe einiges mit dir zu bereden. Es ist äußerst wichtig. Kommst du mit mir? Jetzt?«

»Also, Kitty, was soll das!« protestierte er. Sie konnte ihm ansehen, daß ihr Ton ihn belustigte. »Wir können jetzt nicht gehen. Das wäre zu offensichtlich, und außerdem haben uns schon zu viele Menschen gesehen.« Er senkte die Stimme. »Ich bin genauso scharf darauf wie du, mein Liebling. Jedes Mal, wenn ich dich ansehe, denke ich an die letzte Nacht, und es – ich weiß, wie du dich fühlst. Ich wäre jetzt weiß Gott auch viel lieber allein mit dir.«

»Das habe ich nicht gemeint! Nicht alles von Bedeutung wird S-E-X buchstabiert. Ich habe gesagt *reden*, und genau das habe ich auch gemeint. Und wenn du nicht gewillt bist, dir anzuhören, was ich dir zu sagen habe, dann sehen wir uns beim fünfundzwanzigjährigen Klassentreffen wieder!« Sie wirbelte herum und ging. Sie konnte selbst kaum glauben, daß sie das wirklich gesagt haben sollte, aber ihr wurde klar, daß sie es auch so gemeint hatte.

Leise und eindringlich rief er ihren Namen. Beim Klang seiner Stimme wirbelte sie wieder herum, kämpferisch und stolz, und sie begegnete seinem sanften, flehentlichen Blick. Er legte seine Hand auf ihre Wange, und sie spürte ihr Blut zu seiner Handfläche aufsteigen. Einen Moment lang schloß sie die Augen, um ihren Herzschlag unter Kontrolle zu bekommen, aber es war sinnlos. Sie spürte, daß ihr gesamter Körper ohne jede Willenskraft unmerklich näher zu seinem rückte.

Wie Quecksilber, dachte Dan teils bestürzt und teils verärgert. Jedesmal, wenn ich glaube, ich hätte sie im Griff, schlüpft sie mir davon. Ihm war bewußt, daß seine Nähe ihm eine Art Macht über sie verlieh, und er beobachtete, wie der lodernde Zorn in ihren Augen dahinschmolz, aber er triumphierte nicht. Er war weitaus ermüdeter, als er sich eingestehen wollte. Er liebte sie, er wollte sie, aber er wünschte sich nichts sehnlicher als ein Ende dieser Kämpfe. Letzte Nacht hatte er von 'Nam geträumt. Warum nach so vielen Monaten ausgerechnet letzte Nacht? Sie hatten sich leidenschaftlich geliebt, und statt inneren Frieden zu finden, war er einmal mehr im Krieg.

Die Fehlzündung und seine verrückte Reaktion darauf mußten im nähergegangen sein, als er anfangs geglaubt hatte. Es hatte ihn entnervt, soviel stand fest. Nach so vielen Jahren, an diesem friedlichen Ort, befiel ihn wieder dieses eiskalte Gespür drohender Gefahr – wie eine Klinge, die auf seinen Rücken wies. Er empfand das dringende Verlangen, einen Blick über die Schulter zu werfen.

Wenn sie nur seine Gedanken lesen könnte! Ihm war auch nicht danach zumute, hier zu sein, mitten in der Meute. Eine Mischung aus Gefahr und erotischer Spannung ließ seine Haut prickeln. Wenn sie nur gewußt hätte, wie sehr er sie jetzt brauchte.

Er hatte sich gerade entschlossen, ihr das zu sagen, hatte den Mund geöffnet, um zu sprechen, als eine schrille, überdrehte Stimme von den oberen Tribünen seinen Namen schrie.

»Dan Copeland! Jetzt bist du fällig!«

Er wußte es. Das war es. *Feind*, registrierte er und streckte ohne einen weiteren Gedanken die Arme aus, um Kitty zu beschützen.

Whit Harris hatte mit jedem Schritt zwei Stufen gleichzeitig genommen. Er war nicht wirklich besorgt, aber es sah ganz danach aus, als würde das Spiel jeden Moment beginnen, und er war von dem Gefühl besessen, so unrealistisch es auch sein mochte, daß er Katherine vor Beginn des Spieles finden mußte, wenn er sie überhaupt jemals finden wollte. Dieses verrückte Telegramm. Natürlich war es verrückt, es klang verrückt, und nur Verrückte schickten diese Art von Telegrammen. Aber dennoch: wo Rauch aufsteigt...

Er warf von oben einen Blick auf die Menge und entdeckte Lee Rivers. Katherine konnte nicht fern sein. Sie hatte immer wieder davon gesprochen, Lee wiederzusehen. Wenn sie damit allerdings nur andere Pläne getarnt haben sollte – nein, natürlich war es nicht so. Er hatte sich dieses Telegramm zu Herzen genommen, er, der sich immer nur an Tatsachen hielt. Er sah sich um und zwängte sich in den Gang.

Er sah sie, aber er mußte zweimal hinschauen, ehe er sicher war, daß sie es war. Das Haar fiel offen über ihren Rücken; seit den Zeiten im College hatte sie es nicht mehr so getragen – außer in der Zurückgezogenheit des Schlafzimmers. Er war so baß erstaunt, daß er erst im nächsten Moment realisierte, daß Dan Copeland bei ihr stand, nah bei ihr stand. Während er hinsah, legte Copeland seine Hand mit einer unmißverständlichen Geste der Vertrautheit auf ihr Gesicht. Ein schmerzliches Knurren stieg in Whits Kehle auf. Zehn Jahre – zehn Jahre, und dieser rothaarige Schurke versuchte es immer noch mit den alten Tricks! Das ging zu weit, es ging einfach zu weit!

Dann sah er ihr Gesicht, Katherines Gesicht, das Gesicht seiner Frau, sah, wie es schmolz, sah das Verlangen, sah die vollkommene Ergebung, die *er*, ihr Mann, nie an ihr gesehen hatte.

So. Dann stimmte es also. Er hatte sich verrechnet. Es schien

Dinge zu geben, die nie wirklich vergingen. Also gut, ihm war ein Irrtum unterlaufen. Jetzt würde er ihn berichtigen. Er würde...

Er hörte Copelands Namen, der in rasender Wut herausgekreischt wurde, und augenblicklich wußte er, daß diese Stimme und die Hand, die jenes Telegramm verfaßt hatte, einer und derselben Person gehörten.

Sie stand, leicht von einer Seite zur anderen schwankend in den nicht überdachten Tribünen: eine Frau, die so dünn war, daß sie ausgezehrt wirkte und an diesem heißen Tag unpassenderweise ein langärmeliges schwarzes Kleid trug, das bis zum Hals geschlossen war. Dunkelblaue Schatten sahen wie Schmutzflecke unter bleichen, funkelnden Augen aus. Sie wies mit einem Finger auf Copeland und Katherine und rezitierte laut und ausdruckslos:

»Hütet euch, Sünder, und hört eure Sünden! Mörder! Der Schlächter der Unschuldigen – meiner armen Lämmer. Dein Werk, Dan Copeland! Dein Werk! Du und deine Huren! Der Name des Bösen soll schmachten. Du wirst in der Hölle schmachten, Dan Copeland.«

Um sie herum breitete sich Schweigen aus. Alles war ganz ruhig geworden. Die Szene wirkte fast surrealistisch, als sich alle Köpfe umwandten, um das maskenartige Gesicht mit seinen steifen Lippen und den fiebrigen Augen anzustarren, den anklagenden Finger.

Doch jenseits des erstummten Kreises ging der Trubel weiter. In dem Moment, in dem die Zeiger der alten Uhr auf zwei zeigten, spielte die Kapelle die Nationalhymne, die über ein Dutzend von Lautsprechern übertragen wurde. Bis auf einen kleinen Kreis erhob sich die Menge geschlossen wie ein Mann, um in die Hymne einzustimmen.

Das plötzliche Tosen der Musik brachte die Frau aus der Fassung, und sie hielt inne und sah wild um sich. Dann schrie sie auf – sie konnte sich kein Gehör verschaffen, aber ihr Mund war weit aufgerissen. Während der gesamten Hymne hoben und senkten sich ihre Brust und ihre Schultern im Rhythmus ihrer Schreie, die im Tosen untergingen.

Joe Rugowsky machte einen Satz über das Geländer und bahnte sich einen Weg durch die Menge. Als am Ende der Hymne plötzlich Schweigen eintrat, plärrte die Stimme der Frau: »Kitty Cameron! Hure Babylons!«

Katherine! Whit fuhr herum. Das mit Copeland war etwas anderes, aber daß sie es wagte, seine Frau anzugreifen! Seine

Frau, die bleich, aber gefaßt im Schutz von Dan Copelands Armen stand und deren Hand auf Copelands lag. Wie konnte sie es wagen, ihre Taktlosigkeiten – ihre romantischen Torheiten, vor ganz Hampton zur Schau zu stellen! Nein, es war undenkbar! Aber als er auf die beiden zueilte, ließ Copeland sie los, sprang über das Geländer und stürzte auf die verrückte Frau zu.

»Liederliches Frauenzimmer!« kreischte sie. »Dieser Mann ist verheiratet. Er hätte mich heiraten sollen, aber Daddy wollte... Daddy, Daddy, wo bist du?«

Sie hielt unvermittelt inne und sah nach links, dann nach rechts. »Geht weg!« kreischte sie. »Alle beide! Ich habe nichts Böses getan! Ich habe nichts Böses getan! Ich habe gegen kein Gesetz verstoßen! Ich habe nur die Wahrheit gesprochen, und die Wahrheit wird zur Erlösung führen! Nicht mich! Packt *ihn*, ergreift diesen Mörder, Dan Copeland, ergreift *ihn!*« Doch sie rührte sich nicht und schloß ihre Augen in einer Geste der Ergebung.

Als die Männer sie von beiden Seiten an den Armen packten, ließ sie sich einen Moment lang zusammensacken, doch plötzlich kreischte sie auf und setzte sich heftig zur Wehr. Dan war überrascht, wieviel Kraft nötig war, um sie festzuhalten, und er war froh, daß Rugowsky ihm zur Seite stand. Ihm war schwindlig vor Erleichterung; er war *nicht* verrückt. Seine Vorahnungen einer bevorstehenden Gefahr waren keine bloßen Alpträume, die ihm von Vietnam geblieben waren. Diese Frau mußte ihnen gefolgt sein.

Es gelang Joe und ihm, sie gewaltsam zum Ausgang zu treiben. Sie setzte die Füße nur unwillig voreinander, und auf halber Strecke sackte sie wieder zusammen. Zu beiden Seiten wichen die Menschen zurück, um ihnen Platz zu machen, sahen ihnen nach, und eine Woge aufgeregten Geflüsters folgte ihnen. Vor der obersten Tribüne wandte sich ihre Gefangene um und fauchte Dan an: »Ich hätte dich kriegen sollen, Copeland! Du bist fällig! Mörder! Schlächter der Unschuldigen!«

Einen entsetzlichen Augenblick lang sah er Vietnam wieder vor sich, die versengte Erde, die zerstörten Wälder, die verbrannten Leichen; er dachte: Es war nicht meine Schuld, ich wollte nicht, ich war noch klein! Dann rief ihm etwas in dieser brüchigen Stimme eine andere Erinnerung ins Gedächtnis. Er sah in das verzerrte Gesicht, das Ähnlichkeit mit einem Totenschädel besaß. In den Mundwinkeln stand Speichel, die Augen waren in manischer

Raserei zusammengekniffen, und plötzlich – es war wie ein Schock – erkannte er sie.

»Serena!«

Sie reagierte nicht. Obwohl sie ihn anfunkelte, merkte Dan, daß sie ihn nicht wirklich sah. Ihre Blicke waren nach innen gekehrt, einem persönlichen Entsetzen zugewandt.

»Du hast sie umgebracht, Dan Copeland!« heulte sie auf und verdrehte die Augen. »Sie umgebracht, sie umgebracht, sie umgebracht! Mein Baby, mein Baby!«

»Schon gut, Gnädigste, alles klar«, knurrte Rugowsky. »Jetzt wird alles wieder gut. Wir bringen das schon in Ordnung.« Über ihren Kopf hinweg zog er die Augenbrauen hoch und sah Dan fragend an.

»Die – die Schwester meiner verstorbenen Frau, Sie heißt Serena Malverne. Ich habe sie seit Jahren nicht mehr gesehen. Sie ist in die Versenkung verschwunden. Ich habe sie kaum erkannt.« Dan sah in das aufgewühlte Gesicht mit den tiefliegenden Augen und den scharf hervorstehenden Knochen. »Sie hat sich verändert.« Aber die Augen und die dichten Brauen waren unverkennbar. Es waren die Brauen und Augen von Big Jim.

»Verändert? Das kann ich mir vorstellen«, murmelte Rugowsky. »Bringen wir sie an einen sicheren Ort. Komm schon, Serena, so ist's brav. Niemand will dir was tun.«

»Mörder! Mörder! Von Wermut wirst du dich nähren, und nichts als Galle wirst du zu trinken finden! Mörder! Wo bleibt die Vergeltung für die toten Babys? Bereue, Dan Copeland, bereue!«

Rugowsky warf Dan einen verständnisvollen Blick zu und schüttelte betrübt den Kopf. »Völlig kaputt – ein Jammer.«

Eine Hand legte sich auf Dans Schulter, und eine tiefe Stimme sagte: »Alles klar, Mann. Ich übernehme das jetzt. Vielen Dank für Ihre Hilfe.« Es war ein Bulle in Uniform.

»Hanley«, sagte Rugowsky. »Gut, daß du da bist. Wo warst du vor fünf Minuten?«

»Da, wo ich hingehöre, am anderen Ende des Stadions. Du bist außerdienstlich hier, Joe?«

»Das dachte ich bisher.«

»So kommt es immer. Na ja, jedenfalls habe ich einen Krankenwagen bestellt.«

»Gut.« Rugowsky wandte sich an Dan. »Ist jemand aus ihrer Familie in der Nähe?«

Dan schnitt eine Grimasse. »Du meinst wohl: außer mir? Nein, ihr Vater ist in Wisconsin. Ich glaube, ich sollte ihn am besten selbst anrufen. Aber in der Zwischenzeit – soll ich mitkommen?«

»Nee. Du nimmst Kontakt zu ihrem Vater auf. Ich sehe dich nachher noch. Wo wohnst du? Im Wohnheim? Okay. Jetzt geh wieder auf deinen Platz und genieße das Spiel.« Er lachte. »Wenn du es jetzt noch genießen *kannst.*«

Das war allerdings die Frage. Dan ließ seinen Blick über die Menge gleiten; er suchte den blassen blonden Kopf. Dann sah er sie, und ihr Gesicht war kreidebleich. Er sah den Arm, der um ihren Rücken gelegt war, die Hand, die auf ihrer Schulter lag, die manikürten Nägel, die kurzen, dicken Finger, die große goldene Armbanduhr, die die Sonne reflektierte. Wann zum Teufel war Whit eingetroffen – und weshalb so plötzlich? Whit sah ihm direkt in die Augen, ausdruckslos und dennoch auf gewisse Weise hämisch. Dan nickte zur Begrüßung, und seine Blicke wanderten wieder zu Kitty. Sie sah ihn an, aber als sich ihre Blicke trafen, stand keinerlei Gefühlsregung in ihren Augen. Er hätte ebensogut eine Fremde anschauen können und nicht die Frau, die noch vor wenigen Stunden wieder und wieder gierig nach seiner Liebe verlangt hatte.

Nach anfänglichem Zögern biß er die Zähne zusammen und ging direkt auf die beiden zu.

»Schnelle Arbeit, Copeland«, sagte Whit schmeichlerisch. Seine breite, bleiche Hand streichelte Kits Schulter. »Wer war der andere Kerl? Er kam mir bekannt vor.«

Mit einem Blick auf Kitty entgegnete Dan: »Joe Rugowsky.«

»Ach! Kein Wunder. Er war schon früher ziemlich schnell für jemanden, der so dick ist. Wirst du nicht im Revier gebraucht?«

Kein Wort über Serena. Nicht die leiseste Neugier. Die meisten Menschen hätten wissen wollen, was zum Teufel hier vorging. Nicht Whit Harris III, einer von der kaltblütigen Sorte. Und was Kitty betraf – ihr Gesichtsausdruck blieb unverändert. Sie wirkte erstarrt. War dies ihr Dasein als Whits Gattin? War es das, was dieser Schurke ihr antat?

Um Whits Frage zu beantworten, sagte Dan: »Nein. Man wird sie nicht verhaften. Sie ist – gestört. Ganz offensichtlich. Sie wird ins Krankenhaus gebracht.«

»Typisch. Die alte Leier. So ein Blödsinn. Ins Krankenhaus! Diese Frau sollte man auf Lebzeiten einsperren. Aber ihr werdet es selbst sehen: Man wird sie einen Tag dort behalten, viele gescheite Dinge sagen, und morgen um die Abendessenszeit läuft sie wieder frei herum.« Farbe war in sein Gesicht gestiegen, und die fleischige Hand schloß sich sichtlich fester um Kittys Schulter.

»Manchmal trügt der Schein, Harris.« Nach einer kurzen Pause fügte Dan hinzu: »Die Frau ist Jim Malvernes Tochter.«

Whit zog eine Augenbraue hoch und ließ sie sofort wieder sinken. »Ah. Ja. Somit ist sie deine – Schwägerin, wenn ich mich nicht irre?«

»Ja.« Mit verkniffenen Lippen. Wenn dieser Schurke mehr wissen will, dann muß er schon Fragen stellen. Verdammter Kerl. Aber Whit Harris setzte zufrieden sein selbstgefälliges Lächeln auf. »Wenn ihr mich jetzt entschuldigen würdet – ich muß ihren Vater anrufen.« Dan sah Kitty an und versuchte, ihr eine schweigende Nachricht zu übermitteln.

Warte auf mich, sagte sein Blick. Laß dich nicht von ihm kleinkriegen. Ich komme wieder und kämpfe für dich.

In den grünen Tiefen ihrer Augen stand keine Gegenliebe, keine Sehnsucht, kein Schmelzen. Er las eine Warnung.

16

Dan und Whit

Dan ließ Kitty und Whit stehen und ging eilig die Stufen zu dem düsteren, tunnelartigen Durchgang hinunter, der auf die Straße hinter dem Stadion führte. Dort war es kühl, und er war allein. Die Anfeuerungsrufe der Menge waren gedämpft und kamen aus weiter Ferne. Plötzlich blieb er schweratmend stehen und ballte die Fäuste.

Serena! Ihm grauste davor, Jim zu benachrichtigen. Was konnte Jim für sie tun? Serena. Dieser gepeinigte Totenschädel auf einem Skelett! Vergeblich bemühte er sich, sie so zu sehen, wie er sie in Madison gekannt hatte, ein Teenager in Bluejeans, ein wenig zu stämmig, ein wenig zu schüchtern. Nur Pollys hübsches, nichtssagendes Gesicht trat vor seine Augen. Serena war gleich nach der Beerdigung verschwunden. Jim hatte sie nie mehr erwähnt, hatte seine beiden Töchter nie mehr erwähnt. Jetzt hatte sich Serena auf die Lauer gelegt, um ihre verrückten Mordanklagen gegen Dan herauszuschreien – vielleicht hielt ihn Jim für einen Mörder. Natürlich nicht, so ein Unsinn. Jim war immer auf seiner Seite gewesen.

Aber Serena wußte es. Sie hatte geschrien: »Der Mörder! Er hat sie umgebracht! Er hat sie umgebracht!« Ich habe sie nicht umgebracht, dachte er gequält. Ich *wollte* niemals jemanden umbringen, nicht wirklich. Ich war ein Kind, und ich bin mit dem Bewußtsein aufgewachsen, daß wir die Guten sind und das Recht auf unserer Seite haben. Mir war nicht klar, daß sie wirklich *sterben* mußten. Daß *ich* wirklich sterben könnte. Bis dieser kleine Junge gestorben ist – durch meine Hand.

Dann war alles unerträglich geworden, und Dan hatte angefangen zu trinken. Nur so war es zu ertragen, und die nötige Menge, um den Bezug zu Realität zu verlieren, hatte man bald im Griff.

Nein! Plötzlich wurde ihm bewußt, daß Serena natürlich nicht Vietnam gemeint hatte. Sie hatte Polly gemeint – und das Baby.

Der Flugzeugabsturz: Er hatte nichts anderes empfunden als eine unendliche Erleichterung darüber, daß sich alles so einfach und so endgültig geregelt hatte, ohne sein Zutun. Eine Last war von seiner Seele gefallen, die Schuld war von ihm genommen. Sie konnte ihn nämlich immer noch erregen, selbst dann noch, als er bereits gemerkt hatte, daß bei ihr etwas nicht stimmte. Sie hatte einen Hang zu kleinen Spielchen gehabt, sie hatte sich verkleidet, hatte Blumen auf ihre Brüste gemalt – die Brustwarzen leuchtend rot geschminkt – und sich wie eine Hure verhalten. Einige Male hatten Zusammenkünfte im Haus stattgefunden, bedeutende Zusammenkünfte. Dann hatte sie aus dem Schlafzimmer nach ihm gerufen, und wenn er hineingegangen war, hatte sie bei gedämpftem Licht und angezündeten Räucherstäbchen nackt auf dem Bett gelegen, sich selbst gestreichelt, ihn fiebrig angesehen und ihn mit Worten animiert, von denen er nicht gewußt hatte, daß sie sie kannte. Er hätte entsetzt, angewidert und abgestoßen sein müssen. Statt dessen – hatte sie über seine wachsende Erregung gelacht, und er war zu seinen wartenden Kollegen geflohen. Aber später, ah, später . . .

Kitty. Kitty, dachte er. Ich habe Polly nie geliebt. Ich habe Polly nie geliebt, ganz und gar nicht. Warum hast du sie dann geheiratet? fragte er sich. Warum bist du ihr in das Kleinmädchenzimmer gefolgt? Alles war so einfach gewesen, und Big Jim wollte – was hatte Big Jim eigentlich wirklich gewollt? Vielleicht einen Sohn. War der unsichtbare, kleine Fötus, der in Pollys Bauch gewachsen war, ein Junge gewesen? Ein Sohn? Er konnte sich nicht mehr daran erinnern, was er angesichts ihrer Schwangerschaft empfunden hatte, nur, daß er sie nicht verlassen konnte. Hatte sie das

Kind gewollt? Kitty hatte ein Kind. Er versuchte, sie sich vorzustellen, Kit und die unbekannte Tochter. Sein Kopf drehte sich. Er stöhnte laut auf.

Als Dan in die nächste Telefonzelle trat, die leider nicht von allen Seiten Schutz bot, und mechanisch Jims Nummer wählte, fuhr der Krankenwagen vor. Rugowsky und sein Kumpel brachten Serena zu dem wartenden Fahrzeug.

»... sie umgebracht ... für *mich* bestimmt ... Nein, Daddy, ich mag nicht mehr, ich kann nicht, sie ist zu schnell ... Du kannst mich nicht zwingen, so zu tun, als sei sie in Ordnung, ich kann nicht, ich kann nicht, alle wissen es, bitte, Daddy, ich will ihn umbringen, laß mich ...« Ein unsinniger Wortschwall entströmte ihrem Mund.

Dan hatte das Gefühl, etwas Wichtiges gehört zu haben, und er versuchte, es sich ins Gedächtnis zu rufen, als in Wisconsin der Hörer abgenommen wurde und die vertraute Stimme brummte: »Ja?« Er mußte etwas sagen.

Was jetzt kam, zählte zu den schwierigsten Aufgaben, vor denen er je gestanden hatte. Außerdem mußte er schreien, um den Straßenlärm zu übertönen.

»Wer?« schrie Jim ungläubig. »Serena? Sie *was ...?*« Nach langem Schweigen sagte Big Jim: »Alles klar. Ich komme sofort.« Er legte abrupt auf.

Dan hielt den Hörer noch in der Hand. Serenas anklagender Singsang dröhnte noch in seinem Kopf. Einen Moment, dachte er. Ganz langsam, aber das will ich jetzt wissen. Was hatte sie gesagt? Sie hatte einen äußerst wichtigen Satz gesagt: »Zwing mich nicht, so zu tun als ob.« Hatte sie das nicht gesagt? Natürlich hatte sie von Polly gesprochen. Nachdenklich beobachtete er, wie die drei den Krankenwagen bestiegen und die große Tür zugeschlagen wurde. Im nächsten Moment fuhr der Wagen ab und entschwand aus seiner Sicht.

Was konnte sie damit gemeint haben? War sie vollkommen verrückt, oder war es möglich – konnte es sein – daß Jim *von Anfang an* gewußt hatte, was mit Polly los war? Wenn ja, so bedeutete das, daß er Dan in die Falle gelockt hatte, ihn vorsätzlich in sein Verhängnis gestürzt hatte. Nein! Das war ausgeschlossen. Doch nicht Jim, sein Mentor, sein Manager, sein Freund, dem er restlos vertraute! Dennoch reifte ein entsetzlicher Verdacht in ihm heran.

Häßliche Wahrheiten kamen an die Oberfläche, wurden nach

Jahren der wohlüberlegten Täuschung demaskiert. Weitere Wahrheiten würden folgen; er spürte sie nahen. Die Wahrheit, die Wahrheit, die Wahrheit, dachte er. Wir alle beharren darauf, daß sei, was wir wollen. Aber wenn wir der Wahrheit von Angesicht zu Angesicht gegenüberstehen, stellt sie sich häufig als Totenschädel dar. Die Wahrheit dessen, woran Serena dachte, die Wahrheit über seine Ehe mit Polly, über Jim, über das, was zwischen Kit und ihm und zwischen Kit und ihrem Mann war. Wenn die gesamte Wahrheit auf einmal ans Tageslicht käme, könnte sie alles zerstören, alles!

Er hängte den Hörer ein, fragte sich, ob Kit noch mit ihrem Mann im Stadion saß und verließ die Telefonzelle. Vor ihm stand Whit Harris. »Du siehst nicht allzu gut aus, Copeland. Hat die Dame dich arg mitgenommen?«

Welche Dame? hätte Dan gern gefragt, aber er wollte sich auf nichts einlassen. Nicht jetzt. Das hatte er Kit versprochen.

»Mir geht es gut«, sagte er.

»Hast du Malverne erreicht?«

Dan sah Whit Harris ins Gesicht. Er konnte den Ausdruck nicht deuten. »Warum willst du das wissen?«

»Komm schon, Copeland. Du weißt bestimmt, daß der amerikanische Gesundheitsausschuß Interesse an deiner Wahl bekundet hat. Insofern kann es dir nicht allzu seltsam erscheinen, wenn ich gern mit deinem Manager reden würde.«

»Er kommt nachher – mit der Düsenmaschine des Gouverneurs.« Was zum Teufel Harris von ihm wollen konnte?

»Gehst du wieder zurück?« Eine Kopfbewegung zum Stadion.

»Später«, sagte Dan. »Ich brauche erst ein Bier. An einem ruhigen Ort.«

»Ich fahre dich hin«, bot Harris an.

»Nein, danke.«

»Was soll der Unsinn. Der Wagen steht bereit.« Er machte eine Handbewegung, und der große silberne Mercedes rollte wie auf ein Stichwort leise heran. »Magst du vielleicht aufs Land fahren? Dort ist es ruhig.«

Dan sah einen Moment lang in das glatte Gesicht. Warum eigentlich nicht? Wenn er diesem Mann die Frau wegnahm, warum sollte er sich dann anstellen, wenn es darum ging, eine Gefälligkeit anzunehmen? Diese Bescheidenheit wäre fehl am Platz gewesen. Außerdem wurde er trotz Kits Warnung das Gefühl nicht los, daß die ganze Angelegenheit in allererster Linie eine Angelegenheit zwischen Whit und ihm war. Wie zu College-Zeiten, wie schon immer. Er stieg ein, und sie fuhren los.

Die beiden Männer saßen nebeneinander, doch jeder hatte sich in eine Ecke zurückgezogen, als wolle er möglichst viel Platz zwischen sich und den anderen legen. Warum forderte Kit das Unmögliche von ihm? Dan hatte das dringende Verlangen, zu handeln, etwas zu tun. Jahrelang hatte er sich nach ihr gerichtet, weil er gefürchtet hatte, sie zu verschrecken. Jahrelang hatte er sie im Arm gehalten, sie geküßt, sie begehrt, um immer wieder abgewiesen zu werden. Wieviele Mädchen hatten Nutzen aus Kit Camerons Neins gezogen? fragte er sich. Sie alle hatten wie normale Frauen auf ihn reagiert, warm und leidenschaftlich, und doch konnte er sich an keine einzige erinnern.

Er gehörte zu den Männern, die nur eine Frau wollen, und diese eine Frau hatte ihn ständig auf Armeslänge von sich ferngehalten. Verflucht, nach der letzten Nacht hatte er geglaubt, all das gehöre der Vergangenheit an. Sie war wunderbar gewesen, wirklich und ganz bei der Sache, ganz bei ihm – so, wie es sein sollte. Dennoch versuchte sie es heute wieder mit den alten Tricks: Sie wies ihn ab, entzog sich und befahl ihm, abzuwarten. *Was* abzuwarten!

Zorn stieg in ihm auf. Zwischen all dem Unwägbaren, mit dem er sich nicht wirklich konfrontieren lassen wollte, eine klare Entscheidung: Zu wem gehörte Kitty? Er kannte die Antwort, und auch sie kannte sie nur zu genau. Das einzige, was noch blieb, war, den armen Whit aufzuklären.

»Scotch? Oder ziehst du Bourbon vor? Vielleicht einen Cocktail?«

»Hm?« Er war tief in Gedanken versunken. Natürlich war Harris' Wagen mit einer Mahagonibar ausgestattet, mit Gläsern und einer Auswahl verschiedener Whiskys. Warum den Reichtum verspotten? Er konnte jetzt wirklich einen Drink gebrauchen.

»Hast du Jack Daniels?«

»Natürlich.«

Dan nahm einen großen Schluck und gähnte breit.

»Nicht viel geschlafen letzte Nacht?« sagte Whit gedehnt. Dan sah ihn scharf an; es blieb unverändert. Es war erschreckend, einen Mann anzusehen, der schon immer gewußt hatte, was er wollte, dessen Leben in gezielten Bahnen verlief, und der sich nie in Frage gestellt hatte.

»Nur, damit du es weißt: Du wirst sie nie bekommen. Nie.« In Harris' unerschütterlichem Blick lag eine Herausforderung.

Gut, dachte Dan. Jetzt waren die Schlachtlinien abgesteckt. Er war bereit. »Du hast sie nie gehabt!« konterte er.

Die schmalen Lippen wurden noch eine Spur schmaler. »Sie ist *meine* Frau.«

Achselzucken. »Na und ...«

Ein gepreßtes Schweigen. Dann beugte sich Whit vor und fauchte: »Martin! Halten Sie an!« Der Wagen fuhr augenblicklich an den Straßenrand und hielt an.

Dan grinste. »Willst du mich absetzen? Obwohl wir offensichtlich viel zu bereden haben? Schäm dich, Harris.« Mit einem dramatischen Schluck leerte er sein Glas.

»Ich steige ebenfalls aus, Copeland. Wir gehen zu Fuß zurück. Um uns zu unterhalten.«

Die Nachmittagssonne stand tief am Himmel, als die beiden Männer im Gleichschritt weit ausschritten, und vor ihnen auf der Straße liefen die langen blauen Schatten.

»Was ist mit *deiner* Frau passiert?« fragte Whit unvermittelt.

»Sie ist bei einem Flugzeugabsturz gestorben.«

»Oh. Tut mir leid.«

Wie einfach die Welt doch für Menschen wie Whit Harris war, dachte Dan. Alles wurde auf gesellschaftliche Umgangsformen reduziert. Oh, deine Frau ist gestorben? Tut mir leid. In 'Nam hätte es dich beinah erwischt? Da hast du aber Glück gehabt. Du hast meine Frau leidenschaftlich geliebt? Nun gut, aber sie gehört mir. Es mußte eine Möglichkeit geben, an ihn heranzukommen, ihn aufzurütteln.

»Für Jim Malverne ist das sicher ein schwerer Schlag«, fuhr Whit in unverändertem Tonfall fort. »Eine Tochter tot und die andere verrückt. Zweifellos wird sie den Rest ihres Lebens in einer Heilanstalt verbringen.« Er schüttelte den Kopf. »Ein Jammer. Man setzt allzu große Hoffnungen in seine Kinder. Hast du welche?«

»Geht das denn nicht alles ziemlich weit am Thema vorbei, Harris?«

Die unerbittliche Stimme fuhr fort. »Katherine und ich haben eine Tochter, hast du das gewußt?« Die blassen Augen huschten zur Seite, um Dans verwirrtes Nicken zur Kenntnis zu nehmen. »Ein schönes Kind. Mit rötlichem Haar.« Whit machte eine Pause. Was erwartet er bloß von mir? fragte sich Dan. Dazu habe ich nichts zu sagen. Doch wieder einmal redete Whit einfach weiter.

»Kaum etwas im Leben bereitet soviel Freude, wie ein Kind

heranwachsen zu sehen. Lily ist ein intelligentes, athletisches Mädchen. Katherine hängt sehr an ihr; die beiden haben ein ungewöhnlich enges Verhältnis zueinander.«

»Wenn wir gerade von Kitty reden ...«, setzte Dan an, doch der andere übertönte ihn.

»Die Familie Harris läßt sich kontinuierlich bis in die Tage Charles des Dritten von England zurückverfolgen. Du siehst also, daß Lily für uns von großer Bedeutung ist.«

»Ja, das kann ich verstehen.« Dan winkte ungeduldig ab. »Aber um wieder auf ...«

»Zu schade, daß dir diese Freude versagt geblieben ist.«

Erbost fauchte Dan: »Ich habe noch nie unbedingt ein Kind gewollt. In dieser miesen Welt nicht.«

»Ach, tatsächlich?« Whits Tonfall hatte sich unmerklich verändert, und Dan wandte sich um, um ihn anzusehen. Der Mann grinste ihn doch wahrhaftig spöttisch an. Was zum Teufel glaubte er, Dan voraus zu haben? Seine verfluchte Vaterschaft? Hielt er sich dadurch für unantastbar, sicher vor Liebhabern, die plündernd über Land zogen?

»Wenn Kitty zu mir kommt, Harris, kann sie von mir aus ein Dutzend Kinder haben, wenn sie mag.« Er betonte jedes einzelne Wort so sorgsam, als wolle er sich vergewissern, daß Whit keine Silbe mißverstehen könne.

Whit verlor die Fassung. Dan lächelte. Endlich hatte er ihn soweit.

»Du Schurke!« explodierte Whit. »Du hast dich nicht verändert! Du hast schon immer versucht, sie zu verderben! Von Anfang an hast du sie nie in Ruhe gelassen. Immer warst du hinter ihr her. Sie wollte deine schmierigen Aufmerksamkeiten nicht. Sie hat es gehaßt! Sie hat es gehaßt!« Während er sprach, ging er schneller und immer schneller und schleuderte die Worte heraus wie einen Kugelregen.

Dan machte größere Schritte. »Alles Blödsinn!« rief er. »Sie hat mich immer geliebt!«

»Niemals! Sag das kein zweites Mal. Sie hat dich nie geliebt. Sie hat mir erzählt – glaub nur nicht, ich wüßte es nicht –, wie du sie über Jahre bedrängt hast, versucht hast, sie zu zwingen!«

»Ich war gut für sie! Sie war völlig verklemmt und hat sich vor ihren eigenen Gefühlen gefürchtet. Ich mußte sie nie zu etwas zwingen oder ihr Fallen stellen. Ich habe sie *frei* gemacht!«

Zu Dans Überraschung lachte Whit jetzt, ein schriller Würgelaut. »Oh, Copeland, wenn du nur wüßtest, was für ein unglaubliches Rindvieh du bist! Du hast sie frei gemacht! Oh, mein Gott, das ist ja köstlich! Du weißt noch nicht einmal, was du getan hast! Du hast sie direkt in meine Arme geschickt – zu *mir!* Hast du gewußt, daß *sie* mir einen Heiratsantrag gemacht hat? Nein, dein dämlicher Blick sagt deutlich aus, daß du es nicht gewußt hast. So ist es also: Sie hat um mich geworben. Sie ist hinter *mir* hergelaufen. Sie wollte ihre Freiheit, das stimmt – ihre Freiheit von *dir!*«

»Das ist eine Lüge! Sie hat mich geliebt, und sie liebt mich heute noch. Sie braucht nichts von deinen ...«

Harris blieb abrupt stehen und wirbelte herum. Dan wäre fast mit ihm zusammengestoßen. Sie standen sich gegenüber, und beide atmeten schwer.

»Als ich sie zum ersten Mal gesehen habe«, sagte Whit mit vollständig veränderter Stimme, so ruhig, daß es fast tot klang, »war sie rein und vollkommen. Ich erinnere mich so gut daran, als sei es erst gestern gewesen. Wir hatten sie zur Süßen von Sigma Chi gewählt, und sie trat in das Wohnzimmer des Studentinnenwohnheims. Sie hat ausgesehen wie ein Engel, so bleich und feierlich und ätherisch ...« Er holte tief Atem. »Du hast ihr das genommen. Bei mir war sie immer im Frieden mit sich selbst, über alles Geschmacklose erhaben ...«

»Sex meinst du. Über den Sex erhaben.«

»Behalte deine schmutzigen Gedanken für dich. Katherine ist eine geborene Dame.«

Dan starrte ihn an. »Ich glaube kein Wort«, sagte er. »Du machst doch keine Witze? Eine echte Dame, die sich nicht soweit erniedrigen würde, Leidenschaften zu verspüren? Ist es das, was du mir weismachen willst?«

»Ich kenne sie.« Stur fügte er hinzu: »Ich habe zehn Jahre mit ihr zusammengelebt.«

Dan schüttelte den Kopf. »Du hast sie nie auch nur annäherungsweise kennengelernt. Du magst zehn Jahre mit ihr verheiratet gewesen sein, aber angesichts deiner Einstellung weiß nur Gott, wie ihr beide es fertiggebracht habt, ein Kind in die Welt zu setzen.« Er lachte.

Die Faust ging so schnell auf ihn nieder, daß er kaum Zeit fand, sie zu bemerken, geschweige denn, sich zu ducken, aber Whit war so aufgebracht, daß der Schlag seitlich an seinem Kopf abprallte und nur Dans Ohr dröhnte. Whit holte kein zweites Mal aus; er blieb still stehen und rang mit seiner Selbstkontrolle.

»Heiliger Jesus, und ich dachte, ich wüßte längst alles. Wessen Tugend nimmst du in Schutz – Kits? Nachdem sie seit zehn Jahren verheiratet und Mutter eines Kindes ist? Spar dir den Heldenmut, ja? Sie ist keine Alabasterheilige. Und eben deshalb wird sie dich verlassen, Harris – weil sie dieses Wochenende Geschmack daran gefunden hat, wie eine Frau aus Fleisch und Blut behandelt zu werden. Genau das liebt sie, Harris, und aus diesem Grund wird sie auch zu *mir* kommen!«

Whit rieb sich automatisch die Knöchel. »Nein. Sie kommt nicht mit dir.«

»Oh, doch, das wird sie. Ich kenne sie. Ich weiß, was sie will.« Beide setzten sich wieder in Bewegung.

»Ich lasse sie nicht gehen«, warnte Whit seinen Gegner.

»Du kannst sie nicht davon abhalten.«

»Das kann ich, und zudem kann ich auch *dich* davon abhalten.«

Dan fragte mit ruhiger Stimme: »Wie ist das gemeint?«

»Ich meine damit, daß es in meiner Macht steht, dich zu ruinieren, deiner Karriere ein Ende zu bereiten. Einfach so ...« Er schnalzte mit den Fingern.

Dan lachte. »Du meinst diese lausigen Hunderttausend? Die kannst du meinetwegen aufessen. Du meinst, damit könntest du meiner Karriere schaden? So naiv kannst du nicht sein!«

Als Whit antwortete, lag etwas Bedrohliches in seiner Stimme. »Erinnerst du dich an Muskie? Ein Spitzenkandidat. Sehr beliebt. Aber ein einziger Brief, eine einzige Zeitung, eine einzige Pressekonferenz, und er war fertig, am Ende, endgültig vernichtet. Und all das durch eine Geschichte, die noch nicht einmal wahr war. Es ist einfach phantastisch, wie simpel so was funktioniert. Man setzt ein Gerücht in Umlauf, schreibt einen Brief, nur um irgend etwas zu tun ... Weißt du, Copeland, das wäre mir ein leichtes. Ich habe die nötigen Beziehungen, das Geld und den Einfluß. Ich habe alles, was man dazu braucht.«

»Du vergißt dabei eine entscheidende Tatsache, Harris.« Dan legte Sicherheit und Selbstvertrauen in seine Stimme. »Wenn du mir schadest, schadest du auch Kitty, denn zur Zeit der Wahl wird sie schon längst bei mir wohnen.«

Whit lachte, ein kurzes Bellen. »Nein, *du* ziehst eine entscheidende Tatsache nicht in Betracht. Katherine wird nie mit dir zusammenleben. Ich wollte dich lediglich warnen, damit du aufhörst, sie zu belästigen, damit du sie in Ruhe läßt.«

»Wenn ich mich jetzt einverstanden erkläre, woher soll ich dann wissen, daß du nicht ohnehin schmutzige Komplotte gegen mich anzettelst?«

»Aha. Du weißt es nicht. Aber – ich *bin* ein Harris.«

Dan erschien die ganze Sache unglaublich. Er fühlte sich ins neunzehnte Jahrhundert zurückversetzt und rechnete damit, jeden Moment zu einem Duell herausgefordert zu werden. So sehr das Ganze eine Farce war – eines stimmte dennoch: Whit Harris war in der Lage, seine Drohung wahrzumachen, und zwar mit Leichtigkeit.

Vom politischen Standpunkt her gab es nur eine Möglichkeit. Er mußte zurückstecken, sich bei Whit entschuldigen, versprechen, sich gut zu benehmen und ein wenig kriechen – auf äußerst männliche Weise, versteht sich. Whit hatte sämtliche Asse in der Hand, und das Spiel war ohnehin gezinkt. Dan war angreifbar; Whit nicht. So einfach war das alles. Außerdem war sie tatsächlich seine Frau. Dan hörte Jims Stimme schon in seinem Ohr: »Zum Teufel, Junge, spiel mit. Nimm erst seinen Rat an und dann sein Geld. Später, nachdem du gewählt bist, nimmst du ihm seine Frau weg.«

Das Spiel war zu Ende, und die Straßen bevölkerten sich. Gleich würden sie auf die solide Phalanx früherer Studienkollegen treffen. Jetzt oder nie. In wenigen Minuten würde das gesellschaftliche Treiben sie verschlingen.

Dan, der Campus-Radikale, der auf Demonstrationen geschrien hatte: »Diese Generation wird sich nicht verkaufen!« Dan Copeland, der damals jedes Wort ernst gemeint hatte. Dan, der Agitator, der verwegene Wahlkampfkandidat. Jetzt dachte er darüber nach, wie er am besten seinen eigenen Kragen rettete, einem Mann seine Frau stahl und währenddessen Applaus von allen Seiten bekam. Er rechnete sich aus, welche Lügen ihn am weitesten brachten und in welchem Tonfall er sie vorbringen sollte. Wann hatte ihn der Mut verlassen, wann seine Überzeugungen? Als er bei seinem ersten Zusammentreffen mit Polly Big Jim gefallen wollte? Oder schon vorher, als er Serena nicht aktiv entmutigt hatte, die ihn mit liebeskranken Augen angesehen hatte? Wann hatte er angefangen, kleine Notlügen zu erfinden, ein wenig zu betrügen, die Wahrheit leicht zu verdrehen, um voranzukommen? War es ihm zur Gewohnheit geworden?

»Nein, Harris«, sagte er krächzend. »Ich spiele nicht mit. Ich lasse mich nicht erpressen. Ich liebe Kit, und sie liebt mich. Mit den netten kleinen Spielchen ist es aus und vorbei. Zeig dich von deiner schlechtesten Seite. Ich schlage dich ohnehin. Und wenn das dein einziges Mittel ist, deine Frau zu halten, hast du sie gar nicht erst verdient.«

Zu seinem Erstaunen lachte Harris ungekünstelt. Er amüsierte sich wirklich. »Du bist nicht nur ein Schurke, Copeland«, sagte er, »sondern blöd bist du auch noch. Ich brauche nichts zu tun, um sie zu halten. Sie wird bei mir bleiben, und zwar aus freiem Willen. Das garantiere ich dir. Du wirst es selbst erleben.« Mit einem gehässigen Lächeln wandte er sich ab und ging mit eiligen Schritten auf das Wohnheim zu.

Eine Minute später lief Dan hinter ihm her. Er rannte fast. Von welcher unbeschreiblichen Arroganz dieser Mann befallen war! Kit hätte niemals um die Hand eines Mannes angehalten. Nur gezwungenermaßen, aber niemals von sich aus. Er mußte eher als Whit bei ihr eintreffen. Wenn Whit es wagen sollte, Hand an sie zu legen ...!

Die Tür war verschlossen. Dan klopfte so leise wie möglich. Er wollte sie nicht bei ihrem Namen rufen. Das hätte nur Aufmerksamkeit erregt. Überall waren Schritte, Geplauder und Lachen zu vernehmen. Aber sie war hier. Das wußte er. Sie war hinter dieser Tür und Whit ebenfalls. Er wartete einen Moment und lauschte. Sicher konnte man heftigen Atem oder ein Flüstern durch die Tür hören. Dann pochte er mit der Faust an die Tür und rief ihren Namen. Keine Antwort.

Das würde er Whit Harris nicht durchgehen lassen. Wenn es sein muß, trete ich die verdammte Tür eben ein, dachte er, aber in dem Moment drang ein vertrauter, schriller Schrei durchs Treppenhaus: »Oh, juhu! Dan Copeland! Stimmt was nicht?«

Dan biß die Zähne zusammen und warf einen letzten grimmigen Blick auf die solide gearbeitete Tür, hinter der Schweigen herrschte. Courtney, dieses verfluchte Weibsbild! Er klatschte sich ein Lächeln aufs Gesicht und wandte sich widerwillig ab. Nur nichts aufbauschen, am allerwenigsten vor der größten Klatschtante der Klasse. Er tat so, als sei er gerade am Gehen. Aber er würde zurückkommen. Was konnte in zehn Minuten schon passieren?

17
Whit Harris und seine Frau

Kitty starrte Whit an, der im Türrahmen lehnte und Blicke um sich schoß; sein ganzer Körper war starr vor Anspannung. »Was . . .?« murmelte sie mit verschlafener Stimme. Sie war gerade eingeschlafen, als er hereingestürmt war, die Tür zugeknallt hatte und sie hinter sich verschlossen hatte.

Er schüttelte heftig den Kopf und legte warnend einen Finger auf die Lippen. Das Geräusch von Laufschritten war aus dem Flur zu hören. Dann wurde an der Klinke gerüttelt, und Fäuste schlugen wütend auf die Tür ein.

»Whit«, flüsterte sie, »mach die Tür auf!« Er sah sie finster an und schüttelte den Kopf. »Es könnte Lee sein!« Wieder ein ungeduldiges Kopfschütteln anstelle einer Antwort. Das Klopfen und Pochen wurde beharrlicher, und sie setzte sich auf. Schließlich war das ihr Zimmer. Ihres und Lees. Was um alles in der Welt war in ihren gleichmütigen, unerschütterlichen Mann gefahren? Als sie aufstand und sich ihm näherte, streckte er die Hand aus und umklammerte ihren Arm so, daß sie sich nicht mehr bewegen konnte. Dann hörte sie den unverwechselbaren Klang von Dans Stimme, die ihren Namen rief. Kitty versuchte, sich aus Whits Griff loszureißen und machte den Mund auf, um Protest einzulegen. Im selben Augenblick schloß sich seine zweite Hand über ihren Lippen. Erstarrt sah sie ihn an.

Das Klopfen hörte auf, und plötzlich trat Stille ein. Es folgten die üblichen Alltagsgeräusche. Menschen gingen die Treppe hinauf, riefen einander etwas zu und öffneten Türen und schlossen sie wieder.

Als er seine Hand von ihrem Mund nahm, fuhr sie sich mit der Zunge über die Lippen. »Das war Dan!«

»Das weiß ich selbst.«

»Was ist passiert? Warum hast du die Tür abgeschlossen? Was hat sich zwischen euch beiden abgespielt?«

Der Griff um ihren Arm wurde fester. »Mr. Copeland und ich haben Punkte – von beidseitigem Interesse ausdiskutiert.«

»Whit, du tust mir weh!« Er sah an sich herunter, ließ sie los und starrte seine Hand an, als hätte er sie nie zuvor gesehen. Sie trat schnell zurück. Plötzlich war ihr kühl, und sie hüllte sich enger in den Seidenmantel.

Er stieß durch zusammengepreßte Zähne hervor: »Du kannst aufhören, dich gegen mich zu verbarrikadieren.«

»Wovon sprichst du?«

»Ich spreche von der Tatsache, daß du meine Frau bist. Ihn habe ich bereits daran erinnert; jetzt rufe ich es dir ins Gedächtnis zurück. Du gehörst mir, Katherine – nein, wende dich nicht ab, das nutzt dir jetzt überhaupt nichts mehr. Ein Abwenden von mir gibt es von jetzt an nicht mehr.«

Kitty starrte ihn an. Ihr Herz klopfte so heftig, daß sie glaubte, er könne sehen, wie ihr ganzer Körper zitterte. Sie war sich so sicher gewesen, Whit Harris bis ins kleinste Detail zu kennen, mit keinen Überraschungen rechnen zu müssen. Aber der Mann, der ihr gegenüber stand, war ein Fremder. Dieser selbstgefällige Blick, mit dem er sie betrachtete – es verlangte sie danach, diesen überheblichen Ausdruck aus seinem Gesicht zu schlagen, aber sie fürchtete sich vor ihm. Sie starrte ihn an, und eine Woge des Ekels stieg wie Seekrankheit in ihr auf. Warum, warum nur, fragte sie sich, war sie so sicher gewesen, daß eine Ehe mit ihm den einzigen Ausweg bot? Alles andere wäre besser gewesen als ihre kalte Gemeinschaft zweier Körper, zweier Fremder. Natürlich war ihr vor zehn Jahren alles andere unglaublich und kompliziert erschienen. Sogar unmöglich. Oh, Gott – in ihre Augen traten Tränen – wenn sie nur mehr Courage gehabt hätte!

Der Regen war über dem dichten Verkehr New Yorks niedergegangen. Kitty zog den Kopf ein. Sie trug einen Regenmantel mit Kapuze, aber er war zu kurz, und schon nach wenigen Minuten waren ihre noch von Italien gebräunten Beine und die hübschen Ledersandalen durchnäßt. Die allgegenwärtige Übelkeit regte sich in ihrem Magen. Am Nachmittag wurde es immer stärker, und am Abend erschien ihr der Tod erstrebenswerter als diese würgende Übelkeit, die sie zu ersticken drohte. Es war fast sechs Uhr, und nur der Gedanke, daß bald alles ausgestanden war, hielt sie aufrecht. Ihr Kopf drehte sich, und sie lehnte sich an die Fensterscheiben eines Antiquitätengeschäfts, um nicht ohnmächtig zu werden. Die Eingangstür stand weit offen. Dankbar trat sie in den Laden und schluckte mehrfach mit halbgeschlossenen Augen.

»Fräulein? Sind Sie in Ordnung?« Kit brach fast in Tränen aus, als sie in das freundliche, betroffene Gesicht einer Frau blickte.

»Setzen Sie sich, ich nehme Ihnen den Mantel ab. Hier ist ein Schluck Sherry, er wird Ihnen gut tun.«

Um halb sieben mußte sie beim Arzt sein, nach Beendigung der normalen Sprechstunden. Man hatte ihr gesagt, sie solle dreimal läuten. Er erwartete sie – das heißt, er erwartete Mrs. Smith.

Der Sherry betäubte sie, und Kitty merkte, daß ihr Dr. Burns mit seinen Sonderleistungen nach den Sprechstunden weit weg erschien. Sie sehnte sich nach ihrer Mutter, aber sie wußte, daß ihre Mutter in dieser Situation vollkommen unnütz gewesen wäre, so sehr sie sie auch brauchte.

Kittys Gedanken wurden zunehmend wirrer. Sie seufzte tief und fragte sich, wie spät es wohl inzwischen sein mochte. Sie setzte sich aufrecht hin und traf Vorbereitungen, um zu gehen. Dort, genau in ihrem Gesichtsfeld, stand plötzlich der kleine Engel, offensichtlich als Zierde eines Gartens gedacht. Es war ein fetter Cherub, der lächelnd und mit Grübchen in den dicken Backen auf eine winzige Trommel schlug, ganz aus grauem Stein und doch so lebendig. Das liebe kleine Baby, dachte sie und stand auf, als ziehe ihre plötzliche, unwiderrufliche Entscheidung sie vom Stuhl.

»Ich kann es nicht«, sagte sie laut. Sie streckte eine Hand aus, um sanft den dicken Arm aus Stein zu berühren. Er war glatt und warm, und einen Moment lang kam es ihr vor, als berühre sie Haut. Ich werde dieses Baby bekommen, dachte sie, ganz gleich, was geschieht. Ich kann es einfach nicht – umbringen.

Sie sah sich nach der Besitzerin des Ladens um und rief: »Was kostet der?«

Die Frau lugte hinter einer Kommode hervor und sagte: »Der Cherub? Na, der ist eher alt. Eigentlich wollte ich zweihundert, aber in bar würde ich auch hundertachtzig nehmen.« Sie kam zu Kitty herüber und bemerkte breit lächelnd: »So. Dann habe ich mir also das Richtige gedacht.«

»Wie meinen Sie das?«

»Sie sind schwanger. Hab ich's doch gleich gewußt. Ist er nicht süß, dieser Cherub? Die Italiener wissen eben, wie man Babys macht.«

»Ich kaufe ihn.« Zum ersten Mal seit Wochen war sie sich einer Entscheidung absolut sicher. Dieser Cherub war *ihrer.* »Das heißt«, fügte sie hastig hinzu, »ich zahle ihn gleich, aber ich kann ihn jetzt nicht mitnehmen.«

Das Geld, das für Dr. Burns bestimmt war, war fort (»Vorausbezahlung, versteht sich«), und Kitty stand wieder im Freien. Der

Sturm hatte nachgelassen, und es schüttete nicht mehr, sondern nieselte nur noch.

Am Columbus Circle fiel Kitty auf, daß sie gar nicht wußte, wohin sie eigentlich ging. Die Idee, eine Abtreibung zu verwerfen, mochte ja gut sein, aber jetzt mußte sie der Realität ins Auge sehen. Sie besaß ein Stipendium für Stanford, das sie nicht antreten konnte, eine kleine Statue im Wert von hundertachtzig Dollar, für die sie keinen Platz hatte, fünfunddreißig Dollar in Reiseschecks, ein Baby, das unterwegs war und einen Ehering aus Blech. Was sollte sie damit anfangen? Zu Mama nach Hause ziehen? Nur das nicht. Zu Dan gehen? Das stand völlig außer Frage. Sie fürchtete sich vor ihm.

Dann fand sie eine Lösung, die geradezu auf der Hand lag. An der Ecke neunundfünfzigste Straße, achte Avenue stand eine Telefonzelle. Ohne auch nur einen Moment zu zögern, ging sie darauf zu, ließ ihren billigen Ehering mitten auf der Straße fallen und legte eine Hand auf ihren Bauch, um sich zu vergewissern, daß er noch vollkommen flach war.

Er war noch im Büro. »Hallo, Whit?« Ihr Mund war ausgetrocknet. »Ich bin's, Kitty.«

»Katherine! Wo bist du?«

»Am Columbus Circle. Ich würde dich gern sehen . . . Könntest du . . .?«

»Könnte ich was! Ich bin eineinhalb Straßen von dir entfernt! Hast du – können wir . . .?« Er räusperte sich. »Darf ich dich zum Abendessen einladen?« fragte er in förmlicherem Ton.

Allein in der Telefonzelle lächelte sie. Er hatte sie nicht vergessen; er hatte sich nicht verändert. Jetzt war alles gut.

»Ich würde liebend gern mit dir essen gehen«, entgegnete sie mit ihrem süßesten Stimmchen. »Wo treffen wir uns?«

»Ich hole dich natürlich ab.« Natürlich. »Bleib einfach, wo du bist, und ich – wo bist du überhaupt?«

Kit lächelte wieder. Er war verwirrt. Gut so. Er ließ sich noch von ihr bezaubern; er hatte also noch nichts Neues gefunden. Nachdem sie eingehängt hatte, korrigierte sie ihr Make-up.

Nachträglich konnte sie sich nicht mehr an den Namen des kleinen französischen Restaurants erinnern, in dem sie nebeneinander auf einem Plüschsofa gesessen hatten. Dagegen konnte sie sich an das Dämmerlicht, die Margeritensträuße und an Whits blasse, fleischige Hand mit den kurzen Fingern und dem goldenen Siegelring erinnern.

Er war sehr erfreut, sie zu sehen. Sie war entspannt und fühlte sich sicher. Und dankbar. Tatsächlich empfand sie, wenn sie in sein Gesicht sah, das vergnügter und lebendiger als sonst wirkte, sogar eine gewisse Zuneigung. Sie griff über den Tisch und nahm seine Hand zwischen ihre Hände; damit gelang es ihr, ihn sehr zu verblüffen.

»Katherine?«

Sie lachte und war sich vollkommen bewußt, daß er sie liebestrunken ansah und auch, daß sie sich so verhielt, wie er es schon seit langem gehofft hatte. Sie beugte sich zu ihm vor und küßte ihn flüchtig auf die Lippen. Mit wachsender Aufregung ihrerseits vernahm sie, wie er scharf nach Luft schnappte. Es würde funktionieren! »Ich freue mich, dich wiederzusehen, das ist alles. Freut es dich nicht, mich zu sehen?«

»Ob es mich freut, dich zu sehen! Ich dachte – zumindest habe ich dich bei der Examensfeier dahingehend verstanden – daß du mindestens die zwei kommenden Jahre in Kalifornien verbringst. Für mich kommt das – völlig unerwartet, das mußt du verstehen. Und daß du so – so...«

»So was, Whit?« Sie sah ihn durch ihre gesenkten Wimpern an.

»So – zärtlich bist.«

»Schließlich haben wir während des Studiums viele lange, gelungene Abende miteinander verbracht. Hast du darin keine Zuneigung gesehen?«

»Das ist etwas anderes.«

Sie mußte ihre Blicke senken. »Versteh mich, ich habe dich schon so lange nicht mehr gesehen. Und – und – ich habe dich vermißt.« Sie hielt seine Hand fest und holte tief Atem. »Whit – Whit, hör zu. Jetzt bin ich soweit, daß ich dich heiraten würde. Wenn du mich noch willst.«

Sie konnte es nicht lassen, ihm einen Blick zuzuwerfen, aber schon einen Moment später wünschte sie fast, sie hätte es nicht getan. Die verschiedensten Emotionen jagten sich auf seinem Gesicht: erst ein verwundertes Stirnrunzeln, gefolgt von einem triumphierenden Aufblitzen, selbstgefällig und hämisch; dann war all das wie ausgewischt, und auf sein Gesicht trat ein Ausdruck, der besagte: Ich liebe dich, da hast du aber Glück gehabt. Das erboste sie derart, daß sie einen Moment lang versucht war, ihm ihre Hand zu entziehen und aus dem Restaurant zu laufen. Aber wohin?

»Das wirst du nie bereuen«, sagte Whit in ihre Fluchtgedanken hinein, und sie sah zu ihm auf. »Ich werde mich immer um dich kümmern und für dich sorgen«, fuhr er fort, und sie nickte ihm zu und setzte ihr süßestes Lächeln auf, doch innerlich schrie sie auf: Du Dummkopf! Du fragst nicht einmal, warum! Wundert dich denn gar nicht, daß ich plötzlich meine gesamten Pläne über den Haufen geworfen habe? Ist dir das gleich?

Während er sprach, sah sie in sein glatt rasiertes Gesicht, seine Augen, die wie Spiegel waren und nur widerspiegelten, was er in der jeweiligen Situation für angemessen hielt. Dagegen waren Dans Augen Fenster, durch die man einen Blick in seine Seele werfen konnte. Sie durfte nicht mehr an ihn denken, nie mehr. Sie hatte ihre Wahl getroffen, und diese saß ihr jetzt gegenüber, lächelte, wie es sich gehörte und bestellte, so wie es sich gehörte, Champagner.

Er schlug ihr Weihnachten oder Silvester für die Hochzeit vor. »Es sei denn, du wolltest schon immer eine Junibraut sein«, fügte er hinzu.

Sie geriet in Panik. Dieses Baby würde im Mai auf die Welt kommen. Doch sie mußte behutsam vorgehen; sie lächelte ihn strahlend an und trank einen großen Schluck Champagner. »Wir gehen schon seit dem ersten Semester zusammen aus – Liebster. Warum sollen wir so lange warten?« Ein zärtlicher Blick belohnte sie.

»Gut, was hältst du von Silvester? Das wäre in mehrerer Hinsicht ideal. Über die Feiertage kommt die ganze Familie zusammen, und wir könnten die Hochzeit im Haus auf Long Island feiern. Ich denke ohnehin, daß wir dort einziehen, Katherine; du willst doch nicht in meine beengte Stadtwohnung ziehen? Wir werden viele Gesellschaften geben müssen, aber in dem Haus gibt es genügend Personal. Es ist nicht mehr neu eingerichtet worden, seit Mutter vor vielen Jahren gestorben ist. Dort wird es dir gefallen, und dir steht nur Schönes bevor. Du rufst einfach bei McMillan an, und man wird dir gleich jemanden schicken.« Er unterbrach sich und lächelte sie an. »Ich plaudere vor mich hin, aber das liegt nur daran, daß ich so glücklich bin – liebste Katherine.«

»Silvester?« Sie tat so, als müsse sie darüber nachdenken. »Wie wäre es mit – nächster Woche?« Sie lachte. »Hier im Rathaus? Du weißt doch, wie sehr ich Menschenansammlungen hasse, vor allem, wenn ich im Mittelpunkt stehe.«

»Ich glaube, Silvester wäre angemessen. Sicher willst du dir bei

Bendel Brautkleider und die Aussteuer besorgen. Gehe einfach hin, und laß die Rechnung an mich schicken.«

Phantastisch! dachte Kitty. Sie fühlte sich mit sanfter Gewalt von einer Dampfwalze plattgedrückt. Ob es bei Bendel wohl eine Kollektion jungfräulicher, schneeweißer Umstandskleidung gab? Verzweifelt dachte sie nach. Sie mußte etwas unternehmen, und zwar jetzt.

Sie rückte ihm näher, bis ihre Schenkel sich berührten. »Oh, Liebling, laß uns nicht mehr über Kleider reden«, murmelte sie. »Reden wir lieber über uns.« Sie hielt ihm ihr Glas an die Lippen und bat ihn zu trinken. »Genau dort haben meine Lippen das Glas berührt.« Sie warf ihm einen Blick durch ihre Wimpern zu, schmiegte sich an ihn und strich mit ihren Fingerspitzen leicht über seine glattrasierte Haut. Er griff nach ihrer Hand und führte sie an seine heißen, trockenen Lippen. »Liebling«, sagte sie und ließ ihre Hand auf seine Brust gleiten.

»Katherine«, protestierte er, »ich glaube nicht, daß wir ...« Sie beugte sich vor, um die Gläser nachzufüllen und ließ dabei ihre andere Hand ganz zufällig auf seinen festen Schenkel gleiten. Kitty ließ ihn nicht aus den Augen und musterte prüfend jede Veränderung in seinen Blicken. Sie wagte nicht, zu schnell vorzugehen; einen entsetzlichen Augenblick lang glaubte sie, ein leises Unbehagen in seinen Blicken zu entdecken, aber sie mußte sich geirrt haben, denn schon im nächsten Augenblick rückte er näher zu ihr, bis sie Hüfte an Hüfte saßen und legte einen Arm um ihre Schultern, und seine Fingerspitzen schwebten direkt über ihrem Busen.

Sie sehnte sich nach nichts mehr als danach, sich an ihn zu lehnen, sich von seiner Stärke umgeben zu lassen, um darin ihre eigene Stärke zu finden. Sie wollte weinen, sich gehenlassen. Sie war erschöpft, sie fühlte sich schwach. Tränen standen in ihren Augen, als sie zu Whit aufsah, und er sagte mit heiserer Stimme: »Weißt du eigentlich, was du da tust, Katherine?« Seine Hand streifte ihren Busen. »Weißt du, was ich jetzt sofort am liebsten täte? Dich mit zu mir nehmen, um mit dir allein zu sein – aber ...«

»Kein Aber«, unterbrach ihn Katherine sanft. »Gehen wir.«

Seinen Gesichtsausdruck würde sie nie vergessen: eine Mischung aus Schock und Begeisterung, als sie vom Tisch aufstand und ihn mit einem Blick ermutigte, ihrem Beispiel zu folgen.

Dieser Ausdruck stand immer noch in seinen Augen, als er sich mit zitternden Händen auszog, sowie sie sein Schlafzimmer betreten hatten: der Blick eines Mannes, den sein eigener Erfolg so verblüfft, daß er nicht mehr weiß, was er damit anfangen soll. Er ließ seinen Blick über ihren nackten Körper schweifen, biß sich auf die Unterlippe und schaltete die Nachttischlampe, die einzige schwache Beleuchtung, aus.

In erdrückender Dunkelheit schliefen sie miteinander. Er war ein schweigender Liebhaber, der begierig in sie eindrang und sich in einem regelmäßigen, fast mechanischen Rhythmus eifrig in ihr bewegte. Ihre Erinnerungen an diese Nacht bestanden aus seinem abgehackten Atem an ihrem Ohr und seinem unbarmherzigen Gewicht, während er sich auf ihr bewegte. Sie hielt sich an ihm fest, als hinge ihr Leben davon ab und tat ihr Bestes, um beteiligt und ergriffen zu wirken.

Als er fertig war, rollte er sich augenblicklich von ihr herunter und lag dann keuchend neben ihr in der Dunkelheit. Er hatte kein einziges Wort gesagt. Sie tastete nach seiner Hand. Plötzlich sagte er etwas. »Gut. Jetzt gehörst du mir.«

Und sie antwortete: »Ja.«

Noch in derselben Woche heirateten sie, ganz, wie sie es gewünscht hatte.

Das war der Grund, aus dem sie ihn geheiratet hatte: seine absolute Überzeugung, daß sie ihm gehörte und ihre Überzeugung, daß dies Sicherheit bedeutete.

Das Ärgerliche war nur, daß er sich nie verändert hatte. Immer kam er im Dunkeln zu ihr, immer beanspruchte er ihren Körper ohne jegliches Eingehen auf sie, immer nahm er sie mit demselben unbarmherzigen Rhythmus, und immer entzog er sich ihr hinterher mit demselben Ausspruch: »Gut.« Und jedesmal konnte sie die unausgesprochenen Worte hören, die folgten: »Jetzt gehörst du mir.« Es war ein trügerischer Wahn, zu glauben, sie könne Kraft durch ihn bekommen. Was sie an Kraft besaß, war ihr selbst entsprungen. Nach diesem Schema spielte sich ihr Zusammenleben ab. Er verbrachte sein Leben größtenteils getrennt von ihr, und seine gelegentlichen Kontaktaufnahmen dienten nur dazu, sich zu vergewissern, daß sie nicht vergessen hatte, wem sie gehörte.

Leise sagte sie jetzt zu ihm: »Du hast mich nie vergessen lassen, wessen Frau ich bin.«

»Und was ist mit diesem Wochenende...?«

»Was soll mit diesem Wochenende sein?« In einem Reflex

ballten sich ihre Fäuste, und sie sah, wie sein Blick über ihre Hände strich und seine Mundwinkel belustigt zuckten.

»Ich halte es für überflüssig, darüber auch nur ein Wort zu verlieren – auch in Zukunft nicht.«

Ihre Stimme klang fest. »Und was ist, wenn ich es für notwendig erachte?«

»Deine Meinung, mein Liebes, zählt in diesem Fall nicht. Ich habe die Dinge geregelt, und damit ist der Fall abgeschlossen. Kein Wort mehr zu diesem Thema. Mit – ihm wirst du auch nicht mehr reden. Nie mehr. Ist das klar?«

Durch einen Dunstschleier des Zorns starrte sie Whit an. Die beiden hatten hinter ihrem Rücken alles abgesprochen und ihr Schicksal unter sich ausgehandelt. Sie kam sich vor wie der Preis, der dem Sieger zustand. Sie wußte nicht, gegen wen ihr Zorn sich richten sollte: gegen den abwesenden Dan, der das Versprechen gebrochen hatte, das er ihr gegeben hatte, oder gegen diesen selbstzufriedenen Mann, der ihr im Moment seelenruhig gegenüberstand und Befehle erteilte.

Mit einer Stimme, die sie kaum als die ihre erkannte, keuchte sie: »Du – kannst – mir – nicht – vorschreiben – was – ich – zu – tun – habe! Du kannst mir keine Vorschriften machen, jetzt nicht mehr. Es ist *aus!* Ich verlasse dich!« Sie wirbelte herum und ging auf den Schrank zu, um sich etwas anzuziehen; ihr Atem stockte vor Wut.

Er stürzte hinter ihr her. »Wenn du das versuchst, siehst du Lily nie wieder!«

»Droh mir nicht mit Lily, du eingebildetes, hochtrabendes, selbstgefälliges Arschloch! Wie kannst du es wagen – *wie kannst du das wagen!«* Rote Kleckse tanzten vor ihren Augen. »Du kannst mir nicht mit Lily drohen. Sie ist nicht mal von dir!«

Das Schweigen, das darauf folgte, war so total, daß ihr das Echo ihrer eigenen Worte in den Ohren dröhnte.

Sie empfand keine Freude bei dem Bewußtsein, ihm diesen Schlag doch noch verpaßt zu haben, nur Furcht, als sich das Schweigen endlos dahinzog. Sie bekam keine Luft – und dann doch, aber ihre Brust schmerzte, und ein hoher Pfeifton dröhnte in ihren Ohren.

Ich habe es nie ausgesprochen, dachte sie, nein, das habe ich nicht getan, ich habe es nie gesagt! Die Worte schossen durch ihren Kopf wie ein Gebet.

Sie wollte ihn nicht ansehen, aber sie wußte, daß ihr nichts anderes übrigblieb. Schweiß brach über ihrer Oberlippe aus, als sie sich zwang, ihren Blick höher und höher und höher zu heben, um der entsetzlichen, der unvermeidlichen Auseinandersetzung ins Auge zu sehen, sich ihr zu stellen.

Doch das, was sie in diesen bleichen Augen sah, war weder Schock, noch Bestürzung, nicht einmal die totale Ablehnung, die sie erwartet hatte. Nein, es war der unbezähmbare Schimmer der Siegesgewißheit, ein Blick, den sie allzu oft in seinen Augen gesehen hatte, wenn er jemanden übers Ohr gehauen hatte – ein Blick, den sie immer gehaßt hatte. Sie öffnete den Mund, um zu sprechen, aber sie brachte kein Wort heraus.

»Das stimmt, Katherine.« Er lächelte. »Ich habe es von Anfang an gewußt.«

Wieder bewegten sich ihre Lippen.

Er fuhr fort. »Ich kann keine Kinder zeugen, Katherine. Ich bin steril. Oh, doch, das ist so gut wie erwiesen. Sagen wir es doch so: Ich war – äh – – *amüsiert*, als du mir erzählt hast, daß wir schon so bald nach unserer Hochzeit Nachwuchs bekommen sollten. Woher konnte sie nur kommen, diese freudige Überraschung? Ich habe mich gefragt ...«

»Oh, Whit! Ich bin ...«

Mit einer Handbewegung bedeutete er ihr, zu schweigen. »Ich wußte, daß du deinem gesetzlich angetrauten Ehemann nicht untreu geworden warst. In dieser Hinsicht kann ich dir nichts vorwerfen. Es war nur eine Frage der ...« Er legte eine kunstvolle Pause ein. »... eine Frage der Zeit. Es mußte in Italien passiert sein. Eine Zeitlang habe ich mich gefragt, ob ich ein schwarzhaariges, gelocktes Baby ...«

»Whit! Bitte – Gott!«

»Nein, nicht Gott, Katherine. Dan Copeland. Ich brauchte am Tag ihrer Geburt nur einen Blick auf sie zu werfen.«

Kit begrub ihr Gesicht in den Händen; ihr Atem ging nur noch schwach. Von einem Moment zum anderen hatte er ihre ganze Welt auf den Kopf gestellt, und dennoch stand er vollkommen ruhig und gefaßt dort und hatte sich vollständig unter Kontrolle. Sie sah zu ihm auf und platzte heraus: »Ich glaube dir kein Wort!«

»Laß den Unsinn, Katherine. Ich bin nicht dazu aufgelegt, mir dämliches Leugnen oder sonstige Lügen anzuhören.«

»Ich glaube doch nur nicht, daß du – daß du uns all diese Jahre *behalten* hast, obwohl du es gewußt hast! Warum hast du das getan? Warum hast du mir jahrelang etwas vorgemacht?«

»Warum hast *du* es getan?«

Sie ertrug es nicht mehr, ihm in die Augen zu sehen. Wieder verbarg sie ihr Gesicht in den Händen.

»Ich habe Lily und dich behalten«, sagte Whit in einem völlig unbeteiligten Tonfall, »weil es sich gut in meine Pläne eingefügt hat. Ich wollte dich; du warst die ideale Frau für mich. *Das* wußte ich schon, seit ich dich zum ersten Mal gesehen habe. Ich konnte mein Glück nicht fassen, als du mich an jenem regnerischen Tag angerufen hast, um mir zu sagen, du seist bereit, mich zu heiraten. Ich hätte es mir denken können... Als du mir dann mitgeteilt hast, daß du schwanger bist, wußte ich endgültig, daß du mich nur als Mittel zum Zweck benutzt hast. Aber es ist nun einmal so, daß ich dich ebenfalls *gebrauchen* konnte. Eine brauchbare Basis für eine Ehe, findest du nicht? Ich hatte mich bereits gefragt, wie ich mein – Problem vor meiner Familie geheimhalten könnte. Mein Vater hätte getobt, wenn er erfahren hätte, daß der Familienzweig der Harris aussterben würde. Wenn ich statt dessen plötzlich ein Kind aufweisen konnte, brauchte er es nie zu erfahren. Es schien mir eine vernünftige Lösung zu sein.«

»Warum hast du mir das nicht gesagt? Findest du nicht, ich hätte es wissen sollen?« fragte Kit durch ihre Finger.

Ein grobes Lachen. »Gerade du bildest dir ein, dich beklagen zu können, Katherine? Wir waren quitt. Natürlich habe ich dich sehr sorgsam bewacht – welcher Mann hätte das unter diesen Umständen nicht getan? – aber es schien, als hättest du kein Interesse an anderen Männern – ich hatte nie einen Grund, mich zu beklagen. Bis jetzt warst du eine vorbildliche Ehefrau, und ich war sehr zufrieden mit dir. Bis jetzt. Außerdem habe ich Lily gehegt und gepflegt wie mein eigenes Kind.« Wieder dieses bellende Lachen. »Sie *ist* mein Kind. Jeder sagt, daß sie viel von mir hat, oder etwa nicht?«

Sie hörte seine schweren Schritte näher kommen, spürte, daß er dicht vor ihr stand. Dann nahm er ihre Hände, zwang sie, ihr Gesicht zu zeigen und schwieg, bis sie den Kopf hob, um ihm in die Augen zu sehen.

»Also gut. Hör mir genau zu, denn das, was ich jetzt sage, sage ich nur einmal. Lily gehört nur solange dir, solange du in meinem Haus bleibst, als meine Frau. Nein, hör auf, dich zu winden; ich lasse dich nicht eher los, bis ich ausgeredet habe. Wenn du mich verläßt, nehme ich sie dir fort.«

Magnetisiert starrte sie in seine Augen, die sich zu Schlitzen verengt hatten und so hart waren wie Stein. »Das kannst du nicht machen!«

»Ganz im Gegenteil. Ich *kann.* Ich werde es tun. Ich sage dir genau, was ich tun werde. Ich werde ein Gerichtsverfahren einleiten, das darüber entscheidet, wem das Kind zugesprochen wird. Ich werde die ganze Geschichte wahrheitsgemäß erzählen. Alles. Ich werde erklären, warum ich bereit war, dein uneheliches Kind als mein eigenes aufzuziehen. Ich werde . . .«

»Nein! Das kannst du nicht machen! Sie würde daran kaputtgehen! Das kannst du Lily nicht antun!« Sie versuchte erfolglos, sich seinem Griff zu entwinden. »Ich bringe dich um! Wenn du Lily etwas antust, schwöre ich dir, daß ich nicht eher Ruhe gebe, bis du tot bist!«

»Oh, Katherine!« Sein Lächeln war eine Gemeinheit. »Es wäre mir verhaßt, dich vor einen Richter zitieren zu müssen. Ich denke, deine emotionelle Instabilität käme mir zugute, und gewiß hast du sie in den vergangenen zwei Tagen gründlich ausgelebt, oder etwa nicht?«

»Du bist hassenswert! Du bist ekelhaft!«

»So? Bin ich das wirklich? Dabei habe ich doch eben nur eine erste, kleine Kostprobe dessen gegeben, wozu ich fähig bin.«

»Du bist ein Ungeheuer!«

»Nein, Katherine, kein Ungeheuer, sondern nur ein liebender Gatte, der etwas zu lange alles hat laufen lassen wie es lief, und der sich entschlossen hat, sein Heim und seine Ehe zu retten.«

Kit seufzte. Die Luft war verbraucht, und er kam ihr zu nah. Noch einen Moment, und seine Gegenwart würde sie ersticken. Sie wand sich wieder in seinem Griff, ohne zu hoffen und sagte dumpf: »Von welcher Ehe sprichst du? Wir haben nie eine Ehe geführt. Alles war nur Schein, von Anfang an. Alles!«

»Schein, war es das? Also gut, Schluß mit der Heuchelei. Jetzt zeige ich dir etwas Wahres!«

Mit einem unerwarteten, heftigen Stoß schleuderte er sie auf den nackten Fußboden. Sie schnappte nach Luft, als er sich auf sie warf und sie mit seinem Gewicht niederdrückte. Er riß ihr den Morgenmantel herunter und zerrte an ihrer dünnen Seidenunterwäsche. Sie wehrte sich mit allen Mitteln, trat um sich, zog an seinen Haaren und stieß ihm ein Knie in die Brust. »Hör auf damit! Hör auf!« zischte sie und war sich selbst jetzt der dünnen Wände bewußt, aber er schnaufte heftig – Zorn oder Wollust oder beides? – und schien sie überhaupt nicht zu hören. Das Gewicht seines

Körpers drückte sie zu Boden; seine Hände schienen überall gleichzeitig zu sein, dann sein nasser, gieriger Mund. Sie rang und wand sich und versuchte, diesen gierigen Lippen zu entkommen, den forschenden Fingern, der massiven Erektion, die sich durch seine Kleidung pochend an ihren Schenkel drückte. Schluchzend vor Anstrengung starrte sie mit weit aufgerissenen Augen dieses fremde, wilde Geschöpf an, aus dessen Kehle Knurrlaute drangen und das sich mit einem kräftigen Arm auf sie stützte, während es sich mit dem anderen hastig die Kleider vom Leib riß und sie quer durch das Zimmer warf.

Er drang mit einem Stoß in sie ein, der ihr den Atem raubte, legte seine Lippen auf ihren Mund und hob ihre Hüften mit beiden Händen hoch, um sich so tief in sie zu stürzen, daß sie jeden Stoß als Elektroschock empfand. Jedes Atmen war unmöglich; sie erstickte. Sie biß ihm heftig auf die Unterlippe und schmeckte das Salz seines Blutes auf ihrer Zunge, aber er hörte keinen Moment auf, sondern ächzte nur und stieß fester zu, knabberte an ihren Lippen und senkte dann seinen Kopf, um ausgehungert das Fleisch ihres Halses und ihrer Brüste in sich hineinzusaugen und in ihr Fleisch zu beißen.

Schauder liefen über ihr Rückgrat, setzten sich immer weiter nach unten fort und nahmen an Heftigkeit zu. In ihrem Kopf schrie es: Nein, nein, nein!, aber sie hatte keine Stimme mehr, sie hatte keinen Willen mehr, sie war niemand mehr, nur noch eine Masse von Empfindungen, die sich aufeinander türmten, Schock nach Schock, Schauder nach Schauder, und all diese Empfindungen kreisten um sein Fleisch, das wogte und zustieß und ihr das Gefühl gab – daß sie wollte – daß sie – und sie schließlich dazu brachte, ihre Hüften zu bewegen, drängend, heftig, rasend gegen ihn zu ...

Und dann hörte er auf. Er hielt plötzlich inne, zog sich aus ihr zurück, grinste auf sie herunter und leckte sich den Schweiß von seinen Lippen. Zu ihrem eigenen Entsetzen hörte sie sich betteln: »Hör nicht auf! Hör nicht auf!« Anstelle einer Antwort stieß er mit weit geöffnetem Mund auf sie herab und küßte sie so gierig, daß sie glaubte, er würde sie komplett verschlingen; dann zog er sich lachend zurück und rollte sie beide herum; mit hämmerndem Herzen und gespreizten Beinen saß sie auf ihm.

»Jetzt bist du dran!« befahl er. »Du willst es, also tu auch was dafür.« Sein Gesicht war rot und freudig und abstoßend. ... und dennoch war sie machtlos dagegen, daß sie sich schneller und immer schneller bewegte, genüßlich ihren Rücken krümmte, vor Zorn und Ekel bebte, und, ja, vor Lust. Sie genoß es. Ihr feuchtes, verschwitztes Haar flog um ihre Schultern und strich über sein hämisches Gesicht. Schweißbäche rannen über ihren Rücken und zwischen ihren Brüsten. Ihre Identität war verschwunden, verloren. Auf diesem Fußboden bewegten sich Mann und Weib in einem gemeinsamen Rasen, bewußtlos, wahnsinnig, in einem Strudel von sinnlichem Verlangen treibend und stiegen gemeinsam zu einer gewaltigen, pulsierenden Explosion auf. Irgendwo in weiter Ferne hörte sie ihre und seine Stimme, und beide grunzten wie zufriedene Viecher. Irgendwo in weiter Ferne fühlte sie ihren eigenen Körper, der von einem Beben durchzogen schlapp auf den seinen niederfiel; sie spürte den Taumel der Begierde von sich abfallen.

Abrupt fand sie sich in der Realität wieder; mit gespreizten Beinen und dem Bauch nach unten lag sie auf Whits Brust, die sich hob und senkte, und schnaufte wortlos. Dann lag sie still. Sie sah Staubklumpen unter dem Bett, neben dem sie lagen, ein zerknülltes Einwickelpapier und einen Schuh von Lee. Sie dachte an das, was sie gerade getan hatte, und sie glaubte, vor Scham zu vergehen. Sie wollte sterben, sich in Luft auflösen, und mehr als alles andere hatte sie den Wunsch, die Zeit zurückzudrehen, das Geschehene ungeschehen zu machen.

Zitternd stieß sie sich von seinem reglosen Körper ab und kam auf die Füße. Das Zimmer war ein Schlachtfeld. Sie suchte ihren Bademantel, der verkrumpelt unter seiner Schulter lag. Schnell wandte sie ihre Blicke wieder von seinem Körper ab. Allein der Gedanke, ihn zu berühren! Sie sah Dan vor sich, dachte an ihrer beider genüßliches Stöhnen, an die verzückte Freude über die Reaktionen des anderen. Und was hatte das letztlich alles zu bedeuten? Nichts! Überhaupt nichts! Was sie letzte Nacht getan hatte – mit der Sicherheit, daß es aus Liebe geschah, aus einer Liebe heraus, die für ein Leben reichte –, hatte sie soeben mit einem Mann wiederholt, den sie verabscheute. Sie zitterte. Wie hatte sie das bloß tun können? Er hatte sie bedroht, sie erpreßt, mit ihr gesprochen, als sei sie der letzte Dreck, und dann hatte er sie zu Boden geworfen und sie gegen ihren Willen genommen. Sie hätte zu einem Eisblock werden müssen; welcher anständigen, sensiblen Frau wäre es anders ergangen? Statt dessen hatte sie ... Sie versuchte, nicht mehr daran zu denken; es gelang ihr nicht. Sie hatte es genossen, dieses lieblose Herumwälzen auf einem dreckigen Fußboden. Sie hatte darin geschwelgt, sich darin gesuhlt, hatte sogar – sie zitterte wieder und spürte Übelkeit in sich aufsteigen – laut über das Vergnügen gelacht, das es ihr bereitet hatte!

Sie bewegte sich, und dabei fiel ihr auf, daß sie noch immer nackt war. Sie mußte sich bedecken. Er durfte nicht – nicht noch einmal. Sie riß einen Regenmantel von Lee von einem Haken und wickelte ihn um sich.

Whit richtete sich träge auf einen Ellbogen auf und machte keinerlei Anstalten, sich vom Fußboden zu erheben. Er leckte sich die Lippen wie eine Katze und sah sie aus seinen Katzenaugen an. Warum schlug ihr Herz so rasend? Sie starrte ihn an – einerseits fürchtete sie sich vor ihm, und der anderen Hälfte ihrer Empfindung wollte sie nicht nachgehen, während er sie betrachtete.

»So«, sagte er schließlich. »Jetzt ist mir alles klar. Jetzt verstehe ich alles. Unter der Dame verborgen lauert die Hure. Sehr« – er streckte sich – »aufschlußreich.« Er legte eine Pause ein, als erwarte er eine Reaktion. »Ich wußte, daß es solche Frauen gibt, aber ich hätte nie geglaubt – Frauen, die vergewaltigt werden wollen. Ist es vor zehn Jahren auf diese Weise passiert, Katherine? Hat Copeland das Warten satt gehabt und dich schließlich vergewaltigt? Hast du *ihn* um mehr gebeten?«

»Du bist wirklich ein Ungeheuer!«

Seine Lippen verzogen sich zu einem gepreßten Lächeln. »Noch vor wenigen Minuten warst du nicht dieser Meinung. Noch vor wenigen Minuten warst du . . .«

»Vergiß es! Das hat nichts zu bedeuten!« Vielleicht würde eines Tages in vielen Jahren auch sie dazu fähig sein, an das zu glauben, was sie eben gesagt hatte.

Er antwortete nicht, sondern stand auf und sammelte ohne Eile seine Kleider zusammen und strich sie sorgsam glatt. Er ging auf sie zu. Sie stand vollkommen still und fühlte sich im Fußboden angewachsen, als er vor ihr stehenblieb.

»Rühr mich nicht an!« stammelte Kitty.

Er lachte, zog sich an und bürstete sich das Haar. Kitty war die Vorstellung, ein Abendkleid anzulegen, undenkbar. Wie sollte sie Dan in die Augen sehen? Wie sollte sie ihm jemals wieder ihren Körper darbieten, ohne vor Scham zu vergehen? Plötzlich fiel ihr Mr. Mack ein, ihr früherer Lehrer. Vielleicht hatte Whit recht, und sie wollte wirklich gewaltsam genommen werden. Vielleicht war alles nur eine Illusion – ihre Liebe zu Dan, das heiß ersehnte Klassentreffen und die jahrelange Sehnsucht.

Kitty sah in den Spiegel. An ihrem Hals und ihren Schlüsselbeinen sah sie blaue Flecken und Bißspuren. Sie brauchte den Mantel nicht zu öffnen, denn sie wußte auch so, daß viele weitere Spuren über ihren Körper verteilt waren. Nein, sie konnte Dan jetzt nicht sehen – vielleicht nie mehr. Sie schloß die Augen, und als sie sie wieder öffnete, sah sie Whit hinter sich im Spiegel. Er war makellos und wirkte wie aus dem Ei gepellt.

»Ich könnte mir denken, daß du jetzt vielleicht packen und nach Hause fahren möchtest, Katherine.«

Trotz des beiläufigen, fast fragenden Tonfalls war es ein Befehl. Kit wollte aufbrausen, aber er fuhr fort.

»Von Copelands Seite brauchst du dir keine Rettung zu erhoffen. Ich habe ihm bereits zu verstehen gegeben, daß ich seine Karriere zerstören kann. Es tut mir leid, Liebling, aber du weißt selbst, wie Politiker sind. Ich bin sicher, daß du nicht die Ursache dafür sein möchtest, daß er von der Bildfläche verschwindet.«

Sie hörte ihm nur mit einem Ohr zu. Betrogen, betrogen, betrogen. Sie hatte Dan gewarnt, hatte ihn gebeten, es ihr zu überlassen. Offensichtlich war sein Ehrgeiz größer als seine – als das, was er für sie unter Umständen empfand. Sie war von Whit hereingelegt worden, von Dan, von ihrem eigenen Körper. Eine gewaltige Leere breitete sich in ihr aus. Das einzige, was ihr jetzt noch blieb, war, Lily aus all dem herauszuhalten. Ihre Schultern fielen herunter, und Whit sagte voller Zufriedenheit: »Gut«, als habe er ihre Gedanken belauscht.

Sie warf einen Blick auf sein Spiegelbild. Er war ein Nichts. Doch er hatte sie alle geschlagen. Whit Harris der Dritte hatte gewonnen. Er war auf der ganzen Linie Sieger.

18

Big Jim

»Huch! Tut mir leid!« Dan stand in der offenen Tür, sein Schlüssel steckte im Schloß, und er kam sich dämlich vor. Lee und Benno, die in einer heißen Umarmung auf dem Bett lagen, fuhren auseinander wie zwei Jugendliche, die sich in flagranti ertappt fühlen; Lee hielt mit einer Hand ihre aufgeknöpfte Bluse zu. Für den Bruchteil einer Sekunde starrten die drei einander unbehaglich an, und dann lachten sie einstimmig los.

»Wohin zum Teufel bist du so plötzlich verschwunden?« fragte Benno. »Wer zum Teufel *ist* sie? Und was zum Teufel geht hier vor?«

Dan räusperte sich und entgegnete trocken: »Wohin zum Teufel bist *du* so plötzlich verschwunden? Wer zum Teufel ist *sie?* Und was zum Teufel geht *hier* vor?«

Als sie sich von ihrem Lachen erholt hatten, sagte Ben: »Die Dame hat mich nach der ersten Halbzeit attackiert, Sir. An alles Folgende kann ich mich nur verschwommen erinnern.«

Dan lächelte, aber er war mit seinen Gedanken woanders. Er sah auf die Uhr und rechnete nach. Courtney und alle übrigen sollten inzwischen sicher in ihren Zimmern gelandet sein, um vor dem großen Abendessen die Wirkungen des Alkoholkonsums während eines gesamten Fußballspiels auszuschlafen. Es war kurz vor sechs; etwa um diese Zeit würde Jim auf dem Flugplatz eintreffen. Das Abendessen begann um acht, seine Rede war auf halb zehn angesetzt, aber er würde schon bei Essensbeginn dort sein müssen. Allzuviel Zeit blieb ihm folglich nicht mehr. Er mußte unbedingt mit Kit sprechen, ihr vergewissern, daß er bereit war, alles für sie aufzugeben. Er glaubte allerdings nicht, daß er seine Karriere wirklich aufgeben müsse, aber er mußte Kit überzeugen, ihr etwas von seiner Entschlossenheit vermitteln. Wieder sah er auf die Uhr.

»Warum hast du es so eilig?« klagte Ben. »Du bist doch gerade erst gekommen. Ich werde Lee davon abhalten, mich zu vernaschen. Schnapp dir einen Stuhl und klär uns auf. Was ist passiert, nachdem die Rauchschwaden vom Himmel abgezogen sind?«

»Das weißt du doch selbst«, sagte Lee. »Sie haben sie geschnappt. Dan und der gute, alte Joe Rugowsky. Unsere Helden!« Sie grinste Dan an.

»Schon klar«, sagte Ben, »aber ich möchte es bis in alle Einzelheiten wissen, Zuckerpuppe. Komm schon, Dan, plauder mal aus der Schule. Wer war sie, und wozu sollte das alles gut sein?«

Dan holte tief Luft. Dann sagte er: »Erinnerst du dich an Serena?«

»Serena? Serena . . .?«

»Pollys Schwester.« Als Bens Unterkiefer herunterfiel und er die Lage begriff, wandte sich Dan an Lee. »Polly war meine – Frau. Sie ist bei einem Flugzeugabsturz ums Leben gekommen.«

»Ach du Scheiße. Dann war diese Frau deine Schwägerin! Aber wo zum Teufel ist sie hergekommen, und was wollte sie hier?«

»Anscheinend lebt sie hier – unten in der Stadt. Nach Angaben der Polizei arbeitet sie seit etwa sechs Monaten im Studentensekretariat.«

»Jesus Christus!« rief Ben aus.

»Aber – *warum?«* fragte Lee.

»Warum? Weil sie verrückt ist. Darum.«

»Aber die Dinge, die sie im Stadion herausgeschrien hat – was wollte sie damit erreichen? Wie ist sie auf die Idee gekommen...?«

»Schätzchen«, fiel ihr Benno mit fester Stimme ins Wort, »warum läufst du nicht schnell runter und holst Eis für unsere Drinks?«

»Eis! Wer braucht hier – Oh. Schon kapiert. Ihr wollt mich loswerden? Ich gehe schon, ihr braucht mich nicht klammheimlich abzuschieben.«

»Nein«, sagte Dan. Er sah wieder auf die Uhr. »Ich muß ohnehin sofort gehen. Ich habe noch einiges zu tun, ehe Jim Malverne hier eintrifft.« Er wandte sich an Benno. »Er wollte sich gleich in Madison ins Flugzeug setzen.« Er ging unruhig am Fußende des Bettes auf und ab. »Ich weiß beim besten Willen nicht, was ich ihm sagen soll. Ich werde es wohl einfach auf mich zukommen lassen.«

»Wo ist Kit eigentlich?« fragte Lee.

»Ich habe sie seit dem Spiel nicht mehr gesehen, Lee. Ich verstehe diese Frau nicht – immer diese Wechselbäder. Ich kann ihren Launen nicht folgen. Allerdings ist zwischen Whit und mir bereits alles gelaufen. Er hat mich bedroht, und ich habe ihn zum Teufel geschickt. Aber jetzt ist er bei ihr, verdammt noch mal, ich bin mir sicher. Er hat sich mit ihr in ihrem Zimmer eingeschlossen. Ich weiß nicht, was er gerade tut oder sagt, aber eins steht fest: Ich gehe wieder hin, und ich werde es herausfinden! Selbst wenn ich diese verfluchte Tür eintreten muß!«

Auf halbem Weg zur Tür rief ihn Lees Stimme zurück. »Blödmann. Erstens brauchst du nicht den starken Mann zu markieren, weil ich einen Schlüssel zu dem Zimmer habe, und zweitens machst du einen Fehler. Ich kenne sie – wahrscheinlich besser als du!« Unwillig drehte er sich um. »Du hast sie immer zu sehr in die Enge getrieben. Damit hast du bei Kitty keinen Efolg. Ganz im Gegenteil!«

»Langsam habe ich es satt, mir ständig sagen zu lassen, was . . .«

Dan wollte weiterreden, aber das Telefon klingelte. Er fuhr zusammen und stürzte sich aufs Telefon. »Das muß . . .«

Beim Klang der Stimme am anderen Ende der Leitung sackte einen Moment lang sein ganzes Gesicht in sich zusammen. »Oh – hallo, Dinah. Welch eine Überraschung. Du bist also hier? Okay. Ich komme sofort runter.« Er sah ins Leere, während er den Hörer auf die Gabel fallen ließ; dann zog er die Schultern hoch, und als er sich zu Lee und Ben umdrehte, stand ein unleserlicher Ausdruck auf seinem Gesicht. »Ihr wollt wissen, woran alles hapert? Mich holt *alles* gleichzeitig ein.«

Er sah sie schon von der Treppe aus. Sie war ein echter Blickfang, und alle Augen hatten sich ihr zugewandt. Dan hatte sich schon auf Jim nicht gefreut, aber jetzt, nachdem sich alles geändert hatte, kam ihm Dinah noch weniger gelegen.

Dinah sah ihn und rannte mit ausgebreiteten Armen auf ihn zu. »Dan! Jim hat gesagt . . . Oh, ich bin so froh, dich zu sehen!« Sie warf den Kopf zurück und küßte ihn mitten auf den Mund.

Er versuchte wirklich, ihren Kuß zu erwidern. Zuneigung mischte sich mit Bedauern, als er ihren vertrauten Körper in den Armen hielt. Es wäre so schön gewesen – wenn alles anders gewesen wäre, wenn Kit nicht wieder in sein Leben getreten wäre. Er drückte sie mechanisch an sich und fragte sich dabei, wie er ihr das beibringen sollte.

Sie löste sich von ihm und runzelte die Stirn. In ihren Augen stand Besorgnis. »Ist alles in Ordnung?«

»Wenn man bedenkt, was heute alles vorgefallen ist – geht es mir gut.«

»Das habe ich nicht gemeint, und das weißt du selbst. Was ist passiert?«

»Dinah, Liebling, können wir uns darüber später unterhalten?«

»Au weh«, sagte sie. »Ich wußte es. Wer ist sie, Dan?«

»Bitte, Di. Nicht jetzt. Wir unterhalten uns später, das verspreche ich dir. Aber ich muß erst mit Jim reden. Wo ist er?«

Sie schloß kurz die Augen und wandte ihren Kopf ab. »Er telefoniert. Mit dem Krankenhaus. Wir sind vom Flugplatz aus direkt hierhergekommen – weil wir sehen wollten, ob bei dir wirklich alles in Ordnung ist.« In ihre letzten Worte mischte sich Sarkasmus. »Doch ich sehe schon . . .« Ihre Stimme versagte.

»Di«, sagte er und streckte die Hände nach ihr aus. Dann hörte er hinter sich die unverwechselbare Stimme eines Whit Harris, der gerade Anweisungen erteilte. Er wirbelte herum, und jeder einzelne seiner Muskeln war angespannt. Er sah Harris nicht; statt dessen blickte er direkt in die unergründlichen grünen Augen, die er so gut kannte Er war derart schockiert, sie ausgerechnet hier und jetzt zu sehen, daß ihm die Stimme versagte. Ihre Augen senkten sich augenblicklich, sie eilte die letzten Stufen herunter, schlang ihren Wildledermantel dicht um sich und hielt sich so fern wie möglich von Dan.

»Kit!« Sie lief durch die offene Eingangstür und tat so, als habe sie nichts gehört. Dan stand mit ausgestreckten Armen dort, und in sein Gesicht stieg Röte. Sie würde ihm nicht noch einmal davonlaufen!

Er war erst drei Schritte gelaufen, als sich eine schwere Hand auf seine Schulter legte und diese glatte Stimme sagte: »Wie nett von dir, daß du dich verabschieden willst, Copeland, aber ich fürchte, Katherine will schlicht nichts mit dir zu tun haben. Nein, es ist sinnlos. Sie würde kein Wort mit dir reden.«

»Pfoten weg, Harris. Sie wird mit mir reden – und wenn ich dich erst zusammenschlagen muß, um zu ihr zu kommen.«

Zu seinem Erstaunen ließ Whit seinen Arm los und murmelte: »Nein, jetzt wird sie es nicht tun.« Noch während er sprach, sah Dan den großen silbernen Mercedes von hinten. »Siehst du? Katherine hat sich entschieden, nach Hause zu fahren. Dorthin, wo ihr Platz ist.«

Dan ballte beide Fäuste. Harris stand gelassen vor ihm und sah ihn belustigt an.

»Vergiß es, Copeland«, sagte er. »Ich habe gewonnen.«

Ohne nachzudenken, holte Dan mit einer Faust aus, aber Whit lachte nur, wich aus und sagte: »Somit dürften wir quitt sein.«

»Dan! Laß das sein, Dan! Alle starren euch an!« Dinah zerrte an seinem Ärmel. »Reg dich ab. Jim wird jeden Moment kommen. So darf er dich nicht sehen!«

Natürlich hatte sie recht. Außerdem war es noch nie seine Art gewesen, Schwierigkeiten zu bewältigen, indem er Krawall machte. Dennoch kostete es ihn große Mühe, sich von dem hämisch grinsenden Harris abzuwenden und sich von Dinah zur Seite ziehen zu lassen.

Dinah baute sich direkt vor ihm auf und rückte auf ganz geschäftliche Weise seine Kleidung zurecht. Leichthin und fast beiläufig sagte sie: »So. So ist es also. Alles klar. Ich habe mich gefragt, warum du so auf dieses Treffen versessen warst; es war mir völlig unverständlich. Jetzt verstehe ich es natürlich. Sie ist sehr schön, das gebe ich zu, aber eine *verheiratete Frau*, Dan? *Seine* Frau?« Sie rollte die Augen zum Himmel. »Während er dabei ist? Das kann ich nicht glauben.«

Er sah sie elend an. »Sie und ich, das ist eine alte Geschichte. Natürlich wußte ich, daß ich sie hier treffen würde, aber ich wußte nicht – Zum Teufel, Dinah, das war nicht geplant, und du solltest das wissen!«

»Ich weiß, ich weiß. Es war stärker als ihr beide, und ich soll jetzt lächeln und ein guter Kumpel sein.«

»Di, du machst es mir nicht leicht.«

»Ich habe auch nicht die Absicht«, sagte sie schroff. »Warum zum Teufel sollte ich es dir leicht machen? Glaubst du, für mich sei es leicht, ruhig zu bleiben und zu tun, als sei nichts geschehen, während ich mich am liebsten auf den Boden werfen und schreien und um mich treten würde?« Sie zuckte die Achseln. »Nun, zumindest weiß ich jetzt, wessen Geist immer zwischen uns im Bett gelegen hat.«

»Ich habe nie ...«, setzte er an, aber dann zuckte er zusammen. In der vorletzten Nacht hatte er mit dieser Frau im Bett gelegen und jede einzelne Minute genossen und war glücklich gewesen, sie bei sich zu haben. Was in aller Welt konnte er jetzt zu ihr sagen, ohne sich schlechtzumachen, ohne sie schlechtzumachen? »Oh, Dinah, wenn nur nicht ...«

Ihre üppigen Lippen kräuselten sich. »Klar. *Wenn nur nicht*. So lautet der Titel meiner Autobiographie.«

»Jetzt hör auf. Was zwischen uns war, ist wahr, Di. Es war gut. Es hat nur einfach nicht ...«

»Es hat nur einfach nicht gereicht. Es war nicht gut genug. Ich habe verstanden. Mach dir keine Sorgen, Dan. Ich werde mich nicht auf den Boden werfen und schreien und um mich treten.«

»Oh, Himmel, Dinah, wenn ich nur ...«

Plötzlich änderte sich ihr Gesichtsausdruck, sie setzte ein unechtes, strahlendes Lächeln auf und zischte durch die Zähne: »Paß auf. Jim kommt.«

Dan wandte sich erleichtert von ihr ab und ging mit ausgestreckter Hand forsch auf seinen Manager zu. »Mein Gott, Jim, wie entsetzlich. Durftest du mit ihr reden?«

Jim wirkte grau und müde, und seine tiefliegenden Augen waren leer. Mit der gewohnten Festigkeit packte er Dans Hand und musterte ihn sorgsam. »Solange die Zeitungen nichts darüber berichten – das ist die Hauptsache. Nein, ich habe Serena nicht gesehen. Irgendein Arzt schaut sie sich gerade an. Ich gehe später rüber und sehe nach, was ich tun kann.« Er seufzte laut und klopfte seine Brusttasche nach einer seiner unvermeidlichen Zigarren ab. »Aus! Das ist ja nicht zu fassen. Aber *irgendwas* brauche ich, soviel steht fest. Gibt es hier in der Nähe einen Ort, an dem ein Mann einen anständigen Drink bekommt?« Seine Blicke schweiften unruhig über den Raum.

»Die Uni-Bar ist ganz in der Nähe. Kommt dir das entgegen?«

Jim eilte augenblicklich auf die Eingangstür zu. »Jesus Harold H. Christus, was für ein Tag«, brummte er. »Etwas viel *Schlimmeres* kann jetzt jedenfalls nicht mehr passieren.« Er blieb abrupt stehen und starrte Whit Harris an, der sich schweigend an die Wand gedrückt hatte und die beiden beobachtete. »Um Himmels – Harris! He, nett, dich zu sehen! Was sagst du dazu?« Plötzlich war seine Stimme lebhaft.

»Was ich sage? Ich kann nur sagen, daß du ein Auge auf Copeland haben solltest, Malverne. Er ist nicht linientreu. Sonst...« Whit beobachtete kalt lächelnd die Verblüffung, die sich auf dem Gesicht des älteren Mannes breitmachte und fuhr sich bedeutungsvoll mit einem Finger über die Kehle.

Big Jim runzelte die Stirn. »Wovon zum Teufel redest du? Drück dich klarer aus, Mann.«

»Frag deinen Jungen; es ist sein Werk. Ich wollte dich nur auf freundschaftliche Weise warnen.« Er deutete eine Verbeugung vor Dinah an, wandte sich abrupt ab und ging.

Jim wandte sich fragend an Dan. »Wovon redet er bloß? Kannst du dir etwas zusammenreimen?«

»Laß uns in der Bar darüber reden, Jim.«

»Was ist mit Dinah?«

Beide wandten sich um und sahen sie an. Dinah richtete ihr Haar mit den Fingern und lächelte. »Was mit mir ist? Ich schnappe mir ein Taxi oder so was zum Motel. Vielleicht lege ich mich kurz hin. Willst du, daß ich mitkomme, wenn du sie besuchst, Jim?« Ihre glitzernden Augen mieden Dan sorgsam.

»Beim großen Familientreffen? Nein, ich weiß nicht, wie lange es dauern wird. Jedenfalls möchte ich dich heute beim Abendessen sehen. Die Reaktionen auf Dans Rede sind wichtig. Du kannst sie miteinbeziehen, Dan.«

»Klar«, sagte Dinah. »Ich bringe die übliche Nummer.«

»Dinah«, setzte Dan an.

Wieder ein breites Lächeln. »Ja?«

Er schnitt eine Grimasse. »Nichts. Nichts weiter. Ich hole dich um sieben ab.«

»Du bist der Boß – Boß.« Sie blieb noch lange in der Eingangshalle stehen, nachdem die beiden Männer außer Sichtweite waren und starrte ihnen mit nachdenklichen Blicken nach.

Die Bar war ziemlich leer – für die meisten Studenten war jetzt Abendessenszeit –, und die riesige Music-Box mit der Neonleuchtschrift spielte nicht. Dan führte Jim in die hinterste Ecke. »Mein Tisch«, erklärte er und deutete auf die Initialen »D. C.« und das Jahr »1968«, die sorgsam in die Tischplatte eingeritzt waren. Jim trank seinen ersten Bourbon mit einem Schluck aus, bestellte einen zweiten und sagte: »Na gut, Danny, dann mal los. Wovon zum Teufel hat Whit Harris geredet? Was hast du in kaum mehr als vierundzwanzig Stunden angerichtet?«

»Nichts – doch, etwas Persönliches, aber das ist nicht von Bedeutung.«

Die dichten Brauen zogen sich zusammen. »Was soll das heißen, nichts von Bedeutung! Denk daran, mit wem du sprichst, Junge. Ich bin kein mieser kleiner Reporter, der auf eine Geschichte aus ist. Nichts von Bedeutung! Jesus Harold H. Christ. Ohne Geld kein Fernsehen, ist dir das klar? Du kannst dich nicht mit Leuten wie Harris anlegen!«

Dan beäugte seinen Mentor. Geschäftlich wie immer. Mit einem leichten Frösteln beobachtete er, wie Jim den zweiten Whisky kippte, doch er zwang sich zu einem Lächeln. »Also, hör mal, Jim. Jetzt ist nicht der rechte Zeitpunkt, um ans Fernsehen zu denken. Mein Gott, nach so vielen Jahren triffst du deine verschollene Tochter wieder – und du denkst an nichts anderes als an die Wahl? Das ist ja unglaublich!«

»Ha! Meine verschollene Tochter! Unsinn! Sie war nicht verschollen, obwohl es Zeiten gab, zu denen ich mir gewünscht hätte ... Zum Teufel, ich wußte immer genau, wo sie war – ich habe ihr die ganze Zeit über Geld geschickt. Sie wollte nichts mit mir zu tun haben, und du kannst mir glauben, daß dieser Wunsch auf Gegenseitigkeit beruht hat. Sie hat immer nur gewimmert und gestöhnt und wollte sich nicht einmal um ihre arme, kleine Schwester kümmern. Als Polly dann gestorben ist, hat sie durchgedreht und wollte *mir* die Schuld geben! Ich habe getan, was ich konnte. Ich ...«

»Einen Moment, Jim. Spul mal kurz zurück. Was soll das

heißen: die *arme* Polly? Warum sollte sich Serena um sie kümmern?«

Jim sah ihn nicht an und ließ sich auf seinen Stuhl zurückfallen. »Kannst du die Kleine noch mal herholen? Ich könnte noch was von dem guten alten Jack Daniels gebrauchen.« Als Dan ihn fest ansah, zuckte er die Achseln. »Ach, du weißt es doch – ihre Mutter ist gestorben, als sie noch ein ganz kleines Ding war. Serena war nun mal ihre große Schwester. So, wie ich aufgewachsen bin, war für mich immer selbstverständlich, daß man sich um seine kleinen Geschwister kümmert, ohne Ausflüchte zu machen und von Abhängigkeit zu reden, sich angebunden zu fühlen und all diesen Quatsch.«

»Nein, nein.« Dan winkte ungeduldig mit der Hand ab. »Darum geht es nicht. Du hast dabei an etwas ganz anderes gedacht, oder etwa nicht?«

»Jesus Harold H. Christus! Besorgst du mir jetzt noch einen Drink oder nicht? Das ist alles aus und vorbei, gehört der Vergangenheit an. Das spielt doch schon längst alles keine Rolle mehr!«

Mit Todesruhe sprach Dan weiter. »Du hast es immer gewußt, nicht wahr? Du wußtest genau, was Polly war.«

»Was sie *war?* Sie war ein süßes, bezauberndes kleines Mädchen – vielleicht etwas halsstarrig.«

»Du hast es gewußt. Verdammt noch mal, Jim, du hast alles gewußt, die ganze Zeit über! Du wußtest ganz genau, daß sie in einem Radius von fünfundzwanzig Meilen mit jedem Mann geschlafen hat. Du hast es gewußt!« Jim hatte sich kerzengerade aufgerichtet, und sein Gesicht war purpurrot angelaufen. »Ja, du hast es gewußt, jetzt bin ich sicher«, fuhr Dan fort. »Somit hast du auch gewußt, was sich mit aller Wahrscheinlichkeit in jener Nacht abspielen würde, in der du mich in die Situation gebracht hast, mit ihr ins Kino gehen zu müssen... Ich kann es einfach nicht glauben! Ich sitze hier und sehe dich an, und ich kann dir ansehen, daß es alles wahr ist, aber ich kann es trotzdem einfach nicht glauben!«

»Ach, Dan! Hör zu, ich habe dieses kleine Mädchen geliebt. Sie war das süßeste, beste kleine Baby, das du je gesehen hast. Im ganzen Land gab es kein hübscheres kleines Ding. Man konnte sie auch stundenlang allein in ihrem Bettchen liegen lassen, und sie hat nur gegurrt und gestrahlt und mit ihren Zehen gespielt. Mein Gott, man hat ihre Anwesenheit kaum bemerkt, sie hat nie gestört. Wenn man ins Kinderzimmer geschaut hat, hat sie gelächelt...« Seine Gedanken schweiften ab. »Glaubst du vielleicht, mir hätte es Spaß gemacht, Dan? Ihr bei ihrem Treiben zuzusehen? Es hat mir fast das Herz gebrochen. Jesus, ich konnte sie nicht jede *Minute* im Auge behalten – ich hatte schließlich auch andere Dinge zu tun, ich mußte mich um den Lebensunterhalt kümmern! Und ihre Schwester – ihre Schwester war nicht bereit, mit ihr in einem Zimmer zu schlafen, oh, nein, das paßte Miß Hochmut nicht...« Jim beugte sich über den Tisch, und in seinen Augen standen Erinnerungen an früher, frühere Qualen. »Du kannst mir keinen Vorwurf machen, weil ich sie in Sicherheit wissen wollte, Dan. Ich wollte nur, daß ihr nichts zustoßen kann und daß sie glücklich ist. Und das war sie auch. Sie hat dich geliebt, sie war so glücklich mit dir. Es war die perfekte Lösung – findest du nicht? War sie dir keine gute Frau, ein süßes Ding, das dir nie Ärger gemacht hat? War sie nicht...«

Dan schlug mit der Faust auf den Tisch. Seine Stimme war schneidend. »Du hast mich reingelegt! Du hast mich reingelegt, du verdammter Schuft! Du hast mich mit einer politischen Karriere geködert, und du hast mich reingelegt!«

Jim schüttelte seinen zottigen Kopf. »Das siehst du falsch. Ich habe dich nicht aufgebaut, um dich dafür zu *bezahlen*, daß du sie liebst. Herr im Himmel, nein. Ich hatte bereits vorher Pläne mit dir. Als sie dann gesagt hat, wie sehr sie dich mag, dachte ich nur: Das ist ja perfekt. Für alle Beteiligten.«

Durch zusammengebissene Zähne fauchte Dan: »Für alle Beteiligten, klar, alle außer mir. Ich habe Polly nie *geliebt*, und das wußtest du, Jim, du mußt es gewußt haben. Sie hat mich erpreßt. Ich dachte, du würdest mich hochkant rauswerfen, weil ich deinen hübschen, kleinen Teenager verführt habe. Ich dachte, es wäre dein Tod, wenn du herausfinden würdest, daß sie mit jedem Jungen, den sie in die Finger gekriegt hat, geschlafen hat. Ich dachte, du würdest außer dich geraten. Es würde dich kaputtmachen! Ja, ich habe allerdings auch geglaubt, daß es das Ende meiner politischen Karriere in Wisconsin bedeuten würde – und das wäre es wohl auch gewesen, habe ich recht, Jim?«

Nervöse Flecken traten auf Jims breites Gesicht. »Nein, nein. So war es nicht. Hör zu, mein Sohn...«

»Sag nicht ›Sohn‹ zu mir. Du hast mich ausgenutzt, mich die ganze Zeit für deine Zwecke benutzt. Du hast so getan, als sei sie süß und unschuldig, so getan, als wolle ich sie heiraten, so getan, als sei sie normal. Ja, Jim, du hast mich richtig verstanden, ich habe gesagt: Du hast so getan, als sei sie *normal*, obwohl du verdammt genau wußtest...«

Der schwere Mann erhob sich halb aus seinem Stuhl und beugte sich über Dan, massig und wuchtig. »Sag kein Wort mehr, Junge, kein einziges Wort. Ich mußte Serena schon niederschlagen, weil sie es einmal gewagt hat, so mit mir zu sprechen, und mit dir werde ich dasselbe tun!«

»Das ist also der Grund, aus dem sie dich nie mehr sehen wollte! Das kann ich ihr allerdings nicht vorwerfen! Du Schuft hast versucht, es zu verbergen, aber du hast genau gewußt, daß Polly geistig zurückgeblieben war!«

»Nicht zurückgeblieben! Nicht zurückgeblieben!« Jim setzte sich schwerfällig wieder hin und sackte in sich zusammen, als seien Dans Worte Schläge gewesen. »Sag nicht ›Zurückgeblieben‹. Vielleicht ein bißchen – kindisch gewissermaßen. Aber nicht zurückgeblieben.« In seiner Stimme lag Panik. »Schließlich konnte sie mit zwei Jahren schon bis zwanzig zählen, und ihre Bücher hat sie geliebt. Sie war ein *gescheites* kleines Ding. Das war sie wirklich. Aber später...« Er unterbrach sich, schluckte und fauchte dann: »Wie kommst *du* überhaupt dazu, mich zu verurteilen? Niemand hat dir eine Flinte an den Kopf gehalten. Niemand hat dich gezwungen, mit ihr ins Bett zu gehen. Du warst ein großer Junge, Daniel, der selbst denken konnte. Ich habe das Gefühl, daß du scharf auf sie warst. Ich habe das Gefühl, sie hat etwas ganz Entscheidendes in dir angesprochen. Sieh mich nicht so finster an. Ich habe das Gefühl, dir hat die Sache was gebracht. Du bist nicht so sehr betrogen worden, wie du es...«

Sie schwiegen beide über mehrere Minuten und vermieden jeden Blickkontakt. Jim schnalzte lautstark mit den Fingern, und im nächsten Moment stellte die Kellnerin einen neuen Whisky auf den Tisch. Diesmal nippte Jim nur an seinem Glas und sah Dan an, abwartend.

Dan fuhr sich mit einer Hand durch das Haar, ballte eine Faust und ließ den Arm dann leicht auf den Tisch fallen. Er öffnete die Faust, einen Finger nach dem anderen. »Du hast mich bis heute ausgenutzt«, sagte er ruhig. »Über Jahre hat mich verfolgt, was ich dir angetan habe. Wenn das kein Witz ist! Und all diese Jahre... Was war es, Jim? Hast du deinen eigenen Mann in Washington gebraucht? Wirst du alt, Jim? Hast du die Ämterverteilung nicht mehr wirklich im Griff?«

»Um mich brauchst du dich nicht zu sorgen, Junge. Ich brauche niemanden. Und vergiß nicht, wer dich zu dem gemacht...« Er unterbrach sich, schüttelte den Kopf und bemühte sich, zu lächeln. »Was tun wir hier überhaupt, in der Vergangenheit stochern? Was spielt das jetzt für eine Rolle? Was geschehen ist, ist geschehen, und was zählt, ist der Augenblick, stimmt's? Hör schon auf, Danny, mein Junge, bis heute haben wir zusammengehalten, und jetzt ist der dümmstmögliche Zeitpunkt, Pfusch zu machen. Die schlimmsten Streits spielen sich immer in den besten Familien ab. Trink was mit mir, laß uns auf deinen Sieg anstoßen – und zum Teufel mit Whit Harris und dem Fernsehen, wenn du unbedingt willst!«

Dans Lippen kräuselten sich. »Schwamm drüber und ein Versöhnungskuß, Jim? Tut mir leid, so schnell kann ich mich nicht umstellen. Ich habe heute einige Wahrheiten, die mich privat betreffen, herausgefunden, und ich muß sagen, daß sie mir unangenehm sind. Sogar äußerst unangenehm. Daß du deine Tochter verkuppelt hast...! Wobei mir noch was einfällt, Jim: Warst du nicht derjenige, der Dinah gefunden hat? Die perfekte Assistentin, hast du nicht genau das gesagt? Jetzt sag mir, aus reiner Neugier, ob du schon immer gewußt hast, daß Dinah und ich ein Verhältnis hatten?«

»Gewiß. Natürlich habe ich es gewußt. Wieso auch nicht? Du bist ein Mann wie jeder andere. Du warst lange allein. Sie hat dir gut getan... Jetzt komm schon, Junge, du kannst mir doch wegen *Dinah* nicht böse sein! Zum Teufel, ich habe sie doch nicht dafür engagiert, daß sie mit dir schläft. Ich habe nie ein Wort gesagt. Aber sie sieht verdammt gut aus, und wenn es dazu käme, habe ich mir gedacht, wäre ja alles bestens. Aber ich habe nie... Sag mal, für was für einen Menschen hältst du mich eigentlich?«

»Ich bin mir nicht mehr sicher«, murmelte Dan. »Ich weiß überhaupt nichts mehr.« Als Jim ihm mit einem Pfiff einen frischen Drink bestellte, protestierte er nicht, sondern schluckte durstig den Whisky. Sie sahen einander nicht an. Dan leerte sein Glas, stellte es mit einem Knall auf den Tisch und sagte in einem Tonfall, der die gesamte vorangegangene Unterhaltung vom Tisch schob: »Du solltest wirklich sehen, was du für Serena tun kannst, Jim. Sie ist wirklich in der Klemme. Du wirst sie kaum wiedererkennen. Ich habe sie nicht auf den ersten Blick erkannt.«

»Ja, ich schätze, du hast recht. Ja, ich werde etwas unternehmen. Ich wünschte nur, ich wüßte, warum sie das getan hat. Du hast ihr nie etwas zuleide getan. Du hattest nie mit ihr zu tun.«

Dan seufzte. »Vielleicht liegt es gerade daran, Jim.«

Jim verzog das Gesicht. »Komm mir bloß nicht mit diesem psychologischen Krimskrams. Darauf stehe ich nicht – ein Haufen dummes Geschwätz, wenn du mich fragst. Sie war immer ein Problem. Ich bin noch nie mit ihr zurechtgekommen.« Er schnaufte tief aus. »Ich nehme kaum an, daß du bereit wärst, mitzukommen?«

»Was?! Jim, um Himmels willen, denk doch mal nach! Serena wünschte, ich wäre tot. Wie kommst du dazu, zu glauben, meine Gegenwart könne hilfreich sein?«

»Ich – äh – die Wahrheit ist, daß ich sie nicht sehen will. Die Wahrheit ist – daß ich zum ersten Mal in meinem ganzen Leben beim besten Willen nicht weiß, was ich tun soll.« Er klimperte mit dem Eiswürfel und trank die letzten Tropfen aus seinem Glas. Dann änderte sich sein Gesichtsausdruck vollständig. »Du wirst doch heute abend die Rede halten? Ich meine, das alles« – eine vage Handbewegung – »ändert doch nichts ...?«

Dan schnaubte. »Oh, Jim, du bist wirklich unglaublich. Ich sage dir eins: Wenn ich selbst weiß, oh sich durch *das* etwas ändert, wirst du der erste sein, dem ich es sage.« Mit diesen Worten knallte er einen Fünf-Dollar-Schein auf den Tisch und ging.

19

Dinah Franklin

Dinah betrat den Colonie Country Club, in dem das Fest stattfinden sollte. Sie fühlte sich augenblicklich unwohl und fehl am Platz. Sie war nie ins College gegangen, sondern hatte gearbeitet, um ihrem Mann, diesem Schuft, das Studium zu finanzieren. Nach Beendigung seines Studiums hatte er sich eine neue Frau, etwas Standesgemäßeres, gesucht, und es erfüllte Dinah mit tiefer Befriedigung, daß diese zweite Ehefrau inzwischen hundert Pfund Übergewicht hatte und den ganzen Tag Bridge spielte.

Sie sah gut aus für ihre einundvierzig Jahre, und die zehn Pfund, die sie zugenommen hatte, betonten nur ihren Körperbau und ihre sinnlichen Formen. Kein Gramm mehr, aber so, wie sie jetzt aussah, war sie perfekt. Aber was nutzte ihr das, solange Dan es nicht zur Kenntnis nahm? Sie waren das ideale Paar, und sie liebte ihn mit all seinen Fehlern. Wie hatte das Entsetzliche passieren können? Wie hatte er sich über Nacht in diese Blondine verlieben können? Dinah fühlte sich zu gut angezogen, und selbst das war ihr peinlich. Sie wurde von allen Seiten betrachtet, und nur Dan, der ihr gerade einen Drink holte – »das Übliche?« – schenkte ihr nicht die Beachtung, die sie wollte. Was hatte diese Frau mit ihm angestellt?

»Jetzt schauen wir mal«, sagte Dan. »Du kannst nicht neben mir sitzen, weil ich am Tischkopf sitze, aber wir finden sicher einen Platz in der Nähe für dich. Einverstanden?«

»Klar, Boß.« Er sah sie scharf an, aber sie ging nicht auf seinen Blick ein. »Beinah hätte ich es vergessen. Das habe ich im Flugzeug für dich zusammengesucht. Studentenkram. Schau rein, das kann nicht schaden.« Sie zog gefaltete Papiere aus ihrer Tasche und händigte sie ihm aus.

»Im Flugzeug! Du versetzt mich immer wieder in Erstaunen, Frau. Kein Wunder, daß ich ohne dich nicht zurechtkomme!«

Sie setzte ein Lächeln auf und sagte in einem beiläufigen Tonfall: »Tja, Boß, das wirst du wohl müssen.«

»Laß mich nicht auch noch im Stich!« platzte er heraus. Er errötete schmerzlich und mied ihre Augen. »Oh, Dinah, wir müssen wirklich einiges bereden. Aber ...«

»Ich weiß. Nicht hier und nicht jetzt. Es fällt mir schwer, dir das zu sagen, Boß, aber daraus wird ein *Nie*, denn in dem Moment, in dem ich nach Madison zurückkomme, packe ich meine Sachen und bin weg.«

»Dinah! Bitte! Überleg es dir noch einmal! Wenn sonst schon nichts zählt, dann denk wenigstens an deine Karriere!«

Sie lächelte milde. »Wieso? Wirst du mir keine guten Referenzen geben? Ich meine, ich war doch wirklich eine Allround-Assistentin, oder etwa nicht? Gut in diesem, gut in jenem, und besonders gut in dieser anderen Geschichte.«

Er wirbelte herum. »Laß das! Zieh dich nicht selbst in den Schmutz. Ich kann dir nicht in zwei simplen Sätzen erklären, was passiert ist, weil die ganze Situation alles andere als simpel ist, verdammt noch mal. Es ist sogar alles noch viel komplizierter, als ich für möglich gehalten hätte.«

»Simpel. Kompliziert. Worin liegt da der Unterschied?« Sie zuckte die Achseln. »Es kommt in beiden Fällen dasselbe heraus, Dan. Aus mit uns.«

Er packte sie an den Schultern. »Ja. Nein. Ich weiß nicht, was dabei herauskommt, Di. Meine Gefühle sind – ich weiß es nicht. Im Moment« – er senkte seine Stimme – »möchte ich meine Arme um dich legen und dich festhalten, bis es dir besser geht. Das will ich wirklich. Ich mache mir etwas aus dir. Aber ...«

»Tu *das* nicht!« Ihre Stimme war scharf und gequält. »Sag mir nicht in diesem herablassenden Tonfall, daß du dir etwas ›aus mir machst‹, du verdammter Schuft! Ich halte es nicht aus! Es macht mich krank!«

»Hör zu, Dinah. Es lag noch nie in meiner Absicht, dich zu verletzen. Ich hatte keine Ahnung – meine Gefühle sind ambivalent.«

»Ambivalent! Dieses abscheuliche Wort – ich hasse es! Zur Hälfte Versprechen, zur Hälfte Wahrheit. Nein, danke! Du kannst deine – deine Ambivalenz nehmen und sie deiner kleinen, blinden Freundin servieren!«

Sie wußte nicht, wohin – nur fort von Dan. Sie lief davon, und wußte kurz darauf, wohin: zur Bar. Jetzt brauchte sie einen Drink.

In der Bar war es angenehm schummerig. Sie bestellte sich einen Whisky sauer. Aus mit dem »Üblichen«! Sie würde in ihrem ganzen Leben keinen Jack Daniels mehr anrühren.

Als ein Barhocker frei wurde, setzte sich Dinah und musterte der Reihe nach alle Männer ohne Anhang. Sie entschied sich für Whit Harris, drehte sich auf ihrem Barhocker herum, um nicht die Männer anzuschauen, wieder herum, um nicht die Wand anzuschauen, und als sie sich wieder umdrehte, saß er auf dem Hocker neben ihr.

»Hallo, Mr. Harris.«

Er zog eine Augenbraue hoch. »Sie kennen mich?«

»Wer kennt Sie nicht?«

Sie stellte sich vor, und sie unterhielten sich. »Ich nehme an, Sie sind gekommen, um seine Rede zu hören«, sagte Whit schließlich.

»Seine?« Sie fühlte sich leicht wirr im Kopf, und das war ein wunderbares Gefühl. »Oh. Dan. Ja, Sie haben richtig geraten. Aber da ich nicht mehr für ihn arbeite, bin ich nur als interessierte Beobachterin hier.«

»Sie arbeiten nicht mehr für ihn? Dürfte ich fragen, warum? Äh – haben Sie etwas gehört?«

Nicht allzu subtil, dachte Dinah, während sie Whit anlächelte. »Etwas gehört?« sagte sie. »Denken Sie an etwas Bestimmtes?« Sie hätte am liebsten laut gelacht. Sie hatte allerdings etwas gehört.

Anweisungen von Big Jim, halb geflüstert, bei einem Anruf aus dem Krankenhaus. »Hör zu, Di«, hatte er gesagt. »Whit Harris ist stinksauer auf unseren Jungen. Ich weiß nicht, warum; aus Dan war kein vernünftiges Wort rauszuholen. Aber es steht schlimm. Du wirst Harris heute beim Abendessen mit deinem Charme bezirzen. Du weißt schon, wie du das machst. Versuch, ob du herausfinden kannst, was passiert ist, und versuch, ihn herumzukriegen. Ich weiß, daß du dazu in der Lage bist.« Als sie freimütig gefragt hatte: »Wie weit soll ich gehen – mit dem Charme?« hatte er gestottert: »Hör mal, Dinah, du weißt genau, daß ich nicht gemeint habe . . .« Sie wußte es, und er hatte es so gemeint, dieser alte Heuchler. Politiker! Sie fragte sich, was Whit Harris tun und sagen würde, wenn sie jetzt zu ihm sagte: »Ja, ich habe etwas gehört. Ich habe gehört, daß Sie etwas gegen Dan haben, und ich soll Sie dazu bringen, Ihre Meinung zu ändern – notfalls im Bett.«

»Ich habe nichts Bestimmtes gehört«, sagte er jetzt mit strahlender Aufrichtigkeit in den Augen. »Es gibt nur Gerüchte, die besagen, daß Copeland seine Sache nicht so gut macht, wie alle geglaubt haben.«

»Er macht seine Sache gut. Wissen Sie, er ist sehr beliebt, und ich glaube, daß er es schaffen wird.«

»Und trotzdem geben Sie Ihren Job bei ihm auf? Mögen Sie keine Sieger?«

Sie wurde langsam betrunken, aber das war nur um so besser. Sie hob ihr Glas und sagte: »Sie entsprechen eher dem Typ Sieger, der mir gefällt, Mr. Harris.« Sowie sie es ausgesprochen hatte, tat es ihr leid, aber zu ihrer Überraschung schien er angenehm erfreut und straffte unbewußt die Schultern.

Er rückte näher zu ihr. »Was für ein Typ Sieger bin ich – Dinah?«

»Ein geborener Sieger.«

Er lachte. »Ein geborener Sieger! Das gefällt mir!« Ganz beiläufig, fast unmerklich, legte er seine Hand leicht auf ihren Arm. »Ich glaube, Sie gehören auch zu diesem Typ. Ich glaube, es ist äußerst weise, daß Sie rechtzeitig abspringen. Ehe Copeland stürzt. Sagen Sie das nur nicht weiter.« Er lachte nervös. »Ich glaube, ich rede zuviel. Zuviel Martinis.«

Dinah rückte näher und bemerkte das Leuchten in seinen Augen. »Ich mag Sie, Dinah, Sie sind einfach großartig. Bei einem kleinen Pinscher wie Dan, der demnächst – vergessen Sie es. Sie wären an ihn verschwendet. Sie gehören an die Seite einer Größe nach Washington. Vielleicht mit – aber darüber können wir uns später noch unterhalten. Was halten Sie davon, daß wir unsere Unterhaltung nach dem Abendessen fortsetzen? Ein kleiner Schlummertrunk vielleicht? In meinem Hotel gibt es eine ruhige, kleine Bar . . .«

Ihre Schultern und ihre Hände berührten sich inzwischen.

Keine Elektrizität durchflutete sie. Im Bett würde er eher fad sein, aber sie fühlte sich bei ihm geborgen. Außerdem mußte sie sich in ihrem Alter langsam fragen, wieviel reiche, attraktive Männer noch auf sie fliegen würden, wie viele Männer *überhaupt?*

Aus dieser Überlegung heraus lächelte sie ihn strahlend an. »Das klingt wunderbar«, sagte sie.

Einen Moment lang zeichnete sich Zufriedenheit in seinem Gesicht ab, doch gleich darauf war er wieder ganz geschäftlich. »Gut.« Ein Blick auf die dicke, goldene Armbanduhr. »Wir sollten jetzt zum Essen gehen. Ich treffe Sie anschließend wieder. Hier.« Er kritzelte schnell einen Namen und eine Adresse auf eine Serviette und ließ sie gemeinsam mit einem gefalteten Geldschein in ihre Hand gleiten. »Nehmen Sie sich ein Taxi zu diesem Hotel; wir treffen uns in der Bar. Es wird Ihnen gefallen – ruhig und diskret.«

Er wartete ihre Einwilligung nicht ab; sie wurde schweigend vorausgesetzt. Ein letztes Tätscheln ihres Armes, dann war er verschwunden. Offensichtlich wollte er nicht, daß sie ihm folgte, oder daß sie zusammen gesehen wurden. Dinah seufzte innerlich und ließ den gefalteten Geldschein durch ihre Finger gleiten. Vielleicht würde sie sich mit ihm treffen, vielleicht auch nicht. Sich »diskret« zu einem verheirateten Mann zu schleichen, war nicht ihre Art; jetzt, nachdem er fort war und Dan wieder durch ihren Kopf spukte, erschien Whit ihr nicht mehr halb so anziehend.

Sie probierte ihr verlockendstes Lächeln an dem Barkeeper aus, einem gutaussehenden Jungen in den Zwanzigern, aber seine Blicke glitten über sie hinweg. Zu alt bin ich, daran liegt es. Altern, das wurde ihr plötzlich klar, bedeutete nicht unbedingt, daß man häßlich wurde. Sie war immer noch verflucht attraktiv. Nein, es bedeutete nur, daß die Auswahl kleiner wurde. Es war gut möglich, daß sie schon bald nicht mehr die Wahl hatte. Sie würde dieses verdammte Abendessen durchstehen, und irgendwann im Lauf dieses schrecklichen Abends würde sie sich entscheiden, wie es mit Whit Harris weiterging.

Im Bankettsaal war es leicht, unter den vielen Paaren einen einzelnen Platz zu finden. Sie setzte sich auf den ersten freien

Stuhl. Dan und Whit saßen beide auf der Estrade, und Dinah verglich sie miteinander, Whit, dessen Anzug schon so wirkte, als sei er gegen jegliches Knittern gefeit, und Dan – Dan, der bei *ihr* gewesen war, während sie in Madison vor dem Fernseher gesessen, sich die Nägel gefeilt und darüber nachgedacht hatte, was sie ihm am Abend seiner Rückkehr kochen sollte. Bei *ihr* war er gewesen, während sie sich in ihrer Unwissenheit glücklich geschätzt hatte. Die Blonde war ein schmächtiges, bleiches, kleines Ding. Phantastisch gekleidet und ein wunderbares Gesicht, das fiel schon bei einem flüchtigen Blick auf, aber sie hatte einen zerbrechlichen, fast kindlichen Körper. Sie war nicht Dans Typ, kein bißchen! Eine solche Frau konnte nicht gut für ihn sein! So verschlossen, so zurückhaltend. Für einen Politiker war das nichts. Was sah er nur in ihr?

Dan bestieg das Rednerpodium, und er machte seine Sache so gut wie immer. Er konnte die Massen mitreißen, und selbst ohne das Geld für einen Fernsehauftritt standen seine Chancen gut.

Zum Teufel, sie arbeitete nicht mehr für ihn. Sie klatschte wie alle anderen auch und spielte einen Moment lang mit dem Gedanken, zu gehen, aber Whit Harris suchte quer über den Raum ihren Blick und nickte ihr zu – ein »diskretes« Nicken. Sollte Dan doch zu seiner flachsblonden Madonna gehen, seiner bleichen Dame. Sie würden schnell genug unglücklich werden. Was wußte *sie* denn von dem Leben, das sie führen würde? Zweijahreszyklen, Vorbereitungen auf Wahlkämpfe, Erholung von den Wahlkämpfen. Anrufe zu allen Tag- und Nachtstunden. Politische Abendgesellschaft nach politischer Abendgesellschaft. Wußte die blonde Schönheit, wie erschöpft er sein konnte, manchmal über Wochen hinweg? War sie darauf vorbereitet, daß sie aus dem Tiefschlaf gerissen würde, um belegte Brote für vierzehn Leute herzurichten? Wußte sie, daß sie an seiner Seite sitzen und ständig nur lächeln, lächeln und immer nur lächeln mußte? Wußte sie, wieviel Einsamkeit ihr bevorstand? Wie wenig Privatleben? Wie wenig sie von ihrem Mann haben würde?

Er hätte bei mir bleiben sollen, dachte Dinah. Ich weiß, worum es geht, und ich könnte es mit links bewerkstelligen!

Die Reden und Preisverleihungen und das Aufwärmen gemeinsamer Erinnerungen ermüdete Dinah zunehmend. Mir reicht's, dachte sie und stand auf. Sie bahnte sich einen Weg durch die Menge. An der Tür drehte sie sich um und warf einen letzten Blick zurück; sie fühlte sich diesem Kindergarten haushoch überlegen.

Whit Harris fing ihren Blick über die gesamte Länge des Raumes mit seinen Augen ein und zuckte die Achseln, was ihr ein Echo ihres eigenen Abscheus zu sein schien. Ja, entschied sie, sie würde sich mit ihm treffen und etwas mit ihm trinken. Dann konnte sie sich immer noch entscheiden.

Sowie sich die Tür hinter ihnen geschlossen hatte, stürzte er sich auf sie, drängte sie zu dem Bett hin und verteilte seine Kleider auf dem Boden. Splitternackt und mit einer ekstatischen Erektion blieb er ungeduldig stehen und erwartete, daß sie sich auszog. Heute keine Spiele, dachte Dinah, und danach hatte sie keine Gelegenheit mehr, zu denken. Er nahm sie so eifrig wie ein Teenager, aber auch ebenso egozentrisch. Nichts Empfindsames, nichts Geübtes – keine Feinheiten, keine Routine; trotzdem machte es ihr erstaunlich großen Spaß. Er war groß und breit und kräftig, und er gab ihr das Gefühl, klein und zerbrechlich und sehr jung zu sein.

Hinterher ließ er sich auf sie fallen, murmelte: »Gut, sehr gut«, rollte sich dann von ihr herunter und war schon im nächsten Moment eingeschlafen. Sie konnte seinen tiefen, regelmäßigen Atem hören, während sie auf dem Rücken lag und sich in dem düsteren Zimmer umsah. Sie fühlte sich einsamer denn je, während Traurigkeit sie durchflutete und sie verloren in der Dunkelheit eines fremden Zimmers neben einem schlafenden Fremden lag.

Genau so ist es, sagte sie sich. Erinnerst du dich wieder? Die zufällige Begegnung: der sicherste Weg nach nirgends. Sie bewegte sich unruhig und hoffte, er würde erwachen. Tränen des Selbstmitleids traten in ihre Augen. So würde es jetzt also weitergehen, vereinzelte Nächte mit wechselnden Männern, die ihr Gesicht nicht sehen wollten. Diese Schurken!

Noch hatte sie die Wahl: gehen oder bleiben. Sie zog es vor, zu gehen. Zum Teufel mit ihm, zum Teufel mit ihnen allen, und zum Teufel mit Dan Copeland – es war ohnehin alles seine Schuld!

Sie drehte sich um und setzte sich auf, und augenblicklich schoß eine Hand hervor und legte sich um ihre Hüften. »Wohin willst du?« Die Stimme klang hellwach.

»Nach Hause. In mein eigenes Zimmer.«

»Warte.« Er drehte sich auf die Seite und sah sie an. »Geh nicht. Ich will mit dir reden.« Er lachte selbstbewußt. »Erinnerst du dich nicht? Ich habe vor dem Essen gesagt, wir würden uns später noch unterhalten.«

»Ja, ich schätze, das war mit ›später‹ gemeint.«

Er strich sachte mit der Hand über ihre Hüften und ihre Taille. »Hat es dir – gut getan?«

»Es war – weißt du, du machst es so, als hättest du es noch nie getan. Sehr enthusiastisch.«

Nach einer Pause sagte er feierlich: »In gewisser Weise habe ich es auch noch nie getan. Zumindest noch nie mit einer Frau wie dir.«

Sie verspürte das Verlangen, ihn zu fragen, wie die Madonna im Bett war; sie spürte das Verlangen, von ihm zu hören, wie kalt und unerotisch sie war. Aber Whit Harris war kein Mann von der Sorte, die man wie eine Apfelsine schälen konnte. Die Wärme, die im Moment von ihm ausging, war nur ein zaghafter Versuch von seiner Seite aus. Sie spürte, daß sie mit einer falschen Frage alles zerstören konnte, und ihr wurde bewußt, daß sie nichts zerstören wollte. Sie fragte ihn: »Worüber wolltest du dich mit mir unterhalten?«

Nach einer Pause: »Ich hätte eine Stellung für dich. Beim amerikanischen Gesundheitsausschuß. Siebenunddreißig fünf und beträchtliche Spesen.«

»Siebenunddreißig fünf! Und *wofür?*«

»Nicht das, was du denkst, Dinah! Ich hätte dir diese Stelle auch dann angeboten, wenn wir nicht – also selbst dann. Ich habe nur einfach nicht daran gedacht, solange wir unten saßen.« Seine Stimme wurde heiser, und er lehnte sich dichter an sie. »Ich konnte vorhin einfach an nichts anderes denken.« Dann wurde er wieder ganz geschäftlich. »Wir suchen eine neue Leiterin für unsere Werbeabteilung. Viele Pressekontakte und viel Texten. Wir machen Millionengeschäfte, und der Aufgabenbereich ist äußerst vielseitig. Du tätest dasselbe, was du bisher für Dan Copeland getan hast, nur in größerem Rahmen und gegen bessere Bezahlung.«

Dinah fing an zu lachen. Sie hörte selbst die Hysterie, die in diesem Lachen lag, aber sie konnte nicht aufhören. Dasselbe, was sie bisher für Copeland getan hatte, allerdings! Wie wahr, wie entsetzlich wahr!

»Ganz gleich, woran du jetzt denkst«, sagte Whit ernsthaft und schüttelte sie, »vergiß es. Mich interessiert nicht, was für eine Art von – Beziehung du zu ihm gehabt hast, und davon ist auch nicht die Rede! Ich spreche von einer Stelle. Bist du interessiert – an einer Stelle? Oder nicht?«

Sie streckte sich, um die Nachttischlampe anzuschalten ; dann drehte sie sich um und sah ihm in die Augen. Meinte er es ernst? Er zwinkerte ein- oder zweimal, nachdem sie das Licht angeschaltet hatte, dann sah er sie fest an. Ohne seine teure Kleidung und mit zerzaustem Haar sah er völlig anders aus – jünger, verletzlicher.

»Ich bin interessiert. Natürlich bin ich interessiert«, antwortete sie. »Gegen die Bezahlung ist nichts einzuwenden, und ich liebe Washington. Aber ...«

»Aber du fragst dich, was du zusätzlich tun mußt, um dir dein Gehalt zu verdienen. Nichts. Nur deine Arbeit.« Er setzte sich schwerfällig auf und nahm ihre Hand zwischen seine Hände. »Natürlich wäre es gelogen, wenn ich behaupten würde, daß ich nicht hoffe ... Ich halte mich ziemlich häufig in Washington auf, mehrfach wöchentlich sogar, und ...«

»Ja?« Sie richtete sich steif auf. »Und?«

»Ich mache meine Sache im Moment sehr schlecht. Also paß auf. Wenn du die Stelle willst, bekommst du sie. Du brauchst nicht mit mir auszugehen, wenn du keine Lust hast. Das hat nichts mit den Abmachungen zu tun. Aber dieses – es war wunderbar heute nacht. *Du* warst wunderbar. Ich freue mich und hoffe – Dinah, ich *mag* dich. Ich würde dich gern wiedersehen. Aber wenn du Bedenken hast ...«

Gequält brach er ab. Verlegenheit und Qual ließen ihn rot werden. Zu ihrem eigenen Erstaunen empfand Dinah mütterliche Gefühle. Zum Teufel, der arme Kerl tat ihr wirklich leid.

»Schon gut, Whit. Ich habe verstanden. Ich bekomme die Stelle auch dann, wenn ich nie mehr mit dir ins Bett gehe. Stimmt's?«

Er errötete noch tiefer und befeuchtete mit der Zunge seine Lippen. »Das klingt ziemlich grob, aber es stimmt, so habe ich es wohl gemeint.«

Sie betrachtete ihn aufmerksam. »Ich bin einundvierzig.«

Er beugte sich vor und ließ seine Hand langsam über ihren Busen gleiten. »Du siehst jünger aus, und offen gesagt, das ist mir gleich.«

Gut. Jetzt hatte sie also die Wahl. Sie konnte in Madison bleiben und auf ein Wunder hoffen, sie konnte ihr Glück aber auch mit Washington und Whit Harris probieren.

»Abgemacht. Ich schlage ein.« Sie schwang ihre Beine über die Bettkante. »Auf Wiedersehen in zwei Wochen.«

»Warte!« Sie wandte den Kopf um und sah ihn über die Schultern an. »Wo willst du um diese Zeit noch hin?«

»Ist unsere Unterhaltung nicht beendet?«

»Doch, aber... Sieh mal, Dinah, kannst du nicht die ganze Nacht bei mir bleiben? Ich – ich möchte, daß du bleibst.« Er streichelte mit einer Hand über ihren Rücken. »Du bist so weich und warm«, murmelte er, und dann fügte er fast flüsternd hinzu: »Bitte.«

Sie saß ganz still auf der Bettkante und ließ sich von seiner kräftigen Hand streicheln. Jetzt in ihr Zimmer zu gehen, zu den kalten Laken und den leeren Wänden und ohne Gesellschaft bis auf ihre eigenen bitteren Gedanken... Nein. Zumindest würde nachts jemand neben ihr liegen, und sie würde die Wärme seines Körpers spüren. Wenn sie morgen erwachte, würde er bei ihr sein. Vielleicht würden sie einander nicht in die Augen sehen können, aber zumindest würde sie heute nacht nicht alleine sein.

20

Examensjahrgang 70: Kommentar zum Klassentreffen

15. Januar 1981

Hallo, ihr da, liebe Klassenkameraden! Ihr habt es mit eurer alten Redakteurin zu tun, COURTNEY WILLS STANDISH, die hiermit von unserem großartigen Klassentreffen berichtet.

War es nicht toll? War es nicht das Größte? JOCK und ich sind jedenfalls dieser Meinung und hoffen, daß ihr uns alle zustimmt.

Ich bin sicher, daß ihr alle mitbekommen habt, was für eine große Aufregung es bei dem tollen Fußballspiel gab, als diese Frau diesen Anfall hatte und gegen DAN COPELAND losgelegt hat, und wie er und JOE RUGOWSKY sie aus dem Stadion schleppen mußten! Könnt ihr euch vorstellen, daß sie selbst mal eine Weile in Hampton war? Natürlich ohne Abschluß, ist ja klar! Ich schätze also, daß sie dort von DAN gehört hat, der damals eindeutig ein Radaubruder war.

Der frühere Staatsdiener und Bulle JOE RUGOWSKY sagt aus, die Gnädigste sei in eine Heilanstalt in New Hampshire eingewiesen worden. Ja, ich sagte »der frühere«. JOE hat kürzlich die Polizei verlassen, trotz seiner Ernennung zum Sergeanten, um einen großen Bauernhof mit Molkereibetrieb zu übernehmen. Sagt, daß er mehr Zeit für Elaine und die Kleinen haben will. Viel Glück, JOE!

He! Wir waren gut, wir 70er! Gemeinsam haben wir $ 56872,57 für Stipendien und Lehrmittel gestiftet. Kolossale zweiundsiebzig Prozent unserer Klasse haben sich daran beteiligt. Und der Dekan wüßte gern, wer der Geizkragen ist, der die $ 2,57 gespendet hat! Ha, ha.

Alle Fragebogen sind eingetroffen, bis auf die, die ohnehin nicht mehr kommen. Schämt euch, ihr sechsundzwanzig Typen, die ihr das Treffen genossen und die Hausaufgaben vernachlässigt habt. Habt euch auch seit damals nicht verändert, was? Allen anderen tausend Dank. Jetzt wissen wir es also: Achtundneunzig Prozent von uns sind verheiratet. Wir haben durchschnittlich 1,6 Kinder. Wir haben von China bis Alaska alles bereist. Wir leben in 22 US-Staaten und in drei anderen Ländern. Wir haben 34 Juristen, 16 Ärzte, 4 Bauern, 3 Tierärzte, 27 Lehrer, 54 Geschäftsleute, 2 Politiker, 3 Richter und einen Sumo-Ringer hervorgebracht. (War es nicht wundervoll, unseren alten DICK MERWYN beim Klassentreffen in seiner lustigen Sumo-Aufmachung wiederzusehen? Er hat den Preis für die längste Entfernung, die zurückgelegt worden ist, gewonnen – er ist direkt von Tokio zu uns gekommen!). Achtunddreißig Prozent von uns sind glücklich geschieden, wobei die letzte Scheidung bereits mitgerechnet ist: LINDA BARRONE, die demnächst ihr Medizinstudium aufnehmen wird. Schade, daß deine Ehe schiefgegangen ist, LINDA, aber wir wünschen dir jedenfalls viel Glück.

Jetzt kommt was besonders Schönes: JENNINGER GLADSTONE, für diejenigen, die sich an sie erinnern, ist gerade als Richterin an ein Familiengericht berufen worden. Ist das nicht phantastisch? Und beim Klassentreffen hat sie an dem ganzen Wochenende kein einziges Wort von sich gegeben. Sei nicht schüchtern, JEN! Wir wollen immer alles über unsere berühmten Klassenkameraden wissen.

Wenn wir von Berühmtheiten sprechen, fällt mir doch gleich ein, daß unser alter JAY SHULMAN, der bekannte Hollywood- und Broadway-Produzent, gerade eine Neuaufführung von *Gypsy* plant. Gerüchteweise ist verlautet, daß ihn das drei Millionen Dollar kostet, und jetzt ratet mal, wer die Hauptrolle spielt? LEE

RIVERS. Mit einem solchen Team aus Hampton kann nichts schiefgehen! Stimmt's, Leute?

Und jetzt hört euch das mal an, ihr da: JAY hat seiner weiblichen Hauptrolle den Hof gemacht, indem er ihr anonyme Rosen über die ganze Welt nachgeschickt hat. LEE hat mir beim Klassentreffen davon erzählt, aber sie hatte nicht die leiseste Ahnung, wer der Absender war! Dann, beim Klassentreffen, hat er ihr doch wahrhaftig vor unser aller Augen ein Dutzend Rosen und ein Angebot für *Gypsy* in die Hand gedrückt! LEE war vollkommen verblüfft!

Ihr seht, was ihr verpaßt habt, ihr Flaschen, die ihr nicht gekommen seid. Lest das und weint! Sie hat auch eine Nummer für uns gesungen. Manche von uns haben ein Autogramm von ihr bekommen (ich schätze mich glücklich, zu jenen zu gehören!), und, das könnt ihr mir glauben, das wird demnächst einiges wert sein!

Hochzeitsglocken werden auch bald läuten, und zwar in London – für LEE und BENNO AKKARDIJIAN. Das ist die Romanze des Jahres, Leute, und all das hat sich abgespielt – ratet mal, wo? Hier bei uns in Hampton, am Wochenende, an dem das Klassentreffen gestiegen ist. Es stimmt wirklich, LEE und BEN hatten sich seit dem Examen nie mehr gesehen. Es war Liebe auf den ersten Blick, dank dem Ausschuß, der das Treffen organisiert und sämtliche Adressen ausgegraben hat. Im Februar findet die Hochzeit statt.

Wenden wir uns einer weiteren Berühmtheit zu: DAN COPELAND (früherer Vorsitzender des Studentenverbandes, damals, als auf dem Campus soviel los war. Leider muß gesagt werden, daß es in Hampton keinen Studentenverband mehr gibt) sitzt jetzt für Wisconsin im amerikanischen Kongreß. Mit 257 Stimmen nur knapp in Führung, hat er die Wahl gewonnen, aber was soll's? Für mich steht er trotzdem auf der Liste der großen Sieger, und wir alle wünschen ihm das Beste für seinen neuen Job in Washington. DAN hat bei unserem Abendessen eine phantastische Rede gehalten. Seht ihr, was ihr verpaßt habt?

DAVID HABER ist zum Assistenten des Vizepräsidenten von Burke und Knowls ernannt worden, einer der tollsten Werbeagenturen von New York City. LYLA HABER ist eine der größten Modezeichnerinnen aller Zeiten. Halt dich ran, DAVID, dann wirst du deine Frau bald einholen – vielleicht. Ha, ha.

WHITNEY HARRIS III, der Hampton zu Ehren seines Vaters,

WHITNEY HARRIS II ('36) ein wunderbares neues Labor vermacht hat, ist gerade zum Direktor der Nassau County Trust Company gewählt worden. Wir gratulieren, WHIT! Wie wäre es mit einer Spende für eine Handvoll früherer Klassenkameraden? Jetzt im Ernst: Der Fachbereich Chemie ist WHIT für ein derart großzügiges Geschenk zutiefst verbunden. (Außerdem war es prima, auch unsere Süße von Sigma Chi wiederzusehen, WHITS Frau KITTY!)

Jetzt meine aufregenden Neuigkeiten: JOCK und MEINE WERTE PERSON haben gemeinsam mit SPARKY und BUFFY MORTON ein absolut traumhaftes altes Wirtshaus gleich bei Geneva gekauft, nur sechzehn Meilen von der Hauptstraße ab. Das Ding ist ziemlich im Eimer, aber wir wollen es selbst wieder herrichten und laden euch alle ein, mal vorbeizuschauen und was bei uns zu essen; ihr seid jederzeit willkommen, aber erst ab Juli dieses Jahres. Es wird harte Arbeit geben, aber diejenigen unter euch, die in der Nähe von Hampton wohnen, wissen, wie berühmt BUFFYS Kuchen sind und welchen Anklang meine Quiche Lorraine findet, und insofern dürfte es uns nicht schwerfallen, euch was Leckeres vorzusetzen. Das Häuschen ist viktorianisch, und wir haben vor, es rosa anzumalen und »Die Rosa Giebel« zu nennen, ist das nicht süß? Beachtet auch unsere Broschüre, die euch im Lauf des Frühlings mit der Post zugeschickt wird. Und besucht »Die Rosa Giebel«. Wir werden froh um jeden Kunden sein. Ha, ha.

JOCK und ich können gar nicht glauben, daß das neue Jahr schon angefangen hat und unser Treffen drei Monate zurückliegt. Wie die Zeit vergeht! Und schon jetzt schreiben mir viele Klassenkameraden, daß sie das zwanzigjährige Treffen kaum erwarten können. Sollen wir ein fünfzehntes einlegen? Was meint ihr? Ich finde die Idee astrein. Gebt doch alle mal eure Stimme ab.

Schickt mir einfach eine Postkarte: COURTNEY WILLS STANDISH, c/o Die Rosa Giebel, RFD 4, Millfield, N. Y. 11872.

Es ist an der Zeit, mich für heute zu verabschieden. Vergeßt nicht, mir all eure Neuigkeiten zu schreiben.

Eure Courtney Wills Standish

21

Die Familie Harris

Kit ließ die vervielfältigten Zettel aus ihren Fingern gleiten. Die gute alte Courtney, dachte sie, wie sehr sie sich immer wieder bemüht. Tut mir leid, Courtney, aber du hast einiges verpaßt. Wie wäre es damit? »WHIT HARRIS, dynamischer Boß von Harris Pharmazeutischen Betrieben und Aufsichtsratsmitglied von zu vielen Organisationen, als daß man sie aufzählen könnte, hat mit seiner Frau KIT nicht mehr geschlafen, seit er sie am Samstag abend während des Klassentreffens auf den Fußboden von Zimmer 31 des Wohnheims geworfen und sich sodann auf sie geworfen hat.« Oder noch besser: »Dieser entzückende Ausdruck der Liebe und Hingabe fand nur wenige Stunden darauf statt, nachdem sich KIT aus dem Zimmer des bekannten Politikers DAN COPELAND geschlichen hatte, bei dem sie die Nacht verbracht hatte. Wer hätte das von der kleinen KITTY CAMERON gedacht, der Zeta Phi Jungfrau? Wir wünschen euch allen viel Glück, KITTY, WHIT und DAN!«

Sie konnte sich den Ausdruck des förmlichen Angewidertseins auf Courtneys Gesicht vorstellen, und gleichzeitig war ihr klar, wie sehr sich Courtney die Lippen nach einem derart köstlichen Leckerbissen geschleckt hätte. Bei dem Gedanken mußte sie lächeln.

»Was ist denn so komisch?« fragte Lily. »Das Ding, das du aus Hampton bekommen hast? Laß mal sehen – oh, toll, das ist ja alles Klatsch. Ich liebe Klatsch.« Sie griff quer über den Frühstückstisch nach dem Brief.

»Für dich ist es uninteressant«, sagte Kit. »Außerdem glaube ich, daß dieses Glas nicht dazu geschaffen ist, neunundfünfzig Pfund zu tragen.«

»Aber das muß ich doch lesen«, sagte Lily, rutschte vom Tisch und ließ sich wieder auf ihren Stuhl plumpsen. »Das geht doch alles um dein Klassentreffen – oh, da steht was über Daddy – und hier über Tante Lee. Schade, da steht nur, daß sie heiratet, und das wissen wir ja schon. Uiih, toll! Da steht alles über die Verrückte. Hast du Dan Copeland gekannt, Ma?«

»Ja.« Kit hielt den Atem an und erwartete die nächste, unvermeidliche Frage, aber Lily las weiter.

»Hm!« schnaubte sie. »Das beste Treffen aller Zeiten! *Du* hast es jedenfalls nicht dafür gehalten!«

»Wie kommst du darauf? Ich fand es schön.«

»Mein Gott, du bist doch früher nach Hause gekommen. Einen ganzen Tag zu früh! Wie gut kann es also gewesen sein?«

Kit hob ihre Kaffeetasse an die Lippen und sah das Kind an, das gerade gierig ein Stück Blaubeerkuchen verschlang. »Seltsam, daß du dich daran erinnerst, Lily.«

»Ich erinnere mich im allgemeinen an alles«, sagte Lily schmeichlerisch. »Ich bin nämlich nicht direkt blöd.« Ihr Gesicht war zu einem selbstgefälligen Lächeln verzogen.

Kit sah schnell von ihr fort. Wie sehr ihr Tonfall und ihr Gesichtsausdruck im Moment Whit ähnelten! Dieselbe herablassende Selbstgefälligkeit, der seidige Tonfall, unter dem sich Eisen verbarg. Kitty beobachtete schon seit einer Weile, daß Lily sich veränderte, aber diese – diese Härte war neu. Kitty sehnte sich danach, zu gehen, aber sie konnte Whit nicht verlassen. Allein der Gedanke, daß Lily Stunden über Stunden in einem Gerichtssaal verbringen und sich anhören sollte, sie sei ein uneheliches Kind; daß sie hören sollte, wie der Mann, den sie Daddy nannte, sie verleugnete; daß sie in ihrer Mutter plötzlich eine Lügnerin, eine Betrügerin, eine Schwindlerin sehen sollte – nein! Das konnte Kitty nicht zulassen. Ein Kind von knapp zehn Jahren konnte solche Dinge nicht verkraften. Lily würde nie mehr so werden wie vorher.

Doch daß ihre Tochter ausgerechnet Whits schlechteste Eigenschaften annehmen mußte? Je länger sie hierblieb, hier in diesem Haus, um so schlimmer würde es werden.

»Sag mal, Ma, wie ist diese Verrückte überhaupt in das Stadion gekommen? Warum weiß das niemand?«

»Lily, Liebling, jeder, der das Geld für eine Eintrittskarte hat, kann sich ein Fußballspiel ansehen.« Sie nippte an ihrem Kaffee.

»Sogar in Hampton?«

»Was meinst du mit sogar in Hampton? Was soll an Hampton so besonders sein?«

Lily nahm sich eine Birne und redete mit vollem Mund weiter. »Na ja, weißt du, Daddy sagt immer, Hampton sei was Besonderes. Nur eine Auswahl der Besten, sagt er. Sind die Harris nicht deshalb schon immer nach Hampton gegangen? *Ich* gehe doch später auch hin.«

»Eine Auswahl der Besten! Das hat er dir gesagt? Die Schule ist sehr gut, und sie ist auch sehr alt, aber alle möglichen Leute studieren dort. Selbst Leute, die nicht Harris heißen. Selbst Leute, die sehr – sehr anders sind als die Leute, die du hier in der Umgebung kennst.«

Lily dachte einen Moment lang darüber nach. Dann sagte sie: »Wir sind doch reich, oder nicht?«

»Ja, das könnte man sagen.«

»Mir gefällt das. Ich will nie arm sein und in einer schäbigen Wohnung wohnen und kein Pferd haben und blöd sein.«

»Lily! Um Himmels willen! *Ich* war arm. Hältst du mich für blöd?«

»Aber – bei dir ist das doch was anderes, Mami!« Lily tat das Thema mit einem Achselzucken ab. »Außerdem hast du Daddy geheiratet.«

Allerdings, dachte Kitty. Seltsam, daß sie es nicht täglich bemerkt hatte, daß ihr nie bewußt geworden war, daß Whit Lily beeinflussen würde. Warum hatte sie immer den Eindruck gehabt – oder besser: die Illusion – sie allein ziehe Lily auf? Weil er so häufig fort war? Wegen der kühlen Distanz, die für seine Beziehungen so typisch war? Für ein kleines Mädchen war er trotzdem *Daddy*. Sie war so dumm gewesen, das nicht zu sehen, nicht zu erwarten. Sollte ihr kleines Mädchen eine typische Harris werden? Kit zuckte zusammen. Sie würde alles dagegen tun.

Sie verachtete ihn. Sie nahm an, daß sie ihn nie geliebt hatte, aber sie hatte ihm gegenüber Dankbarkeit und vielleicht eine gewisse Zuneigung empfunden. Mehr nicht. Ihre – Konfrontation im Wohnheim hatte die Fassade heruntergerissen. Er hatte sich nicht um sie bemüht, nicht versucht, sie für sich zu gewinnen. Er war nur auf ihre Demütigung ausgewesen, und das, so dachte sie erbittert, war ihm gelungen. Seit da an erschien es, als könne er ihre Nähe nicht mehr ertragen. Er hatte sie so sehr erniedrigt, daß er sie jetzt geringschätzen konnte, und dennoch erhob er weiterhin seinen Besitzanspruch.

In den letzten Monaten hatte er sie mehrfach daran erinnert, was ihr drohte, falls sie mit dem Gedanken an eine Scheidung spielen sollte. Wie stolz und höhnisch er gegrinst hatte, als er ihr die Zeitungen aus Madison vorgelegt hatte! Er hatte Briefe an die Herausgeber schicken lassen, die andeuteten, der Studentenverband Hamptons sei von kommunistischer Seite unterstützt worden. Außerdem war den Wählern eine umfangreiche Postwurfsendung aus Washington D. C. zugegangen, in der behauptet wurde, Dan Copeland habe illegale Gelder angenommen; mit dem Flugzeug, mit dem seine junge Frau ums Leben gekommen war, sei etwas faul gewesen; er sei für seine Verführungskünste bekannt; alle Arten von widerlichen Anspielungen.

Die letzte derartige Schweinerei, die er ihr mitgebracht hatte, hatte sie nach einem flüchtigen Blick zerknüllt und dann gesagt: »Du bist abstoßend!«

Daraufhin hatte er vergnügt gelacht und erwidert: »Ich kann mich zumindest an einen Anlaß erinnern, bei dem du nicht dieser Meinung warst, meine liebe Katherine.«

Er war entsetzlich, einfach entsetzlich! Doch zumindest, was Dan betraf, hatte er nichts erreicht. Dan hatte die Wahl gewonnen – zwar nur haarscharf, aber er hatte gewonnen. Jetzt war er der Kongreßgesandte Daniel Copeland aus Wisconsin.

Erst vor zwei Wochen hatte er sein Amt angetreten. Sie konnte nichts dagegen tun, daß sie ständig an ihn dachte. Sie hatte in einer Zeitschrift einen Artikel mit einem Bild von ihm gesehen. Mit aufgekrempelten Ärmeln und einem breiten Grinsen im Gesicht, das seine Grübchen zeigte, zog er in sein neues Büro ein, umgeben von drei hübschen Mädchen, die zu seiner Belegschaft gehörten.

»Mit fünfunddreißig«, hieß es dort, »zählt der Kongreßabgeordnete Copeland nicht nur zu den jüngeren, gutaussehenden neuen Gesichtern im Kapitol, sondern er ist auch im übrigen in Washington eine attraktive Rarität: ein Junggeselle. Gerüchtweise ist verlautet, daß die Frauen in Dreierreihen Schlange standen, um in seinem Büro zu arbeiten. Tatsache ist jedenfalls, daß seine Belegschaft die hübscheste ist (siehe oben). In einer Stadt, in der auf jeden Mann zwei Frauen kommen, ist er bereits jetzt Spitzenreiter der Listen für gesellschaftliche Einladungen. Seine Assistentin, Margie Gordon, (die Blondine ganz links im Bild) sagt: ›Wenn wir alle Einladungen annehmen würden, die er bekommt, bliebe ihm keine Minute Zeit für seine eigentliche Arbeit.‹ Wie die eigentliche Arbeit des Kongreßabgeordneten Copeland aussehen wird, bleibt natürlich noch abzuwarten.«

Sie kannte den Artikel auswendig. Sie sah das Bild vor sich. Margie Gordon war zierlich und blond – wie sie. Es versetzte ihr einen Stich. Auf dem Bild war ihm ihr gut geschnittenes, zartes Gesicht anhimmelnd zugewandt, und ihr ganzer Körper schien nach ihm zu verlangen. Eine kleine weiße Hand lag auf seinem Arm. Wie lange würde es dauern, bis er mit der kleinen Margie

Gordon im Bett lag? Der Gedanke tat ihr entsetzlich weh. In einer ihrer wildesten Phantasien – gewöhnlich spät nachts, wenn sie versuchte, einzuschlafen – hatte Kit sich vorgestellt, einen Brief an den Herausgeber der Zeitung zu schreiben: »Der Kongreßabgeordnete Copeland liebt *mich.*« Natürlich war das alles Unsinn, aber trotzdem hätte dort *sie* abgebildet sein sollen, eine Hand auf seinem Arm und Teil seines Lebens. Aber wie hätte dann die Bildunterschrift gelautet? »Der Kongreßabgeordnete Copeland mit seiner teuren, geschätzten Freundin Mrs. Whitney Harris III, deren Mann gerade vor Gericht Klage gegen sie wegen Vernachlässigung ihrer mütterlichen Pflichten erhebt.«

Vielleicht hätte sie an jenem Morgen wirklich mit Dan gehen sollen, an dem er gekommen war, um sie zu holen – vielleicht hätte sie einfach aufstehen, packen und gehen sollen. Aber wie hätte sie das tun können? Sie hätte Lily unmöglich zurücklassen können. Wenn sie sie einfach mitgenommen hätte ...? Nein, das war natürlich Unsinn. Sie hatte das Richtige getan, das einzig Mögliche. Wenn sie es nur hätte erklären können! Aber auch das wäre unmöglich gewesen. Sie hätte nie zu diesem Treffen fahren sollen. Sie wußte inzwischen, daß sie gewünscht hatte, er solle sie noch lieben, der alte Zauber solle noch wirken. Was hatte sie bloß angerichtet!

Jetzt träumte sie oft von ihm, aber dieser Traum, der Nacht für Nacht wiederkehrte, war schrecklich. Es fing damit an, daß Dan sie liebte, aber dann schmolz sein Gesicht, zerfloß, änderte sich, und dann lag Whit auf ihr, ein gieriger Whit mit einem hämischen Grinsen. Dieser Traum war so real, daß sie Stunden brauchte, um ihre Schuld- und Schamgefühle abzuschütteln.

Sie mußte aufhören, solche Dinge zu denken – aber was hieß es, wenn ihr Körper keinen Unterschied zwischen den beiden sah? So konnte es nicht sein; so durfte es nicht sein. Dieses eine Mal mit Whit, ihre tierischen Reaktionen, das war ein Zufall gewesen, ein einmaliger Zwischenfall. Bedeutungslos. Es war nur einfach – passiert. Solche Dinge stießen vielen Frauen zu; das wußte sie von Trudys Post. Aber es schien ganz so, als sei sie unfähig, all diese vernünftigen Worte, die sie benutzte, um ihren Leserinnen Rat zu geben, selbst zu glauben. Sie sandten ihr überschwengliche Dankesbezeugungen, während sie in ihren Schuldgefühlen erstickte. Es fiel ihr zunehmend schwerer, Stärke, Weisheit und Geistesschärfe vorzutäuschen. Sie hatte den Herausgeber bereits gewarnt, sie könne diese Spalte unter Umständen nicht mehr lange übernehmen.

Lily stand in der Küche und drängte den Koch, ihr Lieblingsgericht zu kochen. »Jetzt sofort«, beharrte sie. »Ich *muß* es einfach haben.« Ihre Lily – ein verzogener Fratz! Zum Teufel mit Whits Drohungen und Dans gutaussehenden, unverheirateten Frauen! Es ging um Lily und sie, und sie mußten beide fort von hier, ehe es zu spät war. Lily war schon reichlich verdorben.

Schließlich zerstörte sie keine funktionierende Ehe oder brach das Herz ihres Mannes. Es war nichts mehr übrig geblieben. Seit dem Klassentreffen war Whit nur noch selten nach Hause gekommen; er verbrachte seine Zeit zunehmend öfter in Washington. Nur, wenn sie aus geschäftlichen Gründen Gesellschaften veranstalteten, konnte sie sicher sein, daß er zu Hause sein würde, doch selbst dann hielt er sich ihr fern. Mehrfach hörte sie nachts seine Schritte im Korridor und hatte das Gefühl, er bliebe vor ihrer Tür stehen, aber er ging jedes Mal weiter und ließ sie mit pochendem Puls und trockenem Mund zurück.

Er schien sich einen Spaß daraus zu machen, geräuschlos hereinzukommen, während sie in der Badewanne saß oder sich abtrocknete, wenn sie nackt und wehrlos war. Er kam nie näher, kam ihr nicht nah, sondern lehnte mit seinem gepreßten Lächeln auf den Lippen in der Tür und betrachtete sie wie einen seelenlosen Gegenstand, dessen Kauf ihn eventuell interessieren könnte. Sie spannte von Kopf bis Fuß jeden Muskel an, und wenn er fort war, zitterte sie, aber das Entsetzliche war, daß sie sich nie sicher war, ob sie aus Furcht vor seiner Berührung zitterte oder aus einer Art – kranker Erwartungshaltung.

Sie war sicher, daß er wußte, welche Wirkung seine Besuche auf sie hatten und daß er es genoß. Eines Morgens war sie völlig verstört am Frühstückstisch erschienen, weil der junge, dunkelhaarige Gärtner ihr plötzlich, nur durch eine Glasscheibe getrennt, gegenübergestanden hatte, als sie nackt aus der Wanne stieg. Er hatte ihren Körper bewundernd angeschaut, und sie hatte das Gefühl gehabt, gleich werde er die Tür öffnen, eintreten, zu ihr kommen – und sie würde nichts dagegen einwenden, sie würde ...

Whit und Lily saßen schon am Frühstückstisch. Lily versuchte, Whit einen neuen Sattel für ihr Pony abzuschwatzen. »Mami sagt, ich brauche keinen neuen Sattel, aber alle anderen Mädchen im

Pony-Club haben neue Sattel bekommen, und ich kann unmöglich als einzige meinen alten Sattel behalten.«

»Sie hat gerade neue Stiefel und neue Reithosen bekommen«, sagte Kit, »und ein neuer Sattel wäre eine völlig überflüssige Ausgabe.«

»Wenn Lily einen neuen Sattel haben möchte, dann reicht das für mich als Grund aus. Du wirst dich darum kümmern und ihr einen neuen Sattel besorgen, Katherine.«

Er verdirbt sie, dachte Kit. Bald ist es zu spät.

»Danke, Papi«, sagte Lily, und die beiden lächelten einander an. »Hast du heute Zeit für mich?«

»Nein, Lily, ich muß nach Washington wegen einer sehr dringenden ...«

»Schon wieder Washington, Daddy? Mein Gott, was findest du denn plötzlich an Washington so toll?«

»Hüte deine Zunge, junge Dame.«

»Wieso?« fragte Lily. »Ich habe doch gar nichts Böses gesagt.«

Stimmt, dachte Kit, während sie die beiden beobachtete. Was hatte das Kind denn gesagt? Etwas über das wunderbare Washington? Dann lächelte sie in sich hinein und dachte: Oho. Läuft das etwa auf das alte Sprichwort heraus? Kindermund tut Weisheit kund? Sie musterte Whit. Sah er sie deshalb so an, als habe er ein Geheimnis? War es möglich, daß der steife, konservative Whit Harris eine Freundin hatte? Natürlich. Das mußte es sein. Whit hatte eine Freundin in Washington. Dem lag, wie üblich, eine doppelte Moral zugrunde: Er selbst tat genau das, wofür er sie bestrafte!

Plötzlich war sie sicher, daß er sie überwachen ließ. Seit ihrer Rückkehr aus Hampton stellte das Personal mehr Fragen als üblich. »Wo ist Madame im Notfall zu finden?« »Zu welcher Uhrzeit wird Madame zurückkehren?« »Wo beabsichtigt Madame einzukaufen? Ja, und anschließend, nach Bergdorf?« Dabei fiel ihr ein, daß Martin in den vergangenen Monaten jedesmal, wenn sie ein Taxi hatte rufen wollen, sich aus dem Nichts materialisiert hatte.

Ihre Aufmerksamkeit wurde wieder auf Whit und Lily gelenkt. Whit tätschelte Lily gerade den Hinterkopf, die übliche Verabschiedung von seiner Tochter. Zu Kitty sagte er ganz beiläufig: »Ach, Katherine, was ich noch sagen wollte: wenn Judy und Louisa zum Essen kommen, dann sag ihnen bitte, daß sie die Wagen hinter der Garage und nicht in der Einfahrt parken.«

Dann ging er. Woher konnte er wissen, daß Louisa und Judy zum Essen kamen? Sie hatte sie doch erst heute morgen von ihrem privaten Anschluß aus angerufen. Somit habe ich also einen Beweis. Ich werde wirklich beobachtet. Cook? Dem Koch hatte sie nur gesagt, daß sie beim Essen zu dritt sein würden; sie hatte mit keinem Wort erwähnt, *wer* kommen würde. Das mußte bedeuten, daß ihre Anrufe auf irgendeine Weise abgehorcht wurden. Anne-Marie? Oh, nein, Anne-Marie nicht. Aber wer sonst wußte so genau über ihr Kommen und Gehen Bescheid?

Was tat Anne-Marie überhaupt in diesem Moment oben in ihrem Zimmer? Kümmerte sie sich um ihre Sachen, oder wühlte sie zwischen ihren Sachen? Wie oft hatten diese gewitzten französischen Finger die Seite betastet, die sie aus der Zeitschrift herausgerissen hatte, den Artikel über Dan? Und was mußte das kluge französische Köpfchen daraus geschlossen haben? Sicher zahlte Whit Anne-Marie gut für ihre Untreue. Aber was bedeutete überhaupt Untreue? Es war sein Personal, das dafür bezahlt wurde, ihm die Treue zu halten. Sie war doch nur ein Anhängsel. Sie fragte sich, was in Whits Augen ein wertvolleres Besitztum war: sie oder der Mercedes. Der Mercedes war immerhin eine Sonderanfertigung nach seinen speziellen Wünschen; dagegen hatte er sie genommen, wie sie war: schwanger von einem anderen Mann.

Er mußte sie unglaublich hassen, und wenn er sie noch weiterhin behalten wollte, dann nur, weil er vor aller Welt seine fleckenlose Ehe zur Schau stellen wollte.

Nein, damit war es aus und vorbei. Sie hatte sich selbst geschaffen, aus einem lebendigen jungen Mädchen aus Fleisch und Blut eine kühle, unnahbare Schönheit geformt. Ich habe diese Rolle so lange gespielt, dachte sie und bedeckte ihr Gesicht mit den Händen, daß ich selbst nicht mehr weiß, wer ich bin! Nur, um Männer, ihre gierigen Blicke und ihre grapschenden Hände in sicherer Entfernung zu halten, hatte sie, die es überdrüssig hatte, als schönes Spielzeug behandelt zu werden, sich in eben dieses verwandelt. Eine Ironie des Schicksals.

Dan hatte recht gehabt. Nur bei ihm war sie sie selbst gewesen, und sie hatte gegen ihn angekämpft. Es war an der Zeit, das alles zu ändern. Sie rannte in ihr Zimmer und schloß die Tür hinter sich ab.

Sie nahm den Hörer vom Telefon, und ihr Herz pochte vor Aufregung. Sie würde alles zum Guten wenden. Er hatte sie gebeten, zu ihm zu kommen – jetzt würde sie es tun! Ein Anruf, ein Wort zu Dan – »Ja« – und ein neues Leben würde beginnen – für sie, für Dan, für Lily. Fast hätte sie laut gelacht; es war alles so einfach, wenn man sich erst einmal entschieden hatte, etwas zu tun. Zum Teufel mit Whit; dort würde man ihn mit Freuden aufnehmen. Dan würde sich von Whits Taktik nicht kleinkriegen lassen, niemals! Er war zu stark, zu intelligent.

Sie wählte die Vorwahl von Washington, dann 555–1212 und hoffte, daß sie die Stimme der Vermittlung trotz des wilden Pochens in ihren Ohren hören könnte. »Das Kongreßmitglied Daniel Copeland«, sagte sie und betonte sorgsam jede einzelne Silbe. »Nein, das Büro, bitte – C-O-P-E-L-A-N-D – ja, genau . . .« Aber sie schrieb sich die Nummer nicht auf. Ihre Hand schwebte wie erstarrt über dem Papier. Nach einer kurzen Verabschiedung legte sie auf. Sofort darauf hob sie den Hörer noch einmal ab und horchte gebannt. Ganz sachte und vorsichtig wurde ein anderer Telefonanschluß im Haus unterbrochen.

Sie lächelte verzerrt. Zu schade, Whit, dachte sie. Dahin gehe ich nicht. Sie *konnte* ja gar nicht zu Dan gehen! Es war ganz und gar nicht einfach, die Fehler von Jahren auszulöschen. Wie hatte sie auch nur einen Moment lang mit diesem Gedanken spielen können? Dan stand gerade am Anfang *seines* neuen Lebens. Wie konnte sie ihn in die wirren, ekelhaften Streitereien vor Gericht hineinziehen, die Whit angedroht hatte? Wie konnte sie auf diese Weise seine Karriere gefährden? Selbstverständlich würde Whit Namen nennen und sämtliche intimen Einzelheiten an die große Glocke hängen. In Washington würden sämtliche Zeitungen verrückt spielen. Wie egoistisch von ihr! Wie dumm! Sie hatte nicht das Recht, ihn hineinzuziehen, wenn ihre persönliche Schmutzwäsche gewaschen wurde – seine Karriere, vielleicht auch sein Leben zu ruinieren. Nicht, wenn sie ihn wirklich liebte.

Ich liebe ihn, ich liebe ihn! Voller Verzweiflung betrachtete sie ihr Spiegelbild. All ihre süßen Träume von ihnen dreien zusammen – Dan, Lily und sie selbst, endlich zu einer Familie vereint – lösten sich blitzschnell in nichts auf.

Dan wußte nichts von Lily. Bei dieser Feststellung empfand sie ein seltsam hohles Gefühl in der Magengrube. Dan hatte keine Ahnung, daß er Lilys Vater war. Sie konnte ihn nicht mit der Wahrheit überrumpeln. Vielleicht würde er sich angewidert von ihr wenden. Es gab kein Mittel, ihre Feigheit rückgängig zu machen, die sie vor ihm davon und direkt in die Arme des Mannes hatte eilen lassen, den er am meisten verabscheute. Zehn vergeudete Jahre ließen sich auf keine Weise wiedergutmachen, das war ihr jetzt klar. Was geschehen war, war geschehen. Sie konnte nicht einfach zu Dan laufen. Sie würde sich selbst etwas einfallen lassen müssen.

Sie betrachtete sich nachdenklich. Was sah sie? Eine zierliche, schlanke Frau? War sie stark genug, um auszubrechen und neu zu beginnen? Die klaren grünen Augen waren traurig, aber der Mund war fest entschlossen. Dazu kam, daß hinter dieser Porzellanstirn ein scharfer Verstand wohnte. Sie würde es schaffen. Aber was war mit Lily? Konnte sie Lily mit der notwendigen Stärke durchtränken, die sie brauchen würde, um diese unbeschwerte, geldgepolsterte Existenz aufzugeben, ihre Freunde, ihre Schule, den Pony-Club und ihr Pferd, all jene Dinge, die sie für unwandelbar und ewig hielt? Das würde ihr eben gelingen müssen, ganz einfach.

Kit stand langsam auf und zog sich automatisch an. Komisch, wie plötzlich sich alles entschieden hatte. Es war endgültig. Sie ging. Noch gestern hätte sie geschwankt und gezaudert. Selbst vor einer Stunde noch hätte sie jeden Gedanken daran zur Seite geschoben. Dennoch wußte sie in diesem Moment ganz genau, wann sie gehen würde, wohin und auf welche Weise. Plötzlich war alles ganz einfach. Sie und Lily würden zu Lees Hochzeit fahren und nie mehr zurückkommen. Sie sah dieser Entscheidung so ruhig ins Auge, als hätte sie sie schon seit Monaten geplant. Sie würde fortgehen und die anderen Probleme anschließend ins Auge fassen. Es sei denn – aber nein, es bestand nicht die geringste Chance, ihre Ehe zu retten.

Sie ging in ihrem Zimmer auf und ab und drehte ihren diamantenbesetzten Ehering an ihrem Finger. Wenn er das nächste Mal hereinkam, um sie anzustarren, um seine kleinen Spielchen zu spielen, würde sie sich nicht wie eine Maus zusammenkauern, die den Sprung der Katze erwartet. Irgend etwas würde sie tun. Was? Sie wußte es nicht. Irgend etwas. Vielleicht ... Sie schüttelte den Kopf. Vielleicht würde sie ihm eine probeweise Trennung vorschlagen. Nein. Sie würde sich etwas überlegen, wenn es soweit war. Aber erst mußte etwas mit Anne-Marie geschehen. Anne-Marie mußte gehen, wenn Kit nicht auf Schritt und Tritt bewacht werden wollte. Und dann ...

Plötzlich brach Kitty lächelnd ihr Hin- und Herlaufen ab. Sie streifte die Ringe von ihrem Finger und verschloß sie sorgsam in einem kleinen Safe. Sie sagte sich selbst, daß diese Geste kindisch sein mochte, doch trotzdem fühlte sie sich besser. Leichter, freier. Der erste Schritt auf ihrem Weg in ein neues Dasein war getan. Eine Sekunde lang sah sie Dans Gesicht vor sich. Sie bemühte sich sehr, dieses Bild zu verdrängen. Vielleicht, später, nachdem Whit seinen Ärger an ihr ausgelassen hatte ... Aber jetzt, im Moment, stellte sie zum ersten Mal ihre Liebe zu Dan unter Beweis. Sie tat nicht das, was für *sie* am besten gewesen wäre, sondern das, was für ihn am besten war. Vielleicht würde er es nie erfahren. Na und? *Sie* wußte es. Sie war stark, sie war frei. Und bald, schon sehr bald, würde sie auf sich selbst gestellt sein.

22

Reprise Whit und Kitty

Sie war so schön wie eh und je, dachte er. Er stand in der Tür und sah zu, wie Katherine, die seine Gegenwart nicht bemerkt hatte, anmutig aus der Badewanne stieg. Ihr Rücken war ihm zugewandt, und er bewunderte den fließenden Übergang von der Taille zu ihrem wohlgeformten Popo, den Schimmer des zitronigen Winterlichtes auf ihrer glitzernden Haut. Sie war so hellhäutig, daß man glauben konnte, sie sei aus Marmor gefertigt, wenn nicht gerade die Morgensonne, die durch die Fenster hineinströmte, das flaumige Haar auf ihrem zarten Körper golden funkeln ließ. Er folgte mit seinen Blicken einem perligen Wassertropfen, der sich einen Weg über das Rückgrat bahnte, zögerte und dann die Rundung der Hüfte beschrieb, um unsichtbar auf den Boden zu tropfen. Sie streckte ihre Hand nach dem Badetuch aus. Anmutig, ja, und bezaubernd – ganz außergewöhnlich sogar, wenn man bedachte, daß sie ein Kind geboren hatte. Keine Male, keine schlaffe Hautstelle. Sie wandte sich ein wenig um, und ihr Körper zeichnete sich von der Seite als deutliche Silhouette gegen die Glastüren ab. Flacher Bauch, straffe Brüste, ein glatter Übergang von der Hüfte zu den Schenkeln: So vollkommen, wirklich vollkommen, aber er empfand nichts bei diesem Anblick. Am liebsten hätte er laut gelacht.

War es zu fassen, daß er dieses phantastische Geschöpf in all seiner Nacktheit ansehen konnte, ohne es auch nur im geringsten zu begehren, obwohl ein einziges Wort ausgereicht hätte, es sich zu eigen zu machen? Er konnte es selbst kaum glauben. Katherine, das wußte er, war eine Frau, von der die meisten Männer träumten. Er hatte es häufig beobachtet, hier, in seinem eigenen Haus, bei Abendessen oder bei Gesellschaften, wenn den Männern jeder Vorwand recht gewesen war, sie anzufassen. Jahrelang hatte er auf den Gesichtern anderer Männer gesehen, daß sie zu Gott beteten, Whit Harris zu sein, und sei es nur für eine Nacht. Wenn er sie nahm, hatte ihm häufig die Vorstellung großes Vergnügen bereitet, die anderen würden voller Wollust und Neid zuschauen.

Bei der Erinnerung leckte er sich die Lippen. Der Neid anderer Männer gehörte zu den Dingen, die er genüßlich auskostete. Nur zu gern stellte er seine schönen Besitztümer zur Schau. Er verachtete Männer in seiner Position, die sich verhielten, als schämten sie sich ihres Reichtums: Männer, die billige Wagen fuhren und ihre Kleidungsstücke auftrugen, bis sie schäbig wurden. Er wußte, daß sie sich überlegen fühlten, indem sie ihren Reichtum geheimhielten, aber er hielt sie für Einfaltspinsel. Männern wie ihm oblag die Pflicht, ein Beispiel zu geben, der Welt zu zeigen, wie ein Mann von Substanz die Dinge des Lebens handhabte.

»Oh, mein Gott, hast du mich erschreckt!« Katherine hatte sich umgedreht und sah ihn mit aufgerissenen Augen und leicht zitterndem Körper an. In der letzten Zeit erboste ihn ihre Überempfindlichkeit, die Schreckhaftigkeit eines Rehs. Jede Kleinigkeit brachte sie aus der Fassung. Früher hatte er es genossen, und bei gewissen Anlässen hatte er es sogar als stimulierend empfunden. Die Lage der Dinge hat sich verändert, dachte er voller Zufriedenheit.

Sie wurde rot und hüllte sich schnell in ein Badetuch. Darüber konnte er nur lachen. Mach dir keine Sorgen, sagte er in Gedanken zu ihr. Ich werde mich dir in keiner Weise nähern. Du interessierst mich nicht mehr. Wie findest du das? Selbst der Gedanke daran, wie sie auf dem Fußboden des Wohnheims hilflos unter ihm gelegen hatte, konnte ihn nicht mehr erregen. Nicht einmal die Erinnerung an ihre unverhoffte Wollust. Nein, ganz im Gegenteil, das erschien ihm eher widerlich. Ein solches Verhalten war bei einer *Ehefrau* nicht wünschenswert.

»Wie wäre es«, sagte sie, »wenn du beim nächsten Mal an die Tür klopfst?«

»Also, hör mal, Katherine. Du bist meine Frau. Ich brauche

doch nicht anzuklopfen. Es ist doch mein Recht, hierherzukommen, wann immer ich es wünsche?«

»Ja, schließlich gehört *dir* dieses Haus, oder etwa nicht?« sagte sie mit beißender Schärfe. »Daher nehme ich an, daß es dein Recht ist, hierherzukommen. Aber ich möchte nicht, daß du so heimlich hier auftauchst. Kannst du nicht wenigstens Hallo oder Guten Morgen sagen, bitte?« Sie drehte sich wieder um und zog sich an, als sei er gar nicht da, aber er wußte, daß sie sich seiner Gegenwart sehr wohl bewußt war. Ihre Körperhaltung war angespannt, und ihre Bewegungen waren eingeübt.

Umsonst. Er empfand keinerlei Verlangen. Er begehrte sie wirklich nicht mehr. Seit er Dinah kannte, war Katherine in seinen Augen mager, flach und viel zu zerbrechlich. Dagegen Dinah – Dinah war überall weich, überall rund und gepolstert, ihre Brüste waren fest, ihre Beine schlangen sich wie ein Schraubstock um seinen Rücken. Dinah hatte keine spitzen Knochen. Wenn er sie in seine Arme nahm, versank er in ihr.

Es war, als würde er in Samt eintauchen. Seine Lenden strafften sich, und sein Fleisch regte sich. Nicht schon wieder! Er stellte sich anders hin, um seine plötzlich Erektion zu verbergen. So ging es ihm seit jener ersten Nacht mit ihr. Dreimal hatte er sie genommen, und jedesmal war es besser gewesen als beim letzten Mal. Selbst am frühen Morgen, noch halb im Schlaf und völlig ermüdet. Er hatte nicht gewußt, daß das bei einer Frau möglich war. Es irritierte ihn, daß ein Mann wie er derart außer Kontrolle geraten konnte. Ständig gelobte er sich, ihr fernzubleiben, aber er konnte es scheinbar nicht lassen. Seine Gedanken brauchten nur einen Moment bei ihr zu verweilen, und schon überkam ihn dieses heftige Begehren.

Katherine hielt ihre Bluse in einer Hand und kam leise lächelnd, mit entblößtem Busen auf ihn zu. Sie mußte es bemerkt haben! Sie glaubte wohl...!

Wenige Zentimeter vor ihm blieb sie stehen. Sie berührten einander fast, und sie sah ihn an, als wüßte sie alles. »Whit?« Sie blieb erwartungsvoll stehen. Er räusperte sich und strich sich mit einer Hand das Haar glatt. Vielleicht sollte er sie schnell nehmen. Andernfalls fragte sie sich vielleicht – und er hielt Dinah geheim. Niemand wußte von ihr; er war sicher, daß niemand auch nur einen Verdacht hatte.

Katherines Geruch nach Kräutern und Seife war seiner Erektion abträglich. Kein Vergleich zu dem Moschusduft, der in Dinahs

Haut lebte. Er sah auf seine Frau herunter und dachte: Mögen andere von dir träumen, aber keiner wird dich bekommen. Niemand. Er wollte ihr laut ins Gesicht lachen, einem armen Ding, dem nichts als seine sterile Schönheit geblieben war.

»Was ist?« fragte er.

»Es ist jetzt drei Monate her, seit...«

Sie wußte von Dinah! Woher nur?

»Ja...?« sagte er mit wachsamer Stimme. »Drei Monate seit...?«

»Seit dem Klassentreffen. Seit wir zurückgekommen sind. Seit da an meidest du mich.«

Er entspannte sich. »Keineswegs. Ich bin mit dem, was ist, vollkommen zufrieden.«

»So nicht, Whit. Du kommst vom Thema ab.«

»Ich weiß nicht, wovon du sprichst.«

»Um Gottes willen, Whit, du kommst kaum noch nach Hause. Wir sprechen nicht mehr miteinander. Wir haben nicht mehr miteinander geschlafen. Wir führen keine Ehe mehr. Davon spreche ich!«

Was erwartete diese Frau von ihm? Sie hatte ihn von Anfang an betrogen, ihn ausgetrickst, ihn angelogen. Aber sie hatte Glück. Zufällig vereinte sie alle Qualitäten auf sich, die er an einer Ehefrau suchte: Sie war schön, sie konnte sich in der Gesellschaft bewegen, aber im Grunde genommen war sie kalt. Sollten sie sie doch alle begehren und von ihr träumen – und das taten sie wahrhaftig! – denn sie stand über solchen Dingen. Perfekt. Oft war ein Geschäft zustande gekommen, weil der eine oder andere Geschäftspartner von ihr entzückt gewesen war.

Sie war ein Aktivposten. Sein Aktivposten. Warum sollte er einen Aktivposten aufgeben, der äußerst ansehnliche Dividenden abwarf? Es gab wesentlich schlechtere Ehen als die ihre; er konnte es immer wieder beobachten. Die meisten Männer, die er kannte, schliefen nicht mit ihren Ehefrauen. Wen störte das schon? Wußte sie etwa nicht, wie glücklich sie sich schätzen konnte, weil er sie nicht alle beide vor zehn Jahren vor die Tür gesetzt hatte? Ihr und Lily würde es nie an etwas fehlen. Was wollte sie mehr?

»Also wirklich, Katherine. Ich habe keine Zeit, Banalitäten zu erörtern. Ich bin gerade dabei, das Haus zu verlassen.«

»Tatsächlich.« Wieder dieses seltsame Lächeln. Was war daran so lustig? Wußte sie etwas oder nicht? Sie war ihm noch näher gekommen; sie trieb ihn in die Enge. Er wich vor ihr zurück.

Seltsam, wie unsensibel Weibchen der Spezies Mensch manchmal sein konnten; sie merkten nicht einmal, wann sie unerwünscht waren.

Katherine lächelte ihn an. »Danke, Whit«, sagte sie. »Du hast ohnehin gerade all meine *banalen* Fragen beantwortet. Wir brauchen nicht mehr darüber zu reden. Du kannst jetzt gehen.«

Hatte er recht gehört? Sie *gestattete* ihm zu gehen? Für wen hielt sie sich eigentlich? Nach allem, was er für sie getan hatte? So ruhig und kontrolliert wie er gewesen war? Er ballte die Fäuste und machte sie sofort wieder auf. Undankbare Hure, deren Ehegelübde schon in dem Moment, in dem sie sie geäußert hatte, ein Hohn gewesen waren! Sie lächelte ihn immer noch seelenruhig an, zog ihre Bluse über den Kopf und begann sie zuzuknöpfen.

Seine Hände schossen hervor, griffen nach ihren Brüsten und quetschten sie. Sie holte keuchend Luft, und das Lächeln schwand von ihren Lippen. »Das stimmt, Katherine«, krächzte er. »Du bist meine Frau. Du gehörst mir. Bis *ich* anderer Meinung bin.« Sie starrte ihn an, und jegliche Farbe wich aus ihrem Gesicht. Er drückte fester und beobachtete genüßlich, wie sie zusammenzuckte. »Es stimmt, meine Liebe. Ich könnte dich auf der Stelle nehmen. Aber ich werde es nicht tun. Willst du wissen warum? Weil ich dich nicht *will*.«

Er ließ seine Hände von ihren Brüsten sinken und sah mit Befriedigung zu, als sie einen Schritt nach hinten taumelte, ihre Bluse vor der Brust zusammenhielt und abgehackt atmete. »Gut«, sagte er und spürte, wie sich sein Fleisch wieder straffte und steif wurde.

»Ich fahre nach Washington«, fügte er beim Hinausgehen hinzu. Seine Gedanken eilten zu Dinahs üppigem Körper voraus. Zum Teufel mit der Zusammenkunft, die morgen stattfinden wollte; er wußte ohnehin schon, was jeder Einzelne sagen würde. »Ich weiß nicht, wann ich zurückkomme!« rief er über die Schulter zurück.

Er rannte fast, und als er schon kurz vor der Treppe war, konnte er sich nicht sicher sein, ob er es sich einbildete. Aber als er später im Flugzeug darüber nachdachte, glaubte er, ihr Gelächter vernommen zu haben.

23

Kit Harris' Ordner mit der Aufschrift »Bagatellen«

London, 26. Januar, in Eile
Liebste Kit,
wie phantastisch! Du bist die einzige, die ich mir wirklich als Zeugin meiner köstlichen Torheit gewünscht habe. Kannst du dir das überhaupt vorstellen – ich und *heiraten?* Ich nicht. Ich kneife mich täglich, um mich zu vergewissern, daß ich nicht träume. Ich liebe ihn, ich liebe ihn, ich liebe ihn. Ich liebe ihn so sehr, daß ich die ganze Welt liebe. War er immer so umwerfend, Kitty? Er ist komisch und charmant und intelligent und stur und stark und erotisch, und er ist immer da, wenn ich ihn brauche. Er kennt mich so gut! Ich könnte endlos weiterschwärmen. Ich hoffe, daß ich dich nicht in Verlegenheit bringe, wenn du herkommst. Ben hat eine süße, kleine Wohnung beim Sloane Square für dich und Lily gefunden (ich freue mich schrecklich auf sie)! Es ist nicht weit von uns, und es wird dir gefallen. Ihr werdet in Heathrow abgeholt. Sei bitte nicht böse, wenn wir nicht selbst kommen, aber wir sind restlos ausgebucht. Wir rufen so bald wie möglich an. Ja, nach Möglichkeit ein langes Kleid. Warte nur, bis du mein Brautkleid siehst! Ganz aus Satin und Spitze und mit Perlen bestickt! Es ist zum Totlachen. Ich kann es gar nicht erwarten, dich zu sehen.

Alles Liebe
Lee

20. Januar
Anne-Marie!
Einen schönen Urlaub. Hier noch ein kleiner Zuschuß zum Dank für Ihre spezielle Aufmerksamkeit. Grüßen Sie La Belle France von mir.

Mrs. Harris

Liebe Mami,
es ist so schrecklich, wenn du nicht mit Papi redest, das macht mir

Angst. Von mir aus könnt ihr euch scheiden lassen. Ich weiß alles über Scheidung von meinen Freunden. Ich weine bestimmt, aber ich werde fertig damit.

Liebe Grüße
Lily Cameron Harris

An
Bosley Stanworth, Direktor
SEARBROOK COUNTRY TAGESSCHULE
Hiermit möchte ich Ihnen mitteilen, daß Lily Harris in den beiden ersten Februarwochen der Schule fernbleiben wird. Sie wird Freunde in Europa besuchen. Könnten Sie uns ihre Hausaufgaben für diesen Zeitraum zukommen lassen, damit sie den Anschluß nicht verliert? Vielen Dank.

Katherine C. Harris

Liebe Mrs. Harris,
Anbei zwei Flugscheine erster Klasse nach London für Abflug 206 am ersten Februar 11 Uhr ab Kennedy Airport. Ankunft Heathrow 22.40 Uhr. Rückflug Nummer 733 ab Heathrow am 17. Februar, 12.00 Uhr. Ankunft Kennedy 14.35 Uhr.

Bitte denken Sie daran, in London Ihren Rückflug zu bestätigen. Lassen Sie mich wissen, wenn ich sonst noch etwas für Sie tun kann.

Hochachtungsvoll
Lionel Williams

27. Januar
AN: K. H.
VON: Marvin
BEZ: Neue Serie
Wir haben alles geregelt. Sie schicken uns vier Seiten wöchentlich. Die Kolumne wird sich BRIEFE AUS LONDON nennen. Dinge von allgemein menschlichem Interesse, das liegt Ihnen ja ohnehin besonders. Vertrag liegt bei. Unterschreiben Sie drei Kopien, eine

behalten Sie. »Trudy« bleibt am Leben! Ron Arnold sagt, er werde sein Bestes geben. Doch ganz unter uns: Das ist nicht dasselbe. Kommen Sie bald wieder.

Herzlichst,
M.

P. S. Ihre letzte »Trudy« erscheint auf Ihren Wunsch am 1. Februar.

Liebe Trudy,
mein Mann liebt mich nicht mehr, und ich weiß, daß er ein Verhältnis mit einer Frau in einer anderen Stadt hat. Nun ist es aber so, Trudy, daß ich ihn auch nicht liebe. Trotzdem will er mich nicht gehen lassen. Ich wäre zumindest für eine Trennung, aber davon will er nichts hören. Er hat mir immer wieder gesagt, wenn ich auch nur den Versuch machen wollte, ihn zu verlassen, würde er mich und unser Kind in die schrecklichsten Verhandlungen ziehen, um das Sorgerecht zu bekommen.

Ich habe ohne sein Wissen bereits einen Anwalt um Rat gefragt, und man hat mir gesagt, ich hätte Mittel, mein Kind zu beschützen. Die Ehe ist kaputt; das weiß selbst unser Kind, das es mir selbst gesagt hat. Ich habe das Gefühl, daß es an der Zeit ist, zu gehen und uns allen eine Gelegenheit zu geben, unser Glück zu finden. Ich kann nicht verstehen, warum er trotz allem diese Ehe aufrechterhalten will.

Ich habe geplant (insgeheim, denn Geheimhaltung ist notwendig), demnächst zu gehen. Glauben Sie, daß ich ihm nach zehn Jahren Ehe ohne Liebe etwas schuldig bin? Wer von uns beiden ist verrückt: er oder ich? Bin ich im Recht, wenn ich diese Beziehung, die keine mehr ist, beende? Was soll ich tun?

Hochachtungsvoll
eine Verwirrte

Liebe Verwirrte,
Wieso fragen Sie mich, was Sie tun sollen? Sie wirken gar nicht verwirrt auf mich. Mir scheint, Sie haben sich bereits entschieden; das sieht man doch schon daran, daß Sie einen Rechtsanwalt aufgesucht haben.

Aber wenn Sie mich fragen, was ich von Ehen ohne Liebe halte: nun ja, vielleicht bin ich romantisch, aber ich glaube, daß es nichts Wichtigeres auf Erden gibt als die Liebe. Wenn in Ihrer Ehe die Liebe fehlt, würde ich nicht mehr von einer Ehe sprechen.

Wenn ein kleines Kind schon erkennen kann, daß es schlecht steht, rate ich Ihnen, das Kind aus der Schußlinie herauszuholen. Kinder wissen mehr, als man glaubt. Mein Briefkasten hat schon oft Briefe von Kindern gesehen, die mich fragen: »Warum gehen meine Leute nicht einfach her und lassen sich scheiden, statt einander unglücklich zu machen?« Es liegt auf der Hand, daß Mami und Papi, die miteinander auf Kriegsfuß stehen, die unschuldigen Zuschauer zutiefst treffen – ihre Kinder.

Mir scheint, Sie tun das einzig Mögliche. Machen Sie jetzt einen sauberen Schritt, solange Sie Mut haben. Zu viele Paare halten an etwas fest, das längst vorbei ist.

Ihr Mann redet sich nur ein, diese Ehe zu brauchen. Mir kommt es vor, als sei er verzweifelt. Fürchtet er vielleicht, was andere sagen könnten? Oder ist vielleicht nur sein Besitzdenken so ausgeprägt, daß er sich von *nichts* losreißen kann? Wie dem auch sei: Es kann weder für Sie, noch für Ihr Kind zum Guten führen. Ich nehme an, Sie können nur getrennt gesunden. Greifen Sie an, gnädige Frau. Lösen Sie sich los. Indem Sie sich selbst befreien, befreien Sie auch *ihn*. In seinem Innersten wird er es Ihnen danken.

Hochachtungsvoll
Trudy

Am ersten Februar schlug Kit die Zeitung auf Seite acht auf und faltete sie sorgfältig so, daß die Spalte »Sagen Sie's Trudy« aufgeschlagen war. Dann legte sie sie auf den Nachttisch von Whit Harris.

24
London

Dan lief genüßlich durch London, bis er den Sloane Square erreicht hatte. In der Luft hing weißer Dunst, als würde hier romantischer Nebel auf Bestellung für Touristen geliefert. Er war froh, daß er sich von dem Taxifahrer schon eher hatte absetzen lassen. Er las noch einmal das Telegramm, das gefaltet in seiner Manteltasche steckte.

NIMM TAXI SLOANE SQUARE 9 ZWEITER STOCK RÜCKGEBÄUDE STOP SCHLÜSSEL UNTER BLUMENTOPF STOP ENTSCHULDIGE NICHT-ABHOLEN STOP BIS ZUM FRÜHSTÜCK BEN

Er sah sich um. Nummer neun mußte auf der gegenüberliegenden Seite des Platzes sein. Ein schöner Freund! Lädt einen als Brautführer ein, und man wird noch nicht mal vom Flughafen abgeholt. Vielleicht war es auch besser so. Er konnte in Ruhe baden, und bei der Hochzeit würde es genügend Aufregung geben. Ben hatte ihm geschrieben, daß Lees gesamte, riesige, lärmende kubanische Familienmasse aus New York eingeflogen würde, wogegen Bens gesamte, riesige, lärmende armenisch-italienische Familie aus Rom, Paris, Zürich, Saloniki und Rio de Janeiro eingeflogen wurde.

Möglicherweise würde er Kit dort treffen. Er hoffte, sie würde dort sein. Er hoffte es so sehr, daß er nicht gewagt hatte, vorher zu fragen. Ein »Nein« hätte das Ende all seiner Phantasien und Träume bedeutet. Selbst wenn er vor beruflichem Trubel nicht mehr ein und aus wußte, nagte der Gedanke an sie in seinem Hinterkopf. Er mußte sie vergessen. Aber er konnte sie nicht vergessen. Unmöglich. Völlig ausgeschlossen.

Im Oktober war er auf der Jagd nach ihr von Hampton aus sieben Stunden durch die Dunkelheit zum Anwesen der Harris gefahren.

Den ganzen Weg über hatte er mit rechtschaffenem Zorn an sie gedacht. Er war der weiße Ritter in der glänzenden Rüstung, der gekommen war, um die Dame seines Herzens aus dem Turm zu erretten, und natürlich war Whit der böse schwarze Ritter.

Hinter dem verschlossenen Eisentor hatte der Chauffeur gestanden.

»Ich will zu Mrs. Harris.«

Das Gesicht des Mannes war versteinert. »Tut mir leid, Sir, vor Mr. Harris' Rückkehr ist niemandem der Zutritt gestattet.«

»Mrs. Harris wird mich empfangen wollen.«

»Tut mir leid, Sir.«

»Verdammt noch mal, ich bestehe darauf, daß Sie Mrs. Harris mitteilen, daß ich hier bin!«

»Tut mir leid, Sir, aber ich habe meine Anweisungen.«

Dan schnappte Luft und packte die schmiedeeisernen Schnörkel. »Verdammt...!« Dann redete er sich zu, ruhig zu bleiben. »Hören Sie, äh – Martin, nicht wahr? Ich bin seit fast sieben Stunden unterwegs...«

»Tut mir leid, Sir. Meine Anweisungen...«

Dieser verfluchte Whit Harris hatte alles vorhergesehen! Er legte etwas Flehentliches in seine Stimme. »Sagen Sie ihr zumindest, daß ich hier bin.« Er bemerkte ein Telefon an der Steinsäule. »Kann man von hier aus im Haus anrufen?«

»Ja, Sir.«

Er nahm den Hörer ab und drückte alle Tasten auf dem Ding gleichzeitig herunter. Ohne ein weiteres Wort wandte sich Martin ab und trottete zum Haus. Nach mehreren Minuten krächzte eine schrille, brüchige, weibliche Stimme: »Ja? Was ist?«

»Geben Sie mir Mrs. Harris – bitte.«

»Wissen Sie, wie spät es ist? Mrs. Harris schläft noch und...«

Verschlafen und undeutlich fiel Kits Stimme ein: »Schon gut, Mrs. Decker. Ich übernehme das Gespräch... Sie können jetzt gehen.«

»Kitty!« Seine Stimme war heiser vor Erleichterung.

»Du hättest nicht hierherkommen sollen.«

Er schrie in den Hörer: »Ich mußte kommen! Warum bist du mir davongelaufen, Kitty? Was ist passiert? Laß mich rein!«

Es folgte eine lange Pause, in der es nur rauschte und knisterte. »Nein«, sagte sie. »Ich kann nicht. Du mußt gehen, Dan. Bitte.«

»Ich gehe nicht! Laß mich rein! *Sprich* wenigstens mit mir! Ich will dich wenigstens *sehen!* Es ist...« Mit wilden Blicken musterte er das fest verschlossene Tor, die Allee mit den rotbelaubten Bäumen, in denen der Morgennebel hing und um die Biegung der Auffahrt, nichts. Sie war dort hinten, warm und lebendig, und alles, was er davon hatte, war ihre verstörte, körperlose Stimme.

»Wie können wir reden, ohne einander zu sehen? Christus, sogar deine Stimme ist kaum wiederzuerkennen! Bist du noch da?«

Wieder dieses Rauschen und Knistern. »Ich bin noch dran, Dan. Bitte geh. Es hat keinen Zweck.«

Er zitterte in seinem Abendanzug. »Tu uns das nicht an, Kitty. Er kann dich doch nicht als Gefangene halten, um Gottes willen. Laß mich rein!«

»Ich kann nicht, Dan. Ich kann es dir nicht erklären. Jetzt nicht. Es ist zu – kompliziert. Bitte, Dan, mach keinen Ärger. *Bitte*. Es tut mir leid.«

»Das reicht mir nicht!« Er schlug mit der Faust auf die riesigen, unerbittlichen Steine. »Warum? Sag mir wenigstens das! Sag, warum!«

»Ich kann nicht, Dan. Frag mich nicht nach dem Grund. Geh weg und laß mich in Ruhe.« Ihre Stimme brach abrupt ab, und er hörte das Echo eines erstickten Schluchzens, dann trat plötzlich Stille ein. Kein Knistern, kein Rauschen, keinerlei Laute. Die Leitung war unterbrochen worden. Mit der Faust drückte er die ganze Reihe säuberlich beschrifteter Tasten herunter. Eine bleiche, herbstliche Sonne kämpfte gegen die Dunstmauer an. Wie spät war es? Er wußte es nicht. Es war ihm gleich. Wo war sie, verflucht noch mal? Wohin war sie gegangen? Was zum Teufel spielte sich dort drinnen ab?

Plötzlich hörte er die Stimme des Chauffeurs. »Tut mir leid, Sir, aber Sie müssen jetzt gehen.«

»Was Sie sagen, schert mich einen Dreck, Martin!«

»Tut mir leid, Sir. Mr. Harris hat mir Anweisung gegeben, die Polizei zu verständigen, wenn Sie sich weigern zu gehen.«

»Wo ist er? Schicken Sie mir diesen Schurken raus! Das soll er mir selbst ins Gesicht sagen!«

»Tut mir leid, Sir. Mr. Harris hält sich nicht in der Stadt auf...«

»Dann verbinden Sie mich wieder mit *Mrs*. Harris.«

»Tut mir leid, Sir, aber...«

»Verbinden – Sie – mich, habe ich gesagt!«

»Tut mir leid, Sir, aber Mrs. Harris weigert sich, mit Ihnen zu sprechen. Ich halte es für das Beste, Sir, wenn Sie jetzt gehen.«

Das Klicken war laut, vernehmlich, abschließend, endgültig. Ihre Stimme war fort, selbst ihre Stimme, und es war ihm auf keine Weise, auf absolut keine Weise, möglich, zu ihr zu gelangen. Wut und Enttäuschung stiegen in seiner Kehle auf und drohten, ihn zu ersticken. Er packte das Telefon und riß es aus der Wand. Bunte

Drähte hingen heraus. Er riß es vollständig los und warf es mit aller Kraft zwischen die Bäume. Er fühlte sich schlagartig erschöpft, ging zu seinem Leihwagen zurück und fuhr davon.

Er hatte versucht, Kit zu vergessen und sich mit Margie Gordon zu trösten, die ihn an Kit erinnerte, aber sie hatten einander nichts zu sagen. Dreimal war er mit ihr ausgegangen, und das war das Ende gewesen.

Dann hatte er es mit Kushalata versucht, einer phantastischen, exotischen indischen Prinzessin, die ihn hartnäckig verfolgt hatte und entschlossen war, das gesamte Kamasutra innerhalb des folgenden Monats in Szene zu setzen. Anfangs hatte sie ihn abgelenkt, aber schon bald hatte sich herausgestellt, daß er entweder sie oder seine Arbeit aufgeben mußte. Es machte ihm nichts aus, sie nicht wiederzusehen.

Zu seiner Schande mußte er gestehen, daß er sogar mit dem Gedanken gespielt hatte, es noch einmal mit Dinah zu probieren. Als er sie bei einer Cocktail-Party in Chevy Chase traf, konnte er kaum seinen Augen trauen. Ohne ein Wort hatte sie Madison verlassen; ihre Vermieterin hatte gesagt, sie habe keine Adresse hinterlassen. Er war so froh gewesen, sie zu sehen, doch als er sich einen Weg durchs Gedränge gebahnt hatte, war sie verschwunden. Er hatte sich bei der Auskunft ihre Telefonnummer besorgt, und als er angerufen hatte, hatte sie beim Klang seiner Stimme gelacht. »Vergiß es, Dan«, hatte sie gesagt. »Ich will dich nicht sehen.« Dann hatte sie aufgelegt.

Verdammt, Frauen konnte er immer bekommen, aber keine war Kit. Darauf lief es letztlich hinaus. Kit mochte unentschlossen, egoistisch, feige, geheimnistuerisch, unberechenbar und zum Verrücktwerden sein – aber *sie* war die Frau, die er liebte.

Was war das schon, Liebe? Wie oft hatte er jemanden aus Stolz verstoßen? Seinen Vater hatte er nie mehr gesehen, seit sie sich nach seiner Rückkehr aus Vietnam zerstritten hatten, weil ihre Ansichten über den Krieg nach Dans Heimkehr zu weit auseinander gingen. Er hatte so sehr auf seiner eigenen moralischen Reinheit bestanden, daß er kein Mitleid für den alten Mann empfunden hatte, der Jahre später gestorben war. Dan hatte ihn trotz der flehentlichen Bitten seiner Mutter nie mehr gesehen.

Zumindest war er Big Jim gegenüber großzügiger gewesen. Auf der Heimfahrt nach Madison, am Montag nach dem Klassentreffen, hatte er sich jeden Schritt zurechtgelegt. Er wollte nichts mehr mit Jim zu tun haben. Dann hatte ihn Jim angerufen und ihm sein

Leid geklagt. Dinah war verschwunden, und Dan war nicht auffindbar gewesen. »Ich dachte schon, ich hätte euch *alle* verloren...« Jim versuchte zu lachen, doch nur ein erstickter Laut war herausgekommen. Dieses Lachen hatte es bewirkt. Dan war plötzlich klargeworden, was er seinem Vater angetan hatte, und er wollte es kein zweites Mal tun. Statt sich endgültig mit Jim zu entzweien, hatte er gesagt: »Ich ziehe mich nur schnell um, Jim. Dann komme ich rüber. Schließlich müssen wir eine Wahl gewinnen.«

Jetzt war das Lachen klangvoll und echt. Und Jims braver Junge hatte es geschafft. Wenn er schon die Frau, die er liebte, nicht für sich gewinnen konnte, mußte er wenigstens *das* gewinnen, hatte er sich gesagt – und er hatte gewonnen.

Dort war Nummer neun; fast wäre er daran vorbeigegangen. Ein bescheidenes Häuschen mit vier Stockwerken, im Erdgeschoß ein kleiner Laden für mexikanisches Kunsthandwerk. Die kleine Tür zum Treppenhaus ließ sich leicht öffnen, und er stand vor einer steil ansteigenden Treppe. Von oben war das Geräusch einer Schreibmaschine zu hören. Als er den ersten Treppenabsatz erreicht hatte, hörte das Geräusch auf.

Im zweiten Stock stand natürlich gleich neben der Wohnungstür ein riesiger mexikanischer Blumentopf. Große Papierblumen in leuchtenden Farben steckten in dem Steingutgefäß. Darunter lag ein Schlüssel.

Er schloß die Tür auf. Er spürte schon fast das heiße Bad, das seine Haut einweichte und schmeckte schon fast den rauchigen Beigeschmack des Scotch auf seiner Zunge. Er stand in dem winzigsten Flur, den er je gesehen hatte; man konnte sich kaum umdrehen. Keine Möbel, nur ein Schirmständer und drei Kleiderhaken an der Wand. Er schlüpfte aus seinem Regenmantel und seinem Jackett und hängte beides auf. Mit seinem kleinen Koffer in der Hand ging er ins Wohnzimmer und stellte zu seinem Erstaunen fest, daß in dem Kamin ein Feuer brannte. War das Bens Werk? Dann roch er es: In der Luft hing der Geruch frischen Kaffees. Nein, das war nicht Ben. Vielleicht ein Dienstmädchen? Er verzog das Gesicht; er hatte damit gerechnet, völlig allein zu sein.

»Hallo?« rief er.

Am anderen Ende des Raumes flog eine Tür auf. Verdammt! Es war ein Dienstmädchen. Er würde ihr für den Rest des Tages frei geben. Sie blieb in der Tür stehen, klein und blond, in Bluejeans und barfuß ... *barfuß?*

Dann sah er sie wirklich an.

»Kitty!« Er blieb wie angewurzelt auf der Stelle stehen, hielt seinen Koffer in der Hand und gaffte sie an. Es war wie ein Traum, aus dem man erwachte, um festzustellen, daß man immer noch träumt. Aber die Kitty, die ihm gegenüberstand, sah völlig anders aus als die Kitty seiner Träume. Hinter einem Ohr ein Bleistift, ein viel zu weites Samthemd hing über die ausgebleichten Jeans, und ...

»Deine Haare!« platzte er heraus. Ihre Haare waren kurz geschnitten und gelockt, und von ihren Ohren hingen riesige Ringe aus getriebenem Kupfer.

»Empfindest du das als angemessene Begrüßung?« Sie lächelte ihn an.

»Was machst du hier?«

Kit kam auf ihn zu. »Ich *lebe* hier. Was machst *du* hier?«

Es kam ihm vor, als sei das alles gar nicht wahr. Er hatte darauf gehofft, sie wiederzusehen und es sich in allen Farben ausgemalt, und jetzt stand sie hier, aber sie war verändert. Als er das letzte Mal mit ihr gesprochen hatte, hatte sie ihn aufgewühlt und unter Schluchzen angefleht, sie in Ruhe zu lassen. Jetzt kam sie selbstsicher, ausgeglichen und nahezu belustigt auf ihn zu.

»Ich – ich – Ben hat mir diese Adresse gegeben – ich habe irgendwo ein Telegramm. Er hat mir einen Schlüssel hingelegt. Ich – tut mir leid ...« Warum stammelte er bloß wie ein Schuljunge?

Sie kam auf natürlichste Weise auf ihn zu, streckte die Hand aus, nahm den Koffer aus seiner kraftlosen Hand und stellte ihn sachte auf den Boden. »Oh, diese beiden! Sie finden, alle Welt sollte verliebt sein.« Lachend sah sie durch ihre Wimpern zu ihm auf. »Sogar Lily haben sie mitgenommen. Und ich war so dumm, mir nichts dabei zu denken, als sie darauf beharrt haben, daß ich zu Hause bleiben und arbeiten soll.«

Er gaffte sie an und fühlte sich hilfloser denn je. Er dachte nur noch: Mein Gott, wie sehr ich sie liebe. Dann hörte er auf, zu denken. Sie lag in seinen Armen, und er küßte sie, ihr Haar, ihre Nase, ihren Hals, ihren Mund, hungrig, begierig; er preßte sie fest an sich und spürte genüßlich ihren schlanken Körper, der sich an den seinen schmiegte. Er wollte nie mehr aufhören, sie zu küssen, er wollte sie nie mehr loslassen. Ihr Mund war warm und begierig unter seinen Lippen, und ihr Körper in seinen Armen war geschmeidig. Sie duftete köstlich, und er zog sie noch dichter an sich, drückte die Hitze ihrer Lenden an sein forderndes Fleisch. Nichts anderes zählte mehr.

Als er für einen Moment seine Lippen hob, wollte sie sich ihm entwinden, und er packte sie wieder fester. Sie lachte leise. »Diesmal laufe ich nicht vor dir davon, Liebling. Ich versuche nur, dich ins Bett zu ziehen.«

»Wo?« Der Klang seiner Stimme, rauh und heiser, überraschte ihn. Als sie wortlos auf die offene Tür zeigte, hob er sie auf seine Arme und lief los; das Blut pochte heftig in seinen Schläfen.

Diesmal verlief es langsam und zärtlich, süß und forschend. Kittys Augen ruhten auf seinem Gesicht. Sie sah in seine Augen und bewegte sich nach dem, was sie dort las. Murmelnd sprach sie mit ihm, sagte sie ihm, was sie fühlte. »Tut dir das gut?« fragte sie mehrfach. »Und das?« Sie lachte oft, ein kehliger, sinnlicher Laut, den er nie zuvor von ihr gehört hatte. Er wünschte, es möge ewig andauern, aber plötzlich hatte er das Gefühl, zu explodieren, und dann fiel die Erschöpfung wie eine dunkle warme Decke auf ihn nieder.

»Es ist immer noch wie früher«, nuschelte er. Der Schlaf übermannte ihn; er konnte die Augen nicht mehr offen halten. »Nicht wahr, Kitty?«

Nur undeutlich vernahm er ihre Antwort: »Das – das ist immer wunderbar.« Dann schlief er augenblicklich ein.

Langsam öffnete er seine schweren Lider. Der Raum mit den langen Schatten kam ihm unbekannt vor, und er versuchte, sich zu erinnern, wo er war. Die Erinnerung an sie durchflutete seine Gedanken, und er empfand ein solches Glücksgefühl, daß er glaubte, zu bersten. Nichts konnte ihm jemals diese Liebe nehmen. Er durfte sie nicht verlieren.

Er tastete mit einer Hand nach ihr. Sie war fort. Es war schon spät; es war dunkel. Er hatte doch nicht nur von Kit geträumt! Er rief ihren Namen, rief ihn noch einmal lauter, und als sie in der Türöffnung erschien, wurde ihm ganz schwach vor Erleichterung.

»Es ist höchste Zeit zum Aufstehen. Fast hättest du den Tee verpaßt.«

»Der Tee ist mir egal«, murmelte er. »Das einzige, was ich brauche, bist du.«

Er zog sie in seine Arme und ließ sie nach einer Weile wieder los, um sie anzuschauen; mit einer Hand fuhr er zart durch ihre kurzen Löckchen. »Ich kann mich einfach nicht an deine neue Frisur gewöhnen ... Nein, geh nicht weg, es gefällt mir. Ich liebe es. Ich liebe dich. Außerdem glaube ich, daß ich doch eine Tasse Tee mag.«

Sie lachte und küßte ihn flüchtig auf die Wange. »Dann steh auf und komm. Wir setzen uns vors Feuer und machen ganz auf Englisch.«

»Wenn das so ist, sollte ich mir lieber etwas anziehen.«

»Nicht notwendig«, sagte sie und wich winkend aus seiner Reichweite zurück. »Im Wohnzimmer, wenn es Ihnen beliebt.« Sie warf ihm einen Kuß zu und verschwand.

Dan streckte sich wohlig und lächelte. Er empfand etwas, das er nicht wirklich benennen konnte, eine Leichtigkeit, ein Schweben. Während er sich anzog, ging ihm auf, was los war, und er mußte lachen. Er war glücklich!

Auf dem Kaminvorleger im Wohnzimmer stand ein großes Silbertablett, das mit belegten Broten und Tortenstückchen beladen war, einer Obstschale, zwei Tassen mit Untertassen und einer dicken, bauchigen Teekanne. Große, weiche Kissen waren einladend auf dem Fußboden ausgebreitet; ein fröhliches Feuer knisterte und prasselte im Kamin. Kit stand an den riesigen Fenstern, deren schwere Draperien zur Seite gezogen waren und einen Blick auf ein Meer weißen, wirbelnden Nebels freigaben.

»Ich bin schrecklich froh, daß Lee und Ben sich entschlossen haben, über Nacht in Stonehenge zu bleiben«, bemerkte sie, als er ins Zimmer trat. »Wenn ich mir vorstelle, sie würden jetzt mit Lily im Wagen zurückfahren – vor allem mit Ben am Steuer. Er fährt wie ein Verrückter.«

Dan setzte sich neben das Tablett, griff nach dem erstbesten Sandwich und verschlang es hungrig. Dann schleckte er sich die Finger ab und sagte: »Sie sind die ganze Nacht fort? Wenn das nicht nett ist. Komm zu mir, Frau. Wir spielen jetzt Zuhause.« Er klopfte die Kissen glatt.

Sie lächelte ihn an. »Einverstanden, Dan, aber ich will mit dir *reden.*«

»Na klar.« Er war leicht erbost. Sie wollte doch nicht etwa schon wieder einen Rückzieher machen! Er sagte nichts, bis sie sich auf die Kissen gelegt hatte – er mußte feststellen, daß sie nicht gerade dicht neben ihm lag – und einen Apfel knabberte. Abrupt fragte er: »Was hast du übrigens mit Whit angestellt?«

Kitty drehte sich um und sah Dan direkt ins Gesicht. »Ich habe ihn verlassen.« Aber als er breit grinsend seine Arme nach ihr ausstreckte, hielt sie warnend eine Hand hoch. »Ganz so einfach ist es nicht, Dan. Wir haben uns nicht auf eine Trennung geeinigt, sondern ich habe es von mir aus getan, und bis jetzt ist er noch gar nicht sicher, daß ich ihn wirklich verlassen habe – erst nach der Hochzeit, wenn ich nicht mehr nach Hause komme. Und dann? Ich weiß nicht, was dann passiert. Auf alle Fälle nichts Gutes, soviel steht fest.«

»Worüber machst du dir Sorgen? Du hast doch *mich!*«

Ihr schien unbehaglich zu sein. »Dan, ich kann nicht ...«

»Sag mir bloß nicht, daß du *diesmal* nicht mit mir kommen kannst!« protestierte er zornig. »Du bist frei! Ich werde alles unternehmen, damit er dir nichts tun kann – weder dir noch deinem Kind. Ich werde ...«

Kitty biß sich auf die Unterlippe und seufzte tief. »Dan Copeland, kannst du mir *einmal* zuhören? Ich meine: wirklich zuhören, statt mir alles aus der Hand zu nehmen und mir zu erzählen, was geschehen wird? Kannst du das?«

»Ich – ja. Natürlich. Ich höre zu.« Er nahm sich noch ein Sandwich und aß es mit großen Bissen.

»Whit hat gedroht – nein. Ich fange noch mal von vorn an. Seit dem Klassentreffen hat sich herausgestellt, daß es mit dieser Ehe aus und vorbei ist. Aber Whit läßt mich nicht gehen – nein, es ist zwecklos, nach Gründen zu fragen. Du kennst ihn doch. Was ihm gehört, gibt er nie wieder her. Selbst wenn er es nicht mehr will, soll es niemand anderer haben. Er hat mir klipp und klar gesagt, was er tun wird, wenn ich ihn verlasse.« Sie unterbrach sich und wandte ihren Blick ab, und es war deutlich zu erkennen, daß sie darüber nachdachte, was sie als nächstes sagen sollte.

Schließlich fuhr sie fort. »Er hat mir versprochen, mit allen Mitteln um das Sorgerecht für Lily zu kämpfen und sie in den ganzen Dreck mit hineinzuziehen. Wenn ich zu dir komme, wird er auch dich hineinziehen, und – ich – ich muß allein damit fertig werden.«

»Warum? Warum mußt du allein damit fertig werden? Ich liebe dich!«

»Dan, bitte. Du bist sowieso beteiligt, verstehst du das nicht? Er weiß, daß ich bei diesem Klassentreffen mit dir zusammen war. Er haßt dich! Du darfst dich nicht in diese Angelegenheit verwickeln lassen!«

»Aber es betrifft mich doch, Kitty! Er kann mir nicht das geringste anhaben! Schon bei der Wahl hat er es versucht. Es ist ihm nicht gelungen!«

»Nein, Dan.« In ihrem Tonfall lag etwas Endgültiges. »Kommt nicht in Frage. Es spielen andere Faktoren hinein – Sachen, die ich dir im Moment einfach nicht sagen kann. Du mußt mir vertrauen.«

Geschwind rutschte er zu ihr hinüber und nahm sie in seine Arme. Sie blieb steif und unnachgiebig. »Ich vertraue dir, Kit. Warum darf ich mich nicht wenigstens ein wenig um dich kümmern? Warum schließt du mich aus?« Ihr Körper blieb weiterhin starr. Er ließ seine Arme sinken und sah forschend in ihr Gesicht. Sie sah ihn an, ganz ruhig, und schüttelte den Kopf.

»Ich muß es alleine überstehen.«

»Allein! Allein!« schrie er. »Ich kann dieses Wort aus deinem Mund nicht mehr hören. Du hast immer darauf bestanden, Dinge allein zu regeln – selbst in Fällen, die uns beide etwas angehen!«

»Du bist nicht fair, Dan.«

»Ach, wirklich? Warum hast du mich an jenem Morgen nicht ins Haus gelassen? Whit war doch gar nicht da! Ich wollte dich doch nur sehen, dein Gesicht sehen, wenn du mir sagst, ich soll weggehen!«

»Ich habe es dir doch gesagt: Es ging nicht.«

»Blödsinn, Kitty!«

»Dan, ich habe dir erzählt, daß Whit – gewisse Drohungen ausgesprochen hat. Er hat mich durch das Personal überwachen lassen. Martin stand die ganze Zeit neben mir. Aber es ist zwecklos, du verstehst mich ohnehin nicht!«

»Du liebst mich nicht!« platzte er heraus.

»Ich liebe dich, Dan, mehr, als ich dir sagen kann. Nein, bitte, halt mich jetzt nicht fest, es ist mir zu ernst. Glaub mir bitte, wenn ich dir sage, daß ich die Dinge auf diese Weise handhabe, *weil* ich dich liebe.«

»So ein Blödsinn!«

Sie seufzte. »Es tut mir leid, daß du es so siehst. Aber ich liebe dich wirklich. Du kannst mir vertrauen.«

Er beugte sich vor; er merkte, daß er begann, leicht zu schwitzen. »Was ist passiert, Kit? Du bist anders als sonst. So warst du nie, nicht bei mir. Diese kühle Berechnung – die blieb für die anderen. Sogar vorhin im Bett warst du – irgendwie anders.«

»Ich fand es himmlisch!«

»Herr im Himmel, das war es auch, aber trotzdem...«

»Trotzdem – ja. Keine Hysterie, das ist es, was du vermißt hast. Mein armer Liebling.« Plötzlich lachte sie; ihr Gesicht veränderte sich vollständig, und sie beugte sich nahe zu ihm herüber. »Ich fühle mich frei, siehst du das nicht? Frei, mir Zeit zu lassen und frei, dich zu genießen, frei, dein Gesicht zu beobachten und deine Bewegungen wahrzunehmen. Verstehst du, was ich sagen will? All diese Jahre über war ich so sehr damit beschäftigt, meine Abwehrmechanismen aufrechtzuerhalten – wag es bloß nicht, zu lachen, so habe ich es nicht gemeint, und das weißt du genau! Es war immer eine Art Raserei. Wenn ich nachträglich versucht habe, mich daran zu erinnern, was du getan oder gesagt hast, war alles verschwommen. Ich wollte, daß es klar vor meinen Augen bleibt. Ich wollte dich wirklich sehen, dich wirklich *kennen*...«

Atemlos unterbrach sie sich und schmiegte ihren Kopf an seine Brust. Dan spielte geistesabwesend mit ihren kurzen Löckchen. Er wäre gern wieder so glücklich gewesen wie vorhin, doch stattdessen empfand er Besorgnis. Bei dem Klassentreffen war alles so einfach, so natürlich gewesen. Jetzt spukten unbeantwortete Fragen durch seinen Hinterkopf. Irgend etwas stimmte nicht. Alles, was sie gesagt hatte, klang vernünftig und war ihm einsichtig. Dennoch war er besorgt.

»Ich habe immer geglaubt«, sagte er, »es reiche aus, einander zu lieben.«

»Dan, Liebling. Es reicht nie aus, verliebt zu sein. Das weißt du selbst. Wir waren nie lange genug zusammen; es war...«

»Ich halte nichts davon, Gefühle zu analysieren, bis nichts mehr übrigbleibt!« Warum machte sie ihn so wütend? Er wollte doch nichts anderes, als sie für den Rest seines Lebens zu lieben. Mit einer ruckartigen Bewegung drehte er sie um, packte sie an den Schultern und zwang sie, ihn anzusehen.

»Von dem Moment an, als ich dich zum ersten Mal gesehen habe«, sagte er mit leiser, eindringlicher Stimme, »wußte ich, daß du die Richtige für mich bist. Daran hat sich nie etwas geändert. Das ist Liebe. Reicht dir das nicht?«

Sie sah ihn zärtlich an und sagte: »Nein, Dan, das ist nicht genug. Ich bin nämlich nicht mehr das Mädchen, das du in all diesen Jahren vor dir gesehen hast. Wie kannst du sicher sein, daß du mich liebst?«

Anstelle einer Antwort beugte er seinen Kopf zu ihr herunter und küßte sie. Im nächsten Moment lagen sie ineinander verschlungen auf dem Kaminvorleger, in ihre Kleider und die Kissen verstrickt. Als sie ihre Lippen voneinander lösten, um Atem zu holen, flüsterte er ihr ins Ohr: »Das ist meine Antwort. Im Namen Gottes, welche anderen Beweise brauchst du noch? Du siehst, weshalb ich sicher bin. Laß uns den ganzen Kram mit dem ›Alleinsein‹ vergessen. Du kommst mit mir nach Amerika zurück, und alles wird gut.«

Sie wurde sehr ruhig, lehnte sich leicht zurück, ohne sich aus seinen Armen zu lösen und musterte ihn prüfend. »Du bist immer so – sicher«, sagte sie. »Das gehört zu den Dingen, die ich an dir liebe, aber du neigst dazu, es als Waffe einzusetzen, Dan. Im Namen der Liebe, du drückst mich platt.«

»Weil die Liebe das einzige ist, was zwischen einem Mann und einer Frau zählt.«

»Ach, wirklich?« Sie sah ihm lange in die Augen. Dann sagte sie mit gepreßten Lippen: »Also gut, wir werden es ja sehen. Einverstanden, Dan? Sieh dorthin.«

Er sah in die Richtung, in die sie wies. Alles, was er sehen konnte, war das Kaminsims. Dort war nichts Ungewöhnliches zu finden: eine alte Messinguhr, ein Krug mit rostroten Blumen, zwei verzierte Kerzenhalter und eine gerahmte Farbfotografie.

»Was erwartest du von mir?«

Sie zog sich auf die Füße, strich schweigend ihre Kleider glatt und hielt ihm, ebenfalls schweigend, die Hand hin. Er stellte sich neben sie vor das Kaminsims und nahm verständnislos das Foto entgegen, das sie ihm hinhielt.

»Lily«, sagte sie.

Er sah das Bild an und erwartete, was sie als nächstes sagen würde. Sie sagte nichts. Es war eine Studioaufnahme von einem hübschen, lachenden kleinen Mädchen mit Unmassen von langem, rot-goldenem Haar und gleichmäßigen weißen Zähnen. Wie sehr sie Kit ähnlich sieht, dachte er. Es würde ihm leichtfallen, sie zu mögen, wenn sie erst alle als Familie zusammenlebten. Sie wirkte äußerst lebhaft; Übermut stand in den schelmischen, klaren, nußbraunen Augen.

»Sie ist schön, Kit. Sehr schön. Ganz wie du. Bis auf den Teint und die Haarfarbe. Mein Vater hatte dieses tizianrote Haar.«

»Das erstaunt mich nicht.«

Verblüfft wandte er seinen Blick von der Fotografie ab und stellte fest, daß sie ihn unverwandt ansah. »Was? Was soll das heißen?«

»Im April wird sie zehn. Sie hat rotblondes Haar. Und ein Grübchen in der linken Wange, gleich neben dem Mund.«

Lange Zeit starrte er sie an, und sein Geist weigerte sich, zu arbeiten. Er wußte, was sie ihm sagen wollte, aber er konnte es nicht fassen. Er war erstarrt, zu jeder Reaktion unfähig. Er zwang sich, das Bild noch einmal anzusehen. Das kleine Mädchen lachte ihm ins Gesicht, und plötzlich konnte er es sehen: in der Art des Lächelns, in den kleinen Fältchen an den Augenwinkeln. Ja, und das Haar; und das vertraute einseitige Grübchen. Er starrte das Bild an, das sich unter seinen Blicken nicht veränderte, und etwas in ihm sträubte sich, Kit anzusehen; ein Schmerz, der mit nichts zu vergleichen war, was er je erlebt hatte, zog ihm die Brust zusammen und drohte, ihn zu erwürgen. Sanft und vorsichtig stellte er das Bild zurück, rückte es zurecht. Er hatte Kitty immer noch nicht angesehen; er hatte Angst.

Mein Kind. *Mein Kind.* Das Echo dieser Worte dröhnte wieder und wieder in seinem Kopf. Sie hatte ihm sein Kind genommen, hatte jemand anderem seine Tochter geschenkt! Bruchstücke und Fetzen von Gedanken kämpften in seinem Kopf gegeneinander an: die Kinder in Vietnam, die Babys seiner Freunde, seine Unterhaltung mit Ben, die schwangere Polly, sein Vater. Vater – er war Großvater gewesen und war gestorben, ohne es je zu erfahren! Hatte Whit nicht gesagt: »Familie ist den Harris von großer Bedeutung?« Ja, und er hatte noch viel mehr gesagt – all diese hinterhältigen Fragen und Seitenblicke. »Hast du Kinder, Copeland?« Mit diesem belustigten Zwinkern.

Dan drehte sich zu Kitty um, und sie schreckte vor ihm zurück. Er glaubte zu ersticken; er konnte nicht sprechen. Als könne sie seine Gedanken lesen, flüsterte sie: »Ja. Whit weiß es. Er hat es immer gewußt, aber ich habe nicht . . .«

Eine Welle der Übelkeit wogte von seinem Magen in seine Kehle hinauf. Ihr Gesicht war ein verschwommener weißer Fleck. Er hatte sie für bezaubernd gehalten. Sie war eine Betrügerin von der allerschlimmsten Sorte! *Whit hat es immer gewußt,* sagte er vor sich hin, *aber ich nicht!* Worte drängten sich auf seinen Lippen und kamen nicht heraus. Es gab keine Worte mehr, nichts konnte seine Verzweiflung, seinen Zorn und seinen Kummer ausdrücken.

Er dachte nicht mehr nach. Sein Arm flog zurück, holte aus, traf auf. Das Klatschen seiner Hand auf ihrem Gesicht war wie ein Pistolenschuß. Sie fiel zusammengekauert zu Boden und blieb still liegen.

Einen Moment lang stand er über ihr, schnappte keuchend nach Luft und wollte sie vernichten, zerstören. Doch ein letztes Überbleibsel seines Verstandes sagte in seinem Hinterkopf: Geh jetzt. Geh.

Halbblind ging er durch die Tür, die Treppe hinunter und auf die neblige Straße.

25

Reprise Kit und Dan

Kit blieb ganz still und zusammengekauert auf dem Boden liegen. Sie hörte, wie Dan hinausraste, hörte ihn die Treppe hinunterpoltern, hörte, wie die Haustür zuschlug. Erst dann stand sie auf. Ihr Kopf drehte sich. Die Heftigkeit und die Unvermitteltheit seines Angriffs hatten sie betäubt. Ja, Angriff. Anders konnte man es nicht nennen. Dan Copeland, der ihr gesagt hatte, daß er sie liebte, hatte sie tatsächlich geschlagen. Sie konnte es kaum glauben, und nur das Pochen ihrer Wange sagte ihr, daß sie nicht geträumt hatte.

Er hat mich geschlagen, dachte sie. Wie wagt er es nur! Augenblicklich überkam sie die Reue. Ich habe es verdient. Ich verdiene noch mehr! Wie konnte ich es ihm nur auf diese Weise beibringen? So kalt, so grob – so grausam!

Sie konnte ihm keinen Vorwurf machen. So konnte man nicht mit Neuigkeiten herausplatzen: »Oh, übrigens, Dan, du bist der Vater meines Kindes – tut mir leid, daß ich dir das nicht eher gesagt habe.« Leicht schwankend stand sie mitten im Raum und zuckte zusammen wie unter einem neuerlichen Schlag. Natürlich hätte sie den rechten Augenblick abwarten können. Jetzt war es zu spät. Er war fort. Er war irgendwo da draußen im Nebel und haßte sie.

Sie schnappte ihren Regenmantel vom Haken, eilte aus der Wohnung und flog fast die Treppe hinunter und in das dichte Grau, das alle normalen Geräusche schluckte. Sie hörte Autoreifen in Zeitlupe flüstern, und ihr Zischen schien von allen Seiten zugleich zu kommen. Die Straße war nicht zu erkennen. Die ganze Welt hielt sich unsichtbar verborgen.

»Dan! Dan!« rief sie. Sie mußte ihn finden, ihm alles erklären! Selbst wenn er sie auf ewig hassen sollte, selbst wenn er sie vollkommen zurückweisen und verabscheuen würde. Sie mußte ihm erklären, warum sie es getan hatte.

Er mußte in der Nähe sein. Niemand, nicht einmal ein Mann, den Zorn und Qual um den Verstand gebracht hatten, kam in diesem Wetter weit voran. Mit ausgestreckten Händen tastete sie sich vorwärts wie eine Blinde. Von allen Seiten schienen ihr riesige, formlose Hindernisse den Weg zu verstellen. Schließlich blieb sie stehen, weil sie nicht mehr weiter wußte. »Dan! Ich weiß, daß du hier bist!«

»Geh fort, Kitty. Geh wieder nach drinnen.« Er war ihr ganz nah, und sie wandte sich um und ging auf seine Stimme zu.

»Dan, wo bist du?«

»Geh wieder ins Haus.« Seine Stimme klang hohl.

»Nein. Ich muß mit dir reden.«

»Es ist schon zuviel geredet worden. Geh zurück.«

Ihre Augen hatten sich an die Dunkelheit gewöhnt, und jetzt sah sie den Umriß eines Körpers direkt vor sich. Er war es. Sie konnte sein herbes Rasierwasser riechen, als sie näher kam. Sie legte eine Hand auf seinen Arm. Er war so still und reaktionslos, als sei sie gar nicht vorhanden. Dann sagte er mit aufgesetzter Ruhe: »Whit Harris ist ein Prinz, hast du es nicht bemerkt? Ein Prinz. Er wußte, daß du von mir schwanger warst. Er hat es gewußt? Er hat dich trotzdem genommen und dich all diese Jahre behalten. So viele Jahre. Er hat dir alles gegeben, was du nur irgend wünschen konntest – dir und – dem Kind. Sogar *Liebe!*«

»Keine Liebe! Das ist keine Liebe, Dan.«

Er fuhr fort, als hätte sie nichts gesagt. »Er hat sich immer um dich gekümmert, obwohl . . . Und *du*, du lohnst es ihm, indem du fortläufst. Dein üblicher Trick.« Sie strengte sich an, seine Augen zu sehen, aber seine Züge zeichneten sich nur als vage Umrisse ab. »Nein, Kit«, sagte er, »ich glaube, du machst einen großen Fehler. Ich glaube, du solltest es dir anders überlegen und zu ihm zurückgehen, ehe er dein Verschwinden bemerkt. Ein besseres Geschäft kannst du gar nicht machen.«

Leid drückte ihre Brust zusammen und trieb ihr die Tränen in die Augen. »Sag das nicht! Du weißt nicht, was wirklich war!«

»Ich weiß, daß du ihm einen Heiratsantrag gemacht hast – das hat er mir erzählt. Findest du nicht, daß du ihm eine gewisse Loyalität schuldig bist? Ich finde schon. Mir scheint, diesmal hat der alte Dan den kürzeren gezogen.«

»Hör auf! Sag nicht solche Dinge! Dazu hast du kein Recht! Du weißt nicht, wie es wirklich war!« Mit aller Kraft packte sie seinen Arm mit beiden Händen. Es mußte ihr einfach gelingen, zu ihm durchzudringen.

»Dann erzähl es mir, Kit. Wie war es? Wie konntest du das tun? Du hast gewußt, daß ich dich liebe!«

»Ich wußte, daß du mich haben willst. Ja, klar – wie alle anderen auch, mein Leben lang. Männer wollten mich immer haben, sie haben keuchend um mich herumgelungert, haben versucht, mich zu berühren – insgeheim, so, daß es niemand sehen konnte...« Entgegen ihren Absichten begann sie zu weinen. »Ja, mit dir war es anders. Weil ich *dich* wollte. Aber – Liebe? Woher hätte ich wissen sollen, ob es Liebe war?«

Er lachte bitter. »Oh, Kitty. Was glaubst du denn, warum dieser arme, gequälte Kriegsveteran damals seine gesamten Ersparnisse geblecht hat, um sich eine Überquerung des Ozeans leisten zu können? Um zu vögeln? Herr im Himmel, wenn ich das gewollt hätte, sechsmal in der Woche und sonntags dreimal, dann wäre ich in Hampton geblieben. Manchmal habe ich es auch so gehalten.«

»Ich weiß, daß ich schrecklich zimperlich war«, sagte sie mit leiser Stimme.

»Aber in diese schreckliche Zimperliese war ich verliebt. Ich habe dir in Florenz gesagt, daß ich will, daß wir immer zusammenbleiben. Warum war dir das nicht genug?«

»Genug? Ich kannte dich doch als einen Mann, der sich damit gebrüstet hat, nur im Moment zu leben. Jetzt komm schon, Dan. Dieser Dan Copeland hatte keinerlei längere Bindung im Sinn.«

»Ich habe dir gesagt, daß ich dich heiraten will!«

»Nein, das hast du nicht getan. Du hast vieles gesagt, aber kein Wort von einer Heirat. Denk mal einen Moment lang nach, und sei dir gegenüber ehrlich. Dir stand ein dreijähriges Jurastudium bevor. Du wußtest noch nicht einmal, was du mit deinem Leben anfangen solltest – aber du warst ehrgeizig – du warst schon immer ehrgeizig. Ständig beschäftigt, ständig in etwas verwickelt, zu jeder Stunde auf...« Ihre Stimme brach. Das machte sie nur um so wütender. Sie wollte, daß er ihr zuhörte, nicht, daß er sie bemitleidete. »Jetzt erzähl mir nur nicht, daß du heiraten wolltest! Und auch noch ein Baby! Versuch nicht, mir einzureden, daß dir ein Baby willkommen gewesen wäre!« Sie hielt inne, außer Atem.

Er blickte auf sie nieder. »Vielleicht nicht. Aber du hättest es mir wenigstens sagen müssen! Wenn du mir wenigstens vertraut hättest!«

Dan hielt die bitteren Worte zurück, die sich ihm aufdrängten. Wenn er jetzt weitersprach, konnte alles nur noch schlimmer werden. Er spürte Zorn in sich aufsteigen, und er hatte seinen Zorn satt. Er fühlte sich geschwächt. Ihre Stimme war beharrlich, eindringlich. Sie kam auf Dinge zu sprechen, die sie besser hätte ruhen lassen sollen. Er hatte sie heiraten wollen. Oder etwa nicht? Doch, natürlich. Er hatte bereits alles geplant. Er hatte sie mehr gewollt als alles andere – warum zum Teufel hätte er sie sonst über sechstausend Kilometer verfolgen sollen? Die Tatsache, daß sie schwanger war, hätte nichts an seinem Entschluß geändert.

Dan erinnerte sich plötzlich an die Ehe eines Studienkollegen, die an einem Baby gescheitert war. »*Wir* hätten es geschafft«, sagte er, doch er stellte seine eigenen Worte in Frage, nachdem er sie ausgesprochen hatte. »Es ist völlig sinnlos, das jetzt zu erörtern, Kitty. Was geschehen ist, ist geschehen.« Sie drückte sich zitternd an ihn. Er wünschte, es wäre möglich, diesen Tag noch einmal von vorn zu beginnen, sämtliche rauhen Wahrheiten unausgesprochen zu machen, seinen Zorn auszuradieren. Dann könnte er jetzt seine Arme um sie schlingen und sie warmhalten. Vielleicht würde sich auch er selbst dabei wieder aufwärmen.

»Ich wollte es abtreiben lassen«, sagte sie gerade. »Alles war schon geplant. Ich war auf dem Weg. Aber – ich konnte es nicht. Ich weiß nicht, warum, aber ich konnte es einfach nicht tun. Dann bin ich in Panik geraten.« Sie erzählte ihm die ganze Geschichte.

»Natürlich würde ich heute alles anders machen. Ich war feige, und ich war dumm. Aber du kannst dir nicht vorstellen, wie es für mich war«, schloß sie die Geschichte.

»Vielleicht nicht«, gab er zu, »aber das spielt jetzt wirklich keine Rolle mehr.«

»Doch! Und wie! Ich will, daß du mich verstehst!«

»Nein, Kitty, dir geht es nicht um mein Verständnis, sondern um meine Vergebung. Ich bin nicht sicher, ob ich dir das verzeihen kann.« Geistesabwesend streichelte er ihren Rücken. Sie bebte vor Kälte. »Komm jetzt«, sagte er. »Du solltest wieder nach Hause gehen.«

Der Nebel hatte sich soweit gelichtet, daß das Schaufenster des mexikanischen Ladens zu erkennen war. Er begleitete sie zur Tür, und schweigend stiegen sie die Stufen hinauf. Sie hatte die Tür offengelassen. Dan trat mit unverbindlicher Höflichkeit zur Seite, um sie vorbeizulassen, dann trat er selbst ein und lief durch die Wohnung, um sein Zeug zusammenzusuchen.

Kit blieb mitten im Wohnzimmer stehen und folgte ihm mit ihren Blicken. Als er Jacke und Mantel vom Haken nahm, dachte sie – und es war beinah ein Gebet: Jetzt wird er mich in die Arme nehmen.

Aber er sah sie nur mit traurigen Augen an und sagte: »Als wir uns bei dem Klassentreffen gesehen haben, sah alles so einfach aus. Du warst da, und ich war da, und alles war beim alten.« Er lachte rauh. »Das war ziemlich naiv, nicht wahr? Zu glauben, alles könnte so sein wie früher.«

Gegen seinen Willen und mit gemischten Gefühlen nahm er noch einmal Lilys Foto in die Hand. Ein Kind, sein Kind. Er war nicht nur ein Kindermörder, sondern auch ein Lebenserzeuger.

»Verstehst du es denn nicht?« schrie Kit. »Er hätte alles ans Licht gebracht. Für sie ist er Daddy, und sie hätte plötzlich erfahren müssen – er hätte uns alle ruiniert. Er kennt keine menschlichen Regungen. Ich muß sie beschützen, versteh das doch!«

Dan runzelte die Stirn. »Warum hast du ihn dann jetzt verlassen?«

Sie erklärte ihm alles, was sie sich dabei gedacht hatte. »Verstehst du mich jetzt?«

Er nickte. Er hatte nur noch den einen Wunsch, daß sie aufhören möge zu reden. Der Kummer um jene vergeudeten Jahre, um sein Kind, das er für immer verloren hatte, drang ihm bis in die Knochen. Es war zu spät, das Kind als sein eigenes zu beanspruchen. Zu spät. Wenn sie – Lily – jemals die Wahrheit erfahren würde, haßte sie ihn vielleicht. War er stark genug, das zu ertragen? Vielleicht war Kits Mißtrauen berechtigt, vielleicht wäre er wirklich kein guter Vater gewesen.

Er riß sich zusammen. »Du hast recht«, sagte er. »Natürlich hast du recht. Das Kind – es geht vor.« Schnell ging er zu seiner Tasche und hob sie hoch. »Ich werde jetzt gehen.« An der Tür wandte er sich um, zögerte und sagte dann sehr ruhig: »Ich liebe dich, Kit. Ich möchte, daß du das weißt.«

Kitty nickte und kämpfte gegen ihre Tränen an. Ihre Lippen formten die Worte »Ich liebe dich«. Sie fürchtete, wenn sie sie laut ausgesprochen hätte, wäre sie vollständig zusammengebrochen. Noch lange, nachdem er gegangen war, starrte sie die Tür an. Sie hielt sich mit Mühe aufrecht, zwang sich, sich umzudrehen und nahm sich vor, in die Küche zu gehen und sich einen Tee zu kochen, vielleicht ein wenig zu arbeiten. Sie mußte ihn aus ihrem Herzen verbannen. So ist es am besten, es ist das Beste für uns alle, wiederholte sie schweigend. Dann fiel ihr Blick auf den Kaminsims. Dort hatte sich etwas verändert. Sie stellte fest, daß er das Bild seiner Tochter mitgenommen hatte.

Jetzt kamen ihr die Tränen.

26

Lee und Ben

»Und dann könnten wir eigentlich ein paar Tage nach Mallorca fliegen. Und anschließend ...«

»Ben, mein Liebling, es ist dir gerade gelungen, unsere Flitterwochen so zu planen, daß sie bis Ende nächsten Jahres dauern.«

»Wovon sprichst du, Frau? Wir haben nicht mehr Zeit als höchstens eineinhalb Monate, und das reicht. Gib mir mal die Prospekte rüber ... Mmmmmmmm. Das war gut.«

»Besser als Prospekte?«

»Viel besser. Komm zu mir.«

»Ben? Ich frage mich, wie ich so dumm sein konnte, dich damals zu übersehen. Diese Lippen, diese Hände, diese Brust und dieser – ahhh.«

»Ich hatte Akne, und niemand liebt einen Jungen mit Akne – nein, hör nicht auf. Wenn ich es mir genauer überlege, solltest du doch aufhören. Wir haben noch einiges zu tun.«

»Wenn du den Gebieter spielst, Ben, Liebling, dann machst du mich besonders an.«

»Frau! Wir haben noch zwei Tage Zeit bis zur Hochzeit. Wenn wir Martha nicht sagen, wohin wir fahren wollen und wann, dann fahren wir nirgends hin!«

»Nachdem ich schon drei Konzerte abgesagt habe. Alles klar. Du hast recht, Ben – Ben?«

»Hmm?«

»Hat Dan etwas zu dir gesagt?«

»Mein Gott, Frau, wir haben seit drei Tagen nichts anderes getan, als von morgens bis abends zu reden. Der Haushaltsplan, an dem er arbeitet, ist wirklich umstritten. Der Mann hat Grips, das muß man ihm lassen.«

»Ben! Stell dich nicht blöd! Du weißt genau, daß ich von ihm und Kitty rede. Das Abendessen am Mittwoch war furchtbar. Beide haben sich absolut korrekt verhalten, aber – brrr! Hat er denn *gar* nichts gesagt?«

»Nee. Kein *mot,* weder *bon* noch *mauvais.«*

»Kit auch nicht. Ich habe es weiß Gott versucht. Sie preßt nur die Lippen zusammen und schaut ins Leere. Sie sagt, sie würde mir nach der Scheidung alles erzählen. Glaubst du wirklich, daß Whit Schwierigkeiten machen wird?«

»Soll das ein Witz sein, Frau? Der Grund, aus dem die Harris schon immer Geld hatten, meine liebste Lee, besteht darin, daß sie noch nie etwas kampflos hergegeben haben. Ja, ich glaube, daß er ihr so viele Schwierigkeiten macht, wie er nur irgend kann. Und er kann einiges tun.«

»Oh, Gott. Ich hatte mir schon so was gedacht. Arme Kit. Arme Lily.«

»Mir kommt es vor, als sei Kit stärker geworden, als ginge sie mehr aus sich heraus. Hör zu, ich mag sie beide gern, Kit und Dan, aber irgend etwas ist passiert, während wir uns in Stonehenge rumgetrieben haben – in der Dämmerung. Was es auch gewesen sein mag – gut war es nicht.«

»Ben, ich *weiß,* daß sie noch ineinander verliebt sind. Was glaubst du, hat sich ...?«

»Ah, nur weil wir beide verliebt sind, glaubst du, alle Welt sei verliebt. Komm her – ja, genau so ...«

»Ben?«

»Hm?«

»Wir müssen sie zusammenbringen.«

»Kümmer dich um deine eigenen Angelegenheiten. Wir haben bereits versucht, Cupido zu spielen, und es war ein Fehlschlag.«

»Ja, aber ...«

»Kein aber. Halt dich raus.«

»Kein behagliches kleines Abendessen zu viert? Kein reizendes kleines Restaurant mit leiser Musik? Kein ...«

»Nein, sie müssen es von selbst schaffen, ohne uns.«

»Und was ist, wenn sie es nicht schaffen? Oh, Ben, das wäre einfach fürchterlich.«

»Vielleicht geht ihnen bei unserer Hochzeit ein Licht auf.«

»Das wäre so schön, Ben. Ich hoffe es wirklich.«

27

Whit und Dinah

Whit ließ sich auf den Rücken plumpsen und seufzte zufrieden. Neben ihm räkelte sich Dinah im Bett, streckte sich und ließ eine Hand träge über seine Brust gleiten.

»Dein Herz pocht immer noch wie verrückt«, sagte sie.

»Natürlich.«

»Ja, also – also, *ja,* ich glaube, dafür gibt es gute Gründe. Es war ganz phantastisch. In letzter Zeit übertriffst du dich selbst.« Sie lachte zärtlich.

»Ich habe nie eine Frau wie dich gekannt, Dinah. So war es noch nie für mich. Ich – ich ...«

Jetzt lachte sie herzlich. »Ich weiß, Schnuckelchen, deine Gefühle sind gemischt. Es will dir nicht so wirklich gefallen, daß es dir gefällt. Nein, widersprich mir nicht. Ich weiß, daß es dich nervös macht, aber mir macht es nichts aus. *Ich* tue es gern.« Sie drehte sich auf die Seite, zog einen Ellbogen an und lächelte zärtlich auf ihn herunter. Mit ihrer freien Hand fuhr sie den Umriß seiner Lippen nach. »Der Rest der Welt hält dich für kühl, gelassen und temperamentlos«, bemerkte sie. »Nur ich weiß, wie du wirklich bist. Wie wild und wunderbar du sein kannst.«

»Dazu machst du mich. Ja, ich glaube, das erschreckt mich ein bißchen. Ich – ich bin in dich vernarrt, Dinah.« Er nahm ihre Hand und führte sie an seine Lippen. »So ist es mir noch mit niemandem gegangen, nie.«

Anstelle einer Antwort beugte sie sich zu ihm herunter und küßte ihn. Während sie sich an Whits Schulter schmiegte, räusperte er sich und sagte: »Dinah, ich muß mit dir reden.«

»Oha. Das war dein Geschäftston.«

»Meine Frau hat mich verlassen.«

Breit lächelnd sah sie ihn an. »Gut.«

»Nun – ah – nicht wirklich. Sie ist mit Lily davongelaufen. Ich habe sie gewarnt, aber sie hat es trotzdem getan. Und weißt du, wie sie mir die Neuigkeiten übermittelt hat? Durch diese Ausheul-Kolumne, die sie für die Zeitung schreibt! Ich zeige es dir nachher. Kein anständiger Brief, noch nicht einmal eine Benachrichtigung ihres Rechtsanwaltes. Damit kommt sie nicht durch! Ich habe George darauf angesetzt, und sie wird bald sehen – aber das ist jetzt gleich. Das betrifft dich ohnehin nicht.«

»Was soll das heißen: Es betrifft mich nicht? Du sagst, daß deine Frau dich verlassen hat und daß du ein freier Mensch bist, und das soll mich nicht betreffen?«

Er runzelte die Stirn. »Ich – nun ja, ich habe nicht die Absicht, sie so einfach gehen zu lassen.«

Dinah richtete sich kerzengerade auf. »So, und warum nicht?«

»Darum. Weil sie meine Frau ist. Die Frau eines Harris tut so etwas nicht. Ich werde zum Gespött!« Dinah musterte ihn prüfend, aber sie sagte nichts. »Es geht darum, einen Standpunkt aufrechtzuerhalten. Das kann sie mit mir nicht machen! Ich habe ihr abgeraten, es zu versuchen und ...«

»Und sie hat es gewagt, sich dir zu widersetzen«, beendete Dinah seinen Satz. »Das ist es doch, was dich stört? Oder liebst du sie noch?«

»Sie lieben! Ha! Ich werde ihren Namen in den Schmutz ziehen, denn die Mittel dazu habe ich in der Hand! Es wird damit enden, daß mir das Sorgerecht zugesprochen wird. Ganz nebenbei« – er lachte kurz auf – »werde ich bei dieser Gelegenheit auch Copeland fertigmachen. Sie werden es *alle* bereuen, daß sie mir jemals über den Weg gelaufen sind!« Er unterbrach sich, als er Abscheu in ihrem Gesicht sah. »Dinah! Sieh mich nicht so an! Das verstehst du nicht; das bedeutet Krieg! Man hat mich reingelegt! Mit mir nicht!«

»Ich mag dich nicht, wenn du so bist wie jetzt – überhaupt nicht.«

»Dinah, ich zähle auf dich. Du mußt auf mich warten und für mich da sein, wenn alles vorbei ist.«

Ihre Stimme wurde hart. »Was soll das heißen: warten?«

Whit seufzte schwer. »George sagt, es sei das beste, wenn – wenn ich mich mit keiner Frau einlasse. Das ist wichtig, wenn ich das Sorgerecht für Lily haben will. Wohin gehst du?«

Sie wich seiner Hand aus, glitt aus dem Bett, holte sich einen Bademantel und knotete den Gürtel zu. »Hör zu, Whit. Zufällig trifft sich das gut. Denn wie es der Zufall will, wollte ich *dir* heute abend etwas sagen.«

»Was?«

Sie warf ihr langes Haar aus dem Gesicht und drehte sich mit den Händen auf den Hüften zu ihm um. »Ich wollte dir mitteilen, daß ich es satt habe, deine geheime Leidenschaft zu sein, mein Liebling. Ich wollte dir mitteilen, daß ich Heimlichkeiten hasse. Ich wollte dir mitteilen, daß du dich entscheiden mußt, ob du mich in aller Öffentlichkeit siehst oder gar nicht. Kurz gesagt, heißt das: Entweder ich oder deine Frau, Whit. Entscheide dich.«

Verblüffung trat auf sein Gesicht, aber Dinah bohrte weiter. »Jetzt sagst du mir, daß sie dich verlassen hat, und ich denke ›Hurra! Ich brauche kein Wort zu sagen‹, aber ich habe mich getäuscht – und wie ich mich getäuscht habe! Du hast nämlich gar nicht die Absicht, zwischen uns etwas zu ändern. Ich soll hier sitzen und Däumchen drehen, während du Prozesse gegen sie führst. Und warum? Weil« – in ihre Stimme trat böser Sarkasmus – »die Frau eines Harris sich keine Eigenmächtigkeiten erlaubt. Offensichtlich ist sie dir wichtiger als ich. Das ganze Gerede darüber, wie anders und wunderbar und außergewöhnlich es mit mir ist und daß dir das noch nie passiert ist – das ist alles Blödsinn!«

»Dinah! Du hast mich falsch verstanden!«

»Oh, nein, das habe ich nicht. Du hast dich klar und deutlich ausgedrückt. Du hast deine Wahl bereits getroffen. Schon gut, Whit, reg dich ab. Ich habe mich entschlossen, mich nach deiner Entscheidung zu richten. Für mich sieht alles ganz einfach aus: alles oder nichts.«

Whit sprang mit einem Satz aus dem Bett und auf Dinah zu. Sie lachte. »Wenn du unbekleidet durch die Gegend hüpfst, siehst du reichlich komisch aus, Whit.«

»Das ist mir egal! Du mußt mir zuhören!« Er nahm ihren unnachgiebigen Körper in seine Arme. »Ich bitte dich nur, eine Weile zu warten. Du wirst doch eine *kleine* Weile warten können«, redete er ihr zu.

»Alles. Oder nichts. Jetzt. Heute abend.«

»Dinah ...« Er preßte seine Lippen auf ihr seidiges Haar und drückte seine Hüften an ihren Körper. »Dinah – Liebling ...«

Dinah stieß ihn von sich. »Du hast deine Wahl bereits getroffen. Es ist dir wichtiger, quitt zu sein, als mit mir zusammenzusein.« Sie wand sich aus seiner Umarmung los, ging in die andere Ecke des Zimmers, zündete sich eine Zigarette an und hielt sie wie eine Verteidigungswaffe herausfordernd zwischen den Lippen. Sie sah ihn an, musterte den breiten, hellhäutigen Körper, der von einer dichten Muskelschicht überzogen war; seine Schenkel waren so stämmig wie Baumstämme. Nur sie wußte, wie agil und athletisch dieser Körper sein konnte. Nur sie ... Sie stieß eine Rauchwolke aus und sagte leichthin: »Ich werde dich vermissen.«

»Dinah! Sei doch vernünftig!«

»Ich glaube, du solltest dich jetzt anziehen und gehen. Und zwar sofort!«

Er starrte sie mit offenem Mund an, preßte dann die Lippen aufeinander, sammelte seine Kleidungsstücke ein und zog sie mit bedächtigen, langsamen Bewegungen an.

Sie beobachtete ihn und zündete sich an dem glimmenden Stummel ihrer Zigarette eine neue an. »Was hast du mit Lily vor, wenn sie dir erst zugesprochen wird?«

»Mit ihr vorhaben? Wieso – ich will ihr ein Vater sein, was sonst?«

»Denk mal nach, Whit. Du bist öfter fort als zu Hause. Wie willst du ihr auf größere Entfernung ein guter Vater sein? In deiner Phantasie siehst du euch beide als eine Art Kumpel an, aber wir wissen beide, wie die Wirklichkeit aussehen wird. Sie wird unter der Obhut der Haushälterin stehen, sie wird einsam sein, sie wird anfangen, ihrer Mutter nachzuweinen, und mit der Zeit wird sich ihre Niedergeschlagenheit ausdrücken. Schließlich wird es soweit kommen, daß du sie in ein Internat schickst, weil du dich in Wahrheit gar nicht um sie kümmern *kannst*. Du hast gar nicht die Zeit dazu! Du bist ein wichtiger und vielbeschäftigter Mann. Was glaubst denn du, was du tun wirst – deinen Job aufgeben, um ganztags Vater zu spielen?«

Er ließ einen unzusammenhängenden Wortschwall los, brach abrupt ab und zuckte verlegen die Achseln. »Ich – ich habe den Verdacht, ich habe es mir noch nicht genau genug überlegt.«

»Und was glaubst du, was deine Tochter für dich empfinden wird, nachdem du eure Schmutzwäsche vor Gericht gewaschen hast? Hast du dir *das* genau überlegt? Nein, das dachte ich mir fast. Wie alt ist sie? Neun? Zehn? Du würdest ein so kleines Kind durch die Mangel drehen? Das ist ja nicht zu glauben!«

»Halt um Himmels willen den Mund, Dinah!«

»Nie und nimmer, gnädiger Herr. Du bist mir zu wichtig, als daß ich dich so davonkommen lasse! Mit deinem berühmten ›Whit Harris will, daß du augenblicklich tot umfällst‹-Blick brauchst du mir auch nicht zu kommen. Jetzt rede ich, Dinah, und vor dir fürchte ich mich noch lange nicht!« Sie wandte ihm den Rücken zu und zündete sich die nächste Zigarette an. »Lassen wir das.« Ihre Stimme klang plötzlich ermattet. »Geh jetzt bitte, ja?«

»Nein. Nicht jetzt. Du wolltest noch mehr sagen. Schieß schon los.«

»Du würdest mir ja doch nicht zuhören.«

Er ging auf sie zu und streckte seine Hände aus. »Ich werde dir zuhören. Ich höre.«

»Okay.« Dinah wirbelte herum. »Deine Tochter gehört zu ihrer Mutter, und das weißt du verdammt gut. Wenn du grob wirst, wird sie dich zum Schluß nur hassen, und auch das weißt du. Komm schon, Whit, benutze deinen Verstand. Das Gescheiteste, was du tun kannst, ist, daß du für eine Scheidung in gegenseitigem Einvernehmen sorgst, eine Scheidung, bei der du und deine Frau euch freundschaftlich anlächelt – und sei es durch gefletschte Zähne. Das Kind ist glücklich, du brauchst dich nicht um es zu sorgen, du kommst in den Genuß aller Besuchsrechte, sie liebt dich und betet dich an, du vergeudest kein Jahr und keine zigtausend Dollar an George und seine Partner, und ...« Sie holte tief und pfeifend Atem und atmete langsam aus. Dann drückte sie ihre Zigarette aus und ging langsam auf ihn zu. »Außerdem«, fuhr sie fort, »behältst du mich vielleicht.« Sie berührte ihn nicht, sondern hob nur ihren Kopf, um ihm direkt und fest in die Augen zu sehen.

»Wenn du mir so nahe bist, kann ich nicht denken.«

»Du hast kein Wort von dem gehört, was ich gesagt habe!«

»Doch, ich habe zugehört. Du hast natürlich recht.« Er schüttelte stirnrunzelnd den Kopf. »Aber ich kann es ihr nicht einfach durchgehen lassen!«

Dinah lächelte ihn an und ließ ihre Arme um seinen Hals gleiten. »Doch, das kannst du«, murmelte sie. »Du bist nicht rachsüchtig, das wäre unter deiner Würde. Und überhaupt, Whit, hättest du nicht viel lieber ...?« Sie stellte sich auf die Zehenspitzen, hob ihre vollen Lippen zu den seinen und bog ihre Lenden zu ihm hin.

Keuchend riß er sie an sich und küßte sie leidenschaftlich. »Ich kann dich nicht aufgeben«, sagte Whit in einer Atempause, »es ist verrückt, aber ich kann es nicht.« Während er sprach, schmiegte sie sich an ihn. Ihr Kopf ruhte auf seiner Brust, und ihre Hände waren eifrig.

»Wenn du tust, was ich will, Whit, dann verspreche ich dir den Himmel auf Erden.«

»Oh, Jesus, Dinah – wie kann ich etwas sagen, während du das tust? Nein, hör nicht auf – oh, Jesus ...«

Dinah löste sich von ihm und band ihren Bademantel wieder zu. »Später«, sagte sie. »Jetzt haben wir etwas anderes zu tun.«

»Was denn? Komm zu mir. Alles *andere* hat Zeit.«

»Nein, Whit. Hör mir zu. Wo ist sie?«

»Herr im Himmel – also gut, wenn es sein muß: in London. Sie und Lily gehen zur Hochzeit von Lee Rivers. Katherine ist Trauzeugin.«

Dinah stieß einen leisen Pfiff aus. »Lee Rivers! Stimmt, sie hat mit euch zusammen studiert, nicht wahr? Gut. Ruf sie an. Deine Frau. Ruf sie in London an.«

»Ich weiß nicht, wo sie ist. In einem Hotel, in dem ich die Reservierungen vorgenommen habe, hat sie sich nie blicken lassen. Ich nehme an, sie hält sich verborgen.«

»Dann ruf Lee Rivers an.«

»Ich habe es schon versucht. Sie hat eine Geheimnummer.«

»So hilflos kannst du nicht sein, Whitney. Du willst sie doch noch«, sagte Dinah. Dann grinste sie. »Du wirst ein Telegramm zur Hochzeit schicken. Du weißt doch, wo sie stattfindet. Morgen im Ritz? Gut. Ich setze es für dich auf: kurz, bündig und klar – mein üblicher Stil. Der erste Satz lautet: ›Rechtsanwalt arbeitet vorzeitige Trennungsvereinbarung bis Scheidungstermin aus.‹ Was sagst du dazu?«

Er sah sie finster an, ballte die Fäuste und öffnete sie wieder. Einen Moment lang erwiderte sie seinen Blick; dann zuckte sie die Schultern und ging aus dem Zimmer. Dabei schwang sie eine Hüfte so, daß sich ihr samtener Bademantel teilte und das üppig gerundete Fleisch ihrer Schenkel und Hüften und ihres leicht gerundeten Bauches freilegte, ehe sie sich wieder dicht in das Kleidungsstück hüllte.

Whit schloß kurz die Augen. Dann räusperte er sich. »Gott steh mir bei, aber ich muß dich haben. So ist es nun mal. Ich kann einfach nicht ... Okay, ich schicke das Telegramm ab, und zwar noch heute abend, aber erst muß ich mit George reden.«

Dinah blieb auf halbem Weg stehen und sagte mit dem Rücken zu ihm gewandt: »Du weißt, wo das Telefon steht.« Erst als sie hörte, daß er die Nummer wählte, drehte sie sich mit strahlenden Augen und erröteten Wangen um.

Sie setzte sich hinter ihren Schreibtisch, nahm einen Bleistift und Papier und schrieb in säuberlichen Druckbuchstaben: »Mrs. Katherine Harris, Ritz Hotel, c/o Lee Rivers' Hochzeitsgesellschaft. Rechtsanwalt arbeitet vorzeitige Trennungsvereinbarung bis Scheidungstermin aus. Habe beschlossen wegen Lily Klage fallenzulassen. Stimme zu ...« Sie biß auf den Bleistift und dachte nach. Dann nickte sie zufrieden. »Stimme zu – Ehe vorbei. Ruf mich in meinem Büro an. Jederzeit. Hinterlaß Nummer falls notwendig. Sag Lily, daß ich sie liebhabe und hoffe, sie bald zu sehen. Whit.«

Sie las die Notiz noch einmal durch, und Zufriedenheit strömte warm durch ihren ganzen Körper. Sie spürte ihren Herzschlag bis in die Fingerspitzen. Der lange, lange Kampf ums Überleben war vorbei, und sie konnte anfangen, sich zu entspannen. Der Zettel zitterte leicht in ihren Händen. Dieses Telegramm würde entsetzlich viele Menschen sehr, sehr glücklich machen. Vor allem Whit. Allmählich wurde er gelöster; er hatte nicht die leiseste Ahnung, welche Genüsse ihm noch bevorstanden. Er war ein solches Baby. So unerfahren. Er brauchte sie – ebensosehr wie sie ihn.

Während sie mit einem Ohr seiner Unterhaltung mit dem Rechtsanwalt lauschte, sagte sie sich, daß sie nicht aus Egoismus gehandelt hatte. Whit fiel es schwer, George seine plötzliche Kehrtwendung zu erklären. Er konnte *ihren* Namen nicht erwähnen, natürlich nicht. Sie war ein Geheimnis – oder zumindest zog er in seiner Ignoranz es vor, das zu glauben. Nun ja, auch daran würde sich jetzt bald etwas ändern. Sie würde nichts überstürzen; sie würde warten, bis er sich mit dieser Vorstellung vertraut gemacht hatte. Doch sie brauchte neue Kleider, viele neue Kleider. Und – sie sah an ihrem Körper herunter – eine Masseuse. Die üppigen Rundungen, die er so verführerisch fand, waren für das Bett geeignet, aber in Kleidern . . . Sie merkte, daß sie lächelte und daß Whit seine Unterhaltung beendet hatte, sie ansah und ebenfalls lächelte.

Sie stand augenblicklich auf, ließ den Bademantel offen herunterfallen, während sie auf ihn zuging und ließ sich dicht neben ihm auf die Bettkante gleiten. Als sich seine Hand auf sie zu bewegte, um sie zu streicheln, drückte sie ihm den Zettel in die Hand und lehnte ihren Kopf an seine Wange.

»Gleich, Liebling«, murmelte sie ihm ins Ohr und ließ ihre Hand leicht auf seinem Schenkel ruhen. »Aber vorher . . .«

Ja, dachte sie, während er mit leichtem Stocken das Telegramm ins Telefon diktierte, dieses kleine Stück Papier würde das Leben vieler Menschen ändern.

28

Lily Harris und ihr neuer Freund

Es war alles äußerst verwirrend. Der Raum war riesig – und die Decken waren sehr hoch. Einhundertfünfzig Menschen waren anwesend; das wußte Lily genau, weil ihr Tante Lee erzählt hatte, wie viele zur Hochzeit eingeladen waren, aber sie machten Lärm für drei Millionen. Am anderen Ende des Raumes spielte eine Band laute Musik. Die Leute, die nicht tanzten, kreischten und schrien und umarmten und küßten sich und sangen und lachten. Was Lily betraf, so fand sie diese Hochzeit zu überfüllt, zu wüst und zu laut.

Sie sah auf den Teller nieder, den sie in der Hand trug und auf den Onkel Bens Tante oder Cousine oder irgend jemand anderes zwanzig verschiedene Köstlichkeiten gehäuft hatte. Lily zog ein langes Gesicht. All dieses wunderbare Essen, aber sie hatte einfach keinen Hunger. Sie würde den Teller irgendwo abstellen müssen – vielleicht auf dem kleinen runden Tisch in der Ecke hinter der großen Palme. Da war schon wieder dieser blöde Affe: Angelo, der sie ständig verfolgte. Er rollte die Augen wie ein Idiot und winkte und sagte Sachen auf Italienisch zu ihr, obwohl er verdammt gut wußte, daß sie kein Wort Italienisch verstand.

Eilig ging sie auf den kleinen Tisch zu, der dort in der Ecke geradezu verloren wirkte; in einer Vase stand eine einzige kleine Rose, die schon fast verwelkt war. Lily setzte sich dankbar hin. Sie holte tief Luft und atmete lautstark wieder aus. Hochzeiten sollten doch eigentlich Spaß machen. Mama sah oft zu ihr herüber, um sich zu vergewissern, daß sie sich wohlfühlte. Sie fühlte sich nicht wohl, und dagegen war nichts zu machen. In der Ecke war Lily der Sicht entzogen und fiel weniger auf; außerdem tanzte Mama mit Onkel Bens Vater, und die beiden lachten ununterbrochen. Zumindest für eine kleine Weile würde sie nicht nach Lily Ausschau halten. Onkel Bens Vater war nett; alle waren nett. Aber sie waren so laut, und sie zwickten einen zigtausendmal in die Backen, und sie hatte in ihrem ganzen Leben noch nie so viele schwarze Schnurrbärte auf einmal gesehen! Sie waren sehr freundlich und sehr nett, aber im Moment war ihr einfach nicht danach zumute...

Am Morgen, als Mama und sie sich für die Hochzeit bereitgemacht hatten, hatte sie sich gelobt, es sich bei der Hochzeit besser gehen zu lassen. Sie war schon traurig, seit Mama ihr im Flugzeug erklärt hatte, daß es zu einer Scheidung kommen würde und daß sie nicht gleich wieder nach Long Island fliegen, sondern eine Weile in London bleiben würden. »Ich weiß, daß es schwer für dich wird, Lily Dilly«, hatte Mama gesagt. »Es wird schwer für uns alle werden. Aber aufregend wird es auch. Stell dir mal vor: Wir werden in einem anderen Land leben, in einer der tollsten Städte der Welt! Und du weißt doch, meine Süße, daß Daddy und ich – daß wir *dich* beide sehr lieb haben. Verstehst du das?« Lily hatte zwar genickt, aber gegen ihre Tränen war sie nicht angekommen. Mama hatte auch geweint. Aber in all den Nächten, in denen sie an Daddy und an Beauty und an die Kinder aus der Schule und an alles mögliche dachte und still vor sich hin weinte, hatte sie sich feierlich gelobt, bei der Hochzeit glücklich zu sein. Es mußte einfach gehen.

Heute morgen schien Mama wirklich bester Laune zu sein, und das war schon lange nicht mehr vorgekommen. Sie hatte ständig gelächelt, und vielleicht hatte sie sich auch etwas gelobt. In ihrem langen, schimmernden roten Kleid und mit den baumelnden neuen Ohrringen sah sie schrecklich hübsch aus. Auch Lily trug ein neues Kleid. Pfauenblauer Samt mit einem Ausschnitt, ein richtiges Erwachsenenkleid.

»Ich will versuchen, nicht mehr zu weinen, Mama«, hatte sie gesagt, als sie sich beide vor dem großen Spiegel in Pose stellten.

»Oh, Lily, mein Dummchen, wir werden beide noch viel weinen, das weiß ich gewiß. Mach dir deshalb keine Sorgen. Außerdem ist weinen gut für den Teint.«

»Ach, Mama!«

»Ehrenwort. Es macht auch blaue Augen – na ja, schon gut, vielleicht auch nicht. Aber es tut schrecklich gut, wenn man Kummer hat, Schätzchen. Weine ruhig, das macht gar nichts.«

»Mama . . .? Daddy fehlt mir.«

Ihre Mutter strich ihr über das Haar. »Ich weiß, Kleines. Ich hoffe, wenn die ganzen Scheidungs . . .angelegenheiten vorüber sind, wirst du ihn oft sehen.« Sie seufzte. »Natürlich wird es nicht mehr so wie früher. Aber ich glaube schon, daß wir alle glücklicher sein werden.« Sie lächelte Lily strahlend an, und Lily hatte versucht, auch zu lächeln. Dann hatte Mama gesagt: »Heute gehen wir auf eine Hochzeit. Bei uns gibt es eine Scheidung, aber unsere Freunde heiraten. So gleicht sich alles wieder aus.«

Insgeheim dachte Lily, daß für *sie* nichts besser wurde, indem jemand anderes heiratete, aber sie merkte, daß ihre Mutter das alles nur sagte, damit es ihr besser ging. Daher lächelte sie gezwungen und sagte sich noch einmal, daß sie sich auf der Hochzeit amüsieren und alles ganz anders sehen würde.

Der zeremonielle Teil war wunderbar gewesen. Er fand im Zimmer eines Richters statt, große hohe Fenster und ungefähr eine Million rote Blumen, die gut rochen, und dichte rote Teppiche auf dem Fußboden. Tante Lee sah in ihrem Hochzeitskleid aus wie eine Prinzessin. Es war aus weißem Satin mit Spitze überall und Perlen und ungefähr einer Million Knöpfen, den winzigsten, die sie je gesehen hatte; sie reichten über den ganzen Rücken. Tante Lee trug ein Perlenkrönchen, von dem ein mit Spitze verzierter Schleier bis auf den Fußboden hing. Der Brautstrauß war gewaltig: alle Arten von weißen Blumen, zwischen denen Seidenbänder nach unten hingen – oh, es war einfach phantastisch! Und Onkel Ben . . .! Er hatte einen dieser Anzüge mit den langen Schwänzen an und trug eine breite Seidenkrawatte wie einen Schal, der mit einer Nadel mit einer großen Perle zusammengesteckt ist, und einen Zylinder, wie ihn die Zauberer tragen. Alle waren fein herausgeputzt und lächelten, und es war wirklich prima. Als der Richter sagte: »Jetzt dürfen Sie die Braut küssen«, hatte Tante Lee sich vorbeugen müssen, damit sie einander küssen konnten, und keiner hatte gelacht. Es war halt nicht komisch, sondern wirklich romantisch. Dann hatten alle alten Leute ein bißchen geweint – sogar Mama, die ihr erklärt hatte, daß bei Hochzeiten immer alle weinen. Warum das so war, konnte Lily nicht herausfinden.

Als sie alle aus dem Gebäude traten, konnte Lily gar nicht fassen, welcher Anblick sich ihnen bot. Der gesamte Bürgersteig und sogar ein Teil der Straße waren, so weit man sehen konnte, gesteckt voll mit Menschen, die sich eng zusammendrängten und schrien und kreischten und klatschten. Ein Polizist sagte ihnen, sie sollten zurücktreten und der Hochzeitsgesellschaft Platz machen.

»Warum stehen diese Leute hier?« fragte Lily.

Ihre Mutter lachte und sagte: »Fans, mein Kleines. Das sind Tante Lees Fans, die gekommen sind, um ihr Glück zu wünschen.«

»So viele Leute?«

Wieder lachte ihre Mutter. »Tante Lee hat gedacht, sie hätte die Hochzeit geheimgehalten! Also sind das nur ein paar von ihren Fans!«

Lily sah versonnen die Massen eifriger, aufgeregter, lächelnder Gesichter an. »Weißt du, was ich werden will, wenn ich groß bin? Berühmt!«

Aber schon, als sie auf die bereitstehenden Wagen zugingen, hatte sie es sich anders überlegt. Die Fans blieben nicht einfach höflich dort stehen. Sie drängten und warfen Blumen und Reis und faßten die Leute an. Sie schrien. Sie fotografierten und kreischten: »Hierher, Lee!« und »Bitte lächeln, Miß Rivers!« und ähnliches Zeug. Es waren so furchtbar viele Menschen, und sie drängten nach vorn und stießen sich gegenseitig aus dem Weg. Einer stolperte und fiel direkt vor Lily auf den Bürgersteig, und er brauchte Hilfe, um wieder aufzustehen. Es war schaurig. Sie war froh, den ganzen Weg über Mamis Arm auf ihrer Schulter zu spüren, und als sie die offenstehende Tür des Wagens sah, rannte sie fast. Auch die Gesichter, die sich gegen die Scheiben drückten und ins Auto schauten und einander fragten: »Wer ist denn das?« gefielen Lily nicht, sie gefielen ihr überhaupt nicht.

Mama drückte ihre Schulter und fragte: »Willst du immer noch berühmt sein, Lily Dilly?«

»Nee«, sagte sie.

Danach kam nur noch Lärm, Lärm, Lärm. Als sie am Hotel ankamen, standen wieder Fans auf der Straße, die kreischten und Autogrammzettel schwenkten. Lily steckte sich die Finger in die Ohren. Sie wünschte, sie hätte sie dort gelassen, denn oben im Ballsaal spielte bereits die Band. Dann drängten sich alle in den Saal, und alle fingen an, gleichzeitig zu reden und stürzten sich auf das große Büfett, das über eine ganze Wand reichte; sie streckten alle ihre Arme über Lilys Kopf, um sich Sektgläser von den großen Tabletts zu schnappen, mit denen die Kellner durch den Saal liefen. Dann kam dieser Angelo, dieser ekelhafte Kerl, auf sie zu und fing an, sie zu belästigen.

»Mami«, flüsterte sie und zog an der Hand ihrer Mutter. »Ich will, daß der Kerl aufhört, mich zu belästigen!«

Ihre Mutter nahm sie fest an der Hand, zu fest. »Wer?« fragte sie mit scharfer Stimme. »Wer belästigt dich? Deute auf ihn!«

»Mama! Du tust mir weh! Es ist – der da!« Sie zeigte auf Angelo.

Ihre Mutter konnte sich gar nicht beruhigen vor Lachen. Dabei war es gar nicht komisch! Es war doof!

»Ist das alles?« sagte ihre Mutter, und Lily blieb nichts anderes übrig, als sie verächtlich anzusehen. Wenn er ihr noch einmal zu nahe kam, würde sie ihn ins Schienbein treten!

Niemand schien den kleinen, runden Tisch in der Ecke zu bemerken. Niemand wußte, daß sie überhaupt da war. Das Alleinsein war nicht so schön, wie sie geglaubt hatte, denn sowie sie ganz alleine war, fiel ihr alles wieder ein. Beautys samtige Nase und die Art, wie er die Ohren aufstellte, wenn sie in den Stall trat. Ihre beste Freundin Samantha, die noch gar nicht wußte, daß sie nicht zurückkommen würde. Daddy – er war zwar in letzter Zeit häufig von zu Hause fort gewesen, und wenn er endlich nach Hause kam, hatte er meistens nur zu ihr gesagt, sie solle aus dem Zimmer gehen – aber trotzdem wäre es ihr lieber gewesen, sich von ihm herumkommandieren zu lassen, als ganz allein und ohne einen einzigen Freund in London zu sitzen. Morgen mußte sie in einer doofen, neuen Schule anfangen, von der sie jetzt schon wußte, daß es ihr dort überhaupt nicht gefallen würde. Schule! Das machte alles wahr. Sie hatte sich bisher vorgemacht, sie würden ihre Koffer packen und wie alle anderen Gäste morgen nach Hause fahren. Jetzt *wußte* sie, daß es nicht so war! Tränen drohten aus ihren Augen zu purzeln, und sie zwinkerte, so schnell sie konnte und drückte dann ihre Fäuste in die Augen, um die eine oder die beiden zu verstecken, die doch entschlüpft waren.

Als sie den Kopf hob, stand der schönste Mann neben ihr, den sie je gesehen hatte. In seinem grauen Anzug, der so geschnitten war wie der von Onkel Ben, sah er aus wie ein Filmschauspieler. Es war ihr schrecklich peinlich, daß er sie beim Weinen ertappt hatte. Schließlich war sie kein Baby mehr. Aber er schien es nicht bemerkt zu haben. Er machte eine leichte Verbeugung, lächelte sie an und sagte: »Entschuldige, Lily. Wartest du auf jemanden, oder darf ich mich zu dir setzen?«

»Woher wissen Sie, wie ich heiße?«

Er lachte und setzte sich neben sie. »Den Namen einer schönen Frau habe ich noch immer herausgefunden.«

Sie wand sich ein wenig. Erwachsenengeschwätz war ihr manchmal unbehaglich.

»Es tut mir leid«, fuhr er fort, »daß wir einander nicht vorgestellt worden sind. Ich bin Dan Copeland.«

Lily vergaß augenblicklich ihre gesamte Verlegenheit. »Sie sind der, den die Verrückte angeschrien hat, als Mama zum Klassentreffen gefahren ist!«

Dan Copeland lachte. »Durch irgend etwas muß man ja berühmt werden.«

»Onkel Ben hat mir erzählt, daß sie sich eingebildet hat, in Sie verliebt zu sein, und daß das reicht, um jedes Mädchen um den Verstand zu bringen.«

»Onkel Ben und ich waren immer enge Freunde. Aber das geht etwas zu weit, findest du nicht?«

Lily brauchte einen Moment, bis sie merkte, daß es ein Witz war. Ein erwachsener Mann spaßte mit ihr. Sie hatte geglaubt, das täte nur Mama.

»Meine beste Freundin Samantha hat einmal die Mathematikhausaufgaben für mich gemacht«, sagte sie.

»Das geht allerdings auch ein bißchen zu weit – aber ich erinnere mich an Mathe!« Dan Copeland lachte wieder.

»Sie haben meine Mutter im College gekannt. Sie hat es mir erzählt.«

Einen Moment lang sah er sie ganz komisch an. Dann lächelte er, und der seltsame Ausdruck war aus seinem Gesicht verschwunden. »Stimmt, wir haben uns gekannt.«

Sie sah ihn genau an und schätzte ihn ab. Sie wollte ihn fragen, aber sie fürchtete sich ein bißchen vor der Antwort. Was war, wenn er sagte, das ginge sie nichts an? Aber er war sehr nett, und er behandelte sie nicht wie ein kleines Baby. Sie entschied sich, es zu riskieren.

»Waren Sie – waren Sie einer von den Jungen, mit denen meine Mutter gegangen ist?« Jetzt war es draußen. Wenn er sie auslachen würde, würde sie vor Scham sterben.

»Ja, das war ich, Lily.«

Lily beugte sich vor. »Wie war sie?«

Er legte eine Hand auf ihre Stuhllehne und beugte sich etwas näher zu ihr herüber. Mit leiser, sanfter Stimme sagte er: »Das bleibt ganz unter uns. Sie war hinreißend. Sie war intelligent. Und sie war sehr, sehr ernsthaft.«

Lily starrte ihn an. »Ernsthaft! Meine Mama?«

»Kommt dir das so seltsam vor?«

»Na ja, meistens ist sie furchtbar komisch.«

»Deine Mama?«

»Na ja, nur, wenn Daddy nicht da ist. Wenn Daddy da ist, ist sie ziemlich ruhig. Aber Mami und ich haben immer viel Spaß miteinander.«

Einen Moment lang schwiegen beide. Dann sagte er: »Du hast noch keinen Bissen gegessen.«

Lily schnitt eine Grimasse. Gerade eben hatte er sie noch wie eine Erwachsene behandelt, und jetzt mußte er hergehen und so mit ihr reden, wie es ihr Vater tat.

»Ich habe keinen Hunger.«

»Was? Bei einer Hochzeit keinen Hunger? Aber, aber, junge Dame, wissen Sie etwa nicht, daß Sie damit gegen die Gesetze verstoßen? Ich hoffe, den Behörden kommt nichts davon zu Ohren. Dies ist das beste Essen von ganz London, und alle müssen essen.«

Sie mußte lächeln. »Mir ist einfach nicht danach zumute.« Dann sah sie *ihn*, diesen widerlichen Angelo, der direkt auf sie zukam. »Oh, mein Gott, da kommt schon wieder dieser entsetzliche Junge!«

Dan Copeland wandte sich um, und als er sich ihr wieder zuwandte, hatte sie den Eindruck, er habe sich gerade ein Lächeln verkniffen, aber sie war sich nicht sicher. Er sagte nur: »Ich werde dich vor diesem schrecklichen Jungen retten. Wir tanzen. Ich hoffe, *du* kennst die Schritte. Ich kenne sie nämlich nicht.«

Er nahm sie an der Hand, und sie bahnten sich einen Weg zu dem riesigen Kreis, der fast über die gesamte Tanzfläche reichte. Fast alle versuchten, sich in den Kreis einzureihen, in dessen Mitte Tante Lee und Onkel Ben die irrsten Schritte und Drehungen vollführten. Dan Copelands Hand war fest und kühl, und er lächelte zu ihr herunter.

»Sieh mal!« sagte Lily. »Da ist meine Mami, genau gegenüber von uns mit Tante Lees Bruder Carlos.« Sein Griff wurde fester, und seine Schritte gerieten völlig durcheinander.

»Siehst du?« sagte er. »Ich habe dir ja gesagt, daß ich nicht die richtigen Schritte kenne.« Dennoch hatte Lily das seltsame Gefühl, daß es nicht daran lag. Sie sah verstohlen zu ihrer Mutter hinüber. Wäre es nicht romantisch, wenn er nie geheiratet hätte, weil er Mama so sehr liebte und sie stattdessen Daddy geheiratet hatte? Aber Mami sah gar nicht zu ihnen herüber. Carlos flüsterte ihr etwas ins Ohr, und sie lachte wie doof. Lily fragte sich...

»Mr. Copeland?«
»Mmmmmm?«
»Sind Sie verheiratet?«
Er sah sie verblüfft an. »Ich *war* verheiratet. Meine Frau ist gestorben – schon vor langer Zeit, Lily, du brauchst nicht traurig zu sein.«
»Dann sind Sie also Witwer.« Das war es schon mal nicht.
»Ich denke schon, daß ich das bin.«
»Haben Sie deshalb so traurig geschaut?«
»Traurig? Ich? Ich bin unbekümmert und guter Dinge, Lily. Wie kommst du darauf, daß ich traurig sein könnte?«
»Vorhin haben Sie traurig ausgesehen.«
Die Musik verstummte, und alles klatschte und prostete und rief nach mehr.
»Ich bin müde«, sagte Dan Copeland. »Ich bin es nicht gewohnt zu tanzen. Vergiß nicht, daß du auch traurig ausgesehen hast, als ich zu dir an den Tisch gekommen bin.«
Sie gingen wieder auf den kleinen Tisch zu. Sie stellte fest, wie schön es war, jemanden zu haben, der mit einem zusammen war. Er war einfach toll.
»Ich schätze, ich bin wirklich ein bißchen traurig«, gestand sie ein. »Meine Mama und mein Papa wollen sich nämlich scheiden lassen.«
»Deshalb bist du also traurig. Das ist doch völlig klar. Sicher ist es schwer für dich.« Sie setzten sich.
Dann purzelten die Worte nur noch so aus ihr heraus. Wie sehr sie ihr altes Zimmer vermißte. Und jemanden wie Samantha würde sie nie wieder finden, denn mit Sam konnte sie über *alles* reden. In der Schule hätte sie in zwei Wochen bei einem Stück mitspielen sollen, und jetzt konnte sie nicht mitspielen. Und alles, und überhaupt, und noch viel mehr.
Ohne auch nur einen Moment lang nachzudenken, hielt sie seine Hand. »Und – und mein neuer Sattel, den Daddy mir gerade gekauft hat – jetzt kann ich ihn nie mehr benutzen. Beauty! Mein Pferd! Vielleicht sehe ich Beauty nie wieder, und – und ich habe mich gar nicht verabschiedet!« Das war alles zuviel für sie. Sie fing an zu weinen, wirklich zu weinen, nicht zwei kleine Tränen wie vorhin. Uff, es war furchtbar peinlich, aber sie konnte einfach nicht mehr aufhören. Sogar ihre Nase lief inzwischen.
»Es ist so schrecklich, es ist so ungerecht! Meine Freundinnen – viele meiner Freundinnen sind geschieden – ich meine, ihre

Eltern, und es geht ihnen lange Zeit schlecht. Aber sie müssen nicht über den ganzen Ozean fliegen und in einem fremden Land leben. Wir haben noch nicht einmal richtig gepackt, und meine Stofftiere sind alle noch drüben!«

Er war so nett. Er zog seinen Stuhl um den Tisch und setzte sich so vor sie hin, daß niemand im ganzen Saal sie sehen konnte. Er legte den Arm um ihre Schultern, streichelte ihr über das Haar und sagte: »Ich weiß« und solches Zeug, aber die meiste Zeit hörte er ihr einfach nur zu. Es tat so gut, endlich einmal alles auszusprechen.

Als die Tränen langsam nachließen, holte er ein großes weißes Taschentuch aus seiner Tasche und drückte es ihr in die Hand. Während sie sich die Nase putzte, sagte er: »Ich weiß genau, wie du dich fühlst, Lily. Ich mußte mich einmal von einem sehr lieben Freund trennen, und ich konnte absolut nichts daran ändern. Ich war furchtbar wütend und traurig und wollte nur noch weinen und immer wieder weinen.«

»Wirklich?«

»Wirklich.«

»Ein bester Freund – wie Samantha?«

»Ein allerbester Freund.«

»Wie hieß er?«

Nach einer langen Pause sagte er: »Um dir die Wahrheit zu sagen, Lily, es war kein Er.«

In seiner Stimme lag etwas, das sie zu ihm aufsehen ließ, und blitzartig ging es ihr auf. »Ich hab's! Sie meinen meine Mami!«

Zu ihrem Erstaunen wurde er rot. »Sie werden rot! Ich habe recht! Sie haben meine Mama gemeint!« Sie verrenkte sich den Hals, um an ihm vorbeizuschauen – um sie mit neuen Augen anzuschauen. Wenn man sich vorstellte, daß ihre Mama diesen großen, starken Mann so unglücklich gemacht hatte, daß er nur noch immerzu weinen wollte! Es war unglaublich!

Ihre Mutter war gar nicht weit fort und sah sie beide mit einem seltsamen Funkeln im Gesicht an. Sie hielt ein Telegramm fest in beiden Händen. Lily sah ihr direkt ins Gesicht, aber die Augen ihrer Mutter waren auf etwas anderes gerichtet und sahen durch sie hindurch. Während Lily sie ansah, runzelte Mama die Stirn und lächelte dann sofort vor sich hin. Sie warf einen Blick auf das Telegramm, und dann drehte sie sich plötzlich um und eilte aus dem Raum.

»Ja, es war deine Mutter«, sagte Dan Copeland. »Aber sie hat nicht mich, sondern deinen Vater geheiratet.« Er lachte. »Verstehst du, im allgemeinen gewinnt der Beste.«

Lily dachte darüber nach. »Sie lassen sich aber doch scheiden.«

»Nun ja, manchmal ändern sich die Menschen, Lily.«

»Daddy hat sich sehr verändert, das stimmt. Immer ist er in Washington. Was soll denn an Washington so toll sein?«

»Dein Vater hat dort viel zu tun.«

»Ja, aber als ich ihn gefragt habe, ist er völlig außer sich geraten. Er ist schrecklich außer sich geraten – oft.« Zu ihrem Entsetzen strömten wieder Tränen in ihre Augen und quollen über. Dan Copeland sah sofort bekümmert aus, doch darüber mußte sie nur um so mehr weinen. »Ich habe gehört – ich habe gehört, wie Daddy zu Mami gesagt hat: ›Ich mach euch beide kaputt!‹ Das hat er wirklich gesagt!«

Dan Copeland legte einen Arm um sie und wischte ihre nassen Wangen mit seinem Taschentuch ab.

»Oh, nein«, sagte er mit sehr sicherer Stimme. »Das hat er nicht so gemeint.«

»Er hat es gesagt! Er hat es so gemeint!«

»Aber er hat nicht *dich* gemeint, mein Schätzchen. Sieh mal, ich kenne deinen Vater seit vielen, vielen Jahren, und ich bin völlig sicher, daß er dir nie etwas Böses täte. Er war nur einfach wütend, und da hat er eben gesagt, was ihm gerade durch den Kopf geschossen ist – das hast du doch auch schon getan, oder etwa nicht? Dinge gesagt, die du gar nicht so gemeint hast, weil du dich gerade geärgert hast?«

»Na ja – einmal habe ich zu Samantha gesagt, daß ich nie mehr ihre Freundin sein will.«

»Und was dann? Habt ihr euch wieder angefreundet?«

»Natürlich.« Sie mußte lächeln. »Wir sind die besten Freunde. Wir werden *immer* die besten Freunde sein.«

Er wischte ein letztes Mal über ihr Gesicht, nahm ihr Kinn zwischen die Finger und sah ihr tief in die Augen. »Das stimmt, Lily. Manche Dinge halten ewig, und das sind immer die besten.« Seine Augen waren warm und dunkel, kupferbraun wie sein Haar und mit kleinen goldenen Sprenkeln. Sie fand sie wunderschön. Er war ja so nett. Ja, dachte sie, er konnte leicht Nummer Eins auf der Liste werden.

Nachdem Mama mit ihr über die Scheidung und diese Dinge gesprochen hatte, hatte sie immer wieder darüber nachgedacht. Die meisten ihrer Freundinnen hatten nach einer Weile neue Väter bekommen, und sie hatte sich überlegt, daß sie vielleicht versuchen sollte, die Wahl mitzuentscheiden. Der erste, den sie auf ihre Liste aufgenommen hatte, war Jerrod Waller gewesen. Ihm gehörte der mexikanische Laden, und er sagte dauernd komische Sachen. Aber dann war ihr aufgefallen, daß er sie immer scharf im Auge behielt, wenn sie im Laden war – als sei sie ein doofes kleines Kind, das Sachen kaputtmacht! Der Direktor der neuen Schule hier in England war auch nicht übel. Er hatte einen wunderbaren englischen Akzent, und er ritt gern. In seinem Büro hingen zahllose Trophäen, die er mit seinen Pferden gewonnen hatte. Aber Mama schien ihn nicht besonders zu mögen. Mr. Akkardijian gefiel Lily auch recht gut, aber er war natürlich schon sehr alt, und außerdem hatte er bereits eine Frau. Dan Copeland war der beste, der ihr bisher über den Weg gelaufen war – und sie hatte das Gefühl, daß er ihre Mama immer noch sehr gern hatte. *Sie,* Lily, mochte er bereits, insofern gab es keine Probleme.

Schuldbewußt verwarf sie ihre Überlegungen. Sie liebte ihren Daddy, selbst wenn er gemein war. Und dennoch – Samantha hatte zu ihr gesagt: »Weißt du, sie kommen nie mehr zusammen. Du kannst versuchen, was du willst, aber es führt zu nichts Gutem. Wenn sie von Scheidung sprechen, meinen sie es ernst.« Sam mußte es wirklich wissen; sie hatte schon drei verschiedene Väter gehabt.

»Fühlst du dich jetzt besser?« Dan Copeland strich über ihr Haar; es tat gut. Sie nickte und lächelte ihn an. »Phantastisch!« sagte er und grinste breit.

»Sie haben auch eins!« platzte Lily heraus.

»Was habe ich, Schätzchen?«

»Ein Grübchen. Wie ich. Sehen Sie?« Sie lächelte und zeigte auf ihre Backe.

Eine Minute lang sagte er kein Wort. Dann: »Oh. Ja. Ich kann auch mit den Ohren wackeln. Kannst du das?« Er konnte wirklich mit den Ohren wackeln. Es sah schrecklich komisch aus, und sie versuchte es auch, aber sie konnte es nicht.

Dann spielte die Band eine Fanfare, und alle mußten aufhören zu reden, während Tante Lee das Mikrophon nahm und sagte, daß sie sie alle liebte, und alles jubelte ihr zu und klatschte und schrie: »Wir lieben euch auch!« Wie im Kino gab ihr Onkel Ben mitten vor allen Anwesenden einen dicken Schmatz, und wieder brachen alle anderen in Jubelrufe aus.

Dann sagte Tante Lee: »Es ist an der Zeit, den Brautstrauß zu werfen. Alle unverheirateten Frauen in diesem Raum, die das Gefühl haben, daß Ben und ich mit gutem Beispiel vorangehen, all ihr Mädchen, die ihr eure Unabhängigkeit für einen tollen Mann eintauschen würdet – aber denkt daran, daß dieser schon vergeben ist!« Ihre weiteren Worte gingen in Gelächter und Geschrei unter.

»Geh schon, Lily«, sagte Dan Copeland grinsend zu ihr. »Das ist Zauberei. Wer den Brautstrauß fängt, heiratet als nächster.«

Lily schnitt eine Grimasse. »*Ich* will doch nicht heiraten!« Doch schon während sie es sagte, kam ihr eine Idee. Sie wollte nicht heiraten, natürlich nicht, das war ja albern. Aber sie fragte sich, was geschehen würde, wenn sie den Strauß für ihre Mutter fing. Lily wußte, daß es Zauberei gab. Ein so schöner Strauß mit so vielen Blumen mußte viel Zauberkraft besitzen, und wenn sie den Strauß fing, arbeitete die Zauberkraft für sie, und sie konnte sie so einsetzen, wie sie Lust hatte.

»Das hat nichts weiter zu bedeuten«, sagte Dan Copeland. Sie lächelte ihn an; offensichtlich kannte er sich mit Zauberei nicht aus. Aber sie hatte es genau durchgedacht: Wenn sie den Strauß fing, dann konnte sie vielleicht ...

»Ich will mitmachen«, sagte Lily.

»Kannst du fangen?« spottete er.

Lily war entrüstet. »Ich bin sehr sportlich.«

»Um so besser. Gehen wir.«

Er nahm sie an der Hand, und gemeinsam gingen sie auf die Bühne zu. Dort standen schon einige Damen, die sich kichernd um die Bühne drängten, aber er bahnte einen Weg durch die Schar und ließ Lily ganz vorne stehen. »Mach deine Sache gut, Mädchen«, flüsterte er, und sie lächelte ihn geheimnisvoll an.

Tante Lee sah sich um und zwinkerte ihr zu. Dann hob sie den Brautstrauß über ihren Kopf. Lily steckte vor lauter Konzentration die Zunge zwischen die Zähne, sah auf und folgte mit den Augen dem Flug des riesigen Blumenstraußes mit den Seidenbändern, die durch die Luft flatterten. Ein Trommelwirbel erklang, und die Männer stießen laute Rufe aus. Tante Lee hatte Lily den Strauß zugeworfen, aber er flog zu hoch! Er würde direkt über ihren Kopf segeln! Wenn ich ihn fange, dachte Lily fieberhaft, wird alles gut. Wenn ich ihn fange, werden alle glücklich sein. Sie vergaß, wo sie war, vergaß die feinen Schuhe und das schicke Kleid. Sie balancierte auf den Fußballen und sprang so hoch sie konnte in die Luft. Die weißen Seidenbänder schwebten an ihr vorbei. Sie streckte die

Arme weit aus, um sie zu fangen, spürte, wie ihre Finger die Bänder berührten, und dann – hatte sie den Strauß gefangen! Einen Moment lang zerrte eine Hand von hinten an dem Strauß, aber *sie* hatte ihn gefangen.

Atemlos drückte sie den Strauß mit beiden Armen dicht an sich. Er war größer, als sie geglaubt hatte, und auch schwerer, und er roch so köstlich wie ein ganzer Garten.

Alle applaudierten. Mit ihrem Schatz in den Armen drehte sie sich um, und direkt vor ihren Augen ging ein Blitzlicht los. Lily zog den Kopf ein und zwinkerte; vor ihren Augen flimmerte es rot und grün. Wo war ihre Mama? Wo war Dan Copeland? Sie mußte die beiden finden. Sie wand sich durch die Menge und zwinkerte, so schnell sie konnte, um wieder klar zu sehen. Dort stand ihre Mutter, drüben bei der Tür. Und er stand bei ihr! Er war nach vorn gebeugt, und das Gesicht ihrer Mutter war ihm zugewandt. Sie sah aus, als habe jemand einen Lichtschein in ihrem Innern entzündet; sie leuchtete. Sie lächelte glücklich und redete sehr schnell, und dann warf Dan Copeland seinen Kopf zurück und lachte. Wirkte der Zauber schon? Lily hielt den Strauß noch fester und wünschte es sich aus tiefster Seele. Es mußte klappen. Der Zauber mußte wirken.

Dan Copeland hörte auf zu lachen und sah ihre Mutter sehr ernst an. Einen Moment lang standen beide ganz still dort und sahen einander an. Lily hielt den Atem an.

Dann streckten beide die Arme aus, dann hielten sie einander ganz fest und küßten sich.

Schließlich lösten sie sich aus ihrer Umarmung und sahen sich um. Ja, sie suchten sie. Jetzt hatten sie sie entdeckt. Beide lächelten glücklich, und beide riefen nach ihr. Wie glücklich sie aussahen! Der Zauber wirkte. Lily lächelte vor sich hin. Wie einfach es ging, alles zum Rechten zu wenden! Man mußte nur ganz genau wissen, was man wollte.